人文社科
高校学术研究论著丛刊

师帅 著

枝繁叶茂，余韵袅袅：
中国古代诗歌的发展研究

中国书籍出版社
China Book Press

图书在版编目(CIP)数据

枝繁叶茂,余韵袅袅:中国古代诗歌的发展研究/
师帅著.—北京:中国书籍出版社,2019.6
ISBN 978-7-5068-7304-8

Ⅰ.①枝… Ⅱ.①师… Ⅲ.①古典诗歌—诗歌研究—
中国 Ⅳ.①I207.22

中国版本图书馆 CIP 数据核字(2019)第 112664 号

枝繁叶茂,余韵袅袅:中国古代诗歌的发展研究

师 帅 著

丛书策划	谭 鹏 武 斌
责任编辑	吴化强
责任印制	孙马飞 马 芝
封面设计	东方美迪
出版发行	中国书籍出版社
地 址	北京市丰台区三路居路 97 号(邮编:100073)
电 话	(010)52257143(总编室) (010)52257140(发行部)
电子邮箱	chinabp@vip.sina.com
经 销	全国新华书店
印 刷	三河市铭浩彩色印装有限公司
开 本	710 毫米×1000 毫米 1/16
印 张	20
字 数	358 千字
版 次	2020 年 7 月第 1 版 2020 年 7 月第 1 次印刷
书 号	ISBN 978-7-5068-7304-8
定 价	90.00 元

版权所有 翻印必究

目 录

第一章 叙物言情,触物起情:先秦时期的诗歌 ………… 1
    第一节 诗的产生:原始歌谣及其他 ………… 1
    第二节 思无邪,法自然:《诗经》与诗歌比兴传统的确立 ………… 6
    第三节 从四言到杂言:骚体诗 ………… 19

第二章 语复真率,短语长情:秦汉时期的诗歌 ………… 25
    第一节 观风俗,知得失:汉乐府采诗制 ………… 25
    第二节 感于哀乐,缘事而发:汉乐府民歌 ………… 27
    第三节 五言之冠冕:汉代文人诗 ………… 33

第三章 辞采华美,风格多样:魏晋南北朝时期的诗歌 ………… 44
    第一节 世积乱离,梗概多气:建安诗歌 ………… 44
    第二节 崇尚老庄,提倡玄风:正始诗歌 ………… 51
    第三节 藻思绮合,清丽芊眠:太康诗风 ………… 56
    第四节 模山范水,安逸恬淡:山水田园诗 ………… 61
    第五节 低昂互节,回忌声病:永明体 ………… 67

第四章 标举风骨,扫除浮艳:初唐时期的诗歌 ………… 73
    第一节 齐梁余风影响下的宫体诗 ………… 73
    第二节 唐诗基本体式的确立与规范:四杰体 ………… 79
    第三节 律诗的定型:沈宋体 ………… 85
    第四节 重振汉魏风骨:陈子昂及其诗歌理想 ………… 90

第五章 气协律出,情因韵显:盛唐时期的诗歌 ………… 94
    第一节 久在樊笼里,复得返自然:山水田园诗 ………… 94
    第二节 黄沙百战穿金甲,不破楼兰终不还:边塞诗 ………… 101
    第三节 笔落惊风雨,诗成泣鬼神:诗仙李白 ………… 107
    第四节 摅民间疾苦,集诗艺大成:诗圣杜甫 ………… 111

第六章 人才辈出，鸣声鼎沸：中晚唐时期的诗歌 116
第一节 由雄浑的风骨气概转向淡远的情致：大历诗风 116
第二节 歌诗合为事而作：白居易与新乐府 122
第三节 追求奇异之美：韩孟诗派 128
第四节 诗豪刘禹锡与骚人柳宗元 134
第五节 唐诗绚丽的晚照：杜牧与李商隐 139
第六节 隐士情怀与淡泊诗风：陆龟蒙、皮日休与司空图 146

第七章 以文为诗，以理见胜：北宋时期的诗歌 152
第一节 沿袭五代之余，宗白乐天诗：白体诗 152
第二节 重视锻炼苦吟，以刻意造字为能事：晚唐体诗 157
第三节 馆阁文臣的点缀升平之作：西昆体诗 164
第四节 荆公绝句妙天下：荆公体诗 173
第五节 高风绝尘，超越世俗：东坡体诗 178
第六节 无一字无来处：江西诗派 185

第八章 天下兴亡，匹夫有责：南宋及金元时期的诗歌 196
第一节 以陆游为爱国旗帜的"中兴四大诗人" 196
第二节 诗风清瘦野逸，以平和冲淡见长：四灵诗派 203
第三节 以江湖相标榜，重韵轻气：江湖诗 207
第四节 国家情怀的书写：宋末遗民诗派 213
第五节 推宗苏黄：元好问及金代诗人 219

第九章 各抒心得，集旨名篇：明代的诗歌 227
第一节 不拘一格的"吴中四杰" 227
第二节 台阁体与茶陵派 237
第三节 前后七子的文学复古实践 243
第四节 以"性灵说"为内核的公安派 251
第五节 倡导幽深孤峭诗风的竟陵派 256

第十章 广收博取，推陈出新：清代的诗歌 260
第一节 故国情怀：遗民诗人、钱谦益与吴伟业 260
第二节 王士祯"神韵说"及其他 266
第三节 以唐音为准的"格调说" 273

目 录

第四节 继承公安派遗志的"性灵说" …………………………… 278
第五节 综合"神韵说"和"格调说"以对抗"性灵说"的"肌理说" … 285
第六节 "不墨守盛唐"的同光体 ……………………………………… 291
第七节 九州生气恃风雷:清末爱国诗派 ………………………… 297

参考文献 ……………………………………………………………… 305

第一章 叙物言情,触物起情:先秦时期的诗歌

古代诗学注重情与景的统一,心与物的交融。这也就是感物兴思的意象思维。"作为感物的传统思维方式,它对中国诗歌的影响主要体现在'情'与'物'的关系中的艺术呈现方式"。这种呈现方式主要体现为"触物起情"与"感物兴思"的传统的比兴意象思维特征,尤其是"兴"的诗性思维形式。中国先秦诗歌,其诗思方式就是"叙物言情,触物起情"。先秦诗歌是我国诗歌的源头,以其丰富的内容、完美的韵律、精巧的构思,开我国诗歌之先河。其中包括《诗经》《楚辞》、春秋战国时期的一些民歌和部分原始社会歌谣。先秦诗歌为后代诗歌的创作奠定了良好的基础。

第一节 诗的产生:原始歌谣及其他

在一定的物质基础上,原始人产生了从事文艺创作活动的欲望。这在早期主要是出于功利目的的追求和生产劳动的需要。在原始人最初的文艺活动中,劳动同音乐、诗歌和舞蹈是紧密联系在一起的,而其中最基本的部分是劳动,其余的部分只具有从属的意义。诗、乐、舞或是直接产生于劳动生产的过程中,成为原始人组织劳动、协调动作、鼓舞情绪的一种手段;或是模仿和再现劳动生活的情景、巩固生产劳动经验,娱乐和教育本部落成员;或是以幻想的形式表现渴望征服自然获得丰收的愿望。在原始社会里最早产生的文学样式是诗歌。而诗歌的产生,大体上又经历了这样的一些阶段:先有韵律、语言、文字,后有诗歌。由于原始人的语言还很简单,词汇很少,因而这时的诗歌(实际上是歌谣),其形式只是讲节奏,其传播方式也只是口头流传。

一、原始歌谣与劳动节奏

中国诗史的长河,向上可以追溯到原始歌谣。人们一般认为,语言和语言艺术起源于人类最早的实践活动,首先是劳动。一般的情况是,由劳动节奏而产生了音乐,由音乐产生了歌词,《广雅》说:"声比于琴瑟曰歌。"

《尔雅》说:"徒歌谓之谣。"歌谣一词,也反映了诗与乐同源的关系。

在原始人类的集体生产劳动过程中,首先发出有高低、有间歇、有一定规律的节奏性的呼号。《淮南子·道应训》云:"今夫举大木者,前呼'邪许',后亦应之,此举重劝力之歌也。""邪许"(音"耶呼")便是韵律,是劳动(此处指抬木头)时的一唱一和。抬木头如此,后世的舂碓、拉纤、打夯、扛包等生产活动也都有个人、集体或彼此唱和的歌声,声调和谐而有节奏。《礼记》中的《曲礼》《檀弓》都记载过:"邻有丧,舂不相。""相"是送杵声,也可能是"嘿哟"之声。这里是说,邻家有丧事,舂米时不像往常那样唱和了。这些都可以看出韵律最早伴随劳动而产生,而且具有实用性。对此,鲁迅在《且介亭杂文·门外文谈》中也说过:"人类是在未有文字之前,就有了创作的,可惜没有人记下,也没有法子记下。我们的祖先的原始人,原是连话也不会说的,为了共同劳作,必须发表意见,才渐渐地练出复杂的声音来。假如那时大家抬木头,都觉得吃力了,却想不到发表,其中有一个叫道'杭育杭育',那么,这就是创作;大家也要佩服,应用的,这就等于出版;倘若用什么记号留存了下来,这就是文学;他当然就是作家,也是文学家,是'杭育杭育'派。"鲁迅提到的"杭育杭育"也是韵律,他所说的"文学",便是以韵律的形式出现的诗歌。

原始宗教活动也是人类较早的实践活动。原始人渴望通过语言的力量来克服自然灾异和敌害,有一些歌谣即出自原始人的咒语:

土反其宅!水归其壑!昆虫毋作!草木归其泽!(《礼记·郊特牲》)

神北行!先除水道,决通沟渎。(《山海经·大荒北经》)

"土反其宅"一首是一位叫伊耆氏的部落长举行蜡(诈音)祭的祝辞,"神北行"一首是驱除旱魃的咒语:诗与原始宗教的渊源关系,在《诗经》如《大雅·生民》《商颂·玄鸟》一类反映先民部族远祖崇拜的作品中,也有一定程度的反映。

有了韵律,还不能马上产生诗歌,还需要语言。随着人类社会的发展,产生了语言。据人类学家的推测,语言产生于二百多万年前。那时,"劳动促进了人类发音器官的改进,使原始人能够具备语言所必需的声音材料"。类人猿直立行走以后,就开始能比较自由地运用肺和声带了。当类人猿还像其他动物一样用四肢着地行走时,它的口腔和喉部几乎是一条直线。当它发音时,肺部的气流很快从喉部冲到口腔外面,不可能慢慢呼出,使气流遇到各种阻碍而形成各种不同的音。当类人猿直立行走以后,它的口腔与喉部形成了一个直角。这时就可以在发音时让气流缓慢地从肺部呼出,便

第一章　叙物言情,触物起情:先秦时期的诗歌

于形成各种阻碍而发出不同的声音。这是产生语言的重要条件之一。类人猿能够直立行走之后,就可以自由地、上下左右地观察周围的一切事物,扩大了视野。手在劳动中同事物多种多样的接触,也使神经系统受到多样化的刺激,从而改进了神经系统的反应机能,锻炼了区别和认识这些事物的能力,促进了思维的产生。此外,由于劳动,类人猿获得多种多样的食物。这种多样化的杂食,特别是大量猎获的动物肉类,在长时期中促进了大脑机能的发达,因而抽象思维才有可能产生。也就是说,人类在发音器官和思维能力高度发达的前提下,即产生了语言。

如今,我们已经无从考察中国最古老的语言,但在古籍中仍能隐约听到上古的读音。例如,《尔雅·释天》所记:"太岁在甲曰阏逢,在乙曰旃蒙,在丙曰柔兆,在丁曰强圉,在戊曰著雍,在己曰屠维,在庚曰上章,在辛曰重光,在壬曰玄黓,在癸曰昭阳(岁阳)。太岁在寅曰摄提格,在卯曰单阏,在辰曰执徐,在巳曰大荒落,在午曰敦牂,在未曰协洽,在申曰涒滩,在酉曰作噩,在戌曰阉茂,在亥曰大渊献,在子曰困敦,在丑曰赤奋若(岁阴)。"其中"阏逢""旃蒙"至"困敦""赤奋若"等词,《十三经注疏》中郭璞注、邢昺疏均未作内涵上的义释,今人亦不能按通常的字面义来理解。柳诒徵在《中国文化史》中指出,"实吾国最古之语言",是"洪水以前之语言"。也就是说,这些词实际上是我国史前时代语词的音译。

语言产生之后,人际传播范围更广了,人们对生活的理解能力更强了,于是,便开始在那些简单的呼声和叹声(如"邪许""杭育""噫嘻""兮""猗"等)的前面加上一些简单的词,这便是诗歌了。由于原始人的语言还很简单,词汇很少,而且还没有文字,因而这时的诗歌(实际上是歌谣)只能是口头流传。

最早的文字产生于何时,如今已无法准确地判定了。据考古学家的研究,最早的汉字是甲骨文、金文。这两种汉字形体中,都包含有一些最原始的汉字,也都有一些较为成熟的汉字。至今发现的最早的甲骨文是商代的,而金文则主要是周代的实物。汉字是世界上最古老的文字体系之一,其形体构造特征十分鲜明。而且,这种形体结构的特点正是在人们的传播活动中形成,又极大地便利于人们用以表达思想、传递信息。

文字发明之后,特别是进入原始社会晚期和阶级社会以后,歌谣被大量地保存了下来。在《诗经》出现之前,许多歌谣便散见于各种典籍之中,如《周易》。而《诗经》以前的原始歌谣,大都收集在杨慎《风雅逸篇》、冯惟讷《风雅广逸》及《诗纪》前集十卷《古逸》里,此外,还有学者指出《易经》每卦的爻辞都引用了几句古歌的歌辞。以上文献中,载有一些以二言或二言为主的句式构成的歌谣,如:

· 3 ·

断竹,续竹,飞土,逐宍。(《吴越春秋·弹歌》)

　　《吴越春秋》虽成书于东汉,但它引用的这首《弹歌》,从语言和内容上看,很可能是从原始时代流传下来,文本是由后人写定的。诗中反映了原始社会的狩猎生活。至于《易经》,其中征引的古歌谣,二言句更多,如:

　　屯如,邅如。乘马,班如。匪寇,婚媾。(《易经·屯卦·六二》)
　　乘马,班如。泣血,涟如。(《易经·屯卦·上六》)

　　《屯》卦爻辞引用的歌谣,其生活内容当是原始部落"抢婚"的古老风俗。以上原始歌谣,大体二言一句,句自为顿,音调短促,节奏明快。以后,歌谣句式以二言为基础,发展成每句两顿,即四言句式,乃是一种自然的趋势。

　　三言句式,在古歌谣中也很习见。从逻辑上讲,它的产生当后于二言句式。

　　不克讼,归而逋。其邑人,三百户。(《易经·讼卦·九二》)
　　不克讼,复即命。(《易经·讼卦·九四》)

　　《讼》卦爻辞引用的歌谣当出自一首古老的诉讼之歌。这里值得注意的是,三言句式虽然只多出一字,其韵味与二言句式却完全不同。因为它每句由两顿构成,形成上二下一或上一下二的节奏,即派生出一个单音的顿,其时值却与双音的顿相当,所以读来较为抑扬好听。

　　我国上古歌谣存留是片段的,其内容是纯朴的,但它在一定程度上反映了当时人们的劳动情景和生活习俗。同时,我国上古歌谣尽管形式简拙,仍然显示了原始社会的人们可贵的艺术创造力。

二、诗与乐及舞的联体共生

　　诗歌产生之初,与音乐和舞蹈密切结合,《尚书·尧典》记载:"帝(舜)曰:'夔,命女典乐,教胄子。……诗言志,歌永言,声依永,律和声,八音克谐,无相夺伦,神人以和。'夔曰:'於,予击石拊石,百兽率舞'。"《吕氏春秋·古乐》还记载:"昔葛天氏之乐,三人操牛尾,投足以歌八阕。"而将诗、舞、乐这三种古老艺术紧密结合在一起的纽带,便是节奏。诗、舞、乐因节奏而协调,而互补。

　　《虞书》说"诗言志,歌永言,声依永,律和声",就是站在音乐的观点以说诗的。此后,《论语·泰伯》篇载孔子曰:

　　师挚之始,《关雎》之乱,洋洋乎盈耳哉。

第一章　叙物言情,触物起情:先秦时期的诗歌

《子罕》篇又载孔子曰:

> 吾自卫反鲁,然后乐正,"雅""颂"各得其所。

《荀子·儒效》篇亦云:

> 诗者,中声之所止也。

这些更显明的是站在音乐的观点以论乐歌,而非站在徒诗的观点以论徒诗。

从《尚书·尧典》可知,诗与乐很早就发挥着抒情言志和教育人的作用。在尚未发明文字的时代,诗依靠乐而得到广泛传播,那时,诗就是歌,即声诗。产生于民间的声诗,不但合乐演唱,而且配合舞蹈,以集体歌唱为主。为了易唱易记,一般篇幅较短,以反复歌唱为常。

在《乐府诗集》一百卷的巨帙中,郭茂倩对入乐歌唱的诗,采用了歌辞、乐章、乐辞、歌诗、杂歌、杂曲、曲辞等多种名称,而在《近代曲辞》小序中特别用了"声诗"这一概念,并举汉代《郊祀歌》《安世歌》为显例。在此小序中,郭茂倩也说得明白,近代曲辞所配合的音乐是燕乐。郭茂倩编纂《乐府诗集》侧重音乐因素,这也是其编纂原则中体现得最鲜明的。将郭茂倩有关近代曲辞、杂曲歌辞、郊庙歌辞三类的阐述综合起来再作考察:就概念的使用看,"声诗"与"杂曲歌辞"名称的运用知识缘于不同的功能。它们都是将"诗""辞""协声律,播金石"后才产生的,即先有诗或者说辞,然后配乐而成"声诗"或"曲辞",但"声诗"更注重其应用的仪式场所,即声诗是运用于郊庙祭祀的雅乐"曲辞"。它是与古老的礼乐文化相联系的。

在中国古代,从原始歌谣、《诗经》、汉乐府,直到词曲,声诗的发展源远流长。而随着文字的发明,诗可以被记录,供识字者阅读,便逐渐发展出脱离音乐而独成部类的诗。诗与乐的主要区别在于,后者重在以声为用,前者重在以义为用。诗与声诗的主要区别在于,后者更属于听觉,而前者更偏重意味,它的容量更大,也更深沉。

诗歌虽已独立,在形式方面,仍保存若干与音乐、舞蹈未分家时的痕迹,最明显的是"重叠"。重叠有限于句的,例如,《国风·召南·江有汜》:

> 江有汜,之子归,不我以,不我以,其后也悔。

有应用到全章的,例如,《国风·周南·麟之趾》:

> 麟之趾,振振公子,吁嗟麟兮!
> 麟之定,振振公姓,吁嗟麟兮!
> 麟之角,振振公族,吁嗟麟兮!

这种重叠在西方歌谣中也常见,它的起因不一致,有时是应和乐、舞的回旋往复的音节,有时是在互相唱和时,每人各歌一章。

总而言之,在中国古代,诗与乐的关系有分有合,从诗到词曲,分的时候固然多,合的时候也不少。当一种诗体产生在民间时,最初与音乐都密切关联,随后由于文人参与创作,使之得到发展和定型,其创作逐渐与音乐分离,产生纯诗。纯诗与声诗并行而不悖,此起彼伏,贯穿着整个中国诗史。

第二节 思无邪,法自然:《诗经》与诗歌比兴传统的确立

《诗经》是我国最早的一部诗歌总集,其选录了西周初年至春秋中叶约5个世纪间的305篇诗歌,原只称"诗",或举其成数,称"诗三百"。孔子在传播《诗经》方面做出了很大贡献,他采用"诗三百"作为教学的课本,训示学生道:"小子何莫学乎诗?诗可以兴,可以观,可以群,可以怨。迩之事父,远之事君。多识于鸟兽草木之名。"(《论语·阳货》)到汉代独尊儒术时,始称"诗经"。《论语·为政》有言:"《诗》三百,一言以蔽之,曰:'思无邪。'"这是孔子对《诗经》最为正统的阐释。《诗经》所录,均为曾经入乐的歌曲,按音乐性质的不同分为《风》《雅》《颂》,其中《风》保留了不少劳动人民的口头创作,是《诗经》的精华所在。《风》中的许多婚恋诗作还反映了当时春天男女会合、祭祀高禖、祓禊求子等习俗。这些原始习俗,源于原始人观物取象、法自然定人事的宗教观念。在艺术上,《诗经》开创了赋、比、兴手法,为后代作家提供了学习的典范。比、兴之法,影响尤其深远,其开辟了后世文学所谓"寄情于物""托物以讽"的艺术表现手法。

一、《诗经》

《诗经》最早的文本当成于周代乐官太师之手。汉代传习《诗经》的有鲁、齐、韩、毛四家。鲁诗因鲁人申培而得名,齐诗出于齐人辕固生,韩诗出于燕人韩婴,毛诗的传授者是大小毛公即毛亨、毛苌。鲁、齐、韩三家诗出现较早,西汉时已立于学官。毛诗晚出,东汉时方立于学官,却后来居上,逐渐普及,余书遂尽废。在毛诗中,诗篇依据音乐编排成《风》《雅》《颂》三大部分。周王朝重礼治,为了以伦理道德规范来维持巩固现存秩序和宣扬王朝声威,同时为了满足贵族声色享乐的需要,举凡祭祀、朝会、征伐、狩

第一章 叙物言情,触物起情:先秦时期的诗歌

猎、宴请等活动,都要举行一定的仪式,这些仪式需要用音乐来制造气氛,故制礼和作乐的联系是十分紧密的,周王朝设有专职的乐官:太师,相当于汉代乐府机关中的协律都尉,其职责是编写乐曲,指导乐队,培养学生。太师在编写乐章时,须参考各地现成的民乐,因而收集整理民间音乐的曲词,也是他们经常性的工作。国风的采集和整理,主要依靠他们。《周礼·春官》有"太师教六诗""以乐语教国子"之说,《诗经》就很可能是太师出于教学需要,为国子们选定的一种课本。

《诗经》中收录的诗歌,除了周王朝乐官制作的乐歌,公卿、列士进献的乐歌,还有许多流传于民间的歌谣。其作者成分很复杂:有贵族,有没落统治者,有平民,有奴隶。另外,《诗经》中的诗歌,能确定具体写作年代的不多,据研究者推断,《颂》和《雅》基本上产生于西周时期;《国风》除《豳风》及"二南"的一部分,都产生于春秋前期和中期。由于作品产生的时代以及所反映的社会生活不一样,因而其内容亦较复杂,所表达的思想也不能一概而论。

一般说来,《颂》,主要是《周颂》中那些产生于周朝初期的祭祀诗歌,除了歌颂祖先功德的作品,还有一部分在春夏之际向土地神、谷神祈求丰年,秋冬之际酬谢神灵的诗歌,反映了周民族以农业立国的社会特征。如《噫嘻》:

噫嘻成王,既昭假尔。率时农夫,播厥百谷。
骏发尔私,终三十里。亦服尔耕,十千维耦。

这首诗记成王亲耕之事,是周人作为春夏之间向上帝祈谷时助祭的乐歌。诗中描写周成王祭祀上天并亲耕于畿田,在成王的号召下,天下农夫修理农具,开始耕作、播种。在天子的"王土"上,出现万人耦耕("十千维耦")的壮观场面。这类诗歌还有《臣工》《丰年》《载芟》《良耜》等,均是较为著名的篇章。

《大雅》中的《生民》《公刘》《绵》《皇矣》《大明》五篇诗歌,叙述了周民族的始祖后稷到周王朝的创立者武王灭商的过程,其产生的年代大致也在西周初期,保存了商末周初的许多史迹和传说,不失为用韵文写成的历史,也可以说是一组古老的民族史诗。

西周后期的《小雅》中也有一些史诗性的叙事诗,主要是记录周宣王四处讨伐的经历,把这些诗篇按照时间顺序整理起来,可以大致勾勒出西周以前以及西周时期的历史。这些诗歌的主要特点是简明扼要、条理清晰,但因为其主要是颂扬祖先的,所以不太重视故事情节的组织及人物形象的刻画。《小雅》中的绝大部分篇章和《大雅》中的少数篇章,是在周王室开始

衰微至平王东迁的历史背景下产生的,反映了当时的社会动乱,在一定程度上暴露了统治阶级的内部矛盾和他们奴役人民、剥削人民的罪恶,具有一定的现实主义精神。比较著名的篇章如《小雅》中的《采薇》《黄鸟》《十月之交》《大东》《北山》《何草不黄》等,体现出强烈的讽刺性,都可以视为《诗经》的精华。

以民歌为主体的《国风》,是《诗经》中内容最丰富、思想性最强的部分,它在一定程度上表达了奴隶社会中被剥削、被压迫阶级的情感和意愿,生活气息也更为浓厚,更加全面地反映了当时的社会面貌。

第一,无情揭露、深刻讽刺统治阶级荒淫无耻的生活和丑恶面目,反抗奴隶主阶级的统治。《国风》中的不少诗作对统治者的无耻行为、丑恶灵魂进行了辛辣的嘲讽和无情的鞭挞。例如,《邶风·新台》《鄘风·墙有茨》,辛辣地嘲讽卫宣公霸占儿媳,以及卫宣公妻宣姜与长妻的儿子私通并生了五个子女的丑事。人民群众以极其鄙视的口吻,将卫宣公比作癞蛤蟆,并且指斥道:"墙有茨,不可埽也。中冓之言,不可道也。所可道也,言之丑也!"《齐风·南山》揭露齐襄公的禽兽行为,他和自己的胞妹有不正当的关系,人民群众骂他是一只淫乱的雄狐。

《国风》中不少诗篇还表现了劳动人民谴责奴隶主的剥削,表现出强烈的反抗情绪。例如,《魏风·伐檀》:

> 坎坎伐檀兮,寘之河之干兮,河水清且涟猗。不稼不穑,胡取禾三百廛兮?不狩不猎,胡瞻尔庭有县貆兮?彼君子兮,不素餐兮!
>
> 坎坎伐辐兮,寘之河之侧兮,河水清且直猗。不稼不穑,胡取禾三百亿兮?不狩不猎,胡瞻尔庭有县特兮?彼君子兮,不素食兮!
>
> 坎坎伐轮兮,寘之河之漘兮,河水清且沦猗。不稼不穑,胡取禾三百囷兮!不狩不猎,胡瞻尔庭有县鹑兮?彼君子兮,不素飧兮!

这是伐木奴隶们所唱的歌,他们对统治者不耕不猎却稻谷满仓、猎物满庭的剥削、寄生生活表现出极大的愤怒,对自己终年劳动却一无所获的悲苦命运流露出极大的不满。而难能可贵的是,奴隶们不仅看到了阶级剥削、阶级压迫的不合理社会现象,而且对统治阶级表示出强烈的反抗和决绝态度。《魏风·硕鼠》便是这样的一首诗,诗人唱道:

> 硕鼠硕鼠,无食我黍! 三岁贯女,莫我肯顾。
> 逝将去女,适彼乐土。乐土乐土,爰得我所。

第一章 叙物言情,触物起情:先秦时期的诗歌

> 硕鼠硕鼠,无食我麦!三岁贯女,莫我肯德。
> 逝将去女,适彼乐国。乐国乐国,爰得我直。
> 硕鼠硕鼠,无食我苗!三岁贯女,莫我肯劳。
> 逝将去女,适彼乐郊。乐郊乐郊,谁之永号。

奴隶们把贪婪的剥削者比作大老鼠,认识到正是这些大老鼠掠夺了他们的劳动成果,使得他们连起码的生存权利也得不到保证。

将奴隶们的生活和思想感情表现得最为细致、具体的,要算《豳风》中的《七月》了。豳是周的祖先公刘率领族人由邰迁居至此而开发的。周是重视农业的民族,豳诗大多有务农的地方色彩,《七月》是其中最有认识价值的篇章:

> 七月流火,九月授衣。一之日觱发,二之日栗烈。无衣无褐,何以卒岁?三之日于耜,四之日举趾。同我妇子,馌彼南亩,田畯至喜。
>
> 七月流火,九月授衣。春日载阳,有鸣仓庚。女执懿筐,遵彼微行,爰求柔桑。春日迟迟,采蘩祁祁。女心伤悲,殆及公子同归。
>
> 七月流火,八月萑苇。蚕月条桑,取彼斧斨,以伐远扬,猗彼女桑。七月鸣鵙,八月载绩。载玄载黄,我朱孔阳,为公子裳。
>
> 四月秀葽,五月鸣蜩。八月其获,十月陨萚。一之日于貉,取彼狐狸,为公子裘。二之日其同,载缵武功,言私其豵,献豜于公。
>
> 五月斯螽动股,六月莎鸡振羽,七月在野,八月在宇,九月在户,十月蟋蟀入我床下。穹窒熏鼠,塞向墐户。嗟我妇子,曰为改岁,入此室处。
>
> 六月食郁及薁,七月亨葵及菽,八月剥枣,十月获稻,为此春酒,以介眉寿。七月食瓜,八月断壶,九月叔苴,采荼薪樗,食我农夫。
>
> 九月筑场圃,十月纳禾稼。黍稷重穋,禾麻菽麦。嗟我农夫,我稼既同,上入执宫功。昼尔于茅,宵尔索绹。亟其乘屋,其始播百谷。
>
> 二之日凿冰冲冲,三之日纳于凌阴。四之日其蚤,献羔祭韭。九月肃霜,十月涤场。朋酒斯飨,曰杀羔羊。跻彼公堂,称彼兕觥,万寿无疆。

全诗按季节的先后,逐月地描写奴隶们从修整农具,到下田劳作,从采桑、养蚕、纺织染帛、收获、打猎、筑场、造酒,到为奴隶主侍奉服役,修房凿

冰,供牲献酒,祝他们"万寿无疆"。一年到头,奴隶们辛勤劳苦,劳动成果却被奴隶主占有。奴隶们无衣无食,吃苦菜,烧臭椿,住破房,年轻的女奴还有随时被奴隶主抢走和糟蹋的危险,可谓一幅古代奴隶社会的真实图景。

第二,奴隶、平民或统治阶级中的下层分子,对统治阶级加在他们身上沉重的徭役、兵役所造成的外有旷夫、内有怨女,死生隔绝、流离失所的社会现象,表示强烈的怨刺。这样的诗篇有《卫风》中的《伯兮》,《王风》中的《君子于役》《兔爰》,《齐风》中的《东方未明》,《魏风》中的《陟岵》,《唐风》中的《鸨羽》等,以《鸨羽》为例:

> 肃肃鸨羽,集于苞栩。王事靡盬,不能蓺稷黍,父母何怙?悠悠苍天!曷其有所?
> 肃肃鸨翼,集于苞棘。王事靡盬,不能蓺黍稷,父母何食?悠悠苍天!曷其有极?
> 肃肃鸨行,集于苞桑。王事靡盬,不能蓺稻粱,父母何尝?悠悠苍天!曷其有常?

这首诗抒发了农民对无休止的徭役极为不满的情绪。他们不能在家从事农业生产,父母的生活毫无保障。"王事靡盬"(为官家服役,让人没有一点空闲)给人民群众带来了沉重的负担和灾难。

第三,热情歌颂抵御外族侵略、保卫民族安全的正义战争,表现出积极的爱国主义思想感情。《国风》中的《秦风·无衣》《鄘风·载驰》是这方面的代表作。此外,像《小雅》中的《采薇》《出车》《六月》《采芑》也在一定程度上表现了这一思想。以《无衣》为例:

> 岂曰无衣?与子同袍。王于兴师,修我戈矛,与子同仇。
> 岂曰无衣?与子同泽。王于兴师,修我矛戟,与子偕作。
> 岂曰无衣?与子同裳。王于兴师,修我甲兵,与子偕行。

周平王因护驾之功封秦襄公为诸侯,接管西周故地,并命令秦襄公进攻犬戎。《无衣》就是在这样的大背景下写成的。精神的力量是无穷的,有时候精神的力量不是百万雄师所能代替的。哪里有威武雄壮、激昂人心的军歌,哪里就有奋勇杀敌、以身报国的钢铁战士。"与子同袍""与子同泽""与子同裳",这是一种无可比拟的乐观主义精神,所有外在的艰苦条件都不是理由,只要战友之间精诚团结,同仇敌忾,一定能御敌于国门之外,扬我秦国神威。后世以"袍泽之谊"喻战友之情,即源于此。《无衣》以设问句开篇,以压倒一切的气势占尽了上风。"王于兴师",说自己是师出有名的

第一章 叙物言情,触物起情:先秦时期的诗歌

正义之师,背后有千千万万的百姓,他们是坚强后盾。他们将倾全国之力支持前线,此役只许胜利,不许失败!《无衣》又以回环复沓之形式,始终围绕着一个主题:深得民心,要同舟共济,要整理好手中的武器,奋勇杀敌,以身报国。而且全诗用字不多,简单明了,单纯简洁,读来酣畅淋漓,大快人心。

第四,描写劳动场面,表现劳动群众对劳动本身的愉快感受和喜悦心情,如《周南·芣苢》和《魏风·十亩之间》便是典型的例子。《芣苢》是妇女们结伴采集车前草时所唱的歌。传说车前草可治不孕症,妇女采之,"乐有子矣";又云车前草"其子治难产"。因此,妇女们采集时怀着喜悦的心情和美好的希望:

　　采采芣苢,薄言采之。采采芣苢,薄言有之。
　　采采芣苢,薄言掇之。采采芣苢,薄言捋之。
　　采采芣苢,薄言袺之。采采芣苢,薄言襭之。

全诗分三章,由匆忙往采写到开始采集,由一棵一棵、一把一把地采集写到用衣襟盛放。以简单的节奏,简短的歌词,集体的唱和,充分表达了劳动的欢乐。

第五,表现爱情和婚姻问题的诗歌,是当时社会思想、文化、风俗、人情的艺术再现,也反映了劳动人民对旧礼教的突破。《国风》一百六十篇中,描写爱情的有五十余篇,主要包括在《周南》《召南》《邶风》《鄘风》《卫风》《王风》《郑风》《陈风》之中。以《郑风》为例,郑国风俗,男子好"驰马试剑",女子好游乐集会,尤其是三月上巳,是临水祓禊的节日,此时,男女欢聚,祈福祓灾,而青年男女则趁此大好春光互相追慕,雀跃共舞,情歌互答,香草互赠,坦率、热烈地表达自己的爱情。《溱洧》一诗就是这种情景的写照:

　　溱与洧,方涣涣兮。士与女,方秉蕑兮。女曰观乎?士曰既且。且往观乎?洧之外,洵訏且乐。维士与女,伊其相谑,赠之以勺药。

　　溱与洧,浏其清矣。士与女,殷其盈矣。女曰观乎?士曰既且。且往观乎?洧之外,洵訏且乐。维士与女,伊其将谑,赠之以勺药。

这首诗写的是郑国溱洧两河春水涣涣,男男女女在岸边欢乐聚会的盛况,讴歌了这个春天的节日,并充分赞美了纯真的爱情,诗意明朗、清新,充满了欢快的气氛。"士与女殷其盈矣",春游男女很多,其中的一对情侣"伊其将谑,赠之以勺药",互相调笑,生动地展现了祓禊节日那种狂欢的场面。

《萚兮》也是在这一类集会中所唱的恋歌,诗中明确写到"倡予和女""倡予要女",说明这种场合里的恋爱,是以你唱我和的对歌方式进行的。

《陈风》所体现的风俗又不相同。陈国地近文化落后的淮夷,民间巫风盛行,祈神祛鬼,皆翩翩起舞,所以反映在爱情诗歌中,便绝少《郑风》那样清新、明快的对唱,而是以巫舞为形式的集体舞蹈,将爱情寄寓在种种宗教活动之中。例如《宛丘》:

> 子之汤兮,宛丘之上兮。洵有情兮,而无望兮。
> 坎其击鼓,宛丘之下。无冬无夏,值其鹭羽。
> 坎其击缶,宛丘之道。无冬无夏,值其鹭翿。

此诗描写了民间祭神时人民擂起皮鼓、敲起瓦盆的狂欢场面,刻画了一位巫女跳舞祭神时的婀娜舞姿,表达了诗人对这位能歌善舞的姑娘的热烈爱慕。

《国风》中的爱情诗不仅因地域、风俗的差别而各有特色,而且因创作年代的先后、礼乐政教约束的大小而表现出各自的风格。例如,《周南》《召南》中的爱情诗大都含蓄、婉转,风格典雅。《周南·关雎》描写一位青年男子对一位采荇菜的勤劳美丽的姑娘的热烈追求:

> 关关雎鸠,在河之洲。窈窕淑女,君子好逑。
> 参差荇菜,左右流之。窈窕淑女,寤寐求之。
> 求之不得,寤寐思服。悠哉悠哉,辗转反侧!
> 参差荇菜,左右采之。窈窕淑女,琴瑟友之。
> 参差荇菜,左右芼之。窈窕淑女,钟鼓乐之。

诗中男主人公对那位"窈窕淑女"的思恋倾慕达到了梦寐以求、辗转反侧的地步,并且想象着和这位姑娘结为配偶后美满亲密地生活在一起的景象,感情是热烈真挚的。但是,诗人这种撞击于内心的热流并不是不加约制地奔涌而出,而是采用比兴的手法,首句"关关雎鸠,在河之洲"说雄性雎鸠在河边小洲上发出关关之声的鸣叫,意在追求雌鸟的爱情。由此联想起那美丽贤淑的女性是君子追求的对象,"窈窕淑女,君子好逑"。君子是概括所有有道德的男性的敬称,"好逑"指好的伴侣。下一章"参差荇菜,左右流之"两句,说水中漂浮的荇菜参差不齐,可以挥动左右手顺水采撷。而"窈窕淑女,寤寐求之"二句,说美丽又贤惠的姑娘,让君子昼夜苦想追求她的方法。追求也得不到姑娘的芳心,昼夜苦思,漫漫长夜,翻来覆去难以入睡。君子追求淑女的抒情继续进行。比兴的手法和换韵同时采用。"参差荇菜,左右采之。窈窕淑女,琴瑟友之"。说参差不齐的荇菜左边采撷过右

第一章 叙物言情,触物起情:先秦时期的诗歌

边采,那窈窕淑女,我将弹琴鼓瑟地愉悦她。"参差荇菜,左右芼之。窈窕淑女,钟鼓乐之"。参差不齐的荇菜左手右手精挑细选。得到淑女芳心的君子,将用钟鼓大乐迎娶她。这首诗呈现出感情真挚、爱意急切、节奏适中、心愿平和、过程完整、结局美好的特点,可谓含蓄委婉,庄重纯洁。

《国风》中的爱情诗,不仅从多方面反映了当时的社会生活,而且在具体描写爱情生活时,也显得丰富多彩。例如,《邶风·静女》表现了爱情生活的乐趣:

> 静女其姝,俟我于城隅。爱而不见,搔首踟蹰。
> 静女其娈,贻我彤管。彤管有炜,说怿女美。
> 自牧归荑,洵美且异。匪女之为美,美人之贻。

这是一首描写男女青年幽会的爱情诗。诗中这位姑娘在约会时,将自己隐蔽起来,同小伙子开了一个小小的玩笑。于是,他"搔首踟蹰",不知所措,这里形象细腻地传达出人物的心理状态,刻画出男子的痴情和憨厚。男子正站在那里等着,忽然,心爱的女孩出现了,还送给他彤管,这个礼物是如此精美,色泽鲜艳,一如姑娘的容颜。所以,男子对它爱不释手。该诗语言清新活泼,情节生动有趣。无论是男子痴情焦急的神态,还是女子姣好的容貌和活泼的性格,都跃然纸上,栩栩如生。

《国风》有的爱情诗则描写我国古代人们表达爱情的"投桃报李"的方式,如《卫风·木瓜》:

> 投我以木瓜,报之以琼琚。匪报也,永以为好也。
> 投我以木桃,报之以琼瑶。匪报也,永以为好也。
> 投我以木李,报之以琼玖。匪报也,永以为好也。

诗中,一方赠送另一方木瓜或桃李,另一方则回报以玉佩。情人的本意不在于互赠礼物,而是永结恩情的表示。在后世,"投桃报李"不仅表达爱情,而且成为中国人的礼仪规范。

《国风》既描写了甜蜜的爱情,也记述了不幸的婚姻。在礼教的压迫之下,那个时代的妇女常常被男子所遗弃,弃妇们的内心格外痛苦,她们呼号,她们反抗,如《卫风·氓》《邶风·谷风》《王风·中谷有蓷》《陈风·墓门》等。其中《卫风·氓》和《邶风·谷风》在反映弃妇不幸、表现她们痛苦心灵方面最富于典型性。这里以《邶风·谷风》为例。

《邶风·谷风》是一篇弃妇诉苦之词,全诗共分六章,以女主人公自述的口吻写出。第一章是女主人公对狂怒不已的丈夫的劝说,希望他不要忘记前言,抛弃自己:

习习谷风,以阴以雨。黾勉同心,不宜有怒。
采葑采菲,无以下体?德音莫违,及尔同死。

诗一开始以"习习谷风,以阴以雨"起兴。女主人公对像飒飒山风、天阴雨暴那样发怒的丈夫说,我和你勉力同心,你不该对我如此不能相容。你采了葑、菲,难道要叶不要根?这里以根喻女子德操,以叶喻女子色貌。她婉言劝告丈夫不应娶妻不重其德,而仅以妻子色衰即行遗弃。她还提醒丈夫不要忘了先前对她说过的"及尔同死"的誓言。"习习谷风,以阴以雨",可能原先是晴朗好天气,之后顿时凄风苦雨,一种悲愤、凄凉的意境跃然纸上。果然,男子在境遇好转之后,就立刻爱上了别人,女主人公终于被抛弃了,引出了无限哀怨。诗的第二章叙说了女子被弃的痛苦和男子重婚的欢乐:

行道迟迟,中心有违。不远伊迩,薄送我畿。
谁谓荼苦?其甘如荠。宴尔新昏,如兄如弟。

女主人公走出家门迟迟不忍离去,她不指望故夫远道相送,只希望能就近送上几步也好。可是,男子只将她送到家门口就止步了。女子悲啼自己的不幸命运,发出极沉痛的声音:"谁谓荼苦?其甘如荠。"谁说荼菜味苦呢?要是同我此时的伤痛比起来,它简直像荠菜那样甜啊!在这里,女子因为被抛弃的痛苦远远胜过了苦菜的痛苦,吃起来竟然有几分甘甜,可见她的痛苦有多深。接着,她用故夫另娶新人的快乐同自己的不幸作了鲜明对比,使人更能体会到弃妇内心的无尽哀伤。

第三章主要写女子被弃绝后对过去生活眷恋的余情:

泾以渭浊,湜湜其沚。宴尔新昏,不我屑以。
毋逝我梁,毋发我笱。我躬不阅,遑恤我后。

这里,泾水浊,渭水清,分别喻自己与新人。女主人公感叹,旧人遇到新人,就像泾水遇到渭水,更显得容貌憔悴了。可是,泾水在一个地方静止下来时,也会清澈见底。然而男子既已娶了新人,便诬我是非常不洁的人了。对已经成为过去的生活,女主人公还不能完全忘情。她禁不住想告诉新人:不要到我的鱼堰那里去,不要把我的鱼篓弄乱了!可是既而一想,自身都不能为丈夫所容了,哪还顾得到走了以后的事情!

第四章用渡河作比喻,追叙自己婚后治家睦邻,无不尽心尽力,有着贤良的美德:

就其深矣,方之舟之。就其浅矣,泳之游之。
何有何亡,黾勉求之。凡民有丧,匍匐救之。

第一章 叙物言情,触物起情:先秦时期的诗歌

女主人公一向勤勉持家,友爱四邻。她竭尽全力操持家务,邻居家有什么难处,她也尽力"匍匐救之"。可见这个女子是一个吃苦耐劳、乐于助人的人。

第五、六章,女主人公历诉丈夫对自己今昔态度的不同,谴责他的自私自利:

> 能不我慉,反以我为雠。既阻我德,贾用不售。
> 昔育恐育鞫,及尔颠覆。既生既育,比予于毒。
> 我有旨蓄,亦以御冬。宴尔新昏,以我御穷。
> 有洸有溃,既诒我肄。不念昔者,伊余来塈。

女子沉痛地说道:如今你不仅对我没有一点好感,反而将我当成仇人。我一片好心遭到拒绝,竟像商人卖不出去的货物。女主人公辛苦准备好的过冬食物,只是为了度过匮乏的冬季,却成了丈夫与新人结婚的积蓄。丈夫剥夺了妻子的劳动成果,还要对她恶言恶语,拳脚相向,丝毫没有当日的温情,那份海誓山盟,今日看来,就好像美梦一场。

在男女不平等的阶级社会里,妇女被丈夫遗弃是相当普遍的社会现象。其中因色衰而见弃亦是很富于典型性的,《邶风·谷风》就是描写这类女子的遭遇。诗中细致入微地刻画了这位弃妇复杂的内心活动,从中可以看出她性格中软弱的一面。全诗尽是殷殷相诉的悲哀之语,却无一疾声怒颜之辞。这个女子的形象与《卫风·氓》中的弃妇既温柔又刚强的性格不同,但两首诗都表现了古代劳动妇女在礼教压迫下不幸的婚姻命运。

此外,《诗经》中还有一部分反映社会风俗、礼节、宴会、祭祀的诗歌,如《小雅·斯干》《小雅·宾之初筵》《周颂·丰年》等,也值得注意。

二、《诗经》对诗歌比兴传统的确立

《诗经》中,抒情诗占据绝对优势。除了《大雅》中有少数记录历史的诗歌及《小雅》《国风》中的个别篇章,几乎都是抒情诗,且在表达个人感情上还是比较含蓄的。从内容上看,《诗经》中表现现实生活和日常经验的比较多,极少出现虚构的人物形象或者超越人间世界之上的神话世界;多以男欢女爱、弃妇征人、春耕秋收等内容为题材。因此,《诗经》被后代研究者称为现实主义诗歌的光辉起点,是一部"诗史"。不过,《诗经》最突出的艺术特点就是确立了诗歌比兴传统。

"比",就是比喻。《诗经》中有的全篇用比体。在这样的诗中,诗人所描绘的形象没有独立的意义,而只是用来打比方以表意说理。例如,《硕

鼠》诗中用老鼠比喻不劳而获的剥削者。《豳风·鸱鸮》则通过一只雌鸟的哀诉，叙说了恶鸟对它的迫害，借此控诉残暴的统治者摧毁人民家园、将人民置于艰危境地的罪行。《小雅·鹤鸣》用一连串比喻，形象地表达了招纳人才为国所用的主张。不过，在《诗经》中，纯用比体的诗为数很少，大多数是在诗中起一定修辞作用的片段的比喻。其中有明喻、隐喻、借喻等。

"兴"，一般用于一首诗或一章诗的发端，如同当今民歌中所谓"歌头"。在《诗经》中，"兴"的手法运用得十分广泛。具体情况又可以分为两种：一种是仅起到从韵脚上引出下文，或者借眼前景物来发端的作用，不具有象征意义的"兴"。例如，谴责秦穆公以活人殉葬，悲悼"三良"的诗《秦风·黄鸟》。该诗每一章发端处写黄鸟的飞翔和降落，与诗文内容没有什么关联。但三章中分别写黄鸟落在"棘""桑""楚"上，起到了变换下文音韵的作用。又如《伐檀》之咏"河水"，《风雨》（《郑风》）之咏"风雨"等都是类似的情况。另一种比较常见的情况是，诗的开头所言的"他物"，与"所咏之词"亦即诗之本意相关，这时"兴"便带有一定的象征性，如"关关雎鸠，在河之洲。窈窕淑女，君子好逑"。这里，"关关雎鸠，在河之洲"便是"兴"，是这首诗的发端。诗人从"关雎"唱起，正象征着"淑女"与"君子"爱情的坚贞，与整首诗的意旨是暗合的。起兴来自现实生活中自然景物与社会生活现象对诗人的触发。这种触发引起诗人由此及彼的联想，于是发抒为动人的诗篇。

"赋""比""兴"三种表现手法各有自己的特点，但它们又不是互相排斥的，很多时候是兼而用之。因此，《诗经》中存在大量"赋而比"，特别是"比而兴""兴而比"的情况。《诗经》比、兴手法的运用，使得诗歌在表达感情方面更为丰富多彩，大大增强了诗歌的形象性，从而使之更富于美感。

三、《诗经》的其他艺术成就

《诗经》在艺术上所取得的成就是开创性的，除了比兴的表现手法，还有章法上的重章叠句、重言叠字和双声叠韵联绵词，以齐言为主的四言诗，使得一部《诗经》呈现出独特的艺术面貌，并对两千多年来民族诗歌的发展产生了巨大的影响。

第一，《诗经》在章法上的基本结构特点是重章叠句。所谓"重章"，即全诗的每一章（亦即今人所谓"一段"，历来说《诗经》者称"章"。）除变换个别字、词之外，都是重复的。例如，《芣苢》最为典型，全诗三章中只有"采""有""掇""捋""袺""襭"六字不同，其余皆重复。其实，上述六个字也都是采集的意思，只是动作上有些细小的差别而已。此外，如《伐檀》《硕鼠》也都是这种情况。所谓"叠句"，即每一章有若干句是重复的，如《周南·汉

第一章 叙物言情,触物起情:先秦时期的诗歌

广》。叠句的形式比较多样,不仅有《汉广》中那样的方式,还有连续叠句的方式,即在一章之中连续重复相同的句子,中间没有其他词语相隔。例如,《鄘风·相鼠》中每一章的第二、三句都是这样的叠句。叠句有增强节奏感的作用,特别是在它与重章复沓的咏唱相结合时,往往更能突出感情色彩,强调全篇的主题,如《王风·采葛》。《诗经》重章叠句的结构特点,成为我国后世民歌的普遍结构形式。

第二,《诗经》运用重言叠字和双声叠韵联绵词,以此增加诗歌的音律美和修辞美,表达细微曲折的感情和自然界美丽的形象。重言叠字是指单字的叠用。在《诗经》中,重言叠字往往是用来写貌或拟声。写貌,包括描绘自然景物形态和描绘人物的心理、动作或神态。例如,《王风·黍离》首章:

> 彼黍离离,彼稷之苗。
> 行迈靡靡,中心摇摇。
> 知我者谓我心忧,不知我者谓我何求!
> 悠悠苍天,此何人哉!

这是一首游子抒写忧愁的诗。诗中多处运用了重言叠字;以"离离"形容禾黍之茂盛;以"靡靡"状写行者脚步之迟缓;以"摇摇"表现心忧以致不能自主,以"悠悠"展示苍天之高远。既描绘了自然景物,又写出了人物的举止、心神。

又如《小雅·采薇》末章:

> 昔我往矣,杨柳依依;今我来思,雨雪霏霏。
> 行道迟迟,载渴载饥。我心伤悲,莫知我哀!

《采薇》是一首反映士卒在归途中抚今追昔内心伤痛的诗作。这一章以柳代春,以雪代冬,借景表情,感时伤事,极富于形象性和感染力。而且,诗中写士卒离家时是"杨柳依依",此为"以乐景写哀",因为他当时的心情是极为懊丧;而他经历九死一生后从战场上归来,心情十分宽慰,但眼前却是"雨雪霏霏",此谓"以哀景写乐"。同时,诗中叠字的运用亦很出色。"依依"二字显出杨柳枝条的轻盈、娇弱,给人以缠绵之感;"霏霏"二字则形容了大雪纷纷扬扬、密密麻麻的情景;"迟迟"体现了征人脚步的沉重缓慢。

《诗经》中还常用叠字来拟声,即运用象声词,使语言具体、形象,给人以如闻其声、如临其境之感。拟声,有时是模拟动物鸣叫之声,如"交交黄鸟"(《秦风·黄鸟》)、"呦呦鹿鸣"(《小雅·鹿鸣》);有时是模拟大自然不同的风雨之声,如"风雨凄凄""风雨潇潇"(《郑风·风雨》);还有时是模拟车

行鼓乐之声,如"有车邻邻"(《秦风·车邻》),"鼓钟将将""鼓钟嗜嗜"(《小雅·鼓钟》)等。《诗经》中,重言叠字常常上下句中连续出现,如"萧萧马鸣,悠悠旆旌"(《小雅·车攻》),"萧萧"是马鸣声,闻之可想象出战马从容长嘶之态;"悠悠"描绘出军旗悠扬飘动之势,二句反映了军容整肃之貌。

双声叠韵联绵词在《诗经》中运用得也很普遍。双声,是指词中两个字的声母相同,如"参差"(《周南·关雎》)、"踟蹰"(《邶风·静女》);叠韵,是指词中两个字的韵母相同,如"窈窕"(《周南·关雎》)、"夭绍"(《陈风·月出》)。有的时候,则是双声兼叠韵,例如,"栗烈"(《豳风·七月》)、"辗转"(《周南·关雎》)、"蠨蛸"(《豳风·东山》)。不过,由于古今音韵的变化,原来的双声叠韵,经过历史演变,有一些已不是同一声母或同一韵母了。双声叠韵与叠字叠句交错使用,更增强了诗的音乐性和它的抒情效果。例如,《陈风·月出》就是这样的例子:

　　月出皎兮,佼人僚兮。舒窈纠兮,劳心悄兮!
　　月出皓兮,佼人懰兮。舒忧受兮,劳心慅兮!
　　月出照兮,佼人燎兮。舒夭绍兮,劳心惨兮!

整首诗以明月起兴,又暗以明月比喻女子容貌之明丽,描写主人公在月下遇到一位美丽的女子,因为爱她,于是就悄然心忧了。三章间隔叠句,反复咏唱,内容没有什么变化和区别,但是因为每章都用了叠韵联绵词,且句句押韵,这就避免了三章雷同之感,并富有音乐的节奏和韵律美,是典型的歌唱体。

第三,《诗经》成就了一种新的以齐言为主的诗体,那就是四言诗。四言诗是一种古体诗,古体诗的主要特点是每篇句数不拘,句式不求完全整齐。四言诗就是每句四字或以四字句为主的古体诗。《诗经》中多数诗篇每句皆为四言,相当整饬;大体偶句用韵,奇句为出句,偶句为对句,自成唱叹。例如,《周南·关雎》每句皆为四言,有一种整齐的美。

《诗经》的少数诗篇也间用杂言(除四言,从一言至九言)点缀其中,运用杂言的地方,或奇句为韵,或偶句为韵,较为灵活多变。例如,《鄘风·桑中》:

　　爰采唐矣,沬之乡矣。云谁之思?美孟姜矣。
　　期我乎桑中,要我乎上宫,送我乎淇之上矣。
　　……

此诗通过男子的口吻,写一对恋人在桑林中相会,在社庙里同游,后来女方把男方一直送过淇河,字里行间洋溢着柔情蜜意。作者在以四言为主的句式中又插进五、七言句,在整饬中有错落,显出一种参差变化的美。

综上所述,《诗经》所包含的丰富的思想内容和它那富于独创性的艺术特色,决定了它在中国文学史上极为重要的地位。它对后世的影响也是深远的。第一,它是我国诗歌文学的光辉起点。作为一种文学样式,它的体制的定型,它的表现手法的成熟,标志着诗歌体裁的确立。第二,《诗经》奠定了我国诗歌创作乃至整个文学创作中的现实主义基础。《诗经》中民歌的作者,通过诗歌真实地反映自己的生活,表达自己的真实思想感情,揭露社会问题,即所谓"饥者歌其食,劳者歌其事"。因此,《诗经》在中国诗歌史上的最重要贡献,是它开创了我国文学的现实主义优良传统,是现实主义文学的光辉典范和源头。第三,《诗经》在艺术上的特色,本身便具有开创的意义。它的艺术形式的许多方面成为后世诗歌的典范和楷模;《诗经》中的叙事性史诗、劳动诗、恋歌、战歌、祭歌、哀歌、颂歌、节令歌、讽刺诗等,又为后代提供了多种诗歌样式;《诗经》的表现方法,尤其是"比""兴"二法,成为中国诗歌创作的最基本的表现方法,是不可不用的形象思维的方式之一。

第三节 从四言到杂言:骚体诗

骚体诗,其诗句中带"兮"字的古诗,因诗人屈原用这种诗体创作长诗《离骚》闻名后世而得名。又因流行于古楚国,又称楚辞。骚体诗语言比较自由,多带有"兮"字,其可以舒缓语气,兼以抒情;可在句中,也可在句尾。骚体诗长于抒情、铺陈、夸张,故又称赋。骚体诗在句式上突破了四言体的限制,代之以参差错落、灵活自由、容量更大的句式;运用许多口语、虚词,使句式较为散文化;受巫歌影响较大,本身虽不入乐,仍保留作为乐章形式的某种体制,如"乱次""少歌""倡";诗的规模扩大,抒情中加强了铺叙和叙事的成分,对赋的形成有很大影响;押韵方式复杂多样。可以说,骚体诗是四言过渡到杂言的重要诗体。

屈原(约公元前340—公元前277)名平,相传为湖北丹阳秭归人。他是楚王室的远房宗亲,生活在楚怀王时代,才华过人,熟悉政治情况,起初深得楚怀王的信任,被任为左徒。然而,当时秦楚争雄,斗争极为剧烈。在与楚国旧贵族势力和亲秦派的政治斗争中,屈原两度遭到流放,最终投汨罗江而死。

班固《汉书·艺文志》载屈原的作品为25篇,但未列篇名。东汉王逸《楚辞章句》所收篇数也是25篇,为《离骚》《九歌》(11篇)、《天问》《九章》(9

篇)、《远游》《卜居》《渔父》。其中少数作品是否为屈原所作,尚有争议。《离骚》是屈原的代表作,全诗在楚辞中占有首席地位,前人将其尊为"经",而把楚辞的其余作品统称之"传"。它在中国诗史上有举足轻重的地位,乃至世称诗人为"骚人",谓辞体为"骚体"。《离骚》是带有自传性质的一首长篇抒情诗。全诗共370多句,近2500字。

全诗可分为两大部分。第一部分从开始到"岂余心之可惩"。在这一部分中,诗人回首往事,追溯历史。他先叙述了自己的家世出身,生辰名字和自幼的抱负,接着叙述了他辅助楚王进行政治改革,遭到群小的陷害,楚王听信谗言,不信任他,内心十分痛苦。即便如此,自己也永不改初衷。最后写他遭受迫害以后的心情,表示自己纵然遭到迫害,但决不向恶势力屈服,坚持理想,忠贞不移,甚至"虽九死其犹未悔"。第二部分从"女嬃之婵媛兮"到结束,叙述诗人对未来道路的探索,不像前半部那样多从现实出发进行描述,而主要通过想象与幻想来展开。在人间求索失败后,去沅湘向已故的重华(舜)陈词,上天去叩打天帝之门,不断上下求索。奇幻诡谲,异彩纷呈。

《离骚》篇幅宏大,文辞优美,想象丰富,气势恢宏,充满了爱国激情,反映了屈原对楚国黑暗腐朽政治的愤慨,也表达了他不与恶势力妥协,为理想战斗而宁死不屈的精神。屈原在诗中无情地揭露贵族统治集团争权夺利、贪婪嫉妒、蔑视法度的丑恶行为。他写道:

众皆竞进以贪婪兮,凭不厌乎求索。
羌内恕己以量人兮,各兴心而嫉妒。
……
固时俗之工巧兮,偭规矩而改错。
背绳墨以追曲兮,竞周容以为度。

他还联系楚国的现实,指出那些党人把国家引到幽昧险隘的道路:"惟夫党人之偷乐兮,路幽昧以险隘。"正是贵族集团,在楚国形成一股巨大的黑暗势力,造成了一个"溷浊"的社会环境,包围、迫害着屈原:"世溷浊而嫉贤兮,好蔽美而称恶。"但是,在黑暗的环境中,诗人没有低头,没有屈服,没有同流合污!他始终执着于真理,始终不放弃自己的理想,始终坚守自己的节操:

余固知謇謇之为患兮,忍而不能舍也。
亦余心之所善兮,虽九死其犹未悔。
宁溘死以流亡兮,余不忍为此态也。
虽体解吾犹未变兮,岂余心之可惩?

第一章　叙物言情,触物起情:先秦时期的诗歌

阽余身而危死兮,览余初其犹未悔。

从这里,我们可以看到诗人那光辉峻洁的人格和坚贞不渝的节操。

屈原之所以能始终不渝地坚持政治理想,能坚定不移地同黑暗势力作斗争,是和他热爱祖国、热爱人民的思想分不开的。他始终没有离开自己的故国。诗中写道,在他被流放之后,也曾有过离开楚国的念头,但是,当诗中抒情主人公飞驰在祖国的上空,望到自己的国土时,就连他的仆夫和马也不忍再前进了:"陟升皇之赫戏兮,忽临睨夫旧乡。仆夫悲余马怀兮,蜷局顾而不行。"

《离骚》全诗洋溢着澎湃的激情,充满了神奇的想象,内容与形式高度和谐、统一,在艺术上取得了前无古人的成就。

第一,积极浪漫主义的精神。在《离骚》中,这种积极浪漫主义精神的总特征表现为狂热的感情,丰富的想象,奇特的象征,巨大的夸张。在抒情背景上,诗人开拓了以天上人间的广阔空间、古往今来的遥远时间为背景;在构思上,杂糅神话故事、宗教风俗和历史传说,组织了一系列非现实的、奇幻优美的情节;在画面上,以色彩鲜明的词汇,描绘出一个个瑰丽斑斓的场面,从而表现诗人对理想的追求和对楚国黑暗势力的批判。例如,以自然界的香草洁物作为衣服装饰来比喻自己美好的品德和修养,这想象是奇特的,比喻是优美的,字字洋溢着纯美、幽香的气息。又如,"上叩帝阍"一节,诗人写他幻想神游,以追求志同道合者,他满怀着希望,因而以巨大的夸张来描写他神游的情景;月御风伯前呼后拥,鸾皇、雷师奔走相随,飘风、云霓全来欢迎,诗人自己也化作神话中的人物,可谓热烈、轻快,正反映了诗人不可抑止的政治热情。可是,在这醉心的想象之后,诗人又写到"帝阍"(天帝的守门人)"倚闾阖而望余",拒而不纳。一段奇幻的想象之后,又以一个奇特的构思作巨大的转折,以强烈的对比揭示了诗人内心的苦闷,留给读者的是无限愤恨、无限惆怅、无限同情、无限深思。"去国远逝"一节,诗人在遭到种种打击、挫折和失败之后,幻想离开祖国,另谋出路,这在当时对于一般人是可行的。诗人想象他取道昆仑山,清晨从天河的渡口出发,晚间便抵达西方的尽头,他踏着流沙在赤水边徘徊,指挥蛟龙架起桥梁,命令西皇渡他过河。诗人以夸张、藻饰的笔墨,描写他的仪仗队浩浩荡荡,气派非凡:飞龙驾车,旌旗蔽日,鸾铃阵阵,凤翼翱翔,千车竞发,八龙婉婉,云旗逶迤,圣乐高奏。通过这一番尽情的渲染,诗人好像得到了精神解脱,但是"无意中"朝下一瞥,他看到了故乡楚国,于是"仆夫悲余马怀兮,蜷局顾而不行"。诗到此戛然而止,而诗人的一腔热爱祖国的情感却弥漫在宇宙之间!

第二，构成形象体系的比兴手法。《离骚》继承并大大发展了《诗经》的比兴传统。如果从"以彼物比此物"和"先言他物以引起所咏之词"的角度讲，《离骚》确实上承《诗经》，但它已经更进一步。它的发展表现为：从广度上看，《诗经》的比兴多是片段的，一般每篇见于一处，而《离骚》则是全篇大开大合，一个接一个地多方面地广用比喻，构成庞大的比兴体系。从深度上看，《诗经》的比兴作用一般比较单纯，有的只是表现在"彼物""此物"的外在联系上，甚至有的只是谐音。《离骚》则注意比兴中"此物"与"彼物"的内在联系，用作比喻的事物与全篇所表达的内容统一，富有象征性。

第三，表现形式上的其他特点。《离骚》全篇反复申言，一反一正，在结构上表现为波澜起伏，往复跌宕。例如，女媭劝诗人随俗浮沉，不要使自己过于孤立，但诗人不愿放弃自己的理想而接受这个劝告。又如灵氛劝他合则留不合则去，但他终于不肯这样做，表现了突出于流俗之上的卓越的人格。诗歌章法上的这种起伏曲折，反映了诗人思想上的苦闷彷徨和感情上的曲回扬抑。其他如句法上突破四言，句式拉长，以便于表现奔腾澎湃的感情；表现手法上的铺张描写和问答形式；语言上大量吸收楚地方言，而又注意加工提炼，使作品既具有地方特征和情调，又能为广大读者明白通晓，从而丰富了文学语言。这些都是《离骚》的鲜明特色。

《离骚》的上述特色和成就，使得它成为独异的"骚体"，而与以《国风》为代表的《诗经》并称为"风骚"。

《九歌》是屈原放逐江南时仿民间祭歌再创作的一组诗，诗名沿用夏乐旧题，该组诗共有11篇作品。前9篇各自歌咏一个神祇，间涉男女恋情而富于宗教色彩：《东皇太一》——写最尊贵的天神，《云中君》——咏云神，《湘君》《湘夫人》——咏湘水的一对男女配偶神，《河伯》——咏河神，《山鬼》——咏山神，《大司命》——咏主寿命的神，《少司命》——咏主生育子嗣的神，《东君》——咏太阳神。只有后2篇比较特殊，一篇《国殇》，是悼念楚国的阵亡将士；一篇《礼魂》，是送神曲。这些诗不像《诗经》中的祭祀乐歌那样庄重而板滞，质木无文，《九歌》中的诗生动活泼，深情委婉，形象丰满，打破了人与神的界限，亲切可爱。如果说《离骚》明显有受中原地区的政治与伦理等文化影响较深的烙印，那么《九歌》所体现的则纯属楚文化独具的特色，显得绚丽多姿，想象奇特，打破人神的界限，奇幻神秘，具有浓郁的浪漫主义色彩。

《湘夫人》与《山鬼》是《九歌》中最为出色的两篇。它们都是祭神乐曲，《湘夫人》所祭迎者为湘水女神，《山鬼》所祭迎者为巫山之神。这两篇中的抒情主人公形象具有以下共同特点：美丽多姿而志趣芳洁，善解风情而孤独寂寥，情有独钟而专一执着，苦闷幽怨。无论是湘夫人也好，山鬼也好，

第一章 叙物言情,触物起情:先秦时期的诗歌

都写得亲切可爱,痴情感人,充满人情味。这种纯真的爱情,对唐代李商隐产生了较深的影响。《国殇》在《九歌》中是比较特殊的一篇,不是祭神,而是悼念阵亡将士。诗中写在敌我力量悬殊的情况下,楚国将士英勇战斗,视死如归,为国捐躯,虽死犹荣。通篇一改诗人通常习用的比兴手法,直赋其事;一改幽洁芬芳、缠绵悱恻的韵调,以刚健质朴的风格独树一帜。

《天问》是屈原作品中的第二首长诗,全篇共374句,1553字。关于《天问》题目的含义,王逸《楚辞章句》说:"何不言问天?天尊不可问,故曰'天问'也。"也就是说,"天问"就是"问天"的意思。实际上,就其内容来说,本篇就是关于"天"的问题。《天问》的问题,归纳起来主要是关于天象和天道两方面的。第一,关于天象方面。诗人对关于宇宙的开辟、天体的形成以及日月星辰、地体、气象的传统解释提出疑问:"遂古之初,谁传道之?""上下未形,何由考之?""九天之际,安放安属?"(宇宙、天地)"日月安属?列星安陈?""自明及晦,所行几里?""夜光何德,死而又育?厥利维何,而顾菟在腹?"(日月星辰)"东流不溢,孰知其故?""东西南北,其修孰多?""何所冬暖,何所夏寒?"(地体、气象)这些问题,充分反映了诗人对宇宙奥秘渴望了解的精神,反映了他热切地追求科学真理的态度,也反映了他不满足于以神话来解释自然现象,而勇于揭露其中矛盾的朴素唯物主义的思想。第二,关于天道方面。诗人对历史和传说中的许多关于治乱兴衰的事迹提出疑问,表示了对于天道支配人事观念的大胆否定。其中提供了许多可贵的神话资料,又总结了不少可资借鉴的历史经验。神话方面如:"女岐无合,夫焉取九子?""鸱龟曳衔,鲧何听焉?""羿焉彃日?乌焉解羽?""化为黄熊,巫何活焉?""胡射夫河伯,而妻彼雒嫔?""简狄在台,喾何宜?玄鸟致贻,女何喜?"等等。总结历史经验方面如:"何圣人之一德,卒其异方?梅伯受醢,箕子佯狂?""天命反侧,何罚何佑?齐桓九会,卒然身杀?""受殷天下,其位安施?反成乃亡,其罪伊何?"这些,体现出《天问》极可贵的思想价值。

《天问》不仅显示了屈原对认识自然界和社会历史的固有规律、本来面貌的强烈渴望,以及他对某些传统观念的大胆怀疑和批判精神,而且反映出屈原在思想文化方面的深厚修养。从《天问》中,可以明显看到南北文化,特别是楚文化在作者心理上的积淀。《天问》的形式基本上以四言为主,通篇四句为一节,每节一韵(亦有个别两句一韵之处)。通体全用问语,参差历落,错综变化,非常灵活矫健。

《九章》是屈原的重要作品,《九章》九篇作品中,虽然风格不完全一致,但其基本思想及某些篇章的辞意气韵与《离骚》是一致的。《九章》中比较重要的有《橘颂》《惜诵》《抽思》《涉江》《哀郢》《怀沙》等篇,它们是研究屈原生平、思想的重要材料。

司马迁在《史记·屈原贾生列传》中说:"屈原既死之后,楚有宋玉、唐勒、景差之徒者,皆好辞而以赋见称;然皆祖屈原之从容辞令,终莫敢直谏。"秦汉以前,今人所知道的楚辞作家只有楚国的宋玉、唐勒、景差三人,而唐勒、景差的作品均失传。

宋玉的生平不详,但依据一些零星的记载和有关的作品来看,他是战国后期楚国人,稍晚于屈原,曾为顷襄王的文学侍臣,政治地位不高。晚年失职,愈加困顿,最后饮恨辞世。他的作品有《九辩》《风赋》《高唐赋》《神女赋》《登徒子好色赋》等传世。《九辩》是宋玉的代表作,主要叙述了诗人因不同流俗合污而受到朝廷群臣的排挤,以致流离他乡,过着凄苦的生活,从而对楚国黑暗的政治进行了深刻揭露。虽然思想性较屈原的作品贫弱,但诗中对秋景的动人描写却成为后世文人经常引用的永恒主题。在艺术手法上,《九辩》不仅继承和模仿了屈原,而且有所发展,有所创新。其感觉细致,语言精巧,是胜过屈原的,诗中抒情,不像《离骚》那样直抒胸臆,而是描绘一个典型环境,选择具有特征的景物,创造一个意境,营造一种氛围,借此抒发感情,以景托情,情景交融,浑然一体。全诗句式长短参差、错落有致。语气词"兮"字,不像《离骚》那样一律用在句末,而是不断变换位置,双声、叠韵、叠字的运用也使语言节奏十分灵活,充满音乐感。

自宋玉始,开了失意、悲凉、飘零、潦倒的文人悲秋的先例,影响很大。"悲秋"的主题在封建文人的创作中延续了两千余年,"宋玉悲秋"成为文学史上一个独特的主题。

第二章　语复真率,短语长情:秦汉时期的诗歌

　　由于秦代持续时间短暂,且实行"以法为教"的专制统治和"以吏为师"的愚民政策,后代能够看到的秦代诗歌很少。但是这不等于秦朝没有诗歌,尤其是民间的诗歌创作。据《汉书》《水经注》等文献记载,当时的民众有不少关于反对长城劳役的口头创作。在秦末战争的废墟上建立起来的西汉王朝,它在文化上采取相应宽松的政策。特别是汉武帝时期乐府机构的设立,又在一定程度上推动了诗歌,尤其是乐府诗歌的发展。汉乐府对后世诗歌发展的影响极大,从现实主义精神到语言形式,以及具体的叙述描写方法等,都使后代诗人受益。许学夷在《诗源辩体》(卷三)谓其"文从字顺,轶荡自如,最为可法";又说:"盖乐府多是叙事之诗,不如此不足以尽倾倒。且轶荡宜于节奏,而真率又易晓世。"在汉代,文学的主流是汉赋。尽管如此,诗歌仍然按照自身的规律在前进在发展。《诗经》中以四言为主体的诗歌样式,在汉代虽然仍有人仿效,但大多数形式呆板,因此并不通行。时代在前进,文学也在发展。在四言诗逐渐走向衰落的时候,一种新的诗歌样式正在逐步兴起,它就是在后来成为诗歌主流的五言诗和七言诗。在先秦文学的基础上,当五言诗开始萌芽的时候,七言诗也开始在孕育,但七言诗要成为流行的诗体样式,还要经历漫长的岁月。五言诗的发展则比七言诗要顺利一些,到了东汉,五言诗已经发展到了相当的水平,臻于成熟的阶段。朱光潜在《诗论》中说,五言诗的最大特征,"是把《诗经》的变化多端的章法、句法和韵法变成整齐一律,把《诗经》的低回往复、一唱三叹的音节变成直率平坦"。而《古诗十九首》代表着汉代文人五言诗的最高成就,其重视表现总体的诗意感受,绝无雕琢拼凑痕迹,陆时雍在《古诗镜·总论》中赞曰:"深衷浅貌,短语长情。"

第一节　观风俗,知得失:汉乐府采诗制

　　古代称民歌为"风",后因称"采诗"为"采风"。《汉书·艺文志》说:"故古有采诗之官,王者所以观风俗,知得失,自考正也。"儒家重视"观"字,《周易》中有《观》卦。《论语·阳货》云:"小子何莫学夫《诗》?《诗》可以兴,可

以观,可以群,可以怨;迩之事父,远之事君,多识于鸟兽草木之名。"郑玄释"观"是"观风俗之盛衰"的意思。由此,春秋时代的"观"已经和儒家教化、"以礼节欲"等思想连接起来,再进一步就是郑玄所谓"观风俗知盛衰"之意。进入汉代,随着独尊儒术活动的深入,观诗行为在儒门内部还保留着。汉人理解的《诗经》不是其原本含义,而是转折后的社会政治学含义。另外由汉初或汉中期形成的《毛诗序》奠定的诗学大纲成为汉代文艺的指导思想,于是,观风俗以知盛衰是连接下情和下情上达的重要措施,既有政治意味,也有审美意味。

关于采诗制度,最早可以追溯到先秦,早期文献中有较为丰富的记载。大体上来说,包括"使者采诗"和"瞽史献诗"两个过程。关于使者采诗,最早的记载是《左传·襄公十四年》师旷谏晋悼公时引《夏书》曰:"遒人以木铎徇于路,官师相规,工执艺事以谏。"西汉后期刘歆与扬雄赠答书,也涉及此事。至东汉班固的《汉书·艺文志》《汉书·食货志》,有更明确的记载,其中,《汉书·食货志》说:

> 冬,民既入,妇人同巷。……男女有不得其所者,因相与歌咏,各言其伤。……孟春之月,群居者将散,行人振木铎徇于路以采诗,献之大师,比其音律,以闻于天子。故曰王者不窥牖户而知天下。此先王制土处民,富而教之之大略也。

班固提到采诗是由一种专门官职"行人"负责的。行人,也就是道人。《周官》中的大、小"行人",大行人掌大宾之礼,迎送宾客以亲诸侯;小行人掌邦国宾客之礼,藉以待四方之使者,因此能够在春季至各诸侯国采诗。而民间流传的歌诗的最初的采集,可能还不是由"行人"担当的。据《公羊传·宣公十五年》何休注:

> 男女有所怨恨,相从而歌,饥者歌其食,劳者歌其事。男年六十,女年五十无子者,官衣食之,使之民间求诗,乡移于邑,邑移于国,国以闻于天子。故王者不出牖户尽知天下所苦,不下堂而知四方。

饥劳之歌闻于天子,需要经过层层上达的过程,最初是由年老无子的男女深入民间求诗,后再经过"行人"振木铎以采纳,才进入朝廷。进入朝廷之后,还须以"瞽史献诗"的方式上达天听。《左传》和《国语》都记述了"瞽史献诗"事。采诗观风的制度,在周代前期是有序进行的。但随着周王朝的衰微,到了孔子的时代,就已经颓废不行了,至汉代又渐渐恢复,甚至有乐府这种专门的音乐机关掌管民间诗歌的采集。

第二章 语复真率,短语长情:秦汉时期的诗歌

作为掌握音乐的官署机构,乐府最早见于秦代,汉初承之。当时的乐府只管民间俗乐,祭祀的雅乐则属太乐掌管。汉武帝时重建乐府机构,扩大其规模。乐府"机构职能除制定乐谱、训练乐工、填写歌辞、编配乐器进行演奏,还负有采集民歌的使命",因此保存了大量的民间乐歌。六朝时,人们把合乐的歌辞、袭用乐府旧题或模仿乐体裁写成的诗歌统称为"乐府",于是乐府演变成为一种诗体名称。沿用到后世,含义进一步扩大,如宋人把词,元、明人把散曲也称作乐府。

从《汉书·礼乐志》所记载乐府中郑四会员、楚鼓员、秦倡员、蔡讴员、齐讴员等,"大凡八百二十九人",可以想见武帝时乐府的盛况。到宣帝、元帝时,乐府人员都有所减少。至成帝时,又有所复兴。班固《汉书·礼乐志》记载:"是时,郑声尤甚。黄门名倡丙强、景武之属富显于世,贵戚五侯定陵、富平外戚之家淫侈过度,至与人主争女乐。"成帝一死,刚刚继位的哀帝就开始整顿乐府。他视乐府为郑卫之音,罢乐府官。所罢之人,主要是郑、楚、秦、蔡、齐的四会员、鼓员、倡员、讴员等,且均被定性为"郑声,可罢"。所保留之人,主要是郊祭乐人、朝贺鼓员。随着王莽乱汉,乐府更是陵夷衰微了。

乐府作为一种音乐官署被罢废了,但是民间歌谣并未就此而销声匿迹;采纳歌谣以观民风,在汉代的政治生活中也并未消失。相反,在东汉时期,采观歌谣是察举制度的重要补充。据范晔《后汉书》的记载,光武帝"广求民瘼,观纳风谣";和帝即位后,"分遣使者,皆微服单行,各至州县,观采风谣";章帝时,侍御史何敞上疏直言,圣王之治"立敢谏之旗,听歌谣于路"。举谣言、采问风谣、谣言奏事,在汉代察举制度中是上层考察下层政绩,纠责下层弊政的重要手段。范晔《后汉书》中有大量关于民间歌谣的记载,一方面是因为汉代谶纬之风盛行,另一方面是因为民谣的确在政治活动中具有重要的实际效用。

乐府所收集的民歌,大致的范围是:北起匈奴及其他少数民族居住的区域,南到长江以南,西起西域各地,东至黄河之滨。这些民歌,生动地反映了人民群众的现实生活。西汉时乐府采集的民歌凡138篇,流传至今只有三四十篇,加上东汉民歌和文人的作品,现存汉乐府有100多篇。

第二节 感于哀乐,缘事而发:汉乐府民歌

汉代乐府掌管的诗歌可分两大类,"一部分是供朝廷祀祖宴享使用的郊庙歌辞,其性质与《诗经》的'颂'相同。另一部分则是从全国各地采集来

的俗乐,其歌辞是流传民间的无主名的作品,世称之为乐府民歌,这部分作品是乐府诗的精华所在"。宋郭茂倩编《乐府诗集》100卷,分12类,包括郊庙歌辞、燕射歌辞、鼓吹曲辞等。《乐府诗集》里现存汉乐府民歌40余篇,多是东汉的作品。《汉书·艺文志》著录西汉歌诗28家,314篇,基本都是乐府诗。两汉乐府诗都是创作主体有感而发,具有很强的针对性。激发乐府诗作者创作热情和灵感的是日常生活中的具体事件,乐府诗所表现的也多是人们普遍关心的敏感问题,道出了那个时代的苦与乐、爱与恨,以及对于生与死的人生态度。汉乐府诗歌打破了《诗经》中以四言诗为主的格局,代之以灵活多变的杂言诗,此后又逐渐向整齐的五言诗发展。

两汉乐府诗的作者来自不同阶层,诗人的笔触深入社会生活的各个层面,因此,社会成员之间的贫富悬殊、苦乐不均在诗中得到充分的反映。相和歌辞中的《东门行》《妇病行》《孤儿行》表现的都是平民百姓的疾苦,是来自社会最底层的呻吟呼号。与《东门行》等三篇作品迥然有别,同是收录在相和歌辞中的《鸡鸣》《相逢行》《长安有狭斜行》三诗都是以富贵之家为表现对象;三首诗的字句也多有重复,最初当是出自同一母体。《相逢行》的作者犹如一位导游人员,两度把人引入侍郎府。第一次见到的是黄金为门,白玉为堂,堂上置酒,作使名倡,中庭桂树,华灯煌煌。第二次见到的是鸳鸯成行,鹤鸣啾啾,两妇织锦,小妇调瑟。《鸡鸣》和《长安有狭斜行》把表现对象的显赫地位渲染得更加充分,或云:"兄弟四五人,皆为侍中郎。"或云:"大子二千石,中子孝廉郎。小子无官职,衣冠仕洛阳。"

汉代乐府诗还对男女两性之间的爱与恨作了直接的袒露和表白。例如,《上邪》系铙歌18篇之一,是女子自誓之词:

上邪!
我欲与君相知,长命无绝衰。
山无陵,江水为竭,冬雷震震夏雨雪,天地合,乃敢与君绝。

这首诗用语奇警,别开生面。先是指天为誓,表示要与自己的意中人结为终身伴侣。接着便连举五种千载不遇、极其反常的自然现象,用以表白自己对爱情的矢志不移,其中每一种自然现象在正常情况下都是不会出现的,至于五种同时出现,则更不可能了。作品由此极大地增强了抒情的力度。

两汉乐府诗中的女子对于自己的意中人爱得真挚、热烈,可是,一旦发现对方移情别恋,中途变心,就会变爱为恨,果断地与他分手,而绝不犹豫徘徊。另一篇铙歌《有所思》反映的就是未婚女子这种由爱到恨的变化及其表现。女主人公思念的情人远在大海南,她准备了珍贵的"双珠玳瑁簪,

第二章　语复真率，短语长情：秦汉时期的诗歌

用玉绍缭之"，想要送给对方。听到对方"有他心"之后，愤怒地将准备送给对方的爱情信物"拉杂摧烧之，摧烧之，当风扬其灰""从今以往，勿复相思！相思与君绝！"表现的同样是爱情的坚贞，感情是同样的激烈恣纵。

《孔雀东南飞》所写的是另一种类型的爱与恨。该诗在南朝梁代徐陵《玉台新咏》中题作《古诗为焦仲卿妻作》，《乐府诗集》题作《焦仲卿妻》。今人多取该诗首句题为《孔雀东南飞》。徐陵在《玉台新咏》里，写有一篇小序，介绍了这个故事的大概情节：

> 汉末建安中，庐江府小吏焦仲卿妻刘氏，为仲卿母所遣，自誓不嫁。其家逼之，乃投水而死。仲卿闻之，亦自缢于庭树。时人伤之，为诗云尔。

诗的男女主角焦仲卿和刘兰芝是一对恩爱夫妻，他们之间只有爱，没有恨。他们的婚姻是被外力活活拆散的，焦母不喜欢兰芝，她不得不回到娘家。刘兄逼她改嫁，太守家又强迫成婚。刘兰芝和焦仲卿分手之后彼此进一步加深了了解，他们之间的爱愈加炽热，最后双双自杀，用以反抗包办婚姻，同时也表白他们生死不渝的爱恋之情。《孔雀东南飞》的作者在叙述这一婚姻悲剧时，爱男女主人公之所爱，恨男女主人公之所恨，倾向是非常鲜明的。

《孔雀东南飞》是我国诗歌发展史上第一首长篇叙事诗，其艺术成就是多方面的。第一，它成功地塑造了几个鲜明的人物形象。例如，刘兰芝，这是一个反抗封建压迫的女性形象，是作者以无比热情和深切同情着意刻画和歌颂的正面人物。刘兰芝聪明美丽、勤劳能干（"鸡鸣入机织，夜夜不得息"，"三日断五匹"，"昼夜勤作息，伶俜萦苦辛"）、纯洁大方（"女行无偏斜"），在反抗封建礼教的斗争中当机立断，不向压迫者示弱，不向恶势力低头。在封建家长制的压迫之下，她敢于起来控诉，起来斗争，并十分清醒、十分明智地主动提出把她遣送回娘家。被驱逐回娘家，这在当时被认为是最耻辱的事，但刘兰芝却理直气壮地回答："儿实无罪过。"从容镇定，不掉一滴眼泪，不露一点可怜相。当封建家长制的另一代表刘兄因畏权势、贪富贵逼刘兰芝再嫁，并责骂她时，刘兰芝是"仰头答"，话语中充满了控诉和讽刺。当太守迎娶，统治者的淫威、封建家长制的逼迫一齐施加到她的身上，要她屈服时，她毅然决然地选择了自杀的方式，"举身赴清池"，以表示最后的强烈反抗。在这场斗争中，刘兰芝还表现得沉着机智。当逼婚再嫁势在必行之时，她佯作答允，麻痹家人，以寻找与焦仲卿相见和自杀的机会，显示了其性格的成熟的一面。同时，刘兰芝又忠于爱情，家长逼迫屈服不了她，太守淫威吓不倒她，荣华富贵引诱不了她。这是刘兰芝形象的典

29

型性的另一面。刘兰芝与焦仲卿的爱情是深挚的:"君既为府吏,守节情不移。贱妾留空房,相见常日稀。""共事二三年""黄泉共为友"。特别是当封建礼教的势力压迫到他们头上时,更加深了他们的反抗的情感。临分别时,刘兰芝的誓言是:"君当作磐石,妾当作蒲苇。蒲苇纫如丝,磐石无转移。"刘兰芝是我国古典文学中光辉的妇女形象之一,具有深刻的社会意义和典型性。此外,《孔雀东南飞》还塑造了焦仲卿这个忠于爱情、富有斗争精神的封建社会青年的形象。焦仲卿是庐江府的一名小吏,是封建时代的下层人物。他连保护自己妻子的权利也没有,同样是一个受迫害者。但他忠诚于与刘兰芝的爱情,当听说刘兰芝受到婆母的刁难之后,立即"堂上启阿母",为兰芝求情,并坚决表明态度:"今若遣此妇,终老不复取!"当刘兰芝离开焦家时,他真诚地说:"不久当归还,还必相迎取。"送别时,他"下马入车中,低头共耳语",发誓不相违弃。当听说刘兰芝将改嫁太守之子时,他急急赶到刘家,"摧藏马悲哀",痛不欲生。但是,当焦母声言"东家有贤女,窈窕艳城郭",要为他另娶时,他却决计以死表示对兰芝的忠诚。最后,"自挂东南枝",与刘兰芝共同走上了以死相抗的道路。他的反抗性格在诗中是有发展的。开始,他较为软弱,当母亲迫害刘兰芝时,他只是"长跪告",谨慎地"伏惟启阿母"。当兰芝被驱赶回娘家时,他对夫妻团圆还抱着幻想。直至最后,当一切希望破灭之时,他才不顾母亲孤单,走上了以死抗争的道路。焦仲卿形象的塑造也是很成功的。此外,《孔雀东南飞》还描写了封建礼教的代表人物焦母和趋炎附势之徒刘兄等反面形象,作者让他们成功地反衬出刘兰芝、焦仲卿的可爱,也都颇为生动。《孔雀东南飞》对封建礼教的揭露和批判,正是体现在这几个人物形象的成功塑造上。第二,《孔雀东南飞》人物形象的塑造之所以获得成功,是因为作者着力于对人物个性的刻画。作者采取的表现手法首先就是以人物的语言来体现其个性,这是这首叙事诗的一个重要特点。贯穿全诗的大量对话,对表现人物性格起了重要作用。刘兰芝和焦仲卿的大段对话自不必说,其他如焦母、刘兄以及县丞等人物的语言也极有个性。例如,焦母斥责焦仲卿:"小子无所畏,何敢助妇语!"专横的封建家长的气势溢于言表。又如刘兄教训刘兰芝:"否泰如天地,足以荣汝身。"一副趋炎附势的可憎面目活活现出。以人物的行动来体现其个性,也极富艺术性。例如,焦母"槌床便大怒",可见其泼辣、凶悍;刘母见女儿被遣归家,"阿母大拊掌",可见其惊异、灰心;刘兰芝回娘家时,"入门上家堂,进退无颜仪",可以看出其尴尬的处境和情绪。正是这些富有个性的语言、动作,使得整首诗中的人物形象栩栩如生,呼之欲出。第三,《孔雀东南飞》的情节结构较为完整,叙事有头有尾,有矛盾的发生、发展经过及其结局。而且全篇繁简得当,没有芜笔。第四,《孔雀东

第二章 语复真率,短语长情:秦汉时期的诗歌

南飞》在叙事中还善于作抒情性的穿插。例如,诗歌开头两句以"孔雀东南飞,五里一徘徊"起兴,在故事的序幕一拉开,就借孔雀的往返留恋、徘徊不前创造出一种忧郁悲凉的氛围,与全诗的悲剧性故事内容相和谐。又如描写兰芝与仲卿第一次分手时,作者不禁发出叹息:"举手长劳劳,二情同依依。"而当两人最后诀别时,作者更是充满无限同情地歌咏道:"生人作死别,恨恨那可论!念与世间辞,千万不复全。"这种感情既是作者的,又可以说是诗中主人公的。全诗在叙事中适当地穿插抒情,很好地增强了诗作的艺术感染力。

汉乐府民歌的叙事诗中,除《孔雀东南飞》,还有像《陌上桑》和《羽林郎》这样的诗。在这两篇作品中,男女双方根本没有任何感情基础,是素不相识的陌生人,男方企图依靠权势将自己的意愿强加于女方。于是,出现了秦罗敷巧对使君、胡姬誓死回绝羽林郎的场面。这两首诗的作者也是爱憎分明,对秦罗敷和胡姬给予充分的肯定和高度的赞扬,嘲笑、鞭挞好色无行的使君和金吾子。

两汉乐府诗还表达了强烈的乐生恶死愿望。如何超越个体生命的有限性,是古人苦苦思索的重要课题,两汉乐府诗在这个领域较之前代文学作品有更深的开掘,把创作主体乐生恶死的愿望表现得特别充分。

《薤露》《蒿里》是汉代流行的丧歌,送葬时所唱,都收录在相和歌辞中。《薤露》全诗如下:

> 薤上露,何易晞。
> 露晞明朝更复落,人死一去何时归!

这首诗认为人的生命短暂,不如草上的露水。露水干了大自然可以再造,人的生命却只有一次,死亡使生命有去无归,永远消失。《蒿里》把死亡写得更为凄惨:

> 蒿里谁家地?聚敛魂魄无贤愚。
> 鬼伯一何相催促,人命不得少踟蹰。

这首诗是用有神论的观念看待人的死亡,写出了面对死亡时的痛苦心情,是以无可奈何的态度看待魂归蒿里这个不可抗拒的事实。

以上几首诗在描写死亡的凄惨悲哀时,表现出对生命的珍惜和留恋,对死亡的疏远和拒斥,死亡被写成是无法回避而强加于人的残酷事件。

恶死和乐生是联系在一起的,是一个问题的两个侧面,两汉乐府诗坦率地传达了人们对死亡的厌恶之情,同时又以虚幻的形式把乐生愿望寄托在与神灵的沟通上。郊祀歌《日出入》由太阳的升降联想到人的个体寿命。

太阳每天东出西入,无穷尽。然而,人的个体生命却是有限的,生为出,死为入,一出一入便走完了人生的历程。于是,作者大胆地想象,太阳是在另一个世界运行,那里一年四季的时间坐标与人世不同,因此,太阳才成为永恒的存在物。诗人期待能够驾驭六龙在天国遨游,盼望神马白天而降,驮载自己进入太阳运行的世界。

两汉乐府诗在表达长生幻想时,有时还写神界的精灵来到人间,和创作主体生活在同一世界。郊祀歌《练时日》《华烨烨》二诗的神灵都是来自天上,铙歌《上陵》中的仙人来自水中。在描写神灵莅临的时候,乐府诗作者充分发挥想象力,刻画得非常细致。《练时日》通过对灵之游、灵之车、灵之下、灵之来、灵之至、灵已坐、灵安留等多方面的依次铺陈,展示出神灵逐渐向自己趋近的过程和风采,以及自己得以和神灵交接的喜悦心情。

两汉乐府诗中有叙事诗,也有抒情诗,而以叙事诗的成就更为突出。两汉乐府诗都是感于哀乐、缘事而发的,创作主体在选择叙事对象时,善于发现富有诗意的镜头,及时摄入画面。酒店是人来人往,熙熙攘攘的热闹场所,饮食服务自古以来就是社会的窗口行业,尤其是酒店的女主人,更是引人注目的对象,许多故事都发生在她们身上。两汉乐府诗有两篇作品以酒店妇女为主角,一篇是收录在相和歌辞的《陇西行》,一篇是辛延年的《羽林郎》。《陇西行》再现健妇善持门户的场面,《羽林郎》叙述当垆美女反抗强暴的故事。通过描写她们与顾客的交往及各类人物的举止言行,艺术地展示了汉代的市井风情。

两汉乐府叙事诗多数具有比较完整的情节,而不限于撷取一两个生活片断,那些有代表性的作品都是讲述一个有头有尾、有连续情节的故事。《孔雀东南飞》的故事情节波澜起伏,扣人心弦。《妇病行》有临终托孤、沿街乞讨、孤儿啼索等场面,中间又穿插许多细节。《孤儿行》通过行贾、行汲、收瓜、运瓜等诸多劳役,突出孤儿苦难的命运。收录在古诗中的《十五从军征》也是一首乐府诗,叙述80高龄的退役老兵返回荒芜家园的情景,其中有中途和乡人对话、回家后烧饭作羹、饭菜熟后难以独自进餐三个场面,前后连贯,血脉相通,并且时见曲折。

总的来说,汉乐府诗歌不仅丰富了我国的诗库,而且对后代的影响是深远的:建安诗人以描写社会离乱为内容的诗歌,正是继承了汉乐府诗歌的现实主义传统;杜甫那些"因事立题"、反映民生疾苦的乐府诗篇,显然也从汉乐府诗歌中得到启示;元稹、白居易他们"讽兴当时之事""歌诗合为事而作"的那些社会诗,来源于汉乐府诗歌的"缘事而发"的传统;此后,乐府诗歌一直沿袭发展着,直到近代,诗人黄遵宪还写了《台湾行》《哀旅顺》等乐府诗歌。

第二章 语复真率,短语长情:秦汉时期的诗歌

第三节 五言之冠冕:汉代文人诗

进入东汉以后,文人诗歌创作出现新的局面,五言取代传统的四言成为新的诗歌样式,完整的七言诗篇也开始产生。诗人吸取乐府民歌的营养,保持民歌朴素自然、平易流畅的特色;又凭着较高的文化素养,在工整、细致方面有所提高。这组诗数量虽然不多,但作为早期文人五言诗的典范之作,对后世的影响极大,被刘勰在《文心雕龙·明诗》中誉为"五言之冠冕"。东汉文人诗多数独立成篇,还有一些附在赋的结尾,作为赋的一部分而保存到今天。赋末附诗,始见于东汉,后代多有仿效。东汉文人五言诗,有的作者明确,也有相当一部分未著录作者姓名,或虽标出作者姓名但存疑颇多。东汉时代,大量优秀的民歌进入了乐府。乐府中,五言诗占了统治的地位。由于五言民歌进入乐府,使文人有了更多的接触和学习五言形式的机会,他们也开始了模仿写作活动。重要的诗人有班固、张衡、秦嘉。在他们的倡导之下,创作五言诗的文人多起来了,艺术成就愈来愈高。东汉末年,主要活动在灵帝时期的几位著名诗人都有不幸的遭遇,他们的诗歌呈现出和班固、张衡、秦嘉等人迥然有别的风貌。他们通过自己的控诉、呐喊,开创了诗坛的新风气。重要的诗人有郦炎、赵壹、蔡邕。而代表着汉代文人五言诗的最高成就的是无名氏《古诗十九首》。

一、班固的诗歌创作

班固(32—92),字孟坚,扶风安陵(今陕西咸阳东北)人。班固出身儒学世家,其父班彪、伯父班嗣,皆为当时著名学者。在父祖的熏陶下,班固9岁即能属文,诵诗赋,16岁入太学,博览群书,于儒家经典及历史无不精通。建武三十年(54),班彪过世,班固从京城洛阳迁回老家居住,开始在班彪《史记后传》的基础上,与其弟班超一同撰写《汉书》,后班超投笔从戎,班固继续撰写,前后历时二十余年,于建初中基本修成。汉和帝永元元年(89),大将军窦宪率军北伐匈奴,班固随军出征,任中护军,行中郎将,参议军机大事,大败北单于后撰下著名的《封燕然山铭》。后窦宪因擅权被杀,班固受株连,死于狱中。班固一生著述颇丰。作为史学家,《汉书》是继《史记》之后中国古代又一部重要史书,"前四史"之一;作为辞赋家,班固是"汉赋四大家"之一,《两都赋》开创了京都赋的范例,列入《文选》第一篇。

现存东汉文人最早的完整五言诗是班固的《咏史》,其内容是西汉缇萦

救父一事:

> 三王德弥薄,惟后用肉刑。太仓令有罪,就递长安城。
> 自恨身无子,困急独茕茕。小女痛父言,死者不可生。
> 上书诣阙下,思古歌《鸡鸣》。忧心摧折裂,《晨风》扬激声。
> 圣汉孝文帝,恻然感至情。百男何愦愦,不如一缇萦。

三王,指商汤、周文王和周武王,史料记载他们均以"文德"治天下。三王之后,统治者多滥用刑罚。肉刑,即残害人肢体器官的刑罚。太仓令,即汉初名医淳于意,他曾担任看守官仓的小吏。缇萦,淳于意的小女儿淳于缇萦。她跟随父亲来到长安,向汉文帝上书请求替父受刑,情辞恳切,令汉文帝深受感动,于是赦免了淳于意,并下旨废除了肉刑。这首诗不仅是对缇萦救父事迹的歌咏,也是诗人对自身遭遇的感慨。班固晚年因"不教学诸子,诸子多不遵法度"而牵连下狱,最后死于狱中。他之所以称颂"三王"以及汉文帝不用肉刑,其实是隐晦地表达了对统治者诛戮大臣的贬责。"百男何愦愦,不如一缇萦",更饱含了诸子不肖、累及其父的凄怆。《咏史》诗按时间先后依次道来,以叙事为主,而不是像后代有些咏史诗那样重在议论抒情。班固是以写纪传体史书的手法创作《咏史》诗的,用词质朴,渲染修饰成分很少。

班固的五言诗除《咏史》,还有收录在《太平御览》中的几句佚诗。桓谭《新论·琴道》篇经班固续修而成,其后半部分也有类似五言诗句组成的段落。这几篇作品的风格和《咏史》基本相同,都以叙事为主,写得质实朴素。

班固的《竹扇赋》今存残篇,是一首完整的七言诗,原来当是系于赋尾。这首七言诗叙述竹扇的制作过程,它的形制、功用,遣词造句质朴无华,浅显通俗。

二、张衡的诗歌创作

张衡(78—139),字平子,南阳西鄂人。张衡少年时即善属文。17岁时游学三辅,一年后赴洛阳,在那里曾就教于太学,于"五经""六艺"无不贯通。永初五年(111)被汉安帝征拜为郎中,并先后在安帝元初二年(115)与顺帝永建初两次担任太史令之职。阳嘉年间(132—135),张衡升任侍中。永和元年(136),出为河间相。晚年因病入朝任尚书,于永和四年(139)逝世,北宋时被追封为西鄂伯。张衡在天文学、数学、文学方面都有所成就。他发明了地动仪,能测报地震;他所作的《二京赋》《四愁诗》等,均颇有名。张衡是在班固之后继续创作五、七言诗的著名文人,并且取得重要成就。

他的《同声歌》是一篇很有特色的作品,在东汉文人五言诗中别具一格:

　　邂逅承际会,得充君后房。情好新交接,恐栗若探汤。
　　不才勉自竭,贱妾职所当。绸缪主中馈,奉礼助蒸尝。
　　思为莞蒻席,在下蔽匡床。愿为罗衾帱,在上卫风霜。
　　洒扫清枕席,鞮芬以狄香。重户结金扃,高下华烛光。
　　衣解巾粉御,列图陈枕张。素女为我师,仪态盈万方。
　　众夫所希见,天老教轩皇。乐莫斯夜乐,没齿焉可忘。

同声歌,有"同声相应"之意。这首诗通篇假托新婚女子口气自述。先叙自己新婚之夜又惊又喜的心情,"情好新交接,恐栗若探汤"。把新婚女子的好奇、胆怯写得非常传神。最精彩的是中间部分,新妇不直说自己如何勤劳能干,而是声称从调理饮食到助祭神灵这些事情她都愿意承担。她不明说自己对丈夫如何爱恋,而是作了如下表白:"思为莞蒻席,在下蔽匡床。愿为罗衾帱,在上卫风霜。"新妇对丈夫体贴入微,关怀备至,通过形象的比喻,把自己美好的心愿婉转地传达给对方。结尾部分展示自己的美好体态和新婚之乐,较之前面更加大胆、坦率。《同声歌》明显借鉴了民歌的表现手法,措辞奇妙,兴寄高远。

三、秦嘉的诗歌创作

　　秦嘉(生卒年不详),字士会,陇西(治所在今甘肃临洮南)人。汉桓帝时秦嘉任郡吏,为郡上计赴京师洛阳,留任黄门郎。后以病卒于津乡亭。有妻徐淑,亦能诗文,两人恩爱情笃。秦嘉的《赠妇诗》三首,是东汉文人五言抒情诗成熟的标志。秦嘉、徐淑夫妇经历过缠绵悱恻的生离死别,他们的诗文赠答也成为文学史上流传的佳话。该组诗有序说明是秦嘉于入京上计之际,因妻徐淑卧病还母家,不及面别,故以诗为赠。

　　《赠妇诗》(三首)在时间上具有连续性。第一首写秦嘉即将赴京之际遣车迎妇,徐淑因病不能返回面别:

　　人生譬朝露,居世多屯蹇。忧艰常早至,欢会常苦晚。
　　念当奉时役,去尔日遥远。遣车迎子还,空往复空返。
　　省书情凄怆,临食不能饭。独坐空房中,谁与相劝勉?
　　长夜不能眠,伏枕独辗转。忧来如循环,匪席不可卷。

　　由人生短暂、居世多艰述起,写自己将奉役远离家乡,遣车欲迎妻还家叙别,结果却是空车而返,仅有一封书信令人神伤。作者独坐空房,临食不能餐,伏枕不能眠,忧愁无人慰解。

第二首写秦嘉想要前往徐淑处面叙款曲,终因交通不便等原因未能成行:

> 皇灵无私亲,为善荷天禄。伤我与尔身,少小罹茕独。
> 既得结大义,欢乐苦不足。念当远离别,思念叙款曲。
> 河广无舟梁,道近隔丘陆。临路怀惆怅,中驾正踯躅。
> 浮云起高山,悲风激深谷。良马不回鞍,轻车不转毂。
> 针药可屡进,愁思难为数。贞士笃终始,恩义不可属。

回想自己与徐淑小时候都是茕独之身,故成婚之后倍感欢聚之珍贵。今临出发前想到从此山河阻隔,长相离别,心中惆怅而车驾踟蹰。

第三首写启程赴京时以礼物赠遗徐淑,遥寄款诚:

> 肃肃仆夫征,锵锵扬和铃。清晨当引迈,束带待鸡鸣。
> 顾看空室中,仿佛想姿形。一别怀万恨,起坐为不宁。
> 何用叙我心?遗思致款诚。宝钗好耀首,明镜可鉴形。
> 芳香去垢秽,素琴有清声。诗人感木瓜,乃欲答瑶琼。
> 愧彼赠我厚,惭此往物轻。虽知未足报,贵用叙我情。

清晨就要上路,束带等待天明。回头再看一眼空房,想象着妻子的容貌身姿,内心是那么的不平静。留赠宝钗、明镜、芳香、素琴等物,虽难以报答妻之厚爱,多少可以表示自己的情意。

三首诗都有对车驾的描写,用来衬托诗人百感交集的复杂心情。"遣车迎子还,空往复空返",传达的是失望之情;"良马不回鞍,轻车不转毂",表现的是临路怅惘、徘徊不定;"肃肃仆夫征,锵锵扬和铃",暗示车铃催促启程,流露出无可奈何之情。

秦嘉的《赠妇诗》是一组艺术成就较高的抒情诗,是汉代文人五言抒情诗的成熟之作。钟嵘在《诗品》中将秦嘉及徐淑的诗作列入中品,谓"夫妻事既可伤,文亦凄怨。为五言者,不过数家,而妇人居二。徐淑叙别之作,亚于《团扇》矣"。徐淑的答夫诗为五言与骚体的结合,同样据事直书,情意真切。从班固到秦嘉,经过一个世纪左右的发展,东汉文人五言诗的创作进入了繁荣期。

四、郦炎的诗歌创作

郦炎(150—177),字文胜,范阳(今河北定兴西南)人。有文才,通音

第二章 语复真率,短语长情:秦汉时期的诗歌

律。灵帝时,州郡召用,皆不就。后得精神病,因母丧发病,妻在生产中惊死。妻家告官,被囚,死于狱中。郦炎的作品今存五言体《见志诗》(二首),抒发怀才不遇的感慨,传达出遭受压抑的不平之气。第一首诗为:

> 大道夷且长,窘路狭且促。修翼无卑栖,远趾不步局。
> 舒吾凌霄羽,奋此千里足。超迈绝尘驱,倏忽谁能逐。
> 贤愚岂常类,禀性在清浊。富贵有人籍,贫贱无天录。
> 通塞苟由己,志士不相卜。陈平教里社,韩信钓河曲。
> 终居天下宰,食此万钟禄。德音流千载,功名重山岳。

诗通篇袒露诗人高远的志向,他不相信命运,认为通塞由己,无须占问。这首诗的前八句可为一段,作者将"大道"与"窘路"对举,表明自己要走的是宽广的人生道路,不愿走狭窄的小道。"贤愚岂常类"以下六句说明他根本不相信"生死有命,富贵在天",他认为尽管人的贤愚有别,但并非贤者自贤,愚者自愚,关键看自己的秉性如何。末尾六句,以西汉初的历史人物陈平、韩信为例,说明有大志者终能成就一番大事业。

第二首诗的格调不如前篇高昂,显得有些低沉:

> 灵芝生河洲,动摇因洪波。兰荣一何晚,严霜瘁其柯。
> 哀哉二芳草,不值泰山阿。文质道所贵,遭时用有嘉。
> 绛灌临衡宰,谓谊崇浮华。贤才抑不用,远投荆南沙。
> 抱玉乘龙骥,不逢乐与和。安得孔仲尼,为世陈四科。

诗人的志向是高远的,而在现实生活中的处境却是坎坷的,非但得不到重用,反而连续遭受摧残。诗歌开头以芝兰为比兴,寄寓着自己生不逢时的感慨。"抱玉乘龙骥"两句,进一步抒发贤才不被知遇的感慨。结尾两句是收煞,作者希望在这混浊的时代能有像孔子那样的圣人出来,列出德行、政事、文学、言语四科,以四科优劣取士,这是作者选拔人才的主张。这两首诗前后形成鲜明对照,由此出现巨大的感情落差,前者是气冲霄汉,后者则情绪低沉。

郦炎的《见志诗》(二首),在诗歌史上应占有一席地位,它不仅在思想上闪耀着要求主宰自己命运和反对官方哲学的光辉,而且在艺术上成就也较高。这首诗在抒写自己的志气与抱负时,多用形象化的比拟,"大道""窘路""修翼""远趾""凌霄羽""千里足"等,都带有象喻性。灵芝、兰花,亦含兴寄,大大增强了诗歌的形象性和艺术表现力。又加上此诗志气豪迈高远,"舒吾凌霄羽,奋此千里足"等句,大有睥睨千古、逸气干云之概,故显得"梗概多气"。

· 37 ·

五、赵壹的诗歌创作

赵壹(122—196),字元叔,古汉阳西县(今甘肃天水西南)人。有才华,为人耿直高傲,为乡中豪门不容。屡次抵罪,几乎被处死。后为郡计吏入京,受到司徒袁逢、河南尹羊陟的器重,名动京师。归乡后,公府十余次征召,均被谢绝,终卒于家。一生曾著赋、颂、箴、诔、书、论及杂文十六篇,今存文五篇,诗二首。赵壹的《疾邪诗》二首均是五言,附在《刺世疾邪赋》之后,以秦客、鲁生对唱的形式出现,二人各申己志:

其一
河清不可俟,人命不可延。顺风激靡草,富贵者称贤。
文籍虽满腹,不如一囊钱。伊优北堂上,抗脏倚门边。

其二
势家多所宜,咳唾自成珠。被褐怀金玉,兰蕙化为刍。
贤者虽独悟,所困在群愚。且各守尔分,勿复空驰驱。
哀哉复哀哉,此是命矣夫!

东汉桓灵之世,外戚和宦官交互操纵朝政,广植党羽,虐害士民,大肆搜刮百姓,引起太学生和一般官僚、读书人的强烈反对。当政者把他们诬为图谋不轨的党人。赵壹对当权者和卑劣小人表示出强烈的义愤,写了《刺世疾邪赋》;揭露他们"宁计生民之命,唯利己而自足"的贪婪本性和"抚拍豪强"的丑行。这两首诗歌既是赋的一部分,独立出来,又是两首讽刺力很强的、完整的五言诗。作为一篇赋的结尾,这两首诗带有总结和归纳的意义,哲理性较强,有格言式的凝炼和概括力,读来发人深省,令人沉思。

第一首诗以"河清不可俟,人命不可延"开头,表示他对东汉王朝的彻底绝望。后面六句,用三组比喻性的形象,描绘出当时社会上的不合理(反常)现象。鲜明而辛辣的对比,把那个时代造成的丑恶与不公正,形象地暴露在读者面前,激发起人们厌恶、不满的情绪。

第二首进一步抒发了作者刺世疾邪的思想感情。前四句用另外的说法和比喻,继续讽刺黑白颠倒的现实。诗人最后呼喊出:"贤者虽独悟,所困在群愚。且各守尔分,勿复空驰驱。哀哉复哀哉,此是命矣夫"。这其中虽流露出"众人皆醉我独醒"的孤傲之感和一些消极悲观的情绪,但更多的却是对当时社会黑暗揭示以后一种失望的愤怒。两首诗通过鲜明的对比,暴露黑暗,指斥时弊。

六、蔡邕的诗歌创作

蔡邕(133—192),字伯喈,陈留郡圉县(今河南开封圉镇)人。勤奋好学,通经史,识音律,善辞赋,工书画。曾于鸿都门见工匠用帚写字,深受启发,创"飞白"书。初为司徒乔玄属官,后任郎中等职。因谏遭诬,颠沛流离。董卓专权时期,他被迫任侍御史。后获祸病死在狱中。《后汉书》本传载其诗、赋、文等作品104篇,他的《述行赋》最为知名。蔡邕的诗歌总体数目不多,现存有《翠鸟诗》《答对元式诗》《答卜元嗣诗》《初平诗》等几首,另有一首《饮马长城窟行》归属尚有争议。其中,五言诗《翠鸟诗》较有特色:

> 庭陬有若榴,绿叶含丹荣。
> 翠鸟时来集,振翼修形容。
> 回顾生碧色,动摇扬缥青。
> 幸脱虞人机,得亲君子庭。
> 驯心托君素,雌雄保百龄。

这是一首借物抒情诗。东汉末年,宦官专权、乱政、互相倾轧,使得一些有正义感的官员朝忧夕愁,失去安全感。汉灵帝死后,宦官董卓为司空,挟天子以令诸侯。董让蔡邕为尚书侍中,左中郎将。待董卓被刺杀,王允将蔡邕下了大狱,死于狱中。蔡邕的《翠鸟诗》是乱世文人全身远害心态的写照。在这首寓言诗中,蔡邕为翠鸟构想出一个有限、然而可以托身的空间。庭前的若榴树生着绿叶红花,翠鸟在这里能够振翅修容。它是从猎人追捕下逃脱出来的幸存者,愿意把自己的生命托付给若榴树的主人。翠鸟暂时找到了栖身之地,但仍然是寄人篱下,并且对以往被人追捕的遭遇心有余悸。写翠鸟,就是写人,亦可认为写诗人自身。写翠鸟入君子庭院,亦即写诗人的愿望,希冀能寻求一个安定的环境,避开危机,安然享受大自然赋予的生活。诗取五言形式,有的诗句颇为工整,如"回顾生碧色,动摇扬缥青"等,是东汉文人五言诗里的佳作。全诗以物喻人,借鸟言情,写得含蓄,但也贴切、自然。

七、《古诗十九首》

《古诗十九首》最早著录于《文选》,萧统把两汉19篇无主名的文人五言诗选编在一起,标明是"古诗十九首",后来成为一个专名,所谓"古诗",本是六朝人对古代诗歌的一个统称,特指流传久远的无主名的诗篇。而汉代有一些未被乐府采录的民间诗歌,及一部分原已入乐而失了标题、脱离了音乐的歌辞,无以名之,也称古诗。资料证明,汉代同类文人诗至少有59首之多,而这19首古诗,则是萧统经过严格挑选后保留下来的,它们经过时间的考验,历久弥新,既标志着汉代五言抒情诗的最高成就,同时也概括了同类古诗的大体风貌。

沈德潜在《说诗晬语》中说:"《古诗十九首》,不必一人之辞,一时之作,大率逐臣弃妻,朋友阔绝,游子他乡,死生新故之感。"这段话说明了《古诗十九首》非一人一时之作,又说明了作者的身份和作品的大致内容。《古诗十九首》除了游子之歌,便是思妇之词,抒发游子的羁旅情怀和思妇闺愁是它的基本内容。二者相互补充,围绕着同一个主题,是一个问题的两个方面。

《古诗十九首》的作者绝大多数是漂泊在外的游子,他们身在他乡,胸怀故土,心系家园,每个人都有无法消释的思乡情结。《涉江采芙蓉》的主人公采撷芳草想要赠给远方的妻子,并且苦苦吟叹:"还顾望旧乡,长路漫浩浩。同心而离居,忧伤以终老。"《明月何皎皎》的作者在明月高照的夜晚忧愁难眠,揽衣徘徊,深切地感到:"客行虽云乐,不如早旋归。"游子思乡作品在《诗经》中有多篇,其思念对象有他们的妻子,但更多的是想到父母双亲,桑梓情中渗透亲子之爱;《古诗十九首》的思乡焦点则集中在妻子身上,思乡和怀内密不可分,乡情和男女恋情是融会在一起的。

《古诗十九首》的作者多数是宦游子弟,他们之所以离家在外,为的是能够建功立业,步入仕途。对此,诗人反复予以申诉。《今日良宴会》写道:"何不策高足,先据要路津。无为守贫贱,轗轲常苦辛。"这是要在仕途的激烈竞争中捷足先登,占领显要的职位,摆脱无官无职的贫贱境地。《回车驾言迈》亦称:"盛衰各有时,立身苦不早。""奄忽随物化,荣名以为宝。"这位作者已经不仅仅满足于仕途上的飞黄腾达,而且还追求自身的不朽价值,通过扬名后世使生命具有永恒的意义。

《古诗十九首》所展示的思妇心态也是复杂多样的。《孟冬寒气至》中的思妇,对丈夫的感情诚挚深厚,远方寄来书信,她"置书怀袖中,三岁字不灭",深深爱恋可以想见。《凛凛岁云暮》中的思妇,在岁末之际,给远方游子寄去寒衣,自己也思绪如潮,并带着思念入梦,乃至梦见"良人",可惜未及同眠,便从梦中转醒,惆怅更深,相思更切。《客从远方来》中的思妇,她将远方寄回一端绮裁制成象征夫妻恩爱的合欢被。《青青河畔草》中的思妇在春光明媚的季节经受不住寂寞,发出"空床难独守"的感叹。《行行重行行》中的思妇觉察到"游子不顾返"的苗头,便日感衰老、消瘦,只好宽慰自己"努力加餐饭":

第二章 语复真率,短语长情:秦汉时期的诗歌

> 行行重行行,与君生别离。相去万余里,各在天一涯。
> 道路阻且长,会面安可知?胡马依北风,越鸟巢南枝。
> 相去日已远,衣带日已缓。浮云蔽白日,游子不顾返。
> 思君令人老,岁月忽已晚。弃捐勿复道,努力加餐饭。

此诗中的叙述性描写,并不单纯具有叙事的功能,而是在字里行间流露出人内心深处的感情。开头之"行行重行行,与君生别离。相去万余里,各在天一涯",似为叙述性描写,记叙两人别离,相距遥远,实际上颇有埋怨丈夫远行之意。"相去日已远,衣带日已缓"一句也是如此。在看似平淡的叙写之下,读者感受到的是一种幽怨的情调。比兴手法的运用在此诗中并不算多,但语短情长,含蓄蕴藉,余味无穷。"胡马依北风,越鸟巢南枝"中,胡马为北地所产,依恋北来之风,越鸟为南方之物,筑巢于向南的枝头。作者以胡马、越鸟的比喻,深深责怪丈夫尚不如马和鸟这样知道依恋家乡的动物有情,而埋怨丈夫无情,也正是表明自己有情。"浮云蔽白日,游子不顾返",浮云遮住了白日,太阳躲进了云层,看不见了,丈夫长久不归,不得见面,是不是也被什么遮蔽了,是不是别有所恋了?这样的比兴虽然简短,着墨不多,但深沉含蓄,不尽之情自在言外。此诗语言浅近,没有任何刻意雕饰的痕迹,朴素自然,平易流畅,却很好地表达出复杂曲折的思想感情。

《古诗十九首》中的思妇诗的作者未必都是女性,大部分可能是游子揣摩思妇心理而作,但都写得情态逼真,如同出自思妇之手。这些作品的共同特点是重在表现思妇独处的精神苦闷,她们担心游子喜新厌旧,担心自己的真情不被对方省察,担心外力离间。

《古诗十九首》中出现的游子思妇,徘徊于礼教与世俗之间,他们既有合乎传统礼教的价值取向,又有世俗的人生选择;时而有违礼之言,但见不到违礼之行,不及于乱。游子即使决心"荡涤放情志"(《东城高且长》),一旦真的面对燕赵佳人,又"沉吟聊踯躅"(《燕赵多佳人》)。妙龄女子先是埋怨对方的迎娶过迟,但随即又表白:"君亮执高节,贱妾亦何为。"(《冉冉孤生竹》)如果说游子从立功立名转向佳女美酒体现了古代失路士人的普遍趋势,那么徘徊于礼教与世俗之间的做法,则是东汉士林风气的折射。

《古诗十九首》还透彻地揭示出许多人生哲理,诗的作者对人生真谛的领悟使这些诗篇具有深邃的意蕴,诗意盎然而又不乏思辨色彩。《古诗十九首》涉及以下关系:第一,永恒与有限的关系。在表现这一主题时,诗人或者写物长人促,人和物的异质,以外物的永恒反衬人生的有限。所谓"人生非金石,岂能长寿考"(《回车驾言迈》)就是把人和金石视为异质,以金石的坚固反衬人的寿命短暂。第二,人的心态与生命周期的关系。《行行重

行行》和《冉冉孤生竹》皆为女词,其中都有"思君令人老"之语。她们不是随着岁月的流逝自然衰老,而是思念使得芳华早逝,这就更令人悲哀。第三,忧郁与欢乐的关系。人的忧和乐相反相成,经常纠缠在一起。例如,《生年不满百》说"生年不满百,常怀千岁忧",这是嘲笑有些人活得太累,人生有限而忧愁无限,由此提出解脱办法:"为乐当及时,何能待来兹。"《今日良宴会》说,良宴聚会,新声逸响固然"欢乐难具陈",就是斗酒相娱乐,也不觉得菲薄。第四,来去亲疏的关系。《去者日以疏》说,"去者日以疏,来者日以亲",这是诗人见到古墓犁为田、松柏摧为薪所产生的感触,也是对人际关系富有哲理的概括。《西北有高楼》《明月皎夜光》等诗篇进一步指出,不仅生者与生者相亲,生者与死者疏远,就是在生者之间亦有来去亲疏之异,相亲而来,相弃而去,友则相亲,弃则相疏。

《古诗十九首》是古代抒情诗的典范,它长于抒情,却不径直言之,而是委曲婉转,反复低徊。许多诗篇都能巧妙地起兴发端,很少一开始就抒情明理。用以起兴发端的有典型事件,也有具体物象。《涉江采芙蓉》《庭中有奇树》选择的都是采择芳条鲜花以赠情侣的情节,只不过一者是远在他乡的游子,一者是独守闺房的思妇。

《古诗十九首》的抒情主人公绝大多数都在诗中直接出现,《迢迢牵牛星》是个例外,全诗通篇描写牵牛织女隔河相望而无法相聚的痛苦,把本来无情的两个星宿写得如同人间被活活拆散的恩爱夫妻:

> 迢迢牵牛星,皎皎河汉女。
> 纤纤擢素手,札札弄机杼。
> 终日不成章,泣涕零如雨。
> 河汉清且浅,相去复几许。
> 盈盈一水间,脉脉不得语。

诗中没有明写思妇,但从它所表现的思想感情来看,这是一首描写思妇离怀的诗作。诗的开篇是写景:"迢迢牵牛星,皎皎河汉女。"然而这景是由思妇抬头所见,她见到的是那两情相阻只能隔河相望的牵牛织女,由此勾起无尽的思绪。但是,诗人并没有就此展开对观景之人直接的心理刻画,而是引出了对牛郎织女故事的描写:"纤纤擢素手,札札弄机杼。终日不成章,泣涕零如雨。"诗人具体设想织女的劳作情景。全诗几乎都是在叙写织女,写她的美丽、勤劳和苦闷相思,找不出纯然是作者抒情的语句。诗中无一字言及自身苦衷,但又无一语不渗透作者的离情别绪,写景、叙事与抒情十分巧妙地交织在一起。作者摄取思妇夜望星空这一生活中有典型意义的镜头,从她的眼中观可伤之景,由可伤之景中引出可痛之事,于其中

第二章 语复真率,短语长情:秦汉时期的诗歌

写出伤心之人,使抒情格外形象、生动。

《古诗十九首》构思紧凑契合,层次清晰。例如,《涉江采芙蓉》全诗八句之中,每两句有起、承、转、合之意,行文舒缓而又结构谨严。抽轻毫,蘸淡墨,平淡无奇而情致深婉。

《古诗十九首》的语言达到炉火纯青的程度,钟嵘《诗品》卷上称它"惊心动魄,可谓几乎一字千金"。《古诗十九首》不作艰深之语,无冷僻之词,而是用最明白晓畅的语言道出真情至理。浅浅寄言,深深道款,用意曲尽而造语新警,从而形成深衷浅貌的语言风格。古代作家喜爱《古诗十九首》,并自觉地学习、借鉴它的艺术风格和创作手法,甚至加以模拟,曹植、陆机、陶渊明、鲍照等人都有这方面的作品传世。

第三章 辞采华美,风格多样:魏晋南北朝时期的诗歌

魏晋南北朝文学在整个文学史上是上承先秦两汉、下启隋唐的一个重要阶段,尤其是辞采华美、风格多样的诗歌在这一时期取得了辉煌的成就。建安诗坛开启了这个时期的繁荣景象,一批代表性的诗人以慷慨悲凉的主旋律奏响了时代的乐章;东晋诗坛,大诗人陶渊明以平淡自然的诗风开田园诗之先河;南北朝诗坛,谢灵运开山水诗派,自然可爱;齐梁时代,诗体渐变,永明体形成,诗人始用格律,永明体为唐代律诗的繁荣奠定了基础。本章将对魏晋南北朝时期的诗歌进行详细的分析。

第一节 世积乱离,梗概多气:建安诗歌

一、曹操的诗歌创作

曹操(155—220),字孟德,小字阿瞒,沛国谯(今安徽亳县)人。杰出的政治家、军事家。曹操二十岁举孝廉进入仕途,先后任洛阳北部尉、顿丘令、济南相、典军校尉等职。黄巾起义,他参与镇压。董卓乱起,他加入讨卓联军。后来收编黄巾,壮大了力量。建安元年(196)迎献帝都许昌,从此他"挟天子以令诸侯",成为北方的实际统治者。建安十三年(208)进位丞相,后封为魏公,进号魏王。死后尊为武帝。

曹操除了是位政治家,还是著名的文学家,其诗作不像一般的军事统帅那样强作英豪之态,而是真实地记录了士卒的苦寒和自己内心的波动,曹操是建安文学新局面的开拓者,又善诗歌,是一个富有创造性的诗人。他的诗歌存留至今的只有二十多首,数量虽少,却能显示其独特成就,体现一代诗风。这些诗歌就其内容来说,大致可以归纳为以下三类。

第一类是表现作者理想、抱负和积极进取精神的。《度关山》和《对酒》直接描绘了他的社会理想。在这个理想社会里,君明臣良,爱民如子,路不拾遗,人寿年丰,是封建社会一些政治家、思想家所憧憬的太平盛世。但这

第三章 辞采华美,风格多样:魏晋南北朝时期的诗歌

两首诗都写得枯燥,也缺乏曹操个人的特色。较能体现曹操本人的思想情怀及其诗歌艺术风格的,有《短歌行》《步出夏门行》(观沧海、神龟虽寿)等。《短歌行》是一篇历来脍炙人口的诗篇:

> 对酒当歌,人生几何!譬如朝露,去日苦多。
> 慨当以慷,忧思难忘。何以解忧?惟有杜康。
> 青青子衿,悠悠我心。但为君故,沉吟至今。
> 呦呦鹿鸣,食野之苹。我有嘉宾,鼓瑟吹笙。
> 明明如月,何时可掇?忧从中来,不可断绝。
> 越陌度阡,枉用相存。契阔谈䜩,心念旧恩。
> 月明星稀,乌鹊南飞。绕树三匝,何枝可依?
> 山不厌高,水不厌深。周公吐哺,天下归心。

这首诗歌咏渴慕贤才的政治怀抱,以兴会为宗,点化《诗经》妙语,且善于写景,创造了一个光风霁月的境界,与思想内容高度契合。全诗感于哀乐,欣慨交心,具有很强的艺术感染力。诗篇的艺术成就主要在于把这种复杂的心情和深沉的感慨,通过似断似续、低徊沉郁的笔调表现出来,体现了建安文学"志深笔长,梗概多气"的特点。同时,全诗声音铿锵,换韵自由,袭用《诗经》原句,不着痕迹,体现了诗人高超的艺术功力。

《神龟虽寿》是一首抒情哲理诗。全诗主旨在于强调人生的主观能动作用,表现了诗人老当益壮的襟怀。情与理的紧密结合是此诗写作上的一个重要特点。"老骥伏枥,志在千里,烈士暮年,壮心不已"四句是全诗的主干。它不独突出了诗的主旨,同时振起了全篇,使前后两个层次对人生哲理的探讨,大大增添了积极进取的感情色彩。

第二类是反映汉末社会动乱和民生疾苦的诗。《薤露行》写何进企图借助四方军阀力量消灭宦官,结果自己先被宦官诛灭,又招来董卓作乱洛阳。《蒿里行》则直接写关东州郡推袁绍为盟主,起兵讨伐董卓继而互斗的情况。

第三类是游仙诗,如《气出唱》《精列》《陌上桑》《秋胡行》等,篇幅占了他现存诗歌的三分之一。曹操本不信天命鬼神,为何写了这么多游仙诗?秦皇、汉武在功成之后,都求仙访道,幻想长生不老,曹操在事业取得一定成功之后,或有这种想法,亦未可知。有人以为别有寄托,然玩诗意,殊难得出这种结论。

就诗歌体裁来说,曹操的诗几乎都是乐府诗。其中有五言、四言诗,也有杂言诗,除少数游仙诗外,其共同的特点是用乐府古题写时事。但他不受乐府旧题的约束,只借用它来抒发怀抱,因而不仅开启了乐府歌诗创作

的新风,推动了当时诗歌的发展,也给后来乐府歌诗的进一步发展以重要的启示。

曹操诗歌在艺术上的显著特色,一是质朴自然,语言不事雕琢,形式比较自由。二是比较直率地敞露了他这位乱世英雄兼诗人的复杂的生命感悟和人生体验,形成一种悲凉、沉雄的风格。钟嵘《诗品》称:"曹公古直,颇有悲凉之句。"敖陶孙《诗评》称:"魏武帝如幽燕老将,气韵沉雄。"皆评论精当。

二、曹植的诗歌创作

曹植(192—232),字子建,他"生乎乱,长乎军",以其出众的才华深得其父曹操的赏识。他是建安时期最负盛名的作家,也是第一个大力创作五言诗的诗人,《诗品》称之为"建安之杰"。他的作品流传至今的,诗有八十多首,辞赋、散文完整的与残缺不全的共四十余篇,其文学成就确为建安作家之冠。

曹植的生活和创作以曹丕称帝(220)为界,明显地分为前后两期。前期与曹丕一样,大部分时间是在邺城比较安定的环境里度过的。他爱好文学,富有文学才华。在邺下的十多年中,主要是以贵公子的身份与邺下文人宴饮游乐,诗赋唱和,过着极尽欢娱的生活。但他从小也有过"生乎乱,长乎军"(《陈审举表》)的经历,加上其父的熏陶和影响,故一贯关心国事,在风云变幻中确立了建功立业的理想,希望"戮力上国,流惠下民,建永世之业,流金石之功"(《与杨德祖书》)。这种可贵的政治热情,贯注他的终生,即使后来道途坎坷也没有衰减。由于他少怀大志,又具备出众的文学才华,加上身边还有丁仪、丁廙、杨修等人为之翼辅,曹操在很长一段时间中曾想立他为太子,认为他是"儿中最可定大事"者,可是,曹植缺乏政治家的气质,不善于审时度势,争取曹操的信任,而是"任性而行,不自雕励,饮酒不节",再加上曹丕"御之以术"(见《魏志》本传),太子之位终于被曹丕争得。

曹植虽未取得太子位,但仍以其才名而受到曹操钟爱,并因此遭到曹丕的嫉恨。在曹丕即位及其子曹睿在位时,均受到残酷迫害,后期的政治处境更发生了根本变化。《世说新语·文学》所传曹丕逼曹植七步成诗的故事,足以说明他后期的情况。曹丕在位时采取抑制宗室的政策,把同宗诸王(包括曹植)全都遣往封地,不准互通聘问,并派出"监国使者"限制诸王行动。曹植在诸王中则更受苛待:监国使者灌均疏奏曹植"醉酒悖慢,劫胁使者",结果被交百官议罪,险些丧命。曹植在封地本已是"股肱

第三章 辞采华美,风格多样:魏晋南北朝时期的诗歌

弗置,有君无臣"(《责躬诗》),可曹丕、曹睿仍惧怕他在一地待久了会结成党羽,总是不断更换他的封地,"十一年中三徙都"(鄄城、雍丘、陈)。后期的曹植,名为侯王,实为未着枷锁的囚徒,常抑郁悲愤,终于在四十一岁时死去。谥曰思,以其最后封地在陈,故后世称之为"陈思王",亦称"陈王"。

曹植前期诗歌内容大致有三个方面:一是写宴饮游乐,如《公宴》《侍太子坐》等,都是当时他和曹丕等人奢华生活的真实写照。如《名都篇》即对富贵子弟的游荡生活做了细致描绘。他们成日斗鸡走马、射猎饮宴,"云散还城邑,清晨复来还",日复一日地消磨时光。这些反映了曹植早期生活情趣的一个方面。二是写友人之间的真挚感情。在今存诗中,他对徐幹、应玚、王粲、丁仪等都有赠诗。这些诗语气委婉,情意笃厚,如《赠徐幹诗》就是一篇较好的作品。三是诗人抒发怀抱、表现理想的诗篇,如《鰕䱇篇》:"驾言登五岳,然后小陵丘。俯观上路人,势利惟是谋。""抚剑而雷音,猛气纵横浮。"真是超尘脱俗,气概不凡。

《白马篇》是他前期的一篇代表作:

> 白马饰金羁,连翩西北驰。借问谁家子,幽并游侠儿。
> 少小去乡邑,扬声沙漠垂。宿昔秉良弓,楛矢何参差。
> 控弦破左的,右发摧月支。仰手接飞猱,俯身散马蹄。
> 狡捷过猴猿,勇剽若豹螭。边城多警急,虏骑数迁移。
> 羽檄从北来,厉马登高堤。长驱蹈匈奴,左顾陵鲜卑。
> 弃身锋刃端,性命安可怀?父母且不顾,何言子与妻!
> 名在壮士籍,不得中顾私。捐躯赴国难,视死忽如归。

诗中描写一位精于骑射的游侠儿在北地边境为国屡立战功,表彰了他捐躯赴难、视死如归的精神。诗人后来在上给曹睿的《求自试表》中自陈:虽未能"禽权馘亮",也愿"身分蜀境、首悬吴阙,犹生之年也"。可见诗中的游侠儿,正是诗人的自我写照。

曹植诗反映时事的不多。不过,前期也有个别诗篇如《泰山梁甫行》《送应氏》(其一)从一个侧面对当时社会作了揭露,值得珍视。曹植后期的诗歌,主要是诉说自己怀才不遇、壮志难遂的苦闷和抒发备受压抑的悲愤。前者以《杂诗》为代表,后者以《赠白马王彪并序》为代表。

《赠白马王彪并序》写于黄初四年(223)。这一年五月,鄄城王曹植同任城王曹彰、白马王曹彪一同到京城洛阳朝见,任城王突然死去,这对遭忌刻最甚的曹植来说,刺激尤为强烈。七月诸王回国,曹植与曹彪因封地相近,故结伴同行。但监国使者为逢迎曹丕,断然下令:"宜异宿止。"曹植在

被迫分手时写成此诗,用以揭露骨肉相残的罪行,抒发积于胸中的悲愤。这种悲愤尽管是属于个人的,却能让人们认识到统治阶级中萁豆相煎的残酷性。这首诗写作上很有特色:第一,从各个角度表现了诗人丰富而复杂的感情,具有强烈的抒情性。第二,抒情中夹以叙事和写景。一章交代了离别洛阳,三章点明谗巧离间,有了叙事,感情便有了依据。第三,章法、句法具有民歌风味。除一章外,后六章都是首尾相衔的承接法,前人谓之"连环体",这种蝉联加强了各章的连贯性。此外,此诗中自问自答的句子较多,用来提出新的内容,增加感情色彩,也是民歌的特色。

《野田黄雀行》和《吁嗟篇》也是曹植后期诗歌中的重要作品。其中,《野田黄雀行》表现了他对迫害的愤怒和反抗:

> 高树多悲风,海水扬其波。
> 利剑不在掌,结友何须多!
> 不见篱间雀,见鹞自投罗?
> 罗家得雀喜,少年见雀悲。
> 拔剑捎罗网,黄雀得飞飞。
> 飞飞摩苍天,来下谢少年。

曹丕登基后,凡与曹植亲近的人都遭到迫害,这便是此诗的背景。诗中假黄雀投罗为喻,抒写了对友人的遭遇无法救援的心情,同时刻画了一个慷慨救难的少年形象,用以表现作者的理想和反抗。诗歌语言明白自然,未加雕饰,富有民歌风味。

曹植诗歌的风格,钟嵘概括为"骨气奇高,词采华茂"(《诗品》),方东树概括为"意厚词赡,气格浑雄"(《昭昧詹言》),都比较确切,既有别于曹操的古直沉雄,也有别于曹丕的柔和婉转。

曹植是建安杰出的诗人,由于他的遭遇坎坷及其在创作上有重视形式美的趋向,深得南朝文人的嘉许。《诗品》说:"陈思之为文章也,譬人伦之有周孔,鳞羽之有龙凤。"谢灵运也很佩服他,曾说:"天下才共有一石,曹子建独得八斗,我得一斗,自古及今同用一斗。奇才敏捷,安有继之?"(李翰《蒙求集注》引)这些过分的推崇,说明曹植的诗风中"词采华茂"的一面对南朝产生的深远影响。

三、建安七子的诗歌创作

"七子"这一称呼,最初见于曹丕《典论·论文》,指的是邺下文人集团中除三曹以外的七个作家——孔融、陈琳、王粲、徐幹、阮瑀、应玚、刘桢。

第三章　辞采华美，风格多样：魏晋南北朝时期的诗歌

七子中孔融年辈较高，因持不同的政见被曹操所杀，其余六人则依附曹氏，王粲创作成就较高，史传上说他博闻强记，过目成诵，能凭记忆重布棋局，文不加点，而身材短小，其貌不扬，所以原先依附刘表受其冷落，后来归附曹操，受到重用。此外，刘桢的五言诗名气也很大，曹丕以为妙绝时人。七子的诗多反映动乱时世，王粲《七哀诗》、陈琳《饮马长城窟行》等，尤为深刻。《七哀诗》（其一）：

西京乱无象，豺虎方遘患。复弃中国去，委身适荆蛮。
亲戚对我悲，朋友相追攀。出门无所见，白骨蔽平原。
路有饥妇人，抱子弃草间。顾闻号泣声，挥涕独不还。
"未知身死处，何能两相完！"驱马弃之去，不忍听此言。
南登霸陵岸，回首望长安。悟彼《下泉》人，喟然伤心肝。

《七哀诗》记初平三年（192）黄阜部将李傕、郭汜作乱长安，人民流离失所的情形。"出门无所见，白骨蔽平原"，可与曹操《蒿里行》"白骨露于野，千里无鸡鸣"参读。诗中最深刻的一笔，是写途中亲眼看到母亲遗弃孩子，而过客行色匆匆，各走各路——这是一幅何等悲惨的乱世世态人情画！母爱是出于人之天性的，而饥妇居然抱幼子而弃之，可见战争是何等灭绝人性！

《饮马长城窟行》：

饮马长城窟，水寒伤马骨。往谓长城吏，慎莫稽留太原卒！
官作自有程，举筑谐汝声！男儿宁当格斗死，何能怫郁筑长城。
长城何连连，连连三千里。边城多健少，内舍多寡妇。
作书与内舍，便嫁莫留住。善待新姑嫜，时时念我故夫子！
报书往边地，君今出语一何鄙？身在祸难中，何为稽留他家子？
生男慎莫举，生女哺用脯。君独不见长城下，死人骸骨相撑拄。
结发行事君，慊慊心意关。明知边地苦，贱妾何能久自全？

这首诗假借秦代筑长城的事，深刻地揭露了繁重的徭役给人民带来的痛苦和灾难。这是一首典型的叙事诗，作者没有通过直接评论来表明诗的旨意，只是通过人物的反复对话来展开情节，突出人物的心理活动，从而揭露徭役的罪恶。这首诗直接继承了汉乐府民歌的艺术手法。

四、蔡琰的诗歌创作

蔡琰(生卒年不详),字文姬,父蔡邕为东汉学者,她从小就受到很好的文化教养,史称"博学有才辩,又妙于音律"。初嫁河东卫仲道,夫亡无子,归宁于家。董卓之乱中被董卓的部下所掳,辗转流入南匈奴,一住十二年,配南匈奴左贤王,生二子。建安十二年(207),曹操念蔡邕死而无嗣,用重金将文姬赎回,再嫁董祀。

《悲愤诗》乃蔡琰自传体五言长篇,写在被赎回国、重嫁董祀之后。它真实生动地记录了在汉末大动乱中诗人独特的悲惨遭遇,也写出了人民共同的苦难,具有史诗的性质和悲剧的色彩。全诗结构恢宏,挖掘感情极有深度,诗中所记如"马边悬男头,马后载妇女",实已超越个人悲惨遭遇,而着眼于民众共同的苦难。诗人站在受害者的特殊角度,就战争对妇女人权的践踏的揭露,力透纸背。诗歌的主旨在于诉说个人的不幸遭遇以抒发悲愤,但从一个侧面揭露了军阀的罪恶,反映了当时人民遭受的巨大灾难,因而是一篇具有强烈现实精神的作品。

这首诗最突出的艺术成就,是它成功地结合叙事来抒情,推动了文人叙事诗的发展,成为文人五言叙事诗新的里程碑。建安诗人在继承汉乐府传统方面,有着两种不同的趋势:一是沿着《古诗十九首》已开辟的途径,主要继承和发展汉乐府诗的抒情艺术,大力创作抒情诗,曹植及当时许多诗人都主要在这方面努力,并取得了重大成就,开拓了五言抒情诗的广阔道路。二是吸取汉乐府通过叙事来抒情的方法,即通过描述诗人自己的经历以反映现实,抒发感慨,这由曹操的《薤露行》《苦寒行》及王粲的《七哀诗》等开其端,蔡琰此诗则作了重大的开拓和发展,其展开的生活画面更广阔,叙事更曲折多姿,因而形成了借个人经历来反映时事一体。

除此之外,这首诗在心理描写方面也表现出很高的艺术技巧。"别子"这一情节的描写就极为感人:

邂逅徼时愿,骨肉来迎己。己得自解免,当复弃儿子。
天属缀人心,念别无会期,存亡永乖隔,不忍与之辞。
儿前抱我颈,问母欲何之。人言母当去,岂复有还时!
阿母常仁恻,今何更不慈?我尚未成人,奈何不顾思!
见此崩五内,恍惚生狂痴。号泣手抚摩,当发复回疑。

诗人久久盼望归乡,不知经历过多少次希望和失望的波动,现在竟然成了现实:"骨肉来迎己"。可是,诗人这种喜悦是短暂的,立即为更深的愁苦所代替,她意识到归汉就意味着抛弃自己的孩子。然而,归汉与否,又是诗人的大节大义所在,两者之间毫无选择余地,于是她毅然承受了骨肉分离的痛苦。可是,"天属缀人心",当天真的孩子向母亲抱颈责问时,她能向孩子们说什么呢?既无法解释,也无法安慰,只能将内心激起的摧肝裂胆的悲痛,化为如痴如狂、号泣抚摸的外在表现。母亲的行为,胜过了语言的表达。诗人对这种矛盾心情及毅然承担痛苦的自我克制,描写得既细致,又真实。这个情节的描写,为全篇增添了感人的艺术力量。

第二节 崇尚老庄,提倡玄风:正始诗歌

正始时期,与建安时代相隔不过短短二十年,其孕育出的文人在思想、创作内容和风格方面却极为迥异。魏晋时期的政治是非常混乱的,魏晋统治者却非常虚伪地提倡名教,引起当时士人的普遍反感,很多文人受到政治迫害。在这样的环境下,老庄思想抬头,形成了一股清淡的风气,体现在文学创作中,追求玄远自然,深思超绝。这个时期最重要的作家是号称"竹林七贤"的文人团体,在这个团体中,影响最大的当属阮籍和嵇康。下面将对此二人的诗歌创作进行研究。

一、阮籍的诗歌创作

阮籍(210—263),字嗣宗,阮瑀之子,陈留尉氏(今河南尉氏)人,竹林七贤之一。早年"好《诗》《书》","有济世志",又"博览群籍,尤好《庄》《老》"(《晋书·阮籍传》)。他生活在魏晋易代之际,既看到了官场的黑暗与危殆,又不能不时时应付统治者的笼络与拉拢,因而总是采取一种与当权者若即若离的态度。曹爽曾召他为参军,他托病推辞。司马氏掌权时,他曾为从事中郎。官终步兵校尉,故后世又称阮步兵。

阮籍的作品,《隋书·经籍志》说有诗文集十三卷。今存的集子,以明嘉靖间陈德文、范钦所刻二卷本《阮嗣宗集》为最早。1987年中华书局出版的陈伯君的《阮籍集》则是较完备的校注本。又清嘉庆间蒋师爚有《阮嗣宗咏怀诗注》四卷,1926年黄节以蒋注为基础,撰有《阮步兵咏怀诗注》一卷,较蒋注详细,并附各家评语,可资参考。

阮籍的代表作是《咏怀诗》八十二首,这些诗作不是一时一地所作,而是其在不同时期政治感慨的记录。这些事大都抒发感慨,发表议论,阐述理想,开创了中国文学史上政治抒情组诗的先河,对后世产生了极为深远

的影响。

《咏怀诗》最突出的内容是表现诗人内心的极度矛盾、痛苦、愤懑和寂寞。如其三十三：

> 一日复一夕,一夕复一朝。颜色改平常,精神自损消。
> 胸中怀汤火,变化故相招。万事无穷极,知谋苦不饶。
> 但恐须臾间,魂气随风飘。终身履薄冰,谁知我心焦。

诗中写的是一种在动荡不定、变幻无常的社会背景下形成的哀伤、焦虑、忧愤的心境。"胸中怀汤火""终身履薄冰"深刻地揭示了他内心的焦虑和忧惧。

这样类似的作品在八十二首中占据了相当的数量,又如其一：

> 夜中不能寐,起坐弹鸣琴。
> 薄帷鉴明月,清风吹我衿。
> 孤鸿号外野,翔鸟鸣北林。
> 徘徊将何见？忧思独伤心。

这首诗的后两句可以视为全部《咏怀诗》的总纲,表达了阮籍心中难以疏解的苦闷。不管是弹琴,还是徘徊都无法消愁释怀,反而让人更加伤心。

又如其十七：

> 独坐空堂上,谁可与欢者？
> 出门临永路,不见行车马。
> 登高望九州,悠悠分旷野。
> 孤鸟西北飞,离兽东南下。
> 日暮思亲友,晤言用自写。

这首诗写独坐无人,出门无人,登高无人,所见仅为孤鸟、离兽,恓惶无主之情溢于纸上。在这种局面之中,诗人进而感到壮志、理想都成了泡影。

《咏怀诗》中还有一部分内容表现诗人渴望超脱现实、遗世高蹈的情怀。在这些诗中,往往杂有游仙的内容,通过对神仙的追求来表现对黑暗现实的鄙弃,对理想的自由生活的向往,如其八十一：

> 昔有神仙者,羡门及松乔。
> 噏习九阳间,升遐叽云霄。
> 人生乐长久,百年自言辽。
> 白日陨隅谷,一夕不再朝。
> 岂若遗世物,登明遂飘飖。

第三章 辞采华美,风格多样:魏晋南北朝时期的诗歌

这种遗世长存的神仙境界,本来是一种虚幻的憧憬,但历史上很多人都是把它作为一种同现实对立的美好理想来追求的。通过这种追求,表现了他们对自由境界的向往和对自身生命价值的肯定。正始时期包括阮籍在内的很多名士都是这样。刘勰《文心雕龙·明诗》说:"正始明道,诗杂仙心。"也指出了这种现象。

《咏怀诗》的另一重要内容是对黑暗政治的揭露,并暗示时局的动荡不安。阮籍并不是一味"发言玄远"的人,他对现实的揭露在一些作品中是显然可见的。如其十六:

> 徘徊蓬池上,还顾望大梁。绿水扬洪波,旷野莽茫茫。
> 走兽交横驰,飞鸟相随翔。是时鹑火中,日月正相望。
> 朔风厉严寒,阴气下微霜。羁旅无俦匹,俛仰怀哀伤。
> 小人计其功,君子道其常。岂惜终憔悴,咏言著斯章。

这首诗应写于嘉平六年(254)九、十月间。何焯说:"嘉平六年二月,司马师杀李丰、夏侯泰初等;三月,废皇后张氏;九月甲戌,遂废帝为齐王,乃十九日;是月丙辰朔,十月庚寅,立高贵乡公,乃初六日;是月乙酉朔,师既定谋而后白于太后,则正日月相望之时。"(黄节《阮步兵咏怀诗注》引)可见这首诗正是反映司马师等杀名士、废齐王曹芳以操纵魏室大权这一重大历史事件。

阮籍也有少量表现要求建功立业,情调慷慨激昂的篇章,如其三十九:

> 壮士何慷慨,志欲威八荒。
> 驱车远行役,受命念自忘。
> 良弓挟乌号,明甲有精光。
> 临难不顾生,身死魂飞扬。
> 岂为全躯士,效命争战场。
> 忠为百世荣,义使令名彰。
> 垂声谢后世,气节故有常。

诗中刻画了一位有志于为国家安边定远、临危赴难、视死如归的爱国英雄形象,与曹植的《白马篇》十分相似,从中我们可以看到建安文学精神之余绪。

阮籍诗歌的艺术特点具体表现在以下几个方面。

第一,阮诗开始完全摆脱对乐府民歌的模仿,专力文人五言诗,并喜欢采取组诗的形式来抒发内心的深层情绪。他把深刻的哲学观照方式引入诗歌,同时巧妙地将它与一系列艺术形象相结合,使诗歌呈现出十分广阔

的视野,包含了十分深沉的抒情内涵。

第二,在表现手法上,一方面慷慨悲歌,"使气命诗";另一方面又善于使用比兴象征,或以香草等自然事物象征,或借神话游仙暗示,或引史事以古喻今,并且融合了《庄子》寓言和屈骚的幻想境界,言在此而意在彼。除了诗人对艺术境界的追求外,更多的是诗人别有所托。阮诗"厥旨渊放,归趣难求",这也与其所处时代有关,他不满司马氏,但身仕乱朝,常恐遭祸,故处世极为谨慎,作诗亦不便直言,常常借比兴象征的手法来表达感情,寄托怀抱,这恐怕也是情理中事。阮诗工于比兴象征,还源于其对中国古典文学传统的大胆继承和发扬光大,这是一位有识之士在文学创作上的大胆尝试。

第三,长于抒情。阮诗作为中国文学史上政治抒情组诗的先河,非一时一地之作,是其一生政治感慨的记录。作为玄学家的阮籍,其生活于魏晋易代之际,当时"天下多故,名士少有全者",诗人"身仕乱朝,常恐罹谤遇祸",故而"本有济世去"的他,在人命危贱的时代,迫于司马氏集团的黑暗统治,其人生理想是根本无法实现的,因此,只有寄情老庄,将一位正直知识分子的满腔愤懑发而为咏怀诗,形成其独特的抒情风格。

第四,精于用典。众所周知,典故是在神话或历史事件的暗示之下,感知、体验、想象、理解、谈论当下事件、情状或环境的心理、语言和文化行为。在司马氏的高压政策下,阮籍怀才不遇,虽说"乱世之音怨且怒",但作为文化人的他,不得不凭借古人古事来隐蔽地表达自己的思想感情,故其用典之多已成必然。

造成这种风格的原因,首先是因为其所处的时代,身在乱世,无力改变现状,时时面临着灾祸,其次是因为阮籍本身对美学的追求,他的《清思赋》说:"余以为形之可见,非色之美;音之可闻,非声之善……是以微妙无形,寂寞无听,然后乃可以睹窈窕而淑清。"这是对《老子》所说的"大音希声"和《庄子》所说的"天地有大美而不言"的美学思想的继承发展。这种美学观反映在他的诗作中,就表现为"厥旨渊放,归趣难求"。这种美学观对于中国古代文学特别是诗歌理论和创作影响极为深远,形成了一种追求言外之意、弦外之音的传统。故其诗能收到蕴味无穷的艺术效果,产生永不衰竭的艺术生命力。

二、嵇康的诗歌创作

嵇康(223—262),字叔夜,谯郡铚(今安徽宿县西)人。他系魏宗室姻亲,曾为魏中散大夫,故后世称为嵇中散。同阮籍一样,他也酷爱《老》

第三章 辞采华美,风格多样:魏晋南北朝时期的诗歌

《庄》,且精通音乐。处于魏、晋易代之际,他心存警惕,力图恬静寡欲,含垢匿瑕,韬晦自全。阮籍纵情于饮酒,他则着意于服药。曾与道士孙登、王烈交往,又曾著《养生论》,认为神仙禀性自然,非积学所得,只要导养得法,即可长生久视。

嵇康的诗现存 50 余首,有四言、五言、六言,也有乐府、骚体。但众体当中,五言缺少婉转,六言、乐府、骚体均嫌直露,以四言成就最高,且四言数量占一半以上。其代表作是《赠秀才入军》十八首和《幽愤诗》。

《赠秀才入军》十八首是诗人送其兄嵇喜入司马氏军幕而作。表现了兄弟离别的痛苦与思念,也包含着对人生的慨叹与追求。这些诗,或矫健超迈,或清丽婉转,虽多仿效《诗经》的体格,但谋篇布局,独具匠心,传神写态,尤多会心独到之语,如其十四:

> 息徒兰圃,秣马华山。
> 流磻平皋,垂纶长川。
> 目送归鸿,手挥五弦。
> 俯仰自得,游心太玄。
> 嘉彼钓叟,得鱼忘筌。
> 郢人逝矣,谁可尽言。

此诗回忆过去与嵇喜游览、隐居的生活,抒写惜别之情,情韵悠远,是前代四言诗中所绝无的。以"目送归鸿,手挥五弦"状忘情世务、悠然神远之态,尤为千古名句。又如其九:

> 良马既闲,丽服有晖。
> 左揽繁弱,右接忘归。
> 风驰电逝,蹑影追飞。
> 凌厉中原,顾盼生姿。

此诗想象其兄日后在军中的戎马骑射生活,形象鲜明,倜傥豪迈,与曹植《白马篇》相比,既有游侠儿的英武豪侠气概,又多了一种洒脱神情。

《幽愤诗》写于入狱之前,作者回顾了坎坷的人生遭际,叙述了自己"托好老、庄,贱物贵身"的思想及成因,认为自己招致灾祸是本性使然。诗中写道:"无馨无臭,采薇山阿,散发岩岫,永啸长吟,颐性养寿",希望自己能度过这场灾难,然后去过超尘绝世的生活。读来痛彻心扉,令人酸鼻。它采取回环往复的多层次结构,反复强调了诗人惭愧的心情和守朴全真的志向,表达了诗人内心的郁闷心情。嵇康往往在诗中抒发他强烈的愤世嫉俗心情,因此他的一些作品写得比较直露,语含讥刺,锋芒毕现,表现出清峻

警峭的特点。而他的另一些诗作夹有谈玄的成分，如"俯仰自得，游心太玄。嘉彼钓叟，得鱼忘筌"之类。这些都在一定程度上减弱了他诗歌形象的生动性。在黑暗的专制时代，有才能而又刚直的知识分子往往虽欲"守朴""养素"而不可得，终陷于悲惨结局，嵇康就是一个典型。这首诗追溯平生，直抒心怀，深刻地揭示了他这种悲剧的命运。全诗语句简劲而委曲详尽，幽愤之情溢于言表，千载之下犹可想见。

嵇康的诗，刘勰评曰"清峻"，钟嵘评为"峻切"，都是结合他的个性所下的切中肯綮的评语。嵇康的为人，特为后世人所钦敬，对他的诗，虽然评价不一，但多数人是肯定的。黄庭坚认为嵇康的诗"豪壮清丽，无一点尘俗气"（《书嵇叔夜诗与侄榎》），就是一种有代表性的肯定评价。

第三节　藻思绮合，清丽芊眠：太康诗风

两晋诗坛上承建安、正始，下启南朝，呈现出一种过渡的状态，西晋与东晋又各有特点，西晋文学最为繁荣的时期是太康、元康（280—299）年间。太康间最活跃的诗人正是张载、张协、张亢和陆机、陆云，潘岳、潘尼与左思。宋人严羽《沧浪诗话·诗体》根据这时作家作品的风格，称之为"太康体"。太康诗风，诗歌创作多追求形式华美，描写繁复，辞采华丽，诗风繁缛，而内容则比建安、正始时期贫弱。太康诗人追求形式华美，从积极的角度可以说是文学更加自觉的一种表现。其缺点是未能正确地处理好文学形式与内容的关系，这种倾向一直延续到南北朝之末。尽管如此，这一时期的诗歌创作还是有成就的。就作家而言，陆机、潘岳及左思的成就较高。

一、陆机的诗歌创作

陆机（261—303），字士衡，吴郡（今江苏苏州）人。祖父陆逊，曾为东吴丞相；父陆抗，为吴大司马。吴亡时，陆机二十岁，曾闭门读书十年。太康末，与弟陆云入洛阳，大为当时文坛领袖张华所赏识。陆氏兄弟以文才倾动一时，时称"二陆"。又出入贾谧门下，为"二十四友"之一。陆机曾官平原内史，故世称"陆平原"。后成都王司马颖与河间王司马颙起兵讨长沙王司马乂，任命他为后将军、河北大都督，兵败，为宦人孟玖等构陷，被杀，年四十三。在太康作家中，陆机的创作数量最为丰富；在艺术技巧上，无论是诗、赋、论或其他杂体文，都达到较完善的艺术境地。所以钟嵘称他为"太

第三章 辞采华美,风格多样:魏晋南北朝时期的诗歌

康之英"(《诗品序》)。过去认为陆机的诗歌内容贫乏。从作品实际来看,他的作品当然不如建安文学及阮籍《咏怀诗》那样具有深刻感人的力量。但也应该看到,他经历过吴国灭亡的亡国之痛,入洛阳后虽得到了张华的赏识,但也同时受北方世族的歧视。他有"匡世难"之志,又有人生无常的哀痛之感,同时也有追求名位的局限,因此他的一部分诗、赋,仍然具有较深的感人力量。

陆机现存诗歌一百多首,超过同时期的各个作家。包括乐府、拟《古诗十九首》、赠答、酬唱、赐宴、纪游、自抒胸臆等。他的乐府诗,十之八九系拟作,加上拟《古诗十九首》,可以说拟古之作在他的诗中占了一半以上的比重。这些摹拟之作,虽失去了前人原作的质朴、深沉,但也具有自己的清丽、朗朗上口的特点。陆机注重语言的修炼,文辞的华美,对偶的工巧,对于五言诗的艺术技巧的提高,甚至对于以后格律诗的形成,都是一个有力的促进。但是其中只有少量作品比较有真情实感,如《门有车马客行》写出了作者对故乡的怀念之情和对吴亡之后邦族亲友零落衰亡的慨叹;《君子行》描写了世道的艰险及人情翻覆的世态,抒发了一种忧生惧祸之感;《猛虎行》写自己志趣高洁却"亮节难为音",只得"眷我耿介怀,俯仰愧古今",心中愤懑不平等。

陆机的一些自抒胸臆之作是写得较好的。如《赴洛道中作》(其二):

> 远游越山川,山川修且广。
> 振策陟崇丘,安辔遵平莽。
> 夕息抱影寐,朝徂衔思往。
> 顿辔倚嵩岩,侧听悲风响。
> 清露坠素辉,明月一何朗。
> 抚枕不能寐,振衣独长想。

这是一首赴洛阳途中借景抒怀之作。作者在赴洛道中,思怀离别的亲人,忧念莫测的前途,纷纭交织的情思,通过触景而生的感受和反应,真切地再现出来,使人感同身受。

但是,陆机的大量拟作及应酬赠答之作艺术上都缺乏独创性,故受到后世的尖锐批评。如清初陈祚明说:"士衡诗束身奉古,亦步亦趋,在法必安,选言亦雅,思无越畔,语无溢幅。造情既浅,抒响不高……大较衷情本浅,乏于激昂者矣。"(《采菽堂古诗选》)这个批评大体上是正确的。

陆机的诗歌,从总体上来看,其基本特色可以用"繁缛赡密,工巧绮练"八个字概括,具体表现在以下两个方面。

第一,采用赋法。赋法就是铺叙,铺陈排比,罗列事物,陆机将这种写

作方法运用在诗歌里,一是使诗歌繁而厚,二是由于铺采摛文,使得诗篇较为辉煌。陆机从不同方面着笔,塑造形象,抒发感情,从而在抒情诗中加进了大量的铺叙成分。

第二,广泛运用对偶。在诗歌创作中,陆机吸收了骈文的写作技巧,比别的作家更广泛地使用对偶句。陆机喜用对偶,往往全篇一对到底,如《猛虎行》《从军行》等。由于基本是言对、正对,往往将一句意思析为两句,如"营魄怀兹土,精爽若飞尘"(《赠从兄车骑》),这增加了诗歌的繁芜,诗歌的容量松散而不凝聚。

刘勰说:"陆机才欲窥深,辞务索广,故思能入巧,而不制繁。"(《文心雕龙·才略》)陆机创作中所出现的偏重繁丽、雕章琢句的倾向,对后来梁陈的诗文有消极影响。

二、潘岳的诗歌创作

潘岳(247—300),字安仁,荥阳中牟(今属河南)人。少时以才思敏捷见称于乡里,号为"奇童"。二十多岁时名气已经很大。加上长得英俊秀美,外出时常遇妇人掷果,满载而归,因此被称为"掷果潘安"。曾任河阳令、著作郎、给事黄门侍郎等职,故后世称"潘黄门"。他也是贾谧门下"二十四友"之一。司马伦专政时,为其亲信孙秀所诬杀,夷三族。所作诗文原有集十卷,已散佚,明人张溥辑为《潘黄门集》一卷,收入《汉魏六朝百三家集》中。

潘岳与陆机齐名,是当时西晋诗坛的代表。其诗作流传下来的只有十几首,但其诗歌的主题类型已经呈现出多样化的特点,大致可分为五类:应诏诗、赠答酬唱诗、祖饯诗、行旅述志诗、哀伤诗。这五类诗歌所取得的艺术成就不同,总体来说,行旅述志诗和哀伤诗因为抒写内心的真实感受,而且出于诗人精心构思,故艺术价值较高。例如,其代表作《悼亡诗》三首,其一写丧妻后的悲痛之情:

荏苒冬春谢,寒暑忽流易。之子归穷泉,重壤永幽隔。
私怀谁克从,淹留亦何益。僶俛恭朝命,回心反初役。
望庐思其人,入室想所历。帏屏无髣髴,翰墨有余迹。
流芳未及歇,遗挂犹在壁。怅恍如或存,回惶忡惊惕。
如彼翰林鸟,双栖一朝只。如彼游川鱼,比目中路析。
春风缘隟来,晨霤承檐滴。寝息何时忘,沉忧日盈积。
庶几有时衰,庄缶犹可击。

第三章 辞采华美，风格多样：魏晋南北朝时期的诗歌

此诗大约写于元康六年(296)，为悼念亡妻而作。诗人感情真挚，一字一词皆从心中流出，尤以"望庐思其人，入室想所历"以下十句，写自己睹物思人的悲痛，恍惚迷离中亡妻如在，这种种感觉使他心惊肉跳。"如彼翰林鸟"四句比喻，正是这种感觉的进一步铺陈。结尾六句是无可奈何的解脱之词，承受不了这悲痛的压力，而希望寄托于庄子击缶。然而"寝息何时忘"的忧虑和"沉忧日盈积"的哀伤，已暴露了庶几击缶的虚妄。整首诗笔触细腻，低徊哀婉。其二、其三虽然描写的具体情境有所变化，但总的意思与第一首相近，显得重复，这也体现了太康诗风的繁复特点。

潘岳的诗歌不仅具有鲜明的时代特色，而且在继承前人的基础上形成了自己独特的艺术风格，具体而言，表现在以下几个方面。

第一，情深意真。潘岳的诗歌以"情深"著称，潘岳诗歌的"情深"主要表现在其伤情之作上。诚然，潘岳之诗存在不够精练、缺乏韵致等缺点，但总体看来，瑕不掩瑜，潘岳诗歌情深意真的特色还是值得肯定的。

第二，辞藻清丽。两晋作家重视辞藻华丽，在该时代风气影响下，潘岳诗歌形成了"清绮"的风格特征。潘岳文辞以清丽著称，几成定论。潘岳诗歌之"清丽"首先表现在语词的洗练方面。他在诗句中对字词的选择十分精心，注重炼字琢句，比如《河阳县作》(其二)中写"川气冒山领，惊湍激严阿。归雁映兰畤，游鱼动圆波。鸣蝉厉寒音，时菊耀秋华"。该段文字对动词"冒""惊""激"的选用，生动形象，颇见诗人推敲炼字之功力。其次表现在运用精美的辞藻描写自然景物方面。比如《在怀县作》(其一)中写"挥汗辞中宇，登城临清池。凉飚自远集，轻襟随风吹。灵圃耀华果，通衢列高椅。瓜瓞蔓长苞，姜芋纷广畦。稻栽肃芊芊，黍苗何离离"，这些都是日常生活中所见的乡村田园景物，在诗人的笔下却能表现出一种清新自然之美，富含情韵，透出超尘脱俗之高致，令人神往，当然这与诗人所选用的清字秀词不无关系。

第三，器具狭窄。纵观潘岳的诗歌，可以发现其思想内容中主要流露出的是对个人情感和仕途进退的关切，对于当时社会环境和重大事件却很少关注。当然这是当时西晋士人普遍存在的问题，并不是潘岳思想境界卑浅的缘故。

同陆机相比，潘岳的诗抒情性较强，文体也较朗畅。他不像陆机那样跟在乐府、古诗后面学步，而基本上能独出机杼，感情从胸中自然流出，这是他胜过陆机之处。当然，潘岳的诗也有缺点，即思想内容比较单薄，一些诗作剪裁也欠精当，有繁冗之累。

三、左思的诗歌创作

左思(生卒年不详),字太冲,临淄(今属山东)人。晋武帝泰始(265—274)年间,妹左棻被选入宫,为武帝贵嫔,他移家到洛阳,官秘书郎。惠帝时曾为贾谧门下"二十四友"之一。后谧被诛,他退居宜春里,专意于典籍。齐王同命为记室督,不就。太安(302—303)中,移家冀州,数年后去世。所著诗文原有集,已佚,明人张溥辑为《左太冲集》一卷。左思当时以《三都赋》闻名,然其成就最大者在诗。在竞尚繁缛的西晋诗坛,他可说是独立不倚、出类拔萃的一个。

左思存诗仅十四首,《咏史》八首是其代表作。左思《咏史》诗的内容主要是寒士之不平及对士族的蔑视与抗争。西晋时,士族把持朝政,庶族寒士很难进入政权中心,"上品无寒门,下品无士族"。左思出身寒微,虽然为文"辞藻壮丽",却无晋身之阶。大约在左思二十岁时,其妹左棻因才名被晋武帝纳为美人,左思全家迁往洛阳,不久,他被任命为秘书郎。但毕竟出身寒门,终不被重用。在门阀制度的重压下,他壮志难酬,写了《咏史》八首以抒怀。

《咏史》是一组诗,它主要抒发自己远大的政治抱负和功成身退的人生理想。像历史上很多知识分子一样,左思也把人生价值的实现寄托在政治方面。他希望能为统一全国的大业做出贡献。如其一云:"长啸激清风,志若无东吴,铅刀贵一割,梦想骋良图,左眄澄江湘,右盼定羌胡。"这种气度与胸襟是非常豪壮动人的。

《咏史》八首的另一个重要内容是:表达对门阀制度压抑人才的愤懑。左思之父虽官侍御史,其妹身为贵嫔,但在门阀制度森严的晋代仍属寒门。他的仕途和家境都不如意,这使他对现实产生了强烈的不满。《咏史》诗中抒发得最多的,便是这种感情。如其二:

郁郁涧底松,离离山上苗,以彼径寸茎,荫此百尺条。
世胄蹑高位,英俊沉下僚。地势使之然,由来非一朝。
金张藉旧业,七叶珥汉貂。冯公岂不伟,白首不见招。

世胄占据高位,寒士屈沉下僚,这是门阀制度造成的,并且由来已久。

第七首慨叹主父偃、朱买臣、陈平、司马相如四位贤才的厄运。这些人都有大才,又都出身寒微,作者写他们未遇时,有穷困致死、身填沟壑之忧,感叹"英雄有迍邅,由来自古昔。何世无奇才,遗之在草泽"。这是对古代门阀制度的控诉。

第三章 辞采华美,风格多样:魏晋南北朝时期的诗歌

最能表现左思气概的是其五:

皓天舒白日,灵景耀神州。列宅紫宫里,飞宇若云浮。
峨峨高门内,蔼蔼皆王侯。自非攀龙客,何为欻来游?
被褐出阊阖,高步追许由。振衣千仞冈,濯足万里流。

这首诗先写宫廷和王侯第宅之豪华,接下来用"自非攀龙客,何为欻来游"将前面的渲染一笔抹倒,对功名富贵表示了极度的鄙弃。他说自己只愿做一位像许由那样的高士。此诗末尾"振衣千仞冈,濯足万里流"二句,是这组诗中的最强音。

左思的《咏史》八首,开创了咏史诗借咏史以咏怀的新路,成为后世诗人效法的范例,这是他对中国诗歌史的独特贡献,所以前人评云:"创成一体,垂式千秋。"

第四节 模山范水,安逸恬淡:山水田园诗

东晋时期,天下仍未安定,但是人们对此已司空见惯,且盛行清谈老庄玄理的风气,这影响到文学领域,产生了玄言诗,在较长的一段时间内,没有出现成就卓越的大诗人。到东晋末,田园诗的出现给诗坛带来了可喜的变化,晋宋之际大量出现的山水诗也一改诗坛的低迷。田园诗和山水诗的出现,代替了玄言诗,这是一个非常重要的文学现象。田园诗和山水诗歌咏的主要对象都是自然,前者偏重田园风光,后者偏重山水景物。山水田园诗给诗坛带来了新的内容和风格,并昭示着充满希望的未来。田园诗的主要代表人物是陶渊明,山水诗的主要代表人物是谢灵运。下面将对二者的诗歌创作进行阐释。

一、陶渊明的诗歌创作

陶渊明(365—427),字元亮,一说名潜,字渊明,自号"五柳先生",浔阳柴桑(今江西九江东南)人。他去世后,友人私谥为靖节,故后世称之为"陶靖节"。又因曾任彭泽县令,后人称为"陶彭泽"。在当时人的心目中,陶渊明是一位人格高洁的隐士,而其诗文则不甚有名。自梁昭明太子萧统为之编集并作序之后,他的诗文才逐渐为人们所重视,所喜爱,超过了同时代的其他诗人,在中国文学史上占有重要的地位。

辞任彭泽县令是陶渊明一生前后两期的分界线。在此之前,他不断地

在官僚和隐士这两种社会角色中做选择,隐居的时候想出仕,出仕的时候想归隐,一直处于这种矛盾的状态,辞任彭泽县令之后,他坚定了隐居的决心,一直过着隐居躬耕的生活,后来他虽然也有机会出仕,但是都选择了放弃。

陶渊明今存诗歌凡一百二十多篇,辞赋、散文凡十二篇。陶诗的题材主要可以分为五类,即田园诗、赠别诗、咏怀诗、咏史诗、行役诗。他的成就主要是田园诗,田园诗是陶渊明为中国文学增添的一种新的题材,以自己的田园生活为主要内容,并真切地写出躬耕之甘苦,陶渊明是中国文学史上的第一人。

陶渊明田园诗的内容主要包括对优美的田园自然风光的描绘、对自己劳动生产的体验和闲居交游、读书饮酒三个方面。

陶渊明以描写田园自然风光为主的作品有一个基本的特点,就是他把田园看成是人生的安身立命之所,看成是一种与黑暗现实、浑浊官场完全对立的理想境界,因而他竭力把自己的社会政治理想、人生人格理想对象化,使田园与自我精神融汇为一。如《归园田居》(其一):

> 少无适俗韵,性本爱丘山。误落尘网中,一去三十年。
> 羁鸟恋旧林,池鱼思故渊。开荒南野际,守拙归园田。
> 方宅十余亩,草屋八九间。榆柳荫后檐,桃李罗堂前。
> 暧暧远人村,依依墟里烟。狗吠深巷中,鸡鸣桑树巅。
> 户庭无尘杂,虚室有余闲。久在樊笼里,复得返自然。

守拙与适俗,田园与尘网,两相比较,诗人在归田之后感到无比的愉悦,眼之所见耳之所闻无不惬意舒适。诗人称现实社会、官场为"俗",把它比作"尘网""樊笼",可见对此憎恶之深。但这种对现实和官场的否定,不只是一种情感的否定,同时也是一种理性的否定。诗人看到,在那种庸俗、卑污、没有人身自由的环境里,人已经丧失了自己天真纯朴的本性,失去了人之所以为人的真善美属性。这是陶渊明把追求目标转向田园的根本思想原因。又如《饮酒》(其五):

> 结庐在人境,而无车马喧。
> 问君何能尔?心远地自偏。
> 采菊东篱下,悠然见南山。
> 山气日夕佳,飞鸟相与还。
> 此中有真意,欲辨已忘言。

前四句讲了"心"与"地"也即是主观环境与客观环境的关系,只要"心

第三章 辞采华美,风格多样:魏晋南北朝时期的诗歌

远",不管在什么地方都不会受到尘俗喧嚣的干扰。"心远地自偏"正是诗人能从苦难的现实中找到诗意的原因,陶渊明正是凭着一种心灵的超越才升华出诗的。"采菊"两句历来为诗歌评论家所激赏。偶一举首,心与山悠然相会,自身仿佛与南山融为一体,那日夕的山气、归还的飞鸟,在心里构成了一幅美妙的风景,其中蕴藏着人生的真谛。这种心与境的瞬间感应,以及无限的喜悦,具有不可言说的美妙。

陶渊明的田园诗还有一个基本特点,那就是他特别强调劳动对人生、对自己坚持隐居的重大意义。作为一个不再追慕荣利、依赖官府供给的士大夫,他最可贵之处莫过于自食其力。《诗经》中有农事诗,那是农夫们一边劳动一边唱的歌,至于士大夫亲自参与农耕,并用诗歌写出农耕体验的,陶渊明是第一位,自他之后的田园诗真正写自己劳动生活的也不多见,《归园田居》(其三)是这方面的代表作:

> 种豆南山下,草盛豆苗稀。
> 晨兴理荒秽,带月荷锄归。
> 道狭草木长,夕露沾我衣。
> 衣沾不足惜,但使愿无违。

这是一个从仕途归隐田园从事躬耕者的切实感受,带月荷锄、夕露沾衣,实景实情生动逼真。而在农耕生活的描写背后,隐然含有农耕与为官两种生活的对比,以及对理想人生的追求。

平淡中见警策,朴素中见绮丽是陶诗的另一特点。前人往往用"平淡朴素"概括陶诗的风格,然而陶诗不仅仅是平淡,陶诗的好处是在平淡中见警策;陶诗不仅仅是朴素,陶诗的好处是在朴素中见绮丽。陶诗所描写的对象,往往是最平常的事物,如村舍、鸡犬、豆苗、桑麻、穷巷、荆扉,而且一切如实说来,没有什么奇特之处。然而一经诗人笔触,往往出现警策。陶诗很少用华丽的辞藻、夸张的手法,只是白描,平淡朴素。如《拟古》(其三):

> 仲春遘时雨,始雷发东隅。
> 众蛰各潜骇,草木从横舒。
> 翩翩新来燕,双双入我庐。
> 先巢故尚在,相将还旧居。
> 自从分别来,门庭日荒芜。
> 我心固匪石,君情定何如?

春天来了,燕子双双回到自己的草庐。一年来自己的门庭日见荒芜,

但仍然坚持着贫穷的隐居生活。有些朋友并不理解自己的态度,一再劝说出仕。可是燕子却翩翩而来,丝毫也不嫌弃它们的旧巢以及自己这个贫士。似乎燕子在问诗人:我的心是坚定的,你的心也像我一样坚定吗?这首诗好像一个美丽的童话,浅显平淡却有奇趣。

陶渊明的《桃花源诗》可以说是在上述各类田园诗基础上的一个升华。其中所描写的"荒路暧交通,鸡犬互鸣吠""桑竹垂余阴,菽稷随时艺",正是他诗中经常出现的恬静和谐的田园风光的概括。它所表现的是人类与自然融为一体的理想。而"相命肆农耕,日入从所憩""童孺纵行歌,斑白欢游诣",则进一步描绘出一个人人劳动、生活富裕且"怡然有余乐"的理想社会。而且在这个理想社会中,"春蚕收长丝,秋熟靡王税",劳动成果不受统治者的剥削与掠夺;甚至没有帝王,也没有王朝的更迭,"草荣识节和,木衰知风厉。虽无纪历志,四时自成岁"。这一桃花源已经不仅仅是隐士躬耕的小天地,而且多少体现了农民小生产者要求自食其力、不受剥削的理想和对劳动者不得食的现实社会的否定。

陶渊明算得上是我国中古时期新型的、具有田园色彩的士大夫典型。他的诗品与人品统一,他的全部诗文展示着一种平实而有深度、有魅力的人生境界。他的诗品与人品对后世文人的影响极大。

二、谢灵运的诗歌创作

继陶渊明的田园诗之后,山水诗的出现,不仅使山水成为独立的审美对象,为中国诗歌增加了一种题材,而且开启了南朝一代新的诗歌风貌。山水诗标志着人与自然进一步的沟通与和谐,标志着新的自然审美观念和审美趣味的产生。在山水诗产生和发展的过程中,杨方、李颙、殷仲文等人都曾有过一定的贡献,但是真正大力创作山水诗并在当时及对后世产生巨大影响的,则是谢灵运。

谢灵运(385—433),祖籍陈郡阳夏(今河南太康),晋室南渡后世居会稽(今浙江绍兴)。谢灵运出生于士族大地主家庭,他是谢玄之孙,十八岁袭爵为康乐公,人称"谢康乐"。他出生后不久便被寄养在钱塘杜家,一直到十五岁,故小名"客儿",后世又称之为"谢客"。谢灵运出身于高门士族,青年时代接受过良好的教育,才学出众,很早就受到其族叔谢混的赏识,在政治上也很有抱负。刘裕代晋建立宋朝后,实行抑制士族的政策,将谢灵运的封爵降为康乐侯,他内心非常不满,据《宋书·谢灵运传》,他"自谓才能宜参权要,既不见知,常怀愤邑"。永初三年(422),他出为永嘉(今浙江温州)太守,于是"肆意邀游,遍历诸县,动逾旬朔,民间听讼,不复关怀。所

第三章　辞采华美,风格多样:魏晋南北朝时期的诗歌

至辄为诗咏,以致其意焉"。后辞官隐居始宁(今浙江上虞),并常常出入深山幽谷之间,探奇揽胜,出游时从者动辄数百人。元嘉十年(431),宋文帝派他担任临川内史,因被人弹劾谋反,流放广州。元嘉八年,他在广州被杀。其著作多种,已佚。今存《谢康乐集》四卷,系明嘉靖间沈启原所辑,包括赋十四篇、诗九十一首、杂文二十四篇。诗有近人黄节注本。

谢灵运的山水诗,大部分是他任永嘉太守以后所写。这些诗以富丽精工的语言,生动细致地描绘了永嘉、会稽、彭蠡湖等地的自然景色。其主要特点是鲜丽清新,如"白云抱幽石,绿筱媚清涟"(《过始宁墅》),用拟人的手法写山间美景,云石相依,筱涟互映,白绿两色点缀其间,构成一幅极有层次的动人图画,并从中透出一种萧散、淡远的氛围。又如"春晚绿野秀,岩高白云屯"(《入彭蠡湖口》)写暮春的素雅,"野旷沙岸净,天高秋月明"(《初去郡》)写秋夜的旷远,"明月照积雪,朔风劲且哀"(《岁暮》)写冬天的寒峭等。这些散见于各诗中的"名章迥句",清新流畅,确"如初发芙蓉,自然可爱"(《南史·颜延之传》引鲍照语),体现了作者在刻画景物方面超越前人的巨大成功。

从诗歌发展史的角度看,魏晋和南朝属于两个不同的阶段:魏晋诗歌上承汉诗,总的诗风是古朴的;南朝诗歌则一变魏晋的古朴,开始追求声色。而诗歌艺术的这种转变,就是从陶谢的差异开始的。陶渊明是魏晋古朴诗歌的集大成者,谢灵运却另辟蹊径,开创了南朝的一代新风。具体说来,从陶到谢,诗歌艺术的转变主要表现在两个方面。

一方面是从写意到摹象。在谢灵运之前,中国诗歌以写意为主,摹写物象只占从属的地位。陶渊明就是一位写意的能手,他的生活是诗化的,感情也是诗化的,写诗不过是自然的流露。因此他无意于模山范水,只是写与景物融合为一的心境。谢灵运则不同,山姿水态在他的诗中占据了主要的地位,"极貌以写物"和"尚巧似"成为其主要的艺术追求。他尽量捕捉山水景物的客观美,不肯放过寓目的每一个细节,并不遗余力地勾勒描绘,力图把它们一一真实地再现出来。如其《入彭蠡湖口》:

客游倦水宿,风潮难具论。洲岛骤回合,圻岸屡崩奔。
乘月听哀狖,浥露馥芳荪。春晚绿野秀,岩高白云屯。
千念集日夜,万感盈朝昏。攀崖照石镜,牵叶入松门。
三江事多往,九派理空存。灵物郄珍怪,异人秘精魂。
金膏灭明光,水碧辍流温。徒作千里曲,弦绝念弥敦。

对自然景物的观察与体验十分细致,刻画也相当精妙,描摹动态的"回合""崩奔"、月下哀狖的悲鸣之声、"绿野秀"与"白云屯"那鲜丽的色彩搭

配,无不给人以深刻的印象。

又如其著名的《登池上楼》:

潜虬媚幽姿,飞鸿响远音。薄霄愧云浮,栖川怍渊沉。
进德智所拙,退耕力不任。徇禄反穷海,卧疴对空林。
衾枕昧节候,褰开暂窥临。倾耳聆波澜,举目眺岖嵚。
初景革绪风,新阳改故阴。池塘生春草,园柳变鸣禽。
祁祁伤豳歌,萋萋感楚吟。索居易永久,离群难处心。
持操岂独古,无闷征在今。

此诗作于永嘉任上。全诗先叙官场失意的牢骚,次描绘春天景色。最后写决意隐居的愿望。其中"池塘生春草,园柳变鸣禽"两句,描写细腻自然,历来为后人所激赏。据他自己说,是因梦见从弟谢惠连而得。结束处既写到离群索居之苦,忽又以《周易》中"遁世无闷"的哲理自遣,意似曲折,其实颇不自然。

另一方面是从启示性到写实性。陶渊明的诗,十分注重言外的效果,发挥语言的启示性,以调动读者的联想和想象,去体会那些只可意会而不可言传的东西。而谢灵运的诗歌语言,则更注重写实性。他充分发挥了语言的表现力,增强了语言描写实景实物的效果。他凭着细致的观察和敏锐的感受,运用准确的语言,对山水景物作精心细致的刻画,力求真实地再现自然美。因而他笔下的物象,就更多地带有独立性和客观性。他写风就是风,写月就是月,写山就要描尽山姿,写水就要描尽水态,而且写来也鲜丽清新、自然可爱。我们从以上所列举的其诸多名章佳句中,已可明显地感受到这一点。

谢灵运作诗的态度本来就十分认真,又要尽量捕捉自然景物的客观美。也许由于语言自身的局限和不足,当他面对千姿百态、变化无穷的自然景物时,也同样有着语言表达的苦恼,所以他才有"空翠难强名"(《过白岸亭》)的慨叹。但他还是要充分发挥语言的写实性,努力地探索新的表现方法,创造新的语汇,运用各种技巧去描摹或形容它们,并从不同的角度再现大自然的美,显示出其高超的驾驭语言的能力。如果没有这种执着的探索与创新精神,他的诗也就不会给人以耳目一新之感。

如果说陶渊明是结束了一代诗风的集大成者,那么谢灵运就是开启了一代新诗风的首创者。在谢灵运大力创作山水诗的过程中,为了适应表现新的题材内容和新的审美情趣,出现了"情必极貌以写物,辞必穷力而追新"和"性情渐隐,声色大开"的新特征。这一新的特征乃是伴随着山水诗的发展而出现的创新现象。这新的特征成为"诗运转关"的关键因素,它深深地影响着南朝一代诗风,成为南朝诗风的主流。而且这种诗风对后来盛唐诗风的形成,也有着十分积极的意义。总之,谢灵运是扭转玄言诗风,开创山水诗派的第一位诗人,他开辟了诗歌表现的新领域。当时和后世的不少诗人如谢惠连、谢庄、汤惠休、谢朓、唐代的王维等,都曾受过他的深刻影响。同时,他极貌写物和穷力追新的作风,客观上提高了描情状物的能力和诗歌创作的艺术技巧,为永明新体诗的形成打下了一定的基础。

第五节 低昂互节,回忌声病:永明体

中国古代诗歌对于声律之美一直有所追求,但是其有一个由自然声律到人为总结、规定并施之于诗歌创作的发展演变过程。随着诗歌创作的逐步繁荣,在魏晋至南朝期间,诗歌发展出现了一个趋势,那就是开始注重语言的形式美和音乐美,尤其是低昂互节、回忌声病的永明体产生之后,更是使中国古典诗歌在艺术形式美的进程中迈进了一大步,为后来律诗的形成奠定了基础。永明体即新体诗,是与古体诗相对而言的,其主要特征是讲究声律和对偶,其主要代表人物是沈约和谢朓。永明新体诗的出现,揭开了我国诗歌史上从比较自由的古体诗向格律严谨的近体诗转变的崭新一页,为唐代格律诗的最后形成和发展在形式上奠定了基础。

一、王融的诗歌创作

王融(468—494),字元长,琅琊临沂(今属山东)人。《诗品》称其"有盛才,词美英净,至于五言之作,几乎尺有所短"。从后人所辑《王宁朔集》中的存诗来看,他的诗确如钟嵘所说,词句精美简净,但内容较贫乏,情韵亦不足。王融诗歌的主要特点是构思含蓄而有韵致,写景细腻而清丽自然,语言华美而平易流畅,在某种程度上表现出与谢朓相近似的风格。如他的《临高台》:

> 游人欲骋望,积步上高台。
> 井莲当夏吐,窗桂逐秋开。
> 花飞低不入,鸟散远时来。
> 还看云栋影,含月共徘徊。

写景清新细腻,造语清新精巧,并表现出一种含婉不露的情韵。又如

《同沈右率诸公赋鼓吹曲二首》(其一):

> 想象巫山高,薄暮阳台曲。
> 烟霞乍舒卷,蘅芳时断续。
> 彼美如可期,寤言纷在瞩。
> 怃然坐相思,秋风下庭绿。

将想象中巫山烟霞的舒卷变幻、缥缈芳香的时断时续,同自己惆怅的相思之情自然妙合,给读者留下无尽的遐想。

二、沈约的诗歌创作

沈约(441—513),字休文,吴兴武康(今属浙江)人。他历仕宋、齐、梁三朝。梁时封建昌县侯,官至尚书令,领太子少傅,谥曰隐,故后世称"沈隐侯"。有《沈隐侯集》辑本二卷,收入《汉魏六朝百三家集》中。沈约是齐代及梁初文坛领袖,他在诗歌理论上的主要贡献是倡导声律说,对一代诗风和文风有深刻的影响,并为隋唐以后律诗的形成开拓了道路。

钟嵘《诗品》以"长于清怨"概括沈约诗歌的风格,这种特征主要表现在他的山水诗和离别哀伤诗之中。沈约的山水诗并不算多,但也同样具有清新之气,不过其中又往往透露出一种哀怨感伤的情调。如《登玄畅楼》:

> 危峰带北阜,高顶出南岑。中有陵风榭,回望川之阴。
> 岸险每增减,湍平互浅深。水流本三派,台高乃四临。
> 上有离群客,客有慕归心。落晖映长浦,焕景烛中浔。
> 云生岭乍黑,日下溪半阴。信美非吾土,何事不抽簪?

写景清新而又自然流畅,尤其是对于景物变化的捕捉与描摹,使得诗歌境界具有一种动态之势。诗人以登高临眺之所见来烘托"离群客"的孤独形象,从而将眼前之景同"归心"融为一处。

又如其《秋晨羁怨望海思归》:

> 分空临澥雾,披远望沧流。
> 八桂暧如画,三桑眇若浮。
> 烟极希丹水,月远望青丘。

全诗境界阔大高远,给读者展示出天水一色、烟波浩淼的海天景色。结合诗题来看,海天的空旷辽远,正反衬出"羁怨"之情与"思归"之念。此类诗歌在齐梁山水诗中,亦不失为上乘之作。

沈约的离别诗也同样有"清怨"的特点,如最为后人所称道的《别范安成》:

第三章 辞采华美,风格多样:魏晋南北朝时期的诗歌

> 生平少年日,分手易前期。
> 及尔同衰暮,非复别离时。
> 勿言一樽酒,明日难重持。
> 梦中不识路,何以慰相思?

这首诗将少年时的分别同如今暮年时的分别相对比,已经蕴含了深沉浓郁的感伤之情;末二句又用战国时张敏和高惠的典故(见《文选》李善注引《韩非子》),更加重了黯然离别的色彩。全诗语言浅显平易,但情感表达得真挚、深沉而又委婉,在艺术技巧上具有独创性。

沈约的悼亡怀旧之诗,"清怨"的色彩更加突出,如《悼亡》:

> 去秋三五月,今秋还照梁。今春兰蕙草,来春复吐芳。
> 悲哉人道异,一谢永销亡。帘屏既毁撤,帷席更施张。
> 游尘掩虚座,孤帐覆空床。万事无不尽,徒令存者伤。

诗的前半以大自然的永恒来反衬人生易逝、一去不返的悲哀;后半将悲伤的情感同凄凉的环境融为一处,情状交现,悲怆靡加。

值得特别指出的是,沈约的《岁暮愍衰草》等诗作,将五言诗句、《楚辞·九歌》的"兮"字句、六言赋体句糅合在一起,句法多样而灵活变化,形成一种亦诗亦骚亦赋的特殊新体,表现出在诗歌体式方面的创新精神。

三、谢朓的诗歌创作

谢朓(464—499),字玄晖,陈郡阳夏(今河南太康)人。与谢灵运同族,故有"小谢"之称。他曾任南齐诸王的参军、功曹等职,得到过随王萧子隆、竟陵王萧子良的赏识。建武三年(495)担任宣城太守,故又称为"谢宣城"。后迁尚书吏部郎,因事牵连,下狱而死。其作品现存《谢宣城集》五卷,包括赋九篇、乐歌八首、四言诗二十八首、鼓吹曲三十首、五言诗一百零二首。近人郝立权曾作《谢宣城诗注》四卷。谢朓作为永明体的代表诗人,不仅在"竟陵八友"中最为突出,而且也是齐梁时期最为杰出的诗人。

从现存的谢朓诗歌看,他的创作以永明十一年(493)秋他三十岁时为界,可以明显分为两个时期。前一时期,他作为竟陵王西邸文学集团的主要成员之一,活跃在上流社会的文坛,目光狭窄,不过是各种精美的亭台楼阁,生活较为单调。因此这一时期他创作的诗歌大部分是单调的咏物诗,用精美的词汇去雕刻细碎的物件,宣泄其空虚无聊的感情。如《咏竹火笼》:

> 庭雪乱如花，井冰粲成玉。
> 因炎入貂袖，怀温奉芳褥。
> 体密用宜通，文邪性非曲。
> 本自江南墟，便娟修且绿。
> 暂承君玉指，请谢阳春旭。

整首诗着力于咏物的工巧，对仗工整，音节流畅，遣词华美清丽。虽然其中也有班婕妤空秋扇见捐之意，但很明显只是无所事事时空虚无聊心理的一种宣泄，并没有投入作者的真实情感。

谢朓前期诗歌还有另一个重要的内容就是歌颂帝王的功德和赞美新王朝的繁荣兴盛。他的《永明乐》十首、《夜听妓》二首，便是典型的谄上、无聊之作。

诗人在永明十一年被谴还都，可以说是他人生道路和政治生涯上所遭到的首次沉重打击。这次打击，加深了他对社会人生的认识，他似乎从一个不涉事务的贵公子一下子变得深沉起来，诗作的内容和风格也随之发生了极大的变化。他在当年回京将到家时所作的《暂使下都夜发新林至京邑赠西府同僚》一诗可说是显示他前后两期诗歌内容和风格变化的分水岭：

> 大江流日夜，客心悲未央。徒念关山近，终知返路长。
> 秋河曙耿耿，寒渚夜苍苍。引领见京室，宫雉正相望。
> 金波丽鳷鹊，玉绳低建章。驱车鼎门外，思见昭丘阳。
> 驰晖不可接，何况隔两乡？风云有鸟路，江汉限无梁。
> 常恐鹰隼击，时菊委严霜。寄言罻罗者，寥廓已高翔。

谢朓当时在荆州任随王府文学，深得随王萧子隆的赏识。但因遭谗言而被召还都。这首诗就是自荆州赴京邑建业途中所作。发端二句气势磅礴，情思浩荡，堪称绝唱。中间"徒念"至"江汉"一大段将写景、叙事与抒情结合在一起，既表达了对西府的眷恋之情，也突出了其悲凉的心境。末四句以比兴的手法，深婉地传达出忧惧愤慨的情绪。

从此，诗人迈出了亭台池苑、园荷庭草的狭小天地，思想也跳出了宴饮酬唱、歌功颂德的范围，开始走进广阔的社会生活。同样写落日的情怀，他在建武二年(495)作于宣城的《落日怅望》写在宣城太守任上于一天纷繁的公务之后，在暮秋落日余晖之下所见的景物，以及由此而发出的对亲友的思念、对家乡故土的眷怀和对人生道路的思考，这与之前所作的《落日同何仪曹煦》有着莫大的不同，视野宽阔，情感深切，在思想的高度和厚度方面都有了极大的提高。

第三章　辞采华美,风格多样:魏晋南北朝时期的诗歌

谢朓最突出的贡献,是对山水诗的发展和对新诗体的探索。在山水诗方面,他继承了谢灵运山水诗细致、清新的特点,但又不同于谢灵运那种对山水景物作客观描摹的手法,而是通过对山水景物的描写来抒发情感意趣,达到了情景交融的地步。这既避免了大谢诗的晦涩、平板及情景割裂之弊,同时还摆脱了玄言的成分,形成一种清新流丽的风格。如他的名作《晚登三山还望京邑》:

> 灞涘望长安,河阳视京县。
> 白日丽飞甍,参差皆可见。
> 余霞散成绮,澄江静如练。
> 喧鸟覆春洲,杂英满芳甸。
> 去矣方滞淫,怀哉罢欢宴。
> 佳期怅何许,泪下如流霰。
> 有情知望乡,谁能鬒不变!

这首诗是谢朓在由中书郎出为宣城太守初离京都行经三山时所作,前面用典,用王粲、潘岳的望京邑比自己的望京邑,点明题目,又暗示了自己离京的不得已,表现出伤感惨淡的气氛,然后则着力铺陈京邑景色的华美,描述了一幅缤纷绚丽的图案。而这明媚秀丽的景物又与诗人思乡的情思自然融合,显得深婉含蓄,具有很强的艺术感染力。

谢朓的《之宣城郡出新林浦向板桥》也是一篇上乘之作:

> 江路西南永,归流东北骛。天际识归舟,云中辨江树。
> 旅思倦摇摇,孤游昔已屡。既欢怀禄情,复协沧洲趣。
> 嚣尘自兹隔,赏心于此遇。虽无玄豹姿,终隐南山雾。

诗中以归流、归舟与旅思、孤游之间的相互映衬与生发,突出地表达了诗人倦于羁旅行役之思和幽居远害之想。其语言之清新、构思之含蓄、意境之浑融,无不给人以深刻的印象。

谢朓曾说"好诗圆美流转如弹丸",他的诗歌创作就体现了这一审美观念。要达到"圆美流转",语言的清新流畅与声韵的铿锵婉转是十分重要的因素。谢朓是"永明体"的积极参与者,他将讲究平仄四声的永明声律运用于诗歌创作之中,因此他的诗音调流畅和谐,读起来朗朗上口,铿锵悦耳。如其《游东田》:

> 戚戚苦无惊,携手共行乐。
> 寻云陟累榭,随山望菌阁。
> 远树暧阡阡,生烟纷漠漠。

鱼戏新荷动,鸟散馀花落。
不对芳春酒,还望青山郭。

　　不仅情景相生,错落有致,充满诗情画意,令人心驰神往,而且在声调与语言的运用上也很有特色:语言清新晓畅而又富于思致,音韵铿锵而又富于变化,尤其是"戚戚""阡阡""漠漠"等双音词的运用,更增强了形象性和音韵美。流动的音声之美同诗中充满动态美的山水景色相配合,使画面更加细腻秀美、清丽自然,给人以身临其境之感;而其中所蕴含的深长细微的诗思与情致,也同样使人"觉笔墨之外,别有一段深情妙理"(沈德潜《古诗源》卷十二)。

第四章　标举风骨，扫除浮艳：初唐时期的诗歌

初唐时期大致是高祖到睿宗在位的时期。这一时期的诗坛一方面受到齐梁余风的影响，宫廷诗不少，浮艳绮丽的色彩依然存在；另一方面在一些初唐诗人的革新之下，又不断透出新的气息。首先，诗坛风气转变，诗歌不再局限于狭窄的宫廷题材，而是扩展到广阔的社会，逐渐扫除浮艳，走上健康发展的道路。其次，诗体得以创造和更新，如七言歌行在"四杰"手中得到发展，近体诗在沈宋手中得以定型。最后，陈子昂作为著名的初唐诗人，大力倡导汉魏风骨，明确提出以复古为革新的文学主张，彻底廓清了六朝以来的绮靡诗风。

第一节　齐梁余风影响下的宫体诗

宫体诗最早出现在梁代，突出的代表是当时正在做太子的梁简文帝萧纲。萧纲是个具有突出艺术才能的人，他喜好文学，且很有天赋，六岁即能文，又居于东宫，因此形成了一个以他为核心的官僚文学集团，聚集了徐摛、徐陵父子，庾肩吾、庾信父子等著名诗人，其创作影响被及朝野，时称宫体。宫体诗主要表现宫廷男女的艳情之爱，文风铺张繁复、香艳淫靡。初唐诗歌的演进，是在宫廷内外相互影响带动中完成的。所以，初唐的诗坛不能不提宫体诗。据清编《全唐诗》所收的初唐诗进行统计，不难发现宫体诗在诗坛呈覆盖之势。首先是宫廷诗人在初唐作家中占绝对多数。《全唐诗》中存有作品的初唐 220 多位作家，绝大部分是宫廷文臣、帝王、后妃。其次，宫廷诗人地位高，集中地活动在京都上层，容易造成影响，与作家数量和地位上的优势相应，初唐宫体诗的作品数量也占优势。这些诗主要是奉和、应制、郊庙乐章，具宫廷色彩的咏物诗、乐府诗、帝王后妃挽歌，以及从驾、早朝、宫廷景物、美人歌舞、皇帝大臣宴赏、朝士交游的诗作。当然，初唐的宫体诗与齐梁宫体诗是不同的。初唐宫体诗所具有的诗歌演进性质，一个明显的标志是表现了新的时代气息。它虽受齐梁宫体诗的影响，但在新的时代下还是有了新的发展。初唐宫体诗的代表诗人主要有李世民、虞世南、上官仪。以下对他们三人的诗歌创作进行一定的阐述。

一、李世民的诗歌创作

李世民(599—649),唐朝第二位皇帝,李渊次子。隋末随其父起兵反隋,李渊称帝时,封为秦王,任尚书令。武德九年(626)发动玄武门之变,得为太子,继帝位。在位期间,较能任贤、纳谏。当时社会经济有所恢复,被史家誉为"贞观之治"。贞观四年(630)打败东突厥,并收服其所属各国,他被尊为天可汗;贞观八年(634),大败吐谷浑;贞观十四年(640)征服高昌,而此时政治稳定,经济在隋朝的基础上也得到了进一步的发展,国势之强大,可谓前所未有。在文化上,李唐王朝自陇西入主中原,带有鲜明的异域胡族的文化色彩,再加上李世民的鲜卑族血统,使得贞观时期乃至整个唐朝的前期都呈现出一种开放的状态。李世民不受汉族正统观念的拘囿,在心态上十分开放,敢于傲视古人,直抒胸臆。

李世民十分重视文人和文化建设,早在他做秦王的时候,就延揽杜如晦、房玄龄、孔颖达、虞世南、陆德明等人,号称"十八学士",于长安宫城之西开设文学馆。他登上帝位后的第二个月,就开设弘文馆,聚书二十万卷,"精选天下贤良文学之士褚遂良、姚思廉、蔡允恭、萧德言等,以本馆兼学士,令更宿直,引入内殿,讲论文义,商量政事,或至夜分而罢"(《唐会要》)。这种文化背景就决定了宫体诗不会像齐梁时期一样,必定会有所发展变化。

《全唐诗》所辑录的唐太宗李世民的诗共99首,诗作题材广泛,其中相当一部分是对战斗生活的追忆和对豪情壮志的抒发。比如,《经破薛举战地》追述了大破薛举于扶风时的情景,格调高亢而豪迈,可谓有汉魏风骨;《还陕述怀》,视野宽阔,气魄宏大,大有帝王之概。还有一些纪行、写景、怀古、咏物的诗作。《帝京篇》(十首)被公认为是李世民的代表诗作,他在诗序中说他写这组诗是要以"秦皇、周穆、汉武、魏明"等帝王的"峻宇雕墙,穷侈极丽"为戒,"故述帝京篇以明志"。组诗采用了铺陈的写法,描述了帝王的宫阙以及读书、游览、宴饮等生活情景,篇末的"曲终奏雅",有"劝百讽一"之致。组诗在艺术上最突出的特点应该是对宫殿宏伟气势的描绘、对自己雄心壮志的抒发以及诗歌雄浑的意境。如其一云:

秦川雄帝宅,函谷壮皇居。

绮殿千寻起,离宫百雉余。

连甍遥接汉,飞观迥凌虚。

云日隐层阙,风烟出绮疏。

第四章　标举风骨，扫除浮艳：初唐时期的诗歌

李世民的不少诗还是深受前朝宫体诗的影响，他自己在内心里也是喜欢宫体诗的。《唐书·虞世南传》有这样一段记载："帝尝作宫体诗，使虞和。世南曰：'圣作虽工，然体制非雅。上之所好，下必有甚者，臣恐此诗一传，天下风靡。不敢奉诏。'帝曰：'朕试卿耳。'赐绢五十匹。"在李世民现存的99首诗中，有相当一部分带有宫体诗的色彩，如《赋得樱桃》云：

> 华林满芳景，洛阳遍阳春。
> 朱颜含远日，翠色影长津。
> 乔柯啭娇鸟，低枝映美人。
> 昔作园中实，今来席上珍。

这类宫体诗在辞藻的堆砌、色彩的秾丽以及对享乐的追求和情感的空虚等方面与前代宫体诗相比差不了多少。即使是在《帝京篇》中，也有一些宫体诗的影子，如其八这样写道：

> 建章欢赏夕，二八尽妖妍。
> 罗绮昭阳殿，芬芳玳瑁筵。
> 佩移星正动，扇掩月初圆。
> 无劳上悬圃，即此对神仙。

这首诗记录了李世民饮宴之际那种喜气洋洋、志得意满的姿态。他借汉指唐，展现了自己浮靡的宫闱生活，同时，大量美女的出现，也能够看出其对艳妓美色的贪恋和对享乐生活的追求。即使将此诗放入梁、陈文人的宫体诗中，也是很难分辨的。

不过，李世民毕竟与梁简文帝、陈后主、隋炀帝不同，他在《帝京篇》的序中就十分明确地表明了自己对待文艺尤其是对待齐、梁宫体诗的态度：

> 予以万机之暇，游息艺文，观列代之皇王，考当时之行事。……予追踪百王之末，驰心千载之下，慷慨怀古，想彼哲人，庶以尧舜之风，荡秦汉之弊；用咸英之曲，变烂熳之音，求之人情，不为难矣。

显然，"以尧舜之风，荡秦汉之弊，用咸英之曲，变烂漫之音"可以看出李世民的变革之心。他用宫体题材否定宫体文学，倡导雅正诗风，使宫体诗的发展有了新的突破。他的《过旧宅二首》（其一）典型地体现了这一特点：

> 新丰停翠辇，谯邑驻鸣笳。
> 园荒一径断，苔古半阶斜。

> 前池消旧水，昔树发今花。
> 一朝辞此地，四海遂为家。

这首诗沿用了宫体诗的程式，堆砌了荒园、古苔、旧池、新树等景物，抒发的也是物是人非的落寞情怀，但强涂的脂粉再也掩不住清新之气。诗作不再是宫廷的脂粉琼宴和对享乐的追求，而是开始走向乡野池树和对物事变迁的思考。诗中最后两句便以磅礴之势抒发了一种羁勒不住的英雄情怀，盛唐风致初见端倪。

二、虞世南的诗歌创作

虞世南（558—638），字伯施，越州余姚（今属浙江）人，唐朝政治家、文学家、书法家。虞世南生性沉静寡欲，意志坚定，勤奋好学。陈时曾任建安王法曹参军。入隋后，官秘书郎、起居舍人。隋炀帝爱其才华，但又恶其刚直，十年未予升迁。入唐后，为秦王府参军、弘文馆学士，为秦府"十八学士"之一。太宗贞观年间，历任著作郎、秘书少监、秘书监等职，先后封永兴县子、永兴县公，故世称"虞永兴""虞秘监"。虞世南直言敢谏，深得太宗敬重，称他德行、忠直、博学、文辞、书翰为"五绝"。贞观十二年（638）在长安逝世，享年八十一岁，赠礼部尚书，谥号文懿，陪葬昭陵。作为初唐大诗人，虞世南有诗文集十卷行于世。《全唐诗》编其诗一卷，《全唐文》收录有其诗文及奏疏。

虞世南的应制诗往往带有浓厚的齐梁诗风，《全唐诗》中的《奉和月夜观星应令》及其下的六首应制诗都堆砌辞藻，夸张逢迎，情感空虚，极尽浮艳之能事，深得前朝宫体诗的神髓。例如《中妇织流黄》：

> 寒闺织素锦，含怨敛双蛾。
> 综新交缕涩，经脆断丝多。
> 衣香逐举袖，钏动应鸣梭。
> 还恐裁缝罢，无信达交河。

这首诗将"含怨敛双蛾""衣香逐举袖"之类的香艳之态摄入诗中，因而是非常典型的宫体诗。

再如《奉和幽山雨后应令》：

> 肃城邻上苑，黄山迩桂宫。
> 雨歇连峰翠，烟开竟野通。
> 排虚翔戏鸟，跨水落长虹。

第四章　标举风骨，扫除浮艳：初唐时期的诗歌

> 日下林全暗，云收岭半空。
> 山泉鸣石涧，地籁响岩风。

这首诗境界开阔，显出雨后自然界的生机和宫苑一带的祥和气氛。语言疏秀，没有前期的堆砌琐屑之病。这种诗风变化，与入新朝后的思想情趣变化有关。虞世南此诗属相对省净之作，多数宫廷诗人则更重铺排和藻饰。当然，初唐时期的宫体诗，内容多半止于歌功颂德，但追求的是雅正，而不是齐梁的侧艳。其以宏大整肃代替六朝琐碎柔弱，以和乐代替颓靡，显示了帝国初兴的时代气息和诗歌面貌的演变。

其实，虞世南诗中的佳作多是拟乐府诗。例如，《从军行二首》写边塞征战的艰苦和塞外的风光，像"剑寒花不落，弓晓月逾明。凛凛严霜节，冰壮黄河绝"已有盛唐边塞诗的风致；《结客少年场行》这样描写西域的景色并抒发自己的侠义情怀："天山冬夏雪，交河南北流。云起龙沙暗，木落雁行秋。轻生殉知己，非是为身谋。"无论题材还是艺术风格都已经从宫体诗中摆脱出来了。

虞世南也非常擅长写咏物诗。有不少诗作都非常经典，比如《蝉》：

> 垂緌饮清露，流响出疏桐。
> 居高声自远，非是藉秋风。

这首托物寓意的小诗，是唐人咏蝉诗中时代最早的一首，颇为后世所称道。诗人以蝉喻君子，表面上是写蝉的形状和居高饮露的特性，实际上处处都含比兴象征。"流响"写蝉声的清越，隐示君子的高标逸韵。末二句暗示君子品格高洁，无须凭借外力的帮助，自然能够美名远播，表达了诗人对于高洁品格的向往和追求。

再如《初晴应教》：

> 初日明燕馆，新溜满梁池。
> 归云半入岭，残滴尚悬枝。

虞世南的这些咏物诗多寄情于景，表现其高洁的志趣，格调清新隽永，在历史上产生了一定的影响。

三、上官仪的诗歌创作

上官仪（？—664），字游韶，陕州（今河南陕县）人。贞观初进士及第，召授弘文馆直学士；唐高宗即位后，他做了秘书少监，一度官至宰相，名噪一时。高宗永徽年间，见恶于武则天，后又被告发与废太子通谋，下狱

而死。

上官仪工于五言诗歌,多应制、奉和之作,题材内容脱不出宫廷文学应制咏物的范围,绮错婉媚,雍容典雅,属对工切,笔法精细,人多效仿,称为"上官体"。他还归纳六朝以来诗歌中对仗方法,提出"六对""八对"之说,对律诗的形成颇有影响。

高宗时,上官仪为秘书少监,比较受器重,宫中每次有宴会,他都得以参加并应诏赋诗。他的诗因而也就大多写于这种环境,婉媚华丽。例如《早春桂林殿应诏》:

> 步辇出披香,清歌临太液。
> 晓树流莺满,春堤芳草积。
> 风光翻露文,雪华上空碧。
> 花蝶来未已,山光暖将夕。

这首诗虽然质地纤弱,藻饰相对突出,但依然能够看出诗人在描写早春风光时的别出心裁。首联两句巧妙点题,颔联和颈联使用工整、宽泛的对句进行结构性展开,通过疏朗新奇的意象,描绘了宫苑美丽的初春景色。"满"字辅"积"字,化静为动,动静结合,清新明丽,意象新奇,显示了诗人良好的艺术感受能力。风光中闪烁的露珠因一"翻"字而变得无比形象传神;自天而降的飘扬雪花因一"上"字让人的视角纵横开阔,有种雪花仿佛要返回碧蓝天空的感觉。尾联写暖暖的夕阳映照着满目的青山,身旁萦绕着翩翩的彩蝶,诗人通过含蓄蕴藉的手法将日暮之景融于想象之中,一种安逸闲适开朗的心境跃然而出。全诗描写出了早春的生机,明洁的风物为御苑营造出了美好的氛围,达到了应制和颂美的宫廷要求。

上官仪的诗中还有注意营造意境且语言省净,如《入朝洛堤步月》:

> 脉脉广川流,驱马历长洲。
> 鹊飞山月曙,蝉噪野风秋。

这首诗的题材还在宫廷范围之内,但他完全没有了前朝宫体诗的色彩。前两句写来颇有气势,诗人正因为身为宰相,方以洛水为广川,以官堤为长洲,一"广"一"长",可见其胸襟之阔大。他跨马昂首,才见得广川脉脉,堤如长洲。写自己驱马洛堤时用了一个"历"字,说明前行速度之缓,态度之从容不迫,心态的放松,表现出一种心意悠然、清虚寡淡的风度。后两句接着写此时看到的景象,只是视域更为广大一些,人气更少了一些,带有一种远顾的意味。回头望去,只见明月西悬,鹊鸟偶尔飞过,似乎还听到蝉鸣的声音,从野林之中顺风传来,带着股秋的凉意。两句都凸显出天将破晓时的冷幽。写月、鹊,与后世辛弃疾的"明月别枝惊鹊"有异曲同工之妙,可见环境之幽;写蝉声、写野风,又与"蝉噪林逾静"相似,野风中带着凉意传来蝉鸣,可见环境之冷寂。

第二节 唐诗基本体式的确立与规范:四杰体

入唐之初,诗坛几乎被五言诗体一统天下。诗人们既追求雅音古调,又摆脱不了新体躯壳,这一时期五言诗也就形成了古意与新声的混杂状态。从诗体嬗变的阶段性特征看,与齐、梁时期相比,唐初诗歌体式更显单调,诗体观念及实践结果则尤为典型地体现出过渡阶段的模糊特性与混沌状态。无论是五言八句的新体,还是意在复古的长篇述怀,都显出语言密丽、对偶工切的共同特点,而五言新体在结构与音律方面又皆未达到成熟定型的程度,其间何为古体,何为近体,除极个别特殊现象外,实在难以明确分辨,从而形成"六朝至初唐,只可谓之半格"(杨慎《升庵诗话》卷四)这样一种特殊的文学现象与诗体特征。"初唐四杰"是指处在这样的诗体演化背景下。"初唐四杰"就是初唐时期的四位诗人王勃、杨炯、卢照邻和骆宾王。他们是当时一个非常有影响的诗歌革新流派。他们针对"争构纤微,竞为雕刻"的"变体"末流,以"长风一振"的气势发出唐代文学革命的最初信号。杨炯在《王子安集序》中集中抨击"乱之以朱紫青黄""假对以称其美"的现象,实际上也正是对滥施声色偶对而造成诗体混沌、功能不分状态的不满。总之,"初唐四杰"为表达豪宕的人生意气,大力恢复并发展了以铺张扬厉的赋法构成的七言歌行,在对诗歌律化进程的推动中,成功地促使五言八句的齐梁新体完成了向五律成熟体式的定型与规范。以下主要对他们四人的诗歌创作进行一定的阐释。

一、王勃的诗歌创作

王勃(?—676),字子安,绛州龙门(今山西河津)人。他是王通的孙子,王绩的侄孙。幼年即聪慧异常,六岁能作文,十五岁被作为神童推荐于朝廷,拜为朝散郎。后应沛王李贤召,任府中侍读兼修撰。当时,诸王很喜欢斗鸡,王勃因代沛王写《檄英王鸡》的游戏文字,高宗认为这是挑拨诸王关系,把王勃逐出沛王府。此后他远游江汉,客居蜀中。后任虢州(今河南灵宝)参军。因擅杀官奴,被免职,其父也受牵连被贬为交陆令。上元三年(676),王勃前往交阯奉养父亲,渡海时溺水而死,年仅二十七岁。在"初唐四杰"中,王勃是才气最大、成就较高的一个。他的著述很多,除诗、赋、文外,尚有学术著作多种。杨炯曾于他身后编有《王子安集》二十卷,今存《四部丛刊》影印本及清乾隆间项家达所辑《初唐四杰集》。

王勃的诗大多描写的是自然风光,主要表达了对自然的热爱之情和对自由不羁的生活的向往,有时表达伤感惆怅的情绪,往往随感而发,清纯自然。在音律上虽然偶有不和谐之处,但已经与后来的绝句有点接近。例如《山中》:

> 长江悲已滞,万里念将归。
> 况属高风晚,山山黄叶飞。

这首诗是游子思归的题材。长江停滞不流,是为游子不能归乡而悲伤;深秋风高,人如黄叶飘零,但叶落归根,而游子还是不能回到故乡。后两句所写之景是对前两句所写之情起衬映作用的,而又有以景喻情的成分。这里,秋风萧瑟、黄叶飘零的景象,既用来衬映旅思乡愁,也可以说是用来比拟诗人的萧瑟心境、飘零旅况。同时,把"山山黄叶飞"这样一个纯景色描写的句子安排在篇末,在写法上又是以景结情。这有种宕出远神、耐人寻味之妙。

王勃的诗歌直接继承了贞观时期崇儒重儒的精神风尚,又注入新的时代气息,既壮阔明朗又不失慷慨激越。例如《送杜少府之任蜀州》:

> 城阙辅三秦,风烟望五津。
> 与君离别意,同是宦游人。
> 海内存知己,天涯若比邻。
> 无为在歧路,儿女共沾巾。

这是一首送别诗。杜少府是王勃的友人。杜少府将到四川去上任,王勃在长安相送,临别时赠给他这首诗。王勃在这首诗的第一句先交代给友人送别的地方,即地势雄伟的长安;第二句是写友人要去的地方,抬眼望去,烟笼云遮,遥远得很,一种惜别的心情不用说已经油然而出了。三、四两句是写作者与友人的情谊,以及当时两人的心境:怀才不遇,同病相怜,作者当时还没有进入仕途,固然令人丧气;而友人翻山越岭,万里跋涉到蜀州去当一名县尉,更是让人无奈。不过,从第五句开始,王勃笔锋一转,唱出了一种旷达豪迈的声音:"海内存知己,天涯若比邻。无为在歧路,儿女共沾巾。"这四句是由曹植《赠白马王彪》的诗句中点化而来。王勃通过概括,意思一点没少,而语言更为精练有气势。

"落霞与孤鹜齐飞,秋水共长天一色"是脍炙人口的一句,它出自王勃

第四章 标举风骨,扫除浮艳:初唐时期的诗歌

的《滕王阁序》。其实,王勃还因这序作过一首诗,即《滕王阁诗》:

> 滕王高阁临江渚,佩玉鸣鸾罢歌舞。
> 画栋朝飞南浦云,珠帘暮卷西山雨。
> 闲云潭影日悠悠,物换星移几度秋。
> 阁中帝子今何在,槛外长江空自流。

滕王阁矗立赣江岸边,号称江南第一阁,登上此地,可以俯视,也可以远望。王勃第一句开门见山,用质朴苍老的笔法,点出了滕王阁的形势;第二句则指出滕王阁建造之初的那种豪华场面已经不复存在了。三、四两句紧承第二句,更加发挥。滕王阁既无人游赏,阁内画栋珠帘当然冷落可怜,只有南浦的云,西山的雨,暮暮朝朝,与它为伴。这两句不但写出滕王阁的寂寞,而且也写出了滕王阁的居高,写出了滕王阁的临远,情景交融,寄慨遥深。第五、六两句立即转为"悠""秋"两个柔和的韵脚,"闲云"与上文"南浦云"衔接,"潭影"避开了"江"字,把"江"深化为"潭"。云在天上,潭在地下,一俯一仰,写的还是空间。而"日悠悠"把空间转入时间,点出时日的漫长,经年累月,自然生出风物更换季节,星座转移方位。建阁人今安在?连续发问,表达了紧凑的情绪。最后指出槛外的长江,却是永恒地东流无尽。这首诗虽然将多个属于空间范畴的词和属于时间范畴的词放在一起,但都以滕王阁为中心,所以是有机地融合在一起的,不会让人产生叠床架屋的感觉。全诗语言丰腴绮丽,有六朝余习,但又有永恒的哲理寓含其中,令人深思。

二、杨炯的诗歌创作

杨炯(650—?),华阴(今属陕西)人。早慧多才,恃才傲物,终于盈川令,世称杨盈川。高宗显庆四年(659)举神童。次年,待制弘文馆。后应制举,授校书郎、詹事司直。为人自负,嘲讽那些有名无实的朝官为"麒麟楦"(《云仙杂记》),故不容于时。武则天垂拱二年(686),因其从弟参加徐敬业起兵事被牵连,贬为梓州(今四川三台)司法参军,此后在蜀中停留多年。晚年任婺州盈川(今江西境内)县令,大约在武则天长寿元年(693)前后,死于任上。杨炯原有文集三十卷,后皆散佚,今存明万历间的《盈川集》十卷。

杨炯现存诗 33 首,多是五言和排律。杨炯虽然没有到过边塞,也没有从过军,但他写了不少从军诗和边塞诗,成绩颇佳。比如《从军行》:

> 烽火照西京,心中自不平。
> 牙璋辞凤阙,铁骑绕龙城。

>　　雪暗凋旗画,风多杂鼓声。
>　　宁为百夫长,胜作一书生。

这首诗借用乐府旧题"从军行",描写一个读书人从军边塞、参加战斗的全过程。仅仅四十个字,既揭示出人物的心理活动,又渲染了环境气氛,笔力极其雄劲。诗中跳跃式的结构,奇崛刚劲的意象,让诗歌具有明快的节奏,如山崖上飞流惊湍,给人一种一气直下、一往无前的气势,有力地突现出书生强烈的爱国激情和唐军将士气壮山河的精神面貌。

又如《战城南》:

>　　塞北途辽远,城南战苦辛。
>　　幡旗如鸟翼,甲胄似鱼鳞。
>　　冻水寒伤马,悲风愁杀人。
>　　寸心明白日,千里暗黄尘。

这首诗也以汉乐府"战城南"为题,但不再写得像汉乐府那样血流成河、惨不忍睹了。诗人以征战者的口吻讲述远征边塞的军旅生涯。在叙述战争时,叙述者豪情满怀,信心百倍,充满了胜利的希冀。首联以对句开起,开门见山交代战争的地点,一个"辽"字,一个"远"字,表现出塞北的广阔无际,也给诗歌增加了空间感。颔联用排比点缀手法写作战阵式,极有气势,不但写出了军队威武,而且写出了士兵斗志。颈联自然地转入抒情性的叙述,表面写马,实则写人,巧妙地表达边地苦寒不宜"稽留"之意。尾联以景作结,艺术性地揭示了征战人光明的内心世界。全诗格调雄浑激越,洋溢着浓烈的爱国之情。恰如李调元在《雨村诗话》里评述的:"浑厚朴茂,犹开国风气。"读后令人神情激奋。

三、卢照邻的诗歌创作

卢照邻(636—695),字升之,自号幽忧子,幽州范阳(今北京大兴附近)人。自幼"阅礼而闻诗",十多岁时学习文字训诂及经史,博学善文。永徽五年(654),授邓王府典签,还不到二十岁。为适应王府环境,也写过一些精巧雅致的宫体诗。后因"有横事被拘",幸得友人救助出狱。乾封末年(668)出为益州新都(今属四川)尉。蜀地险阻,官职低微,他深感孤苦凄凉,诗歌内容也日渐充实。后患风疾,乃辞官归。最后因不堪病痛折磨,自投颍水而死。卢照邻一生耿直狷介而又充满了浪漫的幻想,其为人与为文在"四杰"中都是很有特色的。卢照邻存诗近百首,主要存于明人所辑的《幽忧子集》中。

第四章　标举风骨,扫除浮艳:初唐时期的诗歌

卢照邻的诗在内容上多写边塞、游侠、思妇、怀人等题材,有时也反映自己凄苦的处境,抒发幽愤与不平,揭露统治者的荒淫奢侈等。就诗风而言,他的诗也比较多样化,有淳朴清新,富有民歌情调的诗,如《梅花落》:

　　梅岭花初发,天山雪未开。
　　雪处疑花满,花边似雪回。
　　因风入舞袖,杂粉向妆台。
　　匈奴几万里,春至不知来。

这首诗由梅岭的梅花开放,联想到遥远的边塞,仍然处于严寒之中,忽发奇想,觉得仿佛眼前花似雪,彼处雪似花,于是遥远的空间阻隔消弥于错觉之中。然而一旦清醒,才想起征人远在万里之外的冰天雪地之中,春天到了也不知归来。诗人从小处入手,细腻婉转,但笔锋一转,描写塞外征人,升华了诗的主旨。诗歌描写清新自然,又别有韵味。

也有展现刚劲而雄奇的诗风的诗,如《紫骝马》:

　　骝马照金鞍,转战入皋兰。
　　塞门风稍急,长城水正寒。
　　雪暗鸣珂重,山长喷玉难。
　　不辞横绝漠,流血几时干。

这是一首边塞诗。诗人通过描写环境的恶劣严峻和骝马行动的艰难,突出骝马的雄猛,借以歌颂赴边将士转战疆场、英勇杀敌的英雄气概,抒发盼望边疆早日安宁,停止流血的心情。全诗用词精当,描绘细腻,形象生动鲜活。

卢照邻还有5篇歌行体,几乎篇篇都是出色的作品。如《行路难》,诗作描写了世事艰辛和离别的伤悲,蕴含古今兴亡之叹,题材也由宫廷转向市井,情感廓大深邃,气势恢宏。当然,卢照邻最著名的一首诗,要属《长安古意》。这篇歌行通过对汉代长安的描写,反映了唐代长安的盛况。不过,诗人并没有用全面罗列的结构铺叙这幅上层社会的热闹画面,而是着意刻画宫室、车马的富丽装饰和豪门中歌舞者的妖娆情态,在细节的描绘中展现出都城长安的宏大气象。诗中描写了形形色色的人物:挟弹飞鹰的荡子、暗算公吏的少年、仗剑行游的侠客、宫中禁卫的执金吾,纷纷聚集在北里娼家,狂歌滥饮,极尽声色之娱。而在宫廷与市井之间,更有势倾天子的将相豪贵,争权夺利,各不相让。诗人把长安的盛况渲染到极致,最后却归出繁华须臾、好景不长的主旨,这种人事沧桑之感,反映了初唐文人对兴亡盛衰的思索和警觉。结尾以扬雄穷愁著书的生涯与长安豪华骄奢的生活

作对照,寄托了诗人的寂寥愤慨以及追求不朽声名的人生观。全诗采用了多种修辞手法,如叠字、顶针格、复沓层递句式等,所以辞藻艳丽却清新疏宕,而且加强了音韵铿锵的节奏感,读来声调圆转流畅,抑扬顿挫,气势充沛。

四、骆宾王的诗歌创作

骆宾王(638—684),字观光,婺州义乌(今属浙江)人。七岁时因随口吟成《咏鹅》一诗,被誉为神童。高宗永徽年间,任道王府属官。咸亨元年(670),随薛仁贵等出征边塞,此后在四川宦游多年,曾任武功主簿。仪凤三年(678),入朝为侍御史,但因多次上疏讽谏武后,被弹劾下狱。出狱后,贬临海(今浙江天台)县丞,郁郁不得志。武后光宅元年(684),徐敬业起兵反武氏,骆宾王奔赴扬州加入徐的幕府,并写下了著名的《讨武曌檄》。同年兵败亡命,不知所终。今存《骆宾王文集》四卷、六卷及十卷本多种。

骆宾王的诗最大的特点就是增加了个人抒情的成分,真情流露较为明显。例如《在狱咏蝉》:

> 西陆蝉声唱,南冠客思深。
> 不堪玄鬓影,来对白头吟。
> 露重飞难进,风多响易沉。
> 无人信高洁,谁为表余心?

这是一首非常工致的五言律诗,写于678年。当时,诗人因上书议论政事,触怒武则天,而被诬陷受赃下狱。蝉在古代是清高的象征。诗人咏蝉,一方面是借此表明自己的清白,另一方面是借蝉抒写自己孤高自洁的情怀。首联由秋日高唱的"蝉声"写到深深的"客思",借物起兴,很自然地抒发狱中自己的思乡之情。颔联紧接着用反诘的口吻由秋蝉之哀吟联想到自己被诬下狱的身世遭遇,从而表达内心的悲怆和伤怀。这里"白头吟",也是借卓文君《白头吟》的典故表达自怜自伤之情。颈联进一步紧扣题目"咏蝉",蝉因露水太重不能展翅飞,蝉声因风多而更低沉,这里诗人正是通过描绘蝉的处境来表明自己的处境。尾联物与人融合为一,承接前面六句,表达出强烈的怨愤和悲痛之情。全诗处处扣住蝉的特点,以蝉的"清畏人知"比喻自己的高洁,贴切含蓄,感情充沛,用典自然,寄托遥深。

《于易水送人》是一首抒情性极强的五言绝句:

> 此地别燕丹,壮士发冲冠。
> 昔时人已没,今日水犹寒。

第四章 标举风骨,扫除浮艳:初唐时期的诗歌

在这首诗中,诗人借送别而思古,思古而惜今。前两句吊古,追想当年壮士们送荆轲赴秦的悲壮场面,面对同样的易水,诗人对英雄的仰慕之情油然而生;后两句伤时,昔日的英雄已经亡去,而诗人徒有羡慕他们的英雄业绩,却没有机会施展自己的才华,实现自己的抱负。全诗辞气苍凉,格调激越。最后一句更是余韵不绝。

骆宾王也写了一些出色的边塞诗,如《夕次蒲类津》:

> 二庭归望断,万里客心愁。
> 山路犹南属,河源自北流。
> 晚风连朔气,新月照边秋。
> 灶火通军壁,烽烟上戍楼。
> 龙庭但苦战,燕颔会封侯。
> 莫作兰山下,空令汉国羞。

这是作者戍边时作的一首边塞诗。开头的两句言诗人黄昏远望,禁不住客愁涌上心头。其下六句写边塞景色。戍楼、军壁、灶火、烽烟,加以新月初升,晚风渐紧,组成一幅悲凉荒远的图画。诗人的豪情壮志便在这荒凉的边疆景物中引发出来。最后四句由见闻的描写转而抒发诗人立功边塞的壮志豪情:要像班超那样投笔从戎,觅取封侯,不要做李陵一样的败军之将,让汉朝蒙受耻辱。全诗格调悲凉沉郁,充分表现了诗人的爱国热忱与思乡情结。

骆宾王与卢照邻一样,也善写铺陈的长篇歌行,只是比卢照邻更加繁富。他的《帝京篇》《畴昔篇》都是挥洒淋漓、极见才力的长诗。《帝京篇》是贞观年间唐太宗和大臣们写过的题目。骆宾王写此诗是为了向吏部长官干谒。全诗以七言为主,间有五言,以慷慨流动的笔调铺写京都文物的繁华、皇亲国戚住宅的富丽和娼家狎邪宴饮的淫乐生活,抒发自己的牢骚感慨,指出荣华富贵不能久长,内容与《长安古意》相近,"虽极浮靡,亦有微瑕,而缀锦贯珠,滔滔洪远"(王世贞《艺苑卮言》),在当时被称为"绝唱",只是过于缜密铺陈。

第三节 律诗的定型:沈宋体

在中国诗歌史上,沈佺期与宋之问被认为是在唐诗艺术进程中发挥了重要作用的两位诗人。他们将"初唐四杰"诗歌实践中建立新体的一端加以发展,从而进一步明晰古、近体之分,使声律精切的律诗形制得到完全的

成熟与全面的定型。律诗与古体诗相对,又称近体。它的形成经历了较长时间和众多诗人的实践。自从建安以来,散文、辞赋和诗歌,都走上了骈偶的道路。齐梁时,诗坛"永明体"形成。在此基础上,经过不断的发展完善,初唐诗人已经写出了一批符合规范的五言律诗。七言律诗的成熟则稍后一些,太宗、高宗两朝的有些七言八句诗虽然在中间两联注意了对仗,但大多平仄失调,不讲粘缀,说明此时七律尚未完全成熟。到武则天时代,李峤、苏味道、沈佺期等人的七律应制之作大部分都符合规格,尤以沈佺期的合律之作最多。可见,沈、宋的贡献在于从前人和当代人应用格律形式的实践经验中,把已经成熟的形式肯定下来,最后完成"回忌声病,约句准篇"(《新唐书·宋之问传》)的任务,使律诗篇章确定,平仄、对仗规范化。王世贞《艺苑卮言》说:"五言自沈宋始可称律。律为音律法律,天下无严于是者。知虚实平仄不得任情,而法度明矣。"沈、宋近体诗创作除七言排律以外基本上具备了各种类型,即五律、五排、七律、五绝、七绝等体式齐全。他们近体诗的创作数量也大大超过前人。以下就专门对沈佺期与宋之问的诗歌创作进行一定的分析。

一、沈佺期的诗歌创作

沈佺期(656—714),字云卿,相州内黄(今属河南)人。唐高宗上元二年(675)进士。曾任通事舍人、给事中等官。武后时官至考功员外郎。后因依附张易之,被流放到驩州。中宗神龙年间,召拜起居郎,历官修文馆直学士、中书舍人、太子少詹事。死于开元初。沈佺期与宋之问齐名,时称"沈宋"。擅长七律,被后人称为"律诗之祖"。他的律体精工严密、文辞华丽,但缺乏社会内容。有集十卷,《全唐诗》编为三卷。

作为长期生活在朝中的宫廷文人,沈佺期作了不少宫廷诗。不过,由于自身的艺术修养与个性,他的这类诗并没有前朝宫廷诗那样的矫饰堆垛、虚浮靡弱之弊,反而在丰富的想象力和敏锐的感受力的运用中,形成清新流畅的表现风格,更接近于个人写景抒情之作。例如《奉和春日幸望春宫应制》:

芳郊绿野散春晴,复道离宫烟雾生。
杨柳千条花欲绽,蒲萄百丈蔓初萦。
林香酒气元相入,鸟啭歌声各自成。
定是风光牵宿醉,来晨复得幸昆明。

这首诗也遵从宫廷游宴诗的叙述程式,由点题、描写、结束三部分构

第四章 标举风骨,扫除浮艳:初唐时期的诗歌

成。但是,除最后一句显见应酬性语言外,其他部分则体现出对自然景物的细致观察以及诗人置身其间的愉悦感受。

当然,能充分体现沈佺期诗歌艺术成就的是那些完全摆脱宫廷范畴的个性化的诗歌,如其征戍题材作品《陇头水》:

> 陇山飞落叶,陇雁度寒天。
> 愁见三秋水,分为两地泉。
> 西流入羌郡,东下向秦川。
> 征客重回首,肝肠空自怜。

又如《杂诗三首》(其三):

> 闻道黄龙戍,频年不解兵。
> 可怜闺里月,长在汉家营。
> 少妇今春意,良人昨夜情。
> 谁能将旗鼓,一为取龙城。

这两首诗的题材相同,在场景的描写与意象的构造上,也显示出同样的激烈凄厉的氛围与矫健生动的气势。然而,在具体构思上,两诗又各具特色。前一首诗由征战人的角度写出,借助水的分、流意象,以作两地别离的象征与心路沟通的渠道,情感流程的方向是"东下秦川";后一首诗由闺中妇女的角度写出,借助月的异地同明意象,化为意动神驰的载体,抒发今春昨夜的怨叹,情感流程的方向则是"西取龙城"。在诗的结构上,两首诗都以意象的统一性代替了旧有表现形式的零散性与琐碎性。

沈佺期在七律上的成就更高,形成了沉厚而流畅的艺术风格。例如《古意呈乔补阙知之》:

> 卢家少妇郁金堂,海燕双栖玳瑁梁。
> 九月寒砧催木叶,十年征戍忆辽阳。
> 白狼河北音书断,丹凤城南秋夜长。
> 谁谓含愁独不见,更教明月照流黄。

初唐的七言律诗,多有乐府的根源,此诗也不例外。卢家少妇,原指南朝乐府歌中的洛阳女子莫愁,后泛称少妇,在这首诗里,她就是抒情的主体。郁金堂是用香料抹壁的厅堂,玳瑁梁指涂饰成玳瑁彩纹的屋梁。首联写少妇住处之华美,又以"海燕双栖"起兴,反衬少妇独处之情。中间的两联着力写情,由思妇"寒砧"到远人"征戍",再由"白狼河北"之望断音书到"丹凤城南"之秋夜独守,情意流动,回环往复,而由此归结到空对明月孤帏,更形成难解之情结。

在贬逐岭南的途中,沈佺期为表达那种去国离家、归期无望的忧惧心境,也写出了一首极为优秀的七言律诗《遥同杜员外审言过岭》:

> 天长地阔岭头分,去国离家见白云。
> 洛浦风光何所似,崇山瘴疠不堪闻。
> 南浮涨海人何处,北望衡阳雁几群。
> 两地江山万馀里,何时重谒圣明君。

沈佺期贬逐题材的五言律诗,怨愤之情的表达大多更为尖利而激切,如《早发昌平岛》"积气冲长岛,浮光溢大川"、《入鬼门关》"问我投何地,西南尽百蛮"、《从驩州廨宅移住山间水亭赠苏使君》"弃置一身在,平生万事休"等。而这一首却有所不同。这首贬逐题材的七言律诗显出了意象融彻的构思方式与雄浑厚重的风格特征。首联将"天长地阔"的广阔视界与"去国离家"的深切愁怀凝聚于分界点的"岭头"与象征性的"白云",这就一下子将无数的激切呼号含蓄地表达了出来;颔联和颈联进而以"洛浦风光"与"崇山瘴疠"、"浮海之人"与"衡阳之雁"的意象对举,使得立足于临界点的诗人矛盾心态步步深入地展露出来;尾联一面以"两地江山"总括全篇诸多意象,一面又以"何时"倒贯颔联的"何所似"与颈联的"人何处"。一般来说,一首律诗中同一个字出现三次是被忌讳的,但在这里,由"何"字的重复体现出前程何处、归期何日的渺茫心绪,却恰恰构成全诗意绪流程与整体结构的轴心。这不可谓不个性,不可谓不高明。

在贬逐期间,沈佺期除了在诗歌中抒发愁苦激愤的情怀外,还有表示澄澈心境与悟道精神的诗歌,如《绍隆寺》:

> 吾从释迦久,无上师涅槃。
> 探道三十载,得道天南端。
> 非胜适殊方,起喧归理难。
> 放弃乃良缘,世虑不曾干。
> 香界萦北渚,花龛隐南峦。
> 危昂阶下石,演漾窗中澜。
> 云盖看木秀,天空见藤盘。
> 处俗勒宴坐,居贫业行坛。
> 试将有漏躯,聊作无生观。
> 了然究诸品,弥觉静者安。

这首诗因绍隆寺这一"江岭最奇"的寺院景观引发"探道"宿愿,得到"得道天南端"的顿悟般的感受,并由此而摒弃"世虑",游心于"香界""花

第四章　标举风骨，扫除浮艳：初唐时期的诗歌

龛"之间，骋目于"云盖""天空"之外。这种以心理力量消解现实磨难的文学主题表现方式，得到了不少后世文人的肯定与借鉴。

二、宋之问的诗歌创作

宋之问(656—712)，字延清，汾州(今山西汾阳)人。上元二年(675)进士及第，历任洛州(今河南洛阳东北)参军、尚书监丞、司礼主簿等职，唐中宗执政后，因他攀附张易之，被贬为泷州(今广东罗定)参军，后又任鸿胪主簿、考功员外郎，后被太平公主诬蔑，于景龙三年(709)被贬为越州(今浙江绍兴)长史。景云元年(710)，他又被流放钦州(今广西钦州东北)。先天元年(712)，宋之问被唐玄宗赐死。宋之问写的多是对朝廷歌功颂德、阿谀奉承的靡丽诗文。但经历了仕途沉浮之后，他也写了一些好的作品，如《江亭晚望》《晚泊湘江》《题大庾岭北驿》《度大庾岭》《渡汉江》等。他善于写五言诗，有《宋之问集》传世。

与沈佺期一样，宋之问在刚开始的时候也作了一些宫廷应制诗，当然也与前朝宫廷诗大有区别，如《夏日仙萼亭应制》：

> 高岭逼星河，乘舆此日过。
> 野含时雨润，山杂夏云多。
> 睿藻光岩穴，宸襟洽薜萝。
> 悠然小天下，归路满笙歌。

诗人虽然身在宫廷应制场合，却没有将视野局限在宫廷之内，而是投向"野润时雨""山多夏云"这样朴素的自然景象，既有"光岩穴""洽薜萝"的细密之景，又有"逼星河""小天下"的雄阔之景。在诗歌的最后，诗人指出自己内在"悠然"的情趣与"满路笙歌"的环境的不协和性，又充分显示出他个性化写景抒怀的品格。

《江亭晚望》也是宋之问超脱宫廷程式，展现新的审美意蕴和艺术效果的诗作：

> 浩渺浸云根，烟岚出远村。
> 鸟归沙有迹，帆过浪无痕。
> 望水知柔性，看山欲断魂。
> 纵情犹未已，回马欲黄昏。

这首诗在描写中，一方面着重于对"沙有迹""浪无痕"的自然状态的切近与把握，另一方面又在"望水""看山"的览眺之中有意识地投入自身的主

观意绪,造成人的思理与自然生机的互为感发与渗融,因此,结尾处"纵情未已""回马黄昏"表面是宫廷诗惯例,实则超脱了宫廷程式本身的意义。

《题大庾岭北驿》是一首诗歌艺术价值颇高的作品:

> 阳月南飞雁,传闻至此回。
> 我行殊未已,何日复归来。
> 江静潮初落,林昏瘴不开。
> 明朝望乡处,应见陇头梅。

这首诗是宋之问被贬,前往泷州的途中所写。在经过大庾岭时,他想到自己明天就要过岭,从此与中原隔绝,又看到大雁南飞,因而有感而发,在大庾岭北边驿站写成这首诗。该诗以归期渺茫的忧怀开篇,全篇皆围绕归期何日为中心而构意。诗的前半部分以南雁北归有日,反衬自己南行无已。第四句摆脱句碍,一气流转,纯为情怀心绪之畅发。第五、六句纡缓一笔,以"潮初落""瘴不开"象征前程之晦暗,于即目之景淳蕴深沉愁思。尾联则进而发出过岭望乡、折梅以寄亲故之想,暗用南朝陆凯以梅花一枝寄怀范晔之典,在自身真切情感体验之中,将被贬的痛苦以及思念家乡的忧伤委婉而深切地表现出来。全诗既精切浑成,又灵动洒脱。

由于贬谪生涯中的丰富复杂的情感世界与娴练纯熟的艺术技巧的结合,宋之问贬谪诗的情感表现往往显出更为精巧的构思方式与更为微妙的心理活动。例如《渡汉江》:

> 岭外音书断,经冬复历春。
> 近乡情更怯,不敢问来人。

这首诗是诗人从贬所泷州逃归,经过汉江时写的一首诗。诗作虽然短短二十字,却包含了丰富的情感容量和精微的心理活动。在遭遇流窜蛮荒、音书久绝的经历之后,诗人对家人的系念之情在近乡之际自然尤为强烈,但诗人在这里却采取了期望倒置的手法,将极急切的欲望表现为极不敢探知,以看似反常的表达方式涵含最为普遍的人类心理活动。

第四节 重振汉魏风骨:陈子昂及其诗歌理想

陈子昂(661—702),字伯玉,梓州射洪(今四川射洪)人,出身富豪之家。唐睿宗文明元年(684)进士,武则天时代任麟台正字、右拾遗等职。曾随武攸宜东征契丹,因直言敢谏,得罪权贵,被降职。陈子昂由于政治抱负

第四章 标举风骨,扫除浮艳:初唐时期的诗歌

无法实现,三十八岁时便辞官还乡。不久被射洪县令段简所害。有《陈子昂集》,存诗一百二十余首。

陈子昂小的时候受过道教、佛教影响,晚年因失时不遇,又转向老庄和佛教。不过,从他十八岁折节读书到辞官回家,主要还是接受了儒家思想。从他向朝廷所上的一系列政论奏疏来看,其政治思想实质上是儒家王道仁政思想。他认为,治国的宗旨即"王政之责,莫大乎安人",因此极力主张息兵、措刑、亲农桑、倡节俭、除暴安良。在《谏雅州讨生羌书》《谏用刑书》《谏政理书》中都一再呼吁不可劳民伤财、滥杀无辜。这些严正切实的见解都是针对当时统治者对外穷兵黩武、对内残酷镇压异己等而发的。显然,陈子昂是一位关心国事民生的文人。

在政治上,陈子昂敢于针砭时弊;在文学上,陈子昂反对齐梁诗风,提倡汉魏风骨。他对当时文坛上风骨不振、兴寄都绝、一味浮华夸饰、堆砌典故的宫廷诗风深为不满。在《修竹篇序》中,他明确提出了诗歌革新主张:

> 文章道弊五百年矣。汉魏风骨,晋宋莫传,然而文献有可征者。仆常暇时观齐梁间诗,彩丽竞繁,而兴寄都绝,每以咏叹。思古人尝恐逶迤颓靡,风雅不作,以耿耿也。一昨于解三处见明公《咏孤桐篇》,骨气端翔,音情顿挫,光英朗练,有金石声。遂用洗心饰视,发挥幽郁。不图正始之音,复睹于兹,可使建安作者相视而笑。

这篇文章是陈子昂见到东方虬《咏孤桐篇》(已佚)之后写的一篇序,这篇序实际上是他提倡改革诗风的宣言。继续反对齐梁以来"彩丽竞繁"的颓靡诗风,恢复和发扬建安、正始的传统,重视"兴寄"和"风骨",做到"骨气端翔,音情顿挫,光英朗练,有金石声",这既是陈子昂的具体美学理想,也是他对建安风骨和正始之音所作的理论概括。这种以复古为革新的文学主张与"初唐四杰"等人所走的继承齐梁诗歌传统、从中求变出新的路子不同,他主张彻底革除齐梁诗风,直接继承汉魏风骨,写出具有真情实感、慷慨激昂的作品。

陈子昂是唐代诗歌革新的先驱,作品大都内容充实,风格刚健。他效仿阮籍《咏怀》作《感遇》三十八首,推究历史兴废的道理、国家祸乱的原因,探索天人关系和万物变化的规律,自己在"天运""物化"中的地位,抒写感时报国的壮志,以及岁华摇落的悲慨,乃至由世风浇薄而引起的远游寻仙的幻想。其中也有一些批评现实的诗篇,有的以边塞为题材,对统治者的腐朽无能提出了严厉的批判;有的以志上高人的英风劲节反衬骄宠小人的卑微轻薄,对社会上的佞邪势力投以辛辣的嘲讽;有的批评武则天不恤民

力建造佛寺佛像,缺乏贤君尚俭忧民的美德。当然,时代不同,所以陈子昂再怎么效仿,也不可能与阮籍同。《感遇》中充满了活力和朝气,表现的是在时代风云的变幻中跃跃欲试的热情。在体制上,这组诗大多采用八句体和十二句体的五言诗,这两种体式在当时律化程度最高。陈子昂效仿汉魏五言古诗的句式和结构,使古诗和律诗的体调有了明确的界分。在表现上也主要学习阮籍运用的比兴手法,适当吸取汉魏以后咏史、写景的技巧,彻底汰除齐梁的浮艳词彩,恢复了汉魏古诗浑穆的气象。

陈子昂具有明确的人生目标和诗歌理想。这在《感遇》中就有所体现,其中有不少哲理性的思索。此外,《感遇》诗常以喻论理,甚至明言直指,有一些抽象的议论。如"翡翠巢南海"一诗写珍禽因美见杀,寓意已很明显,篇末仍要点出"多材信为累",使之更为醒目,这就稍欠含蕴之致。

《感遇》三十八首大都感于政事和个人遭际而作,托物言志,如《感遇》(其二):

> 兰若生春夏,芊蔚何青青。
> 幽独空林色,朱蕤冒紫茎。
> 迟迟白日晚,袅袅秋风生。
> 岁华尽摇落,芳意竟何成?

诗人以特写的手法突出了兰花和杜若幽雅孤独的芳姿:红色的花朵盛开在紫茎上,使作为背景的林间春色为之一空。然而如此美洁的姿质和茂盛的青春,却在空度时日,等着繁花在秋风中飘零摇落。诗人慨叹兰若的芳香如何保持,也正是双关自己的理想和抱负不能实现。虽然没有明点寓意所在,但不难看出空林幽兰所寄托的是诗人自己孤高的情怀和时不我待的感慨。显然,诗歌含蓄蕴藉,颇有情韵。

《登幽州台歌》是陈子昂跟随武攸宜东征契丹时所作。诗中怀古伤今,抒发了怀才不遇的强烈感慨。当时,由于武攸宜指挥失误,致使先锋部队大败,陈子昂满腔热情地向武攸宜进谏,并自告奋勇带兵出击,但武攸宜以他是书生为由而不采纳他的建议。几天后,陈子昂不忍见危不救,又进谏,因此激怒了武攸宜,下令将他贬为军曹。带着这种痛感怀才不遇的激切悲愤,诗人登上了蓟北楼(即幽州台),仰望苍天,俯视大地,悲从中来,不可遏止,唱出了《登幽州台歌》:

> 前不见古人,后不见来者。
> 念天地之悠悠,独怆然而涕下!

这是一首将情感高度抽象化的佳作。在诗中,诗人没有局限于政治失

第四章　标举风骨，扫除浮艳：初唐时期的诗歌

意的牢骚之中，而是把他在政治社会中的孤独寂寞之感、纵观古今历史的慷慨悲凉之情，化为一幅天高地广、苍茫空旷的意境，在一无所有的背景上突出了诗人兀立于悠远时空中的高大形象，概括了古往今来无数志士仁人在困厄境遇中的激愤不平。因此，它便也成了一首震烁千古的绝唱。

陈子昂的律诗中也有一些佳作，如《度荆门望楚》：

> 遥遥去巫峡，望望下章台。
> 巴国山川尽，荆门烟雾开。
> 城分苍野外，树断白云隈。
> 今日狂歌客，谁知入楚来！

这首是调露（679—680）年间，陈子昂初次出川应试途中入楚时所作。诗歌首联交代了诗人的行程；颔联进一步描写眼前所历之景；颈联继续写景，更具体地状写楚境胜地；尾联诗人以楚狂接舆自比，直抒胸臆。全诗笔法细腻，结构完整，寓情于景，含而不露，艺术感染力很强。尤其诗人对舟行出川后平野空旷、豁然开朗的景象的概括，气势很少有人能敌。

《晚次乐乡县》也是一首很优秀的五言律诗：

> 故乡杳无际，日暮且孤征。
> 川原迷旧国，道路入边城。
> 野戍荒烟断，深山古木平。
> 如何此时恨，嗷嗷夜猿鸣。

这首诗是诗人由蜀入楚途中，从故乡蜀地东行，途经乐乡县时所作，主要抒发的是异乡孤客的羁旅之情。首联营造一种暮色苍茫的气氛，为全诗定下了伤感的基调。第三、四句紧承首联，分别照应第一、二句，把异乡人的感受更推进了一层。接着，诗人环顾四周，荒烟与古木，原是诗人征途中可怜的一点安慰，可是也被越来越深的夜色所笼罩、吞没了。此刻诗人的心境，怎能不被孤寂所淹没呢。前三联都是从视觉感受的角度来写，最后一句则诉诸听觉，以一个抒情性的设问句，直接展示感情的起伏不平，在画面之外又响起猿鸣，有无穷的意味。这首诗寓情于景，结构严谨，笔法细腻。

陈子昂在武后朝虽然政治地位不高，又英年早夭，但他的文章在生前就广为流传，去世后又有卢藏用为之整理文集写传，因而在文坛上已有较高的地位和影响。张说把他列在当时著名文人的第一位。杜甫在《陈拾遗故宅》诗中不但对陈子昂革新诗歌的功绩给予高度评价，而且指出当时与陈子昂同游的英俊人物多掌权要，因此能造成继承骚雅的一代盛事。

第五章　气协律出，情因韵显：盛唐时期的诗歌

在文学史上，特别在诗史上，一般把唐代分为初、盛、中、晚四个时期。所谓盛唐，大抵是指唐玄宗李隆基在位的开元(713—741)、天宝(742—755)间的四十三年。这是继"贞观"之治而产生的唐代封建政权比较稳定、社会经济比较繁荣的第二个"太平盛世"——即史所谓"开元、天宝之治"。盛唐时期，社会安定，国力强大，政治、经济、文化全面繁荣。这一时期，唐代诗歌达到了鼎盛，出现了山水田园和边塞两大诗歌流派。而李白、杜甫无疑组成了盛唐诗坛上最为璀璨的"双子星座"，分别代表了唐代诗歌浪漫主义和现实主义的高峰。

第一节　久在樊笼里，复得返自然：山水田园诗

自魏晋以来，社会上佛道思想的流行，佛家的净心明性的思想和道家崇尚自然、返璞归真的追求，都对文人隐逸山林，游玩山水的风气产生重要影响。唐初继承隋制实行均田制，在丧乱之后人口稀少、田地荒芜的情况下，当然是可以安辑人民、恢复生产的。但统一既久，由于社会安定，人口增加，土地逐渐供不应求，加以商业资本迅速发展，贵族官僚盛行强夺兼并，均田制因而逐渐破坏。同时自唐初以来已经存在的庄园制遂代之而迅速发展。这就使得那些政治失意或厌倦仕途的人以及受佛道消极厌世思想影响的知识分子又过上了隐居生活。隐居生活使诗人与山水田园及一切自然景物密切联系起来，于是便在他们的作品中反映了这些内容，而成为消极的脱离现实的所谓"闲适"一派。其代表为王维和孟浩然。虽然孟浩然年岁较长，但因隐居襄阳鹿门山，不为人知，后来才入京，客居于早岁为官、诗名显赫的王维家中，成布衣之交，故世称为"王、孟"。他们虽身世不同，或早岁山居、"不慕名利"，或中经世变、失意退隐，但对于功名利禄的态度却是一致的，即并非真的忘情仕宦，自始就甘心决意做"隐士"。以隐居为出仕的"终南捷径"，本是当时士大夫阶级的公开秘密，他们自己也往往并不讳言。王、孟的隐居当然也是别有所为的。因此，"隐居诗人"的诗并不等于是空寂无为，毫不关涉世情。而当其愿望不能满足，或虽初步实

第五章 气协律出,情因韵显:盛唐时期的诗歌

现而又卒遭破灭的时候,就不免灰心丧气,逃回山水田园。于是这些"隐士"们的山水田园之作反而充满了出世超尘的思想,以低沉的调子抒发消极没落的情绪。无论目的如何,现在统称他们为自然派诗人,也称为山水诗人或田园诗人。盛唐山水田园诗派创作上有如下特点:一是描写景物多为青山白云、鸣禽芳草、清风流水,人物多是幽人隐士、野老牧童、挑夫浣女,从中表现出回归自然、向往闲适隐逸的思想;二是多数诗歌偏于恬静淡雅,富于阴柔之美;三是诗体运用上,多五古、五律、五绝等形式。孟浩然和王维是盛唐山水田园诗派中成就最高的两位诗人,除二人之外,还有储光羲、常建、祖咏等人。

一、王维的诗歌创作

王维(701—761),字摩诘。其先祖本是太原祁(今山西祁县)人,到他父亲才迁居于蒲(今山西永济)。他九岁知属辞,与弟缙齐名。他的诗集里现尚存有十六岁写的《洛阳女儿行》和十七岁写的《九月九日忆山东兄弟》等名作,长篇七言《桃源行》则是十几岁时所作。二十一岁中进士,任大乐丞。他多才多艺,工书、善画,精通音乐,其诗语言生动凝练,描写传神细致,意境清幽淡远,兼融画法乐理,风格独特,被苏轼誉为:"味摩诘之诗,诗中有画;观摩诘之画,画中有诗。"(《东坡志林·题蓝田烟雨图》),有《王右丞集》二十八卷。

王维的山水诗惯于结构画面,使其层次丰富,远近相宜,乃至动静相兼,声色俱佳,更多一层动感和音乐美,如《山居秋暝》:

空山新雨后,天气晚来秋。
明月松间照,清泉石上流。
竹喧归浣女,莲动下渔舟。
随意春芳歇,王孙自可留。

此诗描绘了秋雨初晴后傍晚时分山村的旖旎风光和山居村民的淳朴风尚,表现了诗人寄情山水田园并对隐居生活怡然自得的满足心情,以自然美来表现人格美和社会美。颔联侧重写物,以物芳而明志洁;颈联侧重写人,以人和而望政通。同时,二者又互为补充,青松、泉水、翠竹、青莲,可以说都是诗人高尚情操的写照,都是诗人理想境界的环境烘托。全诗将空山雨后的秋凉、松间明月的光照、石上清泉的流动以及浣女归来竹林中的喧笑声,渔船穿过荷花的动态,和谐完美地融合在一起,给人一种丰富新鲜的感受。它像一幅清新秀丽的山水画,又像一支恬静优美的抒情乐曲,体

现了王维诗中有画的创作特点。以自然美来表现诗人的人格美和一种理想中的社会美,是这首诗的一个重要的艺术手法,诗人通过对山水的描绘寄慨言志,含蕴丰富,耐人寻味。

又如《鹿柴》:

空山不见人,但闻人语响。
返景入深林,复照青苔上。

这首诗描绘的是鹿柴附近的空山深林在傍晚时分的幽静景色。诗人写一座人迹罕至的空山,一片古木参天的树林,意在创造一个空寂幽深的境界。第一句先正面描写空山的杳无人迹,侧重于表现山的空寂清冷。之后紧接第二句境界顿出,以局部的、暂时的"响"反衬出全局的、长久的空寂。第三、四句由上幅的描写空山传语进而描写深林返照,由声而色。全诗以动衬静,以局部衬全局,清新自然,毫不做作。落笔先写空山寂绝人迹,接着以但闻一转,引出人语响来。空谷传音,愈见其空;人语过后,愈添空寂。最后又写几点夕阳余晖的映照,愈加触发人幽暗的感觉。

又如《竹里馆》:

独坐幽篁里,弹琴复长啸。
深林人不知,明月来相照。

此诗写隐者的闲适生活以及情趣,描绘了诗人月下独坐、弹琴长啸的悠闲生活。幽静的竹林,皎洁的月光,让诗人不禁豪气大发,仰天长啸,一吐胸中郁闷。前两句写诗人独自一人坐在幽深茂密的竹林之中,一边弹着琴弦,一边又发出长长的啸声,体现出诗人高雅闲淡、超拔脱俗的气质。后两句写自己僻居深林之中,也并不为此感到孤独,因为那一轮皎洁的月亮还在时时照耀自己。这里使用了拟人化的手法,把倾洒着银辉的一轮明月当成心心相印的知己朋友,显示出诗人新颖而独到的想象力。全诗虽只有短短的二十个字,但有景有情、有声有色、有静有动、有实有虚,对立统一,相映成趣,全诗格调幽静闲远,仿佛诗人的心境与自然的景致全部融为一体了。遣词造句简朴清丽,传达出诗人宁静、淡泊的心情,表现了清幽宁静、高雅绝俗的境界。

王维山水诗写景如画,在写景的同时,不少诗作也饱含浓情。王维的很多山水诗充满了浓厚的乡土气息和生活情趣,表现自己的闲适生活和恬静心情。例如《渭川田家》:

斜光照墟落,穷巷牛羊归。
野老念牧童,倚杖候荆扉。

第五章　气协律出,情因韵显:盛唐时期的诗歌

> 雉雊麦苗秀,蚕眠桑叶稀。
> 田夫荷锄至,相见语依依。
> 即此羡闲逸,怅然吟《式微》。

这首诗描绘了一幅恬然自乐的田家暮归图。初夏傍晚,农村夕阳西下,牛羊回归,老人倚杖,麦苗吐秀,桑叶稀疏,田夫荷锄,这一系列宁静和谐的景色,表现了农村平静闲适、悠闲可爱的生活,流露出诗人在官场孤苦郁闷的情绪。诗中所写的虽都是平常事物,却表现出诗人高超的写景技巧。诗的核心是一个"归"字,诗人写了那么多的"归",实际上都是反衬,以人皆有所归,反衬自己独无所归;以人皆归得及时、亲切、惬意,反衬自己归隐太迟以及自己混迹官场的孤单、苦闷。全诗以朴素的白描手法,写出了人与物皆有所归的景象,映衬出诗人的心情,抒发了诗人渴望有所归,羡慕平静悠闲的田园生活的心情,流露出诗人在官场的孤苦、郁闷。全诗不事雕绘,纯用白描,自然清新,诗意盎然。

又如《辋川闲居赠裴秀才迪》:

> 寒山转苍翠,秋水日潺湲。
> 倚杖柴门外,临风听暮蝉。
> 渡头余落日,墟里上孤烟。
> 复值接舆醉,狂歌五柳前。

此诗首联和颈联写景,描绘辋川附近山水田园的深秋暮色;颔联和尾联写人,刻画诗人和裴迪两个隐士的形象。全诗描绘了幽居山林,超然物外之志趣,因而以接舆比裴迪,以陶潜比自己。风光人物,交替行文,相映成趣,形成物我一体情景交融的艺术意境,抒发了闲居之乐和对友人的真切情谊。诗中有画,情趣陶然。

又如《田园乐七首》(其六):

> 桃红复言宿雨,柳绿更带青烟。
> 花落家僮未扫,莺啼山客犹眠。

这首诗前两句描绘春天夜雨过后清晨美丽的景象;后两句运用反衬的手法,用"花落""莺啼"的动作、声响,衬托出"山客"居处的安静与"山客"心境的宁静与愉悦。全诗表达了作者热爱自然、享受自然美景的闲适心情,体现了诗人亲近自然的乐趣。

王维又有很多诗清冷幽邃,远离尘世,无一点人间烟气,充满禅意,山水意境已超出一般平淡自然的美学含义而进入一种宗教的境界,如《终南别业》:

> 中岁颇好道,晚家南山陲。

> 兴来每独往,胜事空自知。
>
> 行到水穷处,坐看云起时。
>
> 偶然值林叟,谈笑无还期。

此诗描写作者退隐后自得其乐的闲适情趣,生动地刻画了一位隐居者的形象,突出表现了退隐者豁达的性格。前六句自然闲静,诗人的形象如同一位不食人间烟火的世外高人,他兴致来了就独自信步漫游,走到水的尽头就坐看行云变幻。诗人的形象如同一位不食人间烟火的世外高人,他不问世事,视山间为乐土。不刻意探幽寻胜,而能随时随处领略到大自然的美好。结尾两句引入人的活动,带来生活气息,诗人的形象也更为可亲。全诗平白如话,没有描绘具体的山川景物,而重在表现诗人隐居山间时悠闲自得的心境,却极具功力,把闲适情趣写得有声有色,惟妙惟肖,诗味、理趣二者兼备。

总之,王维的大多数诗都是山水田园之作,在描绘自然美景的同时,流露出闲居生活中闲逸萧散的情趣。他笔下的山水景物特别富有神韵,常常是略事渲染,便表现出深长悠远的意境,耐人玩味。唐刘长卿、大历十才子以至姚合、贾岛等人的诗歌,都在不同程度上受到王维影响。直到清代,王士禛标举神韵,实际上也以其诗为宗。

二、孟浩然的诗歌创作

孟浩然(689—740),字浩然,襄州襄阳(今属湖北襄樊)人。早年隐居家乡读书,开元十六年(728)赴长安举进士不第,归乡后曾漫游吴、越、湘、赣等地。开元二十五年(737)张九龄为荆州长史,辟其为从事,不久辞归。后因王昌龄游襄阳,孟浩然与之畅饮,食鲜疾动而卒,年五十二岁。孟浩然的诗多为山水行旅、田园隐逸之作,诗风冲淡自然,境界清远。闻一多说:"淡得看不见诗了,才是真正孟浩然的诗。"(《唐诗杂论》)孟浩然的诗歌淡而味浓,正如沈德潜所论:"襄阳诗从静悟得之,故语淡而味终不薄。"(《唐诗别裁》)

孟浩然的田园诗写得平淡自然、质朴真淳,富有生活气息,如《过故人庄》中农家的淳朴生活和乡村的自然景色,在淡淡的笔墨中都表现得自然而亲切:

> 故人具鸡黍,邀我至田家。
>
> 绿树村边合,青山郭外斜。
>
> 开轩面场圃,把酒话桑麻。

第五章　气协律出，情因韵显：盛唐时期的诗歌

　　待到重阳日，还来就菊花。

　　这首诗为孟浩然田园诗歌的代表作之一，诗人开篇就写老朋友已备好农家菜并邀请我做客，如话家常，语气毫无造作。接着，写"我"欣然而往，路上见到田园风光自然也格外优美：翠绿的树木围绕着山村，郁郁葱葱的青山矗立于村外，一切都是生机盎然，充满情趣。至友人田庄后，诗人格外欢欣，屋里老友相聚，重温友情，窗外农家打谷场上仿佛还留着丰收的喜悦气息，生机勃勃的菜园也让人心情愉悦。此情此景，此时此刻，当然要开怀畅饮，话话家常！宴罢临行，亦有不舍，与友人相约明年重阳节，再来这里饮酒赏菊！整首诗纯用白描，毫无刻画痕迹，诗中以清新优美的笔调写出田园风光之美、农家生活的简朴和故人情谊的淳厚，流露出隐居田园的人生志趣，清悠淡远，情感真挚。

　　又如《春晓》：

　　春眠不觉晓，处处闻啼鸟。
　　夜来风雨声，花落知多少。

　　这首诗首句破题，写春睡的香甜，也流露着对朝阳明媚的喜爱；次句即景，写悦耳的春声，也交代了醒来的原因；三句转为写回忆，末句又回到眼前，由喜春翻为惜春。全诗语言平易浅近，自然天成，言浅意浓，景真情真，深得大自然的真趣。诗人抓住春天的早晨刚刚醒来时的一瞬间展开联想，描绘了一幅春天早晨绚丽的图景，抒发了诗人热爱春天、珍惜春光的美好心情。整首诗的风格就像行云流水一样平易自然，然而悠远深厚，独臻妙境。语言平易浅近，自然天成，一点也看不出人工雕琢的痕迹。而言浅意浓，景真情真，就像是从诗人心灵深处流出的一股泉水，晶莹透彻，灌注着诗人的生命，跳动着诗人的脉搏。诗人要表现他喜爱春天的感情，却又不说尽，不说透，"迎风户半开"，让读者去捉摸、去猜想，处处表现得隐秀曲折。

　　又如以野旷江清的静景写寂寞游子情怀的《宿建德江》：

　　移舟泊烟渚，日暮客愁新。
　　野旷天低树，江清月近人。

　　这是一首刻画秋江暮色的诗，诗人把小船停靠在烟雾迷蒙的江边想起了以往的事情，因而以舟泊暮宿作为自己抒发感情的归宿，写出了作者羁旅之思。此诗前两句为触景生情，"日暮"是"客愁新"的原因；后两句为借景抒情，因为"野旷"所以天低于树，因为"江清"所以月能近人，天和树、人和月的关系，写得恰切逼真。全诗描写了清新的秋夜，突出表现了细微的

景物特点,淡而有味,含而不露,自然流出,风韵天成,颇有特色。

孟浩然善于发掘自然和生活之美,即景会心,写出一时真切的感受,如《夏日南亭怀辛大》:

> 山光忽西落,池月渐东上。
> 散发乘夕凉,开轩卧闲敞。
> 荷风送香气,竹露滴清响。
> 欲取鸣琴弹,恨无知音赏。
> 感此怀故人,中宵劳梦想。

此诗描绘了夏夜乘凉的悠闲自得,抒发了诗人对老友的怀念。开头写夕阳西下与素月东升,为纳凉设景;三、四句写沐后纳凉,表现闲情适意;五、六句由嗅觉继续写纳凉的真实感受;七、八句写由境界清幽想到弹琴,想到"知音",从纳凉过渡到怀人;最后写希望友人能在身边共度良宵而生梦。全诗写景状物细腻入微,语言流畅自然,情境浑然一体,诗味醇厚,意韵盎然,给人一种清闲之感。此诗不过写一种闲适自得的情趣,兼带点无知音的感慨,并无十分厚重的思想内容;然而写各种感觉细腻入微,诗味盎然。文字如行云流水,层递自然,由境及意而达于浑然一体,极富于韵味。

又如《秋登万山寄张五》:

> 北山白云里,隐者自怡悦。
> 相望试登高,心随雁飞灭。
> 愁因薄暮起,兴是清秋发。
> 时见归村人,沙行渡头歇。
> 天边树若荠,江畔洲如月。
> 何当载酒来,共醉重阳节。

这是一首临秋登高远望,怀念旧友的诗。此诗围绕清秋季节登高来写,表达了对友人的思念之情。先写为望友人而登高,但因薄暮时思念之"愁"和清秋之"兴"无法排遣,更因登高而望,只见"归村人",而不见友人踪影,望飞雁而孤寂,临薄暮而惆怅,处清秋而发兴,希望挚友到来一起共度佳节。全诗用极洗练严谨的语言,描绘了登高所见的清秋薄暮景色,情随景生,以景烘情,情景交融,浑为一体。

又如《夜归鹿门歌》:

> 山寺钟鸣昼已昏,渔梁渡头争渡喧。
> 人随沙岸向江村,余亦乘舟归鹿门。

第五章　气协律出,情因韵显:盛唐时期的诗歌

鹿门月照开烟树,忽到庞公栖隐处。
岩扉松径长寂寥,惟有幽人自来去。

这是一首写景抒怀诗,通过描写诗人夜归鹿门山的所见所闻所感,抒发了诗人的隐逸情怀。整首诗按照时空顺序,分别写了江边和山中两个场景,先动后静,以动衬静,写出了鹿门清幽的景色,表现诗人恬静的心境,同时在清闲脱俗的隐逸情趣中也隐喻着孤寂无奈的情绪。诗中所写从日落黄昏到月悬夜空,从汉江舟行到鹿门山途,实质上是从尘杂世俗到寂寥自然的隐逸道路。诗人以谈心的语调,自然的结构,省净的笔墨,疏豁的点染,真实地表现出自己内心的体验和感受,动人地显现出恬然超脱的隐士形象,形成一种独到的意境和风格。此诗笔法顺畅,语调平和,语言质朴,结构自然,笔墨省净,点染疏豁,虽歌咏归隐的清闲淡素,但对尘世的热闹仍不能忘情,表达了隐居乃迫于无奈的情怀。感情真挚飘逸,于平淡中见其优美、真实。

总之,孟浩然的诗歌主要表达隐居闲适、羁旅愁思,诗风则清淡自然,以五言古诗见长。他是唐代第一个倾大力写作山水诗的诗人,对山水田园诗的发展产生了极大的影响。

第二节　黄沙百战穿金甲,不破楼兰终不还:边塞诗

从唐初起,对外战争就非常频繁。盛唐时期,国力强盛,疆域广阔;同时,边事增加、战争频繁。唐代知识分子应将帅征辟,参加幕府,是他们除了通过科举以外的另一条政治之路。他们可以借幕主的赏识,推荐于朝廷而得以晋升高位,于是文人入幕从军,当时便成为风气。诗人参加军队,踏上祖国边疆,为国立功,施展自己的才华和抱负。在这种社会历史背景下,文人边塞生活的机遇和经历大大增加,由此促进了边塞诗创作的繁荣。这些诗人从实际生活体验中取得题材,写出了有真实感受的边塞诗、从军诗。盛唐时期边塞诗派的代表作家是高适和岑参。其所写的边塞诗主要是反映边塞战争、军旅生活的种种体验,以及征人、思妇的离愁别绪;抒发为国立功的豪情壮志;描写边塞奇异的风光。虽然不同的诗人对边塞的感受不尽相同,对战争所持的态度也不一样,但其诗歌均是从亲身经历与体验中得来,气象雄浑豪壮,感情慷慨苍凉,境界阔大、雄奇壮美,即使某些作品表现对现状不满,带有批判性质,却很少有表现凄苦哀怨情绪。

一、高适的诗歌创作

高适(700—765),字达夫,渤海蓨(今河北沧州)人,后迁居宋州宋城(今河南商丘睢阳)。少时生活困顿,随父亲旅居岭南。开元七年(719)前后,入长安求仕无成,乃东归梁宋、北上蓟门,对东北边塞生活有着切身的体验。天宝八年(749),高适被人举荐有道科,及第,授封丘县尉。三年后弃官入河西节度使哥舒翰幕府,任掌书记。安史之乱时,他跟从玄宗入蜀,官拜谏议大夫。后历仕淮南节度使及蜀州、彭州刺史。代宗时期,任刑部侍郎、转左散骑常侍,世称高常侍。

高适是唐代著名的边塞诗人,也是盛唐边塞诗人的领军人物,与岑参、王昌龄、王之涣合称"边塞四诗人",与岑参合称"高岑"。高适的文学成就主要表现在边塞诗的创作上,他善用直抒胸臆、夹叙夹议的手法,反映较为广阔的社会层面,将边塞诗创作带入了一个新的时代。其边塞诗用词简净,不事雕琢,直白短浅,表现了忧国爱民、关怀民间疾苦的情怀,歌颂了战士奋勇报国、建功立业的豪情,也写出了他们从军生活的艰苦及向往和平的美好愿望,并揭露了边将的骄奢淫逸、不恤士卒和朝廷的赏罚不明、安边无策,流露出忧国爱民之情,如《燕歌行》:

> 汉家烟尘在东北,汉将辞家破残贼。
> 男儿本自重横行,天子非常赐颜色。
> 摐金伐鼓下榆关,旌旆逶迤碣石间。
> 校尉羽书飞瀚海,单于猎火照狼山。
> 山川萧条极边土,胡骑凭陵杂风雨。
> 战士军前半死生,美人帐下犹歌舞。
> 大漠穷秋塞草腓,孤城落日斗兵稀。
> 身当恩遇常轻敌,力尽关山未解围。
> 铁衣远戍辛勤久,玉箸应啼别离后。
> 少妇城南欲断肠,征人蓟北空回首。
> 边庭飘飖那可度,绝域苍茫更何有。
> 杀气三时作阵云,寒声一夜传刁斗。
> 相看白刃血纷纷,死节从来岂顾勋。
> 君不见沙场征战苦,至今犹忆李将军。

这首诗作于开元二十六年(738)。作者有感于幽州节度使张守珪与奚族作战打了败仗却谎报军情,作诗加以讽刺。全诗以非常浓缩的笔墨,写

第五章 气协律出,情因韵显:盛唐时期的诗歌

了一个战役的全过程:第一段八句写出师,第二段八句写战败,第三段八句写被围,第四段四句写死斗的结局。全诗气势畅达,笔力矫健,经过惨淡经营而至于浑化无迹。气氛悲壮淋漓,主意深刻含蓄。诗的开头两句便指明了战争的方位和性质,见得是指陈时事,有感而发。紧接着描写行军,从辞家去国到榆关、碣石,更到瀚海、狼山,八句诗概括了出征的历程,逐步推进,气氛也从宽缓渐入紧张。第二段写战斗危急而失利。汉军奋力迎敌,杀得昏天黑地,不辨死生。然而,就在此时此刻,那些将军们却远离阵地寻欢作乐,这样严酷的事实对比,有力地揭露了汉军中将军和兵士的矛盾,暗示了必败的原因。所以紧接着就写力竭兵稀,重围难解,孤城落日,衰草连天,有着鲜明的边塞特点的阴惨景致,烘托出残兵败卒心境的凄凉。第三段写士兵的痛苦,实是对汉将更深的谴责。"杀气三时作阵云,寒声一夜传刁斗",如此危急的绝境,真是死在眉睫之间,不由人不想到把他们推到这绝境的究竟是谁呢?最后四句总束全篇,淋漓悲壮,感慨无穷。士兵们与敌人短兵相接,浴血奋战,那种视死如归的精神,是何等质朴、善良,何等勇敢,然而又是何等可悲呵!最末二句提出李将军,意义尤为深广。从汉到唐,悠悠千载,边塞战争不计其数,驱士兵如鸡犬的将帅数不胜数,备历艰苦而埋尸异域的士兵,更何止千千万万!可是,千百年来只有一个李广,怎不教人苦苦地追念他呢?全诗以李广终篇,意境更为雄浑而深远。诗中既生动展现了战士们从慷慨应征、转战绝域到战败被围、短兵相接等一系列边塞战争的激烈场面,也赞扬了战士们勇往直前、为国捐躯的精神,同时谴责了将帅的荒淫奢侈,揭露了军中苦乐不均的事实。诗歌蕴含着诗人对边防政策的深刻观察和思考。全诗融叙事、写景、抒情于一体,音节铿锵、气势激荡,骈散兼用,读来慷慨激昂,苍凉悲壮。

漫游边塞,高适一开始对马上封侯的道路十分憧憬,渴望通过从军达到封官晋爵的目的,因而对游历抱有昂扬和积极的态度。在漫游经历中,高适对边塞地区独特的风土人情有了初步了解,他写营州民风好武:"营州少年厌原野,皮裘蒙茸猎城下。虏酒千钟不醉人,胡儿十岁能骑马。"写边关风光"大漠风沙里,长城雨雪边,云端临碣石,波际隐朝鲜"。更为重要的是,亲历边塞使得高适对国家的一些不当的边关政策及其导致的边关紧张的形势有了直观的认知。看到了边塞的严峻形势和黑暗现实,使得高适初至边塞的兴奋逐渐被磨灭,而游历蓟门也并没有让高适得到入幕的机会,失意的情绪取代了昂扬的斗志,作于这一时期的《信安王幕府诗》就十分明确地反映了高适的失意之情:

云纪轩皇代,星高太白年。庙堂咨上策,幕府制中权。

· 103 ·

> 盘石藩维固，升坛礼乐先。国章荣印绶，公服贵貂蝉。
> 乐善旌深德，输忠格上玄。剪桐光宠锡，题剑美贞坚。
> 圣祚雄图广，师贞武德虔。雷霆七校发，旌旆五营连。
> 华省征群乂，霜台举二贤。岂伊公望远，曾是茂才迁。
> 并秉韬钤术，兼该翰墨筵。帝思麟阁像，臣献柏梁篇。
> 振玉登辽甸，扬金历蓟壖。度河飞羽檄，横海泛楼船。
> 北伐声逾迈，东征务以专。讲戎喧涿野，料敌静居延。
> 军势持三略，兵戈自九天。朝瞻授钺去，时听偃戈旋。
> 大漠风沙里，长城雨雪边。云端临碣石，波际隐朝鲜。
> 夜壁冲高斗，寒空驻彩旃。倚弓玄兔月，饮马白狼川。
> 庶物随交泰，苍生解倒悬。四郊增气象，万里绝风烟。
> 关塞鸿勋著，京华甲第全。落梅横吹后，春色凯歌前。
> 直道常兼济，微才独弃捐。曳裾诚已矣，投笔尚凄然。
> 作赋同元淑，能诗匪仲宣。云霄不可望，空欲仰神仙。

诗作开头极力夸耀信安王幕下诸公的荣耀与尊贵身份，对发挥自己才能的机会表现出了强烈的向往。进而描写边塞的环境。"关塞鸿勋著，京华甲第全。落梅横吹后，春色凯歌前。"这种胜利的荣耀及其所带来的仕途的通达深为高适向往，但诗人空有效忠幕下的热情却没有实现抱负的机会，即便有"作赋同元淑，能诗匪仲宣"的才能，也只能感叹朝堂远如高不可望的云霄，满怀的热情与才能换来的是无边的凄凉。这一次边塞之行以高适对边关战事的了解和报国无门的失落告终。

高适作诗以质实的古体见长，他写的一些与从军边塞相关的律诗，亦有气质沉雄、境界壮阔的特点，如《别董大》（其一）：

> 千里黄云白日曛，北风吹雁雪纷纷。
> 莫愁前路无知己，天下谁人不识君？

这首七绝将直抒胸臆与缘情写景巧妙结合，感情真挚爽朗、语言刚劲有力、境界阔大高远。这首诗前两句写眼前苍凉之景，黄云遮天，绵延不绝，只剩下一点点微光。夜色降临了，又吹起了阵阵北风，大风呼啸着。伴随着纷纷飘落的雪花，一群大雁从空中飞过，飞向了属于自己的国度。这两句所表现的情境遥远宽阔，是典型的北国雪天风光。这两句描写景物比较客观，处处显示着诗人送别时的悲情和宽广的心胸。落日黄云、大漠苍茫、白雪纷纷、断雁南归。一般而言，这种环境下的分别都是格外伤感。第三、四句却笔锋突转，以慷慨旷达的胸襟鼓励友人直面未来，其辽阔的视野、奔放的豪情，显示出盛唐人开放乐观的胸襟气度。此外，"莫愁前路无

第五章 气协律出,情因韵显:盛唐时期的诗歌

知己,天下谁人不识君",与王勃的"海内存知己,天涯若比邻"境界非常相似,但更多出几分豪迈和自信。

总之,高适的边塞诗风骨凛然,突出雄浑悲壮的精神状态、无畏无惧的英雄气概,因而形成了有气魄、有境界的诗风。

二、岑参的诗歌创作

岑参(715—769),南阳(今属河南)人,官至嘉州(今四川乐山)刺史,故后世称岑嘉州。其曾祖岑文本在太宗时以布衣入相,伯祖岑长倩相高宗、武后,伯父岑羲相中宗、睿宗。"国家六叶,吾门三相"(《感旧赋》),使诗人有一种与众不同的自豪感和使命感。三十及第,天宝中两赴边塞为高仙芝幕掌书记,做封常清幕节度判官,足迹遍及天山南北。卒于成都。有《岑嘉州集》。

岑参边塞诗中有很大的比重描写了塞外的奇异风光,如《白雪歌送武判官归京》:

> 北风卷地白草折,胡天八月即飞雪。
> 忽如一夜春风来,千树万树梨花开。
> 散入珠帘湿罗幕,狐裘不暖锦衾薄。
> 将军角弓不得控,都护铁衣冷难着。
> 瀚海阑干百丈冰,愁云惨淡万里凝。
> 中军置酒饮归客,胡琴琵琶与羌笛。
> 纷纷暮雪下辕门,风掣红旗冻不翻。
> 轮台东门送君去,去时雪满天山路。
> 山回路转不见君,雪上空留马行处。

这首诗描写了大西北军营中的热烈生活和大西北自然环境的壮丽景象,抒发了一种积极乐观的蓬勃向上之情。全诗共分两段,前十句为第一段,写边塞雪景,写景从远到近,诗人由胡地早寒、雪落树上,直到雪花飘入屋内;后八句为第二段,以白雪为背景写送别,写送别则从近到远,诗人先写中军帐饯行,然后送客到营门,最后客人离去,诗人伫足目送,直至远到望不见了。这样的结构就像电影镜头,逐步推近,又逐步移远,写得有变化、有层次。诗人充分利用七言歌行体换韵的特点,使换韵与转换画面相结合。诗中多次转韵,有时二句一转,有时四句一转,转韵时画面、场景随之转换更迭。全诗的音韵、诗情与画面相配合,读来有声有色,生动形象。整首诗大气磅礴,奇情逸发,最令人称绝的是"梨花开"的意象,雪花似梨

花,不仅体现了戍边将士不畏严寒的乐观精神,也使边地风光更显神奇壮丽。

又如《走马川行奉送封大夫出师西征》:

君不见走马川行雪海边,平沙莽莽黄入天。
轮台九月风夜吼,一川碎石大如斗,随风满地石乱走。
匈奴草黄马正肥,金山西见烟尘飞,汉家大将西出师。
将军金甲夜不脱,半夜军行戈相拨,风头如刀面如割。
马毛带雪汗气蒸,五花连钱旋作冰,幕中草檄砚水凝。
虏骑闻之应胆慑,料知短兵不敢接,车师西门伫献捷。

作品写于唐玄宗天宝十三年(754)秋,岑参任北庭都护、伊西节度使封常清幕府判官时。这首诗与上一首诗并称为岑参边塞诗的"双绝"。这首诗从莽莽黄沙写起,戈壁的荒漠与寂寞都在这幕天席地的浑黄中展开。首先是狂风怒吼,随着狂风满地滚动,飞沙走石的险境历历在目。匈奴借着草黄马肥的机会,率领大军侵犯大唐江山。将士们顶着如刀的狂风在暗夜里行军。在寒冷的天气里,那些毛上虽然沾着雪的战马却因连夜行军的奔跑而浑身冒着热气。而天寒地冻,那热气又形成了一串串冰花凝结在战马的身上。军帐里正打算起草檄文,却发现砚台里刚刚倒出来的墨水也凝成了冰。在这呵气成霜的时候,诗人的笔墨却似乎更加酣畅淋漓。他说战士们顶风冒雪的姿态一定会吓倒敌军,料想连仗也不用打就可以胜利还朝。虽然这只是岑参浪漫的幻想,但他对边塞生活细致入微的观察与描摹,却给人以蓬勃的激情、豪迈的气势与力量。这首诗语意新奇,壮烈而又瑰丽。诗虽叙征战,却以叙寒冷为主,暗示冒雪征战之伟功。语句豪爽,如风发泉涌,真实动人。全诗句句用韵,三句一转,节奏急切有力,激越豪壮,别具一格。

岑参边塞诗中还反映了边塞生活。有战争场面的描写,如《轮台歌》;有对将军穷奢极欲的揭露,如《玉门关盖将军歌》;有同情战士的,如《送狄员外巡按西山军》。在这些诗中虽然缺乏高适诗中那种对士卒的同情,但以慷慨报国的英雄气概和不畏艰苦的乐观精神为其基本特征,和高适还是一致的。

总之,岑参不是以功利的或现实的目光去看待边塞包括军中的一切,而是取审美的态度来歌唱边塞新鲜的、富于活力的甚至带有原始野蛮气息的景物、事物和人物。他以审美的眼光看待边塞的一切,从那片奇寒酷热之中发现美丽、兴味和勃勃生气,并满腔热情地为之讴歌。他的边塞诗富

第五章 气协律出，情因韵显：盛唐时期的诗歌

有浪漫主义特色，感情炽烈，气势雄伟，想象奇特而丰富，色彩鲜明而瑰丽，被赞"语奇体峻，意亦造奇"。

第三节 笔落惊风雨，诗成泣鬼神：诗仙李白

李白继屈原之后，再创浪漫主义诗歌的高峰。杜甫作《寄李十二白二十韵》一诗，赞其为"笔落惊风雨，诗成泣鬼神"。反叛传统的精神渗透在李白的全部作品中，形成了对传统美学规范的强大冲击，成为李白诗歌无可抗拒的魅力所在。李白以其诗歌主张和实践，最后扫清了六朝绮靡诗风，完成了陈子昂提出的诗歌革新的伟业。

李白（701—762），字太白，自号青莲居士，祖籍陇西成纪（今甘肃天水附近），先世于隋末移居中亚，李白便诞生在中亚碎叶城（今吉尔吉斯斯坦托克马克附近）。5岁时，随父迁居到彰明青莲乡（今属四川江油）。青年时期在蜀中就学漫游，成年后，先后漫游了长江、黄河流域的名山胜地。唐玄宗天宝年初，应召入京，为供奉翰林。两年后被排挤出长安，开始了新的漫游。安史之乱中，因参加永王李璘幕府，被流放夜郎，中途遇赦东归。晚年漂泊东南一带，后病死于安徽当涂。李白的先世，其高、曾、祖父姓名履历皆无考。其父李客，终生未仕，似曾经商。大约他的思想比较开明，因此李白幼年所受的教育是多方面的。除儒家经典，李白自称"五岁诵六甲，十岁观百家，轩辕以来颇得闻矣"（《上安州裴长史书》），又说"十五观奇书，作赋凌相如"（《赠张相镐》）。可见他所学内容驳杂，并受到司马相如等人浪漫气质的影响。李白一生经历曲折，所受的影响是多方面的，因此思想也极为复杂。他既有儒家"济苍生，安社稷"的思想，又深受道家影响，崇尚自然，追求自由，蔑视王侯富贵和世俗平庸。纵横家策士作风和游侠义气在他身上也屡有反映。

李白的作品在唐代即已亡佚不少，在李白生前，其友人魏颢曾根据收集到的部分诗文编成《李翰林集》二卷；在诗人去世后，李阳冰又将他的一些手稿整理为《草堂集》二十卷；元和十二年（817），范传正又搜集其遗稿编为《文集》二十卷。但这三个本子，今皆不传。今传的李白集子是宋人重新编辑的，共计有九百多首诗。

李白是个非常自负的诗人，在《古风》（其一）中，他有感于"大雅久不作，吾衰竟谁陈"，对"自从建安来，绮丽不足珍"的诗风提出批评，说"我志在删述，垂辉映千春。希圣如有立，绝笔于获麟"。他要继承汉魏乐府感于哀乐、缘事而发的优良传统。这主要体现在他大力拟作古乐府的创作实践

中。李白的乐府诗大量地沿用乐府古题,或用其本意,或翻案另出新意,能曲尽拟古之妙。其创新意识主要表现在两个方面:一方面是借古题写现实,具有鲜明的时代精神,如《上之回》《丁都护歌》《出自蓟北门行》《侠客行》等,均属于缘事而发之作。另一方面,则是用古题写己怀,因偏重于主观抒情,更能体现李白诗歌创作发兴无端、气势壮大的个性特色。例如《蜀道难》,该诗用夸张的笔法,从传说、历史、地理及政治等不同的角度,全方位地歌咏蜀道之难,创造出惊险、神秘、奇丽、壮阔的大境界。"蜀道之难难于上青天"这个嗟叹咏歌的主题句在诗中出现三次,分别标志情感的爆发、延伸和远出,一如乐章中的主旋律,起到突出主题、强化抒情气氛的作用。全诗句式参差,音情跌宕,语助词的运用和散文化的句法,恰到好处地表现诗人火山喷发、不可遏止的激情。对于蜀道高峰绝壁、万壑转石的险难的渲染,也是诗人对于世道艰险的渲染。

又如《将进酒》:

> 君不见黄河之水天上来,奔流到海不复回。
> 君不见高堂明镜悲白发,朝如青丝暮成雪。
> 人生得意须尽欢,莫使金樽空对月。
> 天生我材必有用,千金散尽还复来。
> 烹羊宰牛且为乐,会须一饮三百杯。
> 岑夫子、丹丘生,将进酒,杯莫停。
> 与君歌一曲,请君为我倾耳听。
> 钟鼓馔玉不足贵,但愿长醉不愿醒。
> 古来圣贤皆寂寞,惟有饮者留其名。
> 陈王昔时宴平乐,斗酒十千恣欢谑。
> 主人何为言少钱,径须沽取对君酌。
> 五花马,千金裘,呼儿将出换美酒,与尔同销万古愁。

此诗的乐府旧题特征,含有以饮酒放歌为言之意。李白由此引发,抒发了"天生我材必有用"的豪壮气概,把借酒消愁写得激情澎湃,具有大河奔流的气势和力量。诗中还透露出诗人怀才不遇而又积极用世的复杂心理,从而使得传统诗歌中人生如梦的主题得以升华,并产生出震撼人心的力量。在句式上以七言为主,又间以三、五、十言句,使节奏的疾徐变化与感情的起伏跳跃高度地结合了起来。

又如《行路难》:

> 金樽清酒斗十千,玉盘珍羞直万钱。
> 停杯投箸不能食,拔剑四顾心茫然。

第五章　气协律出,情因韵显:盛唐时期的诗歌

欲渡黄河冰塞川,将登太行雪满山。
闲来垂钓碧溪上,忽复乘舟梦日边。
行路难,行路难,多歧路,今安在?
长风破浪会有时,直挂云帆济沧海。

从语调到气势,都是李白式的,以第一人称的抒怀和议论表达主观感受,完全打破了传统乐府用赋体叙事的写法。同时,这种写法有一种奔腾回旋的动感,此动感见之于字句音节时,常表现为句式的参差错落和韵律的跌宕舒展,在杂言体的乐府中尤为明显。

李白歌行的创作成就也很高。一般将李白古诗中以歌、行、吟、谣等为题的纵情长歌,作为其歌行的代表作,诸如《襄阳歌》《扶风豪士歌》《西岳云台歌送丹丘子》《少年行》《古朗月行》《江上吟》《玉壶吟》《梁园吟》《梦游天姥吟留别》《庐山谣寄卢侍御虚舟》等。在这些作品里,抒情的意味更浓,诗人以主观情感和意向为轴心展开篇章,飞腾想象,虚实相间,笔势大开大合,有时顺流直下,有时大跨度跳跃。

李白诗歌的美是多样的,除大气磅礴、雄奇浪漫的壮美风格外,还有自然明快的优美情韵,这主要体现在他那些随口而发、颇多神来之笔的绝句里。他的五言绝句,往往有一种明快格调,以明白晓畅的语言,表现出无尽的情思韵味,如《独坐敬亭山》:

众鸟高飞尽,孤云独去闲。
相看两不厌,只有敬亭山。

这是一首写片刻超然意趣的佳作。一人独坐时的寂寞心情与寂静的山景忽然冥会,感受到与自然相亲近的温暖,人与山刹那间灵性相通、浑然一体了。诗人将这种心领神会的感受信口说出,仿佛毫不费力,但在相看两不厌的人与山的冥会中,似有未曾说出且不必说出的无限情思在其中。

李白的绝句境界清新,而内蕴飘逸潇洒。他的爽朗的性格、自由自适的气质,反映到他的绝句里,就形成了清新飘逸的情思韵味。李白的七绝,以山水诗和送别诗为多,也写得最出色,如《望庐山瀑布》《望天门山》《早发白帝城》《黄鹤楼送孟浩然之广陵》《山中问答》等。他有一种与天地自然融为一体的气质,以其天真纯朴的童心,与山水冥合。无论写景言情,都具有一气流贯的俊逸风神和爽朗情韵。

李白的绝句,特别是七言绝句,带有以古入律、自由发挥的特点,融入了乐府歌行开合随意而以气贯穿的表现手法。在他100多首绝句里,拟乐府民歌的作品占了近三分之一。其中有很多脍炙人口之作,如《静夜思》的"床前明月光,疑是地上霜。举头望明月,低头思故乡"。一时感悟,明快说

出,道出了浓郁的思乡之情中最动人的那一点,遂引起千载之下人们的普遍共鸣。再如《秋浦歌》(其十五):"白发三千丈,缘愁似个长。不知明镜里,何处得秋霜。"虽然夸张,却十分自然真切,兴到语绝,令人叹服。此外,像《玉阶怨》《越女词五首》《巴女词》《襄阳曲四首》等,也都是李白拟乐府作品里的绝句佳作,多具有清新纯朴的民间气息和活泼生动的民歌情调。

在盛唐诗人中,李白的诗歌创作具有非常鲜明的艺术个性,突出的特点就是带有强烈的主观色彩,主要表现为侧重抒写豪迈气概和激昂情怀,很少对客观物象和具体事件做细致的描述。李白作诗,常以奔放的气势贯穿,讲究纵横驰骋,一气呵成,具有以气夺人的特点。例如《上李邕》:"大鹏一日同风起,抟摇直上九万里。假令风歇时下来,犹能簸却沧溟水。"以大鹏自喻,并非庄子式的逍遥以自适的大鹏,而是奋飞以引起震动惊怪的大鹏。在这不凡的浩大气势里,体现的是自信与进取的志向和傲世独立的人格力量。

洒脱不羁的气质、傲世独立的人格、易于触动而又爆发强烈的感情,形成了李白诗抒情方式的鲜明特点。它往往是喷发式的,一旦感情兴发,就毫无节制地奔涌而出,宛若天际的狂飙和喷溢的火山。例如,《鸣皋歌送岑征君》抒写对于政治黑暗、是非颠倒的愤慨。又如,《答王十二寒夜独酌有怀》,一开始便如行云流水般地把浓烈激越的情怀抒写出来,接着便是抑制不住的感情浪潮的喷发。这种情感表达方式,完全是李白式的。

与喷发式感情表达方式相结合,李白诗歌的想象变幻莫测,往往发想无端,如《西岳云台歌送丹丘子》《赠裴十四》《金乡送韦八之西京》《将进酒》《秋浦歌》,真是想落天外,匪夷所思。他的奇特的想象,常有异乎寻常的衔接,随情思流动而变化万端。一个想象与紧接着的另一个想象之间,跳跃极大,意象的衔接组合也是大跨度的,离奇惝恍,纵横变幻,极尽才思敏捷之所能。

与作诗的气魄宏大和想象力丰富相关联,李白诗中颇多吞吐山河、包孕日月的壮美意象。他对体积巨大的壮观事物似乎尤为倾心,大鹏、巨鱼、长鲸,以及大江、大河、沧海、雪山等,都是他喜欢吟咏的对象,李白将它们置于异常广阔的空间背景下加以描绘,构成雄奇壮伟的诗歌意象。如《庐山谣寄卢侍御虚舟》中的"登高壮观天地间,大江茫茫去不还。黄云万里动风色,白波九道流雪山"。雄奇壮美的意象组合,给人以一种崇高感。又如《渡荆门送别》:"山随平野尽,江入大荒流。月下飞天镜,云生结海楼。"意象亦极为阔大壮观。

但是,李白诗里亦不乏清新明丽的优美意象。例如,《清溪行》的"人行明镜中,鸟度屏风里",《秋浦歌》(其十三)的"绿水净素月,月明白鹭飞",

《玉阶怨》的"玉阶生白露,夜久侵罗袜。却下水晶帘,玲珑望秋月"等。这些由清溪、明月、白鹭、竹色、白露等明净景物构成的清丽意象,极大地丰富了李白诗歌的艺术蕴含。

总之,李白诗的追求理想与自由、反抗权贵的精神,及其惊风雨、泣鬼神的艺术魅力,不仅影响同时代诗人,也给后代的诗人们以强烈的艺术感染和丰富的创作启迪,诸如李贺、苏轼、陆游、辛弃疾、高启、龚自珍、郭沫若等,都从李白那里汲取了精华。李白的作品早已被翻译为多种文字,远越重洋,产生了世界性的影响。

第四节 撼民间疾苦,集诗艺大成:诗圣杜甫

杜甫是唐代的伟大诗人,与李白齐名,并称"李杜"。杜甫是唐诗现实主义的开山之祖,他横跨两个时代,是在那个动荡时代与苦难民众同呼吸、共命运的诗人。杜甫一生都将自己与国家的命运联系在一起,深切地同情人民的灾难,执着地关怀现实政治,写下了大量抨击时弊的优秀诗歌,其作品深刻反映了唐王朝由盛转衰的急剧转变,被称为"诗史"。杜甫的诗歌集前代诗歌艺术之大成,形成了博大精深、抑扬顿挫的独特风格,他是唐代诗艺的集大成者,被后人尊称为"诗圣。"

杜甫(712—770),字子美,原籍襄阳(今属湖北),迁居巩县(今属河南)人。杜审言孙。十三世祖杜预尝家居京兆杜陵,甫亦自称"杜陵野老"。开元末举进士不第,曾漫游齐赵等地。其后往长安求仕,困守十年。安史之乱爆发后曾陷贼中,被解至长安,后逃至凤翔,谒见肃宗,授左拾遗。两京收复后回长安,出为华州司功参军,因关中大旱,弃官往秦州、同谷。后举家入蜀,受故人资助,筑草堂于浣花溪。一度入剑南节度使严武幕任参谋,武表为检校工部员外郎,世称杜工部。晚年携家出蜀,病死湘江舟中。有《杜工部集》。

李白和杜甫都经历了大唐帝国由盛转衰的历史阶段。李白的诗更多地表现了盛唐诗人意气风发、积极进取的精神风貌。杜甫年辈较晚,经历过坎坷的人生道路,卷入过战乱的旋涡,又长期沦落下层,因而能够逐渐走向人民,为人民大声呼吁。他最可贵的精神是能够深深扎根于现实的土壤,忧国忧民,以天下为己任,宁苦身以利人。他最主要的成就是写出许多深刻反映时代,堪称"诗史"的重大诗篇。而他在政治上的远见卓识、关注现实的执着精神以及抨击时弊的巨大力量,都植根于盛唐的理想、激情、宏伟气魄和时代责任感。

杜诗现存一千四百多首,它既是诗人伟大人格的写真,也是"安史之乱"前后唐代社会的一面镜子。诗人以始终不衰的火热激情,从各个角度艺术地再现了那个特定历史时期的社会面貌。其反映现实生活的深度和广度,不仅同时代人无法比拟,也是我国古代文学史上任何一个诗人难以企及的。杜诗在后世被称为"诗史",决非过誉之辞。杜甫诗歌的内容主要包括以下几个方面。

第一,对苦难人民的深切同情。杜甫是第一个将普通百姓形象广泛引进诗歌的诗人。在他笔下,描写了众多的下层人物:农民、士兵、织妇、船夫、渔父、负薪的女子、无告的寡妇、被迫应征的老汉、提前服役的儿童。诗人不仅从多方面表现了他们悲惨的生活,而且表达了他们的愿望要求。诗人之所以能够道出人民的心声,正因为他了解人民,对人民的痛苦有深切体会。诗人的可贵之处还在于他不只是表面地描写人民受苦的现象,而是进一步揭示出人民遭受苦难的根源:一是赋税太重,二是官吏贪污盘剥,三是统治者奢侈浪费。诗人将个人命运和广大劳动人民的命运密切联系在一起,所以才能写出"三吏""三别"那样具有深刻现实意义的光辉作品来。他在成都时自家草堂被秋风吹破,诗人瑟缩在凄风苦雨之中,寒冷难当、彻夜不眠时,却发出了这样的宏愿:"安得广厦千万间,大庇天下寒士俱欢颜,风雨不动安如山。呜呼!何时眼前突兀见此屋,吾庐独破受冻死亦足!"(《茅屋为秋风所破歌》)诗人不仅由自己挨冻想到挣扎在饥寒线上的广大贫民,而且愿意以自己"冻死"作代价来换取他们的温暖。这样的精神境界,是十分可贵的。

第二,杜诗中也表现出极强的爱国精神。由于受制于儒家思想影响,杜甫的爱国思想往往和忠君思想交织在一起。在他的观念中,君主乃是国家的代表和象征,君国二位一体,"忠君""爱国""爱民"始终都是杜甫"奉儒"的特定内容,他始终把忧国忧民当成自己的社会责任。但是由于诗人生活在一个万方多难的时代,又处于"无力正乾坤"的地位,于是他更多地是用笔来表达对国家命运的深切关注。"安史之乱"爆发后,诗人不但在诗里抒发了"感时花溅泪,恨别鸟惊心"(《春望》)这样强烈的爱国感情,还情不自禁地扩展了诗歌领域,通过诗歌来发表对军事形势和战略问题的意见:"孟冬十郡良家子,血作陈陶泽中水。"(《悲陈陶》)这些诗无不凝聚着诗人对国家命运的关怀。被称为杜甫生平"第一快诗"的七律《闻官军收河南河北》更是真实地表现了诗人渴望祖国和平统一的热切心情。诗中那种欣喜若狂、百感交集的情状,正是诗人爱国感情的自然流露。

第三,杜诗还致力于揭露统治阶级荒淫腐朽的生活和祸国殃民的罪行。诗人的抨击面非常广,揭露也很大胆。在《兵车行》中,他把矛头直接

第五章　气协律出，情因韵显：盛唐时期的诗歌

指向唐玄宗，揭露他穷兵黩武、开边拓境的行为给人民造成的严重灾难："君不闻汉家山东二百州，千村万落生荆杞。"在《自京赴奉先县咏怀五百字》中，他更集中暴露了高居骊山行宫的玄宗君臣醉生梦死、荒淫享乐的生活：

　　君臣留欢娱，乐动殷胶葛。赐浴皆长缨，与宴非短褐。
　　彤庭所分帛，本自寒女出。鞭挞其夫家，聚敛贡城阙。
　　……
　　况闻内金盘，尽在卫霍室。中堂舞神仙，烟雾蒙玉质。
　　暖客貂鼠裘，悲管逐清瑟。劝客驼蹄羹，霜橙压香橘。
　　朱门酒肉臭，路有冻死骨。荣枯咫尺异，惆怅难再述。

诗中不仅讽刺玄宗君臣沉湎声色，不问政事，而且遣责朝廷横征暴敛，掠夺民脂民膏以中饱私囊，对"安史之乱"前的上层社会作了一次较全面的曝光。尤为难得的是，诗人用"朱门酒肉臭，路有冻死骨"这样鲜明的对比揭示出最高统治集团奢华骄纵的生活正是建立在对劳动人民残酷剥削和压迫之上的。"安史之乱"爆发后，那些地方军阀、贪官污吏纷纷趁机搜刮民众，诗人更是恨之入骨，时时不忘口诛笔伐。

杜甫的诗歌除了上述三个方面的主要内容之外，还有大量描写日常生活以及写景抒怀、咏物怀古、赠友怀人、论诗题画之类的作品。在杜甫手中，无论什么事都能成为入诗的题材，可以说，在中国诗歌史上，是杜甫奠定了写日常生活诗歌传统的基础。他写日常生活情趣的诗可以分为两类，一类是描写与亲友之间的情谊，这些诗写得最富于人情味。他写对朋友李白的想念与理解："三夜频梦君，情亲见君意"（《梦李白》），写对兄弟姊妹的惦记牵挂："有妹有妹在钟离，良人早殁诸孤痴。"（《乾元中寓居同谷县作歌七首》）至于妻子儿女，杜甫在诗中就写得更多。他非常疼爱自己的孩子，常常觉得自己作为一个父亲，不能使他们免受饥寒奔波之苦而惭愧。这种心情在《自京赴奉先县咏怀五百字》《羌村三首》《北征》《彭衙行》以及后来的《百忧集行》等作品中都有大量的反映。对于妻子杨氏，他也是一往情深，在杜甫的笔下，我们常常可以看到她的吃苦耐劳、温柔贤惠。通过"老妻画纸为棋局，稚子敲针作钓钩"（《江村》）的画面，我们不仅感觉到诗人一家人和谐融洽的天伦之乐，也感觉到杜妻的聪敏体贴、善解人意。另一类是记述日常琐屑小事。如《信行远修水筒》《催宗文树鸡栅》《驱竖子摘苍耳》《种莴苣》《春夜喜雨》等。这些诗在表达诗人对生活的方方面面都饶有兴趣、无比热爱的同时，常常寄寓了更深一层的意义。如《春夜喜雨》通过对"随风潜入夜，润物细无声"的及时春雨的赞颂，也表达了诗人自己对人

间极为博大、慈爱的胸怀。

杜甫的诗歌不仅涉及面很广,而且体现出不同的艺术风格,从整体来看,沉郁顿挫是杜诗的基本审美特征,他使诗歌与传统文化的主流发生了内在的关联,这是其"沉郁"的基本特征。《登高》具体地展示了杜诗的这一风格:

> 风急天高猿啸哀,渚清沙白鸟飞回。
> 无边落木萧萧下,不尽长江滚滚来。
> 万里悲秋常作客,百年多病独登台。
> 艰难苦恨繁霜鬓,潦倒新停浊酒杯。

首联起句突兀,如狂飙来自天外,那大化流行的气势,刚健不息的底蕴,跌宕起伏的节奏,将全诗笼罩在沉郁悲壮的气氛中,但又透显出廓大而深邃的情感追求。颔联表现了典型的中国式的悲剧意识:个体的生命也许没有希望了,但天道是永恒的,只要将个体的生命与价值融入永恒的天道,个人也就可以获得某种永恒,具有能够打动人心的力量。之所以具有打动人心的力量,在于它表现了典型的中国式的悲剧意识:个体的生命也许没有希望了,但天道是永恒的,只要将个体的生命与价值融入永恒的天道,个人也就可以获得某种永恒。在颈联和尾联中,杜甫尽情地抒发了个人的悲剧感。然而,因为有了首联、颔联的铺垫,杜甫的悲剧感便获得了审美性的超越,他的"悲秋""多病""苦恨""潦倒"也就成了超度他的梯航。从"沉郁"来讲,全诗表现出一种儒者的悲剧情怀和超越意识;从"顿挫"来讲,不仅音韵上抑扬顿挫,其结构上也有着内在的回旋张弛,与"沉郁"共同构成了节奏的起承转合。

从另一个角度来看,杜诗"沉郁顿挫"风格的形成也与其诗歌的表现形式和方法有着紧密的联系,杜甫高度重视语言的锤炼,其语言苍劲凝练模式具有巨大的艺术概括力,在语言的美感上显示出沉郁顿挫的特点。

善于以议论入诗也是形成其"沉郁顿挫"诗风的重要原因。杜甫的各类诗中都有大量的议论,这些议论又与抒情、写景等相结合,取得独特的艺术效果。《春日忆李白》是抒情、写景与议论相结合的典范:

> 白也诗无敌,飘然思不群。
> 清新庾开府,俊逸鲍参军。
> 渭北春天树,江东日暮云。
> 何时一尊酒,重与细论文。

首联议论中有抒情,抒情中有议论;颔联直承上联,是对李白诗的评

第五章 气协律出,情因韵显:盛唐时期的诗歌

价;颈联则宕开一笔,借写景来抒写对李白的怀念;尾联则是抒情中含议论,收束全诗。诗作在抒情、写景、议论间穿插张弛,将诗人对李白的多层次的怀念表现得淋漓尽致。

杜甫是唐代最善于驾驭各类诗体的高手,几乎每一种新的诗体在他手里都得到了新的发展,以五言和七言的成就最高。五律在初唐已经取得了可喜的成就,盛唐时期七律的创作仍然没有得到普遍重视,七律至杜甫则无题不备、无法不精、无题不入,蔚为大观,其《秋兴八首》是写景抒情的佳作,《蜀相》是其优秀的借古怀今的七律,还有《登高》《登楼》《闻官军收河南河北》等都是脍炙人口的佳作。

在中国诗史上,杜甫是承先启后的、伟大的现实主义诗人。中唐韩孟一派在艺术上走奇险一路,元白一派倡导的新乐府运动,晚唐李商隐的七言律诗,都处在杜甫的延长线上。宋及宋后诗人如王安石、苏轼、黄庭坚、陈与义、陆游、元好问、李梦阳、屈大均等,对杜甫无不推崇备至,并在创作中从不同的方面继承了杜甫的传统。在一定意义上,杜诗的影响几乎笼罩了其后整个诗坛。

杜甫又是唐代诗艺的集大成者。元稹说:"至于子美,盖所谓上薄《风》《骚》,下该沈、宋,言夺苏、李,气吞曹、刘,掩颜、谢之孤高,杂徐、庾之流丽,尽得古今体势,而兼人人之所独专矣。"(《唐检校工部员外郎杜君墓志铭》)

第六章 人才辈出，鸣声鼎沸：中晚唐时期的诗歌

"安史之乱"之后，唐朝由盛转衰，但诗歌创作并未停歇，而是与现实联系更密切，先后出现了韩愈、柳宗元、张籍、李贺、白居易、元稹、刘禹锡、杜牧、李商隐、温庭筠等风格不一的杰出诗人，他们的诗歌从不同角度反映了唐朝从繁荣走向衰落过程中的危机和民间苦难。

第一节 由雄浑的风骨气概转向淡远的情致：大历诗风

大历是个特殊的时代，处在开元与元和两个伟大时代之间，既没有涌现一流的伟大诗人，也未产生许多惊心动魄的杰作，像是两大高峰之间的波谷，历来就不太为人注目，研究得也较少。但这决不表明它不重要，更不意味着易于研究。从某个角度来说，它甚至比其他时代的诗歌更让人难以着手。因为这个时代的诗人大多生长在开元盛世，青少年时期在盛唐度过，又在导致唐朝国运下降的安史之乱中进入中年，到大历时期已经步入晚年。由于历经两个完全不同的生活环境，再加上战争的影响，好不容易安定下来却已经步入暮年，这就让他们都产生了一种恍如隔世的感觉。痛苦的经历和心境，让他们的诗歌也表现出沉郁、忧伤的氛围和冷落寂寞的情思，而追求一种清雅境界。诗歌中的词语，往往带有凄清、寒冷、萧瑟乃至暗淡的色彩。他们所选择的意象，大都是秋风、落叶、夕阳、寒雁、芳草、青山、白云之类，以此来表现自己凄冷的心境、惆怅的情思、高洁的情操。

大历诗坛的诗人，主要是三大群体：一是以长安和洛阳为中心的一些台阁诗人，以"大历十才子"为代表，其作品多为题赠送别之作。所谓的大历十才子是指活跃于唐代宗大历年间的十位诗人。他们在大历年间活跃于长安，因特殊的唱和酬赠关系，在京师乃至全国极负盛名，而被时人冠以"大历十才子"之名。据《新唐书·卢纶传》载，十才子为卢纶、吉中孚、韩翃、钱起、司空曙、苗发、崔峒、耿湋、夏侯审、李端十人。他书所载，十人姓名略有出入。"大历十才子"大多是政途失意的中下层士大夫，他们的诗歌

第六章 人才辈出,鸣声鼎沸:中晚唐时期的诗歌

很少反映社会的动乱和人民的疾苦,大多是唱和、应制之作,主要以歌颂升平、吟咏山水、称道隐逸为主。十才子的共同特点是偏重诗歌形式技巧,所作诗歌多应景献酬,粉饰现实。诗歌多为近体,有较高的艺术造诣,尤其是五言律诗取得了较高的成就。二是长期在江南任职的一些地方官诗人,如刘长卿、韦应物、戴叔伦等人,他们不仅对国运表示强烈的关注,也对个体的幸运、个人的生活遭际予以深刻反省。由于常年辗转于江南以南的各级地方,且仕途并不顺遂,这让他们原本就已经很薄弱的意志和消极的心态更增添了毁灭性的打击,为此他们的诗歌在关注现实的同时,又清楚地显示出消极隐退的愿望。可是现实的生计让他们无法达成愿望,只能借诗歌将自己的愿望宣泄出来。三是一批隐士、僧人等方外诗人。此外还有几位游离于这一时代主流之外的诗人。他们大都居住、往来于江南一带,不但山明水秀,而且秩序相对平静,因此他们的诗歌中虽然也出现了"战乱"的字样,但对战乱的感受和地方官诗人的切肤之痛完全不同,常带有一种平静悠闲、超然物外的意象。在这三类群体中,前二者占据最重要的地位,本节选取卢纶和韦应物两位代表诗人的诗歌创作进行分析。

一、卢纶的诗歌创作

卢纶(739—799),字允言,河中蒲(今属山西永济)人,大历十才子之一。唐代宗时任阌乡尉、监察御史、检校户部郎中。卢纶的诗,大多是送别、酬答之作,也有一些优美的风景诗,而最受人称道的是一些边塞诗,写得气势雄浑。《全唐诗》录存其诗五卷。

卢纶的诗歌创作大致上可分为三个阶段,第一阶段是在大历初,他希望通过科举走出困境,但这条道路并不顺畅,也因此他这一时期的诗歌主要是"伤身"和"乞怜"制作,比如《郊居对雨寄赵涓给事包佶郎中》(卷三):"应怜在泥滓,无路托高车";《雪谤后书事上皇甫大夫》(卷三):"应怜守贫贱,又欲事躬耕";《书情上大尹十兄》(卷三):"应怜费思者,衔泪亦衔枚";《春日过李侍御》(卷四):应怜末行吏,曾是鲁诸生"等,其诗风可概括为"质实"二字,"朴厚浑雅,辄多悲调"(周珽《唐诗选脉会通评林》)之评最合用于此时。美中不足者,为求仕进,一些干谒之词未免气格衰弱。

第二个阶段是他如愿以偿地考取功名,谋到阌乡尉的职务到因过失而受到暂停职务的处分,其间卢纶一直沉沦下僚,又与他的期望形成不小的落差。尽管从政过程中,我们并没有看到卢纶有什么太大作为,"考实绩无取,责能才固轻"(《怀旧诗》)、"拙性偏无主驿功"(《驿中望山戏赠渭南陆贽主簿》),但他自身是一个十分自负的人,认为自己"才大不应成滞客,时

危且喜是闲人"(《无题》),只不过生不逢时。这一时期,卢纶的诗歌多以酬唱送别为主,讲究声律辞藻,技巧自臻娴熟,却因脱离社会生活,显得空洞没有内容。

第三个阶段是从他受罚到回京任职,因为受元载、王缙案的牵连,卢纶在接受了一番调查之后被停职放闲。经历了这场有惊无险的变故,卢纶重又陷入深深的困境,"学道功难就,为儒事本迟。惟当与渔者,终老遂其私"(《留别耿湋侯钊冯著》)是这一时期矛盾心情的流露。尽管内心充满矛盾,但始终没有放弃对功名的追求,在经过了几年时间的"不调"和短暂的从军之后,他遇到了浑瑊又重新步入仕途,但不久又因得罪浑瑊而步出,后在舅舅的推荐下再度入朝,得到德宗皇帝的赏识,不久被破格提拔为户部郎中,正要走上仕途高峰时却去世了。由于历经宦海沉浮,看透了世态炎凉,卢纶这一时期的诗歌大多表现出一种随遇而安的心态,而其在浑瑊幕府之下的十年间,虽然没有直接参与战争,却见到了战争给人民带来的苦难,因而创作了不少边塞诗,这部分作品也是卢纶最为人称道的作品。卢纶的边塞诗现存二十余首,有《和张仆射塞下曲》《送郭判官赴振武》《腊日观咸宁王部曲娑勒擒豹歌》《赠李果毅》《送刘判官赴丰州》《送韩都护还边》《代员将军罢战后归旧里赠朔北故人》等,这些诗歌多为五言诗,与墓志所言"缵韩城公诗业"亦颇相合。

《和张仆射塞下曲》是卢纶最具代表性的一首诗,此诗作于贞元二年(786)秋,时卢纶在河中浑瑊幕府任元帅判官。张仆射,即张廷赏,与其父嘉贞,其子统靖三代为相。一说指张建树。仆射,官名,唐时为尚书省长官,位同宰相,后为虚衔。塞下曲,唐代乐府题,出于汉乐府《出塞》《入塞》,多描写边塞战事。《和张仆射塞下曲》这一组诗共有六首,乃卢纶边塞诗的代表作。诗人以对生活的真切体验,富于个性特征的描写,真实地表现了边塞军旅生活。这里选取《和张仆射塞下曲》的第二首进行分析:

林暗草惊风,将军夜引弓。
平明寻白羽,没在石棱中。

这首诗取材于《史记·李将军列传》,表现的是李广在一次巡行过程中,当巡行到一处丛林之外,猛然发现草丛中似乎伏着一只猛虎,便开弓搭箭射去,第二天天明后再去那个地方看的时候,却发现是射中了一块石头,箭头已经深深嵌入那块石头之中。李广非常惊奇,站在前一天开弓射箭的地方,任凭用多大的力气,都无法再将箭矢射入石块了。诗人以此为背景,意在表现"飞将军"李广的警觉和神勇,字里行间充满了溢美之词,表现出了诗人强烈的个人情感倾向。诗歌的前两句描述了事件发生的时间和地

第六章 人才辈出,鸣声鼎沸:中晚唐时期的诗歌

点,后两句则是在叙述第二天天明后的事情,共同表现出"将军"机警神勇的形象特点。诗人以强烈的对比和环境渲染,让"将军"的形象表现得非常丰满。而这种几乎神话般的夸张手法的运用,更为"将军"的形象蒙上了一层浪漫主义色彩,言有尽而意无穷。

在卢纶的诗集中,最引人注目的是七律,这些诗歌的数量虽然不如刘长卿、钱起等多,但质量很高,里面还有一些脍炙人口的名篇,其中最著名的是《晚次鄂州》:

云开远见汉阳城,犹是孤帆一日程。
估客昼眠知浪静,舟人夜语觉潮生。
三湘衰鬓逢秋色,万里归心对月明。
旧业已随征战尽,更堪江上鼓鼙声!

这是一首即景抒情诗,在卢纶的七律中,这一首最为著名,也确实写得最好,被誉为"有情景,有声调,气势亦足"(《大历诗略》)的佳作。诗人截取漂泊生涯中的一个片断,用平易而炽热的话语倾诉孤凄苦闷的心曲,借秋色的万般凄凉隐蓄家国愁情,曲尽情致,将思乡之情与忧国愁绪巧妙地结合在一起,反映了广阔的社会背景。诗歌的首联对行程的计算,既点出了题目,又透出了度日如年、旅途愁思无聊的情状。颔联是历来传诵的名句,作者以其乘船的切实体验,精细入微地写出了潮起潮落的生动情景。"诵此二句,宛若身在江船容与之中"(俞陛云《诗境浅说》丙编)。颈联不仅写出了远行悲戚、思乡心切的意绪,且情景交融,属对工稳。"万里归心对月明",堪与杜甫的"月是故乡明"媲美,均为表达乡情的名句。

二、韦应物的诗歌创作

韦应物是地方官诗人中最卓异的个体,也是大历诗坛一个独特的存在。大历诗人能进入名家级的仅有刘长卿、韦应物两人,而能开宗立派、自成一家的则只有韦应物。所以,在分析大历诗歌时,必然会提到韦应物的诗歌。

韦应物(737—792),京兆长安(今陕西西安)人。出身于名门贵族,天宝十载(751 年)曾为玄宗宫廷侍卫三卫郎。安史乱后失官。后历任洛阳丞、京兆府功曹参军、尚书比部员外郎、滁州刺史、江州刺史、左司郎中等职,官终苏州刺史,世称"韦苏州"。他的诗歌以田园山水题材最为出名,也有不少反映民生,斥责贪吏,讽刺豪门的诗篇。韦应物艺术上深受陶渊明、王维的影响,形成一种闲淡简远的风格。后人以"陶韦"或"王孟韦柳"并

称。有《韦苏州集》。

韦应物生活的时代,正值安史之乱前后唐王朝由盛转衰的历史时期。面对着如日中天的大唐帝国的急剧没落,大多数诗人茫然不知所措,他们的诗歌虽然也或多或少反映了动乱时代的社会现实,但大都局限于个人生活的狭小范围,表现自我的主观感受,追求悠远的韵致,内容相对贫乏,风格趋于纤弱,缺乏盛唐诗歌那种干时济世的激情与豪迈爽朗的气度。但在大历、贞元时期的众多诗人中韦应物却卓然不群,自成一家。他的诗歌创作,追怀盛唐,慨叹战乱之作,深刻地反映了唐王朝由盛转衰的现实和诗人的悲伤沉痛之情,如《温泉行》《白沙亭逢吴叟歌》等,它与杜甫的某些作品一起开了中晚唐诗人怀念开元盛世的思潮的先河。他对统治者的奢侈荒淫进行了强烈的讽刺批判,《骊山行》《长安道》《汉武帝杂歌三首》等,有当朝题材,也有历史题材,其作用是一样的。韦应物反对战乱,讴歌像张巡这样的平叛英雄,对一些手握兵权而不能尽力为国的将帅给予坚决的谴责,实际上涉及藩镇割据这样一个重大社会问题。

虽然韦应物对朝廷心存希望,但仕途不顺在现实上又给了韦应物巨大的打击。在他因秉公执法而被迫辞去洛阳丞一职后,他慷慨为国的昂扬之气逐渐消失,取而代之的是看破世情的无奈与散淡。这也导致了他的诗歌创作中,很多都是山水田园诗,田园诗生活气息比较浓,诗人熟悉劳动人民的生活和思想感情,关怀和同情农民的辛劳,如《观田家》与王维《渭川田家》、孟浩然《过故人庄》相比,更接近劳动人民的感情,不仅仅是表现洁身自好、乐天知命的士大夫思想。韦应物的山水诗,"高雅闲淡",简洁自然,艺术成就较高。例如,《寄全椒山中道士》,虽然过于孤寂消极,但足以代表其艺术成就,诗中幽冷,语无虚设:

今朝郡斋冷,忽念山中客。
涧底束荆薪,归来煮白石。
欲持一瓢酒,远慰风雨夕。
落叶满空山,何处寻行迹?

诗人因郡斋严寒而想念起住在山中的道士,那里当然比郡斋更寒冷。诗的第三、四句写道士生活极为幽寂,隐现出诗人对这种生活的向往。诗的后四句则透出诗人对道士生活的忧虑和想念,语含凄情。"落叶满空山,何处寻行迹"二句更像空谷足音,袅袅不绝,无限思念尽在不言之中。诗歌表面上是很简单的一首怀人诗,历代对它评价却都很高,说是"化工笔"。宋代文豪苏轼对此曾有仿作,《许彦周诗话》记载说:"韦苏州诗:'落叶满空山,何处寻行迹?'东坡用其韵曰:'寄语庵中人,飞空本无迹。'此非才不逮,

第六章　人才辈出，鸣声鼎沸：中晚唐时期的诗歌

盖绝唱不当和也。"施补华在《岘佣说诗》中也指出："东坡刻意学之而终不似。盖东坡用力，韦公不用力；东坡尚意，韦公不尚意，微妙之诣也。"

在诗歌创作上，韦应物善于描写山水景物，大有陶、谢的遗风。像"云淡水容夕，雨微荷气凉"（《南塘泛舟会元六昆季》），"寒树依微远天外，夕阳明灭乱流中"（《自巩洛舟行入黄河即事寄府县僚友》），"乔木生夏凉，流云吐华月"（《同德寺雨后寄元侍御李博士》），"南亭草心绿，春塘泉脉动"（《春游南亭》），都是写景名句。韦应物的写景诗，篇末多有议论，不如陶诗情景交融而接近大谢之作。例如，《滁州西涧》：

　　独怜幽草涧边生，上有黄鹂深树鸣。
　　春潮带雨晚来急，野渡无人舟自横。

全诗是一幅优美恬静的山水风景画。诗人用白描的手法，描绘了滁州西涧晚春的景色，由涧边幽草写到树上黄莺，又由春潮带雨写到野渡舟横。这是一幅春意盎然的图画，形象生动，色彩鲜明，充满了大自然的勃勃生机。诗中写景有静有动，幽草是静景，黄莺是动景，春潮带雨是动景，野渡舟横是静景，以动写静，以动衬静，从动中见静，使西涧春色既幽静，又富有生气。语言清丽，意境深远，韵味无穷。

从诗作风格上来看，韦应物的诗歌大都带有一种清静散淡的氛围，白居易推崇他的五言诗"高雅闲淡，自成一家之体"（《与元九书》）。他的诗歌在语言风格上表现为简洁朴实，不加雕琢。他的诗极少用典，也很少用比喻、象征手法，以描述性为主的诗歌语言有较高的透明度。同时他用字很平常，即使集中名句，也不以刻画取胜。当然韦应物诗歌语言也有生新的特点，不过他的生新多为个人化的生造，而这生造又恰与古诗发生时的独创性质相通，于是就显示出一种古雅的色彩，与诗人的总体风格相一致。例如《观田家》：

　　微雨众卉新，一雷惊蛰始。
　　田家几日闲，耕种从此起。
　　丁壮俱在野，场圃亦就理。
　　归来景常晏，饮犊西涧水。
　　饥劬不自苦，膏泽且为喜。
　　仓廪无宿储，徭役犹未已。
　　方惭不耕者，禄食出闾里。

这首诗虽以"观田家"为题，却写出了作者的亲身感受，从而看出作者观察的深入细致，道出了田家生活的甘苦。诗中通过对农民终岁辛劳而不

得温饱的具体描述,深刻揭示了当时赋税徭役繁重和社会制度的不合理。自惊蛰之日起,农民就没有"几日闲",整天起早摸黑地忙碌于农活,结果却家无隔夜粮,劳役没个完。想起自己不从事耕种,俸禄却是来自乡里,心中深感惭愧。身为封建官吏能够这样自责,确实是难得的。这种思想感情和杜甫等人是相同的,这是唐代田园诗中的一个特点,也是中国古典诗歌中的一个优良传统。全诗语言质朴,亲切自然。以简淡的语言叙写了田家生活中的不同画面,富有纯朴而又真实的生活情调。

第二节 歌诗合为事而作:白居易与新乐府

中唐社会危机日益加重,宦官专权、朋党斗争、藩镇割据、异族入侵,诸多矛盾日益尖锐。人民生活极端贫困,统治阶级却日益腐化。岌岌可危的政治局面,激发了志士仁人的改革热情,革新成为时代的潮流。因而文学领域内古文运动和新乐府运动也随之而兴。新乐府是相对汉魏旧体乐府而言的,是一种用新题写时事的乐府诗。它始创于杜甫,元结、顾况又有所发展,是元稹、白居易倡导的新乐府运动的先驱。新乐府运动是中唐的一场诗歌革新运动,兴起于贞元、元和之际,以白居易、元稹为首,包括张籍、王建、李绅等一批诗人。他们顺应时代要求,有意识地运用新体乐府的形式反映现实问题,揭露社会弊端,以期达到实际的社会效果。新乐府运动强调了诗歌的社会功能和讽喻作用,主张诗歌要有社会内容,要反映民生疾苦和社会现实弊端,要求诗歌的形式与内容统一,并为内容服务,表达直截顺畅,让人容易接受。新乐府运动改变了唐代宗大历以来逐渐抬头的逃避现实的诗风,发扬了《诗经》、汉魏乐府和杜甫以来的优良诗歌传统,具有进步意义。虽然新乐府运动时间不长,但在中国诗歌史上留下了光辉的一页,并对后世诗歌的发展产生了深远的影响。在这场运动中,白居易是新乐府诗歌运动的倡导者,在新乐府运动中的影响最大,本节主要以他为例进行诗歌创作分析。

白居易(772—846),字乐天,自号香山居士。祖籍太原,后迁下邽(今陕西临渭),一生经历了代宗、德宗、宪宗、穆宗、敬宗、文宗、武宗七朝。唐德宗贞元十六年(800)进士,曾任过盩屋(今陕西周至)尉、左拾遗、左赞善大夫、江州司马、杭州刺史、苏州刺史、太子少傅等职。白居易前期有热情、有锐气,是个同情人民、敢于反映民间疾苦、敢于揭露官场黑暗面的正直官吏和诗人。他倡导了"新乐府运动",主张"文章合为时而著,歌诗合为事而作"。后期锐气消失,棱角磨平,潜心佛事,以知足常乐,"独善其身"自居。

第六章　人才辈出,鸣声鼎沸:中晚唐时期的诗歌

有《白氏长庆集》传世。

白居易之所以要倡导新乐府诗歌运动,这与他的诗歌理论和诗歌理想密切相关。首先,白居易在《新乐府序》中开宗明义地强调:诗歌"为君为臣为民为物为事而作",即他一贯坚持的"文章合为时而著,歌诗合为事而作"。白居易的诗歌主张非常简单,也非常明确,核心就是"为民",就是反映民间疾苦。如此明确地提出诗歌为民的思想与口号,此前是从没有过的,在当时具有十分重要的现实意义。其次,白居易主张诗歌应该"补察时政""泄导人情",也就是说,作为文学的诗歌,必须和社会的政治生活有所互动,也必须和民众的性情相沟通。文学总是"感于事""动于情"的,绝不只是一种娱乐。因而,文学及诗歌具有一种独特的寓教于乐的功能与特性。最后,白居易主张诗歌的内容与形式应该是高度统一的,而且内容更重要,只要与内容贴切,形式简单平实都不要紧,绝不要那些刻意雕琢的形式。他"非求宫律高,不务文字奇"(《寄唐生》),而力求做到语言的通俗平易,音节的和谐婉转。他坚决反对唯尚"淫辞丽藻"的形式主义文风。为此,他主张学习民歌,作诗广泛运用俗言俚语,因此博得后人"老妪都解"的称道,形成了我国诗歌史上平易通俗的一派。

白居易自觉地、有意识地走现实主义道路。他为了"救济人病,裨补时阙",所以要反映现实。为此,便尽可能从现实中选取最典型的事件,抓住事物的本质,用高度的概括力进行创作。他的诗歌语言是最平易浅近、通俗易懂。但语浅而意切,又极流利、生动,为人民所喜爱,也为后代诗人指明了现实主义的创作方向。而白居易自己的乐府诗也坚决遵循"其事核而实,使采之者传信"(《新乐府序》)的写实原则进行创作。白居易的讽喻诗就是例证,这些诗大体包括以下四类。

第一,表现人民的痛苦。白居易看到社会上阶级矛盾的尖锐,站到被压迫者的方面,代人民提出控诉。《观刈麦》描述农民生活之苦痛:"妇姑荷箪食,童稚携壶浆。相随饷田去,丁壮在南岗。足蒸暑土气,背灼炎天光。力尽不知热,但惜夏日长。"接着又插入一个苦难者的典型形象:"复有贫妇人,抱子在其旁。右手秉遗穗,左臂悬敝筐。听其相顾言,闻者为悲伤。家田输税尽,拾此充饥肠。"可见一切苦难都是统治阶级所造成的。《采地黄者》更鲜明地描写了阶级的对立。他说农民到了"岁晏无口食"的时候,"田中采地黄""持以易糇粮"。"凌晨荷锄去,薄暮不盈筐。携来朱门家,卖与白面郎",说:"与君哦肥马,可使照地光。愿易马残粟,救此苦饥肠。"这是何等鲜明的对比!可是诗人用的还只是这一件事。此外,《村居苦寒》《重赋》《杜陵叟》等都是写得很深刻的。以《杜陵叟》为例:

> 杜陵叟，杜陵居，岁种薄田一顷馀。
> 三月无雨旱风起，麦苗不秀多黄死。
> 九月降霜秋早寒，禾穗未熟皆青干。
> 长吏明知不申破，急敛暴征求考课。
> 典桑卖地纳官租，明年衣食将何如？
> 剥我身上帛，夺我口中粟。
> 虐人害物即豺狼，何必钩爪锯牙食人肉！
> 不知何人奏皇帝，帝心恻隐知人弊。
> 白麻纸上书德音，京畿尽放今秋税。
> 昨日里胥方到门，手持敕牒榜乡村。
> 十家租税九家毕，虚受吾君蠲免恩。

这首诗是《新乐府》中的一首。诗人选择许多地方官吏为了升官和贪污，故意隐瞒灾情、横征暴敛这一富有典型意义的题材，充分发挥乐府民歌语言的传统特点，以三五七言相参差，巧妙地讽刺了皇帝赐予农民的一切空恩典。通过杜陵叟之口，表现了诗人对统治者残酷剥削农民的强烈义愤，具有较强的现实意义。诗中，从开头到"明年衣食将何如"，写灾荒之年，作物无收，官府为求政绩，瞒上不报，农民典桑卖地交租，衣食无存。"长吏明知不申破，急敛暴征求考课"，简简单单十四个字，写尽古往今来天底下的贪官污吏。"剥我身上帛"以下四句，骂贪官骂得痛快淋漓，句式也由五字到七字到九字，一气直下，正像是骂人的语气；白诗虽有过于直露者，似此等痛快处，却是越直越好。"不知何人奏皇帝，帝心恻隐知人弊"，峰回路转，突然现出生机，"昨日里胥方到门"，迟迟不见动静，已是暗含蹊跷，"十家租税九家毕"，等到政策下来，家底都抄空了，还说什么"蠲免恩"！此处再回看"剥我身上帛"四句，便见此诗结构之妙：这四句若接在"虚受吾君蠲免恩"之后，一叙一议，未免平衍无力，插在中间，结尾一起一落，戛然而止，便觉余意不尽。

第二，揭露、批判统治阶级的骄奢淫逸。中唐社会远没有盛唐时代繁荣，但统治阶级的奢侈却更甚之。白居易的讽谕诗对此作了较多的反映。例如，《缭绫》写人民花费无数人力物力制成珍贵织品，献给宫廷享用，甚至被任意糟蹋。《驯犀》《骠国乐》讽刺帝王赏爱外国的贡物。《杏为梁》写大官僚的居宅穷极奢侈。《两朱阁》写贵族迷信佛教，长安城内佛寺众多，侵占广大民地。《牡丹芳》写贵族赏玩牡丹花，如醉如狂，糜费厉害。《胡旋女》讽刺玄宗迷恋杨妃，宠幸禄山，招致祸乱。《李夫人》《隋堤柳》《八骏图》《草茫茫》诸篇，以前代史事为题材，讽刺帝皇的沉溺女色、游幸和厚葬。白

第六章　人才辈出，鸣声鼎沸：中晚唐时期的诗歌

居易不但广泛地揭露了统治阶级的种种荒淫无耻的丑相，而且表现出强烈的憎恨，在《红线毯》结尾，他愤怒地喊着："宣城太守知不知，一丈毯，千两丝。地不知寒人要暖，少夺人衣作地衣！"在《两朱阁》结尾，他尖锐地抨击佛寺侵占民地说："帝子升仙作梵宫，渐恐人家尽为寺。"这类诗篇，和《秦中吟》十首中的《伤宅》《轻肥》《歌舞》《买花》诸篇合看，可收相得益彰的效果。以《轻肥》为例：

>　　意气骄满路，鞍马光照尘。
>　　借问何为者，人称是内臣。
>　　朱绂皆大夫，紫绶悉将军。
>　　夸赴军中宴，走马去如云。
>　　樽罍溢九酝，水陆罗八珍。
>　　果擘洞庭橘，脍切天池鳞。
>　　食饱心自若，酒酣气益振。
>　　是岁江南旱，衢州人食人。

诗篇批判了宦官的骄奢生活，也反映了江南"人食人"的惨相，并以二者作强烈的对比，暴露了中唐社会尖锐的两极分化。这首诗在艺术上以铺陈、排比、映衬、烘托等手法，对宦官的骄奢作了典型的概括，并与江南大旱人民相食的惨相作了强烈的对比，大大增强了诗歌批判力量。

第三，反映爱国主义和反侵略战争，如《西凉伎》写安史乱后，西鄙凉州长期为吐蕃侵占，边疆将吏不能收复失地，却贪看凉州来的杂戏，毫不想到自己的责任，诗人对这种现象是很愤慨的。《城盐州》篇结尾指出一些边疆将吏为了自己的地位和利益，养寇纵敌，无视国家、人民的安全，语意也很痛切。安史乱中，回纥因助唐平乱有功，之后非常骄横，经常向唐朝无理勒索财物。每年送来数万匹马跟唐朝交换丝织品，一匹马易绢或缣数十匹。马多了毫无用处，但唐朝为了向回纥妥协，只能加紧剥削人民，用丝织品换下来。《阴山道》一篇即描写这一史实。这类诗篇都反映了唐代中叶国势衰弱遭受外族侵略的现象，同时表现了作者感时伤事的爱国主义精神。以《新丰折臂翁》为例：

>　　新丰老翁八十八，头鬓眉须皆似雪。玄孙扶向店前行，左臂凭肩右臂折。
>　　问翁臂折来几年，兼问致折何因缘。翁云贯属新丰县，生逢圣代无征战。
>　　惯听梨园歌管声，不识旗枪与弓箭。无何天宝大征兵，户有三丁点一丁。

点得驱将何处去,五月万里云南行。闻道云南有泸水,椒花落时瘴烟起。

大军徒涉水如汤,未过十人二三死。村南村北哭声哀,儿别爷娘夫别妻。

皆云前后征蛮者,千万人行无一回。是时翁年二十四,兵部牒中有名字。

夜深不敢使人知,偷将大石捶折臂。张弓簸旗俱不堪,从兹始免征云南。

骨碎筋伤非不苦,且图拣退归乡土。此臂折来六十年,一肢虽废一身全。

至今风雨阴寒夜,直到天明痛不眠。痛不眠,终不悔,且喜老身今独在。

不然当时泸水头,身死魂孤骨不收。应作云南望乡鬼,万人冢上哭呦呦。

老人言,君听取。君不闻开元宰相宋开府,不赏边功防黩武。

又不闻天宝宰相杨国忠,欲求恩幸立边功。

边功未立生人怨,请问新丰折臂翁。

这首诗结构上可分为三层。前六句,偶然遇见新丰老人,问其折臂之由。"翁云贯属新丰县"到"万人冢上哭呦呦",是老人自叙经历。"老人言,君听取"以下,是听了老人一番话后的感慨。中间叙事部分,从生于太平年代,不谙弓马,到战争忽起,天下征丁,到耳闻前路之险,到眼见别离之惨,到捶折手臂,苟且偷生,到今日的"终不悔",一气呵成,分毫不乱。诗歌用老翁以石头生生捶断自己的手臂来映射战争的惨烈,"一肢虽废一身全",如此苟活,言下竟似还有庆幸之意,这是何其可悲!诗的结尾,在今日评者当中颇有争议,有人认为是"蛇足",是败笔。其实未必如此。开头写"问翁臂折来几年,兼问致折何因缘",这一"问",分明已有"我"在,中间"是时翁年二十四"一句,又分明是"我"转述的口吻,到结尾部分再出场发表感慨,首尾呼应,正是理所当然。

第四,集中反映妇女问题,诗人以同情的态度为封建时代妇女的悲惨命运鸣不平。《上阳白发人》和《陵园妾》都是写帝王宫廷中对于宫女幽闭一生的惨绝人寰的情事。前者说,"入时十六今六十""一生遂向空房宿",四十多年了,"莺归燕去长悄然""唯向深宫望明月",多么凄凉!而后一篇则更为悲惨,以颜色如花的青年女子,竟活活地配奉陵寝,"山宫一闭无开日,未死此身不令出"!《妇人苦》反映的是"妇人一丧夫,终身守孤子。有

第六章 人才辈出，鸣声鼎沸：中晚唐时期的诗歌

如林中竹，忽被风吹折。一折不重生，枯死犹抱节。"诗人说："男子若丧妇，能不暂伤情？应似门前柳，逢春易发荣。风吹一枝折，还有一枝生。"这就把封建礼教对待寡妇和对待男子丧妻的不平，用竹和柳的比喻进行了鲜明的对照。诗人站在妇女这方面，主持正义，诉说不平，在当时是很伟大的！《母别子》严厉地斥责了一个新策勋归来的将军，因为他迎得如花的新人，便把生了两个儿子的旧妇弃逐。以《议婚》为例：

天下无正声，悦耳即为娱。人间无正色，悦目即为姝。
颜色非相远，贫富则有殊。贫为时所弃，富为时所趋。
红楼富家女，金缕绣罗襦。见人不敛手，娇痴二八初。
母兄未开口，已嫁不须臾。绿窗贫家女，寂寞二十余。
荆钗不直钱，衣上无真珠。几回人欲聘，临日又踟蹰。
主人会良媒，置酒满玉壶。四座且勿饮，听我歌两途。
富家女易嫁，嫁早轻其夫。贫家女难嫁，嫁晚孝于姑。
闻君欲娶妇，娶妇意何如？

诗歌的开头八句，以音乐起兴，虽然美貌没有一定标准，人们各有所爱，但评判的标准，差别毕竟不大，各人眼中的美貌，也相差无几，真正决定取舍的，还是出身贫富。从"红楼富家女"到"临日又踟蹰"，从活生生的事例上，见出世人嫌贫爱富的风气。这一段，写富家女，只用"见人不敛手"一个细节，便写出娇痴之状，用"未开口""不须臾"稍一对比，便写出嫁人之易；写贫家女，"寂寞二十余"，相比于"二八初"，已是大龄，已可想见婚嫁之难，忽然又加一笔"几回人欲聘"，眼见得好不容易有些眉目，谁知"临日又踟蹰"，不过寥寥数笔，何其跌宕乃尔！再看"初""余"二字。"二八"已知其早，"初"则更早；"二十"已知其晚，"余"则更晚。两个韵脚，只如天造地设。从"主人会良媒"到"娶妇意何如"，点明题旨；末句一问而止，意在言外。"主人会良媒"四句，本应放在全诗开头，但这样一来文势未免平弱，而穿插在中间便摇曳生姿。

在创作特色上，白居易刻画人物形象，不仅描摹其外貌，也通过外貌刻画了内心，所以形象特别鲜明。如《上阳白发人》便结合她所处的具体环境，分析并描摹了她的心理状态，所以就特别真实、动人。《卖炭翁》写夜来大雪，老翁衣单，但他竟"心忧炭价愿天寒"，这个矛盾的心理既细致而又真实，并加深了读者对他的同情。而在塑造典型形象时，白居易经常运用鲜明的对比，因而将社会上阶级矛盾形象化地表现出来，产生极大的战斗作用，如前之《轻肥》《采地黄者》都是如此。当他完成了典型形象的塑造时，感情也激动到了顶点，便情不自禁地爆发出自己的愤怒情绪。在叙事特色

上,白居易的诗歌具有叙事和议论相结合的特点。白居易有意识地加强诗中的议论,这些议论大多片言居要,起到画龙点睛、加强主题的作用,并多置于结尾,"卒章显其志"。如《红线毯》曰:"宣州太守知不知,一丈毯,千两丝。地不知寒人要暖,少夺人衣作地衣!"虽直露,但不失显豁。有些议论更为巧妙,如《买花》在痛惜"家家习为俗,人人迷不悟"之后,突然插入一段田舍翁的感慨作为议论:"有一田舍翁,偶来买花处。低头独长叹,此叹无人谕:'一丛深色花,十户中人赋!'"深刻地揭示了主题,是议论中之最上者。

除讽谕诗外,白居易还有闲适诗、感伤诗和杂律诗。闲适诗是指"或退公独处,或移病闲居,知足保和,吟玩情性者";感伤诗是指"事物牵于外,情理动于内,随感遇而形于叹咏者";杂律诗是指"诱于一时一物,发于一笑一吟,率然成章,非平生所尚者","有五言、七言、长句、绝句,自一百韵至两韵者"(《与元九书》)。在这些作品中,值得注意的,首先是感伤诗中的两首长篇抒情叙事诗《长恨歌》与《琵琶行》。与《长恨歌》相比,《琵琶行》更具现实批判意义,这首诗写于元和十一年(816),正是作者被贬江州的次年。诗中琵琶女飘零憔悴、沦落天涯的不幸遭遇,概括了当时歌伎们共同的悲惨命运。"同是天涯沦落人,相逢何必曾相识?"诗人从琵琶女的身上看到了自己的影子,同病相怜之情油然而生。他把琵琶女引为同调,视为知己,并借之抒发自己遭谗受贬、仕途失意的满腹怨愤,表现了对被侮辱妇女的深切同情,有力揭露了当时社会政治的黑暗。全诗比兴相纬,寄托遥深,以音乐形象为媒介,将艺人沦落之叹和文人失意之慨相糅合,其意微以显,其音哀以思,其辞丽以则,取得了极佳的艺术效果。诗中精彩的音乐描写历来为人们所激赏,诗人采用一连串精妙的比喻,把飘忽不定、转瞬即逝的乐音表现得声情并茂,感人至深,读后似觉声犹在耳。全诗结构细密,情节曲折,加之浓重的气氛烘染和传神的细节描写,使其成为唐代长篇叙事诗中的杰作。

第三节 追求奇异之美:韩孟诗派

唐诗经过大历年间一度中衰后,中唐后期又渐趋兴盛,可谓流派众多,名家辈出。诗人们极力探索新的表现技巧,使诗风大变于中唐,这其中就有韩孟诗派。这一诗派的代表诗人是韩愈和孟郊,此外还有贾岛、李贺、卢仝、姚合等人。韩、孟等人在创作主张和实践上都有共同趋向的审美意识,在艺术上刻意求新,注重使用新奇的物象,用李贺的话说,就是"笔补造化

第六章 人才辈出，鸣声鼎沸：中晚唐时期的诗歌

天无功"。孟郊也说："天地入胸臆，呼嗟生风雷。文章得其微，物象由我裁。"足以显示其气魄宏大。韩孟诗派通过抒写个人的不幸遭遇来揭示社会的弊病，主张"不平则鸣"，苦吟以抒愤，并互相切磋唱和。在诗歌风格上，虽然大都主张诗歌艺术的"用思艰险"，但都带有自己的独特性，其表现就是韩愈的诗境界壮阔，诗风奇而雄，孟郊的诗风格清苦，奇而古，贾岛奇而清，卢仝奇而怪。除了以上几位诗人，晚唐诗人李贺因幽冷险怪，也常被拉入韩孟诗派，本书也做此安排。下面以韩愈、孟郊和李贺的诗歌创作来展现韩孟诗派的创作特色。

一、韩愈的诗歌创作

韩愈（768—824），字退之，河阳（今河南孟县）人。父母早亡，三岁而孤，"唯兄嫂是依"。其兄韩会曾被列为"四夔"之一，但英年早逝。悲苦的童年生活培养了韩愈观察社会和思考政治的现实精神。贞元八年（792）中进士，然此后多次未能通过吏部复试，一度仕途困顿，直到二十九岁时才开始踏入仕途。此后，在宦途的二十多年中，韩愈历任学官、御史、县令、史官、刺史及侍郎等职，其间因直言进谏而数次被贬，更几乎被杀。穆宗时先任国子监祭酒、兵部侍郎，后转吏部侍郎。官终吏部侍郎。死谥"文"。

韩愈是唐代古文运动的领袖，他提倡文以载道、务去陈言。中唐时，在诗坛上出现了扬杜抑李的倾向，韩愈针锋相对，李杜并尊。他极其推崇李杜"巨刃磨（一作摩）天扬，垠崖划崩豁，乾坤摆雷破"的艺术风格，因此，他继承了李白的浪漫主义传统，故其诗时时闪烁着豪放雄奇的光芒；他又继承了杜甫的现实主义传统，故其诗亦常常显示出浑涵浩瀚的气势。但韩诗的浪漫色彩与盛唐诗之间有极大的差异：盛唐诗人视野开阔，抱负远大，诗歌多富天真烂漫的热情和幻想，韩愈半世惶惶于举选以求世俗的功名富贵，其诗多取材于经史百家，以随物赋形、实境铺叙争胜；盛唐诗的奇多以朴素平易的形式表现生活本身的瑰奇，而韩诗之奇，则是以过火的夸张和排奡的语言把平淡无奇的日常生活写得千奇百怪；盛唐诗人多以感情驾驭诗歌的气势，韩诗则以愤世嫉俗的不平之气加上矜才炫博造成声势；盛唐诗人开朗豁达，进退裕如，热爱生活，因而具有健康的美学趣味，韩愈"进则不能容于朝，退又不肯独于野"，这就使他在生活中多看丑恶而少见美好。用晚唐诗评家司空图的话说，韩愈诗歌具有"驱驾气势，若掀雷挟电，撑扶于天地之间"，简单说，韩愈的诗歌是在奇险中以气势取胜。例如《卢郎中云夫寄示送盘谷子诗两章歌以和之》中描写瀑布的几句：

>是时新晴天井溢,谁把长剑倚太行。
>冲风吹破落天外,飞雨白日洒洛阳。

他把瀑布想象得如横空出世一般,与李白的《望庐山瀑布》相比,丝毫不落下风。除此之外,韩愈还有一个特点就是有意避开前人的套路,在语言中追求奇特和新颖,为此甚至用一些光怪陆离、匪夷所思的词汇。过去人们认为恐怖的事物,比如"鬼怪""阴风"在韩愈手中都成为诗的题材。他的这一举动,无疑扩大了诗歌的表现范围,引起了诗歌的变革。但是从另外一方面讲,韩愈的诗歌也有一定的弊端,过分地使用生僻字和冷色词,虽然有出奇制胜的效果,但是也容易造成整体意象的分裂,甚至后世的一些诗人把诗看作自己逞强博学的工具,而忽略了诗歌在情感上的表达功能。

在诗歌创作上,韩愈诗歌在艺术手法上最大的探索和创新,是以文为诗。所谓"以文为诗",就是以散文的章法、句法、字法入诗,以议论入诗。以文为诗,并不自韩愈始,早在杜甫的《自京赴奉先县咏怀五百字》《北征》中,就已出现了以文为诗的创作倾向,但韩愈是刻意为之,而且写的数量更多、影响也更大,如《山石》:

>山石荦确行径微,黄昏到寺蝙蝠飞。
>升堂坐阶新雨足,芭蕉叶大栀子肥。
>僧言古壁佛画好,以火来照所见稀。
>铺床拂席置羹饭,疏粝亦足饱我饥。
>夜深静卧百虫绝,清月出岭光入扉?
>天明独去无道路,出入高下穷烟霏。
>山红涧碧纷烂漫,时见松枥皆十围。
>当流赤足踏涧石,水声激激风吹衣。
>人生如此自可乐,岂必局束为人鞿。
>嗟哉吾党二三子,安得至老不更归。

这是一首记游诗,依时间顺序,叙述在某一天下午游山,在寺里住了一夜。次早出山归途中的所见所历,抒发即景而生的感触。诗歌结构清楚,铺写具体,景物的描摹和感情的表达,相融无间,既有诗的优美,又有散文的层次井然,语言流畅。

二、孟郊的诗歌创作

孟郊(751—814),字东野,洛阳人,一说湖州武康(今浙江德清)人。早年隐居嵩山,屡试不第,贞元十二年(796)四十六岁时始中进士。后为溧阳

第六章 人才辈出,鸣声鼎沸:中晚唐时期的诗歌

尉,因终日行吟,放情山水,不理公务,县令只发半俸给他,生活贫寒。后又做过河南水陆转运判官、试协律郎等小官。六十四岁病卒。死后张籍送给他谥号"贞曜先生",有《孟郊野诗集》。

孟郊诗歌可以从贞元八年(792)进京参加科考为界分为前后两期,前期因一直过着半隐居式的生活,对社会政治之黑暗尚缺乏亲身体验,心情比较开朗,诗风也显得明快。其文学思想的核心是主张有为而作,文学要担负起"补风教""证兴亡"的社会责任,强调诗歌反映社会现实,要回归"雅正",这与陈子昂、李白、杜甫等人的诗歌主张是一致的。《上苏州韦郎中使君》是早期作品,已经提出了诗歌创作"雅正"的标准:

> 谢客吟一声,零落群听清。
> 文含元气柔,曲枝亦不生。
> 尘埃徐庾词,金玉曹刘名。
> 章句作雅正,江山益鲜明。

他鄙薄"徐庾"的宫体诗,赞美提倡曹植、刘琨诗中的风骨,与陈子昂的诗歌理论一脉相承。提倡风骨,反对肤浅淫靡的诗风是他一贯的主张。在《答友人》诗中说:"落落出俗韵,琅琅大雅词。"在《上张徐州》中说:"至乐无宫徵,至声遗讴歌。愿鼓空桑弦,永使万物和"。都反复强调"大雅"和"至乐",目的是为了矫正大历以来的柔靡诗风,恢复诗经到汉魏以来的现实主义传统。

从贞元八年(792)科考落第之后,孟郊对社会的认识产生了一个飞跃。其后又遇到连续的打击,使他这种认识更加深化。他的诗歌主张和风格也逐渐产生了变化。诗歌主张虽然依旧继承前期重视反映现实的功能和重教化的观点,但其核心已经不是重言志,而是重抒情;不是重对社会生活的真实客观的反映,而是重自我精神世界的表现。诗风也由前期的开朗明快转向苦涩清寒,这一方面与他郁郁不得志有关,更重要的是他的刻意求工,沉吟苦想。他写诗,要道出前人所不曾道过的话,用前人不曾用过的意象,把愁苦表现得惊悚人心。例如在他的《秋怀十五首》里有这样的诗句:

> 老虫干铁鸣,惊兽孤玉呕。(其十二)
> 劲爽刷幽视,怒水摄余湍。(其十)

这些诗句中,他故意采用"老虫""怒水"等视觉比较阴暗的意象构成一组组生涩的句子,传达心中的愁苦和愤懑,对于他的这种行为,历来褒贬不一。后世的元好问将他的这种行为称为"诗囚",苏轼更是形象地将孟郊的诗歌比作刺多而肉少的"小鱼",但同时代的韩愈和李翱则把他推崇到了一

个很高的地位。

三、李贺的诗歌创作

李贺(790—816),字长吉,河南福昌(今河南宜阳)人,家居福昌昌谷,后因称"昌谷"。他的高祖从父是郑王李亮,家道中落。少工词章,以乐府与前辈李益齐名。二十岁左右曾谒韩愈,并写下著名的《高轩过》。他勤奋苦吟,元和五年(810)便以优异成绩通过河南府试,并赴京准备参加考试。但因父亲名讳中有"晋"字,被滑下榜单,虽然韩愈对此十分愤怒,并为李贺极力力争,但最终没能如愿以偿。此后他虽然补得官位,却一直郁郁不得志,元和八年,李贺辞官回乡。其后,迫于生计,他曾往潞州依张彻,终因体弱多病、仕途失志而于二十七岁早逝。今存诗二百余首。

李贺是韩孟诗派的主力之一,诚如贾晋华所云:"韩诗那瑰怪玮丽、神出鬼没的描写和想象,孟诗那刻目鉥心、词诡调激的惊俗精神和苦吟生涯,都可在李诗中找到明显的痕迹。"李贺所谓"笔补造化天无功",正是扬弃浑然天成的田园山水派作风,而力图追求奇险的诗韵。他在艺术上富于创造性,他继承了屈原《九歌》、南朝乐府神弦歌的传统,受到李白浪漫主义精神的直接启发,又受到韩愈刻意求奇、"陈言务去"精神的影响,善于驰骋想象,熔铸词采,形成了奇崛幽峭、清丽凄冷的浪漫主义风格,为诗歌开辟了一个新天地。他的奇幻表现在以下四个方面:一是意象带有很大的虚幻和想象的成分,"羲和敲日玻璃声""向前敲瘦(马)骨,犹自带铜声""天若有情天亦老"等;二是构思也不拘常法,意象间跳跃大,常超越时间、空间,如《长歌续短歌》;三是语言极力避免平淡而追求峭奇、色彩浓重、对比强烈,如《雁门太守行》;四是比喻新奇,如《金铜仙人辞汉歌》《梦天》《苏小小墓》中的比喻。

在诗歌内容上,李贺一生短促,涉世未深,但他的诗歌内容是多方面的,有表现为国建功立业思想的,如《秦光禄北征》《南园》(十三首之五)、《雁门太守行》《马诗》(二十三首之五)等;有揭露黑暗现实,讽刺统治阶级荒淫奢侈,妄求长生,谴责外敌寇边、藩镇作乱,揭露官兵滥杀无辜,冒功邀赏的,如《猛虎行》《吕将军歌》《老夫采玉歌》等;有诉说怀才不遇的悲愤诗篇,李贺结合自己的身世,使这类诗歌带上了他所独有的幽冷与凄婉的色彩,给人以深刻的印象,如《秋来》《致酒行》《马诗》等三十四首;有描写幻想中的神仙世界,表现他的苦闷和追求的,如《梦天》写梦游月宫,俯视人间的情景,表现了不满现实社会而又无力改变它,转而厌弃现实,逃避现实的心情。

第六章 人才辈出,鸣声鼎沸:中晚唐时期的诗歌

在艺术特色上,李贺诗歌最大的艺术特色就是杜牧所说的"虚荒诞幻",宋代的宋祁和严羽都称李贺为"鬼才"。姚文燮称之为"幽深诡谲",都强调其怪异奇诡的一面,这确实是李贺诗最大的特色,也是韩孟诗派的主要特色之一。其主要表现有如下两个方面。

首先,李贺善于通过想象捕捉和塑造一些荒诞奇诡光怪陆离的意象。李贺诗中的荒诞奇诡最主要表现在意象上。他善于运用超乎常人的想象,善于吸收和融化民间传说和历史故事,创造出许多出人意表的意象,组合成一幅幅凄艳幽美的艺术画面。例如,《李凭箜篌引》:

> 吴丝蜀桐张高秋,空山凝云颓不流。
> 江娥啼竹素女愁,李凭中国弹箜篌。
> 昆山玉碎凤凰叫,芙蓉泣露香兰笑。
> 十二门前融冷光,二十三丝动紫皇。
> 女娲炼石补天处,石破天惊逗秋雨。
> 梦入神山教神妪,老鱼跳波瘦蛟舞。
> 吴质不眠倚桂树,露脚斜飞湿寒兔。

李凭是宫廷乐师,善弹箜篌,时任奉礼郎的诗人李贺有幸听其弹奏,遂作此诗予以赞美。诗中,作者用多种手法摹写乐声,设想奇特,出人意表;语言奇诡秾丽,不落前贤时人窠臼。而诸如"昆山玉碎凤凰叫,芙蓉泣露香兰笑""女娲炼石补天处,石破天惊逗秋雨"等句,更非常人能道,可与韩愈《听颖师弹琴》、白居易《琵琶行》鼎足而三,平分秋色。诗中,连续用"响遏行云""舜妃啼竹斑竹""女娲补天""老鱼跳波""吴质砍桂树"等一系列历史传说和神话故事,并对有的神话进行再创造,从而留下"石破天惊"这一成语。他想象的能力太强,非一般人可比,而且所想象的意象又与现实事物有某种相关点或一定的联系,使人经过思索后能够有所领悟。

其次,李贺诗歌的怪诞离奇还表现在艺术构思和语言运用方面。他大量运用通感手法,将声、色、味、嗅、触等多种感觉,互相沟通。表达他心灵的种种感受。运用比喻时,或将本体、喻体倒用,或隐去本体,径用借代,务求新奇。如"银浦流云学水声",诗人想象云彩是天河中的流水,而且也能像流水一样发声。"敲日玻璃声"(《秦王饮酒》),以日比玻璃,由日与玻璃都光明而延伸至日能似玻璃敲而作声。在遣词造句上,他力求奇峭,多"鬼""泣""死""血""梦""冷""啼""病"等词语,并著以冷艳的色彩,如"寒绿""冷红""笑红""愁红""酸风""寒兔""冷光""鬼灯"等。例如《雁门太守行》:

> 黑云压城城欲摧,甲光向日金鳞开。

133

角声满天秋色里,塞上燕脂凝夜紫。
半卷红旗临易水,霜重鼓寒声不起。
报君黄金台上意,提携玉龙为君死。

这首诗题名为乐府旧题,六朝以来多歌咏边塞战争。长吉拟作,也是一幅震撼人心的战争画卷。首两句写战争乍起,敌军兵临城下,来势汹汹,战士披坚执锐,严阵以待;三、四句写鏖战场面,萧瑟的秋风中,惨烈的战争从白天持续到夜晚,鲜血把塞上都染成了紫色。五、六句写冒寒挺进,夜袭敌营,将生死置之度外。最后两句为誓死之词,表达报国之志。全诗有动有静,有声有色,立体感极强。而且诗人像个油画家,特别善于运用光线的强弱、色彩的冷暖,以构成鲜明的对比,给人的感官以强烈的刺激。诗中又引用了一些悲壮的典故,描绘了许多低沉、衰飒的声音和色彩,而且多数是押仄声韵,从而构成了整个作品的悲凉气氛。诗中用词新涩奇诡,但又似乎无一字不准确,这也是李贺诗的成功处。其中,以"黑云压城""角声满天"以及"霜重鼓寒声不起"的环境气氛作烘托,加上"黑""金""紫""红"等色彩的妙用,更加突出了边塞将士在严酷的战争氛围中"报君黄金台上意,提携玉龙为君死"的誓死报国之志,给人以悲壮雄厚之感。

李贺诗歌对后世影响很大,而且这种影响一代传一代,历久不衰。除晚唐诗人杜牧、李商隐、温庭筠之外,宋代陆游、刘克庄、谢翱、周密等爱国诗人也都偏爱李贺诗歌。金代的李天英、王飞伯、刘龙山,元代的杨维桢,明代的徐渭、汤显祖,清代的洪昇和曹雪芹,近代的龚自珍和黄遵宪,现代的鲁迅和毛泽东等人,都很重视和喜爱李贺的诗歌。这说明李贺诗歌进步的思想内容和独特的艺术形式,对后世产生了不可估量的影响。

第四节　诗豪刘禹锡与骚人柳宗元

如何摆脱盛唐诗风的笼罩,开创新的诗歌境界,对于中唐诗人来说,是他们重要的课题。所以,很多诗人都在以各自的角度探索,在不同的方面进行创新,因此出现了一种多元化艺术追求的趋向。除了以韩、孟和元、白为代表的两大新诗潮最为引人注目外,也有不少具有自己独特风格、独特建树的诗人。其中比较具有代表性的是被称为"诗豪"的刘禹锡和深得骚人之旨的柳宗元。

第六章 人才辈出,鸣声鼎沸:中晚唐时期的诗歌

一、刘禹锡的诗歌创作

刘禹锡(772—842),字梦得,洛阳人,唐朝文学家,哲学家,也是唐代中晚期著名诗人,有"诗豪"之称。刘禹锡出身于一个世代以儒学相传的书香家庭。其政治上主张革新,是王叔文派政治革新活动的重要人物之一。贞元九年(793)进士。贞元末任监察御史时,与柳宗元等人参与了由王叔文、王伾领导但很快宣告失败了的革新活动,因此被贬为朗州司马,此后他便长期在外地任职。据湖南常德历史学家、收藏家周新国先生考证,刘禹锡被贬为朗州司马期间写了著名的"汉寿城春望"。至大和二年(828)才回到长安,先后任主客郎中、集贤殿学士。此后又曾出外任苏州、汝州刺史,继而迁太子宾客。有《刘梦得文集》传世。

刘禹锡的诗歌,具有现实意义和艺术性较强的有两类。第一类是政治讽刺诗,其中有的矛头直指当政的权贵。如《飞鸢操》把权奸比作鹰隼;《聚蚊谣》将他们又比作蚊子;而《金陵五题》中的《乌衣巷》和《台城》在感慨之余,含有借古讽今的意味。例如,著名的《西塞山怀古》:

> 西晋楼船下益州,金陵王气黯然收。
> 人世几回伤往事,山形依旧枕江流。
> 千寻铁锁沉江底,一片降幡出石头。
> 今逢四海为家日,故垒萧萧芦荻秋。

前四句写西晋灭孙吴,极有气势,又精炼老到,"千寻""一片"联"当时号为绝唱"(张表臣《珊瑚钩诗话》卷一)。颔联"若有上下千年,纵横万里在其笔底者"(梁章钜《退庵随笔》)。概括六朝兴亡,最为简练。作者不仅纵观兴亡,感慨隆替,而且反映了国家统一乃历史必然,人心所向,说明了"兴废由人事,山川空地形"的题旨。这是针对中唐藩镇割据叛乱不断的社会问题,有为而发的,全诗"似议非议,有论无论,笔著纸上,神来天际,气魄法律,无不精到。洵是此老一生杰作"(薛雪《一瓢诗话》)。无怪乎白居易阅后,誉之为探骊得珠,为之罢笔(计有功《唐诗纪事》卷三十九)。他的咏史绝句《韩信庙》就"将略兵机命世雄"的韩信,落得"苍黄钟室叹良弓"的可悲结局,揭露当权者的薄情寡恩以及统治阶级内部你死我活的残酷斗争:"遂令后代登坛者,每一寻思怕立功。"不仅揭露深刻,讽刺辛辣,而且融入了诗人为国除弊,为民兴利,却遭迫害的惨痛身世感慨。

第二类则是民歌体的小诗。刘禹锡长期生活在巴山楚水间,对那里的歌谣十分钟情,他在这类诗里,主要描写民间风习,歌唱男女恋情,以及民

间疾苦,如《竹枝词》《浪淘沙词》《杨柳枝词》等,健康爽朗,清新活泼,和谐嘹亮,富于地方色彩。例如,《竹枝词》(其二):

> 杨柳青青江水平,闻郎岸上踏歌声。
> 东边日出西边雨,道是无晴却有晴。
> 楚水巴山江雨多,巴人能唱本乡歌。
> 今朝北客思归去,回入纥那披绿罗。

竹枝词,是巴、渝(今重庆市一带)民歌的一种,歌词多咏当地风物和男女情爱,有浓郁的生活气息,这组诗是刘禹锡任职夔州时仿效民歌所作。这里选取的第二首是一首民歌风味的情诗,描写一位女子的内心感受。诗歌首句起兴,触景生情,并自然引出"江上踏歌声"。第三、四句借"晴"与"情"谐音,以双关的手法来表达恋情。东边出太阳而西边还在下雨,既是"晴"又是"不晴",也即"道是无晴却有晴"了,十分形象而且又非常朴素地书写出女子既眷恋又有疑虑,既喜欢又担忧的细微复杂的心情。整首诗语言浅显明白,音韵和谐优美。

在创作风格上,刘禹锡的诗歌带有明显的豪劲,这表现为他的诗"以意为主,有气骨。"(《唐音癸签》卷七引《吟谱》)这当然与其为人之豪劲有关。他早年因参加王叔文集团的永贞改革而见忌于当政者,被贬荒远,任朗州司马十年之久,诏至京师,旋又被远贬为连州刺史,又长达十余年之久。面对这样的政治迫害,他夙志不移,砺节自恃,兀傲达观,不戚戚乞赦,用寓言诗的形式揭露抨击政敌,将他们比作螯人吮血的蚊子。以"飞蚊伺暗声如雷,嘈然歘起初骇听,殷殷若自南山来"形容他们成群结伙,尘嚣甚上。揭露他们"喧腾鼓舞喜昏黑""利嘴迎人看不得"。指出他们必然失败灭亡的下场:"清商一来秋日晓,羞尔微形饲丹鸟。"(《聚蚊谣》)用百舌比喻巧言惑主、谗毁害贤的群小,揭露朝廷的腐败、官场的黑暗,忠奸不分,贤愚颠倒:"笙簧百啭音韵多,黄鹂吞声燕无语。"(《百舌吟》)"瑕疵既不见,妍态随意生。"(《昏镜词》)他藐视那些"鹰隼仪形蝼蚁心"的政敌,认为他们"虽能戾天何足贵"(《飞鸢操》)。坚信终有一天"白日照空心,圆光走幽室。山神妖气沮,野魅真形出"(《磨镜篇》)。邪恶势力在正义的照妖镜下终将原形毕露,无可逃遁。"世道剧颓波,我心如砥柱。"(《咏史二首》其一)可以看出诗人有嶙峋傲骨和百折不挠的战斗精神,所以他的诗"其锋森然,少敢当者"。

此外,刘禹锡的诗歌还体现出清新的美感,明代杨慎说:"清者,流丽而不浊滞;新者,创见而不陈腐也。"(《新清庾开府》)清新的特点是:境界清幽,色彩淡丽,气氛爽肃,格调高峻。它喜欢宁静,而厌恶喧嚣。在清幽的

第六章 人才辈出,鸣声鼎沸:中晚唐时期的诗歌

环境中,它领略着大自然所赐予的情趣。它不追求色彩的斑斓,而着意描摹的素洁。它的声调,袅袅上升,飘入天际,回旋于青云之上,萦绕于琼阁之巅。它的温度,既不热,也不寒,而偏于凉。它仿佛破晓明星,又如深秋三潭映月。刘禹锡的诗歌,就是如此,如《秋词》(其一):"自古逢秋悲寂寥,我言秋日胜春朝。晴空一鹤排云上,便引诗情到碧霄。"全诗一反传统的那种悲秋观,颂秋赞秋,赋予秋一种引导生命的力量,表现了诗人对自由境界的无限向往之情。胸次特高,骨力甚健。又如《同乐天登栖灵寺塔》:"步步相携不觉难,九层云外倚栏杆。忽然语笑半天上,无限游人擎眼看。"也蕴含着一种高扬的力量。由于有了深沉含蓄的内涵、开阔疏朗的境界与高扬向上的情感,刘禹锡的诗歌便显得既清新又明朗。

二、柳宗元的诗歌创作

柳宗元(773—819),字子厚,河东(今属山西)人。唐德宗贞元九年(793)进士,曾任秘书省校书郎、集贤殿正字、蓝田尉、监察御史里行。唐顺宗永贞元年(805),因参加王叔文革新活动,被贬为永州司马,后迁为柳州刺史,卒于任所。柳宗元以散文见称,与韩愈共同领导了唐代古文运动。他又是中唐著名诗人,现存诗一百六十余首,大多作于被贬之后,诗风朴素清淡,语言明快简洁,带有一种受压抑、受冷落的孤苦凄凉情绪。有《柳河东集》。

对于柳宗元的诗歌风格,苏轼曾评价说:"柳子厚诗在陶渊明下,韦苏州(应物)上。退之(韩愈)豪放奇险则过之,而温丽靖深不及也。所贵乎枯淡者,谓其外枯而中膏,似淡而实美,渊明、子厚之流是也。"(《评韩柳诗》)柳宗元诗也确实如苏轼所说,兼有简洁、温丽、靖深、含蓄之长,在自然、朴实的语言中蕴含了幽远的情思。柳诗的这些特点,首先缘于他独特的心性气质。从本质上说,柳宗元是位性格激切甚至有些褊狭的执着型诗人。他思想深刻,有着极敏锐的哲学洞察力,但却不具备解决自身困境的能力。面对沉重的人生忧患,他读佛书,游山水,并想归田,希望获得超越;但他激切孤直的心性似乎过于根深蒂固了,他对那场导致自己终身沉沦的政治悲剧始终难以忘怀,因而很难超拔出来。另外,也与他的信仰有关,他自己曾多次说过,"吾自幼好佛""余知释氏之道且久"。而他的诗大都作于被贬之后,他所贬谪之地——永州和柳州,都是禅风相当盛行的地方。在永、柳期间,他与禅僧往来甚密,从禅僧那里,他接受了"乐山水而嗜闲安",对待一切事物都要以"平常心"的人生哲理(《送僧浩初序》)。在《晨诣超禅师读禅经》又说:"道人庭宇静,苔色连深竹。日出雾露余,青松如膏沐。淡然离言

说,悟悦心自足。"又在《巽公院五咏·禅堂》一诗中说道:"涉有本非取,照空不待析。万籁俱缘生,宦然喧中寂。心境本自如,鸟飞无遗迹。"这些都表现出了诗人对超越尘世而无所滞累、空灵淡泊的心境的追求,因此,他创作诗也就要努力地表现这种心境。此外,最重要的原因就是仕途不顺,他年纪轻轻便以卓越的文学才能和渊博的学问在流辈中享有盛誉,而且前期科举仕途也颇为顺利,二十一岁登进士,二十六岁第博学宏词科,授集贤院正字,三十六岁任监察御史里行,两年后入尚书省为礼部员外郎,颇得翰林学士王叔文器重,参与政治革新,成为一时的风云人物。但是随着革新失败,顺宗逊位,王叔文被贬(次年被杀),柳宗元受到残酷的迫害,十年永州,四年柳州,在僻远的蛮荒之地度过以后的岁月。这段贬谪的经历让柳宗元郁郁寡欢,只能借助诗歌来表达痛苦,因此他的诗歌大部分写于贬官永州、柳州时期,描写贬谪中的痛苦,如《登柳州城楼寄漳、汀、封、连四州刺史》:

城上高楼接大荒,海天愁思正茫茫。
惊风乱飐芙蓉水,密雨斜侵薜荔墙。
岭树重遮千里目,江流曲似九回肠。
共来百越文身地,犹自音书滞一乡。

全诗被凄风苦雨、萧骚不宁的气氛笼罩,传达出诗人内心的"茫茫愁思"。颔联"惊风乱飐芙蓉水,密雨斜侵薜荔墙"既象征险恶的政治环境,也传达出诗人饱受惊惧的心情,而"岭树"一联则描绘出远贬蛮荒之地的凄凉孤独。

在抒发诗人谪居的情怀方面,更为跌宕起伏的是被苏轼誉为"妙绝古今"(胡仔《苕溪渔隐丛话·前集》卷十九)的《南涧中题》,诗云:

秋气集南涧,独游亭午时。
回风一萧瑟,林影久参差。
始至若有得,稍深遂忘疲。
羁禽响幽谷,寒藻舞沦漪。
去国魂已远,怀人泪空垂。
孤生易为感,失路少所宜。
索寞竟何事?徘徊只自知。
谁为后来者,当与此心期。

诗的前八句边叙边议,头四句先写独游南涧的节令、景物,烘托孤寂凄苦的环境。第五、六句继写独游"有得",以至于"忘疲"。这两句深蕴哲理,揽胜如是,学问何尝不如是? 王尧衢评曰:"此十字精神,遂觉一篇苍劲。"(《古唐

第六章　人才辈出,鸣声鼎沸:中晚唐时期的诗歌

诗合解》卷二)之后,诗人稍纵即收;再写所见所闻之寂寞凄凉,不仅以行文曲折起伏,表现诗人情感的跌宕变化,而且兴起下文的"怀人"之恩、"去国"之悲。后八句直叙胸臆,抒发孤独之感,失落之情,既有悲慨,又有期待。全诗确如苏轼所评"忧中有乐,乐中有忧(《苕溪渔隐丛话·前集》卷十九)",而"子厚南迁后诗,清劲纡徐,大率类此"(《东坡题跋》卷二《书柳子厚南涧诗》)。

　　此外,柳诗的特色还缘于诗人自觉的美学追求。在《答韦中立论师道书》中,柳宗元明确提出了"奥""节""清""幽""洁"诸点写作标准,其内在指向都与清冷峭拔有关。在创作实践中,柳宗元对具有凄冷意味和峭拔之感的意象也特别偏爱,大量使用诸如"残月""枯桐""深竹""寒松""零露""寒光""幽谷"等词语。在色彩选用上,也偏重于青、翠、碧等冷色调。至于柳诗中使用的形象尖利的词语,更是所在多有。当暗淡的冷色调与词语尖利的峭硬结合在一起的时候,无论是作品的基调,还是作者的感受,都势必呈现出冷峭的风格特征。这种特征,在他的名作《江雪》中得到了集中表现:

　　　　千山鸟飞绝,万径人踪灭。
　　　　孤舟蓑笠翁,独钓寒江雪。

　　这首即景抒情的小诗是柳宗元的代表作之一。诗人运用典型概括和极度夸张的艺术手法,怡然地描绘了一幅幽静恬淡的寒江独钓图,借老翁形象的塑造,表达了诗人的不屈意志和抗争精神。同时,也揭示了诗人内心的孤独感和悲凉意。诗人具体细致地描绘自然景象,着意渲染壮阔、奇寒的气氛,借环境的幽僻来突出自己清峻高洁的胸怀,格调清峭,独具特色,使这首诗成为千古传诵的佳作。在创作特色上,作品运用了铺垫、反衬对比、典型概括等多种手法,语言凝练,构思精巧。今人傅庚生说:"前两句句尾'绝''灭'二字,恰足以衬起后两句句首'孤''独'二字。而第一句之'鸟飞绝',第二句之'人踪灭',第三句之'蓑笠',第四句之'寒江',上下,动静,远近,人物,无一字妄费,逼出最后一个'雪'字,此画龙点睛之笔。"

第五节　唐诗绚丽的晚照:杜牧与李商隐

　　从唐敬宗宝历元年至唐哀帝天祐四年(825—907),是唐诗发展的第四个历史时期,即晚唐时期。这一时期宦官专权、党争激烈、国力日衰,而藩镇势力日趋壮大,阶级矛盾十分尖锐。在这种社会背景下,诗人们敏感多情、性格婉转、心思细腻,不仅遣词考究、字斟句酌,而且用律精巧、语真意切,诗歌创作既没有了盛唐时期的宏伟气象,也没有了中唐时期平易

的风度,而是走向了一种黄昏将近的无力与凄美。杜牧和李商隐是晚唐诗坛成就最高的两位诗人,后世常将他们合称为"小李杜"。与盛唐时期的"大李杜"李白和杜甫相比,杜牧和李商隐被合称为"小李杜",是因为他们都师法"大李杜",又都擅长七律七绝。但是在诗风差异上,并非李白对应李商隐,杜甫对应杜牧的传承,反而是杜牧接近于李白,李商隐接近于杜甫。

一、杜牧的诗歌创作

杜牧(803—852),字牧之,号樊川居士,京兆万年(今陕西西安)人。他是宰相杜佑的孙子,唐文宗元和二年(828)中进士。做过监察御史,842年以后,又出任过黄州、池州、睦州等地刺史。晚年入朝,官至中书舍人。他是晚唐重要的文学家,擅长诗、赋和古文,诗歌的造诣尤为杰出。因晚年居长安南樊川别墅,故后世称"杜樊川",著有《樊川文集》。

杜牧论文重班马韩柳,评诗崇屈宋李杜,认为"文以意为主,以气为辅,以辞采章句为之兵卫"(《答庄充书》),反对骈文只重形式、追求艳丽的弊病,主张文章应经世致用,有为而作。他的创作,实践了他的论文主张:

  伏以元和功德,凡人尽当咏歌记叙之,故作《燕将录》;往年吊伐之道,未甚得所,故作《罪言》;自艰难来,以卒伍佣役辈多据兵为天子诸侯,故作《原十六卫》;诸侯或恃功不识古道,以至于反侧叛乱,故作《与刘司徒书》……(《上知己文章启》)

杜牧抱负远大,自谓"岂为妻子计,未去山林藏。平生五色线,愿补舜衣裳。弦歌教燕赵,兰芷浴河湟。腥膻一扫洒,凶狠皆披攘。生人但眠食,寿域富农桑"(《郡斋独酌》)。因而苦心研讨"治乱兴亡之迹,财赋兵甲之事,地形之险易远近,古人之长短得失"(《上李中丞书》),准备在多事之秋的晚唐一显身手。但他终于未能如愿。其《题敬爱寺楼》即谓"暮景千山雪,春寒百尺楼。独登还独下,谁会我悠悠",可见他世不知我的孤寂感很深。

由于以经邦济世之才自负,关心国事,留意于治乱兴亡,因此杜牧作诗比较重视思想内容,认为创作应"以意为主,以气为辅,以辞采章句为之兵卫。"(《答庄充书》)他的不少诗都体现了浓厚的忧国忧民之心。例如,著名的《过华清宫绝句三首》云:

其一
长安回望绣成堆,山顶千门次第开。

第六章　人才辈出，鸣声鼎沸：中晚唐时期的诗歌

一骑红尘妃子笑，无人知是荔枝来。
其二
新丰绿树起黄埃，数骑渔阳探使回。
霓裳一曲千峰上，舞破中原始下来。
其三
万国笙歌醉太平，倚天楼殿月分明。
云中乱拍禄山舞，风过重峦下笑声。

作品没有直写唐玄宗，而是通过飞马传送荔枝、骊山霓裳破中原、倚天楼笙歌醉太平，直至安禄山来后方止三个侧面，写了李隆基昏庸糊涂、骄纵杨玉环、安禄山，给整个国家带来的巨大灾难。所以《逐斋闲览》云："杜牧《华清宫诗》'长安回望绣成堆，山顶千门次第开。一骑红尘妃子笑，无人知是荔枝来'尤脍炙人口。"勤政楼原是唐玄宗用来处理朝政、举行国家重大典礼之地，开元十七年八月五日，唐玄宗为庆贺自己的生日，在此楼批准宰相奏请，定这一天为千秋节。又于楼中赐宴设席，"群臣以是日进万寿酒，王公戚里进金镜绶带，士庶以结丝承露囊更相问遗"，千秋节也就成了一年一度的佳节。然而由于玄宗晚年"勤政务本"早成空话，到安史之乱爆发后，千秋节也随之徒有虚名了，甚至连当年作为赠送礼物的承露丝囊也见不到了。

杜牧生活的时代，是大唐帝国衰落的时期，各种政治矛盾斗争都在激化。朝内宦官专权，党争弥烈；朝外藩镇割据，背离朝廷；边境上还时有吐蕃、回鹘等外族扰边，疆土被侵。杜牧的时事诗，关注政治，注意时局，对唐王朝衰落时期的内忧外患都有所反映。例如《李给事中敏二首》（其一）：

一章缄拜皂囊中，懔懔朝廷有古风。
元礼去归纶氏学，江充来见犬台宫。
纷纭白昼惊千古，铁锁朱殷几一空。
曲突徙薪人不会，海边今作钓鱼翁。

此诗首联称颂给事李中敏直言敢谏，有古时诤谏大臣之风。颔联出句把李给事比作东汉桓帝时被誉为"天下楷模"的敢于同宦官斗争的李元礼，对句以汉武帝时残害忠良的奸臣江充比喻朝中的小人。颈联转写"甘露之变"。大和九年（835），唐文宗与宰相李训及凤翔节度使郑注等谋诛宦官，李训嘱左金吾卫大将军韩约诈称左金吾厅事后石榴树夜降甘露，文宗命中尉仇士良率诸宦官往观，李训预伏甲兵，欲尽杀宦官。事败之后，仇士良反诬王涯、贾餗、舒元舆等与李训、郑注谋反，皆杀之，受株连者千余人。尾联感叹有先见之明能先知小人坏事、宦官作乱的李给事遭受冷遇。诗歌反映了诗人对

朝中小人乱政和宦官专权的极大不满,表现了诗人是非分明的政治倾向。

杜牧才俊志高,却沉沦下僚,故诗多书怀言志,发泄怨愤。他自述志向云:"平生五色线,愿补舜衣裳。弦歌教燕赵,兰芷浴河湟。腥膻一扫洒,凶狠皆披攘。生人但眠食,寿域富农桑。孤吟志在此,自亦笑荒唐。"(《郡斋独酌》)愿为国御寇靖边,平叛治乱,使百姓安居乐业。在《感怀诗》《雪中书怀》诗中,他为自己胸怀长策,无人肯听而愤愤不平:"关西贱男子,誓肉虏杯羹。请数系虏事,谁其为我听。……韬舌辱壮心,叫闻无助声。聊书感怀韵,焚之遗贾生。"在失望之余,他放浪声色,消极行乐。诗中也有少数轻薄之作,如《遣怀》《赠别》等。

杜牧为人,风流倜傥,旷达潇洒,其诗便有雄姿英发之美,如"东都放榜未花开,三十三人走马回。秦地少年多酿酒,却将春色入关来"(《及第后寄长安故人》)。这是诗人进士及第、春风得意之作,固然写得雄姿英发,而他的其他抒情之作,也多有此特色。例如,著名的《九日齐山登高》诗,他在池州刺史任上,欣逢佳节挚友,登高赏景,也是人生一大乐事。所以诗人写道:"江涵秋影雁初飞,与客携壶上翠微;尘世难逢开口笑,菊花须插满头归。"欢乐欣喜之情溢于言表。但他和张祜又都是才高命蹇的失路落魄之人,不免有理想落空之悲,岁月蹉跎之叹,但他马上以旷达的情怀,潇洒的举措予以宽解驱遣:"但将酩酊酬佳节,不用登临恨落晖。古往今来只如此,牛山何必独沾衣。"两者消长结合,使全诗既旷达飒爽又含思凄恻;再如"嵩山高万尺,洛水流千秋。往事不可问,天地空悠悠。……人生一世间,何必多悲愁"(《洛中送冀处士东游》)。也是以豁达的襟怀,旷放的态度来驱遣悲愁,排解郁闷,诗中回荡着诗人的英风豪气别具飒爽英姿。

在诗歌创作特色上,杜牧继承了《诗经》以来"缘事而发"的现实主义诗歌传统,用他的诗笔反映现实,阐述自己对现实的看法,抒写自己改变现实社会弊端的一系列政治主张,以及在现实中感受到的喜怒哀乐。他用诗抨击宦官专权的晚唐政治,用诗讽喻奢侈靡乱的晚唐统治者的生活,用诗提出整治藩镇割据、御边靖边的措施主张,用诗吟唱个人的政治理想和理想不能得以实现的苦闷惆怅,这些都是其现实主义诗歌创作理念的体现。除了这些诗歌外,在他的咏物与记游的诗歌中,也时刻关注着现实,在对自然景物和社会景物的咏唱中倾吐他敏感到的现实感受。例如,《屏风绝句》:"屏风周昉画纤腰,岁久丹青色半销,斜倚玉窗鸾发女,拂尘犹自妒娇娆。"诗表面是吟咏屏风上画的美女图,借古画师周昉说画之精美,借女人忌妒画中人说画中人之美貌,而隐含层次中别有寓意。《后汉书·宋弘传》说:有一次宋弘参加宫宴,见皇帝目不转睛地看着屏风上的美女图,便正色劝谏说:"未见好德如好色者!"皇帝听了便命人撤去了屏风。诗歌暗用这个典故,实在是有意讽喻统治者的好色误国。诗中"色半销"言帝王好色乃是古事,而"拂尘"则又言古事于今天又在重演,语虽含婉,刺则辛辣。《登乐游原》:"长空淡淡孤鸟没,万古销沉向此中。看取汉家何事业?五陵无树起秋风!"广漠的长空,一只鸟儿悠忽远去,终于隐没了;亘古以来的一切,都好像这只鸟儿,也消失在苍茫之中;远望着西汉五位帝王的陵园,秋风起处,一片荒凉,那显赫一时的刘汉王朝,如今还剩下什么丰功伟业呢?在对汉朝兴衰的凭吊中,慨叹大唐帝国国运的江河日下。《过田家宅》:"安邑南门外,谁家板筑高?奉诚园里地,墙缺见蓬蒿!"安邑坊的南门外,是哪户农家在建造房屋?这建房工地的旁边便是皇家园林"奉诚园",从围墙的缺口向里望去,只见里面长满野草。诗中"奉诚园"是唐王朝的象征,是唐王朝衰落的写照。哀婉的诗情中,也有深刻的警示。如此种种,皆可见出诗人对现实主义诗风的坚持,及其忧国忧民的文人情思。

二、李商隐的诗歌创作

李商隐(813—858),字义山,号玉谿生,怀州河内(今河南沁阳)人。唐文宗开成二年(837)进士。因受牛李党争影响,一生屡遭排抑,屈沉下僚。曾任秘书省校书郎、弘农县尉、盐铁推官、东川节度使判官等职。李商隐是晚唐重要诗人,与杜牧齐名,人称"小李杜"。李商隐的诗富有文采,喜用典故,词句精警,善于运用象征、暗示、比喻、衬托等手法,形成一种深邃迷离、婉曲朦胧的特色。有《李义山诗集》。

李商隐性格孤直,持正不阿,而且自小接受的儒家教育使他颇有"匡国"用世之心。他反对一味复古,明白表示不喜欢"学道必求古,为文必有师法",他认为"道"并不是周公、孔子的专利品,也没有古今之分,自己与周、孔都能施行,所以,自己写文章"直挥笔为文,不爱攘取经史",即直抒胸臆。从这颇具锋芒的议论中,可见其思想的自主以及反传统倾向。而在政治上,李商隐也保持着这种自主以及清醒思考的能力。他对政治倾注了极大的热情,真心诚意地关心现实和国家的命运。他的许多由个人真实情感而发的政治诗,比之于那些从功利观念出发的诗人的作品更有激情。例如,大和元年(827),河北军阀李同捷据沧、景一带作乱,朝廷出兵讨伐,战争迁延三年之久。李商隐以《随师东》为题写了一首七律,对唐王朝虚耗财力从事浪战的错误方针,政府队伍士气不振、号令松弛、谎报战功、邀索厚赏的弊病,以及长年战争对人民生活的严重破坏,都做了无情的揭露,同时也指出了唐王朝政事失修、朝无贤臣的症结。讽刺辛辣,力透纸背。又如大和九年(835)甘露之变发生后,他痛惜于诛杀宦官的失败,写了《有感二首《重有感》,表达了对唐王朝命运的忧虑,而当时慑于宦官的嚣张气焰,包括白居易、杜牧等诗人在内,都未写出如此有胆识的作品。

李商隐诗歌的旨意遥深幽约。他生当衰世,早年受知于令狐楚,后娶王茂元女,被牛党斥为背恩。尽管他有理想和抱负,欲回天地,力挽狂澜,却连他自己也莫明其妙地成了党争的牺牲品,被葬送了前程,仕途蹭蹬,潦倒一生:"虚负凌云万丈才,一生怀抱未曾开。"(崔珏《哭李商隐》之二)因此,他虽然怀抱报国之志,但在晚唐后期,宦官专权、朋党之争日益激烈,李商隐的抱负无法实现,只能将其诉诸诗歌创作中,也因此创作了不少抒写理想抱负和倾吐理想抱负难以实现的苦闷的诗篇,以及有感于人生遭际的咏怀之作。这些诗歌中,直抒胸怀、坦白胸襟的言志诗歌并不多,而更多的是倾述怀才不遇、遭遇困厄的忧闷,言志时也不是意气风发、壮怀激烈,而总免不了灰暗的感伤色调,这大概与诗人坎坷的仕途和悲剧性的人生有关,然而透过诗人的感伤,我们不难体悟到涌动在诗人心底的理想追求。例如,在李商隐应博学宏词试落选后,他写有《安定城楼》一诗,"迢递高城百尺楼,绿杨枝外尽汀洲。贾生年少虚垂涕,王粲春来更远游。永忆江湖归白发,欲回天地入扁舟。不知腐鼠成滋味,猜意鹓雏竟未休!"在这首诗里,虽然诗人的言辞充满着忧怨,但他"欲回天地"的大志,"永忆江湖"不追逐名利的襟怀也喷泻而出。尽管诗人终老一生也未能实现"欲回天地"的理想,可他始终未放弃这种追求。

在李商隐的诗歌作品中,最广为人知的就是他以"无题"为名的一系列爱情诗。这些诗在李诗中不占多数,却代表了李商隐诗独特的艺术风貌。他并不是以一种玩赏的态度来对待女子和爱情,而是以平等的态度,从纯情而非色欲的角度来写爱情、写女性。他将爱情纯化、升华得如此明净而又缠绵悱恻,这在古代诗歌中是罕见的。同时爱情诗风格的选择也体现了李商隐的人格特质,他个性中的孱弱、退缩的一面,决定了他只能以委婉曲折的方法在艺术中追求爱情的自由。例如《无题》:

> 昨夜星辰昨夜风,画楼西畔桂堂东。
> 身无彩凤双飞翼,心有灵犀一点通。
> 隔座送钩春酒暖,分曹射覆蜡灯红。
> 嗟余听鼓应官去,走马兰台类转蓬。

这首诗所描述的是一段不期而遇的爱情,它发生在一个通宵达旦的宴席上。诗的首句中的"昨夜"二字连续出现两次,说明诗人是在回忆往事,而且诗人的记忆刻骨铭心。从"隔座送钩"和"分曹射覆"来看,那个女子是一个陪酒歌伎。而"星辰"和"风","画楼"与"桂堂",则暗示了诗人在回忆

第六章 人才辈出,鸣声鼎沸:中晚唐时期的诗歌

他经历过的幸福场景,他和这位女子在一片嘈杂之中,共同享有一份温情。接着,诗人表现了对爱情的体验和理解,诗人以"身无彩凤双飞翼,心有灵犀一点通"来比喻二人虽然各在一方,但是心意却是相通的。然而,正当诗人沉浸于对昨夜良辰美景的回忆时,远处传来了阵阵鼓声,天要亮了,诗人又该上朝了。现实打破幻境,包含着诗人的无可奈何。诗人以"蓬"(一种很小很轻的草,随风四处飘转)自比,揭示了自己的人生境况。这个让人沉醉的温馨情境,就像已经逝去的星辰和风,只留下一种挥之不去的忧伤。

在诗歌风格上,与盛唐诗人的外放气质不同,李商隐注重向自我内心世界的探寻。他善于把哀婉的意绪融入朦胧瑰丽的诗境,敏感细腻的气质和落寞不振的身世遭遇在他诗歌中交融成一种低回感伤的意绪,营造成一种纤细幽约、绮密瑰妍的美感。例如人们所熟悉的《登乐游原》:"向晚意不适,驱车登古原。夕阳无限好,只是近黄昏。""意不适"的哀怨从起笔便笼罩在心头,乘车登上古原去欣赏落日,却因"近黄昏"触发了茫茫不尽的感伤。最后两句后来成为人们慨叹时间流逝、美好事物已经接近尾声时常用的词句。例如《无题》:

> 相见时难别亦难,东风无力百花残。
> 春蚕到死丝方尽,蜡炬成灰泪始干。
> 晓镜但愁云鬓改,夜吟应觉月光寒。
> 蓬山此去无多路,青鸟殷勤为探看。

诗歌的一二句点出别离之苦,以东风无力百花凋零烘托愁绪;三四句写相思不断,又以春蚕丝尽蜡炬泪干写心情的灰暗失望和纠缠固结;五六句再写相思之苦,以镜中白发、夜月寒光来映衬两地别愁的萧瑟;七八句再借青鸟传书的典故,寄托自己的希望,却又以蓬山暗喻人神阻隔,终于只能通音信而不能见面,增添了一层愁苦。全诗回环起伏,紧紧围绕着别愁离恨来制造出浓郁的伤感气氛。

李商隐的诗歌用典不仅多而工,且活而巧。对用、反用、活用历史故事和神话传说,使他的诗歌能化板滞为跳脱,词意顿挫,气韵流走。他善于在上下联中对用典故,以关联词斡旋其间,表示不同的意思。例如,"窦融表已来关右,陶侃军宜次石头。岂有蛟龙愁失水,更无鹰隼与高秋。"(《重有感》)用"已""宜"两虚词上下呼应,准确而细致地表明诗人对强藩刘从谏,既寄予"清君侧"、剪除宦官势力的希望,又不满其只上表声讨,不出兵勤王的态度。"岂有""更无"这组关联词的运用,表明两个典故先果后因的关系,为国君受钳制于家奴致慨。

用典精工、遣词凝练，是李商隐诗歌特点之一。李商隐是唐代诗人中用典最多的作家。他常常驱遣经籍、史实，点化神话、传说，汲取原典的内在涵意，演绎成新的意境，以"纤曲其指，诞谩其词"（朱彝尊《静志居诗话》引石林语）。如其《海客》诗云："海客乘槎上紫氛，星娥罢织一相闻。只应不惮牵牛妒，聊用支机石赠君。"诗人兼用《荆楚岁时记》和《博物志》中的传说，前者谓张骞寻河源，乘槎经月亮，见一女织于室内，又见一男子牵牛饮河，织女取支机石相赠。后者言天河通海，海边有人乘槎至天河，遇牵牛、织女。李义山杂糅引用之，以暗示他在大中之初先后入李党的郑亚、卢弘止之幕，而不惮牵牛（喻令狐绹的牛党）之妒的政治态度。李商隐能得心应手地驱役运用典故，所以能把复杂难言的旨意表达得既准确又精练。但是他的诗也有典故运用过多过深过僻的缺点，造成词义诗意浓而不化、晦涩难解的现象。典故对读者直接理解诗意是一种理障。它会在文本和读者之间造成一种隔碍，增加诗的朦胧性。朦胧美是一种介于隔与不隔之间适度的审美距离。审美距离太远，造成审美主体与对象之间过度的隔，使审美主体看不清、读不懂、摸不着审美对象，产生不了美感，审美距离太近、审美主体对审美对象或一览无余，或"不识庐山真面目，只缘身在此山中"。这样的"不隔"同样也产生不了美感。为了造成朦胧美，作者需要运用一定的艺术手法（如上文所举），有意识地拉大一些审美距离，造成适度的"隔"，这样既能把作者丰富复杂甚至难言的旨意虚化、朦胧化；又能使读者在若有似无、时障时现、是耶非耶的审美感受的吸引下，去参与创作，发挥想象，发掘和探索其中的意蕴，得到"味无穷而炙愈出，钻弥坚而酌不竭"（《韵语阳秋》卷二引杨亿语）的审美享受。这正是朦胧美的艺术魅力所在，也是李商隐的诗能吸引后世无数注家和读者的原因所在。

第六节 隐士情怀与淡泊诗风：
　　　　陆龟蒙、皮日休与司空图

晚唐政昏国危，咸通（860—873）以后，尖锐的社会矛盾终于酿成了严重动乱。从浙东裘甫起义、徐州庞勋兵变到历时十年（874—884）震动全国的王仙芝、黄巢领导的农民战争，以及在镇压起义后出现的军阀混战，最后导致了唐帝国统治的结束。在这个历史剧变和人民苦难深重的时代，隐士情怀和淡泊的诗风逐渐蔓延在唐诗上空，其中以陆龟蒙、皮日休和司空图最为出色，本节就对他们的诗歌创作进行分析。

第六章 人才辈出,鸣声鼎沸:中晚唐时期的诗歌

一、陆龟蒙的诗歌创作

陆龟蒙(?—881?),字鲁望,吴郡(今江苏苏州)人。举进士,不第。曾任苏州、湖州的从事。后隐居松江甫里(今江苏吴县甪直),不再出仕,自号江湖散人、天随子、甫里先生。他与皮日休友善,世称"皮陆"。有《笠泽丛书》《甫里集》。

晚唐社会矛盾复杂尖锐,李唐王朝的统治更加软弱无力,虽然如杜牧、李商隐等人也都具有深沉的忧患意识,在现实面前,他们毕竟不能有大作为,只能反复咏叹着时代的悲哀与绝望,因而这种感伤情绪成为晚唐诗歌的情感基调。但在这种大环境中,陆龟蒙和皮日休是比较特殊的两位,他们继承了中唐元白"新乐府"的传统,对于社会现实有着较为深刻的认识,曾创作过一批反映现实的诗作,其中陆龟蒙的诗作如《新沙》等,揭露力度较大,思想内容深刻。这些诗作虽然带有反映社会时弊的特点,但同时也表现了诗人避世心态与淡泊情思,带有淡泊之风。

在诗歌内容上,陆龟蒙的诗歌反映社会问题的诗作虽然不多,但对实证之弊的认识是十分深刻的,如其《筑城词》其一讲筑城不如修德,对劳役沉重有谴责意,但话说得含蓄。其二明说筑城只为将军立功,何惜人命。直言讥刺,语带愤恨。《杂讽》九首有寄托,刺世疾邪,兼写自己的不遇之慨。

除了反映社会问题的诗作外,陆龟蒙更多的诗作是隐逸闲适诗。陆龟蒙隐逸躬耕,长期隐居松江甫里,读书耕田,不喜与流俗交往,曾自比为涪翁、渔父、江上丈人等,因此《新唐书》把他列入隐逸之列,他写有不少这方面诗作,细致描绘其隐逸的清闲和高蹈。例如,陆龟蒙曾经游历三峡作"峡客",寄情于山山水水,借此宣泄内心的惆怅与愤懑,他的《峡客行》诗是一首优秀的山水诗:

> 万仞峰排千剑束,孤舟夜系峰头宿。
> 蛮溪雪坏蜀江倾,滟滪朝来大如屋。

这首诗仿佛是一轴长江三峡风光图:意境雄伟,色彩神奇,想象瑰丽,融诗情画意于一炉,可说是隐逸山水诗的名篇之作。通过高低远近不同的角度,真实而生动地摄取了三峡中的三大奇观:高耸入云的万仞群峰;怒涛咆哮的蜀江急流;砥柱中流的滟滪孤石。孤石象征诗人不同流俗、孤傲尘世的坚强性格。又如,在《奉和袭美太湖诗二十首》之《桃花坞》诗中他又抒写道:"愿此为东风,吹起枝上春。愿此作流水,潜浮蕊中尘。愿此为好鸟,

得栖花际邻。愿此作幽蝶，得随花下宾。朝为照花日，暮作涵花津。试为探花士，作此偷桃臣。"将其隐逸生涯写得热烈而又纯情，使人想见诗人尽管在隐逸之中，却是如此多情风采。

尽管从他的一些诗中可以看出，陆龟蒙在闲适恬淡的山水田园隐逸生活中似乎追求到了精神的超脱，然而唐末乱世的现实却掩盖不了诗人内心深处不尽的感伤，他将这种情绪用诗歌真实而准确地表达出来，如《白莲》诗说："无情有恨何人觉？月晓风清欲堕时。"在朦胧的月色中，看将落未落的白莲，莲花本是没有感情的，但在月白风清的早晨，凌波独立，露冷香消，仿佛含有一种幽恨，流露出作者乱世隐居孤高寂寞的感伤情怀。"我有愁襟无可那，才成好梦刚惊破。背壁残灯不及萤，重挑却向灯前坐"（《雨夜》），描写了一场好梦被凄风苦雨惊破，再看那盏孤灯似萤火般暗淡，诗人怀着无限凄清的心情挑亮灯芯，陷入无边的愁苦和伤感之中，他的《独夜》《奉和袭美馆娃宫怀古次韵》《秋荷》等也都流露出他退隐田园后的感伤情怀。

二、皮日休的诗歌创作

皮日休（834？—？），字逸少，后改袭美，襄阳竟陵（今湖北天门）人。唐懿宗咸通八年（867）进士，曾任著作郎、太常博士、毗陵副使，后参加黄巢起义任翰林学士。卒年和死因都不明。皮日休的诗继承白居易新乐府的传统，反映现实关心民生。有《皮子文薮》十卷，《全唐诗》录其诗九卷。

皮日休十分推崇孟子，曾上书请将孟子学说立为取士的科目。孟子民贵君轻的思想，弑恶道之君无罪的观念，对他的世界观和创作都曾产生过大的影响。论诗则秉承白居易提倡新乐府的主张，强调诗歌的社会功能，以为"乐府，盖古圣王采天下之诗，欲以知国之利病、民之休戚者也。……诗之美也，闻之足以观乎功；诗之刺也，闻之足以戒乎政"（《正乐府序》）。因而欣赏杜甫、白居易的写实之作，《橡媪叹》就是其继承杜甫、白居易的现实主义文学传统创作的代表诗作：

秋深橡子熟，散落榛芜冈。伛伛黄发媪，拾之践晨霜。
移时始盈掬，尽日方满筐。几曝复几蒸，用作三冬粮。
山前有熟稻，紫穗袭人香。细获又精舂，粒粒如玉珰。
持之纳于官，私室无仓箱。如何一石余，只作五斗量。
狡吏不畏刑，贪官不避赃。农时作私债，农毕归官仓。
自冬及于春，橡实诳饥肠。吾闻田成子，诈仁犹自王。

第六章 人才辈出,鸣声鼎沸:中晚唐时期的诗歌

吁嗟逢橡媪,不觉泪沾裳。

诗写老媪拾橡子的场面,以"山前有熟稻,紫穗袭人香"为背景,更显出赋税之重。诗中指斥贪官、狡吏之狠,和他所说的今之置吏"将以为盗"是一致的。篇末实说当今皇帝连诈行仁义的田成子都不如,虽然出语含蓄,却难掩诗人的愤慨。从此诗可以看出皮日休的现实主义诗作具有一个重要的特点,就是所写皆为"可悲可惧"之事,诗人以同情、忧惧的态度揭露社会问题,有使统治者"闻之足以戒乎政"的用心,但与白居易将新乐府作为进谏的补充手段不同,故其诗叙其事必明说"吾"之感受,以"显其志"。

自咸通十年(869)入幕苏州后,皮日休的诗歌内容逐步转为隐逸酬唱。这与他的性格密切相关,他虽标举六艺,主张诗歌有补于世,但他与白居易提倡的新乐府时的谏官处境不同,他仕途不畅,本身就已存了自放的念头,因此为诗不可能完全贯彻"非有所讽,辄抑而不发"的主张。他欣赏有关"国之利病,民之休戚"的乐府诗,也欣赏写景抒情、清新秀美、自然天成的山水田园诗,认为即使仕途不达,也应磊落其心,放旷其志,而不应低眉蹙额,消沉混世,因此在晚唐严峻的大环境下,他走向了隐逸诗风。组诗《太湖诗》就是其隐逸诗的代表,组诗采取系列创作的形式完整地描述了游历经过和太湖的美丽景观,不失为一种创造,例如其中的《初入太湖》:

闻有太湖名,十年未曾识。今朝得游泛,大笑称平昔。
一舍行胥塘,尽日到震泽。三万六千顷,千顷颇黎色。
连空淡无颣,照野平绝隙。好放青翰舟,堪弄白玉笛。
疏岑七十二,巉巉露矛戟。悠然啸傲去,天上摇画艗。
西风乍猎猎,惊波蓊涵碧。俟忽雷阵吼,须臾玉崖圻。
树动为蜃尾,山浮似鳌脊。落照射鸿溶,清辉荡抛擭。
云轻似可染,霞烂如堪摘。渐暝无处泊,挽帆从所适。
枕下闻澎湃,肌上生瘆瘆。讨异足邅回,寻幽多阻隔。
愿风与良便,吹入神仙宅。甘将一蕴书,永事嵩山伯。

这首诗描写了诗人初入太湖就被其壮丽的景色所吸引的画面,历来获得了不少称赞,《柳亭诗话》就称其:"李赞皇得醒酒石,置之平泉,一时传播。叶石林谓:灵璧石也。或曰即太湖石……然皮袭美《泛太湖》诗曰:'闻有太湖名,十年未曾识''疏岑七十二,巉巉露矛戟''讨异足邅回,寻幽多阻隔'似乎千顷玻璃,未易?云根、搜石髓也。"

三、司空图的诗歌创作

司空图(837—908),字表圣,自号知非子、耐辱居士,河中虞乡(今山西永济)人。咸通末年(874)中进士第。黄巢占领长安,僖宗次凤翔,司空图官至中书舍人。后来昭宗召他为谏议大夫、兵部侍郎,他托以足疾还中条山王官谷。他在中条山中构筑亭榭,作诗绘画,自言"侬家自有麒麟阁,第一功名自赏诗"(《力疾山下吴村看杏花》)。又曾预置冢棺,遇胜日则引宾客在墓穴中赋诗酌酒。朱温代唐,他绝食而死。

司空图以诗论著称。他的韵味说,继承并发展了钟嵘的滋味说,他还提倡风格的多样性,代表作有《诗品》(也称《二十四诗品》)、《与李生论诗书》等。由于唐末这样的乱世社会,他以消极的眼光看待人生,"乱离身偶在,窜迹任浮沉"(《避乱》),采取退隐独善的处世态度,同时又以纯艺术的观点看待诗歌创作,提出"诗中有虑犹须戒,莫向诗中著不平"(《白菊》)的消极态度,因此他的诗歌相较陆龟蒙和皮日休而言,其现实主义倾向大打折扣。

司空图诗作甚多,主要学王维、孟浩然一派。诗中常有一些写景的妙句,诸如"川明虹照雨,树密鸟冲人"(《华下送文浦》),"雨微吟思足,花落梦无聊"(《下方》),"草嫩侵沙短,冰轻著雨消"(《早春》),"孤屿池痕春涨满,小阑花韵午晴初"(《光启四年春戊申》)。司空图写景虽能如画,可惜意境不深,有些诗近于单纯写景。比如《独望》:

> 绿树连村暗,黄花出陌稀。
> 远陂春草绿,犹有水禽飞。

有时他写到社会动乱,也只是发出低声的喟叹,如其《重阳山居》:

> 诗人自古恨难穷,暮节登临且喜同。
> 四座宾朋兵乱后,一川风物笛声中。
> 菊残深处回幽蝶,陂动晴光下早鸿。
> 明日更期来此醉,不堪寂寞对衰翁。

而在诗歌创作上,司空图最大的贡献就是他提出了"辨味"说。他在《诗品》中将古代诗歌的各种风格,区分为雄浑、冲淡、纤秾、沉着等二十四品类。再就每种风格的特征,各用形象化的四言韵语十二句加以描摹。评论诗文而品其风格,刘勰《文心雕龙·体性》篇已开其端。专意品评诗歌,南朝钟嵘《诗品》也已首创其例。但司空图将嵘书以诗人为中心转移到诗

第六章 人才辈出,鸣声鼎沸:中晚唐时期的诗歌

作风格之上。这部书的出现,也从一个侧面反映出唐代诗歌高度发展、流派纷呈的繁荣局面。司空图对这二十四种不同风格,表面上看不出明显轩轾;实际上,他更倾心于含蓄蕴藉的韵味与清远醇美的意境,提倡"咸酸之外"的"味外之旨"(《与李生论诗书》)和那种"象外之象,景外之景"(《与极浦书》)的意象。这也就是《诗品》中所说的"不著一字,尽得风流"的"含蓄"。这才是司空图在诗歌理论和创作上主要的艺术追求,这种思想对后世影响甚大,宋末严羽的"兴趣""妙悟"诸说,清初王士禛的"神韵"说都受到这种诗论的影响。

第七章　以文为诗,以理见胜:北宋时期的诗歌

宋太祖赵匡胤陈桥兵变,代后周而立,建立了北宋王朝,逐步铲除了割据势力,五代十国的混乱局面得以结束。社会经济逐步复苏兴盛,城市经济尤其得到高度的发展,社会保持了相对的稳定,这使得文学创作呈现出前所未有的繁荣,传统的五、七言诗继续发展,无论从作品的数量而言,还是从诗人的数量而言,传统诗歌仍然是文学创作的主流。北宋诗歌分为前后两个发展阶段。第一阶段是北宋前期,即从北宋建立到英宗末年(960—1067)。宋初的诗人基本上是被动接受唐诗影响,还缺乏积极的创造,他们主要效法白居易、贾岛、李商隐等唐代诗人。效法白居易的被称为"白体",以王禹偁为代表。效法贾岛的被称为"晚唐体",主要有九僧与林逋、寇准等。效法李商隐的,主要是西昆体。第二阶段是北宋后期(1068—1127),诗人辈出,流派纷呈。主宰诗坛的是苏轼和江西诗派,其中,苏轼的诗歌被称为"东坡体",江西诗派提倡作诗应以俗为雅,以故为新,造拗句,押险韵,作硬语。

第一节　沿袭五代之余,宗白乐天诗:白体诗

宋初白居易诗作盛行,表现在学白诗人众多。蔡居厚说:"国初沿袭五代之余,士大夫皆宗白乐天诗,故王黄州主盟一时。"南宋严羽在《沧浪诗话·诗体》中提出"白乐天体"与"元白体"一说,并自注为:"微之、乐天其体一也。"据方回《送罗寿可诗序》列举,白体诗人主要有李昉、徐铉、徐锴、王奇、王禹偁五人。其中徐锴、王奇二人诗集已失传,李昉有文集五十卷,亦已不传,惟其与李至酬唱合集《二李唱和集》尚存。五人中,只有徐铉、王禹偁有完整诗集传世。白体诗人的创作倾向主要是承袭唐代元白唱和诗风,而唱和诗风的兴盛,恰恰是宋初诗坛的一种普遍现象。唱和诗风的广泛流行,首先是宋初社会风尚所造成。宋代结束了五代以来的混乱局面,国力虽不及汉唐,但一统天下仍然显示出一派升平气象,最初的几位帝王即以太平天子自居,处理朝政之余,时常吟诗作赋,点缀升平,于庆赏、宴会之时,更是常常宣示御诗,命侍臣赓和。为了迎合君主之癖好,朝臣自然致力

第七章 以文为诗,以理见胜:北宋时期的诗歌

此道。再者,从诗歌发展本身看,唐诗的极度繁荣使诗的语言极端纯熟化,宋人在诗歌创作中形成随意拈来诗歌语言的习惯,不仅作诗语言平熟,而且在宋初诗坛首先形成以唱和为重要特征的作家群。白体中的重要诗人李昉、徐铉的诗歌创作正是这一时代性风尚的典型体现。而在艺术上真正有所建树的白体诗人是王禹偁。他一方面继承宋初白体闲适浅易的诗风,另一方面又以自己独特的经历与广阔的视野丰富宋初白体诗的内容,提升白体诗歌的品格,使得白居易的现实精神得到发扬,继而并尊白、杜,这不仅使宋初白体的诗歌创作达到一个前所未有的全新高度,也蕴含着宋代诗歌发展的新动向。

王禹偁(954—1001),字元之,济州钜野(今山东巨野)人,世代务农。太平兴国八年(983)进士。历任右拾遗、翰林学士、知制诰。遇事敢言,曾上《御戎十策》,陈说防御契丹之计,屡以事贬官。真宗时,预修《太祖实录》,直书史事,为宰相不满,降知黄州,作《三黜赋》以见志。后迁蕲州,病卒。王禹偁写文学韩愈、柳宗元,通俗畅达;作诗崇杜甫、白居易,风格接近白居易。有《小畜集》《五代史阙文》。

王禹偁一向很喜欢白居易的诗,如早年所作《酬安秘丞见赠长歌》诗中有云"迩来游宦五六年,吴山越水供新编,还同白傅苏杭日,歌诗落笔人争传",明确表示了对白居易在苏杭时期"吟玩情性"的闲适诗和唱酬诗的称颂,宋初白体诗人所尊奉的白诗正是在于这一方面。王禹偁的诗歌创作道路,也就是从对白居易的闲适诗、唱酬诗的学习与模仿开始的。他在三十岁中进士前,已与毕士安为唱和之友,三十岁中进士后,刚到成武县主簿任上即与鱼台主簿傅翱唱和,次年移官长洲知县,又与吴县知县罗处约唱和,写下了大量的酬唱诗篇,名扬京师,被宋太宗所赏识。王禹偁以唱酬诗表现自身闲适心态,语言力求浅易平俗,时有佳构,诸如对仗、措辞、用韵、谋篇等艺术技巧,大都超越流俗,表现出自己的独到之处。例如《除夜寄罗评事同年》(其一):

> 岁暮洞庭山,知君思浩然。
> 年侵晓色尽,入枕夜涛眠。
> 移棹灯摇浪,开窗雪满天。
> 无因一乘兴,同醉太湖船。

全诗意脉流贯,情韵清雅,神完气足;造语精警,颇具孟浩然田园诗之风情雅致。清人贺裳在《载酒园诗话》中评王禹偁诗云:"王元之秀韵天成……虽学乐天,然得其清,不堕其俗。"

王禹偁诗风的转变,发生在淳化二年至四年(991—993)谪居商州期

间。这一时期,他创作活力空前旺盛,成就最高。初到商州,由于仕途失意,诗人借吟诗酬唱以作排遣,并与友人互为慰藉,因此创作了数量更多的唱和诗。但这时唱和诗中的情调已发生了重要改变,主要用作互相慰藉,排遣郁闷的情感。例如《岁暮感怀贻冯同年中允》(其二):

> 谪居京信断,岁暮更凄凉。
> 郡僻青山合,官闲白日长。
> 烧烟侵寺舍,林雪照街坊。
> 为有迁莺侣,诗情不敢忘。

该诗中,颔联虽有寄情"青山""白日"之意,但前有"信断""凄凉",后有"烟侵""雪照",已构定全诗孤寂凄冷的氛围和情调,"官闲白日长"的表面悠闲实际上正是其绵长愁绪的表露,"郡僻青山合"的外在景观实际上也是其郁闷心态的外现。至如《寄海州副使田舍人》诗云:"眼前有酒须长醉,身外除诗尽是空",更明显是内心忧愤之情的发泄与排遣了。

王禹偁素怀大志,而当其面对残酷的政治斗争,自身仕进之途遭到严重挫折之时,则必然更多地化为幽忧讽怨而涌发出来。例如《得昭文李学士书》:

> 左宦寂寥惟上洛,穷愁依约似长沙。
> 乐天诗什虽堪读,奈有春深迁客家。

诗中"寂寥""穷愁"已饱含幽忧,"春深迁客"更明见怨愤,同时将读"乐天"之诗与似"长沙"之境联系起来,体现出白体唱和诗在失意境况中的慰藉和自遣作用。

王禹偁通过对白居易讽谕诗的学习和仿效,写出了《感流亡》《竹鼬》《乌啄疮驴诗》《畲田词》《对雪》《对雪示嘉祐》等一系列具有强烈思想倾向的作品,其或对民间灾难以深切同情,或对贪官酷吏以无情鞭挞,表现了诗人的嫉恶如仇与鲜明爱憎。尤其值得注意的是,王禹偁面向社会现实、关心民间疾苦的作品,不仅一反早期唱和诗的律体形式而大多采用容量较大、形制灵活的古体,而且为了更为畅达地记叙时事并表明自己的见解,其诗篇的语言风格往往形成尤为直率平畅、痛快淋漓的特点。例如《对雪》:

> 帝乡岁云暮,衡门昼长闭。五日免常参,三馆无公事。
> 读书夜卧迟,多成日高睡。睡起毛骨寒,窗牖琼花坠。
> 披衣出户看,飘飘满天地。岂敢患贫居,聊将贺丰岁。
> 月俸虽无馀,晨炊且相继。薪刍未阙供,酒肴亦能备。

第七章　以文为诗，以理见胜：北宋时期的诗歌

数杯奉亲老，一酌均兄弟。妻子不饥寒，相聚歌时瑞。
因思河朔民，输挽供边鄙。车重数十斛，路遥数百里。
羸蹄冻不行，死辙冰难曳。夜来何处宿，阒寂荒陂里。
又思边塞兵，荷戈御胡骑。城上卓旌旗，楼中望烽燧。
弓劲添气力，甲寒侵骨髓。今日何处行，牢落穷沙际。
自念亦何人，偷安得如是！深为苍生蠹，仍尸谏官位。
謇谔无一言，岂得为直士？褒贬无一词，岂得为良史？
不耕一亩田，不持一只矢。多惭富人术，且乏安边议。
空作对雪吟，勤勤谢知己。

这首诗是王禹偁于宋太宗端拱元年（988）官左司谏时所作。我们从《对雪》这首诗便可以看出王禹偁显然深受杜甫与白居易的影响。《对雪》是五言古体，共五十句，内容十分丰富。不论言情叙事，层次分明。全诗的大意是：从"帝乡岁云暮"至"飘飘满天地"为止，诗人写他在汴梁京都做谏官的情况。从"岂敢患贫居"至"相聚歌时瑞"为止，写诗人因看下雪想到自己一家清贫，那也没啥可怕，下雪到底是值得庆贺的。"因思河朔民"以下十六句是诗人从个人的生活圈子跳出来，写到祖国北边的战事。诗人发挥了上下驰骋的丰富想象力，写了黄河以北宋与辽交战，天寒地冻，人民受难的苦况。许多民工要给打仗的军队输送给养。车辆超载，马近瘦驹，路又冻冰，马拉着车都走不动，赶到黑夜都没处落脚，只好睡在荒野里。诗人还写到守卫边陲的宋兵，在冰天雪地里作战的情景，而眼前一片广阔无涯的荒凉世界，到底往哪儿去？诗人写到这里笔锋又一转，"自念亦何人？"想起自己还是朝廷的一员谏官，却没有尽了谏官的责任，想起来十分惭愧，真对不起好朋友们热忱的期望。《对雪》完全是一篇正直官吏的内心独白，劳动人民的苦难处处在鞭挞着诗人的良心，使得诗人不能不在内心深处提出自己的谴责与呼吁。

王禹偁对时下吏制的腐败低效还给予了辛辣的批判。例如，贬谪商州时，作《竹鼬》诗，借啃食山涧竹笋的鼠鼬来讽刺"吁嗟狡小人，乘时窃君禄。贵依社树神，俸盗太仓粟"的贪官污吏，其下场也必将被"开穴窘如囚，洞胸声似哭。膏血尚淋漓，携来入市鬻"。王禹偁贬官黄州，曾作《江豚歌》："江豚江豚尔何物，吐浪喷波身突兀。依凭风水恣狡豪，吞啖鱼虾颇肥腯。肉腥骨硬难登俎，虽有网罗嫌不取。江云漠漠江雨来，天意为霖不干汝。"写一个肉腥、骨硬难登刀俎的江豚，凭据江上风浪在吐浪喷波、吞食鱼虾，长得膘肥体壮，还恬不知耻地把江雨的来临归于自己的功劳。这只"江豚"明显是贪天功为己有的大官僚的象征。

王禹偁甚至把批评矛头直接对准最高统治者,如指责统治者赏罚不公,《金吾》一诗写一个专靠攀附嗜杀走向荣华的金吾(曹翰),帝王却对他推崇有加,辍朝示宠。作者也对福善与祸淫互为因果报应的传统观念深表疑惑,"金吾"三惑俱全,却五福不缺;杀人无数,仍富贵康乐终生,而守节的儒士们,却饱受寒饿,其中自然包含自己的愤激与不满。

王禹偁不仅表面上效仿白居易与朋友作唱和诗,而且实质上借此竞较诗艺、促进诗歌创作、提高艺术水平的深层目的也是与白居易相一致的。白居易曾经说与元稹"为文为诗敌"(《刘白唱和集解》),元稹也说与白居易"名为次韵相酬,盖欲以难相挑耳"(《上令狐相公诗启》)。王禹偁在其《酬安秘丞见赠长歌》云:"迩来游宦五六年,吴山越水供新编。还同白傅苏杭日,歌诗落笔人争传。"这足见他对白居易的欣赏与效仿。

咸平三年(1000),王禹偁在黄州作《十月二十日作》,对黄州百姓的艰难生活表示由衷的同情,也为自己饱暖无忧而惭愧之至,其爱民精神已超过白居易式的感叹,而是杜甫型的感同身受。王禹偁对反映农业、农民的民间歌谣十分欣赏,曾作诗模仿,如初贬商州作有《畲田调》五首,对农民的生产劳动予以热情的赞美,使畲田调有了歌词。这也是对民生问题的另一种关怀。在滁州也有《唱山歌》:"滁民带楚俗,下里同巴音。岁稔又时安,春来恣歌吟。接臂转若环,聚首丛如林。男女互相调,其词非奔淫。修教不易俗,吾亦弗之禁。夜阑尚未阕,其乐何愔愔。用此散楚兵,子房谋计深。乃知国家事,成败因人心。"王禹偁认识到风俗民谣对政治教化的作用,因而对滁地百姓所喜爱的山歌给予认可,任其恣情歌唱。

事实上,王禹偁的诗歌创作并未全然局限于白体范围之内,而是善于兼融众家之长,其在《赠朱严》诗中就有"谁怜所好还同我,韩柳文章李杜诗"之句,可见其早年即已兼学李杜韩柳;在淳化四年(993)谪居后所作《寄题陕府南溪兼简孙何兄弟》诗中亦有"篇章取李杜,讲贯本姬孔,古文阅韩柳,时策闻晁董"云云,尤可见其思想的一贯性。同时,王禹偁仕途屡遭挫折,颠沛流离与残酷打击不仅使他一改如同白居易晚年那种"知足保和"的闲适心理,而且于诗歌创作有意识地寻求更为深刻的艺术表现方式。白居易为事而作、畅达平易的讽谕诗固可为王禹偁"传道明心"的创作理想提供一个有效的选择模式,但与王禹偁兼容诸家的文学思想以及对诗歌"格高意远"的具体要求存在着一定的差距。再者,白居易诗积极方面固多由学杜而来。《蔡宽夫诗话》记云:

> 元之本学白乐天,在商州尝赋《春居杂兴》云"两株桃杏映篱斜,妆点商山副使家。何事春风容不得,和莺吹折数枝花",其子

第七章 以文为诗,以理见胜:北宋时期的诗歌

嘉祐云"老杜尝有'恰似春风相欺得,夜来吹折数枝花'之句,语颇相近",因请易之。王元之忻然曰:"吾诗精诣,遂能暗合子美邪?"更为诗曰:"本与乐天为后进,敢期子美是前身。"卒不复易。

由此可见王禹偁由学白进而学杜的转变。这里所引"本与乐天为后进,敢期子美是前身"二句,见王禹偁所作《自贺》诗,语意虽似谦词,但联系诗题中"喜而作诗,聊以自贺"及诗的尾联"从今莫厌闲居职,主管风骚胜要津"云云,则明确可见其流露出的在学杜方面超越乐天的自得之意。

王禹偁在由对白居易诗的仿效而至于对杜甫诗的学习的诗歌创作道路上,最终超越白体诗风范围,其成就是显著的。特别是在中晚唐诗风末流弥漫笼罩的宋初诗坛,明确提倡"诗效杜子美"(《送丁谓序》),开有宋一代尊崇研习杜诗风气之先,自当功不可没,而其推崇杜诗的着眼点尤足重视。

第二节 重视锻炼苦吟,以刻意造字为能事:晚唐体诗

稍后于白体诗人活跃于宋初诗坛上的是晚唐体诗人。这一派诗人主要有林逋、潘阆、寇准、魏野、魏闲、鲁三交、赵抃及九僧等,其中林逋、魏野、寇准的成就较高。该派大多描绘清邃清幽的山林景色,抒写隐居不仕、孤芳自赏的心情,以刻意造字为能事,观察细致,诗丽清瘦,但题材偏窄。实际上,"晚唐诗坛本身颇为复杂,既有典丽诗风,也有写实诗风,但是在唐末五代时期流传最广、影响最大的是以贾岛、姚合为宗的清苦诗风"。在宋人心目中,也正是以此作为晚唐诗之正宗。严羽《沧浪诗话·诗辨》尝言"近世赵紫芝、仇灵舒辈,独喜贾岛、姚合之诗,稍稍复就清苦之风,江湖诗人多效其体,一时自谓之唐宗"。晚唐体诗人除寇准,大多是在野的僧侣或薄视功名的士人,相似的生活遭遇也是构成其大体相同的审美趣味的原因之一。晚唐体的出现,有着寻求改变白体诗过于浅俗平易的潜在心理背景,但是在宋初诗坛以酬唱赠答为主要特点的总的风气的影响下,晚唐体诗人也不可避免地表现出与白体诗人创作风气的相同之处,即热衷于唱和酬赠。林逋就极力称颂"放荡有唐唯白傅,纵横吾宋是黄州",可见其对白体大家王禹偁的崇仰之情。也就是说,晚唐体诗人在主要师法贾、姚之外,也同时受到流行一时的宋初唱和诗风的深刻浸染。

一、林逋的诗歌创作

林逋(967—1028),字君复,钱塘(今浙江省杭州)人。幼时刻苦好学,通晓经史百家。书载性孤高自好,喜恬淡,勿趋荣利。长大后,曾漫游江淮间,后隐居杭州西湖,结庐孤山。常驾小舟遍游西湖诸寺庙,与高僧诗友相往还。林逋终生不仕不娶,惟喜植梅养鹤,每逢客至,叫门童子纵鹤放飞,林逋见鹤必棹舟归来。因此,他也自谓"以梅为妻,以鹤为子",人称"梅妻鹤子"。死后赐谥"和靖先生"。他在临终前的《自作寿堂,因书一绝以志之》中写道:"茂陵他日求遗稿,犹喜曾无封禅书。"可见其清高孤傲的节操。林逋诗歌主要歌吟隐居生活,表现远俗闲适的情趣,风格清淡,意趣高远。著有《林和靖先生诗集》

晚唐体诗人多有酬唱之作,但其唱和诗中表达的意旨、情调及风格与白体、西昆体唱和诗大异其趣。例如《和梅圣俞雪中同虚白上人见访》:

> 湖上玩佳雪,相将惟道林。
> 早烟村意远,春涨岸痕深。
> 地僻过三径,人闲试五禽。
> 归桡有馀兴,宁复比山阴。

此诗虽为唱和之作,却一洗庸语俗套,以"湖上佳雪"开篇,以"山阴馀兴"作结,中间以"早烟村意""春涨岸痕"铺染清幽景致,以"地僻""人闲"动静相间,融"人"之兴入"地"之景,全诗辞意精巧。清淡自然,全然抹去唱和应酬之迹,实如一幅流连山水的工笔图画。

着意改变白体末流过于浅俗平易的诗风,又不同于西昆体诗人轻白描而重用事的倾向,这是晚唐体诗风的基本特色,也是晚唐体作为宋初唯一的以在野诗人为主的诗派所显示出的独特个性所在。例如《即席送江夏茂才》:

> 与君未别且酣饮,别后令人空倚楼。
> 一点风帆若为望,海门平阔鹭涛秋。

这是一首把酒送别诗,就这一题材本身看,无论是赠语相勉,还是借酒浇愁,也无论写得平白如话,还是雕琢用事,都极易落入陈习俗套。但林逋此诗,只就眼前景事描摹而出,清淡自然,绝无用事做作之迹,同时从"未别"之现实到"别后"之怅惘,由"一点风帆"扩及"海门平阔",实写与虚拟融契通贯,短短四句,构思精密,又足见惨淡经营之功。

第七章　以文为诗，以理见胜：北宋时期的诗歌

林逋诗的内容以写西湖景色为多，有的诗也还写得清丽有味，如《宿洞霄宫》(其二)：

> 秋山不可尽，秋思亦无垠。
> 碧涧流红叶，青林点白云。
> 凉阴一鸟下，落日乱蝉分。
> 此夜芭蕉雨，何人枕上闻？

诗人通过秋天景象的描写，表现了主人公的无限秋思。诗人特别注意从色彩的映衬上来表现秋色之美，从静与动、寂与声、远与近等多角度渲染秋天黄昏的气氛，将秋思与秋景融成一片，形成幽美的意境。

林逋结庐西湖孤山，孤山上有孤山寺，是林逋常去谨览的地方。那里还住着一位会作诗的和尚，林逋称他为"端上人"。"端"是和尚的名字，"上人"是和尚的尊称。对此，林逋曾写了一首诗，题为《孤山寺端上人房写望》：

> 底处凭阑思眇然，孤山塔后阁西偏，
> 阴沉画轴林间寺，零落棋枰苔上田，
> 秋景有时飞独鸟，夕阳无事起寒烟，
> 迟留更爱吾庐近，只待重来看雪天。

此诗写于诗人于秋日黄昏，独上孤山寺端上人房，凭栏远眺。诗以素淡的笔触，描绘出幽邃的景色，造成一种幽寂的意境。而这种境界，正是林逋这位幽人（隐士）所眷恋的。首联破题领起：诗人凭阑纵目时，思绪万千。幽思又因何而起？诗人并不明说，而在领、颈两联似连环画面次第展开，依次呈现出四幅色彩暗淡的暮景图。领联以想象奇特见长，颈联以意蕴深长取胜。秋景萧条，唯有飞鸟独来独往，夕阳慵懒，闲来映照青烟袅袅。"独鸟"原是诗人高傲的身影，"无事"原是作者闲淡的心情。尾联，诗人意犹未尽，浓浓兴味，跃然纸上。全诗结构谨严，句句扣题，章法绵密周到。这首七律向以工于写景驰名，不仅"诗中有画"，而且手法高妙。其中，领联因其奇妙的想象与贴切的比喻，更受后世诗人们的激赏，仿效之句也最多。例如，滕岑有"何人为展古画幅，尘暗缣绡浓淡间"（《游西湖》），程孟阳有"古寺正如昏壁画"（《闻等慈师在拂水有寄》），黄庭坚有"田似围棋据一枰"（《题安福李令朝华亭》）、"稻田棋局方"（《次韵知命入青原山石》），杨万里有"天置楸枰作稻畦"（《晚望》），杨慎有"平田如棋局"（《出郊》），等等。

林逋的诗中，尤以咏梅诗著称。《山园小梅》是其代表作：

> 众芳摇落独暄妍，占尽风情向小园。

疏影横斜水清浅,暗香浮动月黄昏。
霜禽欲下先偷眼,粉蝶如知合断魂。
幸有微吟可相狎,不须檀板共金樽。

开头两句,诗人极力赞颂梅花傲然独放的品格。第三四句,"横斜""浮动"四个字,化静为动,写出了梅花的生机活力,表现了梅花的精神。这两句,由于诗人抓住了梅花的特点,融入了诗人的爱梅之心,"曲尽梅之体态"(司马光《温公诗话》),使之成为千古咏梅的名句。第五六句从侧面着笔,以"霜禽""粉蝶"之被梅花所迷,进一步烘写梅花的风姿神态之美。一虚一实,很有风韵。末二句,写梅花淡泊的情怀,并通过梅之口称诗人为其知己,点明诗人写这首诗的情怀。可以看出,诗中所咏的梅花,乃是诗人自我形象的写照。

二、魏野的诗歌创作

魏野(960—1019),字仲先,号草堂居士,郑州(今河南郑县)人,一生未仕,诗风平朴,有《草堂集》。

魏野写诗以精思苦吟著称,其诗多写隐居生活,风格平淡闲适,一派隐士风。这方面的代表作如《书友人屋壁》:

达人轻禄位,居处傍林泉。
洗砚鱼吞墨,烹茶鹤避烟。
闲惟歌圣代,老不恨流年。
静想闲来者,还应我最偏。

所谓"友人""达人"都指俞逸人。俞逸人名太中,也是一位隐士,与魏野同声相应、同气相求,经常写诗相赠。诗赠俞太中,也是自我写照。首联是对隐者生活态度的总概括,一是"轻禄位",二是"居林泉"。开头"达人"二字总领全篇,写出隐者洞察世事、傲视世俗的自赏自得。颔联写隐者独有的生活情趣:与鱼、鹤为友,亲密无间。鱼、鹤受隐者的熏陶,也染上隐士风。颈联写隐者的生活感受:平日闲暇写写诗,不求闻达,不求长生。"闲""老"二字意蕴深远,一不怕"闲",二不畏"老",是"达人"的真旷达,而"圣代"二字显然是对当权者的敷衍。尾联以自我评价作结,一个"偏"字写出隐者性格的孤傲。这首诗从生活态度、生活情趣、生活感受诸多方面把隐士的闲情逸致写得不是神仙胜似神仙,显然有自我欣赏成分。

魏野一生过着隐居生活,所写诗歌以清苦著称。他的诗作《清明》以清明节和寒食节为背景,描写了他隐居乡野的清苦生活和以读书为乐的崇高

第七章 以文为诗，以理见胜：北宋时期的诗歌

精神境界：

无花无酒过清明，兴味萧然似野僧。
昨日邻家乞新火，晓窗分与读书灯。

诗的前两句，诗人写自己无花无酒迎来了清明，心情沉寂，像山野的僧人。重点在"兴味"上做文章，反映了他无心置办花酒，自甘寂寞，不被尘事困扰的隐居生活。在诗的三四句里，诗人笔锋一转，叙说自己寒食节从邻家求来了新的火种，现在可以把它拿来点亮窗前的读书灯。将"新火""分与读书灯"，读书便也有了新的起点。一个"新"字，表明作者的隐居生活不是没有情趣，而是不在诗酒在于读书，反映了一个真隐士的高尚情操。语言朴实自然，比喻贴切。

与不求仕进、遁迹山林的生活状况相适应，大多晚唐体诗人精于写景，多有流连山水、逍遥泉石之作。魏野这方面的代表作，如《暮秋闲望》：

水阁闲登览，郊原欲刈禾。
坏檐巢燕少，积雨病蝉多。
砧隔寒溪捣，钟随晓吹过。
扁舟何日去，江上负烟蓑。

时时"闲登览"，往往"尽日看"，写景咏物益趋细致精密，正是晚唐体诗人创作中的普遍现象和显著特点。晚唐体诗人的写景咏物之作，当时就多为人所激赏。

晚唐体诗人在经过反复锤炼，最终也形成与贾岛诗相近的明洁省净、冷落寒寂的诗风与诗境。魏野这方面的代表作，如《寻隐者不遇》：

寻真误入蓬莱岛，香风不动松花老。
采芝何处未归来，白云满地无人扫。

此诗通过对隐者居住环境景物的描写，极力渲染出隐者清寂的生活，全篇虽未及隐者本人一字，但隐者的风神形貌实已宛然目前。其辞意精巧锤炼，诗境静寞幽清，以及由此显示出的孤寂心态，皆与贾岛同题名诗"松下问童子，言师采药去，只在此山中，云深不知处"如出一辙。

又如《冬日书事》：

十月天不暖，前村到岂能。
闲闻啄木鸟，疑是打门僧。
坏砌平山雪，空堂照瀑冰。
晚来因出户，方始暂携藤。

诗人在冬日能听到啄木鸟凿木之声的确奇异,由此联想到僧人打门更是独特。诗中的"松色浓经雪,溪声涩带冰",不但对仗精整,"浓""涩"两处"诗眼"的表现力也很强。

三、寇准的诗歌创作

寇准(967—1023),字平仲,华州下邽(今陕西渭南)人。太平兴国五年(980)进士,授大理评事、知归州巴东县,改大名府成安县。累迁殿中丞、通判郓州。召试学士院,授右正言、直史馆,为三司度支推官、转盐铁判官。历同知枢密院事、参知政事。后两度入相,一任枢密使,出为使相。乾兴元年(1022)数被贬谪,终雷州司户参军,天圣元年(1023)九月,病逝于雷州。著有《寇忠愍公诗集》。

寇准位极宰相,受制于朝廷生活,奉和应诏自然成为他诗歌的一部分内容。但他在为官之初,就怀着达则兼济天下,穷则老于山林之志,不愿与时俯仰。仕途的起伏影响了他对功名的执着,在享有功名之际,时以任官为羞,觉得不如隐居山林,与泉石为伍,这使他和隐逸诗人、诗僧有了共同的生活趣味。因此,寇准的诗歌多为流连山水泉石之作,摹眼前之景,抒一己之情,构思精巧,诗风清丽,境界狭小。其写景之作的重情倾向甚为明显,同时由于其创作风格的清寂和诗歌境界的狭小,诗中之景即多偏于荒寒,于荒寒的自然环境中往往表现出孤寂的心态乃至清苦的诗风,《苕溪渔隐丛话》谓为"忠愍公诗含思凄惋,盖富于情者也",正道出"惟搜眼前景而深刻思之"的晚唐体诗风的普遍特点,《湘山野录》云"莱公富贵之时所作诗,皆凄楚愁怨",更揭示出寇准身世荣华、诗风凄苦这一独特现象。

寇准的七言绝句写得较好,很有韵味。例如,歌咏春夏秋冬四季景色的组诗《书河上亭壁四首》(其三):

> 岸阔樯稀波渺茫,独凭危槛思何长。
> 萧萧远树疏林外,一半秋山带夕阳。

这首诗写的是黄河沿岸秋天的景象。诗人将情思融入秋天的景象之中,透过景象的萧索,表达诗人宦游他乡的孤独凄惋情怀。诗的语言也很淡雅自然。从题目来看,这是一首登高之作,诗人登上河畔高亭,视野开阔,所看到的是一幅壮丽的山河景色。大河滚滚东流,远处的波涛若隐若现,岸阔,樯稀,波渺茫;作者连续用了三个形容词谓语句以并列的形式组成第一句,不仅在气势上有如修辞中的排比,在音韵上也以二二三的结构显得更加顿挫有力。词人李煜曾说过"独自莫凭栏",当一个人独自面对天

第七章　以文为诗,以理见胜:北宋时期的诗歌

地自然、洪荒宇宙之时,也往往是感时伤世,情思泉涌之际。这也正是第二句"独凭危槛思何长"的注脚。面对着波涛滚滚的大河,作者此时在思考什么?然而作者什么也没有说,笔锋一转,以景语代情语,为我们展现了一幅萧瑟的秋景。在夕阳笼罩之下,远山层层叠叠,迎光的一面呈现出绛红,而背光的一面依旧是朦胧的黛色;在这样的风景之下,作者以"一半秋山带夕阳"寥寥数字将整个天地的暮色囊括诗中,充分展现了寇准不俗的笔力。

又如,感怀诗《海康西馆有怀》:

> 风露凄清西馆静,悄然怀旧一长叹。
> 海云销尽金波冷,半夜无人独凭栏。

开头一句,诗人首先交代了自己被贬雷州所处的地点——西馆,同时点明了当时环境的特点:"凄清""静"。由于是被贬,"门前冷落鞍马稀"。第二句,由景而入情。在这样一个孤寂的环境里,已经步入晚年的诗人往事从心底涌起。"一长叹"便把一个忧国忧民、耿介忠诚的忠臣形象描绘出来。第三、四句,诗人再通过环境的渲染,一"冷"一"独",使"有怀"既显得无奈,又显得悲壮,主题更显得鲜明突出了。

寇准与"九僧"、林逋等人一样,擅长写山林之思,含思凄婉,如《春日登楼怀归》:

> 高楼聊引望,杳杳一川平。
> 野水无人渡,孤舟尽日横。
> 荒村生断霭,深树语流莺。
> 旧业遥清渭,沉思忽自惊。

诗的主题是"怀归",首联、颔联、颈联并没有点题。首联并没有着意刻画登楼时的心情,"聊引望"只是说随意看看。颔联看似化用晚唐人韦应物的《滁州西涧》"春潮带雨晚来急,野渡无人舟自横",实际上在借用中也加入自己的体验:"野水"与颈联的"荒村"照应,突出了人迹罕至;"尽日横"则暗示诗人长时间的凝望,隐含原川的荒凉。颈联取景显示了诗人功力的深厚,"断霭""流莺"以动衬静,以声衬寂;"生""流"炼字精湛。尾联点题。寇准原籍华州,相当于今天陕西渭南一带,"旧业遥清渭",是说自己似乎看到了渭水附近的故居;"沉思忽自惊",惊的是自己原来还是身在荒远的巴东。那么惊觉之后,是一股强烈的思乡愁绪,但诗到这里戛然而止,为读者留下想象的空间。

总之,作为一个诗歌流派的晚唐体,其内部构成既有以林逋、魏野为代

表的在野贫士,又有以寇准为代表的达官贵人,而这两类生活境遇相差极大的作家,正是在创作心理的积淀与审美意识的稳固过程中统一起来。同时,由于宋初社会风尚的影响,流行于宫廷、官场的唱和诗风也在以山林气息为主要特点的晚唐体诗人创作中体现出来,而这种官场与山林之间的实际交流以及晚唐体内部构成的复杂性,则又使以山林气息为本色的晚唐体诗风渗入官场。这样双向的交互影响和作用,就构成晚唐体诗人创作的整体过程的动态描述。

第三节　馆阁文臣的点缀升平之作:西昆体诗

与晚唐体诗人基本同时活跃于宋初诗坛上的另一诗派是西昆体。这一诗派的形成,是以《西昆酬唱集》为标志的。田况的《儒林公议》明载:"杨亿在两禁,变文章之体,刘筠、钱惟演辈皆从而效之,时号杨、刘。三公以新诗更相属和,极一时之丽,亿复编叙之,题曰《西昆酬唱集》,当时佻薄者,谓之西昆体。"该集共收杨亿、刘筠、钱惟演、李宗谔、陈越、李维、丁谓、刁衎、任随、刘骘、张咏、舒雅、钱惟济、晁迥、崔遵度、刘秉、薛映17位宋初馆阁文臣互相唱和、点缀升平的五、七言律诗250首。虽然西昆体作家的创作并不仅仅局限于《西昆酬唱集》,但西昆体之所以形成一个诗派及其对后世的影响,却全然是由于《西昆酬唱集》的行世所造成,而整个西昆体的主要代表实际上也就是杨亿、刘筠、钱惟演三人。《西昆酬唱集》的创作内容狭窄,多是记录宫廷宴游、描写流连光景之作。在艺术风格上,以师法李商隐为主,崇尚精丽繁缛的诗风,追求用典的贴切、属对的工巧、音节的和婉。这"确实增强了诗歌语言的凝练美和深幽之感,但由于西昆诗人的生活内容贫乏,又只是片面追求李商隐的雕采巧丽和唐彦谦的铿锵韵律,所以难免在创作中为文造情,钻故纸堆,以编织故事争胜"。西昆体在宋初诗坛影响很大,产生了一定的消极影响,但这种风格也在一定程度上反映了北宋前期统一帝国的堂皇气象。

一、杨亿的诗歌创作

杨亿(974—1020),字大年,建州浦城(今属福建)人。7岁能文,淳化三年(992)赐进士第。历任著作佐郎、知制诰、翰林学士。曾与刘筠、钱惟演等诗歌唱和,编成《西昆酬唱集》,号西昆体。又善骈文。著作多佚,今存《武夷新集》。

第七章　以文为诗，以理见胜：北宋时期的诗歌

杨亿诸多诗作所体现出的艺术成就是：擅长用优美的言辞、充分的想象描写自然景物或个人心绪，且在描述中能恰如其分地运用典故和故事。例如《七夕》：

> 清浅银河暝霭收，汉宫还起曝衣楼。
> 共瞻月树怜飞鹊，谁泛星槎见饮牛。
> 弄杼暂应停素手，穿针空待贶明眸。
> 匆匆一夕填桥么，不似人间有造舟。

此诗有写景，有抒情，有议论，或即景描写，或曲用典故，都显得华艳蕴藉，而无生涩难懂之嫌。此外，还有如《荷花》《夕阳》等诗，都写得典雅脱俗。

杨亿学习李商隐诗的得益之处为对仗工稳，用事深密，呈现出整饬、典丽的艺术特征，如酬唱诗《南朝》：

> 五鼓端门漏滴稀，夜签声断翠华飞。
> 繁星晓埭闻鸡度，细雨春场射雉归。
> 步试金莲波溅袜，歌翻玉树涕沾衣。
> 龙盘王气终三百，犹得澄澜对敞扉。

此诗将南朝君主的游幸、狩猎、歌舞享受、吟诗作赋及最终的王气终消用典故巧妙地组合在一起，工稳妥帖，锻炼无痕。该诗在写法上仿效唐代诗人李商隐的同题诗。诗中列出南朝天子荒淫误国、败亡相续的历史事实，在铺陈中即含讽刺之意。首联便揭示出南朝君主无日无夜、淫乐不止的情景。颔联写南朝天子荒于游猎。颈联写南朝天子淫于酒色。上句写南齐东昏侯宠幸潘妃，下句说陈后主沉浸于诗酒女色之中。抚今思昔，诗人感慨不已：由于南朝天子竞逐繁华、荒淫不止，所以号称"钟山龙盘、石城虎踞"的金陵终于销尽了王气，偏安江左一百六十多年的南朝终结了。现在物是人非，只有那滔滔东去的清波可以作为南朝遗迹的见证。敞扉，喻南朝宫殿遗址。末联不仅是对南朝君主荒淫误国的形象概括，也启示人们不要忘记其中所蕴含的深刻的历史教训。这首诗精于用典。诗人将一系列关于南朝的典故组织得很巧妙，锻炼得很工致。前六句有合有分，末二句以景结情。加之音节铿锵、辞采华丽，呈现着"取材博赡、练词精整"（《四库全书总目提要》）的艺术风采。

杨亿对于李商隐诗歌形神皆学，他的《代意》（二首）与李商隐的赠答诗《代魏宫私赠》《代元城吴令暗为答》最为相近，都属于以男女之情喻君臣遇合的诗：

· 165 ·

其一
　　梦兰前事悔成占,却羡归飞拂画簷。
　　锦瑟惊弦愁别鹤,星机促杼怨新缣。
　　舞腰罢试收纨袖,博齿慵开委玉奁。
　　几夕离魂自无寐,楚天云断见凉蟾。
其二
　　短梦残妆惨别魂,白头词苦怨文园。
　　谁容五马传心曲,只许双鸾见泪痕。
　　易变肯随南地橘,忘忧虚对北堂萱。
　　回文信断衣香歇,犹忆章台走画辕。

　　前一首的首联以一位女子的口吻来慨叹自己失去君王的宠幸。颔联说自己失宠的原因:"锦瑟惊弦愁别鹤,星机促杼怨新缣","别鹤"既是比喻离散的夫妇,又用了《别鹤操》典故,商陵牧子娶妻五年而无子,父兄将为他改娶,牧子作《别鹤操》。"星机"句,语出《玉台新咏·古诗》:"新人工织缣,故人工织素。织缣日一匹,织素五丈余。将缣来比素,新人不如故。"说明这位女子的地位已被别人所取代。颈联与尾联则描写失宠女子的孤苦乃至整夜无法入睡。

　　后一首的首联承上写恩遇之衰。中间颔联和颈联写恩遇虽衰而爱情不变,即使是萱草(忘忧草)也不能使自己忘记忧愁(虚对),并且自己也决不会像橘树那样易地而变。末联写自己虽然对挽回二人的关系无能为力,但仍对男子念念不忘。

　　杨亿也有不少的咏史诗作,能够借古喻今,在一定程度上反映了当时的社会现实,如《汉武》:

　　蓬莱银阙浪漫漫,弱水回风欲到难。
　　光照竹宫劳夜拜,露薄金掌费朝餐。
　　力通青海求龙种,死讳文成食马肝。
　　待诏先生齿编贝,那教索米向长安。

　　《汉武》写汉武帝遗事,含有讽喻意义。宋真宗与辽签订"澶渊之盟"后,奸相王钦若向真宗进言以封禅泰山来夸示国威。真宗真的登泰山而封禅,为封禅事而大兴土木、劳民伤财,群臣还纷纷撰文歌功颂德把朝廷弄得乌烟瘴气。汉武帝也曾为追求长生大搞迷信活动,杨亿借汉武之事进行讽谏而写了《汉武》一诗。首联写武帝求仙海上之虚妄。颔联写武帝祈求长生之徒劳。颈联写武帝开边求马,迷信方士而不知醒悟。尾联诗人自叹清贫,倾吐怨尤,用才士待遇之菲薄反衬统治者为满足一己私欲的侈靡荒唐,

第七章 以文为诗,以理见胜:北宋时期的诗歌

衬托十分有力。此诗句句用典,组织绵密。由于典故的运用,使格律诗表意的容量大大增加。不过,用典过多又有可能造成语意上的晦涩,减低了诗的可读性,所以后来"西昆体"成了写诗的弊病。

杨亿用典的代表作还如《泪》:

> 锦字停梭掩夜机,白头吟苦怨新知。
> 谁闻陇水回肠后,更听巴猿拭袂时。
> 汉殿微凉金屋闭,魏宫清晓玉壶欹。
> 多情不待悲秋气,只是伤春鬓已丝。

通篇用典,句句写泪,将自《楚辞》、汉魏以来诗中旧有意象与典实信手拈来,极见熔铸之功。

西昆体虽然作为宋初唱和诗风极度发展的产物,但其唱和诗的表达形式、艺术风格却与白体唱和诗显然有别。杨亿这方面的代表作如《夜宴》:

> 凉宵绮宴开,鄩渌湛芳罍。
> 鹤盖留飞舄,珠喉怨落梅。
> 薄云齐鬓腻,流雪楚腰回。
> 巧笑倾城媚,雕章刻烛催。
> 盘空珠有泪,炉冷蕙成灰。
> 巾角弹棋胜,琴心促轸哀。
> 醉罗惊梦枕,愁黛怯妆台。
> 风细传疏漏,犹歌起夜来。

此题唱和除杨亿,尚有刘筠、钱惟演、钱惟济各一首,并皆对仗工整,色彩明艳,不仅句句用典,铺陈夸饰,而且辞藻美,富丽堂皇。杨亿此诗,通篇贯穿"绮宴""芳罍""鹤盖""珠喉""齐鬓""楚腰""醉罗""愁黛"等语,华艳富丽,雕饰之迹甚明。

二、刘筠的诗歌创作

刘筠(971—1031),字子仪,大名(今河北大名)人。咸平元年(998)进士,景德元年(1004),为大名府观察判官。大中祥符七年(1014),迁右司谏、知制诰,加史馆修撰。乾兴元年(1022),迁给事中,复召为翰林学士。仁宗天圣二年(1024),进枢密直学士、礼部侍郎、知颍州。天圣四年(1026),为翰林学士承旨、权判都省。天圣六年(1028),以龙图阁直学士再知庐州。天圣九年(1031)去世,谥文恭。

刘筠的很多诗歌都收在《西昆酬唱集》中,但也有一些未被收入。其中包括一些奉和之作,如《奉和圣制上元》《立夏奉祀太一宫》等;还有部分诗作吟咏其为官生活,如《中秋馆宿》等;另有部分送别之作,如《召入翰林别同僚》《送高学士知越》等,与《西昆酬唱集》中作品风格基本一致。

自《诗经·小雅·采薇》"昔我往矣,杨柳依依"起,杨柳,后又有柳絮,就与诗歌结下了不解之缘。仅在西昆诗人所崇尚的李商隐集中,以柳命题者,就有近20首之多。历代写柳和柳絮之诗,名章佳句,固络绎如云;而陈辞熟语,更连篇累牍。刘筠的《柳絮》一诗则在众作中别开生面:

半减依依学转蓬,斑骓无奈恣西东。
平沙千里经春雪,广陌三条尽日风。
北斗城高连蟻蠬,甘泉树密蔽青葱。
汉家旧苑眠应足,岂觉黄金万缕空?

这首咏柳絮诗好在其不入熟滥,不规于形象的刻画、藻彩的敷饰,而能在立意取势上透过一层,以此驱遣典实,熔裁物象,在吞吐断续、若即若离中,借柳絮的形象道出了诗人的一缕淡愁。该诗主要的吟咏对象是宫柳。宫柳在南朝以来一直为王侯勋贵所歌咏叹赏,而在刘筠看来,宫柳却有双重的悲愁。柳树伴着春风的到来而始发,鹅黄著枝,轻罗笼烟,二月间它又如此婀娜多姿。然而春犹未尽,柳却已经过了"当时"之"年",那蒙蒙飞絮恰似秋日离根飘荡的转蓬,只平添东西南北的离别人,马上折枝为赠时无可奈何的惆怅。然而此时,"平沙千里经春雪,广陌三条尽日风",柳树丰姿半减之时,正是万物经过春雪的滋润,在风和日丽中竞艳争芳之际。这是柳所共有的悲哀。然而宫柳比起一般柳树来,更有其独特的可伤处。《三辅黄图》记,"(汉)惠帝更筑长安城,城南为南斗形城北为北斗形。令人呼汉京城为斗城"。扬雄《甘泉赋》:"翠玉树之青葱。"颈联借汉言宋,树入禁中,身价陡增,被称为玉树,但为贵人所狎玩。商城隔绝,禁中森严,待它睡足醒来,"柳色黄金嫩"的韶光已经过去,它已是一片青绿,步入了中年。"岂觉黄金万缕空?"是全诗的结穴,冷然一问,分外警省。常柳虽然风华短暂,然而它们在平沙千里、广陌三条的风光中也曾品尝了青春的快乐,也能领略时过境迁的悲哀,它们的"生活"是流动的,活生生的。而闭锁于高城禁苑中的宫柳,却只是度着死水一潭般的年光。《柳絮》寄托的愁思,如果孤立地看,可理解为替宫柳传神,也可理解为代幽居的宫人感叹身世。立意的超胜使得此诗的开合结构,深得曲折回互之势;遣句造景亦能推陈出新。

西昆体诗善用典,词句华丽,刘筠的咏物诗《馆中新蝉》就体现了这样

第七章 以文为诗，以理见胜：北宋时期的诗歌

的特点：

> 庭中嘉树发华滋，可要螳螂共此时。
> 翼薄乍舒宫女鬓，蜕轻全解羽人尸。
> 风来玉宇乌先转，露下金茎鹤未知。
> 日永声长兼夜思，肯容潘乐到秋悲。

《西昆酬唱集》中以"馆中新蝉"为题的诗共六首，刘筠此诗最富韵致。咏物诗的要求是言隐，不可直接点明所咏之物；又要求语巧，要用华美的富于文采的语言写出所咏之物的特征。这两点此诗都做到了。刘筠此诗写的是新蝉，但充满了隐忧，有螳螂在后的恐惧，有西风乍起的悲思。故这既是咏蝉，也是作者心绪的一种写照。此诗中写到蝉翼的薄用魏文帝宫人的蝉鬓的典。写到蝉蜕皮就出自《史记·屈原列传》《淮南子·说林训》《楚辞·远游》《山海经·大荒南经》《抱朴子·论仙》的记载。诗中未出现"蝉"字，却处处在写蝉。作为歌咏对象的蝉，寓托了歌咏的主题。方回在《瀛奎律髓》卷十八中说："凡昆体，必于一物之上，入故事、人名、年代及金玉锦绣等以实之。"此评没有回答昆体诗人这样写的用意何在。其实，昆体诗人就是要将自己的情思寓于看似无关的故实和"金玉锦绣"的语词之中，从而避免点破他们的情思。

刘筠还有一些咏物诗的意境也颇为优美，如《荷花》：

> 水国开良宴，霞天湛晚晖。
> 凌波宓妃至，荡桨莫愁归。
> 妆浅休啼脸，香清愿袭衣。
> 即时闻鼓瑟，他日问支机。
> 秀骑翩翩过，珍禽两两飞。
> 牢收交甫佩，莫遣此心违。

这首诗极力渲染了荷花生长的环境，展现出一幅傍晚水国晚宴图，其中霞光与晚晖，美丽的女子，清幽的花香，鼓瑟的乐音，禽鸟在空中飞翔，美好的时光使人感慨，末句"莫遣此心违"指出要好好保存采莲女赠送的礼物，不要有违她的心愿。

刘筠的咏史诗能够超越具体史事的本身，在更为广阔的时空背景上形成对历史的纵览，从而达到对现实的思索、哲理的感悟，如《汉武》：

> 汉武天台切绛河，半涵非雾郁嵯峨。
> 桑田欲看他年变，瓠子先成此日歌。
> 夏鼎几迁空象物，秦桥未就已沉波。

相如作赋徒能讽,却助飘飘逸气多。

此诗咏汉武不写其尊儒术、破匈奴等功业,反而集中咏其晚年好神仙、求长生的事迹,语带讥刺。汉武帝是历史上著名的有雄才大略的明君,但却惑于方士的长生之术。此诗开头即以汉武帝奉巫祠神之事状物起兴:"汉武天台切绛河,半涵非雾郁嵯峨。"写汉武帝屡建崇楼高阁拔地而起,直入云霄,含云吐雾,彩霭缭绕的气势,创造了笼罩全诗的迷离虚幻的氛围。"桑田欲看他年变,瓠子先成此日歌"。这两句借仙女麻姑之事和汉武帝堵塞瓠子河决而作《瓠子歌》之事,意在说明武帝求仙未成而歌已先成,揭示其求仙美梦之幻灭。"夏鼎几迁空象物,秦桥未就已沉波。"这两句用汉武帝虽得宝鼎、遍封五岳四渎而最终求仙未果和秦始皇筑桥求神、桥未成已含恨而亡,点明汉武与秦皇一样得到可悲的下场。结尾两句为点睛之笔,借司马相如作《大人赋》讽仙家之虚妄而适得其反,说明自己和司马相如一样,只能以诗赋作为微讽,但却不希望像《大人赋》一样反助武帝求仙。言下之意即盼真宗不要辜负了他的一片苦心。

三、钱惟演的诗歌创作

钱惟演(977—1034),字希圣,杭州临安(今属浙江)人。吴越王钱俶之子。随父归宋,为右屯卫将军,累迁翰林学士、枢密使。仁宗时,因事落职。终崇信军节度使。卒谥思,后改谥文僖。钱惟演是西昆体诗派的骨干,其作诗虽也学李商隐诗歌之词采妍华,追求辞藻,好用典故,但意象不似杨亿那么繁密,语脉则较为清畅。

真宗曾经与大臣发起了《送张无梦归天台山》的酬唱活动,充满了对张无梦的赞美之情。此诗酬和者甚多,钱惟演诗云:

金庭霞标云半中,岩扉洞户凌太空。
飘飘灵气际浮景,蝉蜕万物乘高风。
吾君当天坐环极,物色异人方侧席。
岂因垂钓识羔裘,不假张罗得凫舄。
恩深况遇千龄旦,威颜咫尺隆宸盼。
问政应同牧马言,临轩几动犹龙叹。
方瞳玉骨本无羁,驰烟驭气思东归。
江南芳草正无际,林下群莺犹乱飞。
浮丘把袂去何处,五芝同晓仙露晞。
人间秘境不可识,千载宸章焕岩壁。

第七章　以文为诗，以理见胜：北宋时期的诗歌

　　这首诗第一至四句写张无梦修道，第五至八句写真宗得贤。"羔裘"和"凫舄"两句，在此都指贤者。诗云，真宗不垂钓、不假张罗，能够见到圣贤。钱诗在此称颂了真宗的品德。第九至十二句描写真宗亲自接见垂询的情景。"牧马"见《庄子》第二十四《徐无鬼》，老庄认为，中规中矩的马不过是一国之马，只有那些灭、失、丧，什么都不是的马，才是"超轶绝尘"的好马，故说"问政应同牧马言"。"犹龙"指老子，"临轩"指皇帝不坐正殿而御前殿，谓皇帝向无梦禅师询问为政之道而意气相投，对他们在前殿促膝谈心赞叹不已。第十三至十六句写张无梦思归天台，最终四句写真宗赐诗送归。杨亿和刘筠也同题诗。与之相比，钱惟演的诗是以四句表达一个意思，并每隔四句换韵的比较长的七言古诗。就内容来看，杨、刘诗以张无梦的修道为主。钱惟演诗除了称赞张无梦，诗中还有"吾君当天坐环极""物色异人方侧席""威颜咫尺隆宸盼""千载宸章焕岩壁"等句子，宣扬皇帝的威风，赞美皇帝的求贤。真宗优惠道士，召来隐士，是真宗崇道活动之一。由此可知，钱惟演在此诗中，尽力迎合着真宗的意图。

　　钱惟演当时以博学敏思、文辞清丽著称，与杨亿、刘筠齐名。西昆体诗人多有锤炼字句的偏好。钱惟演《对竹思鹤》在用字遣词上也颇见功力：

　　　　瘦玉萧萧伊水头，风宜清夜露宜秋。
　　　　更教仙骥旁边立，尽是人间第一流。

　　诗中"瘦""萧萧""水""风""清夜""露""秋"诸词合而用之，营造了一种清雅典丽的氛围，为后面写鹤做了铺垫。就总体风格而言，本篇也体现了西昆体诗歌词采精丽、意旨幽深的特点。

　　钱惟演的诗作也引用很多典故，几乎就是一句一典，如《梨》：

　　　　紫花青带压枝繁，秋实离离出上兰。
　　　　东海圆珪无奈碧，嵊州甜雪不胜寒。
　　　　已忧仙佩悬珠重，更恐金刀切玉难。
　　　　自与相如解消渴，何须琼蕊作朝餐。

　　首联用庾肩吾《答陶隐居赍术煎启》"紫花标色，出自郑崖之下"和杜甫诗"千朵万朵压枝低"的语意。颔联化用《西京杂记》记载的"初修上林苑，群臣远方各献名果异树"的典。颈联出自《遁甲开山图》："禹游东海，得玉珪，碧色，圆如日月。"尾联用到《御览》卷十二引《拾遗记》中西王母来进嵊州甜雪之事。作为西昆体诗人的骨干之一，钱惟演等人皆是饱学经纶之士，他们的这种典丽诗风本身已体现了其深厚学养。但是，这样用典之频繁，也难免有堆砌之嫌。

钱惟演诗多是与其他诗人相同的同题之作,但是也有自己的特色。例如《荷花》:

> 水阔雨萧萧,风微影自摇。
> 徐娘羞半面,楚女妒纤腰。
> 别恨抛深浦,遗香逐画桡。
> 华灯连雾夕,钿合映霞朝。
> 泪有鲛人见,魂须宋玉招。
> 凌波终未渡,疑待鹊为桥。

这首诗将荷花的袅娜风姿,用多个典故巧妙地表现出来,"徐娘岁老,犹尚多情"之典出自《南史·梁元帝徐妃传》,"楚灵王好细腰"之典出自《韩非子》,荷花的多情令徐娘羞面,她的柔媚纤弱又让以细腰著称的楚女嫉妒。接下来对荷花的香气、形态进行了描述,并描写了荷花在傍晚华灯初放,夕阳映照的雾霭中一直到明朝红霞辉映下的身姿。此诗描写细腻,让人有亲睹其景之感。全诗除了用"影自摇"三字直接描写荷花外,其他皆使用借喻手法。这样写难度较大,但是能给读者留下较多的想象空间,令读者在阅读作品的同时在头脑中进行"二度创作"。

钱惟演所作的一些诗虽有讽意,却表现得含蓄婉曲,如《南朝》:

> 结绮临春映夕霏,景阳钟动曙星稀。
> 潘妃宝钏光如昼,江令花牋落似飞。
> 舴艋凌波朱火度,舳舻拂汉紫烟微。
> 自从饮马秦淮水,蜀柳无因对殿帏。

此诗一开头就以写景的方式将人们带到了南朝的历史氛围中,从夕阳的余辉笼罩宫殿写到晨钟敲动暗寓君臣的彻夜寻欢,荒淫无度。直到结尾,诗人借"蜀柳"传达出一种黍离麦秀之慨,与前面的荒淫奢靡形成强烈对照,揭示出了亡国破家的原因。整首诗用典相对疏朗,对仗工稳、节奏谐和,词句妥帖,具有一种雍容安雅的气度。

钱惟演《南朝》诗中,把国亡前的奢侈生活和亡国之后的凄凉情景相对比,给读者留下不尽的余味。在钱惟演其他咏史诗中,也可以看到同样的妙对。比如,《明皇》诗结尾两句云:"匆匆一曲凉州罢,万里桥边见夕阳。"以安史之乱前唐玄宗歌舞生活的穷奢极侈和国乱后逃往成都"万里桥边"的凄凉景象对比。

钱惟演也有一些诗作没有被《西昆酬唱集》收入,其题材主要可以分为两类:一类是写生活琐事的,如《谪居汉东撰曲》:"昔年多病厌芳樽,今日芳

第七章 以文为诗,以理见胜:北宋时期的诗歌

樽惟恐浅"的诗句抒发了作者借酒消愁的苦闷感情。而《赋竹和文公》《珊瑚笔》《以蜀纸端砚寄仙芝》等作品则只是对一些具体器物的描写,并无深刻独到之处。另一类多为他与禅师、僧人的交往,如《送僧归护国寺》《送禅照大师归越》《送张无梦归天台山》《怀天台进禅师》等作品。

西昆诗人对李商隐的学习,其"多用故事"之弊,虽有"挦扯义山"之讥,但纪昀在《四库全书总目提要》中说其"宗法唐李商隐,词取妍华,而不乏兴象""取材博赡,练词精整,非学有根柢,亦不能镕铸变化,自名一家",特别是在变化转折中的宋初诗坛,对于北宋中期具有独特风貌的宋诗的形成实际上也发挥了一定的积极作用。当然,即以西昆体优秀之作而论,也主要只是停留于对晚唐李商隐诗艺术美的学习和模拟,显然未能在此基础上开拓前进。同时,西昆体处于北宋初期的最后阶段,不仅作家众多,影响广泛,而且崇尚晚唐的倾向尤为突出,其造成的典丽雕饰之风,几乎被后人当作整个宋初时期的流行诗风,因而,其产生的流弊成为北宋中期诗文革新运动斥责的主要对象。

第四节 荆公绝句妙天下:荆公体诗

荆公体指的是宋代诗人王安石的诗歌风格。王安石,曾封荆国公,世称王荆公。他的诗学杜甫、韩愈,晚年又参以王维;重炼意,又重修辞。在用词、造句、炼字等方面煞费苦心,既新奇工巧又含蓄深婉,主要载体是其晚期雅丽精绝的绝句。这些绝句既体现了宋诗风貌的部分特征,又有向唐诗复归的倾向;可谓既有唐音,又有宋调,对宋诗的发展影响较大。严羽在《沧浪诗话》中就曾指出:"公绝句最高,其得意处高出苏黄之上。"曾季狸则在《艇斋诗话》中也说:"荆公绝句妙天下。"可见王安石绝句的影响和成就。

王安石(1021—1086),字介甫,晚号半山,抚州临川(今江西抚州)人。仁宗庆历二年(1042)进士。神宗熙宁年间,两度出任宰相,依靠神宗推行新法,企图改变"积贫积弱"的局面。由于受到代表保守势力利益的旧党反对,新法受阻,王安石便于熙宁九年(1076)辞去相位,退居江宁(今江苏南京),封舒国公,旋改封荆国公,卒谥文。

王安石在政治上改易更革的同时,在文学方面也是欧阳修诗文革新精神的积极追随者。他特别强调文学的社会作用,认为文学应该务为"有补于世""以适用为本"。因此他很反感华而不实的西昆体,在诗歌创作上特别推尊杜甫诗歌的现实主义精神,同时也推尊韩愈和欧阳修。

王安石的诗歌创作,以熙宁九年(1076)他第二次罢相为界,可分为前

后两个时期。在这两个时期中,诗的内容与风格均有所不同。前期,诗的内容主要是反映社会问题,表现对时局的看法,如《感事》《发廪》《兼并》《省兵》等,从各个方面揭露当时社会存在的严重问题。在《和蔡副枢贺平戎庆捷》等诗中,歌颂了宋王朝收复熙河的胜利,而在《澶州》《河北民》等诗中,对朝廷奉行投降政策又深表不满。从这些诗中可以看出王安石锐意改革的思想。除了政治诗,他还写了一些咏史诗,借对历史的咏叹,抒发对现实的感慨,如《商鞅》《曹参》《张良》《贾生》《诸葛武侯》《明妃曲》(二首)等。其中,《明妃曲》(二首)咏王昭君远嫁匈奴事。他一反传统怜悯昭君,归罪毛延寿的基调,大胆地把矛头直指汉元帝,为毛延寿鸣不平。并且劝慰昭君,远嫁匈奴或许并非坏事,"君不见咫尺长门闭阿娇,人生失意无南北""汉恩自浅胡自深,人生乐在相知心",只要能获知己,岂不比深锁冷宫要好。他的诗常常喜欢议论,尤其是他的绝句,颇具理趣,耐人寻味。当然,他有一部分诗写得理过于情,类乎押韵的哲学讲义。

王安石前期创作的咏物诗也往往是借物咏怀,以物言志,咏竹的《与舍弟华藏院忞君亭咏竹》,咏古松的《古松》,咏菊的《黄菊有至性》,咏孤桐的《孤桐》,咏梅的《梅花》等。很明显,诗人是以竹、松、孤桐、菊花、梅花自比,表现他高洁的人品和孤傲的性格,也表现他为推行新法而决不趋时附势的不屈精神。此外,他的寓言诗如《秃山》《同昌叔赋雁奴》等,也是影射现实,表现诗人对社会问题的看法。王安石前期诗歌主要是古体。由于诗人较多地注意了政治色彩,因而往往意尽言直。他经常以文为诗,对于宋诗特色的形成起了重要作用,但是诗中议论较多。同时,他还喜将前人诗句点窜在自己诗中,这都可看出他受韩愈、欧阳修的影响很大。

王安石诗歌创作的后期,由于闲淡的隐居生活,使他有时间和精力更多地注意于艺术的追求。这时,诗的内容以写景抒情为主,形式则多为近体绝句小诗。例如,《南浦》《木末》《北山》《书湖阴先生壁》《江上》等,这些绝句小诗,经过诗人的精雕细刻,将一些景象写得有声有色,有动有静,形成美的意境,读后往往使人一唱三叹,韵味无穷。它们在内容上已失去了前期诗中的锋芒,表现的是闲适之心;风格上也不像前期那样遒劲有力,而是清新雅丽,精巧妙绝。

以《南浦》一诗为例:

南浦随花去,回舟路已迷。
暗香无觅处,日落画桥西。

王安石的绝句以明净空灵著称,这首诗便是如此。诗看上去仅是把泛舟赏花的过程一一写出,但因为完全把自己融入了景物之中,便充满了闲

第七章 以文为诗,以理见胜:北宋时期的诗歌

淡超然的趣味。前两句,写因贪看两岸的繁花以致迷失了归路,是实写,同时把自己对花的酷爱点出,为下蓄势。三、四句宕开一层,不具体写花,转写闻香而不见花,扩大了诗的内涵,又以夕阳照着画桥作旁衬,满足与遗憾的心情都在不写之写中吐露。此诗虽然含蓄清美,却充满着不知因何而起的惆怅迷茫。

又如《江上》:

江北秋阴一半开,晚云含雨却低徊。
青山缭绕疑无路,忽见千帆隐映来。

这首七绝,犹似一幅清远淡雅的水墨画,历历展现了秋日暮江的奇丽景象,又切切表达出诗人遗落世事的恬淡心境,还隐隐寄寓着诗人的人生自信和社会展望;透过画面,似乎可见立于江舟极目远眺、神色宁静萧散、思绪飞越古今的诗人形象;短诗可谓景、情、理浑然一体,写得工致雅丽,表现蕴藉风流,令人一咏三叹、寻味无穷;后两句看似因景成象、随口吟得,却不仅在造语、音律上极为工巧雅致,而且富有诗意,饱含哲理。陆游《游山西村》中的名句"山重水复疑无路,柳暗花明又一村"即由此而生发。

王安石晚年居江宁时曾作了《木末》一诗,描写大自然的勃勃生机:

木末北山烟冉冉,草根南涧水泠泠。
缫成白雪桑重绿,割尽黄云稻正青。

这首诗所描写的是夏收夏种以后的农村景物。首句是远方所见景色。远方北山的树木不见全貌,但可以看到木末;木末上慢慢升起烟雾,表明那里有村落。据所写情景,当是晨炊的烟雾。次句是近看所见景物——连草上的水珠都看得清楚,为近看。后两句写农村田园风光,着重于"白雪""黄云""绿""青"等色彩的渲染,鲜明而生动。此二句的构思是从眼前的桑树重绿联想到日后蚕丝丰收;从稻秧正青而预知秋后水稻丰收。宋僧惠洪《冷斋夜话》卷五说这是"古今不经人道语",并指出这种写法"如《华严经》举因知果,譬如莲花,方其吐华,而果具蕊中"。

王安石晚年退居江宁钟山时,曾在朋友杨骥家的墙壁上写了后人广为赞颂的《书湖阴先生壁》二首,其一尤为经典:

茅檐长扫静无苔,花木成畦手自栽。
一水护田将绿绕,两山排闼送青来。

诗人的朋友杨骥性情高洁,隐居不仕,他居住的环境也洁净清幽,纤尘不染,体现了主人高雅的情趣。前两句写庭院的整洁、清幽,又充满生机,令人陶醉。由"茅檐"可见居住条件的简陋,但"净无苔""花木成畦"可见主

人是一个朴实勤快、兴趣高雅、热爱生活的人。三、四句运用了拟人手法,使拟人和描写浑然一体。护田,保护园田。《汉书·西域传序》谓汉代西域置屯田,"置使者校尉领护"。颜师古注云:"统领保护营田之事也。"这里用其字面。将,携带。绿,指水色。排闼,推开门。闼,宫中小门。《汉书·樊哙传》载,汉高祖刘邦病卧禁中,下令不准任何人进见,但骁将樊哙"乃排闼直入",闯进刘邦卧室。此即"排闼"二字的出处。青,指山色。这两句写山水与人相亲,描写生动,用典而使人不觉。王安石本人也以此二句为得意。《苕溪渔隐丛话》前集卷三十三引黄庭坚云:"尝见荆公于金陵,因问丞相近有何诗,荆公指壁上所题两句'一水护田将绿绕,两山排闼送青来',此近所作也。"一"绕"一"护",不仅写出溪流蜿蜒曲折的真实形象,更写出了动感,具有了生命力;一"排"一"送"写出了青山推门而入的动作姿态和迫不及待的心情,更写出了对主人的一片心意。这一神来之笔为此诗增色不少,使静止的事物有了动态美,给单纯的画面增添了灵气。

王安石晚年还在北山居住过,创作了《北山》一诗:

> 北山输绿涨横陂,直堑回塘滟滟时。
> 细数落花因坐久,缓寻芳草得归迟。

王安石用字精巧,这首诗又是一个例子。"北山输绿"的"输",是不常见的用法,输有输送、运输的意思,至于北山如何能输送绿色,则需要依靠读者的想象力。输送是一个动作,从一个地方运送到另一个地方,营造了一种生长、蔓延的感觉,因此"北山输绿"让人感到绿水一格又一格地增加,很有动感。另一方面,这首诗的后两句"细数落花因坐久,缓寻芳草得归迟"也非常著名,古人称赞它看似闲适、轻松自然,但细细品味,却有一种高雅的意境。江西诗派诗人徐俯曾针对这两句作诗说:"细落李花那可数,缓行芳苹步因迟。"徐俯对自己这两句很得意。关于这两句与徐俯改作的优劣,在宋代曾引起过一场讨论。吴曾《能改斋漫录》卷八说:"荆公之诗,熟味之,可以见其闲适优游之意。至于师川(徐俯),则反是矣。"而陆游《老学庵笔记》卷四引诗人曾几的评论:初不解徐俯拟王安石此诗之意,"久乃得之,盖师川专师陶渊明者也。渊明之诗皆适然寓意而不留于物,如'悠然见南山',东坡所以知其决非'望南山'也。今(荆公)云'细数落花''缓寻芳草',留意甚矣,故易之"。意思是徐俯嫌王安石原诗过于执着而留意于物,缺少了悠闲容与的意趣。其实徐俯的改作并不太好,但为欣赏王安石此诗提供了很好的参照。

《岁晚》一诗也写得疏淡清雅,明净素朴:

> 月映林塘淡,风含笑语凉。

第七章　以文为诗,以理见胜:北宋时期的诗歌

> 俯窥怜绿静,小立伫幽香。
> 携幼寻新薜,扶衰坐野航。
> 延缘久未已,岁晚惜流光。

此诗描绘秋月映照着的林塘夜色,抒发"岁晚惜流光"的深切感情。写景细致、用字精警,故每联均有供读者玩味之处。"岁晚",这里指阴历九月。此时,秋水澄碧,菊花正开,丝毫不比春景逊色。并且由于时近岁暮,"此景过后更无景",因而比春景更令人爱惜。"月映林塘淡",可见不是朦胧新月,至少是半月。可以设想,明月与清波相映,一定明朗动人,这就为"坐野航"作了伏笔。而塘畔菊花,藏于枝叶之中,虽有月照,依然黝黯,这就解释了为什么必须去"寻"。颔联、颈联正面描叙诗人的赏玩过程。"俯窥"句赏水,"小立"句赏花。"绿静"二字颇可玩味。王安石之前,已有不少诗人分别用"绿""静"来表现水的动人。如李白《襄阳歌》"遥看汉水鸭头绿"、谢朓《晚登三山还望京邑》"澄江静如练",所以,用"绿静"来代指水,就暗含了这一类描写在内,因而其作用也就不限于和"幽香"成对,求得属对工整,同时也富于画意,正好显示了水的可"怜"(爱)。"俯窥"池塘,并非仅仅看水,而是入迷地欣赏着"水中影":月影、树影、花影以及与此相关的一切景物。"窥"字极为传神,活灵活现地写出了诗人的个性;不仅如此,它还和"小立"形成对照,风致悠然。"携幼寻新薜"承"小立"句而来,薜,移植,栽种,含鲜明之意,常用来描写花色,本诗指花。菊花始开,故称"新薜"。塘畔的缕缕幽香诱惑着诗人,于是他兴致更高,"携幼"相寻。画面中出现了一老一少,相互之间又是如此亲密,可以想见他们必然款语绵绵,这就照应了上文的"笑语"。

尾联画龙点睛。"延缘",徘徊流连。"延缘久未已"具有很大的容量。它不仅包括了上述全部赏玩过程,还表明"扶衰坐野航"之后诗人仍在夜游。至于他何时会"已",没有明写,也没有暗示,只是意味深长地说明了"延缘久未已"的原因:"岁晚惜流光"。有了这一句,全部描写赏玩的画面就获得了灵魂,也就不必再去追问还会"延缘"多久,而尽可根据自己的理解去想象,去回味。

王安石的诗又有含蓄蕴藉之妙,如《寄蔡天启》:

> 杖藜缘堑复穿桥,谁与高秋共寂寥?
> 伫立东冈一搔首,冷云衰草暮迢迢。

诗人把主人公安排在一个萧瑟冷落的秋色之中,他独立高冈,面对着冷云衰草,瑟瑟秋风,他的所思所想所感,诗中没有任何说明和提示,然而一种怅惘、苍凉的情怀尽在不言之中。

177

当然，荆公体诗还有喜造硬语、押险韵、好议论的弊病。但总的来看，王安石以他独具一格的诗歌创作建立了宋诗一体。后来以黄庭坚为首的江西诗派以及杨万里的诚斋体等都不同程度地受到了他的影响。

第五节　高风绝尘，超越世俗：东坡体诗

所谓东坡体，用苏辙《亡兄子瞻端明墓志铭》的话说就是"公诗本似李、杜，晚喜渊明"。苏轼在《书黄子思诗集后》中写道："苏、李之天成，曹、刘之自得，陶、谢之超然，盖亦至矣。而李太白、杜子美以英玮绝世之姿，凌跨百代，古今诗人尽废，然魏、晋以来高风绝尘亦少衰矣。李、杜之后，诗人继作，虽间有远韵，而才不逮意。独韦应物、柳宗元发纤秾于简古，寄至味于淡泊，非余子所及也。唐末司空图崎岖兵乱之间，而诗文高雅，犹有承平之遗风，其论诗曰：梅止于酸，盐止于咸，饮食不可无盐梅，而其美常在咸酸之外。"这段话颇能代表苏轼的诗歌见解。诗贵韵味，要有弦外之音、言外之意。苏轼的诗歌创作正是他的论诗见解的体现。他的诗既具有杜诗的现实精神，又具有李诗豪放不羁的浪漫风格，还具有陶潜"质（质朴）而实绮（绮丽），癯（清瘦）而实腴（丰腴）"，清新淡雅，托意高远的特征。

苏轼（1037—1101），字子瞻，又字和仲，号铁冠道人、东坡居士。眉山（今四川眉山）人。宋仁宗嘉祐二年（1057）进士，累官翰林学士。他在新旧党争中既不为新党所容，也不为旧党所用，而是在夹缝中生活。因此屡遭贬谪，一生很不得意。卒谥文忠。

苏轼的诗歌创作，以其独特的成就出现在宋代诗坛，成为宋诗一大家，使宋诗在欧阳修诗文革新的基础上有新的发展。苏诗的特点及成就主要表现在以下几个方面：第一，题材多样，内容丰富。在现存的两千多首苏诗中，从现实到怀古，从社会政治到自然景物，从书画鉴赏到人生慨叹，生活中的题材，在苏轼手里真可谓无不可入诗。第二，形象生动，韵味深长。苏轼比起欧阳修、王安石来，更注意诗的形象性，注意诗的韵味。在这方面，善用比喻是苏诗的一大特点。施补华在《岘佣说诗》中指出："人所不能比喻者，东坡能比喻；人所不能形容者，东坡能形容。"第三，运笔自然，风格豪放。苏轼在《答谢民师书》中一再强调为文应该"如行云流水，初无定质，但常行于所当行，常止于所不可不止，文理自然，姿态横生"。他的诗正是这样信笔写来，挥洒自如，放笔快意，一泻千里，不假雕琢，仿佛不着力气，实际上才气横溢，在宋诗中形成他独特的风格。

反映社会政治问题，是苏诗一个重要内容。在《黄牛庙》《岁晚三首》

第七章　以文为诗,以理见胜:北宋时期的诗歌

《和子由蚕市》等诗中,或隐或明地反映了社会的不平;《山村五绝》《吴中田妇叹》等诗,对王安石新法在推行中的流弊,进行了大胆揭露;在《闻捷》《寄常山回小猎》等诗中,反映了当时的民族矛盾,抒发了诗人的报国之情。这些诗表现了诗人对现实的关心,体现了诗人干预生活的勇气。如他在黄州写的《陈季常所蓄朱陈村嫁娶图》(其二):

> 我是朱陈旧使君,劝农曾入杏花村。
> 而今风物那堪画,县吏催钱夜打门。

寥寥数笔,给人们展示了一幅生动的县吏催租图。诗人对受剥削的农民的同情之心,流露于字里行间。特别值得一提的是他贬惠州时写的《荔枝叹》:

> 十里一置飞尘灰,五里一堠兵火催。
> 颠坑仆谷相枕藉,知是荔枝龙眼来。
> 飞车跨山鹘横海,风枝露叶如新采。
> 宫中美人一破颜,惊尘溅血流千载。
> 永元荔枝来交州,天宝岁贡取之涪。
> 至今欲食林甫肉,无人举觞酹伯游。
> 我愿天公怜赤子,莫生尤物为疮痏。
> 雨顺风调百谷登,民不饥寒为上瑞。
> 君不见,武夷溪边粟粒芽,前丁后蔡相笼加。
> 争新买宠各出意,今年斗品充官茶。
> 吾君所乏岂此物,致养口体何陋耶?
> 洛阳相君忠孝家,可怜亦进姚黄花。

这是一首新乐府式的政治讽刺诗,是宋哲宗绍圣二年(1095)苏轼被贬惠州(今广东惠阳)时所作。作者由品尝荔枝原味联想到汉唐进贡荔枝给人们带来的灾难,继而想到当时一些达官贵人为争新买宠,贡茶贡花的社会现实,于是写下这首《荔枝叹》。诗中辛辣地讽刺了唐玄宗、杨贵妃直接导演的"宫中美人一破颜,惊尘溅血流千载"的惨剧,并由这一历史的惨剧联系到现实社会,对"争新买宠"的当朝权贵,指名道姓地加以谴责。此诗可以分三层。第一层写汉和帝、唐玄宗时代进贡荔枝,人民死亡枕藉的悲惨情景,并据此议论,痛恨奸佞权臣,赞扬直言诤谏。第二层联想当今的进贡,讽谏统治者不要贪图享受珍奇之物,而要把人民饥寒放在心上,才是治国兴邦的正道。第三层公开揭露、抨击当朝权贵、官僚进贡名茶、名花等祸国殃民的行为。指名道姓,不稍隐讳,义正词严,无情嘲讽。全诗以古带

今,以古鉴今,描写与议论相结合,笔端饱含激情,倾向十分鲜明。

苏轼的足迹遍及神州大地。从岷江到东海南海,从峨眉之巅到浙江钱塘,从宋辽边境到齐鲁江淮,从关中汴梁到岭南儋耳,东坡的诗篇中留下了一幅又一幅祖国的名山大川、江河湖海以及城市乡村的画卷。他的这些作品如《入峡》《巫山》《出峡》写蜀中山川的雄伟壮丽;《凤翔八观》写秦川名胜的稀有珍奇;《望海楼晚景》写钱塘江潮的汹涌澎湃;《登州海市》写东黄海烟云的奇幻神妙;《新城道中》写江南村景的恬静幽美;《白水山佛迹岩》写岭南风光的多姿秀丽。这些作品,从艺术追求的角度来讲,可以说无可挑剔,东坡向人们展现了无比瑰奇的艺术画廊。动景多于静景,奇景多于常景,造景多于写景,是东坡风景诗歌的显著特点。

在《饮湖上初晴后雨》中,以西施咏写西湖之美,成为千古绝唱:

水光潋滟晴方好,山色空濛雨亦奇。
欲把西湖比西子,淡妆浓抹总相宜。

此诗紧扣"初晴后雨"四字来写,"水光潋滟""山色空濛",抓住了西湖晴天和雨天奇妙景色的特点。这就自然地引出后两句的赞叹来。人的着装打扮,固然关系到其美丑,但真正的绝色美人,即使蓬头乱服,也难掩其本色光华。苏轼深知此理,所以借古史中第一美人西施来比晴雨都相宜的西湖。诗的结穴在最后一句。心境与物境随缘起灭,无有不好,也不是没有抒情主体,而是人的抒情主体已经化入物境,所以,这可以说是典型的"入禅"之作。

七言律诗组诗《新城道中》(二首)是苏轼在去往新城途中,对秀丽明媚的春光,繁忙的春耕景象的描绘。第一首诗主要写景,景中含情,反映了作者当时的欢乐心情,也表现了他厌恶俗务、热爱自然的情趣。第二首着重抒情,情中有景,透露出一种归隐之意以及对自然的热爱之情。第一首最为出彩:

东风知我欲山行,吹断檐间积雨声。
岭上晴云披絮帽,树头初日挂铜钲。
野桃含笑竹篱短,溪柳自摇沙水清。
西崦人家应最乐,煮芹烧笋饷春耕。

这是苏轼在杭州写一个普通农村雨后初晴的旖旎风光的诗。透过这些清丽跳动的诗句,活灵活现地展示出他对生活充满热爱,处处感到生意盎然的心灵。

在写景诗中,诗人还善于表现变化的景象,给人以亲临其境之感。如

第七章　以文为诗，以理见胜：北宋时期的诗歌

《六月二十七日望湖楼醉书五绝》(其一)："黑云翻墨未遮山,白雨跳珠乱入船。卷地风来忽吹散,望湖楼下水如天。"从乌云翻滚到暴雨骤下,又由风吹云散到天空晴朗,水天一色。二十八个字将夏日西湖的景象写得如此形象,仿佛就在读者面前。再看《江上看山》：

> 船上看山如走马,倏忽过去数百群。
> 前山槎牙忽变态,后岭杂沓如惊奔。
> 仰看微径斜缭绕,上有行人高缥缈。
> 舟中举手欲与言,孤帆南去如飞鸟。

前两句是总的看,接下来是"前山""后岭"细看,再接下去"仰看微径",则是更深一步细观。而这一切都围绕着舟行中观山来写,诗人抓住舟行看山时转瞬即逝的特点去捕捉物象,所以,此时诗人眼中的山,山中之景无不是活蹦蹦的。

同时,东坡善于捕捉稍纵即逝的动景,除了前文提到的《望湖楼醉书》还如《望海楼晚景》："横风吹雨入楼斜,壮观应须好句夸。雨过潮平江海碧,电光时掣紫金蛇。"这两首皆写景,或急雨掠过,湖天一碧;或雨霁潮平,海天掣电。这里云、雨、风、雷、江潮、闪电,都给人一种流动感和力度感。

苏轼的写景诗歌想象飞驰,奇趣横生,意境灵动,比喻新颖巧妙,层出不穷。"长江绕郭知鱼美,好竹连山觉笋春"(《初到黄州》),由视觉环境随即转化成香美的味觉嗅觉形象。"桑畦雨过罗纨赋,麦垄风来饼饵香"(《南园》),从桑田麦垄的风雨立时联想起收获时的喜人;"空肠得酒芒角出,肝肺槎牙生竹石"(《郭祥正家醉画竹石》),把无形的酒助诗兴的创作灵感写成可诉诸视觉和触觉的具体形象,诗歌敏捷过人,生机洋溢。

宋诗以文为诗的特点,在欧阳修、王安石手里比较忽视诗的形象性,而苏轼却比较尊重诗的艺术规律,注意诗的形象和韵味。如《海棠》诗："东风袅袅泛崇光,香雾空蒙月转廊。只恐夜深花睡去,故烧高烛照红妆。"以美人比花,不仅使人想见花之美,更给诗歌增添了不少情韵。尤其是在《百步洪》中,诗人一连用了兔走鹰落、骏马下注、断弦离柱、箭脱手、飞电过隙、珠翻荷七种形象来比喻百步洪的急湍,真使人应接不暇,惊心动魄,简直将百步洪写活了。诗人在应用比喻时,既注意比喻的新颖,又注意从人们熟悉的事物中选取比喻的材料,因而,诗歌更富于形象性,更有韵味。

最能体现苏轼"运笔自然,风格豪放"的是他的古体诗,如《法惠寺横翠阁》：

> 朝见吴山横,暮见吴山纵。
> 吴山故多态,转折为君容。

> 幽人起朱阁,空洞更无物。
> 唯有千步冈,东西作帘额。
> 春来故国归无期,人言秋悲春更悲。
> 已泛平湖思濯锦,更看横翠忆峨眉。
> 雕栏能得几时好,不独凭栏人欲老。
> 百年兴废更堪哀,悬知草莽化池台。
> 游人寻我旧游处,但觅吴山横处来。

诗人在横翠阁朝暮所见吴山的多姿多态,引发了故国之思:"已泛平湖思濯锦,更看楼翠忆峨眉。"并由此引发出人生的感叹,再由人生的感叹引发出历史的兴废。诗人登上横翠阁,触景生情,浮想联翩。他思念故国,慨叹人生,有多少的话要说。诗笔随着诗人的感情而自然流转,那句句诗情都从诗人肺腑中流出,没有任何一点做作的痕迹。又如七古《雪浪石》,写的是一山石盆景,诗人却凌空落笔,从雪浪石的来历写起,再转到雪浪石盆景自身;并由这一盆景联想到家乡四川的"离堆",无限乡思在心头翻涌,感情的洪流奔注而来,气势雄放。

苏诗中还有不少抒写个人情怀的作品,在这些作品中,或者抒发他怀才不遇的感慨,愤世嫉俗的情绪;或者写他对官场的厌恶,对自由、恬静生活的向往;或者抒发他积极用世之心;或者写他消极避世之想。例如,《游金山寺》:

> 我家江水初发源,宦游直送江入海。
> 闻道潮头一丈高,天寒尚有沙痕在。
> 中泠南畔石盘陀,古来出没随涛波。
> 试登绝顶望乡国,江南江北青山多。
> 羁愁畏晚寻归楫,山僧苦留看落日。
> 微风万顷靴文细,断霞半空鱼尾赤。
> 是时江月初生魄,二更月落天深黑。
> 江心似有炬火明,飞焰照山栖乌惊。
> 怅然归卧心莫识,非鬼非人竟何物?
> 江山如此不归山,江神见怪警我顽。
> 我谢江神岂得已,有田不归如江水!

宋神宗熙宁三年(1070),苏轼在京城任殿中丞直馆判官告院,权开封判官。当时王安石大力推行新法,苏轼写文直言不讳批评新法,引起当道不满。苏轼深感仕途险恶,主动请求外任。熙宁四年(1071),苏轼离京到杭州任通判,途经镇江金山,访宝觉、圆通二僧,夜宿寺中而作《游金山寺》

第七章　以文为诗，以理见胜：北宋时期的诗歌

一诗。全诗二十二句，大致可分三个层次。前八句写金山寺山水形胜，中间十句写登眺所见黄昏夕阳和深夜炬火的江景，末四句抒发此游的感喟。贯穿全诗的是浓挚的思乡之情，它反映了作者对现实政治和官场生涯的厌倦，希望买田归隐的心情。

又如《澄迈驿通潮阁》（其二）：

> 余生欲老海南村，帝遣巫阳招我魂。
> 杳杳天低鹘没处，青山一发是中原。

澄迈驿，即今天海南省海口市西。元符三年（1100），苏轼被改为廉州（今广西合浦）安置，从海南放回。赴任途经澄迈县作此诗。诗人本来已准备在海南岛的荒村终老一生，想不到朝廷忽然召回。这使诗人大感意外，感慨不已。借《楚辞·招魂》为出处，自比"魂魄离散"的屈原。站在海角天涯的楼头，遥望中原，何时真能再跨越万里回到京师，真的很难说。三、四句读来如身临其境，目极天边，只有青山像一丝细发，若隐若现而已。看不到欣喜的表现，全诗呈现出一种静态，却也别有一番情趣。就在作此诗的次年，苏轼得到了自廉州重回汴京的机会。

苏轼的诗歌作品中，有相当数量的寓言诗，而且颇有成就。这是他充分运用诗歌艺术创作的各种特性，如诗言志、寓物托讽、驰骋想象、蕴含深邃、悠然言外等诸多艺术功能，转而为寓言体服务，致使其寓言诗的创作，获得成功。在苏轼的寓言诗中，把诗歌的瑰奇、驰骋的艺术想象力，发挥得淋漓尽致。例如，《虚飘飘》："虚飘飘，画檐蛛结网，银汉鹊成桥；尘渍雨桐叶，霜飞风柳条；露凝残点见红日，星曳余光横碧霄。虚飘飘，比浮名利就坚牢。"这首诗构思奇特，诡幻百出，笔笔欲仙。东坡采用了排比式的连珠比喻，描绘了一个虚浮脆弱的大千世界，它将人间"浮名虚利"比作画檐上的蛛网、银河上的鹊桥、暴雨中的梧桐尘埃、狂风里的柳条寒霜、烈日中的露水残点、凌霄中的流星曳光等，这一系列虚幻空灵的描写，层层加码地把"浮名利"形容得无比空泛不实。然而，作品没有就此止步，在结语处瞬间把理性思维转换方向，推向了另一个汹涌的认知高潮。诗中说，以上诸多虚飘事物，即使再虚飘，也多是现实生活中发生过的，因而它们比根本虚空的"浮名利"更为坚实牢固，进而把"浮名利"彻底否定。出人意料，却又在情理中，真给人以警示。

苏轼一向强调诗歌"才意高远，造语精到"（《评陶诗》），着重采用了"移理入景"（如《黄牛庙》《雪泥鸿爪》《假山》《柏石图诗》《捕鱼图赞》等）、"借咏物谈理"（如《梅花》《蝉》《鱼》《促织》《蜗牛》《虾蟆》等）、"在叙事中融入哲理"（如《饥乌与野鹰》《放鱼》《荔枝叹》《古意》《虚飘飘》等）、"议论带情韵以

行"(如《宝刀》《画鱼歌》《鹤叹》《梦中投井》《空谷海棠》等)等艺术手法,致力于将真理的光辉与寓言文字美的因素紧密结合,让文学艺术的感性美与理性的智慧相融汇,将诗歌的形象、意境、旋律、节奏、韵味融进理性王国,形成高层次的理性色彩美,从而拨动人们的心弦,产生愉悦的快感,获得心灵的震撼,受到寓言理性美的熏陶。

此外,他还写了一些鉴赏书画的作品,如《惠崇春江晓景》《王维吴道子画》《石苍舒醉墨堂》《李思训画长江绝岛图》等。这类作品既能再现书画艺术的精彩,又能跳脱作品而写诗人的艺术见解;既是在鉴赏书画艺术,又巧妙地寄深意于弦外。以《惠崇春江晓景》为例:

竹外桃花三两枝,春江水暖鸭先知。
蒌蒿满池芦芽短,正是河豚欲上时。

这首诗不仅写出春江桃花、春水荡漾、蒌蒿丛生、芦苇吐芽的如画春色,且能运用丰富的艺术联想,表现鸭子的感官触觉,推断河豚的动向,从而使初春的画面活灵活现,生机勃发,情趣别致,生动逼真,春意盎然,成功地烘托渲染出画中的神韵和画外的初春意蕴。

此外,《书王定国所藏烟江叠嶂图》更是题画长句中曲尽奇情幻景的名作。诗人题画由远景到近景,由画面景想到现实景,由眼中画、意中景引出栖迹林泉的高情雅趣,远近虚实,层次分明,舒卷自如,出神入化。

苏轼晚年十分尊崇陶渊明,写了许多"和陶诗",如《和陶归园田居六首》(其一):

春江有佳句,我醉堕渺莽。
新浴觉身轻,新沐感发稀。
风乎悬瀑下,却行咏而归。
仰观江摇山,俯见月在衣。
步从父老语,有约吾敢违。

诗人写出对远离朝廷这个樊笼的喜悦和对惠州生活环境的惬意。诗中有儒,但已不是俗儒,而是具有超越精神的儒;有道,但已不是祈求长生或无为而治的道,而是"与天地精神独往来"的道;有禅,但已不是屏气凝神、排除杂念的苦禅,而是在现实的感性生活中体味本体的活禅;也有隐,但已不是为隐而隐的隐,而是一无所隐的隐。所以说他的生命已经达到了旷世审美的境界。而宋诗的精髓,也正在这种由情入理,再由理返情的境界之中。

由于苏轼写作和陶诗主要是"陶写伊郁"的,所以,他把和陶诗的写作

第七章 以文为诗,以理见胜:北宋时期的诗歌

看作自我形象的表白。在扬州任太守时,苏轼在《和陶饮酒二十首》的开篇第一首就写道:"我不如陶生,世事缠绵之。云何得一适,亦有如生时。寸田无荆棘,佳处正在兹。纵心与事往,所遇无复疑。偶得酒中趣,空杯亦常持。"一个有责任心、有个性的官吏形象跃然纸上,尤其是"偶得酒中趣,空杯亦常持"句,惟妙惟肖地写出了诗人的生活态度:摆脱世俗的羁绊,忙里偷闲,显示出一种闲情逸致。更为形象的是,他在第八首诗中说:"我坐华堂上,不改麋鹿姿。时来蜀冈头,喜见霜松枝。心知百尺底,已结千岁奇。煌煌凌霄花,缠绕复何为。举觞醉其根,无事莫相羁。"诗人以狂荡不羁的"麋鹿姿""霜松枝"自喻,认为自己堪称"千岁奇"。但无事相羁绊的"凌霄花"老是兴风作浪,令人心烦,故诗人只能是坦然以对。"举觞醉其根",活画出东坡此时的处境及独立孤行的反潮流精神。

总之,在苏轼那里,无论是议论时事,感怀历史,体味人生,记游山水,参禅悟道,还是服食洗浴,动植细物,日用器具等,均可入诗,在一定意义上讲使诗获得了一种解放,成为体味生命、建构精神本体的一种形式。正如赵翼在《瓯北诗话》(卷五)中所说:"以文为诗,自昌黎始,至东坡益大放厥词,别开生面,成一代之大观。"他的影响所及不仅是宋代诗坛,而且后世许多诗人都受他影响。在苏轼周围的诗人中,还有黄庭坚、秦观、张耒、晁补之苏门四学士,以及陈师道、文同、苏辙等。他们有的受苏轼影响,有的又走自己的路。苏轼的诗集不仅在海内流传,还远播当时的辽、高丽等国。

第六节 无一字无来处:江西诗派

江西诗派跨越北南两宋,是宋代影响最大的一个诗歌流派,也是中国古代文学史上影响最大的诗歌流派之一。江西诗派的作品,思想内容比较狭窄。但他们提倡学习杜甫、广博读书,强调诗歌创作要达到"无一字无来处",主张"夺胎换骨""点铁成金",崇尚瘦硬诗风,刻意创制拗律,取得了一定的艺术成就。吕本中、陈与义、曾几是江西诗派中的重要作家,同时也是江西诗派诗风趋变的关键人物。

一、吕本中的诗歌创作

吕本中(1084—1145),字居仁,学者称为东莱先生,寿州(今安徽寿县)人。少以荫补承务郎。绍兴六年(1136)赐进士出身。官至中书舍人兼侍讲,权直学士院,因反对秦桧投降论调而被罢官。早年曾作《江西诗社宗派

图》。论诗主活法,尚自然,诗歌深受黄庭坚、陈师道的影响。有《东莱先生诗集》等。其诗歌成就后期高于前期,前期专以黄庭坚为典范,生新刻峭,旨趣幽深,后期主要反映的是南渡前后的社会现实,深沉悲慨。艺术上力求句意丰缛,无江西诗派的艰涩。

金兵围攻汴京时,吕本中正在城中,他的《守城士》记录并描写了抗金将士的奋力抵抗精神,《城中纪事》则控诉了金兵烧杀抢掠的罪行,诗云:

> 生平足艰窘,可叹不可言。两遭重城闭,再因群盗奔。
> 今兹所值遇,我岂不与闻。脱身保儿女,恐辜明主恩。
> 傍徨不忍去,敢计生理存。昨者城破日,延烧东郭门。
> 中夜半天赤,所忧惊至尊。是日雪政作,疾风飘大云。
> 十室九经盗,巨家多见焚。至今驰道中,但行胡马群。
> 翠华久不返,魏阙连妖氛。都人向天泣,欲语声复吞。
> 我病未即死,尔来春既分。剥床供晨炊,两眼烟已昏。
> 岂无好少年,可与共殊勋。志士或不耻,有身期报君。
> 塞水须塞源,伐木须伐根。子莫笑短拙,荆蛮生伍员。

金人兵马在城内肆虐,将汴京城内财富搜括殆尽;"志士"以下诸句,认为应当查找亡国根源,正本清源,有朝一日终能报仇雪恨。

《丁未(1127)二月上旬四首》其二:"厄运虽云极,群公莫自疑。民心空有望,天道本无知。野帐留黄屋,青城插皂旗。燕云旧耆老,宁识汉官仪。"其四:"主辱臣当死,时危命亦轻。谁吞豫让炭,肯结仲由缨。洒血瞻行殿,伤心望虏营。尚留仪卫否?早晚复神京。"前一首诗写宋钦宗被金兵扣押在青城,士大夫感发国将不国的悲痛;后一首诗呼吁士人在危难时刻,应该像豫让那样誓死报国,像子路那样捍卫正义,早日恢复神京,重振汉官威仪。

针对围城中士大夫的丑恶行径,吕本中写下了不少挞伐之作,如《无题》:"胡虏安知鼎重轻,祸胎元是汉公卿。襄阳耆旧唯庞老,受禅碑中无姓名。"《兵乱后自嬉杂诗》其二十四:"君父围城内,忽逾三月期。……报国宁无策,全躯各有词。旄头渐低小,早晚定班师。"《兵乱寓小巷中作》则记述了靖康之难时汴京城内混乱不堪的局面,诗云:"城北杀人声彻天,城南放火夜烧船。江河梦断不得往,问君此住何因缘。窜身穷巷米如玉,翁寻湿薪媪爨粥。明日开门雪到檐,隔墙更听邻家哭。"到处充斥着杀人、放火等恐怖气氛,柴、米等基本生活用品极度匮乏。

汴京失陷以后,吕本中曾回到汴京写了组诗《兵乱后杂诗》,反映了劫后的惨相,抒写了亡国之痛。这里选取其中的三首。

第七章　以文为诗,以理见胜:北宋时期的诗歌

其一
晚逢戎马际,处处聚兵时。
后死翻为累,偷生未有期。
积忧全少睡,经劫抱长饥。
欲逐范仔辈,同盟起义师。
其四
万事多翻复,萧兰不辨真。
汝为误国贼,我作破家人!
求饱羹无糁,浇愁爵有尘。
往来梁上燕,相顾却情亲。
其五
蜗舍嗟芜没,孤城乱定初。
篱根留弊屦,屋角得残书。
云路惭高鸟,渊潜羡巨鱼。
客来阙佳致,亲为摘山蔬。

第一首写金兵南下事,抒发诗人的报国心愿。"晚逢戎马际,处处聚兵时。"诗篇开头直点兵乱这一主题,渲染了战乱气氛。"戎马",此指金兵。当时吕本中已四十多岁,故说晚年适逢金兵南犯,中原板荡,兵马四聚。首联揭示了背景,涵盖全篇。"后死翻为累,偷生未有期。"此联承上。兵荒马乱的动荡年代,人命危浅,朝不保夕,苟且偷生亦非容易,真是"时危命亦轻"。"后死"与"偷生"对举,用语沉着,写出了战乱造成的苦难,表达了诗人对百姓命运的系念。五六句"积忧全少睡,经劫抱长饥"既是诗人忧伤国事的无限深沉的感慨,又是乱后人民遭受苦难的真实记录。末二句"欲逐范仔辈,同盟起义师"以情收结,而与首句"戎马际"相呼应,道出诗人在国家急难之际奋身勤王报国的志节。

第四首是对于北宋覆灭的反思。诗中用"萧""兰"分别指代小人、君子,用"羹无糁"指代没有粮食,用"爵有尘"指代长期没有酒喝,将难以表达的事情一一用具体化的事物替代,使读者如亲身经历一般。尾联"往来梁上燕,相顾却情亲"以人燕依旧亲近反衬今昔巨变,具有震撼力。

第五首写乱定之后艰难的生活处境。"篱根留弊屦,屋角得残书"通过细节写战乱造成的灾难。在篱笆的根下找到了破鞋子,屋角几本残破的旧书散落在地上。可以想见金兵进来以后是如何抢劫的。面对如此恶劣的生存环境,叫人恨不如云端高飞的鸟儿、水中深潜的大鱼。因为它们自由而有依托,可以躲避灾难。最后选取一个生活细节,具体再现了当时生活

187

的苦难:"客来阙佳致,亲为摘山蔬。"来了客人,可是没有东西招待,诗人不得不上山摘野菜充粮食。

上述三首诗从不同的生活侧面反映了乱后苦难的社会现实,揭露了金兵破城和权奸误国的罪恶行径,抒发了诗人深沉的爱国情思,和杜甫精神一脉相承,语意沉痛。

靖康之难不仅使诗人遭受颠沛流离之苦,也使诗人的精神遭受沉重的打击,由此还写了《连州阳山归路》:

稍离烟瘴近湘潭,疾病衰颓已不堪。

儿女不知来避地,强言风物胜江南。

"稍离烟瘴近湘潭",对于父亲和儿女,都是一样的。但做父亲的辗转漂泊,"疾病衰颓已不堪";儿女们呢,年纪太小,不知来湘潭也是为了避难,硬说这里的风景比江南好多了。以无知儿女强言风景好反衬自己国亡家破、老病漂泊的无限感慨,强化了艺术感染力。从表现方法上说,可能受了杜甫《月夜》"遥怜小儿女,未解忆长安"的启发。诗人在诗中把个人的疾病衰颓、行疫之苦和家国之恨融为一体,使这首诗在思想内容上具有更深一层的意义。

不过,南渡后,吕本中诗歌创作又逐渐形成了轻快圆美的诗风。

二、陈与义的诗歌创作

陈与义(1090—1138),字去非,号简斋,其先祖居于京兆,自曾祖陈希亮迁居洛阳,故为河南洛阳人。政和中举进士,授开德府教授,后因权相王黼牵连,贬监陈留酒税。宋钦宗靖康二年(1127),金兵攻入汴京,北宋灭亡。陈与义自陈留南迁避难,经湖北、湖南、广东、福建。宋高宗绍兴元年(1131)夏,陈与义抵达南宋首都绍兴。改任中书舍人,兼掌内制,拜吏部侍郎。不久以徽猷阁直学士身份知湖州,又召为给事中。后以显谟阁直学士身份任江州太平观提举,后又重新任中书舍人,直学士院。绍兴六年(1136)十一月,拜翰林学士、知制诰,次年授参知政事。不久,又和宋高宗一起到建康。后来因病,重新以资政殿学士身份知湖州。宋高宗十分关心他的身体,于是回临安改任洞霄宫提举。绍兴八年(1138)去世。陈与义是江西诗派的重要作家,作诗宗杜甫,并博采黄、陈诸家,诗风简洁雄浑,为当时所推重。尤其南渡后的一些作品,抚事感时,忧愤深广,不独得杜诗的句法,亦得杜诗的精神。元方回总结江西派诗歌创作,标举"一祖三宗",即以杜甫为"一祖",黄庭坚、陈师道及陈与义并为"三宗"。著作有《简斋集》。

第七章 以文为诗,以理见胜:北宋时期的诗歌

和两宋之交的很多诗人一样,陈与义的人生经历和文学创作也以金兵入侵、宋室南迁为界,分为前后两个时期。

靖康之难前,他的仕途功名之路较为顺坦,二十四岁便登进士第,并以诗名于当世,深受朝廷重视,官职屡迁。因此,他前期的诗歌,多是表现个人生活情趣的流连光景之作,词句明净、诗风明快清新,更是以一组《墨梅》受到宋徽宗赏识,名震一时。这个时期,他写了不少类似这样的诗,如《襄邑道中》:

> 飞花两岸照船红,百里榆堤半日风。
> 卧看满天云不动,不知云与我俱东。

全诗写坐船行进于襄邑水路的情景。首句写两岸飞花,一望通红,把诗人所坐的船都照红了。用"红"字形容"飞花"的颜色。花是"红"的,这是本色;船本不红,被花照"红",这是染色。次句也写了颜色:"榆堤",是长满榆树的堤岸;"飞花两岸",表明是春末夏初季节,两岸榆树,自然是一派新绿。只说"榆堤"而绿色已暗寓其中,这叫"隐色字"。与首句配合,红绿映衬,色彩可谓明丽。次句的重点还在写"风"。"百里"是说路长,"半日"是说时短,在明丽的景色中行进的小"船"只用"半日"时间就把"百里榆堤"抛在后面,表明那"风"是顺风。诗人既遇顺风,便安心地"卧"在船上欣赏一路风光:看天上的"云",却怎么"不动"呢?原来天上的云和自己一样朝东方前进。诗人坐小船赶路,最关心的是风向、风速。这首小诗,通篇都贯穿一个"风"字。全诗以"花飞"领起,一开头便写"风"。三、四两句,通过仰卧看云表现闲适心情,妙在通过看云的感受在第二句描写的基础上进一步验证了既遇顺风、风速又大,而诗人的闲适之情,也得到了进一步的表现。王夫之在《姜斋诗话》中指出,写景要做到"景生情,情生景",情景"互藏其宅",陈与义的这首诗便是采用这种手法。此诗通过对乘船东行时,两岸飞花、满堤榆树、一片轻帆等景物的描述,表达了诗人远行的轻松畅快、心旷神怡。此时的陈与义,颇有"春风得意马蹄疾"般的潇洒俊逸,也满是平步青云的美好愿望。

诗人虽胸怀大志,热衷于功名,但却遭到朝廷的冷遇,由此还写了《雨》一诗:

> 潇潇十日雨,稳送祝融归。
> 燕子经年梦,梧桐昨暮非。
> 一凉恩到骨,四壁事多违。
> 衮衮繁华地,西风吹客衣。

这首诗写夏末秋初的雨。所谓一雨成秋,在饱受夏日酷暑之后,这样的雨是十分令人喜爱的,故诗中有"一凉恩到骨"之句;但这雨又预示着秋季的来临,春夏浓绿的草木将逐渐暗淡枯萎,因此又易使人产生一些凄凉之感。当然作者末句作"西风吹客衣"之叹,并不仅仅因此而发,更与作者当时的处境有密切的关系。这首诗作于政和八年(1118),当时作者正闲居京城等候授职。滞留京师,等待新的安排,故心情颇为沉闷,觉得事事多不如意,在京师繁华的氛围下不免有一种失落之感。燕子南归勾起归家之思,梧桐叶落兴起失志之慨,本在繁华京城却是闲居之人,由此腾起"冠盖满京华,斯人独憔悴"的感伤和悲慨。

靖康之年,陈与义亲历了这场巨变,其诗歌也跳出了个人狭小的生活天地,不再停留于个人情趣的浅吟低唱,而是以家国社稷的沧桑兴亡作为自己的创作题材,诗风也由早年的清新流丽转变为慷慨苍劲。国破家亡、颠沛流离,陈与义经历了与诗圣杜甫在安史之乱时颇为相似的遭遇,诗人感叹道:"草草檀公策,茫茫老杜诗"(《发商水道中》),"但恨平生意,轻了少陵诗"(《正月十二日自房州城遇房至》)。其诗作最接近杜诗的是七律,如《登岳阳楼》:

洞庭之东江水西,帘旌不动夕阳迟。
登临吴蜀横分地,徙倚湖山欲暮时。
万里来游还望远,三年多难更凭危。
白头吊古风霜里,老木沧波无限悲。

这首诗是高宗建炎二年(1128)秋,作者三十九岁时于岳阳所作。为避靖康之变,作者离开了都城开封,在此足足生活了三年。这首七言律诗是《登岳阳楼》二首中的第一首,也是诗人写岳阳楼的开篇之作,可谓精心打造。诗人通过登楼观感,抒发了辗转江湘、颠沛流离之苦,国家瓯缺、中原动荡之忧,以及老大伤悲的落寞情怀。同样的国破家亡、天涯沦落,此时此地,杜甫成了诗人患难中的知己,因此,诗人的诗中也便有了杜诗雄阔慷慨的风格。历代诗评家都对此诗评价甚高,皆认为是陈与义学习杜甫的成功之作,颔联尤为宏壮雄丽。

陈与义南渡以后所写的很多诗,都有杜诗那种忧患意识和深沉感慨的风格。如作于建炎三年(1129)的这首《伤春》,便是诗人叹息临安失守、宋高宗逃亡,并赞叹长沙太守向子諲奋勇抗金的诗作:

庙堂无策可平戎,坐使甘泉照夕烽。
初怪上都闻战马,岂知穷海看飞龙。
孤臣霜发三千丈,每岁烟花一万重。

第七章　以文为诗，以理见胜：北宋时期的诗歌

稍喜长沙向延阁，疲兵敢犯犬羊锋。

虽题为"伤春"，却并不是写一般断肠的春色，而是"天翻地覆伤春色"（陈与义《雨中对酒庭下海棠经雨不谢》），也是杜甫《春望》中"国破山河在，城春草木深"的诗意，实际是伤时，也是伤国，全诗表现的便是感伤国事这个主旨。第一、二句写宋朝廷的军政最高决策者没有方法制止金军的侵略，以至金军越来越深入。第三句写公元1127年金侵略军占领北宋首都汴京，第四句写当今南宋皇帝宋高宗被金侵略军胁迫而逃到"穷海"之地的温州。第五、六句写诗人对自己的哀伤：年复一年地过去，又是烟花满眼的阳春时节；诗人白发滋长，有衰颓迟暮之感。由于多忧伤，"霜发"早生，而且已有"三千丈"，极言衰老之早、之快，益见忧伤之多。在此暗点诗题"伤春"。末二句则说，唯一可以引为欣慰的是宋军中还有像向子諲这样的将军敢于抵抗强敌。这是可喜的，但在"初怪""岂知"强烈的伤痛之后这"喜"又是微弱的，故曰"稍喜"，暗应诗题。诗题一语双关，家国个人全被囊括，意蕴丰厚。

再如，著名的七绝《牡丹》：

一自胡尘入汉关，十年伊洛路漫漫。
青墩溪畔龙钟客，独立东风看牡丹。

这首诗是诗人南渡后于绍兴六年（1136）居住在青墩（今浙江桐乡北）时所作，此时距金兵攻陷汴京（1127）正好十年。洛阳是诗人的故乡，洛阳牡丹天下闻名，作者晚年身在南方，看到异乡的牡丹开放，联想到故乡的牡丹，不免兴起思念旧国之情；但又感叹自己年已衰老，对国事无能为力，因此作者的情绪是低沉的。借咏牡丹以抒发国家兴亡之感和思念故园之情，是这首绝句的特色。在构思和手法上与杜甫的《江南逢李龟年》极为相似。

三、曾几的诗歌创作

曾几（1084—1166），字吉甫，自号茶山居士。原是赣州（今江西赣县）人，后徙居河南府（今河南洛阳）。历任江西、浙西提刑、秘书少监、礼部侍郎。宋孝宗隆兴二年（1164）以左通议大夫致仕。乾道二年（1166）卒，谥文清。曾几学识渊博，勤于政事。他的学生陆游替他作《墓志铭》，称他"治经学道之余，发于文章，雅正纯粹，而诗尤工"。后人将其列入江西诗派。其诗多属抒情遣兴、唱酬题赠之作，闲雅清淡。五、七言律诗讲究对仗自然，气韵疏畅。古体如《赠空上人》，近体诗如《南山除夜》等，均见功力。

曾几与吕本中同年出生，但成名较晚。他曾向吕本中请教诗法，对吕

本中提出的"活法"甚为服膺。曾几在吕本中流动圆美的风格基础上更进一步,形成了清新活泼的新风格,如名作《三衢道中》:

  梅子黄时日日晴,小溪泛尽却山行。
  绿荫不减来时路,添得黄鹂四五声。

  此诗写的是去往浙江衢州三衢山途中的见闻,是一首记行写景之作。首句写时令和天气。梅子熟时是农历五月,江南一般都是阴雨绵绵,而诗人进山时天气却是难得的"日日晴",诗人的心情也格外高兴。次句写山中行程。诗人开始是乘船溯流而上,小船行到水的尽头,诗人弃船登岸,沿着林间小路,继续前进。三、四句是写回来时的情景。回来时没有走来时的路,但是与来时的路上风景一样,也是草木葱茏,绿荫夹道,不时传来黄鹂婉转清脆的啼鸣,全诗展现了沿途清幽秀丽的风景及诗人愉悦畅快之情。诗篇语言明快畅达,声调委婉和谐,清新活泼,已开杨万里诗的先声。

  又如《苏秀道中自七月二十五日夜大雨三日秋苗以苏喜而有作》:

  一夕骄阳转作霖,梦回凉冷润衣襟。
  不愁屋漏床床湿,且喜溪流岸岸深。
  千里稻花应秀色,五更桐叶最佳音。
  无田似我犹欣舞,何况田间望岁心。

  曾几于高宗绍兴年间曾为浙西提刑,这首诗大约作于浙西任上。诗写秋雨给农家带来的喜悦,旋律轻快,富有情致。诗题内"苏秀道中",指从苏州到秀州(今浙江嘉兴)的路上。首联扣紧诗题,从秋夜霖雨突降写起。这年夏秋间,骄阳似火,久旱不雨,秋禾枯焦,人们正忧虑万分之际,七月二十五日夜间突降甘霖,诗人夜间梦醒,感到有一股秋天的凉意,这才发现夜里下起了人们盼望已久的秋雨。"润"字表现这场秋霖带来人们生理上的舒适感。颔联点出"喜"字,与诗题相照应。这一联巧妙地化用了杜甫《茅屋为秋风所破歌》中的"床头屋漏无干处",以及杜甫《春日江村》中的"溪流岸岸深",而小加变化。杜诗表现的是对民生的关怀,而曾几在这一联内两用杜句,表现的同样是对农事,对民生的关心。"不愁""且喜",一正一反,开合相应;"床床""岸岸",叠字巧对,读起来很有味道。颈联承"且喜"句,进一步抒写诗人的喜悦心情。"千里稻花应秀色",是唐殷尧藩《喜雨》里的诗句,曾几用在这里是想象"大雨三日"对解除旱情、"秋苗以苏"的作用。尾联承前六句作结,正面抒写诗人欣舞之情。最后一句以"何况"承转,引出"田间望岁心",使"无田"者的欢欣鼓舞之情成为"田间望岁心"的一种衬托,仅此一句就把广大农民对这场秋雨"知时节"的狂喜之情,抒写得淋漓

第七章 以文为诗,以理见胜:北宋时期的诗歌

尽致,也表现了诗人与农民心灵相通、悲喜相同的感情。这首七律流利轻快,活泼而不费力,把诗人喜雨之情抒写得酣畅淋漓,读来兴味无穷。诗人巧妙地化用前人的诗句,有的甚至是用成句,却给人以信手拈来,毫不勉强,用得恰到好处之感。

南宋绍兴年间,曾几因主张抗金与奸相秦桧意见不合,闲居上饶七年,此时曾创作了《茶山》一诗:

似病原非病,求闲方得闲。
残僧六七辈,败屋两三间。
野外无供给,城中断送还。
同行木上座,相与往茶山。

曾几号茶山居士,因其曾寓居茶山寺而得名。"似病原非病,求闲方得闲",两句极尽疏懒萧瑟之意,自己原本无病,却还在仕途上奔波劳碌,只是有一天突然看开,追求闲趣,此时才感到自己真正闲了下来,这两句极写隐居无事之貌。而诗人眼前之景是"残僧六七辈,败屋两三间",意态消闲之下,眼中的茶山寺也衰颓得厉害,六七个留在寺院中的僧人,两三间东倒西歪的破屋。茶山寺僻处野外,日常供给也不方便,与城中朋友的交游也近乎断绝,与自己同行的只有"木上座",即手杖的谐称。末句意谓自己极度悠闲,山中又无友朋,只有拄着木杖,独自走到茶山去散心。这首诗率易平直,别无修饰,却有一种意趣深长的况味,表达了诗人因遭受排挤而被迫隐居山寺的愁闷之情。

曾几的题画诗《题访戴图》也很有特色:

小艇相从本不期,剡中雪月并明时。
不因兴尽回船去,那得山阴一段奇?

此诗是作者从访戴图中看出一段新意,于是有感即兴而作。"雪夜访戴",指东晋王徽之故事。《世说新语·任诞》载:"王子猷居山阴,夜大雪,眠觉,开室,命酌酒。四望皎然,因起彷徨,咏左思《招隐诗》。忽忆戴安道,时戴在剡,即便夜乘小船就之。经宿方至,造门不前而返。人问其故,王曰:'吾本乘兴而行,兴尽而返,何必见戴?'"这种"乘兴而行,兴尽而返"的率性之行,被历代文人所钦慕,不断有文人骚客题诗吟咏。而曾几受绘画的影响,并没有人云亦云地去称赞王子猷的名士风度,而是另辟蹊径,紧紧抓住兴尽回船的意外所得,赋予"访戴"之行以崭新意蕴。"小艇相从本不期",王子猷访戴,本来就是触景生情,一时兴起并乘兴而往的,所以说是"本不期"。此三字,道尽了魏晋时名士尚任自然的率性意态。"剡中雪月

并明时",诗人刻意强调了访戴时剡溪的环境——"雪月并明"。三、四句进一步发挥,说如果不是因为兴尽回船,又怎么能欣赏到雪月并明的山阴奇景呢?忽忆好友,急切之下,揽舟前往,只图赶路,纵使美景,亦无心欣赏,唯兴尽回船,不执着于"见戴"与否的俗念,平心静气,方能凝神览胜,领略自然奇景。这里诗人并没有一味地去欣赏王子猷率性的名士风神,而是着重描绘了途中的美景,这便和诗人受所题画作的影响有关了。此二句写诗人访戴途中全神贯注赏山阴雪月奇景,不以访思人而挂怀,才真正领悟到山阴山水美景奇妙无穷,而乐也在其中了。"兴尽回船去"五字,著以"不因""那得"真有不尽之韵味。以典故为题,极易落入俗套,而曾幾却能自出机杼,翻出新意,重在山阴之奇。

靖康之难后,曾幾创作诗歌也能把个人的忧患与国事结合起来,表现出深沉悲愤的爱国忧民之情,如《寓居吴兴》:

> 相对真成泣楚囚,遂无末策到神州。
> 但知绕树如飞鹊,不解营巢似拙鸠。
> 江北江南犹断绝,秋风秋雨敢淹留?
> 低回又作荆州梦,落日孤云始欲愁。

诗作于写景咏物之中流露出渴望收复中原之情,其中充溢的是诗人一腔爱国的忠愤之气。诗起首直入,用"新亭对泣"典,为国家沦亡而伤心,叹世无英雄,以"真成""遂无"加重语气,表示极大的无奈。颔联由国事转到自己的处境,连连设譬,写无家可归的惨痛。颈联承前两联,寄情于景,写国亡后事实。尾联承颔联,以郁郁情怀作结。"落日孤云"是写景,也是自我写照。最能体现曾幾诗风的是颈联。诗在沉闷压抑的气氛下忽用流转之句,但表现的仍是沉重的感伤,非大手笔不能。秋风秋雨是实状,也是国家衰败的象征;诗人在悲秋,也在忧国。这样造语,加深了情感。

又如《雪中陆务观数来问讯,用其韵奉赠》:

> 江湖迥不见飞禽,陆子殷勤有使临。
> 问我居家谁暖眼,为言忧国只寒心。
> 官军渡口战复战,贼垒淮壖深又深。
> 坐看天威扫除了,一壶相贺小丛林。

此诗作于绍兴后期,其时宋、金双方常交战于江淮之间。诗人也许是受到了陆游高昂情绪的影响,所以一方面为国事而忧虑,一方面又对抗金斗争充满了信心。这样的诗在思想内容上与陈与义、陆游等人的同类作品息息相通,是宋代爱国主义诗歌的一个组成部分。

第七章　以文为诗，以理见胜：北宋时期的诗歌

作为江西诗派的诗风转变过程中的重要诗人，曾幾对南宋诗坛的影响是不可忽视的：一是他对陆游的影响。陆游早年学诗，从江西诗派入，就是拜曾幾为师的。二是他对杨万里的影响。杨万里的"诚斋体"，清新自然，灵活流利，从理论上说源自吕本中的"活法"说，而从创作上说，则深受曾幾诗歌的熏染。刘克庄编《茶山诚斋诗选》，即有见于此。

第八章 天下兴亡,匹夫有责:南宋及金元时期的诗歌

南宋初中期,以赵构为首的南宋统治者所推行的投降政策极大地损害了广大人民的利益,而金朝贵族野蛮的掠夺,也激化了民族矛盾。南渡军民立志恢复中原国土,中原遗民反抗异族统治,因而导致爱国文学高涨。所谓"天下兴亡,匹夫有责",南宋诗人用他们的笔,表达了南宋军民的爱国之情。此时的诗坛上,主要是"中兴四大诗人"。南宋后期,宋金对峙,中原南渡的臣民渐渐老去,南宋偏安江南的局面大体上已被人们所接受,因此,南宋初年的那种爱国呼声变小。诗人们并非没有了爱国之心,而是情感更为内敛,四灵诗派和江湖诗派就是这类诗人,他们表现出了对现实的消极和无奈,有点追求精致雅趣的审美意识。在金元时期,不得不提的就是推崇苏黄的一批诗人,以元好问最为出众,还有其他一些金代诗人,他们比较关注日益尖锐的阶级、民族矛盾,形成了自己独特的风格。

第一节 以陆游为爱国旗帜的"中兴四大诗人"

"中兴四大诗人"指的是尤袤、陆游、杨万里、范成大。他们一方面摆脱江西诗派偏重形式的束缚,一方面继承南渡诗人的爱国主义传统,将爱国文学继续推向高潮。"中兴四大诗人"中,尤袤留下的作品有限,成就不是很高,而陆游、杨万里、范成大的诗成就颇高,都表现出了深厚的爱国之情,尤其是大诗人陆游。以下对四大诗人的诗歌进行一定的介绍。

一、陆游的诗歌创作

陆游(1125—1210),字务观,号放翁,越州山阴(今浙江绍兴)人。幼年经历靖康之乱,随父陆宰离开中原,南下避难,经多年颠沛,到九岁时方回到故乡山阴。其父陆宰是一个学者和藏书家,也是坚定的主战派;陆游所师从的曾几也是一位爱国诗人。现实的苦难、家教、师承对陆游思想影响非常深刻,使他从小就立下雄心大志。陆游三十岁应礼部试,名列第一。

第八章 天下兴亡,匹夫有责:南宋及金元时期的诗歌

次年礼部复试,陆游又名列前茅,但受秦桧排斥而未能出仕。一直到三十四岁时,陆游才开始出仕,相继任了福州宁德县主簿、敕令所删定官、隆兴府通判等职。乾道七年(1171),应四川宣抚使王炎之邀,投身军旅,任职于南郑幕府。次年,幕府解散,陆游奉诏入蜀,与范成大相知。宋光宗继位后,升为礼部郎中兼实录院检讨官,不久即因"嘲咏风月"罢官归居故里。淳熙十三年(1186),他被起用为严州知州,三年任满后,离任归闲,在山阴过了二十年隐居生活,嘉定二年(1210)与世长辞。

陆游是一位创作力非常旺盛的诗人,作品特别丰富,集中存诗共有九千三百多首。他在川陕一带九年的军旅生活,是其一生中的重要时期,也是他文学创作上的大丰收时期,因此他将自己的诗集命名为《剑南诗稿》。其中,爱国诗、悯农诗、闲居诗、爱情诗、教子诗等,各类诗都有名篇佳作。陆游的爱国诗是最有名的。在他的诗歌作品中,他那颗炽热的爱国情和赤子心随处可见。从年轻时他即抱定"上马击狂胡,下马草军书"和"战死士所有,耻复守妻孥"的宏愿,步入壮年后,犹能"逆胡未灭心未平,孤剑床头铿有声"。直到暮年还"一闻战鼓意气生,犹能为国平燕赵"。虽历经宦海沉浮,但陆游的爱国赤诚却始终不渝,而且越来越深刻。

南宋朝廷安于现状,奉行妥协政策,致使苟安情绪蔓延,边关将领贪图享乐,主战人士受到排挤与打击。陆游对此类现象极为不满,便借诗歌抒发自己的感情。比如《关山月》:

> 和戎诏下十五年,将军不战空临边。
> 朱门沉沉按歌舞,厩马肥死弓断弦。
> 戍楼刁斗催落月,三十从军今白发。
> 笛里谁知壮士心,沙头空照征人骨。
> 中原干戈古亦闻,岂有逆胡传子孙?
> 遗民忍死望恢复,几处今宵垂泪痕。

这首诗是陆游罢官闲居成都时创作的。诗人以乐府旧题写时事,诗中痛斥了南宋朝廷文恬武嬉、不恤国难的态度,表现了爱国将士报国无门的苦闷以及中原百姓殷切盼望恢复的愿望,体现了诗人忧国忧民、渴望统一的爱国情怀。全诗每四句一转韵,表达一层意思。首句以"和戎"二字提起全篇,以下三层皆由此生发开来。"月"则是贯穿全诗的线索,权贵的醉生梦死,战士的幽怨与白骨,遗民的悲苦与泪痕,皆笼罩在一片月光之下。不同阶层、不同群体的生活景象与心理状态相互对比,感情色彩已极为浓厚,但作者还是忍不住发出了"岂有逆胡传子孙"的大声呼号,以"几处今宵垂泪痕"作结。感情由开始时的冷静、中间的苍凉转入不可控制的沉痛,感情

达到了高潮,诗歌也在此戛然而止,给读者留下了充分的回味空间。

在陆游爱国主义题材的诗歌中,最令人动容的是他表现英雄迟暮、壮志难酬的感慨。比如《书愤》:

> 早岁那知世事艰,中原北望气如山。
> 楼船夜雪瓜洲渡,铁马秋风大散关。
> 塞上长城空自许,镜中衰鬓已先斑。
> 出师一表真名世,千载谁堪伯仲间。

这是一首脍炙人口的诗歌,是陆游六十二岁回忆往事之作。全诗紧扣一个"愤"字,前半部分叙述早年决心收复失地的壮志雄心,后半部分感叹时不再来、壮志难酬。"楼船夜雪瓜洲渡,铁马秋风大散关"两句充分显示了陆游的诗歌艺术才能,"楼船"与"夜雪"、"铁马"与"秋风",意象选取甚为干净、典型,意象两两相合,给人展示了两幅开阔、壮盛的战场画卷。"出师一表真名世,千载谁堪伯仲间",诗人用典明志,借着推崇诸葛亮,批评了南宋统治集团的妥协投降政策,也表明了自己的爱国热情至老不移。陆游称颂诸葛亮的诗也很多,还有《谒诸葛丞相庙》《谒汉昭烈惠陵及诸葛公祠宇》《游诸葛武侯书台》《病起书怀》等。

陆游的不少诗歌明显是受了李白和岑参的影响,因而李白的狂放和岑参的奇丽都在他的诗歌中有所体现。比如《金错刀行》:

> 黄金错刀白玉装,夜穿窗扉出光芒。
> 丈夫五十功未立,提刀独立顾八荒。
> 京华结交尽奇士,意气相期共生死。
> 千年史策耻无名,一片丹心报天子。
> 尔来从军天汉滨,南山晓雪玉嶙峋。
> 呜呼!
> 楚虽三户能亡秦,岂有堂堂中国空无人。

在这首诗中,诗人以铿锵有力的笔墨,描绘出年届五十心存报国的"大丈夫"形象,抒发了自己"一片丹心报天子"的赤诚,最后借历史上楚虽三户、亡秦必楚的典故,表达对战胜强敌的坚定信念和决心。而功名未成"提刀独立顾八荒"的形象,又折射出诗人壮志未酬时的无奈和愤恨。

陆游忧国也极恤民,他的《农家叹》,写极尽辛苦的农民,因交不足赋税,被县吏抓进官衙,日夜鞭笞,受尽折磨,几难生还。诗人对农家的悲苦感同身受,写来情节凄惨,撼人心扉。陆游反映农村风光的诗也很出色,如《游山西村》,写他造访农家的感受,抒发了诗人对农村自然和人文环境的

第八章 天下兴亡，匹夫有责：南宋及金元时期的诗歌

欣赏、爱悦。其"山重水复"一联，更成为充满画意、富含哲理的名句。陆游一生经历过一桩爱情悲剧，他写的《沈园二首》，可说是痛苦经历的真切倾发，写出了诗人终生不渝的深挚爱情，也间接展露了旧时代封建礼俗对恋情婚姻的破坏和束缚。

陆游写诗从江西诗派的风格入手，但没有受到束缚，而是形成了鲜明的个性风调。他很注意吸取和借鉴前辈诗人成功的创作经验，特别是屈原、陶渊明、李白、杜甫、岑参等人，因而博采众长，融化出新，自成一家。在他的诗中，既可以看到屈原、杜甫那种坚定的自信和爱国爱民之情，还可以看到陶渊明的高洁和率真，更有着李白的浪漫和岑参的奇瑰宏丽。所以，陆游的诗，奇特的想象、瑰丽的意象和阔大的意境交相辉映，魅力无穷。

二、杨万里的诗歌创作

杨万里（1127—1206），字廷秀，号诚斋，今江西吉水人。绍兴二十四年（1154）与范成大同年中进士。入仕后，他任过知县、知州、京官，做过吏部员外郎、太子侍读、宝谟阁学士。他一生力主抗战，始终反对屈膝议和。他为人清直，个性刚愎，立朝刚正，遇事敢言。即使做了高官，他仍保持俭朴的家风。年过七十，便告老还乡。杨万里一生真正是"清得门如水，贫唯带有金"。他虽这般清贫，但他一生的诗稿存文却很多，称得上是个大富翁。现存的诗有四千二百余首，基本在《诚斋集》中。

杨万里的诗，语言自然活泼，想象丰富，他善于用灵动活泼的笔调、通俗泼辣的语言，摹写大自然中微妙的物象，传达日常天真的生活情趣、新鲜自然的感受，给人一种真纯流动的艺术美。因别具一格，后人把杨万里的诗称为"诚斋体"。它的特点是新、奇、活、风趣，层次曲折、变化无穷。杨万里热爱人民，写了很多塑造人民可爱形象的小诗。他写诗时还十分注意吸收民歌优点，借以反映人民生活。

《初入淮河四绝句》是淳熙十六年（1189）杨万里被派去迎接、陪伴金使时渡过长江、初入淮河时作的诗。下面是其一、其四：

其一

船离洪泽岸头沙，人到淮河意不佳。
何必桑乾方是远，中流以北即天涯。

其四

中原父老莫空谈，逢着王人诉不堪。

> 却是归鸿不能语，一年一度到江南。

前一首感叹中原沦陷，淮河以北为敌军占领，面临北方河山，有远在天涯之感。后一首写沦陷区人民在金人统治下痛苦不堪，思念故国，却没有探访江南的自由。这是一组忧国感时的爱国诗篇。

杨万里回归农村故里后，目睹农家冒雨插秧，便有了《插秧歌》一诗：

> 田夫抛秧田妇接，小儿拔秧大儿插。
> 笠是兜鍪蓑是甲，雨从头上湿到胛。
> 唤渠朝餐歇半霎，低头折腰只不答。
> 秧根未牢莳未匝，照管鹅儿与雏鸭。

这是一首农事诗。诗人描写了这样一幅场景：农民全家出动，雨中抢种秧苗，四口人各有分工，虽头戴斗笠、身穿蓑衣，雨水还是湿遍全身。农妇招呼大家休息片刻用点早餐，田夫却弯腰猛干，答非所问地告诉大家，秧未插牢，培土未匝，要看管好鹅鸭，以防践踏秧田。全诗笔墨兼及男女老少的动作、话语，以全方位的扫描表现了农家的刻苦和艰辛。

诗人闲居家乡时，还写了不少闲情诗，如《闲居初夏午睡起》：

> 梅子留酸软齿牙，芭蕉分绿与窗纱。
> 日长睡起无情思，闲看儿童捉柳花。

一二句中"留酸""分绿"，从味觉、视觉两方面展现极具特色的初夏景象，再由日长无聊引出观赏儿童在柳荫下戏耍的小景。"闲"字突现了诗人自我的安逸闲适，"捉"字闪现了儿童天真活泼的神态。小诗写得精巧爽畅，极富情致。

三、范成大的诗歌创作

范成大（1126—1193），字致能，号石湖居士，出身书香门第。早年读书于昆山荐严寺，十年不出，二十九岁中进士。他先任地方小吏，孝宗隆兴元年（1163），与陆游同为编类高宗圣政所检讨官，后为国史编修官；四十五岁奉命使金；四十七岁于苏州盘门外经营石湖别墅。五十二岁召赴行在，权礼部尚书，又除参知政事，不久引疾罢任，后又起知州官。五十八岁五次上书，因病申请罢任，归石湖闲居十年。范成大有《石湖诗集》，存诗一千九百余首。他的诗也受江西派的影响，学问赡博，喜用僻典和禅语，但学中唐名家最为显著，诗风近乎白居易和张籍、王建，创立了清新俊逸的风格。

范成大的诗作，最有成就的要属体现爱国情操的使金诗和忧念黎元的

第八章　天下兴亡，匹夫有责：南宋及金元时期的诗歌

田园农事诗。使金诗是乾道六年(1170)受孝宗指派为收复河南"陵寝"故地而出使金国时所作。范成大为交涉此事曾触怒金国皇帝，险些丢了性命，但他坚持气节，不辱使命。在出使中，范成大用诗歌记下了沿途的见闻与感想，成七十二首绝句，自编一卷，是一组贯注着爱国思想和凛然气节的纪行诗。例如《州桥》：

> 州桥南北是天街，父老年年等驾回。
> 忍泪失声询使者，几时真有六军来。

这首诗写沦陷四十多年的汴京人民，殷切地盼望尽早光复故国的情景。诗人非常善于抓细节，"等"和"询"两个字就抓得非常好。父老岁岁年年在等着平定中原，收复失地几乎到了望穿双眼的地步，而这强烈的愿望和痛苦的心情自然就融于"等"字中。而含泪失声的"询"则惟妙惟肖地将父老的神情描绘了出来，那颤颤巍巍的身影，如在眼前，那哽哽咽咽的声调，就像在耳旁。最后一句中的"几时真有"更是意味深长，让父老们的急切心情溢于言表。

再如《会同馆》：

> 万里孤臣致命秋，此身何止上沤浮。
> 提携汉节同生死，休问羝羊解乳不。

这首诗化用汉代苏武出使匈奴的故事，表示自己不顾生死，坚持气节，体现了诗人为国献身的坚定意志。

范成大的田园农事诗名气较大，如《催租行》《后催租行》，两诗用真切的情节、明畅的话语揭露了封建基层官吏对贫苦农民的残酷盘剥。淳熙十三年(1186)，范成大退居家乡石湖，作有《四时田园杂兴六十首》，用七绝的形式，依时节顺序，写农家风物、稼穑艰难、农民疾苦、节序风俗，系统、深刻地反映了当时江南农村的社会生活图画，对中国农事诗作了创造性的发展，被称为田园诗的集大成之作。例如《夏日田园杂兴》(其二)：

> 梅子金黄杏子肥，麦花雪白菜花稀。
> 日长篱落无人过，惟有蜻蜓蛱蝶飞。

这首诗是"夏日"的诗之一，前两句写的是梅子、杏子、麦花、菜花等眼前景物，金黄和雪白的对仗，表现了这些植物的色泽美；"肥"和"稀"的对比反映了杏子和菜花的生长状态。这两句可谓是一幅静物写生画，诗人把江南夏季的田园风光点缀得非常美丽。第三句含蓄地写出初夏时节正是农忙的时候，大人小孩都在忙着农活，篱笆前看不到一个人影，间接地赞美了

江南农民的勤劳辛苦。最后一句具有画龙点睛之效果,之前都是静态的画面,最后的蜻蜓、蝴蝶则使整个画面活了,有了一派生机勃勃之感。

四、尤袤的诗歌创作

尤袤(1127—1202),字延之,号遂初居士,宋常州无锡(今江苏无锡)人。高宗绍兴十八年(1148)进士,始为泰兴县令。淳熙十四年(1187)十月,官至太常少卿。后因直言劝谏宋光宗,龙颜大怒,次年出任婺州、太平州知府。后又入朝任绘事中兼侍讲、礼部尚书。七十岁方致仕归家。居无锡乐溪园。工诗文,存书三万余卷,后毁于火灾,现存《遂初堂书目》,为我国最早版本目录著作之一。清朝其后尤侗辑其诗文,汇为《梁溪遗稿》。

尤袤的诗歌写得平易自然、晓畅清新,没有华丽的辞藻,也没有生僻的典故。例如《落梅》:

> 梁溪西畔小桥东,落叶纷纷水映红。
> 五夜客愁花片里,一年春事角声中。
> 歌残玉树人何在,舞破山香曲未终。
> 却忆孤山醉归路,马蹄香雪衬东风。

这首诗语言质朴、深沉,为时而作,有感而发,表达了诗人对国事的忧虑,对南宋朝廷不思恢复、陶醉于歌舞升平之中的愤懑。他敢于大声疾呼,这一点令无数后人为之折服。

再如《青山寺》:

> 峥嵘楼阁扞天开,门外湖山翠作堆。
> 荡漾烟波迷泽国,空蒙云气认蓬莱。
> 香销龙象辉金碧,雨过麒麟驳翠苔。
> 二十九年三到此,一生知有几回来。

这是诗人在一次返乡时,畅游于无锡的青山绿水之间,饱含深情地写下的一首诗。这首诗落笔宏大,写景雄奇。开篇描绘了寺庙内外非凡的气势。放眼望去,湖光潋滟,绿岛散布,殿宇层层,楼阁高耸。浩荡的烟波水汽蒸腾,恍如蓬莱仙境。随后诗人将视线收回,佛殿内香烟飘散,佛像金碧辉煌,雨后的麒麟石像青苔斑驳,衬出了时光的沧桑。诗人被眼前胜景触动,想到自己一生渴望回乡,却机会寥寥,不禁发出了最后的感叹。

此外,《淮民谣》可谓是尤袤的压卷之作。这首诗通过一个流离失所的淮民的口气,如泣如诉地将淮南人民在水深火热中的悲惨情景展现在人们

第八章　天下兴亡,匹夫有责:南宋及金元时期的诗歌

面前,字字句句震撼着人们的心灵。全诗没有任何雕饰,语言朴实无华,用白描的手法将诗人的激情表达出来,十分感人。

第二节　诗风清瘦野逸,以平和冲淡见长:四灵诗派

到南宋后期,人们对江西诗派的局限认识更清了,不满的人更多了,冲击的潮流更强烈了,于是,江西诗派的影响衰微,诗坛上出现了四灵诗派。"四灵诗派"是因当时诗人徐照、徐玑、翁卷、赵师秀四人字号中均有一"灵"字而得名,又由于他们都是永嘉(今浙江温州)人,因此又称"永嘉四灵"。这一派反对江西诗派而学晚唐,尤其崇尚贾岛、姚合。赵师秀亲选贾、姚诗二百二十八首,合为一集,名曰《二妙集》,成为学习的榜样,因此,他们的诗歌主张与创作实践都是与这一宗旨联系在一起的。他们诗歌创作主张与实践的一个突出点就是苦吟。例如,他们善于为一个字、一句话,反复推敲,费尽苦心。甚至"传来五字好,吟了半年余"(翁卷《寄葛天民》)。显然,他们这一主张和实践是与贾、姚等晚唐诗人一脉相承的。江西诗派强调用典故成语入诗,做到"无一字无来处"。四灵诗派对此大为不满。他们主张作诗尽量将成语典故抛向一边,而用白描,因而诗风普遍清瘦野逸,平和冲淡。在诗体运用上,他们偏爱五律。赵师秀的一百四十一首诗中,五言约占百分之七十。而在五言中,百分之九十以上为五律。其他诗人也大致如此。此外,七言绝句虽数量不多,但也有佳作传世。在诗的内容题材方面,他们主要是在个人的小圈子里抒写情怀。作品不是流连光景、咏写田园生活,就是相思送别,互相酬唱之作。以下对四灵诗派中徐照、徐玑、翁卷、赵师秀的诗歌创作进行一定的阐释。

一、徐照的诗歌创作

徐照(?—1211),字道晖,一字灵晖,自号山民,永嘉(今浙江温州)人。家境清寒,一生未仕,布衣终身,以诗游士大夫间,行迹遍及今湖南、江西、江苏、四川等地。宁宗嘉定四年(1211)过逝。四灵中,他去世最早。徐照从未走进官场,因而他的生活有时十分窘迫,和做过小官的徐玑、赵师秀相比,内心有更多的痛苦,这在他的很多诗作中都有体现。

由于徐照一生生活在民间,他的作品比徐玑、翁卷、赵师秀更多地反映了社会生活。他的《促促词》中的"力耕长忍饥,勤织长无衣",深刻揭示了不合理的社会现实。《缫丝曲》中的"未充身上着,先卖给朝饥";《废居行》

中的"北风萧萧边马鸣,边人走尽空户庭";《飞征妇恩》中的"姑老子在腹,忆郎损心目",则都反映了民间的疾苦。此外,《春日曲》写妇女养蚕、采桑的劳动情景,《分题得渔村晚照》写渔家生活,《自君之出关》《妾薄命》描写爱情。当然,徐照最具有代表性的诗歌是《石门瀑布》《宿翁灵舒幽居期赵紫芝不至》《和翁灵舒冬日书事》《送翁灵舒游边》。

《石门瀑布》是一首五律,专咏瀑布奇景:

> 一派从天下,曾经李白看。
> 千年流不尽,六月地长寒。
> 洒木跳微沫,冲崖作怒湍。
> 人言深碧处,常有老龙盘。

石门瀑布在作者故乡永嘉北的石门山上,为当地著名胜景,谢灵运、叶适均有诗咏之。诗人在这首诗中竭力描写瀑布冲崖洒木,飞奔而下的气势。诗的风格峭拔遒劲。最后两句一笔宕开,虚写老龙盘踞碧潭的传闻,为瀑布增添了神奇迷幻色彩,同时引发了读者无尽的联想。

《和翁灵舒冬日书事》也是徐照很有代表性的一首五言律诗:

> 石缝敲冰水,凌寒自煮茶。
> 梅迟思闰月,枫远误春花。
> 贫喜苗新长,吟怜鬓已华。
> 城中寻小屋,岁晚欲移家。

这首诗的首联只是写煮茶,但在选词、造句,酝酿气氛上颇费心思,写出了"清苦"的感觉;颔联写煮茶吃茶时的所见所想,不仅琢句清隽,属对精工,而且把煮茶吃茶之时近观远望,东想西猜的情态,表现得活灵活现。颈联上句的"苗新长"也是近观远望时所见,却用"贫喜"领起,别有匠心。诗人将穷苦农民的普遍心态用五个字就真切地表现了出来。下句的"鬓已华"用"吟怜"领起,又充分展示了"苦吟"诗人的自我形象。尾联表达了诗人想要搬家的愿望,寒冷、清苦的生活很容易触动诗人的忧愁,还不如搬走不要看见。

二、徐玑的诗歌创作

徐玑(1162—1214),字致中,又字文渊,号灵渊,永嘉(今浙江温州)人。历仕建安司簿、永州司理、龙溪丞等职,治绩颇著。为诗精巧,重视浮声切响及单字只句的锤炼,为"永嘉四灵"之一。著有《二薇亭诗集》。

第八章 天下兴亡,匹夫有责:南宋及金元时期的诗歌

徐玑的《泊舟呈灵晖》是一首五言律诗:

> 泊舟风又起,系缆野桐林。
> 月在楚天碧,春来湘水深。
> 官贫思近阙,地远动愁心。
> 所喜同舟者,清赢亦好吟。

诗人以对面谈话的语气,向老朋友徐灵晖讲述了这次夜泊的情形与感想,写得清新疏淡,景真情切。"野桐林"写得颇有意味,虽是直说,却能够隐喻出诗人的孤独与寂寞。在"野桐林"夜宿,说明当下的荒凉,更进一层可知诗人此去不是繁华市井,可能是凄凉边远的不毛之地。在场的景象,莫测的前程,让人不由自主地产生一种凄戚之感。

《新凉》这首七绝也很能代表四灵诗派"捐书以为诗"的白描风格:

> 水满田畴稻叶齐,日光穿树晓烟低。
> 黄莺也爱新凉好,飞过青山影里啼。

这首诗的题目叫"新凉",但开头两句并没有直接写天气的凉爽,而是画出了一幅初秋乡村的晨景:田畦水满,稻苗成行,这显然是刚刚插好秧的晚稻田,初阳的光芒从树木中透射出来,早晨的雾气低低地压在田野上,这是水色、阳光、绿树、雾霭交织在一起的图画。句中的"满""齐""穿""低"等字,看似平凡,实际上都准确地画出了在初秋这个特定季节、早晨这个特定时间的景物特点。这幅图画虽然是视觉性的,但正因为诗人准确地抓住了初秋早晨景物的特征,所以就很自然地在读者心中引起"通感",从而使字面上所没有的凉意在景物中透了出来。

《梅坡》也是徐玑的一首代表诗作:

> 浅水低坡几树苔,冷光摇动玉尘埃。
> 横斜直似安排得,古怪多应折损来。
> 洁白要须侵夜看,飘零却是被春催。
> 闲来立断清风影,一片飞香落酒杯。

这首诗主要是咏水畔坡侧的古梅。诗人用自己的笔将梅的清、奇、古、怪等特征充分地表现了出来,意境格外凄冷。"闲来"两句既是写梅花,也是自咏,诗人借梅花展示了自己孤高绝俗的人格。

三、翁卷的诗歌创作

翁卷(生卒年不详),南宋诗人,字续古,又字灵舒,乐清(今属浙江温

州)人。曾登淳祐乡荐,终于布衣。他的诗歌工于刻画,风格清苦,为"永嘉四灵"之一。著有《苇碧轩诗集》。

四灵诗派的诗人作诗学晚唐体,尤其是姚合、贾岛,反对江西诗派"资书以为诗",提倡白描赋诗,"捐书以为诗""以不用事为第一格"(《四库全书总目提要》)。翁卷有不少诗歌就严守"四灵"诗论主张,以白描为主,风格清新。比如《乡村四月》:

> 绿遍山原白满川,子规声里雨如烟。
> 乡村四月闲人少,才了蚕桑又插田。

这首诗以白描手法写江南农村初夏时节的景象,前两句着重写景:绿原、白川、子规、烟雨,寥寥几笔就把水乡初夏时特有的景色勾勒了出来。后两句写人,画面上主要突出在水田插秧的农民形象,从而衬托出"乡村四月"劳动的紧张与繁忙。前呼后应,交织成一幅色彩鲜明的图画。整首诗无斧凿痕迹,圆美自然,能给读者以美的享受。

《哭徐山民》也是翁卷的代表作:

> 已是穷侵骨,何期早丧身!
> 分明上天意,磨折苦吟人。
> 花色连晴昼,莺声在近邻。
> 谁怜三尺像,犹带瘦精神。

徐山民即徐照,"永嘉四灵"之一。终身贫困,不仕早卒,死后由朋友集资埋葬。翁卷的这首诗感情十分真挚,前四句以凄冷的笔调,寥寥数语,勾画了诗人清苦的一生。颈联两句描写诗人在诗歌创作上的成就。末两句既是徐照遗像的特征,也是其一生为人及诗歌创作风貌的概括。

四、赵师秀的诗歌创作

赵师秀(1170—1220),字紫芝,号灵秀。光宗绍熙元年(1190)进士,宦迹不显,终于高安推官。有《清苑斋集》一卷,今存诗一百四十一首,有《南宋群贤小集》本,《永嘉诗人祠堂丛刻》本。方回《瀛奎律髓》曾选录赵师秀诗二十首之多,可见方回非常推崇他。赵师秀曾编有《二妙集》,"二妙"即晚唐诗人贾岛与姚合;也编有《众妙集》,选沈佺期等七十六家唐人五律,其中"五言长城"刘长卿诗多达二十三首。

赵师秀尊姚、贾为"二妙"。而姚、贾以"两句三年得,一吟双泪流"的苦吟留名诗史,贾岛作《题李凝幽居》中"鸟宿池边树,僧敲月下门"句,曾因苦

第八章　天下兴亡，匹夫有责：南宋及金元时期的诗歌

吟用"敲"还是"推"，而成了"推敲"一词的来历。赵师秀的诗用词也极为谨慎。比如《数日》：

> 数日秋风欺病夫，尽吹黄叶下庭芜。
> 林疏放得遥山出，又被云遮一半无。

这首诗中的"欺""下""放""遮"看似不经意，下笔之妙却是无可替代的，尤其一个"放"字，并非信手拈来，显然是经过诗人有意选取精心推敲的。萧疏的树林使得远山变得清晰起来，林疏而山见，本是客观的、静止的，而一个充满主观的动态的"放"字，使静止的画面立马鲜活起来，仿佛是疏林把遮掩的遥山放出来，才被人看见一样，整首诗就显得自然而有生气。

在诗歌审美情趣上，赵师秀倾向于清瘦野逸之美。据说杜小山曾问他作诗方法，他答道："但能饱吃梅花数斗，胸次玲珑，自能作诗。"(《梅磵诗话》引) 在四灵中，他的成就也最高，五律、五古、七绝都有较好的作品。五律如《春晚即事》：

> 一身来作吏，白日算徒劳。
> 尘土侵衣重，年光如冀牢。
> 春深禽语改，溪落岸沙高。
> 柳下垂钓者，吾今愧尔曹。

这首诗能在春景的描绘中融入身世之感，境界也较为完整。

七绝《约客》是赵师秀非常出名的一首诗：

> 黄梅时节家家雨，青草池塘处处蛙。
> 有约不来过夜半，闲敲棋子落灯花。

这首诗写的是诗人在一个风雨交加的夏夜独自等客的情景。梅雨家家，蛙鸣处处。这样的夜晚约一位朋友来下棋，很有诗意。可是本来约好了的，直等到半夜，还不见他来。第四句突出主体形象，通过"闲敲棋子"的动作和凝视"灯花"坠落的神态，表现了"有约不来"，直等到"夜半"的无聊况味。而窗外的雨声、蛙声与"闲敲棋子"声相应和，更为这无聊况味增添了无穷怅惘。这是一首情景交融、清新隽永、耐人寻味的精妙小诗。后两句于叙事中抒情，成为人们传诵的名句。

第三节　以江湖相标榜，重韵轻气：江湖诗

江湖诗派是南宋时期一个作者众多的诗人群体。诗人们的生活年代

不一,身份复杂,有布衣,有官宦,而绝大多数是因功名不遂而浪迹江湖的下层文士,其中以刘过、姜夔、敖陶孙、戴复古、刘克庄、叶绍翁、方岳为代表。他们以"江湖"相标榜,表示对朝廷执政者的不满情绪,反映他们厌恶仕途、企慕隐逸的人生态度,但又比较关心时事,关注民生,对现实的态度比永嘉四灵要积极。

江湖诗派的名称因杭州书商陈起所刊《江湖集》而得。江湖诗派诗歌的主要成就在古体和七言绝句方面。他们大多不满江西派"以才学为诗"、堆砌典故、炫耀学问的创作倾向,力求平直而流畅。他们更崇尚晚唐诗风,而又不像四灵诗派的诗人一样工于律体,竭力锻造。他们喜作古体乐府,或雄放劲切,或质实古朴;有的专工绝句,细致精巧,长于炼意。从整体而言,江湖派的诗歌创作,追求真率的审美情趣。在艺术表现手法上,用笔往往一气直下,如行云流水,达意则止,颇少峭折之致。江湖派五言近体喜用流水对,七律、绝句多用复辞对仗。他们还常用顶真和重言句式,如明珠贯串,意脉相连。当然,江湖派诗人的诗仍未能摆脱模拟之习,境界不高,气度较小。以下主要来看成就较高的戴复古、刘克庄等人的诗歌。

一、戴复古的诗歌创作

戴复古(1167—?),字式之,号石屏,天台黄岩(今属浙江)人。一生未仕,浪迹江湖,足迹遍及南部中国各地。晚年归隐故里,卒于理宗淳祐之末。有《石屏诗集》十卷,存诗约九百首。

戴复古生前,以诗负盛名达半个世纪,先受"永嘉四灵"影响,学晚唐而掺杂江西派风味,后师陆游,推崇陈子昂、杜甫,继承和发扬忧国伤时的写实传统。他主张"论诗先论格",不肯滥为应酬之作,所以他的诗歌艺术成就能高出"四灵"诸人之上。他生性耿介正直,不逢迎权贵,阅历较广,见识较高。他的诗以感慨时事的诗为最好。这类诗大多热烈地抒发爱国情怀,尖锐地指斥朝政国事,揭露社会黑暗,反映民生疾苦。例如《江阴浮远堂》:

横冈下瞰大江流,浮远堂前万里愁。
最苦无山遮望眼,淮南极目尽神州。

诗人通过不想看而更深沉地表达出对中原的怀念,望之则不忍,不望又不能,于是深悔这次登上供北望的高堂为多此一举了,充分表达了国耻不雪、国土不归的极度悲愤之情,耐人寻味。除这首诗外,《频酌淮河水》《盱眙北望》《闻时事》《闻边事》《题徐京北通判北征诗卷》等,都是诗人眷念中原失地、渴望国家统一和指斥朝廷苟安的力作。他的《庚子荐饥》更以浅

第八章 天下兴亡,匹夫有责:南宋及金元时期的诗歌

近之笔揭露了官司赈恤的虚伪性。诗云:

> 饿走抛家舍,从横死路岐。
> 有天不雨粟,无地可埋尸。
> 劫数惨如此,吾曹忍见之!
> 官司行赈恤,不过是文移。

戴复古的诗风格俊爽清健,不同于一般江湖诗人。故陈衍称其"心思力量,皆非晚宋人所有"(《宋诗精华录》)。他将人民的苦难、国家的危机、官司的残忍,一一写在了笔下。

除反映现实之外,戴复古描写自然风景和抒写个人生活感受的诗也有一定的成就,如《江村晚眺》:

> 江头落日照平沙,潮退渔舠搁岸斜。
> 白鸟一双临水立,见人惊起入芦花。

诗人用朴素平淡的语言,描绘了一幅夕阳笼罩下的江村晚景图,以简淡之笔勾勒妙趣横生的画面,饶有余韵。

在艺术特色上,戴复古的诗主要在于以白描手法而得杜诗沉郁顿挫的风骨神韵。例如《春日怀家》:

> 湖海三年客,妻孥四壁居。
> 饥寒应不免,疾病又何如?
> 日夜思归切,平生作计疏。
> 愁来仍酒醒,不忍读家书。

在这首诗中,诗人全用白描,没有典故,情真意切,但读者能够在平淡素朴之中见雅致工巧。

二、刘克庄的诗歌创作

刘克庄(1187—1269),初名灼,字潜夫,号后村,福建莆田人。初为靖安主簿,后长期游幕于江、浙、闽、广等地。著《后村先生大全集》一百九十六卷,有《四部丛刊》影抄本。存诗约四千五百首,数量仅次于陆游。

刘克庄是江湖诗派的领袖,在艺术上兼师唐、宋诸家,诗歌风格呈现出多种渊源。他的诗初受"四灵"影响,学晚唐,刻琢精丽,后感到四灵体"墨穷搜索之功而不能掩其寒俭刻削之态"(《后村诗话》),又转而推崇杨万里和陆游,将他们比作李、杜。他批评江西诗派"资书以为诗,失之腐";也指斥晚唐诗"捐书以为诗,失之野"(《韩隐居诗序》)。他爱好陈与义诗,晚年

所作也不乏"诚斋体"的活脱风韵,诗歌创作能兼采众家之长且自成一体。

刘克庄早期作品亦多见精巧之体与寒狭之境,如《北山作》:

> 骨法枯闲甚,惟堪作隐君。
> 山行忘路脉,野坐认天文。
> 字瘦偏题石,诗寒半说云。
> 近来仍喜赜,闲事不曾闻。

又如《小寺》:

> 小寺无蹊径,行时认藓痕。
> 犬寒鸣似豹,僧老瘦于猿。
> 涧水来旋磨,山童出闭门。
> 城中梅未见,已有数株繁。

前一首诗饶有兴味,诗人将诗笔上的追求与人生志向巧妙结合在一起,诗风恰是心性所向的体现,诗法更凝聚了作者的性格、品行。透过其"枯闲"的诗笔、题石之"瘦"字、说云之"寒"诗,我们不难看到诗人孤傲的性格,以及其对闲隐生活的追求。诗人徜徉于他的清诗闲境之中,自适自得之感飘然而至。后一首诗,诗人将"寒""瘦"推及寺中"犬鸣""僧老",透出一种明显的禅家风趣来。作为身居高位的政府官员,刘克庄完全不同于那些沉迷逸乐、浑忘国耻的衮衮诸公,而是面对民族危亡发出忧国之叹。

刘克庄的诗敢于讥弹时政,抒发爱国激情,如《八十吟十绝》中的"忧时原是诗人职,莫怪吟中感慨多",正是他的自白。他的《扬州作》《军中乐》《国殇行》《北来人》《开壕行》等诗篇,更是给人们展现了一幅幅鲜明逼真的南宋后期社会画面。比如,《赠防江卒》六首中的四首:

> 其一
> 陌上行人甲在身,营中少妇泪痕新。
> 边城柳色连天碧,何必家山始有春?
>
> 其二
> 壮士如驹出渥洼,死眠膈下等虫沙。
> 老儒细为儿郎说,名将皆因战起家。
>
> 其五
> 战地春来血尚流,残烽缺堠满淮头。
> 明时颇牧居深禁,若见关山也自愁。
>
> 其六
> 一炬曹瞒仅脱身,谢郎棋畔走符秦。

第八章 天下兴亡,匹夫有责:南宋及金元时期的诗歌

> 年年拈起防江字,地下诸贤会笑人。

这些诗既谴责统治集团的腐朽无能,表示诗人对政治时事的忧虑,又安慰营中少妇,鼓励沙场壮士,希望他们为国立功,具有很强的现实性。

刘克庄诗对赋敛征役下的民生疾苦也作了较为真实的反映。《运粮行》《筑城行》《苦寒行》等乐府诗,描写人民的痛苦生活,表现出诗人强烈的正义感。其《苦寒行》诗云:

> 十月边头风色恶,官军身上衣裘薄。
> 押衣敕使来不来,夜长甲冷睡难着。
> 长安城中多热官,朱门日高未启关。
> 重重帏箔施屏山,中酒不知屏外寒。

诗中的这一"寒"一"热",对比强烈,正是当时现实社会的真实写照。但这类作品毕竟是少数。

刘克庄诗在艺术上一个重要特色是笔力比较雄健,气势比较开阔,很少有衰飒之笔,但有时不免浅率。他喜欢大量用典,有时能信手拈来,运用自如,收到言简意赅之效。当然,用典多则容易用事冗塞而流于板滞。

三、姜夔的诗歌创作

姜夔(1155—1221),字尧章,号白石道人,鄱阳(今江西鄱阳)人,一生未做官。他是南宋一位著名的词人。他的诗初学萧德藻,颇受黄庭坚的影响。后渐醒悟,走自己的路,深得杨万里、范成大诸大家的赞赏。

姜夔的诗,语言锤炼而又自然,尤其是七绝,情韵兼胜。例如,《除夜自石湖归苕溪》(其一):

> 细草穿沙雪半销,吴宫烟冷水迢迢。
> 梅花竹里无人见,一夜吹香过石桥。

前两句写远景,后两句写近景。诗人构思高妙,精心选了沙地、残雪、吴宫、冷烟、竹丛、石桥等景物,唯独梅花虽是主景,却出之以虚笔:"无人见",但闻一路幽香。遗貌得神,形成"清空"的意境。这是诗人性格、情趣、修养对客观环境的契合,可见其功力之深厚。

姜夔在诗歌理论方面也有自己的见解,在他所著的《诗说》中,强调作品的风格个性,强调独创,在扫除江西诗派的余波方面,是有一定积极意义的。他的诗歌创作成就,尤其在艺术方面所取得的成就,在当时诗坛上也有一定声望。但是,由于他在词的创作方面成就卓著,掩盖了他的诗名,人

们往往知道其词而不太注意其诗。实际上,姜夔的诗也值得一看。

四、叶绍翁的诗歌创作

叶绍翁(生卒年不详),字嗣宗,号靖逸,建安(今福建建瓯)人。祖父李颖士曾任处州刑曹,后知余姚。南宋建炎三年(1129),因抗金有功,升为大理寺丞、刑部郎中,后因赵鼎党事被贬。叶绍翁因祖父关系受累,家业中衰,少时即给龙泉叶姓为子。宋光宗至宋宁宗期间,曾在朝廷做小官,与真德秀交往密切。他长期隐居钱塘西湖之滨,又与葛天民互相酬唱。著有《四朝闻见录》《靖逸小集》。

叶绍翁的诗语言清新,意境高远,尤以七绝著称。《游园不值》就是一首脍炙人口的佳作:

应怜屐齿印苍苔,小扣柴扉久不开。
春色满园关不住,一枝红杏出墙来。

这首七绝写诗人春日游园所见所感,写得十分形象而富有理趣。全诗紧扣题目"游园不值"写来,栩栩如生。诗末二句最著名。其语脱胎于陆游的《马上作》:"杨柳不遮春色断,一枝红杏出墙头"。然"春色满园关不住"比"杨柳"句更新颖,且概括力更强,启示人们春色是关不住的,富于生命力的新鲜事物总会突破阻碍、蓬勃成长。可见,哲理极为深刻。

如果说《游园不值》这首诗情调是开朗乐观的话,《夜书所见》这首诗则显示了另外一种情调:

萧萧梧叶送寒声,江上秋风动客情。
知有儿童挑促织,夜深篱落一灯明。

这是诗人客居异乡,在寂静的秋夜有感而发,写下的一首即景抒情的小诗。前两句,诗人用环境渲染的手法正面写诗人客居他乡的愁情;后两句,诗人以儿童天真无忧反衬诗人的愁情。末句"夜深篱落一灯明",隐喻自己羁旅天涯,孤寂伤怀的心境,借景物传达一片乡心。全诗情景相生,诗味无穷。

在叶绍翁的诗中,还有部分讽刺性的作品。例如,《汉武帝》,对汉武帝废皇后、杀太子、求神仙进行了揭露和讽刺。《田家三咏》(其三),对于贵妇人悠闲豪奢生活的讽刺尤为深刻,诗中写道:

抱儿更送田头饭,画鬟浓调灶额烟。
争信春风红袖女,绿杨庭院正秋千。

第八章 天下兴亡,匹夫有责:南宋及金元时期的诗歌

这首诗前两句描写了农家人辛勤劳作的生活画面:农家妇女一方面操持家务、照看孩子,另一方面还要给同样劳作的丈夫送饭,描眉使用的是灶头的烟土。后两句描写富贵人家"红袖"之女终日在绿杨院落中悠闲地荡着秋千。通过两种妇女形象的对比,诗人赞美了农家妇女的勤劳善良,同时也讽刺了富家女终日百无聊赖的生活。全诗语言凝练、含蓄,寄讽意于言外,融形象塑造与议论为一体。

第四节 国家情怀的书写:宋末遗民诗派

南宋末年,宋元交替之际,民族矛盾空前尖锐,在这民族存亡的关头,摆在士人面前的出路只有两条,要么是投降,卖身投靠去捞取一官半职,要么是起来反抗。这时诗坛出现了一个特殊的群体,即遗民诗派。遗民诗派的诗人生活在一个人心忧焚的动乱时代,他们大多对南宋朝廷有着比较深厚的情感,因而也属于一批爱国诗人。他们面对宋元之战,大多选择反抗,有的是采取直接的反抗方式,即参与战争,如文天祥,而有的则是采取不合作态度来反抗,即隐居山林,要么浪迹江湖,以诗酒度日,饮酒醉歌。这种归隐山林的生活方式就是一种排遣亡国遗民无处归宿之痛的特效剂。宋末遗民诗派的代表人物有文天祥、汪元量、郑思肖、谢翱、周密、刘辰翁、张炎、萧立之、连文凤、方凤、文及翁、梁栋、王镃、林景熙等。成就最高者为文天祥、汪元量、谢翱、林景熙,以下便对他们的诗歌进行一定的阐释。

一、文天祥的诗歌创作

文天祥(1236—1283),字履善,一字宋瑞,号文山,江西吉安人。理宗宝祐四年(1256)进士,历任刑部郎官,知瑞州、赣州等。恭宗德祐元年(1275)元军东下,文天祥在赣州组织义军,入卫临安。次年任右丞相兼枢密使,出使元营谈判被扣,历尽艰险逃脱,后组织兵力抗元,转战浙江、江西、福建等地。端宗景炎二年(1277)进军江西,恢复州县多处,旋败退广东,继续抵抗。祥兴元年(1278)在广东五坡岭被俘,后被送往大都囚禁三年,誓死不屈,慷慨就义。他是中国历史上著名的民族英雄、爱国诗人,有《文山先生全集》,存诗二百四十多首,后期诗作编为《指南录》《指南后录》《吟啸集》,其诗以宣发民族正气、抒写爱国丹诚最为著称。

文天祥享誉最盛的名篇就是《过零丁洋》《金陵驿》《正气歌》。《过零丁洋》是文天祥被俘遣送过广东珠江口零丁洋时作:

> 辛苦遭逢起一经,干戈寥落四周星。
> 山河破碎风飘絮,身世浮沉雨打萍。
> 惶恐滩头说惶恐,零丁洋里叹零丁。
> 人生自古谁无死,留取丹心照汗青!

文天祥被俘后的第二年,张弘范强迫文天祥招降抵抗将领张世杰,文天祥宁死不屈,写下了这首悲怆激奋、大义凛然的诗歌。一二句诗人回顾平生,但限于篇幅,在写法上是举出入仕和兵败一首一尾两件事以概其余。三四句紧承"干戈寥落",明确表达了作者对当前局势的认识:国家处于风雨飘摇中,亡国的悲剧已不可避免,个人命运就更难以说起。这一联对仗工整,比喻贴切,真实反映了当时的社会现实和诗人的遭遇。国家民族的灾难,个人坎坷的经历,万般痛苦煎熬着诗人的情怀,使其言辞倍增凄楚。五六句喟叹更深,再度展示诗人因国家覆灭和已遭危难而颤栗的痛苦心灵。诗中最后两句以冲天的气势收尾,写出了诗人宁死不屈的傲然气节。这两句诗也成为千古名句,成为后代爱国志士为国捐躯、英勇献身的钢铁誓言和座右铭。

《金陵驿》是诗人被敌军押送大都时途经金陵所作:

> 草合离宫转夕晖,孤云飘泊复何依。
> 山河风景元无异,城郭人民半已非。
> 满地芦花和我老,旧家燕子傍谁飞。
> 从今别却江南路,化作啼鹃带血归。

这首诗先写眼下景象苍凉、孤身无依,继写国家破亡所带来的惨相,末尾化用杜鹃的掌故,表明自身虽死,灵魂终要投奔故国。

文天祥的诗如其人,充满着忠义的情怀,不屈的意志,磅礴的气势,昂奋的精神。其中不少诗歌有序,诗、序结合,首首相连,构成了长篇乐章,如《正气歌》:

> 天地有正气,杂然赋流形。下则为河岳,上则为日星。
> 于人曰浩然,沛乎塞苍冥。皇路当清夷,含和吐明庭。
> 时穷节乃见,一一垂丹青。在齐太史简,在晋董狐笔。
> 在秦张良椎,在汉苏武节。为严将军头,为嵇侍中血。
> 为张睢阳齿,为颜常山舌。或为辽东帽,清操厉冰雪。
> 或为出师表,鬼神泣壮烈。或为渡江楫,慷慨吞胡羯。
> 或为击贼笏,逆竖头破裂。是气所磅礴,凛烈万古存。
> 当其贯日月,生死安足论。地维赖以立,天柱赖以尊。

第八章　天下兴亡,匹夫有责:南宋及金元时期的诗歌

　　三纲实系命,道义为之根。嗟予遘阳九,隶也实不力。
　　楚囚缨其冠,传车送穷北。鼎镬甘如饴,求之不可得。
　　阴房阗鬼火,春院閟天黑。牛骥同一皂,鸡栖凤凰食。
　　一朝蒙雾露,分作沟中瘠。如此再寒暑,百沴自辟易。
　　哀哉沮洳场,为我安乐国。岂有他缪巧,阴阳不能贼。
　　顾此耿耿存,仰视浮云白。悠悠我心悲,苍天曷有极。
　　哲人日已远,典刑在夙昔。风檐展书读,古道照颜色。

　　这首诗是文天祥就义前在狱中之作,是《吟啸集》的第一首。全诗内容可分为三个层次。"天地有正气"到"一一垂丹青"为第一层次,开篇引题。"在齐太史简"到"道义为之根"为第二层次,铺写全文主旨,诠释何谓正气。承接了"一一垂丹青"这一句,并列举了历史上十二位仁人志士的忠烈事迹。不断用典,句式整饬,气势磅礴,尽显文采。自"嗟予遘阳九"起,到最后,共二十六句为第三层次,转而写及自身,身有正气,且为正气所鼓舞。这是一首广为流传的浩然正气之歌,充满人性的光辉和人格的崇高。全诗言辞质朴,但气壮山河,慷慨激昂,体现了文天祥坚贞不屈的爱国情操。

　　在被押解北上燕京的途中,文天祥还写了《怀孔明》《刘琨》《祖逖》《颜杲卿》《许远》等诗篇,歌颂这些忠肝义胆的历史人物,表达自己的爱国志节。这些诗首首纪实,而又感情真挚奔放,才气雄赡,笔力遒劲,风格悲壮刚健,充满阳刚之气,在中国诗歌史上独放异彩。

二、汪元量的诗歌创作

　　汪元量(1241—1317),字大有,号水云,钱塘(今杭州)人,原为宫廷琴师。南宋亡后随宫室流落燕京,曾多次到囚所探望文天祥,勉以大节,并有酬唱。晚年归江南,云游名山,不知所终。汪元量著有《水云集》《湖山类稿》,存诗四百余首。

　　汪元量的诗歌在南宋遗民中有很重要的地位。人称他的诗作是"宋亡的诗史",如《湖州歌》《越州歌》《醉歌》等都忠实而简要地记述了宋亡的历史过程,其中所记某些细节,甚至有非史籍能详者。

　　《湖州歌》共九十八首七绝,以联章形式,记录元兵入杭、三宫被掳北行的全过程,从"丙子正月十有三,挝鞞伐鼓下江南。皋亭山上青烟起,宰执相看似醉酣"写起,依次记述"杭州万里到幽州"一路上所见所感。如:

　　　　北望燕云不尽头,大江东去水悠悠。
　　　　夕阳一片寒鸦外,目断东南四百州。

> 受降城下草离离,寒食清明只自悲。
> 汉寝秦陵何处在,莺花无主雨如丝。

前一首写北行途中回首故国的依恋之情,后一首写清明时羁留北边对宋朝祖宗陵寝的怀念,景真情挚,寄慨遥深。

《越州歌》二十首,主要描述了元兵南下时半壁河山被蹂躏的惨痛景象,如:

> 东南半壁日昏昏,万骑临轩趣幼君。
> 三十六宫随辇去,不堪回首望吴云。

> 西峰云锁几时开,昨夜京城战鼓哀。
> 渔父生来载歌舞,满头白发见兵来。

《醉歌》十首则从不同的侧面描绘元兵南下时南宋君臣的表现。诗人以义正辞严的诗句:"食肉权臣大不才""声声骂杀贾平章",痛斥权臣贾似道的误国;以"侍臣已写归降表,臣妾签名谢道清",谴责当时最高统治者皇太后谢氏不能死节,自取凌辱;以"满朝朱紫尽降臣"形容南宋朝官的无耻心态,以"北师要讨撒花钱,官府行移逼市民"揭露元兵在临安的暴行和宋官的为虎作伥,字里行间,蕴含着诗人的满腔悲愤。

汪元量作诗擅长学习杜甫的诗作,所作颇有杜诗的沉郁顿挫之致,又有他自己那个时代所赋予的苍凉和悲壮。其忧国忧民之思亦与杜诗相承,除上述那些抒写亡国之痛的诗,南归后他还写了一些诗反映人民在元朝统治下的痛苦生活,如《钱塘》《兴元府》等,都是南宋王朝覆灭之后的时代悲歌。

三、谢翱的诗歌创作

谢翱(1249—1295),字皋羽,号晞发子,福安(今福建)人,后迁往浦城。元军南下,他捐尽家产,招募义军,投到文天祥的幕下,任咨议参军。宋亡进入元朝后,他一直不做官。谢翱著有《晞发集》十卷、《遗集》二卷、《遗集补》一卷,存诗约二百余首。

谢翱的诗重苦思锤炼,既曲折沉郁又激越雄迈,善于曲折达意,时造新境。在艺术手法和章法格局上,他善于博取李贺、贾岛、孟郊、张籍诸家之长,又能进行创新,使之独具一格,如打破绝句独立自守的藩篱,采用绝句组诗来曲折叙事和倾诉积愤哀思的手法,深得时人称颂。

第八章　天下兴亡,匹夫有责:南宋及金元时期的诗歌

谢翱的诗多反映的是在异族统治者压制下的悲愤心情,如《效孟郊体七首》(其三):

> 闲庭生柏影,荇藻交行路。
> 忽忽如有人,起视不见处。
> 牵牛秋正中,海白夜疑曙。
> 野风吹空巢,波涛在孤树。

这首诗以隐喻手法写亡国之思,诗人深有所感,却又闪烁其词,意境如梦如幻,凄迷的夜景正衬托出亡国的遗民无处归宿的感受。全诗辞意精警瑰丽,风格奇崛高古。

谢翱诗中的一个重要类别就是悼亡诗。文天祥被杀,他漫游东南,登严子陵西台,设文天祥牌位,北向哭祭,撰《登西台恸哭记》,又赋《西台哭所思》诗:

> 残年哭知己,白日下荒台。
> 泪落吴江水,随潮到海回。
> 故衣犹染碧,后土不怜才。
> 未老山中客,唯应赋八哀。

全诗感情沉挚,语调悲愤苍凉,抒发了对爱国英烈的痛悼襟怀。

其《哭所知》也是为文天祥而作:

> 总戎临百粤,花鸟瘴江村。
> 落日失沧海,寒风上蓟门。
> 雨青余化碧,林黑见归魂。
> 欲哭山阳笛,邻人亦不存。

诗人痛诉文天祥之死乃是整个国家民族之大不幸。后继无人、复国无望,悲愤之情充溢诗中,虽千载之下,亦不能不一掬同情之泪。

四、林景熙的诗歌创作

林景熙(1241—1310),字德阳,号霁山,温州平阳(今属浙江)人。宋末进士,官从政郎。宋亡后不仕,隐居于平阳县城白石巷。元世祖二十二年(1285),元朝西藏僧人杨琏真迦挖掘绍兴宋帝陵墓时,林景熙激于爱国义愤,约同乡人前往收拾帝后骸骨,葬于兰亭附近,移植皇陵冬青树作为标志,并作《冬青花》和《梦中作四首》,以抒忠愤。他教授生徒,从事著作,漫游江浙,名重一时,学者称"霁山先生"。著有《霁山集》五卷、《白石樵唱》

一卷。

南宋灭亡后,林景熙以遗民自居,隐居家乡,同他来往的都是一些弃职归里,守节不出的遗民志士。他们"以诗文往来,私相痛悼",在他们的诗中处处感触到亡国之痛。林景熙的诗就多怆怀往事,以寄其故国之思,如《山窗新糊有故朝封事稿阅之有感》:

> 偶伴孤云宿岭东,四山欲雪地炉红。
> 何人一纸防秋疏,却与山窗障北风。

诗人一次外出闲游,临时驻足山间旅舍,发现新糊在山窗的挡风纸,竟是报请宋朝加强边防的奏章,于是触物兴感,写下了这首诗。该诗以小见大,写出了南宋遗民的难言隐痛和凄苦心声。

林景熙在《南山有孤树》里写道:

> 南山有孤树,寒乌夜绕之。
> 惊秋啼眇眇,风挠无宁枝。
> 托身未得所,振羽将逝兹。
> 高飞犯霜露,卑飞触茅茨。
> 乾坤岂不容,顾影空自疑。
> 徘徊向残月,欲堕已复支。

他以"孤树"喻故国,以"寒乌"喻自身,"风挠无宁枝"正是元初严酷的民族压迫的写照。"高飞犯霜露,卑飞触茅茨"表明天地之大,已无容身之地,切实抒发了无枝可依的感怀。

他又有《商妇怨》《故衣》等篇,均是采用象征手法,寄托深远,抒发故国之思,风格凄婉幽渺。他有《古松》《昆岩》《妾薄命》《精卫》等诗,用以表示自己坚贞的节操。他还有《故宫》《西湖》《拜岳王墓》等篇,均表示恋恋不忘故国之意。

可以说,林景熙的诗多半都是抒发对祖国的怀念,深切委婉地表现自己的亡国之痛。在这一方面,他的代表作是《书陆放翁诗卷后》:

> 天宝诗人诗有史,杜鹃再拜泪如水。
> 龟堂一老旗鼓雄,劲气往往摩其垒。
> 轻裘骏马成都花,冰瓯雪碗建溪茶。
> 承平麾节半海宇,归来镜曲盟鸥沙。
> 诗墨淋漓不负酒,但恨未饮月氏首。
> 床头孤剑空有声,坐看中原落人手。
> 青山一发愁蒙蒙,干戈况满天南东。

第八章 天下兴亡,匹夫有责:南宋及金元时期的诗歌

来孙却见九州同,家祭如何告乃翁!

这首诗作于南宋刚灭亡时,林景熙披读陆游的《剑南诗稿》,被陆诗深深地打动,从而挥笔对陆游及其诗进行了全面的赞扬,寄托自己忧国忧民的情怀。全诗四句一韵,每韵为一段,表达一层意思。第一段肯定陆游在诗歌史上的地位;第二段四句,概括陆游一生坎坷经历;第三段写陆游的报国雄心;最后四句,接入自己,把当前现实与陆游所处时代作对照。全诗把叙事与抒情紧密结合,所题的是陆游的诗集,但在赞诗时更重在赞人。全诗写得一意相贯,层层推进,悲壮雄浑。

第五节 推宗苏黄:元好问及金代诗人

金是以女真族为主建立的国家,于宋徽宗政和五年(1115)建国号金,灭辽后又进兵中原,占据大半个中国,直到宋理宗端平元年(1234)为蒙古所灭。在文化上,金朝统治者尽量效法汉唐、北宋和辽代,皇室贵族在很大程度上汉化,在与汉族人民长期相处的过程中,特别是随着女真贵族的大批南迁,汉文化在女真族中迅速传播,汉语甚至成为女真族的通用语。从现存文学作品看,金王朝文学作者中虽有女真贵族如完颜亮(海陵王)、完颜璟(金章宗)等人,但都是用汉语写作。金代文学与辽特别是北宋文学有着明显的渊源关系。不少作家受欧阳修、苏轼、黄庭坚等人的影响较深,所以有"苏学盛于北"(翁方纲《石洲诗话》)之说。在诗歌方面,金初,主要是一些入金的宋朝旧臣作诗,如宇文虚中、蔡松年等,诗歌中流露更多的是故国故军之思及仕金后的内心矛盾和痛苦;金中期,由于朝廷对外与南宋达成了合议,对内确立了封建政权,社会相对稳定,经济、文化有了进一步的发展,文坛也比较活跃,诗人主要有蔡珪、党怀英等人,他们或以昂扬的格调见长,或以闲适的情趣取胜,在技巧和风格上,大多学习苏轼,也有一些人受江西诗派影响。金后期,北方蒙古族崛起,金被迫迁都汴京,社会动荡,民生凋敝,此时的诗人开始关注日益尖锐的阶级、民族矛盾,因而诗歌主题以忧时伤乱为主。当时影响最大、最杰出的诗人是元好问。以下便对元好问及其他一些金代诗人的诗歌进行一定的论述。

一、元好问的诗歌创作

元好问(1190—1257),字裕之,号遗山,太原秀容(今山西忻县)人,祖

先系北朝魏鲜卑贵族拓跋氏。其父元德明以诗知名,然累举不第,放浪山水间。他从小过继给叔父元格,曾经随继父赴任居掖县、陵川、略阳等地。曾师事著名学者郝天挺,潜心经传,留意百家,苦心为诗。金宣宗贞祐元年(1213),蒙古军侵扰河东(今山西),他携家眷逃离家乡,一度寓居河南福昌三乡镇,后又移居登封。这段时间,他的诗已流露出关心现实的强烈倾向,并写了著名的《论诗绝句三十首》。哀宗天兴元年(1232),蒙古军围汴京,他时任左司都事,困居城中达十月之久。第二年正月,京城降。五月他随被俘官军北渡黄河,被羁管于聊城(今属山东)。蒙古太宗七年(1235)解除羁管,移居冠氏(今山东冠县),三年后回到故乡秀容,长期过着遗民生活。从入仕起,特别是金亡前后的十余年间,他目睹了金王朝政治的腐败和蒙古军的暴行,经历了被围困、羁管和亡国的巨大打击,对民间疾苦、社会矛盾都多有感受,所以,他的诗歌多丧乱之音,能反映出金元之际动乱的现实,表现了对人民痛苦生活的真挚同情。

元好问回到秀容故乡后的八年间,致力于保存金代文化,曾编成《壬辰杂编》《金源君臣言行录》(均佚),又纂成金诗总集《中州集》十卷及金词总集《中州乐府》(附于《中州集》后),许多金王朝作家的生平资料和作品全赖此书保存。他的诗歌内容也有所变化,大部分作品转向描绘山水和唱和应酬,反映现实之作开始变少,诗风也趋于平淡。

元好问的诗歌理论和创作主张,集中体现在早年所写的《论诗绝句三十首》中。他在这组诗中对建安以来直到宋代的诗人诗作做了比较系统的论述品评,目的是区分诗歌发展中的正体和伪体,进而阐明自己对诗歌创作的主张。他主张从现实生活中取材,反对模拟;主张自然天成,反对矫揉伪饰;主张自创新格,反对因袭。这些论述都是针对当时形式主义诗风而发,是切中时弊的,因而对金末元初的诗风产生过一定的影响。同时,这些诗论也正是元好问自己在创作中所追求的目标。这里选《论诗》中的其七、其十一,感受一下元好问的诗歌理论。

其七
慷慨歌谣绝不传,穹庐一曲本天然。
中州万古英雄气,也到阴山敕勒川。

其十一
眼处心生句自神,暗中摸索总非真。
画图临出秦川景,亲到长安有几人?

前一首说明了南北朝时北方少数民族诗歌的纯朴天然,慷慨豪放的优良传统和风格特点,也表述了历史悠久的中原诗歌传统与北朝民歌的文化

第八章　天下兴亡,匹夫有责:南宋及金元时期的诗歌

交融。后一首是针对宋人模仿杜诗而发,诗人认为进行文学创作要有亲身体验。有了真情实感,才能写出自然、有神采的作品。

元好问诗题材多样,内容丰富,或揭露黑暗统治,或反映民生疾苦,或咏物言志,或写景抒情,皆不乏佳作。但是奠定他在文学史上地位的,是他所创作的一批反映蒙古族入侵给国家人民带来深重苦难的"丧乱诗",这些诗真切具体地展现了金、元之际的时代画卷。其中有的诗写汴京沦陷前蒙古军对金战争的残酷,如《岐阳三首》(其二):

> 百二关河草不横,十年戎马暗秦京。
> 岐阳西望无来信,陇水东流闻哭声。
> 野蔓有情萦战骨,残阳何意照空城!
> 从谁细向苍苍问,争遣蚩尤作五兵?

这首诗写于金哀宗正大八年(1231)四月蒙古军攻陷凤翔(岐阳)之后,颈联形象地描写凤翔之役的惨状,尾联无情地诅咒蒙古军大肆杀戮的罪行。

又如《壬辰十二月车驾东狩后即事五首》(其二):

> 惨淡龙蛇日斗争,干戈直欲尽生灵。
> 高原水出山河改,战地风来草木腥。
> 精卫有冤填瀚海,包胥无泪哭秦庭。
> 并州豪杰知谁在,莫拟分军下井陉。

这首诗作于哀宗开兴元年(1232)正月,当时蒙古军围攻汴京,金哀宗率兵亲战,败走归德(今商丘)。诗人居围城之中,面对蒙古军横行无忌,金朝将亡,生灵涂炭的现实,自己求救不能,而援兵又不至,极为焦急和悲伤。这首诗即是当时这种极为悲凉沉痛之情的迸发。

在元好问的诗作中,有的描写亡国的惨状。汴京沦陷后,元军尽掳财物、妇女北去,诗人从青城去聊城,亲见元军大肆掳掠,于是写下《癸巳五月三日北渡》三首:

> 其一
> 道傍僵卧满累囚,过去辇车似水流。
> 红粉哭随回鹘马,为谁一步一回头!
> 其二
> 随营木佛贱于柴,大乐编钟满市排。
> 房掠几何君莫问,大船浑载汴京来!
> 其三
> 白骨纵横似乱麻,几年桑梓变龙沙。

> 只知河朔生灵尽,破屋疏烟却数家。

这三首诗描写得具体形象,再现了一场历史浩劫的惨状。

元好问还写了揭露蒙古统治者对人民多方面的勒索迫害的诗歌,如《雁门道中书所见》:

> 金城留旬浃,兀兀醉歌舞。出门览民风,惨惨愁肺腑。
> 去年夏秋旱,七月黍穟吐。一夕营幕来,天明但平土。
> 调度急星火,逋负迫捶楚。网罗方高悬,乐国果何所?
> 食禾有百螣,择肉非一虎。呼天天不闻,感讽复何补?
> 单衣者谁子?贩粜就南府。倾身营一饱,岂乐远服贾。
> 盘盘雁门道,云涧深以阻。半岭逢驱车,人牛一何苦!

雁门是一个山名,在今晋北,上有雁门关。自古为兵家必争之地。本诗作于蒙古太宗十三年(1241)诗人途经雁门关时。诗歌描写了老百姓在兵役繁急、剥削惨重、官吏贪残、法令严酷之下的可悲处境。元好问效法杜、白"唯歌生民病"的现实主义写作手法,对受苦受难的下层劳动人民表达了同情之心,对残害人民的统治者及其爪牙表达了谴责。语言朴实、沉痛。

除了上述的丧乱诗外,元好问的写景诗或构思奇特、气势开阔,或描绘生动、生活气息浓郁,皆能表现祖国山川之美。例如《颍亭留别》:

> 故人重分携,临流驻归驾。
> 乾坤展清眺,万景若相借。
> 北风三日雪,太素秉元化。
> 九山郁峥嵘,了不受陵跨。
> 寒波淡淡起,白鸟悠悠下。
> 怀归人自急,物态本闲暇。
> 壶觞负吟啸,尘土足悲咤。
> 回首亭中人,平林淡如画。

颍亭是今河南颍水之滨的一座亭,确切地点已无考,金人诗中常提此亭。全诗写与人话别。高峻古朴,曲折幽深,笔力不凡。尤其是"寒波"一联,悠然意远,深得陶(潜)、王(维)、韦(应物)、柳(宗元)之遗意。

二、蔡珪的诗歌创作

蔡珪(?—1174),字正甫,真定(今河北正定)人。蔡松年之子,天德三

第八章 天下兴亡,匹夫有责:南宋及金元时期的诗歌

年(1151)进士,历澄州军事判官,三河主簿。召为翰林修撰、同知制诰,改户部员外郎兼太常丞。曾因牵连某事而落职,后又被起用,官至礼部郎中,封真定县男(爵名,从五品),后得风疾而失音。大定十四年,由礼部郎中出守潍州,未赴疾卒。珪以文名世,辩博号称天下第一。著有文集55卷,诗存46首。入《中州集》《晋阳志》12卷,《补正水经》3卷词入《中州乐府》。文集已佚。

蔡珪的诗以写景为主,大抵是羁旅行役中所作。他曾由华北到东北、蒙古等地,途中大自然的风光引发了他的诗兴,如《医巫闾》:

> 幽州北镇高且雄,倚天万仞蟠天东。
> 祖龙力驱不肯去,至今鞭血余殷红。
> 崩崖暗谷森云树,萧寺门横入山路。
> 谁道营丘笔有神,只得峰峦两三处。
> 我方万里来天涯,坡陀缭绕昏风沙。
> 直教眼界增明秀,好在岚光日夕佳。
> 封龙山边生处乐,此山之间亦不恶。
> 他年南北两生涯,不妨世有扬州鹤。

这是一首七言歌行。在这首诗中,诗人以雄放的笔力描绘了这座医巫闾山的磅礴山势和壮美景色。诗的意象雄奇而新颖,如"祖龙力驱不肯去,至今鞭血余殷红",想象十分奇崛,写出了医巫闾山雄跨塞外的气势。更重要的是,诗人借山之雄奇抒写了自身主体世界的高远不凡。

此外,《雪川道中》等也是蔡珪的山水佳作:

> 扇底无残暑,西风日夕佳。
> 云山藏客路,烟树记人家。
> 小渡一声橹,断霞千点鸦。
> 诗成鞍马上,不觉在天涯。

这首诗主要通过对旅途所见的优美景色的描写,显示了诗人潇洒闲淡的人生态度。描景状物颇见功力,尤以"小渡一声橹,断霞千点鸦"一联最显意境。前一句以听觉写近景,以动写静,一个"小"字看似信手拈来,却恰到好处地表现出悠然意境;后一句以视觉写远景,片片彩霞、点点鸦影,已是极目远眺,而一个"断"字更渲染出寥阔意境,引人遐思。

蔡珪也有抒发儿女相思之情的诗歌,如《画眉曲》:

> 小阁新裁寄远书,书成欲遣更踟蹰。
> 黛痕试与双双印,封入云笺认得无。

这首诗主要写了女子将眉印印在信上,给远方的心上人寄去,以表达自己的相思之情。诗歌以白描的手法,将主人公的相思之情、相爱之意,写得非常精彩。以这种方式来寄托情思,真可谓别出心裁。唐代诗人张籍在《秋思》中写道:"洛阳城里见秋风,欲作家书意万重。复恐匆匆说不尽,行人临发又开封。"虽然张籍与蔡珪寄书的对象不同,但都注意对主人公的心理刻画。不过,蔡珪这首诗不仅在细节描写上有新意,而且两句一折,使主人公的感情更为深沉,诗味更浓。

三、党怀英的诗歌创作

党怀英(1134—1211)字世杰,号竹溪,冯翊(今陕西大荔)人。北宋太尉党进十一代孙。金朝大定十年,中进士,官至翰林学士承旨。金章宗承安二年(1197),改任泰宁军节度使,为政崇尚宽简,深得人心。次年再次召为翰林学士承旨。泰和元年,受诏编修《辽史》,大安三年逝世,谥号"文献"。

党怀英工诗善文,其山水诗,景象鲜明生动,语言质朴,因事遣词,风格朴拙,对金代文学的发展产生了一定影响。目前,党怀英的诗歌,《中州集》卷三录诗六十五首;《全金诗》卷八增补两首;另《全金诗》卷六十二有《成趣园诗》一首和《中州集》卷一《姚孝锡小传》引挽诗一首,现总共得六十九首。这些诗中,五排律有十四首,五律有九首,七排律十首,七律十四首,七绝十四首,其他八首。

从党怀英现存诗歌来看,他诗歌创作的题材很丰富。根据他诗歌的题材、内容大致可分为行游留题诗(又称山水纪行诗,包括行旅、游赏、登览、题壁、题画、书扇等内容)、书事述怀诗(包括记事、感事、书怀、抒情等诗)、赠寄留别、为序和韵诗(包括唱和、次韵、诏赋、集句等)和以物抒志诗五类。其中前四类占有五十九首,以物抒志类十首。

党怀英在诗歌创作早期,成就并不是很高,具有明显的宣泄彷徨和愤懑情感的特点。例如《宿旧县四更而归,道中摭所见,作行路难》:

> 三星排空山月明,思归客子夜半行。
> 单衣短褐风凄清,响踏黄叶栖禽惊。
> 匆匆晓转沙岸侧,枯蓼寒芦鸣索率。
> 山月欲随山烟黑,前途无人脚无力。
> 行路难,堪叹息。

这首诗在刻画诗人夜途寂静凄清的境况下,又抒写了诗人凄凉伤感的

第八章 天下兴亡,匹夫有责:南宋及金元时期的诗歌

情绪。"响踏黄叶栖禽惊""枯蓼寒芦鸣索率"等句以动写静,以音衬寂,具有很强的艺术感染力。但从情感抒发来看,诗人明显对自己屡屡不得志和未来前途命运,充满了忧郁和悲叹。

大定十一年(1171)到明昌元年(1190)间,是党怀英诗歌创作的成熟期。这一时期,诗人的处境及社会地位都发生了重大改变,因而诗歌创造风格也随之发生了变化,加之诗人诗歌功底的不断加深,诗歌成就斐然。他在这一阶段写了不同情怀的各类诗篇。例如《穆陵道中》二首:

其一
沂山一何高,群峰郁屏颜。
我行问遗老,云此小泰山。
望秩有常祀,其神号东安。
草荒穆妃坟,雨剥汉武坛。
神仙果何在?可想不可攀。
千年等一昔,俯仰悲人寰。
东望蓬莱宫,咫尺沧波间。

其二
重山复峻岭,溪路宛盘盘。
流水滑无声,暗泻溪石间。
岸草凄以碧,鲜葩耀红丹。
高云映朝日,流景青林端。
我行属朱夏,欲愒不得闲。
山中有佳人,风生松桂寒。

这两首都是诗人因公务经过穆陵山道,就其所见、所闻、所感而写的。在他的笔下,夏日景致色彩艳丽,活泼跳动,类似唐代大诗人王维的山水诗风格,兼得陶、谢诗之意境韵味,依景寄情,因物抒感,冲淡清丽,刻画生动,娴熟老到,表现了诗人萧散幽独的襟抱和孤芳高洁的志趣。

又如《夜发蔡口》:

落霞堕秋水,浮光照船明。
孤程发晚泊,倦楫摇天星。
蔼蔼野烟合,翛翛水风生。
远浦浩渺莽,微波澹彭觥。
畸鸟有时起,幽虫亦宵征。
怀役叹独迈,感物伤旅情。
夜久月窥席,忼慨心不平。

诗歌主要写了诗人的旅途见闻,把所见落霞、秋水、行船、天星、野烟、畸鸟、幽虫等自然意象事物携来入诗,将河边晚照,四野苍茫,独行感伤,夜深难寐糅合在一起,抒发了诗人自己内心颇不宁静的羁旅幽思情怀。景象鲜明、生动,语言质朴、凝练、准确,可见其诗受南朝谢灵运等人影响较大,但也有不尚虚饰的独特风貌。

明昌二年(1191)至大安二年(1210),是党怀英诗歌创作的黄金期。这一时期,由于功成名就,加之诗歌创作经验的不断丰富及人生阅历的增长和对生活体验的不断加深、感悟,其诗歌达到了人生的最高峰。这一阶段创作的诗歌数量也最多。其中,《奉使行高邮道中二首》颇为有名。

其一
野雪来无际,风樯岸转迷。
潮吞淮泽小,云抱楚天低。
蹚跨船鸣浪,联翩路牵泥。
林鸟亦惊起,夜半傍人啼。

其二
细雪吹仍急,凝云冻未开。
牵闲时掠水,帆饱不依桅。
岸引枯蒲去,天将远树来。
行舟避龙节,处处隐渔隈。

在第一首诗中,诗人以敏锐的观察力和娴熟的表达技巧,精细地描写了淮南之美景。"潮吞淮泽小,云抱楚天低",景象阔大,句式精工;写行舟之所见时,以"蹚跨船鸣浪,联翩路牵泥"之句描述,有似神来之笔,极力锻炼而又不见斧凿之痕。"林鸟亦惊起,夜半傍人啼"之句,平实畅达,与陶、谢诗风相同,充分展现了党怀英后期诗歌创作体物精细之妙的特点。第二首诗将诗人冬日出使,雨雪天气,南方天空开阔低垂,水道曲折平缓,道路泥泞,船行河上,顺风顺水,心情顺畅的画卷展现在读者面前。颔联摹写船行牵绳松弛不时掠水、帆樯高张的状态,颈联又写在快速行驶的船上,岸边草木倒退的感觉,用平常语写南方美景,好似在眼前毫不费力,足见其触物感兴、自然含蓄的特点。总之,党怀英的山水诗灵妙清新,境界阔达,疏宕有致,工巧周圆,在字句锤炼上颇见匠心和功力。

第九章 各抒心得，隽旨名篇：明代的诗歌

在明代时，诗歌"已经度过了它的辉煌顶峰——唐代，也已经度过了它的变异时代——宋代，后来的诗歌大体上已经翻不出唐宋两家，或是宗唐，或是学宋，在诗体、语言、思维、审美追求等方面都已经缺少实质性的创新"。也就是说，明代诗歌并没有多少创新之处。不过，明代诗歌不乏优秀的诗人和作品，而且诗歌流派众多，大都具有明确的诗歌创作主张。这表明，明代诗人的主体意识大大增强，诗歌创作的自觉性也大大提高。

第一节 不拘一格的"吴中四杰"

在元末明初时，曾是东南地区经济与文化中心之一的吴中，出现了不少的诗人。他们组成了吴中诗派，诗歌创作不法古也不为形式所约束，注重抒发故国之思和生民之痛，从而使明初诗歌呈现出较为繁盛的局面。其中，由高启、杨基、张羽、徐贲组成的"吴中四杰"是吴中诗派的代表诗人。"吴中四杰"既是吴中文学的骄傲，也是明代文学的骄傲。他们的诗歌不同程度地表现出爽朗、明净、刚健、清新的风格特征，这与他们所处时代的人们开始转向欣赏雄健昂扬、俊逸儒雅之美有关。基于此，有不少学者认为，"吴中四杰"在诗风的转变方面有开拓之功，使明初诗歌的发展呈现出一片崭新天地。

一、高启的诗歌创作

高启（1336—1374），字季迪，号槎轩，又自号青丘子，长洲（今江苏吴县）人。自小警敏博学，工于诗歌。元末，张士诚据吴，高启依外舅家，居吴淞江之青丘。其间，他还曾被迫为张士诚幕僚。明代建立后，高启在洪武二年（1369）被征召编修《元史》，并授翰林院国史编修官，第二年擢户部右侍郎。但不久，高启以"逾冒进用"为辞，恳求辞官。虽得到允许，放归田里，但引起了朱元璋的不满。后来，高启曾赋《宫女图》诗："女奴扶醉踏青苔，明月西园侍宴回。小犬隔花空吠影，夜深宫禁有谁来？"朱元璋认为，高

启作此诗意存讽刺,故遭忌恨。于是在洪武七年(1374),朱元璋借苏州知府魏观在张士诚宫室旧址建府衙,而高启为此作《上梁文》一事,将其腰斩于市。

高启的一生是十分短暂的,但他短暂的一生又经历了元末明初一系列重大的社会变乱。这既使他形成了极为复杂的思想个性,也使他一生都想远离仕途,致力于文学创作。

高启的一生都致力于学诗写诗,是明初诗人中创作最丰富、成就最高的作家。王世贞称赞他的诗:"其辞快若迅鹘乘飙,良骥蹴景;丽若太阳朝霞,秋水芙蕖,纵负可点之瑕,奚废连城之赏,词家射雕手也。"有《吹台集》《江馆集》《凤台集》《娄江吟稿》《姑苏杂咏》等多部诗集,共计有诗两千余首。

高启在诗歌创作方面没有专门的诗歌理论著作,但在其为自己和他人所作的诗集序中,仍可以看出他的诗歌主张。其中,《独庵集序》最为鲜明地体现了高启的诗歌主张:

> 诗之要,有曰格、曰意、曰趣而已。格以辨其体,意以达其情,趣以臻其妙也。体不辨则入于邪陋,而师古之义乖;情不达则堕于浮虚,而感人之实浅;妙不臻则流于凡近,而超俗之风微。三者既得,而后典雅、冲淡、豪俊、秾缛、幽婉、奇险之辞变化不一,随所宜而赋焉。如万物之生,洪纤各具乎天;四序之行,荣惨各适其职。又能声不违节,言必止义,如是而诗之道备矣。夫自汉、魏、晋、唐而降,杜甫氏之外,诸作者各以所长名家,而不能相兼也。学者誉此诋彼,各师所嗜,譬犹行者埋轮一乡,而欲观九州之大,必无至矣。盖尝论之,渊明之善旷而不可以颂朝廷之光,长吉之工奇而不足以咏丘园之致,皆未得为全也。故必兼师众长,随事摹拟,待其时至心融,浑然自成,始可以名大方而免夫偏执之弊矣。

从上面这段话可以知道,高启主张作诗要有"三要"——"格""意""趣",并强调"格以辨其体,意以达其情,趣以臻其妙"。这实际上是高启向古人学习,总结历代诗歌创作而得出来的深切体会。从《诗经》国风的"发于性情之不能已",到汉魏的系于时事,强调风骨;从唐诗的庄重廓大,充满情趣,到宋诗的讲究学问,重视理趣、机趣,高启是借以探讨诗歌创作所要达到的理想境界,是为了"振元末纤秾缛丽之习,而返之于古"。此外,高启主张在作诗时要"辨体"。"体"在他这里有丰富的内涵,既有诗歌形式上的含义,也有内容上的含义,还包括诗歌风格上的特点等,是"全",而不是偏

第九章　各抒心得，隽旨名篇：明代的诗歌

于某一方面。杜甫"转益多师"，集众家所长，固能成一大家，而很多诗人"各以所长名家"，不能兼"全"，故不免有"偏执之弊"。解决的办法是"必兼师众长，随事摹拟"，并达到"时至心融，浑然自成"。

高启的诗歌创作，充分实践了其诗歌创作理论。从题材上来看，高启的诗歌充分反映了其所处时代的社会风貌及其自身的思想个性。具体来看，高启的诗歌体裁主要有以下几类。

第一类是对当时的社会现实进行反映的诗作，高启一生活动范围主要在吴越一带，这一带又恰是张士诚政权的势力范围。从十八岁泰州张士诚起兵、据高邮，到三十二岁朱元璋建元、张士诚死，高启亲身经历了这一重大变乱过程。尤其是二十三岁往来饶介幕中和三十一岁始，朱元璋讨伐张士诚，高启处在围中时，更直接地目睹了战乱给富庶繁华的江南所带来的满目疮痍景象。对此，他在诗中进行了深刻反映，如《吴越纪游·过奉口战场》：

> 路回荒山开，如出古塞门。
> 惊沙四边起，寒日惨欲昏。
> 上有饥鸢声，下有枯蓬根。
> 白骨横马前，贵贱宁复论？
> 不知将军谁，此地昔战奔。
> 我欲问路人，前行尽空村。
> 登高望废垒，鬼结愁云屯。
> 当时十万师，覆没能几存？
> 应有独老翁，来此哭子孙。
> 年来未休兵，强弱事并吞。
> 功名竟谁成？杀人遍乾坤。
> 愧无拯乱术，伫立空伤魂。

这首诗所描绘的战乱景象，可谓触目惊心：空荒的村落、遍地的白骨、枯萎的蓬根、发出凄惨叫声的饥鸢……诗中虽然没有从正面刻画兵刃相接、血肉横飞的战争场面，但通过这几个简单的景象，更生动形象地将战争的残酷及其给人们造成的灾难展现了出来。此外，整首诗是以悲怆凝重的基调写成的，这表明了诗人对战争的不满。类似的诗歌作品还有《暮途书见》《送陈秀州》《闻长枪兵至出越城夜投龛山》《广陵孙孝子爱日堂》等。

第二类是咏史怀古的诗作。高启在进行诗歌创作时，最为擅长的便是咏史怀古题材。作为一个"尤邃于群史"的史家诗人，高启用他最为得手的乐府和拟古之体，将诗人的灵动和史家的严谨结合在一起，将历史的深邃

和现实的严峻结合在一起,并从一个高起点上对现实的内涵进行透视,从而使其咏史怀古之作有了新的深度,闪烁着新的思想光芒。这方面的代表作有《登阳山绝顶》《雨中登白莲阁望故园》《登金陵雨花台望大江》《吴城感旧》《姑苏怀古》《岳王墓》等,其中以《登金陵雨花台望大江》最有特色:

> 大江来从万山中,山势尽与江流东。
> 钟山如龙独西上,欲破巨浪乘长风。
> 江山相雄不相让,形胜争夸天下壮。
> 秦皇空此瘗黄金,佳气葱葱至今王。
> 我怀郁塞何由开,酒酣走上城南台;
> 坐觉苍茫万古意,远自荒烟落日之中来。
> 石头城下涛声怒,武骑千群谁敢渡?
> 黄旗入洛竟何祥,铁锁横江未为固。
> 前三国,后六朝,草生宫阙何萧萧。
> 英雄乘时务割据,几度战血流寒潮。
> 我生幸逢圣人起南国,祸乱初平事休息。
> 从今四海永为家,不用长江限南北。

诗歌开篇即以宏大的气魄写长江滚滚东来,钟山如龙西上,江山相雄,形胜天下的奇壮景观。以此为背景,继而推出"我怀郁塞何由开,酒酣走上雨花台"这心怀郁塞的诗人形象。"坐觉苍茫万古意"是点睛之笔,诗人从这一横越时空的角度,把写景与怀古、现实与历史自然地融合起来,笔调遒劲,气势雄浑,悲怆之情激荡在字里行间。此外,该诗结尾时虽然对明王朝的一统天下进行了称颂,但全诗苍凉牢落的基调使它有别于一般的承平颂歌,是身经元末战乱的诗人对和平愿望的表达。总的来说,全诗音节顿挫浏亮,笔触飞动有致、奔放豪迈,颇有李白的风范。

第三类是抒发个人情怀、表现个人生活和志趣的诗作。高启的这类诗作,或慨叹人生祸福穷达,砥砺自我高尚志节;或忧思壮志难酬、功名失意。这方面的力作有《池上雁》《东园种蔬》《春日言怀二首》《秋日江居写怀七首》《晓起春望》《寓感二十首》等。以《秋日江居写怀七首》(其三)为例:

> 舌在休夸术未穷,且将踪迹托渔翁。
> 芙蓉泽国弥漫雨,禾黍田畴掩冉风。
> 身计未成先业废,心怀欲说旧交空。
> 楚云吴树无穷恨,都在萧条隐几中。

在这首诗中,诗人将出世与隐世的矛盾进行了形象而含蓄的概括。此

第九章　各抒心得，隽旨名篇：明代的诗歌

外，诗中运用了大量的双声叠韵字，读起来别有一番韵律美。

高启的诗歌不仅有多样化的题材，而且众体兼长，其中以乐府诗、长短句歌行写得最好。高启的乐府诗感情真挚、语言质朴，多表现的是农村的生活、风俗以及农民受压迫、受剥削的现实。比如，《猛虎行》借助于烘托对比的手法，通过描写猛虎给人的恐怖感，突出"苛政猛于虎"的主题；《牧牛词》通过描绘牧童与牛相依为命的关系，委婉含蓄地表现了对统治者残酷剥削的不满；《养蚕词》通过描写农村蚕忙季节妇女们的辛勤劳动，展现出一幅富有地方色彩的风俗和劳动生活的画面，并写出了农民辛勤劳动的果实会被统治者掠夺的不幸，由此对统治者的残酷剥削进行了深刻的批判。高启的长短句歌行有着奔放豪宕的情感和凌厉多姿的语言，代表性的诗作是《登金陵雨花台望大江》和《青丘子歌》。其中，《青丘子歌》以写实而近乎浪漫的手法，塑造了一个狂放不羁、性格洒脱、希望不受现实的束缚、开辟理想境界的自负者形象，由此展现了诗人狂放不羁、高洁超俗的品性。

高启在进行诗歌创作时，长于使事，妙于用典。高启作为一个史家诗人，作为一个以古体见长的诗人，使事用典正是其所长。这也保证了其诗高古沉实、含蓄蕴藉。高启在使事用典时，能够做到自然、准确、生动、洗练，典实与主题相互生发，这使得他的诗歌更为沉雄俊健。比如，在《阖闾墓》一诗中，诗人浓缩了阖闾墓的建造过程以及墓地"虎丘剑池"的传说，从而在极大地扩展了诗歌容量的同时，更加强烈地传达出自己的感情。诗中典故的运用极为自然，完全没有突兀之感。但是，过多地运用典故，也使高启的一些诗显得枯燥，不够生动。

此外，高启也是一个语言高手。他的诗歌语言丰富多姿、优美流畅且风格多样，正如吕勉《槎轩集本传》言："诗之高古类魏、晋，冲淡如韦、柳，和畅如高、岑，放适如王、孟，质直如元、白。"也就是说，高启的诗歌题材不同，在语言方面也有一定的差异。总的来说，高启诗歌的语言是清新古朴的，"音节清脆，如雪竹冰丝，自然动听"。

二、杨基的诗歌创作

杨基（1326—1378），字孟载，号眉庵，原籍嘉州（今四川乐山），成长于吴中。元代末时曾被张士诚聘为记室，但没多久便辞去这一职位，客饶介所。明代初年，他受荐任河南荥阳令，累官至山西按察使。后来，他因事被夺官，贬为输作，最后卒于工所。

杨基在"吴中四杰"中，诗名仅次于高启。杨基的诗集为《眉庵集》十二卷，有五古、五绝、七绝、词各一卷，七古及五、七言律、杂言歌行体各二卷。

杨基诗在内容上主要是写景、赠答之类,还有一些感怀、咏物、怀古以及少量反映社会动乱的诗篇。比如《与陈时敏别》:

> 近别会有期,远别易惨凄。
> 一人失意行,众宾颜色低。
> 相顾各无语,握手立大堤。
> 白沙飞轻烟,赤草漫路蹊。
> 灶户八九家,皮肉瘦且黧。
> 再拜谒官长,鹄立无所赍。
> 孤厅如荒邮,壁落新补泥。
> 日没官吏散,角角野雉啼。
> 归来对寒灯,儿女相孩提。
> 虽云去乡国,喜不闻鼓鼙。
> 官卑职易称,牛刀用割鸡。
> 回首华亭鹤,月白露凄凄。

这是一首赠答诗,也是内容沉实的一首诗作。在诗中,诗人将乱世之慨融入别愁之中,既展现了当时社会的动乱,也表现了自己对战乱的不满和对和平生活的向往。

又如,《太平山中》是一首咏物之诗,表现了诗人沉醉于花香鸟语之中的悠然自得心情;《感怀》(其一)是一首感怀之作,形象而生动地表达了诗人因无法完成一番事业而产生的叹息、无奈之情;《白头母吟》是一首反映社会战乱的诗歌,诗中以寡母、思妇之苦来写征夫,反映战乱所带来的民生凋敝现实;等等。

杨基长于音律,因而他的律诗写得极好。杨基所作的律诗,有写得含蓄的,如"嫩叶暗将枯叶换,新梢争与旧梢齐。席因留客长虚左,帘为看山尽卷西"(《江郭对雨》);有写得闲旷的,如"坐对青山觉眼明,山应怜我眼偏青。一官不博三竿日,万事无过两鬓星。花底蛛丝迷蛱蝶,草根虾族变蜻蜓"(《寓江宁村居病起写怀》其八);有写得纤秾的,如"春雪晚萧萧,随莺上柳条。渐将丝共结,终与絮俱飘。泪粉凝啼眼,珍珠压舞腰。东风自怜惜,留映赤栏桥"(《雪中柳》);等等。

杨基的诗歌在语言方面也很有特色,即以词为诗、意象华美、文采雅丽纤蔚、音韵流畅婉转。昔人评秦观的诗像词,杨基的诗语也颇类词语,难怪朱彝尊在《静志居诗话》中,从其诗中连举二十联曰:"试填入'浣溪沙',皆绝妙好辞也。"以《忆左掖千叶桃花》一诗为例来说:

> 秾李积皓雪,繁桃炫朝霞。

第九章　各抒心得，隽旨名篇：明代的诗歌

> 江边日日见春色，尽是寻常女儿花。
> 东阑一树能倾国，千瓣玲珑谁剪刻？
> 半吐疑红却胜红，全开似白元非白。
> 旁虽浅淡正复浓，雅丽称月间宜风。
> 阴时晴午各异态，嗔喜笑嚬无不工。
> 嗟我匆匆薄书急，时复微吟对花立。
> 白苎犹沾夕露香，青鞋不怕苍苔湿。
> 而今飘泊楚江滨，想象丰仪一怆神。
> 惆怅当时看花客，对花还说去年人。

这是一首描写桃花的咏物诗，但诗人在吟咏桃花的同时，也表达了对物是人非的感慨。此外，诗中的语言"如玉袖临春，翩翩自喜"，纤细而秾丽。不过，这样的语言表达，难免让诗歌缺乏厚重深沉之感。

总的来说，杨基的诗歌香而不软，丽而不艳。虽未脱尽元诗之秾纤，但也没有"风雅扫地"。因此，在对明代诗歌进行研究时，杨基的诗歌是不容忽视的。

三、张羽的诗歌创作

张羽（1333—1385），字来仪，号静居，浔阳（今江西九江）人。他在年轻时从父宦游江浙，因兵阻不得归，于是侨居吴兴。元末，授安定书院山长。明初，擢太常司丞，兼翰林院，同掌文渊阁事。洪武七年（1374）奉旨去临濠祭陵。洪武十六年（1380），据朱元璋口述郭子兴事梗概，作《滁阳王庙碑》。洪武十八年（1382），张羽因坐滁阳王事被流放岭南，半道召还，他自知不免，于是投龙江而死。

张羽的诗集为《静居集》四卷，其中五古一卷，七古及乐府、歌行一卷，五、七言律一卷，五、七言绝一卷，其中五言古诗和乐府歌行写得最好。朱彝尊在《静志居诗话》中说："来仪五古，微嫌郁辖，近体亦非所长，至于歌行雄放，骎骎欲度季迪前，固当含超幼文，跨蹑孟载。"

张羽的五言古体，在描写景观、抒写襟抱方面颇具特色，并有着低昂古拙的风格，但有时稍嫌生涩。以《赋得曲院风荷赠别》一诗来说：

> 露叶漾涟漪，风凉水院时。
> 翠轻愁欲断，珠圆不自持。
> 低昂随芰盖，翩翩卷钓丝。
> 盘折惊鱼游，规荡宿禽疑。

>　　为语莲舟女,聊将赠别离。

这首诗颇传"风荷"神韵,细腻生动,特别是"翠轻愁欲断,珠圆不自持。低昂随芰盖,翩翻卷钓丝"四句,情景一体,借景语传情语,扣题巧妙,是一首不可多得的杰作。

张羽的乐府歌行也写得十分出色,而且不少是题画诗。张羽对先辈与友辈的画幅,喜欢运用诗行对画的意旨、构思、意境、鉴赏等问题进行说明。比如《米元晖云山图》:

>　　前代几人画山水,逸品只数南宫米。
>　　海岳楼前北固山,顷刻云烟生满纸。
>　　古云丘壑起心胸,怳惚似与神灵通。
>　　素壁高悬卧清昼,耳边怳若闻松风。
>　　怪底青山起毫末,森沉绿树临溪活。
>　　仙人道士疑可招,芝草琅玕俯堪撷。
>　　千里能移方寸间,天机挥洒过荆关。
>　　如今画史空无处,对此高踪讵敢攀。

在这首诗中,诗人对米元晖(即米芾)的画作《云山图》从多方面进行了说明,对于人们理解这一画作有一定的帮助。类似的诗作还有《李遵道墨竹歌》《胡廷晕画》《青弁云林图》《米南宫云山歌》《画山水行》《钱舜举溪岸图》等。

张羽的乐府歌行具有低昂相济、才气并驰、笔力雄放、音节谐畅的特色。以《长洲行送黄茂宰之官长洲》来说:

>　　昔我扬帆向东海,吊古直上姑苏台。洞庭水树净如发,一片吴江天际来。长洲逶迤覆绿水,金沙荡漾(阙)光起。不见夫差荡桨归,空有芍药似西子。阊门大道多酒楼,美人如雪楼上头。争唱吴歌送吴酒,玉盘纤手进冰盏,劝人但饮不须愁。伍员吹箫,去国成名。鸱夷一去,流恨无声。要离已矣,高坟峥嵘。樵儿蹋躅,芳草春生。何如三让人,孤名如水清。亦有挂剑翁,生死见交情。薄俗轻然诺,乾坤长战争。两贤不可作,令我泪沾缨。君发金陵腊未残,君到吴门春已还。邑人讼少清且闲,还同谢朓看青山。开元寺里题诗处,访我旧墨苍苔间。倘过皋桥烦借问,恐有高人梁伯鸾。

该诗的前半部分是七言句式,由景及人,由人及事,景是明爽阔远、绚丽迷人之景,人是如花似玉、沉鱼落雁之人,事是远贤近佞、荒淫失国之事,舒缓浏亮的七言句式,恰与君妃间轻歌曼舞、穷奢极欲而不知亡国有日的昏庸情状暗合;后半部分不再是七言句式,而是改为四言、五言,音节顿时繁促不畅,且韵脚用的又是低细难以传响的舌齿音的字,抒发的恰又是英雄已死、国势已去、峥嵘殿阁、一变沧桑的历史兴亡之慨和悲愤难抑之气;结尾点题送别,又转回七言句式,音节亦随之舒缓畅朗。

四、徐贲的诗歌创作

徐贲(1335—1393),字幼文,号北郭生,祖籍四川,家先居毗陵(今江苏常州),后居吴(今江苏苏州)。在元末时,张士诚统兵据吴,辟贲为属官。没多久,徐贲便请辞,与张羽俱避居湖州之蜀山。洪武七年(1374),徐贲被荐至京,先是授给事中,后改监察御史,累官至河南布政使。后来,徐贲因"会征洮岷,兵过其境,坐犒劳不时",获罪,下狱死。

徐贲的诗集为《北郭集》六卷,有五古及乐府诗二卷,七古、五七言律诗及绝句各一卷,其中以乐府诗和五古的成就最高。徐贲的乐府诗有六十首,都写得颇为出色,如《柳短短送陈舜道》:

柳短短,春江满。
兰渚雪融香,东风酿春暖。
山长水更遥,浩荡木兰桡。
兰桡向何处?
送君南昌去,离愁落日烟中树。

这是一首送别诗,写得十分别致。开篇四句写初春景色,短短的柳条,满江的春水,水洲积雪融化时渗透了兰草的清香,东风酿造着春的温暖。"雪融香""酿春暖"写得新颖细腻,使人感觉到清新的春气息。后五句写出送别的主旨。"山长水更遥"是讲与友人相隔空间的遥远,因古时交通、通信的不便,也说明了再见时间的遥远。因为空间、时间的遥远隔阻,这次分别也就愈值得珍惜,难舍难分之情溢于言表。最后一句别有情味,夕阳笼罩烟树,衬托离别的怅惘伤感,别情依依、别绪悠悠,似淡还浓,绵绵无尽。总的来说,全诗三言、五言、七言交替使用,对春风春水的细腻把握,夕阳烟树对离情的烘托,使得全诗写景明丽,意境亲切,委婉蕴藉。

徐贲的五古,更能代表其诗歌的风格,温丽典则,精密幽深。《蜀山》《菜薖为永嘉余唐卿右司赋》和《晋冀纪行十四首》,都是徐贲五古的代表作。其中,《蜀山》和《菜薖为永嘉余唐卿右司赋》都是长篇五古,以赋体铺排手法写就,通篇布满形象,情感深寓其中。《晋冀纪行十四首》是徐贲于洪武九年(1376)奉命到晋冀体察民情时的所见所闻,生动地记录和反映了晋冀一带的乱后民生、风土人情及壮丽景色。该组诗的内容质实,涉笔古朴,词彩遒丽,风韵凄朗。比如《沁水县》:

> 一水随山根,宛转流出迥。
> 滩声绕县门,孤城数家静。
> 风土殊可怪,十人五生瘿。
> 土屋响牛铎,壁满残日景。
> 行迟欲问宿,连户皆莫肯。
> 亭长独见留,半榻亦多幸。
> 呼童此晚炊,粝饭谷带颖。
> 野薤不可得,敢望肉与饼?
> 涂行乃至此,俭素当自省。

这是一首写风土人情的诗作,读之如历历所见。诗人为江浙人,对山西农村不太熟悉,一看到"土屋响牛铎,壁满残日影",即人牛一屋,阳光还可照人,便感惊异。尤其对沁水乡民"十人五生瘿"之地方病,更觉"风土殊可怪"。再见乡民不愿留宿外人,多人挤睡一炕,粝饭野薤为食,更感到惊异,也很感到自省,遂感叹"途行乃至此,俭业当自省"。全诗充满生活气息和地方特色,如实地记录了明代沁水农村的贫困、乡民生活的饥寒以及地方病的流行等,对我们认识明代沁水农村的风土人情有一定的意义。

除了乐府诗、五古,徐贲的七绝写得也比较出色,代表性的诗作是《雨后慰池上芙蓉》:

> 池上新晴偶得过,芙蓉寂寞照寒波。
> 相看莫厌秋情薄,若在春风怨更多。

这首诗写的是诗人在一个雨后新晴的秋日,偶然经过池边,看到"芙蓉"在寒波中"寂寞"地开着,引起一番感慨,并对芙蓉进行慰藉。"芙蓉"即荷花,荷花是夏日开花,到了秋天,它就逐渐花残叶落,憔悴干枯,历来诗人常借咏秋荷寄托自己的某种感情。此诗的"芙蓉寂寞照寒波",字面上是写鲜艳的荷花已凋谢,再也没有人来观赏,所以"寂寞"地待在那里。实际上,这是诗人感到荷花"寂寞",继而面对秋荷引发了内心的感触而移情于物。面对寒波中的秋荷,就像面对一个和自己同命运的知己,对它进行了一番开导和劝慰,不要埋怨秋天的无情吧,如果是在春天别的花都开放时,你守着绿叶和花蕾会有更多的难堪和抱怨的。因此,诗人与荷花对话,实际是在和自己的心灵对话;劝慰芙蓉,实际是在慰藉自己寂寞的灵魂。

此外,纵观徐贲的诗歌,可以发现诗中蕴含着浓郁的悲凉色彩。比如,当他看到荆山的情景是这样:"荆山揭高压,涂山耸横㧾。长淮出两间,中间见斧凿。洪流受束缚,浪起石斗角。谁能为此功,在昔大禹作。至今遗庙存,香火乃寂寞。我来问邑人,往事竟缅邈。于时春正深,草木易荒落。"因而诗人发出如此感叹:"登临欲开豁,睹兹反不乐,更伤卞和泣,三献空抢璞。"又如送别诗《送人之吴江》中,诗人写到"离别琴三叠,悲欢酒一壶,不堪忆君处,烟雨满秋芜"。总之,徐贲在进行诗歌创作时,总是不自觉地灌入悲凉之感。

第二节　台阁体与茶陵派

明代永乐至宣德时期,诗歌创作出现了"台阁体",内容大多比较贫乏,多为应制、题赠送别、酬应而作,扼制了诗歌的艺术活力。因此,在成化、正德年间,以李东阳为首的茶陵派崛起,他们开始尝试着突破台阁体的束缚,为明代诗歌的发展开拓了道路,因而盛极一时。

一、台阁体诗的创作

明代永乐年后期开始,封建统治相对稳定,坐稳了江山的统治者要求歌功颂德,称赞其"太平盛世"。于是,诗坛上出现了台阁体诗。"台阁"是与"山林"相对立的概念,说明诗人是居台阁、列朝廷者。此外,台阁体诗人的诗作与"山林之诗文"相比,多饱含富贵福泽之气,且多用雍容典雅的声调哼唱"太平盛世"。台阁体诗的代表诗人有杨士奇、杨荣、杨溥、黄淮、王英、陈循、胡广等,其中成就较高的是杨士奇、杨荣和杨溥。

(一)杨士奇的诗歌创作

杨士奇(1365—1444),名寓,字以行,号东里,泰和(今属江西)人。建文元年(1399),经汉县令王叔英举荐,杨士奇被诏入翰林充编修官,修《太祖实录》。永乐元年(1403),杨士奇被选入内阁管理机务。洪熙元年(1425),杨士奇升礼部侍郎兼华盖殿大学士,后累官至宰相,是明代一个颇有政治远见的政治家。正德九年(1444),杨士奇病故,赠太师,谥文贞。

杨士奇是台阁体诗派的盟主,也在台阁体诗人中成就最高。杨士奇位高权重,必定要引导整个国家的文化走向积极乐观的一面。因此,他所作的台阁体诗,内容十分单调,以歌咏升平、辅扬功德为主,有着雍容典雅、平正安和的诗风。比如《早朝应制》：

> 天香初引玉炉熏，日照龙墀彩仗分。
> 阊阖九重通御气，蓬莱五色护祥云。
> 班联文武齐鹓鹭，庆合华夷致凤麟。
> 圣主临轩万年寿，敬陈明德赞尧勋。

这是一首典型的台阁体诗，为早朝应制而做。诗中通过描写早朝的景象，歌颂了皇帝的恩德。全诗词采华丽，风格平正典雅，气度雍容，阁臣心态流露无遗。

又如，《赐文渊阁五色菊一本应制》以题咏所赐文渊阁五色菊入手，归结到祝圣万年寿，仍然不脱颂圣主题；《寄尤文度》通过描写尤文度参议的精神意趣，表明了皇帝的英明以及社会的安定；《从游西苑》写随从皇帝游西苑，饮酒赏乐，游湖观花，真是人境桃源；《元夕观灯诗》组诗通过描写元宵节观灯的情形，表明了国家的富饶与平安；等等。

在杨士奇的台阁体诗中，一些题赠送别诗写得较为出色。比如《送尤文度归吴中》：

> 我友整遐装，誓将起旋归。
> 平明发城邑，率彼东路驰。
> 爰与二三子，祖饯临郊岐。
> 中觞趣分袂，恨恨使我悲。
> 嘤鸣求其友，窃慕《伐木诗》。
> 平生携手好，何为中仳离。
> 行当阻川岫，安得睹光仪。
> 情敦思苦深，久要谅不遗。
> 各言崇令德，庶保黄发期。

这首五言送别诗与其他送别诗相比有不同的意趣，感情真挚，离愁别恨充斥于字里行间。

杨士奇在作诗时，特别推崇盛唐诗，原因在于盛唐诗反映了盛唐气象，而在杨士奇的心中，仁、宣之治与盛唐盛世是相似的。比如，《发淮安》一诗颇有唐韵唐味："岸蓼疏红水荇青，茨菰花白小如萍。双鬟短袖惭人见，背立船头自采菱。"此外，杨士奇也特别推崇杜甫，认为杜甫爱君忧国、伤时悯物的博大情怀以及平正的性情与自己有相似之处，因而杨士奇的诗中不乏教化的内容。

第九章 各抒心得,隽旨名篇:明代的诗歌

(二)杨荣的诗歌创作

杨荣(1371—1440),初名子荣,字勉仁,建安(今属福建)人。建文二年(1400),杨荣进士及第,授翰林编修。明成祖朱棣即位后,杨荣成为当朝首辅。宣德十年(1435),进升少傅。正统三年(1438),升任少师。正统五年(1440),杨荣病逝,赠光禄大夫,谥号文敏。

杨荣既以武略见重,又好诗文。在诗歌方面,他与杨士奇、杨溥等多有唱和,是台阁体诗的代表人物之一。他的台阁体诗也多为应制而作,内容同样是咏歌太平,颂扬圣德,因而诗风典雅雍容,四平八稳。杨荣诗歌中的台阁气,相比杨士奇来说还浓了一些。他不仅在应制诗中歌功颂德,而且一些山水诗也有明显的歌功颂德倾向。比如,《神龟诗》通过对石龟的描写,歌颂了天下太平、皇帝英明。《元夕赐观灯》一诗所表现的内容与《神龟诗》类似:

> 海宇升平日,元宵令节时。
> 彩云飘凤阙,瑞霭绕龙旗。
> 歌管春声动,星河夜色迟。
> 万方同燕喜,千载际昌期。

诗中描写的内容十分简单,就是元宵节时皇帝赐大臣一同观灯的情景。全诗一派升平祥瑞气象,表现了举国欢庆、繁荣昌盛的局面。应该说,整首诗作有着工丽华贵的形式,但内容却十分贫乏,极为平庸。不过,这样的诗作很受统治者的欢迎,因而效法者众,一时相袭成风。

(三)杨溥的诗歌创作

杨溥(1372—1446),字弘济,石首(今属湖北)人。他与杨荣同时举进士,授编修。仁宗时期,杨溥被擢为翰林学士。宣宗即位,召杨溥入阁,与杨士奇等共典机务。宣德五年(1430),升礼部尚书。正统三年(1438),杨溥进少保、武英殿大学士。虽然杨溥比杨士奇、杨荣晚二十年入阁,但与杨士奇、杨荣并立,人称"三杨"。永乐十一年(1446),杨溥卒,赠太师,谥文定。

杨溥的诗歌成就相比杨士奇和杨荣来说,要低一些。他的台阁体诗作,除了反映馆阁生活、歌功颂德,就是一些枯燥的说教之辞。比如,《瑞雪诗应制》一诗,开头一句便是"圣主精诚格上穹",结尾一句是"民庶讴歌四海同",歌功颂德之倾向可见一斑。类似的诗作还有《万寿圣德诗》《麒麟诗》《奉使出德胜门》《直弘文馆》《丙辰除日》《拜孝陵》《赐观九龙池》《元旦

早朝》《正统五年元旦早朝·贺喜雪》等。

二、茶陵派的诗歌创作

明正统年间,官仕四朝乃至五朝的"三杨"先后离世,"太平盛世"之后出现的各种社会矛盾开始激化,社会弊病也日渐严重。面对这一现实,台阁体阿谀粉饰的文风已不容不变,于是文坛上掀起了反对"台阁体"的文学运动。就诗歌领域而言,出现了以李东阳为代表的,反对台阁体诗的茶陵诗派。茶陵诗派企图洗刷台阁体单缓冗沓的风气,但由于茶陵诗派的诗人自身较为萎弱,且诗歌的思想内容上比较贫弱,因而未能开创新局面。但是,茶陵诗派的诗作从总体上来说要比台阁体诗深厚雄浑得多。茶陵诗派的代表诗人除了李东阳,还有谢铎、张泰、罗玘、邵宝、顾青等。这里着重分析一下李东阳和邵宝的诗歌创作。

(一)李东阳的诗歌创作

李东阳(1447—1516),字宾之,号西涯,茶陵(今湖南)人。他四岁随父亲在京城时就会写径尺大字,被视为神童。李东阳十六岁时,就考取了举人,第二年又考取进士,此后仕途顺达。他先是在翰林院为官三十年,后于明孝宗弘治八年(1495)进入内阁,参与机务,并官职宰相。武宗立,太监刘瑾专权,老臣、忠直官员放逐殆尽,屡遭迫害,独李东阳依附周旋,委蛇避祸,颇为当世气节之士所不满和非议,但他未曾助纣为虐,反"潜移默夺,保全善类,天下阴受其庇",遭刘瑾迫害的官员,东阳皆委曲匡持,或明或暗地尽力保护和营救。明武宗正德七年(1512),李东阳以老疾乞休,获准。四年后,李东阳去世,赠太师,谥文正。

明永乐、成化间,诗坛流行台阁体,内容贫弱冗赘,形式典雅工丽,文运极衰。至弘治中期,前七子起,"文必秦汉,诗必盛唐",复古文学运动取代了台阁体。而李东阳上承台阁体,下启前后七子,在成化、弘治年间以朝廷大臣身份主持诗坛,奖掖后进,颇具声望及影响。与此同时,李东阳也是一位诗歌创作大家,其诗力主宗法杜甫,强调法度音调。

李东阳的诗作以拟古乐府较著名,或咏怀史实、抒己感慨,或指斥暴君虐政,或同情人民疾苦。比如,《筑城怨》极写秦始皇时事:"筑城苦,筑城苦,城上丁夫死城下,长号一声天为怒,长城忽崩复为土。"《三字狱》指斥秦桧以"莫须有"三字害岳飞:"三字狱,天不服。服不服,杀武穆。奸臣败国不畏天,区区物论真无权。崖州一死差快意,遗恨施郎马前刺。"《闻鸡行》歌颂了恢复失土的英雄,并为英雄未能实现志向而遗恨千古:

第九章　各抒心得，隽旨名篇：明代的诗歌

城头鸡鸣声不恶，祖生夜舞司州幕。
南来击楫向中流，杀气横秋尽幽朔。
手提一剑驯两龙，黄河以南无战锋。
十州父老皆部曲，谁遣吴儿作都督。
中原未清壮士死，遗恨吴江半江水。

除了拟古乐府，李东阳的五、七言诗也有佳作，如《春至》《风雨叹》《偶成四绝》《九日渡江》等。其中《春至》忧国悯民，深叹"东邻不衣褐，西舍无炊烟。农家望春麦，麦种不在田。流离遍郊野，骨肉不成怜"，致使自己"对食不能餐"。《风雨叹》写在旅途中遭逢狂风暴雨，诗人不为个人的安危着想，而是生发忧国忧民之思："此时忧国况思家，不觉红颜坐凋瘦。潼关以西兵气多，芦笳吹尘尘满河。安得一洗空干戈？不然独破杜陵屋，犹能不废啸与歌。世间万事不得意，天寒岁暮空蹉跎。呜呼奈尔苍生何！"全诗气象开阔，雄浑古朴，在音韵顿挫之中吐露出忧国忧民的情感。《偶成四绝》真实地反映了穷苦人民饥寒交迫的情景以及达官贵人趁火打劫的丑恶行径，抒发了对农民苦难的同情和对达官贵族的愤慨。《九日渡江》表现了对家人的思念和对人生短暂的无奈：

秋风江口听鸣桹，远客归心正渺茫。
万里乾坤此江水，百年风日几重阳。
烟中树色浮瓜步，城上山形绕建康。
直过真州更东下，夜深灯影宿维扬。

这首诗是李东阳在明成化十六年（1480）出为应天乡试考官，公干完后，由南京渡江经扬州北上，时逢重阳，家家团圆，一种思亲之情从心上升起，遂写下此诗。诗从归途所见落笔，景中寓情，其中"万里乾坤此江水，百年风日几重阳"两句将江水的奔流不息同生命的悄然流逝结合起来，对岁月无情、人生短暂进行了慨叹，并由此进一步衬出亲情的可贵和佳节的难遇。总的来说，全诗清丽流畅，辞情兼美，确为佳作。

李东阳的诗歌，长于写景抒情，能在平淡词语中出清新意境。比如，《北原牧唱》："北原草青牛正肥，牧儿唱歌牛载归。儿家在原牛在坂，歌声渐低人更远。山苍茫，水清浅。"又如，《夜窗听雨》写夜雨静谧与听雨遐想，读来如身临其境。此外，李东阳的诗歌非常注重用字的虚实问题，"诗用实字易，用虚字难。盛唐人善用虚，其开合呼唤，悠扬委曲，皆在于此。用之不善，则柔弱缓散，不复可振，亦当深戒"。以《庆成宴，次焦少字韵二首》（其一）为例：

> 旌旗簇拥千人队,衮绣分明五色光。
> 干饮满斟皆圣语,共将涓滴报吾皇。

诗中有着富贵雍容的辞藻、对仗工整的声调和娴熟的韵律,表现了皇家宴会的壮观、威严以及诗人对皇恩浩荡的感激之情。很明显,这首诗歌有明显的歌功颂德倾向。可见,李东阳的诗歌创作并未完全摆脱台阁体诗的影响。

(二)邵宝的诗歌创作

邵宝(1460—1527),字国贤,号二泉,无锡(今属江苏)人。成化二十年(1484)进士,授许州知州。弘治时累官至江西提学副使。正德四年(1509),升至都察院右副都御史,总督漕运。后来,邵宝因得罪了刘瑾而被免官。在刘瑾被诛后,邵宝升户部侍郎兼左佥都御史,后拜南京礼部尚书。邵宝为官期间曾多次请归,但未被允许。嘉靖六年(1527),邵宝卒于任上,赠太子少保,谥文庄。

邵宝授业李东阳之门,因而他的诗歌风格与李东阳有很多相似之处,但也呈现出一些自己的特色。明史本传说邵宝"为诗文,典重和雅,以东阳为宗。至于原本经术,粹然一出于正,则其所自得也"。具体来看,邵宝的诗歌呈现出以下几个突出的特点。

第一,邵宝的诗"体裁简重,兴寄闲远"(王鏊《容春堂文集序》)。邵宝的诗歌,植干宋儒而标枝秦汉,庄重和平,纡徐容与,深而不晦,博而不肆,给人一种简重之美。其风格清和淡泊,以纯厚见长,体现出他通而变的诗学观,通是说他的诗歌守于正,变是说他的诗歌抒写自我性灵而不受羁绊,故其诗真、深、厚而有余韵。以《重登松风阁》一诗来说:

> 天风满榻坐参禅,上有松声下有泉。
> 高阁重来三纪外,老僧谁起百年前?
> 茶炉夜湿昙花雨,画壁春销劫火烟。
> 最是泷冈犹未表,北山回首思潸然。

在这首诗中,景与物、僧与我、有常与无常,将人生短暂之感写得含蓄深沉。松声泉鸣,天地长存;茶炉画壁,不免劫火;禅榻常设,僧无百年;高阁犹在,登临之人能有几个"三纪";阡表立与不立,逝者永逝。诗将尘世的我、尘外的僧、泉下的灵组合在一起来写,开掘颇深。

第二,邵宝的诗善写身边琐事,而且写得感情真挚,亲切感人。以《忆母》一诗为例:

第九章　各抒心得，隽旨名篇：明代的诗歌

　　手线缝衣欲问寒，慈颜时向梦中看。
　　世间尽道为官好，天下无如别母难。
　　读罢家音添鬓白，书成国事剩心丹。
　　青灯自照砖河夜，回首江南路渺漫。

　　在这首诗中，诗人通过描写母亲为自己做的一件件小事，歌颂了母爱的伟大与无私。

　　第三，邵宝的诗"文辞典重，刊落华藻"。这是对邵宝诗歌的语言而言的，即质朴纯厚，不作绚丽云锦却又自见风采。以《盂城即事》一诗为例：

　　盂城驿前吟夕阳，高邮湖上好秋光。
　　红分菡萏初经雨，绿满蒹葭未受霜。
　　远浦有波长浴鹭，近堤无路尚垂杨。
　　南来时见吴江梓，却倚船窗问故乡。

　　在这首诗中，首联直白道来，吟的是夕阳，说的是高邮风光，但却诗意流注；颔联和颈联对仗工稳，色彩鲜明，情景生动，却不用华丽辞藻修饰，而是不动声色地自然写来；尾联写到他乡虽美，怎敌故乡，从而把思乡之情写得无限含蓄。

第三节　前后七子的文学复古实践

　　明代中期，社会经济、政治、文化都呈现出兴盛景象，统治者也实行比较开明的知识分子政策和文化政策，使士大夫阶层的自信心增强，精神大为振奋。他们对封建主义的政治理想充满憧憬，对封建主义社会制度抱有信心，从而成为封建主义伦理道德原则的自觉维护者。在此影响下，诗坛出现了一股文学复古思潮，代表人物是以李梦阳、何景明为首的前七子和王世贞、李攀龙为首的后七子。前后七子主张复古，并且提出了"文必秦汉，诗必盛唐"的口号，以期振兴明代的诗文。但是，前后七子并未实现这一目的，一是因为他们的复古实为"拟古"，因而作品缺乏独创的精神与风格；二是前后七子或互相标榜，或互相排挤，把持文坛，目空一切，导致洁身自好的文人不愿与其相交。就诗歌领域来说，前后七子虽未实现复兴诗歌的目的，但他们的诗歌创作不乏优秀之作，值得关注。

一、李梦阳的诗歌创作

李梦阳(1472—1530),字天锡,号空同子,庆阳(今甘肃)人。弘治六年(1493),李梦阳举陕西乡试第一,次年中进士,授户部主事,后迁郎中。弘治十八年(1505),李梦阳因抨击朝政腐败、反对刘瑾宦官集团而多次入狱,甚至差点被杀。在刘瑾被诛后,李梦阳再次被启用,并升任江西提学副使。但没多久,他便罢官回开封,治园池、招宾客,过着悠闲的生活。嘉靖八年(1530),李梦阳卒,谥景文。

李梦阳在诗歌创作上,主张复古,号召古体诗学汉魏,近体学盛唐,以纠正台阁体萎弱的诗风。李梦阳的这一复古主张,得到很多人的响应,如何景明、康海、王九思、王廷相、边贡、徐祯卿六人,他们与李梦阳一起被称为"七子"。在文学史上,人们为了将他们与后来的王世贞、李攀龙等七子区别开来,就称李梦阳他们七人为"前七子"。这七人都是弘治年间的进士,年轻气盛,才敏气雄,他们相聚京师,经常召集名流会文论诗,相互酬唱,影响越来越大,使得文坛风气大变,基本上廓清了台阁体诗文的影响。

李梦阳是一位有用世之心的人,因而其诗歌中有不少具有现实意义的诗作,对当时黑暗的社会现实进行了深刻鞭挞。比如,《朝饮马送陈子出塞》既对明代军队的腐败进行了深刻揭露:"万里黄尘哭震天,城门昼闭无人战",又进一步展现了劳动人民的悲惨命运:"今年下令修筑边,丁夫半死长城前";《空城雀》以麻雀啄尽弱者的谷穗为喻,使人联想到贵族大地主集团对劳动人民的掠夺,由此表明了人民生活的悲惨;《自从行》直言现实中的政治弊端,充满了愤懑之情;《观灯行》通过描写观灯的盛况,痛斥了"群臣谀佞只自计,天下骚然始怨苦"的社会现实;《君马黄》对明代宦官的横行不法、无法无天进行了血淋淋的控诉:

> 君马黄,臣駟骊。
> 飞轩駃騠交路逵,锦衣有曜都且驰。
> 前径狭以斜,曲巷不容车。
> 攘臂叱前兵,掉头麾后驱,毁彼之庐行我舆。
> 大兵拆屋梁,中兵摇榻枦,小兵无所为。
> 张势骂蛮奴,尔慎勿言谍者来,幸非君马汝不夷。

诗中所描写的宦官,因"曲巷不容车",竟然下令将房屋拆毁。通过这一细节刻画,便能看出当时的宦官是多么飞扬跋扈,由此也反映出统治者的腐败与无能。

第九章　各抒心得，隽旨名篇：明代的诗歌

李梦阳的诗歌诸体兼备，以乐府和古诗较多，尤其是歌行体在艺术上取得了相当高的成就。以《石将军战场歌》一诗来说：

> 清风店南逢父老，告我己巳年间事。
> 店北犹存古战场，遗镞尚带勤王字。
> 忆昔蒙尘实惨怛，反覆势如风雨至。
> 紫荆关头昼吹角，杀气军声满幽朔。
> 胡儿饮马彰义门，烽火夜照燕山云。
> 内有于尚书，外有石将军。
> 石家官军若雷电，天清夜旷来酣战。
> 朝廷既失紫荆关，吾民岂保清风店。
> 牵爷负子无处逃，哭声震天风怒号。
> 儿女床头伏鼓角，野人屋上看旌旄。
> 将军此时挺戈出，杀敌不异草与蒿。
> 追北归来血洗刀，白日不动苍天高。
> 万里烟尘一剑扫，父子英雄古来少。
> 单于痛哭倒马关，羯奴半死飞狐道。
> 处处欢声噪鼓旗，家家牛酒犒王师。
> 应追汉室嫖姚将，还忆唐家郭子仪。
> 沉吟此事六十春，此地经过泪满巾。
> 黄云落日古骨白，沙砾惨淡愁行人。
> 行人来折战场柳，下马坐望居庸口。
> 却忆千官迎驾初，千乘万骑下皇都。
> 乾坤得见中兴主，杀伐重开载造图。
> 姓名应勒云台上，如此战功天下无。
> 呜呼战功今已无，安得再生此辈西备胡！

这是一首七言歌行，写得很有力度和气魄。石亨是一个非常复杂的人物，诗人以之为歌咏对象，其意并不在于对其一生作出历史评价，而是只就其前半生的战功进行表彰，从中托出自己的爱国情怀。诗末尾"呜呼战功今已无，安得再生此辈西备胡"等有感而发。诗人作此诗时，蒙古瓦剌部虽已告衰，但代之而起的鞑靼又对我国北方及西北边境构成一定威胁，诗人希望有石亨这样的神威武将出现，保卫边关，其意与"但使龙城飞将在，不教胡马度阴山"（王昌龄《出塞》）相仿佛。总的来说，全诗腾挪转折，大开大合，跳荡变化，一气贯注，笔力千钧，是不可多得的佳作。

李梦阳的七律也很有特色，善于开阖变化、突兀作结，气象雄浑，境界

阔大。比如《秋望》：

> 黄河水绕汉边墙，河上秋风雁几行。
> 客子过壕追野马，将军镂箭射天狼。
> 黄尘古渡迷飞挽，白月横空冷战场。
> 闻道朔方多勇略，只今谁是郭汾阳？

这首诗描写秋天的边塞景象，境界阔大，作者通过写景抒发对国事的关心与忧虑，感情真挚，风格雄浑劲健，颇似杜甫的诗风。

总体来看，李梦阳的诗歌创作突破了台阁体诗的樊笼，呈现出新的变化。但是，李梦阳的诗歌也有一些明显的不足，如过多地模仿别人、在写法上有时斤斤拘守古法、有明显的散文化倾向等，这在很大程度上限制了其诗歌的成就。

二、何景明的诗歌创作

何景明（1483—1521），字仲默，号白坡，信阳（今河南）人。弘治十五年（1502），何景明中进士，授中书舍人。正德初，宦官刘瑾用事，谢病归居，并遭免官。正德五年（1510），刘瑾事败，复起用，累官吏部员外郎、陕西提学副使，后引疾归。正德十六年（1521），何景明去世。

何景明与李梦阳齐名，也是文学复古主张的重要支持者和实践者。他曾自述道："景明学歌行、近体，有取于二家（指李、杜），旁及唐初、盛唐诸人，而古作必从汉魏求之。"（《海叟集序》）而对于具体学古的方法，他更注重"领会神情，临景构结，不仿形迹"（《与李空同论诗书》），强调对古诗神韵情态的领悟，不求形似。为此，他曾批评李梦阳为诗"刻意古范，铸形宿模，而独守尺寸"的做法。而在主情论调上，他与李梦阳持有类似的态度，在《明月篇序》中，他提出"夫诗本性情之发者也"，还将《诗经》中的《国风》或如《国风》首篇《关雎》这样的诗篇列于"性情"之"切而易见"一类，认为它们都包含犹如夫妇之间所吐露的自然直率的情感，值得推崇。

何景明由于作诗取法汉唐，因而一些诗作颇有现实内容，表现出忧愤时事的精神。比如《岁晏行》：

> 旧岁已晏新岁逼，山城雪飞北风烈。
> 徭夫河边行且哭，沙寒水冰冻伤骨。
> 长官叫号吏驰突，府帖连催筑河卒。
> 一年征求不少蠲，贫家卖男富卖田。
> 白金纵有非地产，一两已值千铜钱。

第九章 各抒心得，隽旨名篇：明代的诗歌

> 往时人家有储粟，今岁人家饭不足。
> 饥鹤翻飞不畏人，老鸦鸣噪日近屋。
> 生男长成娶比邻，生女落地思嫁人。
> 官家私家各有务，百岁岂止疗一身。
> 近闻狐兔亦征及，列网持赠遍山城。
> 野人知田不知猎，蓬矢桑弓射不得。
> 嗟吁今昔岂异情，昔时新年歌满城。
> 明朝亦是新年到，北舍东邻闻哭声。

这是一首反映民生疾苦的七言古诗。正德二年(1507)至六年(1511)间，宦官刘瑾专权，何景明先是请假回到河南信阳家乡养病，不久便被免官。在家乡期间，他目睹了百姓的苦难，写下了一些反映民生疾苦的诗篇，此诗便是其中之一。诗中主要写的是繁重的徭役和各种名目的苛捐杂税弄得民不聊生，无以卒岁。诗歌的矛头直指当地政府以及当时的上层统治者，字里行间充满了对统治者的不满和对民众的同情。

类似的诗作还有，《玄明宫行》对官吏窃权、作威作福的情况进行了生动描述；《点兵行》揭露了"富家输钱脱籍伍，贫者驱之充介胄"的征兵弊端；《鲥鱼》表达了对统治者宠信宦官以及宦官专权的不满；等等。这些诗作体现出何景明具有一定的干预政治的勇气，也具有对时弊进行暴露的批判意识。

何景明的诗作中，也有一些直接抒写个人生活情怀的。比如，《答望子》倾诉了自己的身世飘零之感，"江湖更摇落，何处可安栖"；《得献吉江西书》叙写友情，将担忧、询问、希冀各种情绪融合在一起，很有感染力；《峡中》表现了自己浓烈的怀乡情思，感情真切凄婉，"夜猿啼不尽，凄断故乡心"；《明月篇》从京师初升的明月开篇，驰骋丰富的想象，调动人间天上、古往今来优美的神话传说和历史故事，歌咏了皎皎明月普照下的悲欢离合，重在抒写离愁别绪，韵调婉转，情意缠绵；《秋江词》以时间为线索，描画秋江晨景、暮景和月夜之景，清丽、疏淡、韵味悠然，而且景中寓情，表达了诗人的思乡之情和逐渐老去的悲伤之情；等等。

除此之外，何景明的一些描绘风俗人情的诗作也别有一番情致，令人注目。这些诗作在一定程度上显示出诗人善于体察生活而汲取不同创作素材的能力。比如，《津市打鱼歌》以江边鱼市作为刻画场景，展现了打鱼、卖鱼、买鱼的画面，以及估客、楚姬、思妇等各种人物，气氛热烈，生动如画，极富生活气息；《罗女曲》塑造了一位多情活泼的"蛮方"少女形象，笔调清新俊朗；等等。

当然，何景明也有一些诗作存在刻意摹拟的痕迹，特别是某些乐府及古体较为明显，这多少也影响了其总体的诗歌创作成就。

三、王世贞的诗歌创作

王世贞(1526—1590)，字元美，号凤洲，又号弇州山人，太仓(今江苏兴化)人。嘉靖二十六年(1547)，王世贞中进士，授刑部主事，累官至刑部尚书。后来，王世贞因病辞归，于万历十八年(1590)辞世。

王世贞作为"后七子"的首领之一，也是后七子中创作成就最高的一个。他推崇西汉文章、盛唐诗歌，但又认为"代不能废人，人不能废篇，篇不能废句"，即不能一味地主张复古。晚年的王世贞又逐渐觉察到复古的流弊，这标志着统治明代中期一百余年的复古思潮已濒临绝境。

王世贞在进行诗歌创作时，继承了《国风》的批判现实精神，因而有不少批评时事、感时伤世的诗作，现实感较为强烈。比如，《袁江流钤山冈当庐江小吏行》对严嵩父子的罪行进行了强烈谴责，并进一步表达了对封建统治者任用奸人的不满；《正德宫词》对沉湎酒色、修炼之术的明武宗进行了嘲讽；《战城南》则展现了战争的残酷性：

> 战城南，城南壁。
> 黑云压我城北，伏兵搗我东，游骑抄我西，
> 使我不得休，黄尘合匝。
> 日为青，天模糊。
> 钲鼓发，乱欢呼。
> 胡骑敛，飚迅驱。
> 树若荠，草为枯。
> 啼者何？父收子，妻问夫。
> 戈甲委积，血淹头颅。
> 家家招魂人，队队自哀呼。
> 告主将，主将若不知。
> 生为边陲士，野葬复何悲！
> 釜中食，午未炊。
> 惜其仓皇遽长诀，焉得一饱为？
> 野风骚屑魂依之。
> 曷不睹主将，高牙大纛坐城中。
> 生当封彻侯，死当庙食无穷。

第九章 各抒心得，隽旨名篇：明代的诗歌

诗中，诗人将战士殊死搏斗、最后战死沙场的悲惨场面与主将生封彻侯、死享庙食的荣华显贵作对比，形象生动地表达了"一将功成万骨枯"的古老主题。该诗用古乐府的形式写成，直质、古朴，别具一种美感。

王世贞的诗歌异常繁富，取材广博，纵心触象都能化为诗料，形诸歌咏。除了一部分仿真痕迹较为严重的诗作，诸体诗中都有一些颇见艺术匠心的佳作。其中，王世贞的乐府诗、七绝以及律诗写得最有特色。王世贞的一些乐府诗不刻意范古，能够意到调成，自然宛转，甚见诗人才思。比如，《太保歌》是诗人专为陆炳而创作的。陆炳原为武举千户出身，因负世宗出行宫火中，其功无以复加。且戴星出入，勤于侍卫，又与严嵩及中贵人结姻，盘根错节，相互援附。加至少保、太保、太子太傅。富贵溢海，爪牙布朝，儿孙大臣，睚眦夺命。死后尚赠忠诚伯，至隆庆时才发其奸、籍其家。诗中，诗人运用铺排、夸张和对比的手法，描写了陆炳生前"一言忤太保，中堂生荆棘"的嚣张气焰和死后金宝尽流离，妻子尽逐故郡，兄弟作长流等的凄凉景象。全诗看似不动声色，实则句句含刺，语语见讽，表达了诗人对腐朽统治者的不满。又如《长歌行》：

> 昭昭阳春色，令我好容姿。
> 庶草各自骄，谁能念先萎。
> 秋气发鸣蝉，嗷嗷多伏悲。
> 逝水但知东，逝日但知西。
> 人生坚强志，乃欲与时违。

这首诗注为"答于鳞"，是一首赠别怀人之作。其摹拟确实已达无痕地步，即置于汉魏古诗中亦难辨。尤其是比兴言志手法的纯熟运用，颇得汉魏古韵。"秋气发鸣蝉，嗷嗷多伏悲。逝水但知东，逝日但知西。"连遣词造句都是汉魏古式，但又相当自然。

王世贞的律诗和七绝，一些诗作写得雅致精切，颇见功力。比如五律《登太白楼》：

> 昔闻李供奉，长啸独登楼。
> 此地一垂顾，高名百代留。
> 白云海色曙，明月天门秋。
> 欲觅重来者，潺湲济水流。

这首诗写的是诗人登太白楼的所见所感。首联由太白楼起笔，遥想当年李白长啸登楼的豪放之举；颔联由此而畅想古今，表达了对李白的崇敬之情；颈联回到现实，以壮阔之笔描绘景色，海天一色，明月秋空，颇有李白

诗歌的风味;尾联以委婉之言,抒发了高士难求的情怀。全诗融汇古今,感情真挚而蕴藉。同时,全诗明与暗、显与隐,直露与含蓄相结合,避免了结构上的板滞。

除了《登太白楼》,七律《盘山》和七绝《西城宫词》(其二)也写得较为出色。其中,《盘山》将"峡转""峰排"的奇异景色与"箕坐风前"的潇洒人物融为一体,铸造诗境,颇有韵味;《西城宫词》(其二)在平淡舒缓之中暗寄讽刺,且较少摹拟的痕迹,写得十分出色。

四、李攀龙的诗歌创作

李攀龙(1514—1570),字于鳞,号沧溟,历城(今山东)人。嘉靖二十三年(1544),李攀龙中进士,授刑部主事。后来,历任刑部郎中、陕西提学副使、河南按察使。隆庆四年(1570),李攀龙在母亲亡故后,因哀伤过度,没过多久也去世了。

李攀龙在京为官期间,与谢榛、王世贞、宗臣、梁有誉、徐中行、吴国伦等结社吟诗,倡导摹拟、复古,后世称"后七子"。他推崇汉、魏古诗和盛唐近体,在复古上主张严守古法,其古乐府及古体诗大多有明显的临摹痕迹,故被王世贞以"临摹帖"指责,艺术价值不高。比如,他的拟《陌上桑》,除改动个别字句,基本上抄录汉乐府《陌上桑》。虽然如此,并不能说李攀龙的诗全是摹拟成篇的蹈袭之作,事实上他也有一些篇章较为真实地刻画自己的精神世界,有独到的艺术特色。比如,《和许殿卿春日梁园即事》三句一韵,以流宕婉转笔势极写诗人激荡洒脱的游乐心境,别具情致。《岁杪放歌》吐露出诗人不随时俗、洁身自爱的孤傲执拗的情怀:"何人不说宦游乐,如君弃官复不恶。何处不说有炎凉,如君杜门复不妨。纵然疏拙非时调,便是悠悠亦所长。"

李攀龙的诗歌创作,各种诗体皆备,其中以讲求格调声律的七律、五律、七绝写得最有特色,颇富艺术感染力。这方面的力作有七律《杪秋登太华山绝顶》《大阅兵海上》《赵州道中忆殿卿》以及七绝《观猎》《和聂仪部明妃曲》《塞上曲送元美》等,这里详细分析一下《杪秋登太华山绝顶》和《和聂仪部明妃曲》。《杪秋登太华山绝顶》是李攀龙任陕西提学副使期间登上华山有感而发的一首诗作:

缥缈真探白帝宫,三峰此日为谁雄?
苍龙半挂秦川雨,石马长嘶汉苑风。
地敞中原秋色尽,天开万里夕阳空。

第九章 各抒心得，隽旨名篇：明代的诗歌

平生突兀看人意，容尔深知造化功。

在这首诗中，首联赞叹华山的高峻，颔联描绘秦川的雄浑，颈联状秋末夕阳下中原的辽阔，尾联咏华山的不平凡。全诗气魄雄伟，雄浑沉着的绘景笔致中透出深沉悠长的世事沧桑之感，境界十分阔大。

《和聂仪部明妃曲》是一首歌咏王昭君出塞和番的诗作：

天山雪后北风寒，抱得琵琶马上弹。
曲罢不知青海月，徘徊犹作汉宫看。

此诗写王昭君思恋故国之情，却很别出心裁，以蕴藉取胜。诗中着重刻画了王昭君弹罢一曲之后如痴如醉的心绪，由于她弹琵琶时心神贯注，沉浸在对故国的思念之中，因此弹罢之后忘却了此身已在异国他乡，对月徘徊，仿佛是旧日汉宫中的光景。该诗风格自然，富有情韵。

第四节 以"性灵说"为内核的公安派

前后七子的诗歌创作过分强调效法古人的高格，使明代诗坛模拟因袭的流弊越来越盛。万历年间，诗歌在复古与反复古的矛盾斗争中，不断将诗歌革新推向深入。其中，以袁宗道、袁宏道、袁中道三兄弟为代表，包括陶望龄、黄辉、江盈科等成员的公安诗派是前后七子诗歌复古主张的主要反对派，对复古拟古思潮进行了有力抨击。公安派为了反对复古学说，强调"变"是文学发展的必然，并提出了"独抒性灵、不拘格套""从真情实境中流出"的文学主张。在此影响下，明代逐渐形成了以"性灵"为核心的系统的诗文创作论。公安派性灵说的主要内容包括两个方面：一是主张"师心"以对抗拟古，鼓励作家在创作中积极发挥自己的独创精神；二是强调"任真"以表现人性的真情实感，以保证艺术作品的感人力量。袁宗道、袁宏道、袁中道三兄弟的诗歌创作，积极实践了他们的诗歌创作主张。

一、袁宗道的诗歌创作

袁宗道(1560—1600)，字伯修，号玉蟠，湖广公安（今属湖北公安）人。万历十四年(1586)中进士，历任翰林院编修、春坊右庶子等职。万历二十八年(1600)，袁宗道病逝于北京。

袁宗道是公安派的发起者和领袖之一，反对诗必盛唐的诗歌创作倾向。从题材和内容上看，袁宗道的诗歌创作涉及咏物言志、送别怀友、礼佛参禅、写景述怀、羁旅乡愁、题画论艺、赠答唱和等诸多方面。这些诗作尽管社会意义不大，但无一例外是他自适精神的全面体现，采用的是随处着笔、随物起兴的新颖的取材方式；在表现手法上也直抒胸臆、本色自然，用朴素无华的笔调描绘了现实生活和自己的内心情态，淋漓尽致地展现了自己的个性，基本印证了"性灵说"的诗歌创作主张。比如《食鱼笋》：

> 竹笋真如土，江鱼不论钱。
> 百年容我饱，万事让人先。
> 交态归方识，冰心老自坚。
> 雨窗歌绿树，宜醉更宜眠。

在这首诗中，既没有密集的意象，也没有含蓄的诗味。诗中所描写的是食笋这一发生在身边的琐事，所抒发的是适意、闲雅的情感思绪。这种清晰自然的诗风给人耳目一新之感。

又如《晨起》：

> 儿童村巷竞走，鼓吹骚路喧阗。
> 何似池塘两部，宫商渐近自然。

在这首诗中，诗人描写了自己的乡村生活，表明了自己恬淡自然的心境。此外，该诗诗风清丽，儿童、驿站、池塘诸物给人清润质感，意在主张有感而发，诗境却很清润明丽。

袁宗道是一个思想十分复杂的人，他虽官途顺利、身处高位，但主张"士贵通达世务，晓畅经济"，有匡扶社稷的雄心壮志，且"赋性爽直，骨体不媚"，因而对晚明黑暗污浊的官场充满了厌恶，渴望改变这种状况。但是，他又有归隐田园的消极避世思想，是一个在吏与隐之间困苦挣扎的文人典型。因此，他有很多诗作都不由自主地流露出欲隐难遂的悲苦之音和矛盾无奈的复杂心态。比如《信阳道中即事》：

> 眼底青山爱颜真，何妨日日对嶙峋。
> 今朝卷幔无山色，惆怅还如别故人。

这首诗作于诗人任翰林时，写出了诗人对山色景物的特殊喜爱之情，反映了诗人随性求真和直抒胸臆的艺术手法。同时，通过该诗也可以看出作者在为官之时对田园生活的向往。

此外，袁宗道是一个"自适其性，自得其乐"之人，因而诗歌风格、表现手法、创作语言尽显其本真的个性。同时，袁宗道是一个内心平和恬淡之人，这使得他的诗歌体现出"清润和雅"的诗风。对此，他的赠答述怀、记事言情一类的诗作有着鲜明的体现。这些诗作或摹写山容水意、丰草长林，或抒写自己恬适无为的人生体验,在艺术技巧上也很成熟,充分体现了"清润和雅"的诗风,也最能代表袁宗道诗歌创作的艺术成就。比如《憩有斐亭》:

> 山下无人踪,山上无人语。
> 惟余一片云,见我来游此。

这首诗格调清逸,遣词造句平易中见秀润,用笔近于白描,构图清丽明快,与诗人闲适超逸的心境十分和谐熨帖。

二、袁宏道的诗歌创作

袁宏道(1568—1610),字中郎,又字无学,号石公,湖广公安(今湖北)人。万历二十年(1592)中进士,历任吴县知县、吏部验封司主事、国子博士等职。万历三十八年(1610),袁宏道因病去世。

袁宏道是公安派中成就最高、名声最赫的诗人。他在《叙小修诗》中,通过对袁中道诗歌的评论,强调诗歌要"独抒性灵,不拘格套,非从自己胸臆流出,不肯下笔"。这一观点被称为"性灵说",它是公安派文论的核心。所谓"性灵",能导致文章的"趣"和"韵",而它们是由"无心"或"童子之心"得来的。同时袁宏道认为民间的通俗文学正是"无闻无识"的"真声",因而加以推崇。袁宏道的"性灵说",在打破封建思想束缚、扫除前后七子拟古文风、变粉饰为本色、变公式为率真方面发挥了重要的作用。但是,他提倡的性灵,无视社会实践和思想理论对创作的决定意义,对他自己的创作特别是晚期文风产生了一些消极后果。

袁宏道的诗歌从整体来看,取材广泛、内容丰富,其中以山水记游诗数量最多,写得最好。袁宏道在《与徐汉明》中说最赞赏的是"适世"之人,自适是他人生观的核心。他注重享人生乐,追求自我的适意,虽也为官、具有儒家的激进思想,但与他的自适相比,所谓身名的不朽和承担社会责任感对他来说反而是淡漠了。因此,袁宏道把游山玩水当作人生的一种真乐、一种享受。同时,袁宏道的山水美学观不像以前山水诗人那样追求物我同一、浑融静观的意境,而是在山水中表达自我,展露性灵,从而获取自适于我的人生旨趣。这正与袁宏道在《叙小修诗》中所提到的"独抒性灵,不拘格套,非从自己胸臆流出,不肯下笔"的主张一致,即诗歌要表现"真"。同时,这也是一种富有个性色彩的趣味美,而"趣味"正是袁宏道诗歌的美学追求。这种强调自我个性解放和自我中心,强调艺术境界的创新,又要有通于世俗口味的审美效果,体现在诗歌上就是用主观性灵观照山水,以移情的方式将主观意识移情于客观物象,把主观的情趣投射到自然山水之上,得出拟人主义的山水观,使山水具有了人的性灵和美态。比如《湖上》:

> 流莺舌倦语初歇,画峦微点梨花雪。
> 茶叶自抽四五旗,竹孙斑裹两三节。
> 芳草如绵陷归辙,花气熏人醒不得。
> 落红雨过更愁人,六桥十里猩猩血。

这首诗作于万历二十五年(1597),当时诗人第一次游杭州西湖,完全被西湖的春景陶醉了。该诗从自然景物入手,描绘了莺歌、山峦、茶的嫩叶、竹的新枝、芳草、花香以及遍地的落红,渲染出西湖初春的一片旖旎多姿、春意盎然的景色。此外,诗人用人的神态感情来比拟山水。诗中的流莺意象,既是诗人性灵的具象化表达,显示出了人和大自然的密切关系,也是诗人主体意识高扬的反映,是性灵的审美情趣的流露。

除了山水记游诗,袁宏道也有一些表现社会现状的诗作,写得也较为出色。比如《猛虎行》:

> 甲虫蠹太平,搜利及丘空。
> 板卒附中官,钻簇如蜂拥。
> 抚按不敢问,州县被呵斥。
> 槌掠及平人,千里旱沙赤。
> 兵卫与邮传,供亿讵知几。
> 即使沙沙金,官支已倍蓰。
> 镰徒多剧盗,嗜利深无底。
> 一不酬所欲,恣决如狼豕。
> 三河及两浙,在在竭膏髓。
> 焉知疥癣忧,不延为疮痏。

明代万历年间,最大的弊政是宦官专权,荼毒天下,民不聊生,该诗即对此作了正面的揭露。诗中,诗人严厉地斥责、尖锐地抨击了宦官的恶行及其给人们造成的灾害,称他们是"剧盗",是"如狼豕"的猛兽。据此,诗人提醒当朝统治者,要想稳定政权,必须要制止宦官的恶行。

袁宏道后期的诗风,由前期的狂放不羁、任情而发转变为趋于平实,感性的狂放减少,"真人"的影子由显而渐隐,物与景的人格色彩相对淡化,诗歌所传达出的自由境界也略显不同,更多体现了疏淡自然而又蕴含禅趣的风格,而这与他寻求佛法和禅宗有着千丝万缕的联系。比如《书所见》:

> 落日淡秋容,游云忽自重。

第九章　各抒心得，隽旨名篇：明代的诗歌

>斜披四五树，乱点两三峰。
>马顾横桥水，僧归别路松。
>岩深不见寺，烟里忽闻钟。

在这首诗中，诗人充分展现了灵动与静寂、实景与虚空的统一。画面中的落日、游云、马与僧，都运用了以实写虚、以动写静的手法：山中空旷寥落别无他物，归僧是寂寞的，只得与松树揖别；眷马是孤索的，唯有回眸于流水；忽然而起的钟声使人顿悟到了虚无的永恒。幽隐的禅趣深藏于秋阳初落和缕缕淡云之中，更体现在僧人独自归去的画面之中。

三、袁中道的诗歌创作

袁中道（1570—1626），字小修，湖广公安（今湖北）人。万历四十四年（1616）中进士，授徽州府教授，累官至礼部郎中。后以病乞休，卒于天启六年（1626）。

袁中道在"三袁"中是最小的，但创作时间却是最长的。他的一生贯穿了公安派的兴起、发展、高潮、衰退几个时期，创作的作品在数量和质量上也与袁宏道非常接近，有些方面还取得了突出的成就，因而在公安派诗人中是一个重要的代表人物。

袁中道的诗歌创作主张与袁宏道基本相同，强调性灵，强调创作要充分发挥自己的个性。同时，他强调文学要"真"，要有真知灼见、真情实感，要从"假人假言"，也就是从"文以载道"的封建文学观中解放出来。这种尊重个性、要求解放、反对传统的文学主张和袁中道除了接受儒家的传统教育，也从父、兄、舅处接触佛、道思想有关。

袁中道的诗歌，从内容上来说大体有四类：山水游记诗、感怀诗、酬赠诗、纪事诗。其中，以山水游记诗数量最多，约占其中的三分之一。袁氏三兄弟都有游历山水的嗜好，而对于袁中道来说，不仅有更多的精力尽情领略山川景色之美，且于高山大川之间又可荡涤掉失意、落寞的情怀，静谧优美的景色还能抚慰躁动不安的心灵。他久在山林中，以看云听水为乐，几乎全然忘记世间的纷争。此时袁中道的生活是畅饮与漫游的结合，在这飘逸清纯中往往衬托出一种豪侠奇崛之气，同时他也把这种性格气质注入诗歌创作实践中。比如《步至王将军园》：

>忽忽忘簪带，扶藤信所如。
>畏人思入壁，休眼罢观书。
>竹长斜穿屋，泉多乱注渠。

榴花时堕水,错认是朱鱼。

该诗不同于复古诗词,无一冷僻字眼,轻灵自然,信手拈来。诗中,一个悠然休憩于将军园的人物形象便跃然纸上,庭院的修竹、榴花、湖水也尽现眼前,真实生动,富有生活气息。

袁中道在进行诗歌创作时,十分注重抒写一己之性情,反映个人生活情怀。比如《午日沙市看龙舟》:

旭日垂杨柳,倾城出岸边。
黄头郎似马,青黛女如仙。
龙甲铺江丽,神装照水鲜。
万是齐着眼,看取一舟先。

在这首诗中,诗人以曼妙多姿的笔触,对自己在沙市看赛龙船的盛况进行了生动形象的描绘。全诗气势恢宏,充满欢欣鼓舞之气。此外,该诗的语言清新自然、毫无雕饰的痕迹。

袁中道在进行诗歌创作时,也较为注意锤炼字句。比如《德山闲步》:

棕笠桃丝杖,层峰取次缘。
绿筠依白水,清响答鸣泉。
台响舒高啸,松欹供假眠。
暖风桃李路,日暮又归船。

诗中,颔联和颈联中的"依"对"答","舒"对"供",都是经过较精心的推敲才选定的,不仅对得较为工整,而且深得清丽秀媚之致,有大小谢的风神。

第五节 倡导幽深孤峭诗风的竟陵派

公安派以反对复古、标举性灵享誉后世。而壮大于公安派衰落之时的竟陵派,继承了公安派"独抒性灵"的主张,反对拟古之风。但同时,竟陵派又用一种"幽深孤峭"风格对"公安"作品的俚俗、浮浅加以匡正。因此,他们所谓的"性灵"是指学习古人诗词中的精神,是"幽情单绪"和"孤行静寄"。而他们所提倡的"幽深孤峭",又使得其诗歌创作形成了刻意雕琢字句、语言佶屈、艰涩隐晦的特点,这又在很大程度上束缚了他们的诗歌创作。竟陵派的代表诗人是锺惺和谭元春,下面具体分析他们的诗歌创作。

第九章　各抒心得，隽旨名篇：明代的诗歌

一、锺惺的诗歌创作

锺惺(1574—1625)，字伯敬，号退谷，湖广竟陵(今湖北天门)人。万历三十八年(1610)，锺惺中进士，初授行人，后改授工部主事。万历四十四年(1616)，锺惺被授南礼部仪制司主事，后又迁为祠祭司郎中，累官至福州提学佥事。不久，锺惺因丧父辞官回乡，直至去世。

锺惺在入仕后，正值国家内忧外患日益深重的时期。他积极从政，希望报国济民，却仕途坎坷。他的性格本来严冷内向，加之对国势的忧虑，对自身遭遇的苦闷，不能不铸成他特有的孤凄幽独的情怀。《代荐辽东阵亡将士疏》所谓"以兹忠勇之魂，反作幽怨之气"，正可作他自身的写照。这对锺惺诗歌幽深孤峭风格的形成，对其诗论主张的形成，都有极其重要的影响。

锺惺主张作诗时要深厚婉曲、含蓄不尽，不可平易浅率、一泻无余。同时，锺惺认为要独抒性灵。但是，锺惺所要求的性灵与公安所要求的性灵是有不同的，性灵的抒写，也是不同的。公安以凡胸中所有为性灵，因此讲任性，求自得，以为性灵之抒，即"信心而出，信口而谈"。对于古人，于是强调"不袭"，强调"见从己出，不曾依傍半个古人"，因此"务矫今代蹈袭之风"。而由于独特的性格和境遇，锺惺所谓性灵，是一种"幽情单绪""奇情孤诣"，是一种带有明显的净雅孤僻色彩的忧愁幽思。这样的性灵的抒写，是绝对不可以信胸信口的。因此要学古，而不能"无所依傍"。一方面，"引古人之精神，以接后人之心目，使其心目有所止焉"，实际上是要借古人之"幽情单绪"陶冶、改造今人之精神，所谓"选者之功，能使作者与读者之精神为之一易"(《唐诗归》卷一五)。另一方面，则是要探讨古人之"幽情单绪"之所以表现，以为今人抒写"奇情孤诣"之借鉴。不过，锺惺这样的诗歌创作主张，导致了其诗歌流于幽深孤峭，受到了世人的诟病。

锺惺的诗歌创作，积极对其诗歌主张进行了实践。以《桃花涧古藤歌》一诗来说：

> 吾闻藤以蔓得名，身无所依不生成。
> 看君偃卧如起立，雅负节目不自轻。
> 昂藏诘屈自为树，傍有长松义不附。
> 春来影落涧水中，不与桃花同其去。

这首诗是诗人的自我写照，也是诗人追求幽深孤峭诗风的实践。诗人以藤自喻，极写其高洁不凡。"春来影落涧水中，不与桃花同其去"二句，将

诗人超然的人格、坚定的意志以及对趋附之徒的鄙薄均表现得跃然纸上。全诗运用比喻寄托情怀,写得清新自然,明白晓畅。

钟惺在进行诗歌创作时,由于性好议论,因而常常将对时事的议论融入诗中,使得诗歌具有一定的思想深度。比如《邸报》:

> 曰余生也晚,前事未睹记。 刻乃处下流,朝章非所识。
> 三十余年中,局面往往异。 冰山往崖嵬,谁肯施蜋臂?
> 片字犯鳞甲,万里御魑魅。 目前祸堪怵,身后名难计。
> 迩者增谏员,韶铎略已备。 褒诛两不闻,人人争慕义。
> 请剑等寻常,折槛何容易。 撩须料不嘎,探领何须睡。
> 众响忽如一,一辞争数四。 己酉年正月,邮书前后至。
> 数十万馀言,两三月中事。 野人得寓目,吐舌叹且悸。
> 耳目化齿牙,世界成骂詈。 哓哓自哓哓,愤愤终愤愤。
> 雄主妙伸缩,宽容寓裁制。 并废或两存,喧墨无二视。
> 下亦复何名,上亦复何利。 议异反为同,途开恐成闭。
> 机毂有倚伏,此患或不细。 道此不讳朝,杞人弥忧艮。

在这首诗中,诗人对自己眼中的朝政官场作出了述评。诗人先是批评张居正擅权逞势,闭塞言路,然后评及当前令人触目惊心的党争主要围绕"国本"问题,即立皇太子和巩固皇太子地位的问题。在这个问题上,东林党与内阁大体处于对立地位,而内阁则大体附和神宗的意见。诗人此诗基本站在皇帝和内阁立场上,其矛头是针对东林党的。

类似的诗作还有很多,如《王文肃公专祠诗》对身居要位但庸于职守的大臣进行了严厉谴责,从而指明了政治统治的腐败与黑暗;《于先北上过白门持同年夏祠部正甫书相访策辽事赋此赠行》明确指出了国家既有外患又有内忧,并预示了明王朝必将走向衰败的命运等。

钟惺在进行诗歌创作时,还注重用硬毫健笔对祖国险奇的山水进行描写。这类诗作需要平心静气地反复咀嚼,才能体会诗人的匠心以及诗作的韵味。比如《江行俳体》(其二):

> 五载前曾说此游,问程结伴几春秋。
> 艰难水陆千余里,大小关梁六易舟。
> 畏路刺船频裸体,乘流开柁缓梳头。
> 顺风一日行三日,莫待依滩怨石尤。

《江行俳体》是一组诗,共十二首,作于诗人赴京入试的舟中。据诗前序说,这些诗是在诗人近百首《竹枝词》的启发下写成的,"要使体浑而响彻,事杂而工整,气诙而法严",可谓别具一格。这里选的第二首,主要写沿途山水景色、风物人情,充满了诗人对美好河山的热爱以及身处他乡却宾至如归的亲切感。

二、谭元春的诗歌创作

谭元春(1586—1637),字友夏,号鹄湾,湖广竟陵(今湖北天门)人。他十八岁为诸生,后乡试屡失利,直到天启七年(1627)四十二岁才中乡试。之后,他屡次参加会试皆不中。崇祯十年(1637),他再次进京参加会试,不幸病死途中。

谭元春与锺惺是莫逆之交,他们同矫诗弊,同创别体,形成竟陵派这一明末最有影响的诗歌流派。受锺惺诗歌主张的影响,谭元春在诗歌创作上也主性灵,求真诗。此外,对于性灵,谭元春特别强调人所各有,不得而同。在他看来,诗人能表现出自己绝不同于人人的独有的性灵,才能有真诗。因此,谭元春和锺惺强调"幽情单绪"一样,也强调诗之表现"孤怀孤诣"。"孤怀孤诣"既是对人所独有的个性的强调,又是谭元春自己出于身世坎坷,感于时代衰乱而特有的幽独情怀,与锺惺之言"幽情单绪"在性质上是一致的。比如《太和董前坐泉》:

> 石选何方好,波澜过接时。
> 应顺高下坐,待看吞吐奇。
> 鱼出声中立,花开影外吹。
> 不知流此去,响到几人知。

在这首诗中,诗人描写了自己在太和庵前坐观温泉的感受。诗中意象"鱼出声中立""花开影外吹"奇特而又惊人听闻,"不知流此去,响到几人知"又因时空的错杂而醒人耳目。很明显,全诗刻意出奇,造语炼字煞费苦心,显示出幽深孤峭的艺术特色。

第十章　广收博取，推陈出新：清代的诗歌

古典诗歌在唐代已达到高峰，在宋代又另辟蹊径，元明诗歌紧随其后，却模拟古人，脱离现实，缺少开拓。清代处于社会转型期，时代生活发生了很大变化，出现了一系列新思想和新事物，这些都给清诗的思想和内容注入了新鲜的血液。创作群体的多元化也给清代的诗歌带来了活力。清诗正是在各种论争中摆脱了宗法古人的思想和做法，广收博取，推陈出新，不仅作家、作品数量可观，诗歌内容时代感鲜明，开创了"超元越明，抗衡唐宋"的局面。

第一节　故国情怀：遗民诗人、钱谦益与吴伟业

清初时局动荡，阶级矛盾和民族矛盾十分尖锐。一批坚持民族气节、不肯出仕清朝的遗民诗人对明末清初的战乱和民生疾苦刻骨铭心，忧时伤世，关注国运民生。他们的诗作具有抒发家国之悲和同情民生疾苦的共同主题，体现出忧国忧民的情怀和坚强不屈的斗志，最富民族意识和时代精神；诗风慷慨苍凉，激昂悲壮，为清代诗歌的发展开拓了道路。

一、遗民诗人的诗歌创作

清初最富有时代精神的诗歌是遗民的作品。明朝灭亡后，不少具有民族气节的中下层知识分子，他们受传统的民族思想、爱国主义熏陶，为了反抗敌人压迫，维护民族尊严，继续进行秘密的抗清活动。他们怀抱救世拯民思想，关注国家、民族的前途和命运，为图谋恢复而南北奔走，联络各地志士，以"有亡国、亡天下"区分朝代更替和民族沉沦，用"保天下者，匹夫之贱与有责焉"的生存危机和民族忧患，唤醒人心，复兴家国，显然包含着反对压迫和侵略的正义性和爱国精神，在当时激励了汉族人民的反抗斗争，也对后世产生过积极的影响，"天下兴亡，匹夫有责"成为中华民族爱国主义传统的一个有机组成部分。他们面对征服者的屠刀和囚笼，依然英勇顽强地用武器和文字坚持战斗。当斗争失败后，他们便隐遁山林，坚持不与

第十章　广收博取,推陈出新:清代的诗歌

清政权合作,有的削发为僧,别有怀抱。这些人都以"遗民"身份自居,欲语不能,欲默不甘,满腔热血,发而为悲壮激昂、沉郁感愤的诗歌。据卓尔堪《明遗民诗》辑录,有作者四百余人,诗歌近三千首,比南宋遗民诗在数量和质量上皆有过之。著名的诗人有顾炎武、黄宗羲、王夫之、吴嘉纪、屈大均、杜濬、钱澄之、归庄、申涵光等。遗民诗人的作品,反映出当时尖锐复杂的社会矛盾,揭露和控诉清朝统治者残酷的民族压迫,表现了汉族人民抗击征服者的决心和勇气。遗民们都是热忱的斗士,他们的诗歌充满着爱国的激情。无论在怎样艰难困苦的情况下,诗人对国家和民族的信念始终是坚定不移的,浩然正气使他们长葆忠贞坚毅的志节。

顾炎武(1613—1682),初名绛,明亡后改炎武,字宁人,学者称亭林先生,江苏昆山人。明末加入复社,清兵入关,在江南积极参与抗清活动,失败后亡命北方,考察山川,访求豪杰,图谋恢复,晚年终老于陕西华阴。作为一位"遗民诗人",顾炎武诗歌创作的主要思想特色,表现为反对民族压迫,抒发抗清复明的顽强意志和崇高的民族气节。他论诗"主性情",反对模拟,提倡"文须有益于天下"。他存诗四百多首,拟古、咏怀、游览、即景等围绕抒发民族感情和爱国思想主题。代表作如《精卫》一诗表现了诗人抗清复明、誓不屈服的坚强意志:

> 万事有不平,尔何空自苦?
> 长将一寸身,衔木到终古。
> 我愿平东海,身沉心不改。
> 大海无平期,我心无绝时。
> 呜呼!
> 君不见西山衔木众鸟多,鹊来燕去自成窠。

这首诗借精卫填海的神话故事讽刺专营安乐窝的燕雀之辈,表示"我愿平东海,身沉心不改"的决心。诗借鉴古代禽言诗的形式,前四句是问,后四句是精卫的回答,最后两句则是作者的感慨。全诗文字古朴,不事雕琢,与内容相得益彰。

《海上》及《五十初度》等诗,都表现了他不能改移的志节和对恢复事业的热切期待。《秋山》一诗则回忆并歌颂了昆山等地人民抗清的壮烈斗争和被屠杀的惨状,并以越王勾践的精神来激励后来者。《京口即事》歌颂史可法镇守扬州的英雄业绩。《千里》记述自己参加王永祚领导的湖上抗清义军。《海上》四首,则以凝练沉重之笔,抒发登高望海的悲壮情怀,坚苍质实。到垂暮之年,仍然表达其炽烈的爱国热忱,有《恭谒孝陵》《再谒孝陵》《自大同至西口》等。随着岁月的流逝和希望的幻灭,渐知挥戈返日之无

术,感伤沉郁的情绪稍增,但不灰心,至死犹坚,故其诗雄浑有力,慷慨悲壮。沈德潜在《明诗别裁》中评他的诗是"风霜之气,松柏之质,两者兼有",确是道出了顾炎武诗歌的思想特色。

黄宗羲(1610—1695),字太冲,号南雷,学者称梨洲先生,浙江余姚人。明末以反对阉党著名,清兵入关,积极投身抗清斗争,后隐居著述,屡拒清廷征召。著有《明儒学案》《宋元学案》《明夷待访录》《南雷文定》《南雷诗历》等。黄宗羲是著名的思想家、史学家和文学家,关心天下治乱安危,以学术经世,论诗称"情者,可以贯金石,动鬼神",强调诗写现实:"夫诗之道甚大,一人之性情,天下之治乱,皆所藏纳";注重学问,推崇宋诗,与吴之振等选辑《宋诗钞》,扩大宋诗影响,推动浙派形成。他的诗歌感情真实,沉着朴素,具有爱国精神和高尚情操,如《山居杂咏》:

> 锋镝牢囚取决过,依然不废我弦歌。
> 死犹未肯输心去,贫亦其能奈我何!
> 廿两棉花装破被,三根松木煮空锅。
> 一冬也是堂堂地,岂信人间胜着多。

这首诗描写了山间的隐居生活,前两联述志,第三联描写具体的山间贫困生活,尾联充满自信,表达了诗人对清朝统治者的蔑视以及威武不能屈、富贵不能淫的高尚情操和甘于贫困、誓不降清的爱国精神,质朴自然,格调高昂。

《宋六陵》《哭外舅叶六桐先生》《哭沈昆铜》等诗歌抒发亡国之痛和怀念殉难亲友,虽有悲凉之感,但不消沉颓丧,屡屡表白身处逆境而不低头的顽强精神,勃郁浩然正气。

王夫之(1619—1692),字而农,号姜斋,湖南衡阳人。明崇祯举人,曾从永历桂王举兵抗清,南明亡后,隐遁船山,埋首著述,博通经学、史学和文学,贡献卓著,学者称船山先生。王夫之生于"屈子之乡",受楚辞影响,步武《离骚》,用美人香草寄托抒怀,其《落花诗》《补落花诗》《遣兴诗》《读指南集》等,缠绵悱恻,寓意深远。以《杂诗》为例:

> 悲风动中夜,边马嘶且惊。
> 壮士匣中刀,犹作风雨鸣。
> 飞将不见期,萧条阴北征。
> 关河空杳霭,烟草转纵横。
> 披衣视良夜,河汉已西倾。
> 国忧今未释,何用慰平生。

第十章　广收博取,推陈出新:清代的诗歌

这首诗前八句写形势的危急和北征无望的悲愤,后四句体现了诗人深沉的忧患意识,表达了诗人爱国壮志不能实现的焦虑之情,情景交融,格调苍凉,艺术感染力极强。

屈大均(1630—1696),曾削发为僧,还俗改今名,北上游历,密谋抗清,"险阻艰难,备尝其苦",诗歌是其心灵历程的写照。他以屈原后代自居,学屈原和《离骚》,兼学李白、杜甫,诗歌奔放纵横,激荡昂扬,于雄壮中飞腾驰骋,豪气勃勃,"如万壑奔涛",在遗民中乃至整个诗界独树一帜。屈大均少年时师事陈邦彦,十八岁时参加陈邦彦发动的军事行动。陈邦彦牺牲后,屈大均作《死事先业师赠兵部尚书陈岩野先生哀辞》,师仇国耻,长亘胸中,粤东爱国志士如陈子壮、张家玉、黎遂球等"光明俊伟,慷慨从容"的节行,对屈大均一生都起着重大的影响,对旧国旧京,更是无法忘怀。其《旧京感怀》诗云:

内桥东去是长干,马上春人拥薄寒。
三月风光愁里度,六朝花草梦中看。
江南哀后无词赋,塞北归来有羽翰。
形势只馀抔土在,钟山何必更龙蟠!

明朝政权已经覆亡,南京这龙蟠虎踞之地又有什么意义呢。对故国山川沦于敌手,大均在诗中表示出极度的悲愤。诗人始终不忘匡复,决心驱除入侵的强敌,即使是牺牲自己也是值得的:"惊沙掠白日,垂涕向神州。徒怀匹夫谅,未报百王仇。"(《过大梁》)他热诚地歌颂为国奋勇作战的英雄,如《从军曲》。他还经常借古代兴衰治乱忠孝节烈之事,以寄托个人的思想感情,如《题谢翱墓》:

孤臣馀犬马,后死亦徒然。
血泪长江泻,愁心日月悬。
千秋兰麝土,万里虎狼天。
留得冬青树,凌霜自宋年。

诗中以谢翱自比,表示自己凌霜傲雪的节操。诗人经常怀念在抗敌斗争中死难的故友,他对顾炎武尤为敬重:"我欲金箱固五岳,相从先向曲阳过。"(《送顾宁人》)"耆田只今零落尽,北邙松柏为君攀。"(《哭顾宁人征君炎武》)顾氏的爱国情怀和崇高品格与屈大均相类,故二人更是惺惺相惜。

二、钱谦益的诗歌创作

钱谦益(1582—1664),字受之,号牧斋,晚号蒙叟,常熟(今属江苏)人。

明万历三十八年(1610)进士,崇祯初官至礼部侍郎,弘光时为礼部尚书。清兵南下,率先迎降,以礼部侍郎管秘书院事,旋即辞官南归故里,潜心著述,暗地支持抗清斗争。他学问渊博,功力深厚,是明末清初的诗坛宗主,著有《列朝诗集小传》,总结有明一代诗作,论诗不满前后七子的复古模拟,也反对公安、竟陵派的油滑或拗涩,开一代之风气。诗宗杜甫、元稹、白居易诸大家,古近体兼工,能为百韵以上的排律,参稽博综,具备雄伟、奇诡、温婉、秾丽各种风格,尤以典丽宏深见长。著作有《初学集》《有学集》《投笔集》等。

钱谦益认为,唐、宋、元诗都有可取之处,于唐尤其推崇杜甫。杜甫晚年所作七律组诗《秋兴八首》历来脍炙人口,钱谦益十三次步韵成诗,共104首,题为《后秋兴》,收入《投笔集》。这组诗深得杜甫神髓,如《后秋兴十三》(其二):

> 海角崖山一线斜,从今也不属中华。
> 更无鱼腹捐躯地,况有龙涎泛海槎?
> 望断关河非汉帜,吹残日月是胡笳。
> 嫦娥老大无归处,独倚银轮哭桂花。

这首诗首联借宋朝亡国之事喻永历帝之亡;颔联指出清王朝已经统治全国,而且有力控制了海外;颈联指出明朝从此灭亡;尾联则是诗人借嫦娥以自比,表达自己对明朝的悲思。诗中既有虔诚的悼念和悲愤的慨叹,又广采经史、神话传说,以激扬的气节感慨兴亡,表达了诗人身陷新朝而痛悼故国的复杂心情,沉郁悲凉,含蓄不尽,感人至深。从这首诗中可以看出,钱谦益的诗歌善于使事用典,也富于词彩藻丽,既有唐诗的情趣,也有宋诗的理智,呈现出一种典丽宏深的格调。

钱谦益晚年秘密参加了抗清复明的活动,在诗文中常流露出亡国之痛和对前朝的怀念,如《悼歌十首为豫章刘远公题〈扁舟江上图〉》(其六):

> 扁舟惯听浪淘声,昨日危沙今日平。
> 唯有江豚吹白浪,夜来还抱石头城。

这是一首题画诗,首句总括了画面的主景,一个"惯"字写出渔翁丰富的生活经历和视江涛如无物的气度。次句"昨日危沙今日平",就岸边的实景——涨潮淹没了高高的沙堆,生发出人世沧桑巨变的感慨。后两句由画面向远处拓展,想象那历尽兴亡的古都石头城,如今衰败寂寞,只有"江豚吹浪",夜里还来与它相亲了。"石头城"替代南京城。南京是明开国和末代南明弘光朝的都城,这时已陷于清廷之手达十年之久了。诗人借景抒发

第十章 广收博取,推陈出新:清代的诗歌

了对明朝覆亡的感叹。诗中的江豚吹浪抱故都,正是钱谦益后期思想的写照。江豚的力量虽然微弱,但眷恋的深情是感人的。

三、吴伟业的诗歌创作

吴伟业(1609—1671),字骏公,号梅村,江苏太仓人。明崇祯四年(1631)进士,官至左庶子。弘光时,任少詹士。明亡后隐居。清顺治间被迫出仕,官国子监祭酒,母亲死后他辞官归故里。他为自己屈节仕清,深为自疚,事迹见《清史稿》本传。吴伟业学识渊博,著述甚多。他不但工诗能文,而且熟悉音律,擅长度曲填词、杂剧传奇、绘画等。著有《吴梅村全集》。诗集有《吴梅村诗集笺注》,今人钱仲联作《吴梅村诗补笺》可供参考。

吴伟业的诗歌创作成就最大,其诗取法唐人,各体皆工,而以七言歌行最能自成一体,婉转流丽,悲壮苍凉,世称"梅村体"。他的代表作是《圆圆曲》:

> 鼎湖当日弃人间,破敌收京下玉关。
> 恸哭六军俱缟素,冲冠一怒为红颜。
> 红颜流落非吾恋,逆贼天亡自荒宴。
> 电扫黄巾定黑山,哭罢君亲再相见。
> 相见初经田窦家,侯门歌舞出如花。
> 许将戚里空侯伎,等取将军油壁车。
> 家本姑苏浣花里,圆圆小字娇罗绮。
> 梦向夫差苑里游,宫娥拥入君王起。
> 前身合是采莲人,门前一片横塘水。
> 横塘双桨去如飞,何处豪家强载归?
> 此际岂知非薄命,此时只有泪沾衣。
> 熏天意气连宫掖,明眸皓齿无人惜。
> 夺归永巷闭良家,教就新声倾座客。
> 座客飞觞红日暮,一曲哀弦向谁诉?
> 白晳通侯最少年,拣取花枝屡回顾。
> 早携娇鸟出樊笼,待得银河几时渡?
> 恨杀军书抵死催,苦留后约将人误。
> 相约恩深相见难,一朝蚁贼满长安。
> 可怜思妇楼头柳,认作天边粉絮看。
> 便索绿珠围内第,强呼绛树出雕栏。

若非将士全师胜,争得蛾眉匹马还?
蛾眉马上传呼进,云鬟不整惊魂定。
蜡烛迎来在战场,啼妆满面残红印。
专征箫鼓向秦川,金牛道上车千乘。
斜谷云深起画楼,散关月落开妆镜。
传来消息满江乡,乌桕红经十度霜。
教曲伎师怜尚在,浣沙女伴忆同行。
旧巢共是衔泥燕,飞上枝头变凤凰。
长向尊前悲老大,有人夫婿擅侯王。
当时只受声名累,贵戚名豪尽延致。
一斛珠连万斛愁,关山漂泊腰支细。
错怨狂风扬落花,无边春色来天地。
尝闻倾国与倾城,翻使周郎受重名。
妻子岂应关大计,英雄无奈是多情。
全家白骨成灰土,一代红妆照汗青。
君不见馆娃初起鸳鸯宿,越女如花看不足。
香径尘生鸟自啼,渫廊人去苔空绿。
换羽移宫万里愁,珠歌翠舞古梁州。
为君别唱吴宫曲,汉水东南日夜流。

3 这首七言歌行共有 78 句,549 字,分成起、承、转、合四大段。头 8 句是"起",写吴三桂引清兵入关,夺得陈圆圆。第 9~50 句是"承",叙述陈圆圆的身世、遭遇以及其聘与吴三桂的经过(吴陈初次相见/倒叙陈圆圆身世/沦为侯门歌伎/吴三桂纳之为妾/陈被起义军掠走/与吴三桂重逢/去汉中作威作福),过程很长,一波三折,极富戏剧性。第 51~64 句是"转",插叙昔日教曲的伎师和女伴的感慨以及圆圆自己的哀怨。第 65~78 句是"合",是结尾,作者指出:吴三桂全家毁灭是吴陈风流韵事的代价。结尾回顾吴王夫差的往事,预示吴三桂本人的结局也不妙。全诗起承转合清晰,故事生动曲折,有很高的叙事水平。

第二节 王士祯"神韵说"及其他

满族入主中原,到了康熙、雍正时期,清代社会已趋稳定。而老一代诗人渐渐退出人生舞台,第二代诗人已成长起来。王士祯说:"康熙以来诗

第十章 广收博取,推陈出新:清代的诗歌

人,无出南施北宋之右,宣城施闰章愚山、莱阳宋琬荔裳是也。"(《池北偶谈》卷十一)但真正代表康熙、雍正朝诗歌创作主流,而在绝句一体中独领风骚的诗人正是王士禛。王士禛推崇"神韵说",认为诗歌创作要追求"言尽意不尽"的神韵,但他的神韵说并没有一套系统完整、缜密详尽的理论为后盾。真正能够弥补神韵说缺失的诗人,是与王士禛同时而略后的查慎行,他兼学唐宋,为诗歌的进一步发展做出了贡献。

一、神韵说

作为中国古代的一种诗论主张,为清初诗人王士禛所倡导的神韵说在清代前期统治诗坛达百年之久。自然淡远是神韵说的一个侧面,含蓄宛转则是其另一个侧面。

神韵说的产生,有其历史渊源。"神韵"一词,早在南齐谢赫《古画品录》中就已出现。唐代诗论提到的"韵",大多是指诗韵、诗章的意思,不涉诗论。明清时期,"神韵"一词在各种意义上被普遍使用。王士禛之前,虽有许多人谈到过神韵,但还没有把它看成是诗歌创作的根本问题,一直到王士禛,才把神韵作为诗歌创作的根本要求提出来。康熙元年(1662),二十九岁的王士禛在扬州选唐律绝句五七言为《神韵集》,此选本并不见传世,但人们一般认为这是他标举神韵的开始。王士禛提倡诗要入禅,达到禅家所说的"色相俱空"的境界。他认为植根于现实的诗的"化境"和以空空为旨归的禅的"悟境",是毫无区别的。他早年编选《神韵集》,有意识地提倡神韵说,归纳起来,大致可以看到他的神韵说的根本特点,即在诗歌的艺术表现上追求一种空寂超逸、镜花水月、不着形迹、冲淡悠远的境界,最好的诗歌就是"色相俱空""羚羊挂角,无迹可求"的"逸品"。

王士禛所倡导的神韵说涉及中国古代诗论中的诸多问题,如风格论、鉴赏论、创作论,它皆有所议论,这一诗说的产生是多重因素共同作用下的结果。同时,神韵说始终处于一个不断自我丰富的过程之中,这就决定了它博采众长又难以系统化的特点。

神韵派作为清初诗坛的一大流派,其门徒传人遍布天下,他们在诗歌创作上与王士禛保持着高度统一,由此形成神韵派前后相继、不断壮大的创作阵容。

二、王士禛的诗歌创作

王士禛(1634—1711),号阮亭,又号渔洋山人,新城(今山东桓台)人。

顺治十五年（1658）进士，出任扬州推官，后升礼部主事，官至刑部尚书。康熙三十四年（1704）罢官归里，有《渔洋山人精华录》。一生便是运气总好，身名俱泰，寿近八十，被诗坛奉为盟主，生徒遍于天下。康熙、雍正时代政治稳定，相对承平，诗人仕途顺利，不欲犯文网之严，宁肯回避现实中尖锐的民族矛盾，更多地在诗艺上进行追求。王士祯推崇晚唐司空图"味在咸酸之外"及南宋严羽"以禅喻诗"之旨，高倡"神韵说"，是清诗发展中一大关键。

王士祯诗论的核心是提倡神韵，特别强调其"清远"的特色。明代的前后七子倡言盛唐，措意神情和声调，推重七言律诗，创作流于肤廓；而公安、竟陵派以宋人矫正七子，创作流于浅率。王士祯倡导"神韵"，就是想纠正两派之偏。所以，他一方面标举唐音，一方面也兼顾宋调。《池北偶谈》中指出"清远"之作，"妙在神韵"。《唐贤三昧集》中以严羽、司空图的诗论为指归，以"隽永超诣"为标准，推举王维、韦应物的诗作。

王士祯的诗歌创作因其人生经历，在内涵上分早、中、晚三大模块。他的诗风因岁月推移，所历时境风物各异而发生着变化，神韵是贯穿始终的主流格调。

早年司理扬州时所作的京镇姑苏山水诗，神韵流溢，格调悠扬且明快，如"枫落吴江妙入神，思君流水是天真"（《戏仿元遗山论诗绝句三十六首》其三十）。早期仕宦扬州和此前的一段时间，是他诗学构成的重要阶段，也是神韵说理论的萌发阶段。王士祯的神韵诗学理论是有家学渊源的。家庭中浓厚的诗文化氛围，使王士祯从幼年便培养起对诗歌的爱好和审美趣味。明代八股取士以来，诗歌在世人的心目中成为无用之物，士人致力于举业，习诗被认为是荒废学业，不务正途。王氏家族则不同，它有比较宽松的诗文化氛围，为大诗人的诞生提供了必要条件。王士祯在长兄的影响下，学诗从王维、孟浩然、韦应物、柳宗元入手，对王、孟的山水诗，"手钞之""共和之"，反复学习揣摩，对他后来论诗旨趣影响巨大。王士祯神韵说的萌发阶段，是以《丙申诗序》为发轫标志的。顺治十三年（1656），他在《丙申诗序》中说："六经、廿一史，其言有近于诗者，有远于诗者。然皆诗之渊岳也。节而取之，十之四五，廛结谩谐之习，吾知免矣：一曰典。画潇湘洞庭，不必蹙山结水。李龙眠作《阳关图》，意不在渭城车马，而设钓者于水滨，忘形块坐，哀乐嗒然，此诗之旨也。次曰远。《诗》三百五篇，吾夫子皆尝弦而歌之，故古无《乐经》，而《由庚》《华黍》皆有声无词；土鼓鞞铎，非所以被管弦叶丝肉也：次曰谐音律。昔人云，《楚辞》《世说》，诗中佳料，为其风藻神韵，去《风》《雅》未遥；学者当由此意而通之，摇荡性情，晖丽万有，皆是物

第十章　广收博取，推陈出新：清代的诗歌

也：次曰丽以则。"钱谦益在《〈王贻上诗集〉序》中，将王士禛的四条原则归纳为"谈艺四言"。"谈艺四言"既是王士禛自身创作的写照，也是针对当时的诗学思潮提出来的。典是针对公安派的，远是针对七子派的，谐与丽则是针对竟陵派的，王士禛此论是特意批评各派弊端，而自成一家理论，为神韵说在早期奠定了理论基础，在创作上则产生了大量含蓄隽永、澄清淡远的诗作。例如顺治十四年（1657），在济南大明湖畔写的四首《秋柳》（并序）：

昔江南王子，感落叶以兴悲、金城司马，攀长条而陨涕。仆本恨人，性多感慨。情寄杨柳，同《小雅》之仆夫，致托悲秋，望湘皋之远者。偶成四什，以示同人，为我和之，丁酉秋日，北渚亭书。

其一
秋来何处最销魂？残照西风白下门。
他日差池春燕影，只今憔悴晚烟痕。
愁生陌上黄骢曲，梦远江南乌夜村。
莫听临风三弄笛，玉关哀怨总难论。

其二
娟娟凉露欲为霜，万缕千条拂玉塘。
浦里青荷中妇镜，江干黄竹女儿箱。
空怜板渚隋堤水，不见琅琊大道王。
若过洛阳风景地，含情重问永丰坊。

其三
东风作絮糁春衣，太息萧条景物非。
扶荔宫中花事尽，灵和殿里昔人稀。
相逢南雁皆愁侣，好语西乌莫夜飞。
往日风流问枚叔，梁园回首素心违。

其四
桃根桃叶镇相连，眺尽平芜欲化烟。
秋色向人犹旖旎，春闺曾与致缠绵。
新愁帝子悲今日，旧事公孙忆往年。
记否青门珠络鼓，松柏相映夕阳边。

诗前有作者自己写的小序，序文短短的数十字，前两句象征着一年中的美好时光已经消失，后两句象征着一生中的最美好时光已经过去，集中显示了全诗的基调——深沉的幻灭感，且文字优美，感情深厚。这四首诗

的主题也是沉浸于深沉的幻灭感之中,感叹良辰易逝,美景难留,一切美好的东西都已逝去,到处是幻灭的悲哀,写得意韵含蓄,境界优美。尤其是第一首表现出诗人深厚的艺术功底。全诗句句写柳,却通篇不见一个"柳"字,辞藻妍丽,造句修整,用曲精工,风神高华,咏物与寓意有机地结合在一起,有着极强的艺术感染力。

中年视学四川、祭告南海时所作的蜀中粤赣山水诗,因受蜀地特异山川的激荡感染,变得激昂苍劲、险峻诡谲,处处回荡着幽深隐秘的气息,如"诗情合在空黔峡,冷雁哀猿和竹枝"。"中岁越三唐而事两宋",王士禛诗学主张的第二次变化,是从中岁开始,亦即康熙六年(1667)上调入京,到康熙二十七年(1688)撰《唐贤三昧集》的二十多年的时间。康熙元年(1662),王士禛任扬州推官时,路过真州(今江苏仪征),写下《真州绝句》组诗五首,描写在真州所见所感,体现了他论诗的主张和风格。例如,《真州绝句》(其四):

江干多是钓人居,柳陌菱塘一带疏。
好是日斜风定后,半江红树卖鲈鱼。

这是一首描绘真州风物的小诗,写的是渔村的景物,宛如一幅天然的渔家生活图画,表现了真州景物的美丽、真州风俗人情的淳朴。诗人信手拈来,出语清新自然,寥寥数笔就勾画出一幅幅清净幽冷的画面,颇有意外之意,味外之味。

王士禛在康熙二年(1663)写的《戏效元遗山论诗绝句三十六首》,就显示了承袭公安派和钱谦益的倡导宋诗、不墨守盛唐的诗学倾向,"降心下师宋人"。以宋元诗歌与盛唐诗歌对举,批评盲目崇唐而不睹宋元的风气。康熙八年(1669)又写《冬日读唐宋金元诸家诗题后》:"一代高名孰主宾?中天坡谷两嶙峋。瓣香只下涪翁拜,宗派江西第几人?"表达了他对苏、黄的心仪,将诗学视野扩大到宋元以下。王士禛出典四川乡试,再奉旨祭告南海,"征途捃客",曾著《蜀道集》《南海集》。其中许多诗什具有"豪放之格",意境开阔,苍劲雄放,气概不凡,受宋诗影响明显。由于王士禛的加入,其地位和影响进一步推动了诗坛宗宋风气的形成。

晚年礼祀西镇时所作的雍益山水诗,沉着冷静,有一副静观世态、反思自然的悠闲和庄重,如"九嶷泪竹娥皇庙,字字《离骚》屈宋心"。清初诗坛宗宋风气的兴起给诗风带来很大的冲击,唐宋诗之争也更趋激烈,宋诗一度流行之后,其弊端也渐显。宋诗热所带来的种种弊端,又促使王士禛进一步思考。康熙二十四年,他祭告南海归来,因父丧丁忧乡居。在这段闲暇时间,他对唐宋诗作了一番认真研究,对司空图和严羽的诗论别有会心,

第十章 广收博取,推陈出新:清代的诗歌

重新倡导唐诗,"欲令海内作者识取开元天宝面目"。并于康熙二十六年,编辑《唐选十种》,次年又撰《唐贤三昧集》三卷,他在序中引用《沧浪诗话》"盛唐诗人惟在兴趣,羚羊挂角,无迹可求",表明其神韵诗学的宗旨。他在康熙二十八年撰写的《池北偶谈》中特立神韵一条,采取以"境"喻诗的手法,阐述他的诗学倾向。这是对其返回唐音,明标神韵的最终确定。

这三个时期的诗歌互相因承,共同融合,在神韵的主旋律下,唱响了王士禛山水诗在清初诗坛清澈浏亮、醇和浑阔的最强音。

综上所述,王士禛的神韵说主要有以下三大特点。

首先,神韵说的特点是似有非有,似无非无,若隐若现,这样的意境具有含蓄不尽的言外之意,使人感到回味无穷。王士禛列举了唐人名句,"王、裴辋川绝句,字字入禅。……'明月松间照,清泉石上流'……可语上乘。"(《蚕尾续文》)

其次,清和远的审美特征。清,指的是一种超脱尘俗的情怀,偏向于景物之描绘,这种情怀最适宜于用山水诗来体现。远,有玄远之意,也是一种超越的精神,偏重于感情之抒发,这种精神也适合于寄托在山水诗中。王士禛认为达到这种境界就可称之为"妙悟",就是把握了诗歌艺术的真谛,达到了艺术的彼岸。

最后,自然、入神。王士禛在《渔洋诗话》中说道:"律句有神韵天然,不可凑泊者。"《香祖笔记》也说"皆神到不可凑泊",他所举的诗句,大都接近于王、孟之作,可见韵味深远的山水田园隐逸诗,更符合神韵的要求。他以禅论诗,认为"舍筏登岸,禅家以为悟境,诗家以为化境,诗禅一致,等无差别"(《香祖笔记》)。在王士禛看来,这种没有任何人工痕迹、达到了化境的诗作,相当于绘画中的"逸品",其特点就是自然天成而臻化工造物之境界。

正因为力求"冲淡""清挺",所以王士禛的山水诗缺乏大气磅礴的淋漓之势、激壮飞扬的感情抒发,"神韵"有余而真气不足,清淡漫溢而性情衰微。即使他长歌大调的山水诗作,亦不能尽情抒发诗人的感情,缺乏撼动人心的感染力。这不能不说是一种无法弥补的缺陷。

三、查慎行的诗歌创作

查慎行(1650—1727),初名嗣琏,字夏重,后改名慎行,字悔余,号初白,浙江海宁人。晚筑初白庵以居,学者称初白先生。康熙四十二年(1703)进士,授翰林院编修。康熙皇帝幸南苑捕鱼,命群臣赋诗,查慎行以"臣本烟波一钓徒"句享誉一时。康熙三十一年(1692)春,客江州知府恒斋朱公俨幕。康熙四十二年(1703)赐进士出身,特授翰林院编修。康熙五十

八年(1719)秋,入南昌书局,修《江西通志》。后因其弟嗣庭文字狱,受牵被逮入京,次年放归,不久去世。著有《敬业堂诗集》48卷、《续集》6卷,《词集》2卷、《敬业堂文集》3卷、《别集》1卷。

查慎行一生专攻诗,平生作诗不下万首,又曾潜心于诗论。对于诗,他有实践,有理论,所以他的诗不仅在思想内容方面丰富多彩,多可取者,就是在艺术上,也显得相当成熟。他曾从军西南,随驾东北,饱览各地风光,因此多纪游吊古之作,也有少量作品反映了民间疾苦。他看到了从明七子到神韵派摹拟唐人,几成熟调,又因为成为习惯而阻碍了诗歌的发展,因而他兼学唐宋,于唐近白居易,于宋则学苏轼、陆游,所作工力纯熟,清真隽永,尤擅白描,追求"空灵"创新。有些诗布局精严,格调老成,甚见功力。例如清康熙四十七年(1708)春,诗人北行返京途中路过淇县,写下《早过淇县》一诗:

> 高登桥下水汤汤,朝涉河边露气凉。
> 行过淇园天未晓,一痕残月杏花香。

此诗扣住富有淇县地方特色的淇水与竹园落笔,调动视觉、感觉、嗅觉,突出一个"早"字。全诗意境优美,文字清新,十分动人。

又如《舟夜书所见》:

> 月黑见渔灯,孤光一点萤。
> 微微风簇浪,散作满河星。

虽然本诗只有二十字,却体现了诗人对自然景色细微的观察力。没有月亮的夜是看不清什么的,然而因为有一点微风,远处的一盏小如萤火的渔灯,让诗人看到了满河的星星。诗歌写出了少中有多、小中有大的哲理。同时也启发我们,只要你用心,就会发现生活中的美,美在你的心中,美在你的眼中。"散"字是全诗的诗眼。"散"字写出了月光和渔灯倒影在水上,微风一吹,零零散散地散在水面上,给人一种画面感和静谧感。把作者所见到的景象逼真地反映出来,给人一种身临其境之感。

《中秋夜洞庭对月歌》这首古体诗亦颇具特色:

> 长风霾云莽千里,云气蓬蓬天冒水。
> 风收云散波乍平,倒转青天作湖底。
> 初看落日沈波红,素月欲升天敛容。
> 舟人回首尽东望,吞吐故在冯夷宫。
> 须臾忽自波心上,镜面横开十余丈。
> 月光浸水水浸天,一派空明互回荡。

第十章　广收博取，推陈出新：清代的诗歌

> 此时骊龙潜最深，目眩不得衔珠吟。
> 巨鱼无知作腾踔，鳞甲一动千黄金。
> 人间此境知难必，快意翻从偶然得。
> 遥闻渔父唱歌来，始觉中秋是今夕。

此诗作于康熙二十一年(1682)，诗人从贵州归家，舟至洞庭湖，为风雨所阻。次日是中秋节，晚上天气转为晴朗，皓月当空，水光与月光连成一片，十分奇丽。作者因受阻而反获佳观，所以在观赏洞庭湖月明水清美景的同时，也体悟到了"快意翻从偶然得"的哲理。诗中描绘的中秋月夜洞庭湖的壮丽景色，笔力恣肆，境界开阔。

查慎行的近体诗则颇具陆游情调，如《夜观烧山和中丞公韵》：

> 寒空月黑焰初垂，照夜俄生万岭云。
> 赤炽千人争赵璧，火牛百道走燕军。
> 危时莫以烽为戏，我意方忧玉亦焚。
> 不信劫灰吹不尽，草间狐兔尚成群。

这首诗属对自然而工整，运意圆润而灵活，使事熨帖而浅近，皆一如剑南。查慎行在诗歌创作上能取得如此突出的成就，除了他主观上的专注与努力以外，还因他远涉江河湖山，深入僻野之壤，足迹遍及天涯，使他眼界开阔，凡人民生活、地方风物、山川形胜经他皆一一写入诗中，使诗作呈现出丰富多彩的特色。而且，查慎行曾师事黄宗羲，黄宗羲抨击封建专政，表现出极为强烈的民主主义思想，这对查慎行诗歌思想境界的提高以及内容的开拓，无疑都是有着极大的影响。所以，查慎行的诗无论是思想内容还是艺术特色，在当时都可以算是独树一帜。

第三节　以唐音为准的"格调说"

从清初到康熙初期，宗唐占优势，大约康熙十年左右，宋诗开始蓬勃发展，到康熙中叶唐音回归，乾嘉时期沈德潜的格调说以唐音为准，努力上穷唐诗之源，认为"古诗"才是诗歌的经典范本。格调说出现于所谓康乾盛世，比"神韵说"更加适合于统治阶级的需要，由于明显排斥诗歌怨刺一面，因此对诗歌创作起了束缚作用。

一、格调说

格调说也是中国古代的一种论诗主张。为明代前七子、后七子和清代沈德潜所提倡。它强调格调在诗歌创作中的作用。格调,即体格声调。最早的解释包括思想内容和声律形式两方面,到明代前后七子,才把格调作为一个决定性环节来构成他们的诗歌理论。前后七子的诗歌理论并不完全一致,但格调在他们的诗歌理论中都占有比较突出的地位。前七子的代表人物李梦阳强调"格古,调逸",后七子的代表人物王世贞认为:"才生思,思生调,调生格。思即才之用,调即思之境,格即调之界。"他们都把格调作为论诗的重要环节。前后七子的格调说在当时起了积极的作用,并产生很大影响。在乾隆初年,沈德潜追踪明前后七子,论诗力尊盛唐,倡导格调。他专门标举唐诗的"格调",认为后世"不能竟越三唐之格"(均见《说诗晬语》卷上)。为使"格高""调响",他以唐人为楷式,以古诗为源头,选辑《古诗源》《唐诗别裁集》《明诗别裁集》等,树立学诗的范本,影响极大。沈德潜虽强调格调,但更强调封建伦理道德规范对于格调的重要性,认为"忠孝"和"温柔敦厚"是格调的最终依据。沈德潜的格调说提出之后,遭到很多人的批评,后逐渐衰颓。沈德潜晚年对"格调"说有所补救,批评前后七子只知"学古"不知"通变"(《清诗别裁集·凡例》),特别强调"和性情,厚人伦,匡政治"的社会功用,极力宣传"温柔敦厚"的传统诗教,要求诗歌创作"一归于中正和平"(《重订唐诗别裁集序》)。同时,他主张比兴互陈、反复唱叹的艺术手法,为的是让诗歌含蓄蕴藉,怨而不怒。由于沈德潜的理论适应了康熙、乾隆"盛世"粉饰太平的需要,因此,"格调说"诗派成为当时诗坛上正统派的代表。

二、沈德潜的诗歌创作

沈德潜(1673—1769),字确士,号归愚,长洲(今江苏苏州)人。早年生活贫困,十六岁考上秀才之后屡试不第,直到六十五岁才考上举人,次年举进士。蹉跎大半生的沈德潜得到了乾隆的赏识,由编修历官至内阁学士兼礼部侍郎。诗倡"格调"说,古体宗汉魏,近体宗盛唐,影响甚大。所作古朴雅厚,对民瘼弊政颇有触及。著作有《沈归愚诗文全集》。

沈德潜以儒家诗教为本,倡导格调说,尊唐抑宋,使诗歌"去淫滥以归雅正"(《唐诗别裁集序》),起到"和性情、厚人伦、匡政治"的教化作用。他对唐诗的理解可在《归愚文钞》卷七《明诗别裁集序》中窥见一二:

第十章　广收博取，推陈出新：清代的诗歌

　　有唐一代诗，凡流传至今者，自大家名家而外，即旁蹊曲径亦各有精神面目流行其间，不得谓正变盛衰不同而变者衰者可尽废也。然备一代之诗，取其宏博；而学诗者沿流讨源，则必寻究其指归。何者？人之作诗，将求诗教之本原也。

　　格调说的主要观点集中在《说诗晬语》中。《说诗晬语》开宗明义的第一条有云："诗之为道，可以理性情，善伦物，感鬼神，设教邦国，应对诸侯，用如此其重也。"在"格高"方面，他追随盛唐及明七子的诗风，中正和平，温柔敦厚。在"调宛"方面，他强调"法"，他说："诗贵性情，亦须论法。乱杂而无章，非诗也。然所谓法者，行所不得不行，止所不得不止，而起伏照应，承接转换，自神明变化于其中。"（《说诗晬语》卷上）在内容方面，他强调言之有物，合于封建伦理规范，"诗之为道，可以理性情，善伦物，感鬼神，设教邦国，应对诸侯""约六经之旨，践六经之言"；在作诗态度上，他讲究温柔敦厚，"怨而不怒""哀而不伤"（《说诗晬语》）。他还强调声律音调："诗以声为用者也，其微妙在抑扬抗坠之间。"（《说诗晬语》卷上）因而重视不同体式的声律运用方式，在诗歌格式与韵律等方面都作了具体的要求。

　　沈德潜对明代前七子非常推崇。他称赞李梦阳、何景明等人使"诗道复归于正"。他的诗歌创作也遵循其格调之论，中正和平，温柔敦厚。例如《过真州》：

　　　　扬州西去真州路，万树重杨绕岸栽。
　　　　野店酒香帆尽落，寒塘鱼散鹭初回。
　　　　晓风残月屯田墓，零露浮云魏帝台。
　　　　此夕临江动离思，白沙亭畔笛声哀。

　　整首诗意趣淡雅，声韵谐朗，纯情哀婉，法式严密，情思含蕴，不失为一首有格调的诗。但正如朱庭珍《筱园诗话》（卷二）所说："沈归愚先生持论极正，持法极严……所为诗平正而乏精警，有规格法度而少真气，袭盛唐之面目，绝无出奇生新、略加变化处，殊无谓也。"

　　又如《塞下曲》（其三）：

　　　　千重沙碛万重山，三载烧荒未拟还。
　　　　流尽征夫眼中血，谁人月下唱阳关。

　　这是一首仿唐边塞诗风格的作品，突出的主题是"征夫"的痛苦，却不提及开边武功，表现出作者对于劳动人民的同情。也隐有对热衷开边的清朝统治者的批评之意。

　　又如《月夜渡江》：

> 万里金波照眼明,布帆十幅破空行。
> 微茫欲没三山影,浩荡还流六代声。
> 水底鱼龙惊静夜,天边牛斗转深更。
> 长风瞬息过京口,楚尾吴头无限情。

  该诗写在镇江渡江时所见所感,宛如一幅清幽淡远的月夜渡江图,清爽健朗。"微茫"一联一句写山,一句写水,一句侧重视觉,一句侧重听觉,生动地描画出山影朦胧、水声潺潺的月夜江上景象,其中"六代声"三字,又将画面融入悠长的时间中去,不仅传递出人的思古幽情,还表达了一种江水依旧,自然永恒的古老命题,使诗意显得更为丰厚。六朝不尽的江流水声无不凸显时空恢宏,意境寥廓,以至"金波照眼""鱼龙惊夜""布帆十幅""逆流上江""长风破浪""顷刻千里"等奇景迭出,别有一番风情。

  作为乾隆皇帝身边最如意的台阁体诗人,沈德潜的诗作多是与皇帝的诗赋唱和,他敦厚宽容的诗品也颇得乾隆的喜爱。但是,在沈德潜未出仕的前六十七年中,虽然始终默默无闻,但因为个人遭际坎坷,种种民生疾苦多于此时见之,而且此时他并未在皇帝身边,可以自由抒怀,因而这一时期创作了一些能够真实地反映民生疾苦、揭露时弊与社会黑暗的诗作,例如《凿冰行》:

> 月寒霜清水生骨,夜半胶黏厚盈尺。
> 鸣金四野鸠壮丁,晓打冰凌双足赤。
> 白棓乱下河腹开,一片玻璃细分坼。
> 大声苍崖崩巨石,小声戈矛互舂击。
> 水深没髁衣露肘,手足皴裂无人色。
> 千筐万筥来河干,纳于凌阴成高山。
> 琐碎琮琤响寒玉,白龙鳞甲池中蟠。
> 腊月上弦逢甲子,明年海物填街市。
> 共指冰山十丈余,金钱堆积应相似。
> 晚天飒飒号霜风,朝来冻合冯夷宫。

  这首诗对穷人砸冰时所遭受的痛苦进行了描绘。初看此诗似乎纯粹作一种客观描写,其实作者爱憎之情已包含其中。如一、二句写冰厚,则打冰之难不言而喻。以下详写打冰:侵晓而双足赤,已经冷了,还要站在河上打冰,则其冷还禁得住吗?白棓乱下,河冰才"细分坼",回应次句"厚盈尺"。"水深没髁",读之尚觉难忍,何况"衣露肘"?"手足"句总结打冰壮丁的悲惨景况,直接使用白描的手法对穷人的惨状进行了勾勒。然而这样艰

第十章　广收博取,推陈出新:清代的诗歌

苦无比的劳动,只是为那班海商堆成十丈余的金银山。末二句更冷峻:被凿开的河面,晚风一吹又冻住了,给海商们又创造了取之不尽用之不竭的财富,但同时也给壮丁们带来了无法估量的痛苦。

在《后凿冰行》中,他写道:

> 海氛既息海鲜盛,洋客贩鲜轻性命。
> 舳舻载冰入沧海,冰贾如金未能平。
> 吴中窖户惯射利,岁岁藏冰互相庆。
> 每当腊月河流坚,水面削平似明镜。
> 五更号令鸠穷民。赤足层冰立难定。
> 冲寒掊击裂十指,入水支撑割双胫。
> 大声惊破天吴宫,百丈鳞鳞河腹迸。
> 岸旁观者谁氏子,锦服狐裘气豪横。
> 欢呼拍手诧奇绝,水战水嬉无此胜。
> 吁嗟观者何不仁,令我转益忧心怲。
> 半死换得青铜钱,忘躯谋食岂天性?
> 至今穷民多夭札,存者纷纷软足病。
> 民生所天重籽粒,海物何堪劳饾饤。
> 安得百室歌阜成,小户家家饭盈甑。
> 时开茅宇迎冬暄,不向冰渊陷泥泞?
> 藏冰有制掌凌人,调燮阴阳准《月令》。

《凿冰行》重点在描述凿冰的艰苦,此首诗则重在议论。议论之前,先写窖户射利,再写穷民凿冰(只用六句,避免与上首重复),再写旁观者的不仁,然后转入议论。首先指出"忘躯谋食"决非"天性",可见"穷民"穷到什么程度。再指出这种"载冰""射利"的行为已给穷民造成了多么严重的后果。最后提出自己的愿望:农业丰收,家家温饱。同时希望政府制止海商们的非法行为。全诗真实揭露了洋客、窖户(藏冰商家)不顾穷人死活残酷剥削他们的情景,斥责了旁观富人的无情,真正学到了杜诗的精神。

又如《刈麦行》:

> 前年麦田三尺水,去年麦田半枯死。
> 今年二麦俱有秋,高下黄云遍千里。
> 磨镰霍霍割上场,妇子打晒田家忙。
> 纷纷落砠白于雪,瓦甑时闻饼饵香。
> 老农食罢吞声哭,三年乍见今年熟。

《刈麦行》是一首描写农民收麦时情景的七言歌行体诗,全诗十句,依其换韵可分为三个层次。诗的前四句为一层,开头两句追述前两年因为洪涝和旱灾频仍,麦田严重歉收的艰难境况,用以比衬和强调出后两句所交代的今年二麦普遍丰收的来之不易。诗的中间四句为一层,描写农家磨镰割麦、打晒碾面、家家瓦甑闻饼香的辛勤繁忙和欢快的情景,"纷纷"两句描写因丰收而获得温饱而喜悦气氛,尤为真切生动。诗的最后两句笔锋一转,并换用入声短韵促收,老农的哽咽而哭,包含着久经饥荒的悲苦和初得温饱而欣喜的复杂心绪。"时时闻饼香"的景象令人心醉,突然却传来一个"哭"字,打破了一系列的欢腾景象,最后一句,却又回到主题上去,道出了"哭"的真实内容。农民们辛苦劳作了三年,却因灾患频仍而饥寒交迫,直到如今才刚刚一见好收成。因此,暂得温饱的喜悦并未能冲淡久忍饥寒的辛酸。全诗繁音促节,婉曲含蓄,"以微言通讽喻"(《施觉庵考功诗序》),表现出小农经济生产状态下农民的真实生活,叙述井然而富有变化,措词造句带有浓烈的感情色彩。全诗没有涉及官场、租税的内容,到底还是体现了"愠而不怒"的格调。

　　总之,沈德潜的诗歌创作实践了他的格调说,受到了号称"吴中七子"的王光禄鸣盛、王少司寇昶、钱宫詹大昕、曹侍讲仁虎、赵少卿文哲、吴舍人泰来、黄明府文莲等人效仿,从而使"格调说"诗派成了清代诗坛上一个重要的诗歌流派。

第四节　继承公安派遗志的"性灵说"

　　袁枚不满于沈德潜倡导温柔敦厚的"格调说"及翁方纲以考据为诗的"肌理说",而从明代公安派、竟陵派那里继承了"性灵说",对后世影响甚大。

一、性灵说

　　"性灵说"是中国古代诗论的一种诗歌创作和评论的主张,以清代袁枚倡导的最有力。"性灵说"的提出是针对当时文艺上反对复古模拟的风气而发的,核心是强调诗歌创作要直接抒发诗人的心灵,表现真情实感,提倡自然清新、平易流畅之美,反对雕章琢句、堆砌典故,反对以学问为诗。其成员除了袁枚外,还有号称"乾隆三大家"之一的赵翼,以及张问陶、孙原湘、王昙、舒位、郭麐、吴嵩梁、席佩兰、严蕊珠、金逸、骆绮兰、归懋仪等。

第十章　广收博取,推陈出新:清代的诗歌

"性灵"二字,最早见于《文心雕龙·原道》:"惟人参之,性灵所钟,是为三才。"指的是人的才智或秉性灵秀。钟嵘《诗品》评阮籍"《咏怀》之作可以陶性灵,发幽思",指的是情性。唐人如高适《答侯少府》:"性灵出万象,风骨超常伦。"指诗人灵妙的才智、悟性。宋人杨万里也主张诗歌"专写性灵",对袁枚很有启示。明代李贽的"童心说",公安派性灵说的核心理论"独抒性灵,不拘格套",以及开始提出"心机震撼之后,灵机逼极而通"(袁中道《陈无异寄生篇序》)的创作灵感说,对袁枚的影响更大。在前人这些有关"性灵"说的基础上,袁枚予以丰富与提高,形成了比较完整系统的"性灵说"诗歌理论。

袁枚在总结以往性灵说的基础上提出了"性灵"的含义,即性情、个性、灵感、灵机,即诗人必须具有的主观创作条件,当一个诗人有了创作灵感,将自己的真性情写出来,就是一首好诗。"性灵"包括性情、个性和诗才。性情是诗歌的第一要素,"性情以外本无诗"(《寄怀钱屿沙方伯予告归里》),即是说诗生于性情,性情是诗的本源和灵魂,诗人要"自把新诗写性情"。而这种性情要表现出诗人的独特个性,"作诗不可无我""有人无我,是傀儡也"(《随园诗话》卷七),没有个性,也就丧失了真性情,《续诗品》辟"著我"一品,所谓"字字古有,言言古无",就是明确提倡创写"有我"之旨。这是性灵说审美价值的核心。同时,袁枚也强调求新。他在《随园诗话》(卷六)中说:"要之,以出新意、去陈言为第一着。"因而他反对格调说以及明七子宗唐复古的理论,也反对当时其他宗唐派、宗宋派的拟古主义主张。他说:"诗分唐、宋,至今人犹恪守,不知诗者,人之性情;唐、宋者,帝王之国号。人之性情岂因国号而转移哉?"而求新仅有个性、性情是不够的,还应具备表现这一切的诗才,"诗人无才,不能役典籍运心灵"(《蒋心馀藏园诗序》),艺术构思中的灵机与才气、天分与学识要结合并重。这一在"吟咏性情"的基点上构成完整体系的诗歌理论,冲破了传统与时代风尚,把才、学、识作为创作的条件,以真、新、活为创作的追求,较公安派、竟陵派的性灵说更加深入而具体,是对格调模拟复古、肌理考据学问、神韵纤巧修饰、浙派琐屑饾饤的有力冲击,是晚明文艺思潮的隔代重兴,为清诗开创了新的局面。但此说的哲学基础立足于唯心主义,弱化了诗歌应该具备的道德教化等社会功能,不免陷入另一种怪圈。

二、袁枚的诗歌创作

袁枚(1716—1797),字子才,号简斋,钱塘(今杭州)人,后号随园,世称随园先生。他自幼聪颖,少年得志,二十四岁中进士,入翰林,做过溧水、江

浦、江宁知县。任江宁县知事时,购得小仓山旧江宁织造园,改治为随园。三十三岁即辞官,从此决意仕途,在"随园"过着论文赋诗、悠然自在的享乐生活,自号随园主人、仓山居士。此后再未出仕,吟诗著述,游山玩水,过着诗酒放浪、无拘无束的风流名士的生涯,长达近五十年。著有《小仓山房文集》《随园诗话》《新齐谐》等。

袁枚写诗主张抒写性灵,认为诗就是要写出人的真性情。他认为文学应该进化,有时代特色。诗只有工拙之分,而不能以古今定优劣,以宗唐或宗宋分高下。他对有清以来的各种复古主义和形式主义的诗论都进行了扫荡。他批评"格调派"说:"夫诗宁有定格哉!国风之格不同于雅颂,皋禹之歌不同于三百篇,汉魏六朝之诗不同于三唐,谈格者将奚从?"他批评翁方纲肌理派的诗是"填书塞典,满纸死气""一字一句,自注来历,谓之开古董店"。在《随园诗话》(卷五)中说:"人有满腔书卷,无处张皇,当为考据之学,自成一家;其次则骈体文,尽可铺排,何必借诗为卖弄?自《三百篇》至今日,凡诗之传者,都是性灵,不关堆垛。"当然,袁枚并不反对作诗需要借鉴古人,需要广博的学识,而是反对模仿,反对"抄书"。他说:"后之人未有不学古人而能为诗者也,然而,善学者,得鱼忘筌;不善学者,刻舟求剑。……能取诸家之精华而吐其糟粕,则诸弊尽捐。"(《随园诗话》卷二、卷四)对于王士禛的"神韵说",袁枚也颇有微词,认为"神韵说"之弊在于脱离真性情,在于假,讥讽王士禛的诗是"一代正宗才力薄,望溪文集阮亭诗"(《仿元遗山论诗》)。

袁枚作诗以才运笔,抒发性灵,极有特色。他的笔触相当广泛,反映现实、咏物怀古、描绘山川自然和表现个人志趣,大都不受传统思想束缚和正宗格调限制,信手拈来,矜新斗捷,不尽遵轨范。而且清灵隽妙,具有感情奔放、议论新颖、笔调活泼、语言晓畅、句法灵巧等特点,从内容到形式都有一定的创新。例如《咏钱》:

> 人生薪水寻常事,动辄烦君我亦愁。
> 解用何尝非俊物,不谈未必定清流。
> 空劳蛇女千回数,屡见铜山一夕休。
> 拟把婆心向天奏,九州添设富民侯。

这首诗议论风生,直言当时人所不敢言,却入情入理,语言清新流畅,用典自然妥帖,颇饶情趣。在诗中,作者分析认为:钱是物质交流的介质,没有钱生计就会令人犯愁,钱是美好的东西,不谈钱的人未必就是真正的"清流"。一旦贪了不该得的钱就可能伤身害命,汉朝的太后和宠臣就是实例。因而还是希望朝廷能够多给各地选派能够真心为百姓办事能够造福

第十章 广收博取,推陈出新:清代的诗歌

一方百姓的官员。

作于乾隆十七年(1752)赴陕西任职途中的咏史诗《马嵬》:

> 莫唱当年长恨歌,人间亦自有银河。
> 石壕村里夫妻别,泪比长生殿上多。

诗人登临马嵬坡,对马嵬坡故事的感怀却与他人不同。他并没有对唐代帝王的爱情故事寄予简单的同情,而是把视野放宽到广大的百姓那里,深刻地认识到人间有着更多的苦难,无数石壕村里的家破人亡要比李杨的悲剧更凄惨。因为统治者的悲剧是个别的,而百姓的悲剧却是普遍的。"石壕村里夫妻别,泪比长生殿上多",一个"多"字说尽了人间苦难。这首诗巧妙地借用杜甫、白居易诗篇以发议论,做到了浅近、新警与含蓄的统一,饱含了对百姓疾苦的由衷同情,富于人民性。

袁枚的诗歌以才运笔,抒发性情,形成清灵隽妙的风格。姚鼐称他:"于为诗尤纵才力所至,世人心所欲出,不能达者,悉为达之。"(《惜抱轩文集》卷十三《袁随园君墓志铭》)如《沙沟》写北地风光:

> 沙沟日影渐朦胧,隐隐黄河出树中。
> 刚卷车帘还放下,太阳力薄不胜风。

这首诗作于诗人赴陕途中,写北方沙沟傍晚景象,显示北地的荒凉,征途的艰苦,于浑成中见细腻,于精妙中见灵动,耐人寻味。

又如《水西亭夜坐》:

> 明月爱流水,一轮池上明。
> 水亦爱明月,金波彻底清。
> 感此玄化理,形骸付空冥。
> 坐久并忘我,何处尘虑婴?
> 钟声偶然来,起念知三更。
> 当我起念时,天亦微云生。

这首诗构思出空冥幽美的夜月之意境,表现出诗人细致敏感的审美能力与超人的想象力,并反映了对世俗官场的厌恶之情,富含韵味、意境空冥。类似的山水风景诗还有很多,表明了诗人富有独特的审美感受,善于捕捉空灵活脱的艺术形象,并以生动自然的语言表现客观世界的千姿百态,传达出奇妙的审美情趣。

又如《鸡》:

> 养鸡纵鸡食,鸡肥乃烹之。

主人计自佳,不可使鸡知。

这首诗只有短短二十个字,通俗易懂,养鸡人放开量让鸡猛吃,目的是养肥了好杀掉。这一打算自然十分高明,但是,用心所在却绝对不能让鸡知道。这里包含着对主人阴险的"深心"的讥刺和对鸡的懵懂无知、惨遭蒙蔽的哀悯,也寄寓着对于封建社会人际关系的深层认识,蕴含着深刻的人生哲理。

袁枚的诗也表现了民主精神和市民意识。如他写诗《明府有侍者张彬……》由衷地称赞一个喜欢读书的友人之仆;在《翁云槎、徐守愚、王绍曾……》一诗中称呼一位苏州朋友派来迎接自己的三个仆人为"三贤":"一艇偶从吴下过,三贤齐道故人来。"他还有一首写给他叔父家僮仆的《别常宁》,情感真挚,十分动人,由此可见他主仆平等的思想观念。他的诗中还有不少赞扬妇女的诗,如《上官婉儿》:"至今头白衡文者,若个聪明似女儿?"此外,袁枚生活通脱放浪,个性独立不羁,颇具离经叛道、反叛传统的色彩。他宣扬性情至上,肯定情欲合理,在性与情上,主张即"情"求"性"(《书复性书后》),突出尊情;在言志与言情上,认为"诗言志,言诗之必本乎性情也"(《随园诗话》卷三)。他强调情是其诗论的核心,男女是真情本源。他的诗还大胆表现男女之情与好财行乐,如他离别后写给其妾的《寄聪娘》(其二):"一枝花对足风流,何事人间万户侯?生把黄金买别离,是侬薄幸是侬愁。"

袁枚的七古也多有佳作,如他年轻时入广西写的《同金十一沛恩游栖霞寺望桂林诸山》:

奇山不入中原界,走入穷边才逞怪。
桂林天小青山大,山山都立青天外。
我来六月游栖霞,天风拂面吹霜花。
一轮白日忽不见,高空都被芙蓉遮。
山腰有洞五里许,秉火直入冲乌鸦。
怪石成形千百种,见人欲动争错牙。
万古不知风雨色,一群仙鼠依为家。
出穴登高望众山,茫茫云海坠眼前。
疑是盘古死后不肯化,头目手足骨节相钩连。
又疑女娲氏,一日七十有二变,青红隐现随云烟。
蛮龙喷妖雾,尸罗袒右肩。
猛士植竿发,鬼母戏青莲。
我知混沌以前乾坤毁,水沙激荡风轮颠。

第十章 广收博取,推陈出新:清代的诗歌

> 山川人物熔在一炉内,精灵腾踔有万千,彼此游戏相爱怜。
> 忽然罡风一吹化为石,清气既散浊气坚。
> 至今欲活不得,欲去不能,只得奇形诡状蹲人间。
> 不然造化纵有千手眼,亦难一一施雕镌。
> 而况唐突真宰岂无罪,何以耿耿群飞欲刺天?
> 金台公子酌我酒,听我狂言呼否否。
> 更指奇峰印证之,出入白云乱招手。
> 几阵南风吹落日,骑马同归醉兀兀。
> 我本天涯万里人,愁心忽挂西斜月。

乾隆元年(1736),袁枚赴桂林探望叔父,在同友人游览了桂林栖霞山一带山景之后,写下此诗。这首诗描绘七星岩洞和桂林诸山的千姿百态,从神话传说写到诡谲奇形,构想奇特,纵横跌宕,兴会淋漓,诗才如海。该诗最大的特点是写景中的主观性,诗人以"我"观物,充分展开想象,借助于大量比喻和神话传说,极力渲染桂林诸山的奇异怪特。诗歌刻画生动、笔法洒脱,充分表现了诗人抒发性灵的诗歌主张。

另有一部分小诗则以清新灵巧见长,如《苔》(其一):

> 白日不到处,青春恰自来。
> 苔花如米小,也学牡丹开。

这首诗从细微处挖掘诗意,在极简淡的勾画中,蕴含了对自然生命的多样品性的欣赏、赞美。其实这是一首以"苔"喻人的励志诗,尤以"苔花如米小,也学牡丹开"两句,将植物生长的执着与追求写得生动而又有力量,催人奋进。

又如《所见》:

> 牧童骑黄牛,歌声振林樾。
> 意欲捕鸣蝉,忽然闭口立。

在这首诗中,诗人生动地描绘了一幅牧童意欲捕蝉的情景。由动到静的转变写得既突然又自然,把小牧童的天真烂漫充分地表现了出来。

袁枚诗发乎性情,辞尚自然,可读之作甚多。但立论时有偏颇,如"有性情便有格律,格律不在性情外"(《随园诗话》卷一)。这就把客观的、外在的格律和主观的、内在的性情完全等同起来,实际上取消了格律,有损于诗的艺术性。其次,诗歌表现性情,却不必排斥用典,以学问为诗固不可取,而恰当的用典,却能加长联想,使诗意更加含蓄。

总之,袁枚强调表现诗人"自我"的"性灵",不必受封建正统思想和伦

理道德的约束,具有一种尊重个性的民主精神,是值得肯定的。对诗歌的思想内容和艺术形式来说,也起到了解放思想、推动创新的作用。其诗大都感情奔放,议论新颖,笔调活泼,语言晓畅,句法灵巧,自成一体,在当时影响极大。

三、赵翼的诗歌创作

赵翼(1727—1814),字云崧,一字耘松,号瓯北,阳湖(今江苏常州)人。乾隆二十六年(1761)举一甲进士,授翰林院编修,迁贵西兵备道,以母老乞归,主讲安定书院,潜心著述,尤长史学,著有《廿二史札记》《陔余丛考》。诗主推陈出新,反对摹拟,多写性情,好发议论,善为谐谑之词,与袁枚、蒋士铨齐名,称为乾嘉三家,著作有《瓯北诗集》《瓯北诗话》。

赵翼论诗主张与袁枚同,主张独写性灵,标举"诗本性情,当以性情为主"(《瓯北诗话》卷四)。他有感于尊唐、崇宋的模拟之弊,力倡创新,说:"必创前古所未有,而后可以传世。"(同上)他认为创作应该遵循"自然"的原则,不加矫饰,崇尚"不假雕饰,自然意味深长"(《瓯北诗话》卷五)。他在"争新""独创"方面尤为强调,"不创前无有,焉传后无穷"(《读杜诗》),"诗文随世运,无日不趋新"(《论诗》),强调不囿于成法,敢于破除宗唐宗宋的门户习气。他有一首著名的《论诗》(其二):

> 李杜诗篇万口传,而今已觉不新鲜。
> 江山代有才人出,各领风骚数百年。

这首诗虽然语言直白,但寓意深刻,以思想新颖、立论大胆著称,发人深省。全诗反映了诗人的诗歌创新主张,诗人认为诗歌应随着时代的发展而不断发展,诗人们在创作诗歌的时候也应求新求变,李白、杜甫的诗歌固然是口口传颂的佳作,但是每个时代都有属于自己风格的诗人。末二句不愧为警世名言,作者不迷信古人,对沉迷于唐人余唾中讨生活的时辈,不啻是当头棒喝。其所体现的无畏精神和发展观点,在所著《瓯北诗话》一书中,则可谓一以贯之。

赵翼的诗风也与袁枚相近,敢于写出自己的真性情,语言也明白如话,有市民化倾向。朱庭珍《筱园诗话》(卷二)曾说他:"街谈巷议,土音方言,以及稗官小说、传奇演剧、童谣俗谚、秧歌苗曲之类,无不入诗,公然作典故成句用。"如他的一首《米贵》:

> 米贵如珠岂易量,午炊往往到斜阳。
> 老夫近得休粮法,咀嚼新诗班饿肠。

第十章　广收博取，推陈出新：清代的诗歌

这个"休粮法"的确也很有个性、很有独创性、很有意味：竟把"咀嚼"（吟咏）新创作的诗，用这种"精神食粮"当成可以充饥的物质粮食，来哄骗饿得咕咕叫的肚肠！于此，世道之艰难、文人之潦倒不堪，皆宛然在目，全诗之妙就落在这末句结穴处，尤其一个"诳"字用得绝妙、幽默而风趣，直道出了"苦恼人的笑"。

赵翼的创作个性分明，即使一首小诗也旨意洞达，如《晓起》：

> 茅店荒鸡叫可憎，起来半醒半懵腾。
> 分明一段劳人画，马啮残刍鼠瞰灯。

这首诗写诗人晓起时候的见闻和感受。黎明时分，茅店寂静，人们还在酣睡之中。鸡叫惊醒了诗人。诗人埋怨雄鸡的报晓，埋怨这漫漫旅途中的又一天的到来。连日奔波，他实在不愿意再起身上路。诗的前两句，语言质朴无华，直接抒写了诗人厌恶荒鸡报晓的心态和半醒半懵腾的情状，既扣紧了诗题"晓起"二字，又自然引带出下文。后两句诗人宕开一笔，巧妙地把内心的感受与眼前的物象融为一体。马在棚子里贪婪地咀嚼着最后一点料草，老鼠也加紧了活动窥探着灯油，想要趁着人们还没起床痛快地饱餐一顿。最后一句客观地描绘了"马啮残刍"与"鼠瞰灯"的情景，但由于有第三句的映衬点化，作者内心孕育的苦于旅途艰辛的诸多感触也就随之而出了。全诗写起床之际的见闻和感受，语言朴素平淡，纯用白描，写其羁旅生涯的疲惫与艰辛，却无一丝消沉，洋溢着才情和乐观风采，是其心灵的映现。

总之，赵翼的诗吸收了白居易、陆游的某些优长，造语浅近流畅，大都抒发了自己的真性情，是其对自己诗学主张的践行。

第五节　综合"神韵说"和"格调说"以对抗"性灵说"的"肌理说"

乾隆中期以后，宗法宋诗的文学思潮与崇尚考据的学术思想两相凑泊，出现了以学问论诗的倾向，其代表人物是翁方纲。就诗坛发展趋向来看，"肌理说"的提出，旨在以"质实"来补救王士禛神韵派的肤廓流弊，以"义理"来纠正沈德潜格调派的恪守盛唐，摆脱了以时代论诗的旧习。

一、肌理说

肌理说语出《复出斋文集》卷四的《志言集序》："为学必以考证为准，为

诗必以肌理为准。""肌理说"与考据学的发展有很大关系,肌理本来是指肌肉的纹理。翁方纲借用肌理论诗,由此产生了以肌理说诗论为中心的诗派。

翁方纲"肌理"一词的渊源是杜甫《丽人行》中诗句:"格调、神调皆无可着手者也,予故不得不近于指之曰'肌理'。少陵曰:'肌理细腻骨肉匀。'此盖系于骨肉之间,而审乎人与天合。"(《仿同学一首为乐生别》)以肌理说论诗,理是指义理和文理,"义理"侧重内容,指的是以六经为代表、合乎儒家道德规范的学问和思想;"文理"侧重形式,指诗歌的写作方法,要讲究谋篇布局,遣词用字,要讲求声律和"诗法","穷形尽变"而又合乎"绳墨规矩"。总起来看,"肌理"说主张诗人"正本探源",博学通经,以考据家的学问和古文家的义理入诗,同时借助于多种多样的手法、缜密细致的文理,在作品中充实地表现符合儒家传统的思想及性情,使诗歌创作达到踏实充盈的境地。

在《志言集序》中,翁方纲对"肌理"讲得更为具体、明确:

"然则'在心为志,发言为诗',一衷诸理而已。理者,民之秉也,物之则也,事境之归也,声音律度之矩也。是故渊泉时出,察诸文理焉;金玉声振,集诸条理焉;畅于四支,发于事业,美诸通理焉。义理之理,即文理之理,即肌理之理也。韩子曰'周诗《三百篇》,雅丽理训诰。'杜云:'熟精《文选》理'。"

这儿翁方纲把"理"的范围说得很明确:民、物、事境、声音律度都属"理",这样,肌理即是义理和文理的统一。义理和文理是相辅相成的。

当然,翁方纲的"义理"的内容,民、物、事境这类客观现实生活并不是他关注的主要对象,他的"义理"主要是儒家经典所包含的思想。他推崇杜甫,认为根于六经,才可以从书本求"理",才要以"通经学,占为本务"(《蛾术集序》)。他又把"文理"凸显出来,把它看作不能离开"义理"而单独存在的东西,这是他高于格调派的地方。雅丽的文词、金玉声振的条理,这些属于形式的东西,只有与一定的"义理"结合在一起,才能"畅于四支,发于事业,美诸通理焉"。这样讲"义理",就抓住了技巧在诗中的作用。这也是"肌理说"真正有价值的东西。

翁方纲的肌理说是针对格调、神韵的弊病而来的,旨在纠正当时神韵说、格调说、性灵说等诗论或标举神韵、或死守格调、或空谈性情的偏颇。他认为"盛唐诸公之妙,自在气体醇厚,兴象超远。然但讲格调,则必以临摹为主,无惑乎一为李、何,再为王、李矣。"明前后七子,学盛唐诗,变成临摹字句;王士祯纠格调之弊倡神韵,又偏重冲淡清远而流于空疏,此两说在

第十章 广收博取，推陈出新：清代的诗歌

翁方纲眼中不是学诗之道，无可着手，故提出他的"肌理"之说。这是"系于骨肉之间"的理论，即如何把内容与形式联系起来的理论。可见，肌理说实际上是王士禛神韵说和沈德潜格调说的调和与修正。他用肌理给神韵、格调以新的解释，目的在于使复古诗论重振旗鼓，与袁枚的性灵说相抗衡。但此说过于强调诗歌的考证作用和史学价值，造成大量佶屈聱牙、毫无诗味的"学问诗"出现。

二、翁方纲的诗歌创作

翁方纲（1733—1818），字正三，一字忠叙，号覃溪，晚号苏斋，直隶大兴（今北京大兴）人。乾隆十七年壬申（1752）科进士，选庶吉士，散馆授编修，擢国子监司业，累官至内阁学士，先后主持江西、湖北、顺天乡试，提督广东、江西、山东学政。嘉庆元年（1796）预千叟宴。嘉庆四年（1799），左迁鸿胪寺卿；嘉庆十二年（1807）重赴鹿鸣宴，赐三品衔；七年后，再宴恩荣，加二品卿；嘉庆二十三年（1818）逝，年八十六岁。翁方纲精通金石、谱录、书画、词章之学，书法与同时的刘墉、梁同书、王文治齐名。著有《复初斋诗集》《复初斋文集》《石洲诗话》《苏诗补注》《米海岳元遗山年谱》《两汉金石记》《粤东金石略》等。

翁方纲精研经术，博览群籍，能诗文，论诗以杜甫、韩愈、苏轼、黄庭坚、虞集、元好问六家为宗。自作诗则如博士解经，句句加注，将诗当考据作，诗味寡然。翁方纲大量以学问、考据入诗，如《汉石经残字歌》：

> 石经未及洪家半，尚抵吴莱籀书换。
> 龙图晋玉虽旧闻，魏公资州余几段。
> 鸿都学开后三年，皇义篇章未点窜。
> 正始那误邯郸淳，隶分先估张怀瓘。
> 黄昆援据正宜审，蔡马姓名还可按。
> 六经七经孰淆讹，一字三字精剖判。
> 迩来邹平与北平，《商书》《鲁论》珍漫漶。
> 如到讲堂筵几度，我昔丰碑丈尽算。
> 表里隶书果征实，章句异同兼综贯。
> 洪释篇行记聘礼，今我诸经俨陈灿。
> 《春秋》严颜《诗》盍毛，只少义爻象与彖。
> 书云孝于复友于，鼠食黍苗三岁宦。
> 近人板本据娄机，追想饶州简初汗。

> 鄱阳石泐五百年,中郎听远焦桐爨。
> 岂惟西江补典故,龙光紫气卿云缦。
> 方今圣人崇实学,六籍中天森炳焕。
> 群言壹禀醇乎醇,如日方升旦复旦。
> 诸生切磋函雅故,不独雕琢工文翰。
> 宫墙斋庑探星宿,清庙明堂列主瓒。
> 凤皇一羽麟一角,琪树芝华非近玩。
> 妍经奚必古本执,朴学幸勿承师畔。
> 河海方将测原委,质厚先须植根干。
> 越州石氏证蓬莱,余论何人续《东观》。
> 摩挲小阁一纪余,甫得南州映芹泮。
> 偏傍或禅笺传诂,参检直到周秦汉。
> 踟蹰凝立语学官,桂露秋香手勤盥。

在这首诗中,诗人对汉代的石经进行了考证,发表了自己的看法。该诗具有以学问为诗,用韵语做考据的特点。这类诗还有《成化七年二铜爵歌》《未谷得宋铸铜章日山谷诗孙以赠仲则诸公同赋》等,几乎可以作为学术文章来读,往往写得佶屈聱牙,毫无诗味,遭到了广大诗人,尤其是性灵说诗派诗人的反对和嘲笑。如朱庭珍《筱园诗话》批评他说:"翁以考据为诗,饾饤书卷,死气满纸,了无性情,最为可厌。"袁枚在《仿元遗山论诗》绝句中写道:"天涯有客太詅痴,误把抄书当作诗。抄到锺嵘《诗品》日,该他知道性灵时。"

翁方纲也有一些记游诗,主要记述作者的宦海行踪,世态见闻或山水景物。这类诗虽有某些佳作,但大多缺乏生活气息和真情实感,如《飞泉亭观瀑用苏诗庐山韵二首》(其二):

> 山顶到山下,日日泉通溜。
> 况此疾雨过,急峡高江阙。
> 客欲寻山椒,线路绕其右。
> 我非畏路滑,但坐仰石窦。
> 苍藤震啼鸠,长松落飞狖。
> 白翻溪更怒,绿洗山逾瘦。
> 净水磨大砚,笔墨歌舞奏。
> 亦不让新泉,脱手箭发彀。
> 兴到风雨快,扫罢尚长昼。
> 但乞泉一罂,烹茶助芳漱。

第十章 广收博取，推陈出新：清代的诗歌

像这些诗，写法上和他的"学问诗"一样，写诗如行文，显得生僻瘦硬，淡乎寡味。

当然，作为一个诗人，翁方纲也知道诗歌是言志缘情的，因而也主张学问与性情的统一。他在《谢蕴山诗序》中说："夫诗，合性情、卷轴而一之者也。"他之所以一味强调以学问、考据为诗，可能是在清廷屡兴文字狱的情况下，去迎合最高统治者提倡读书穷经、考据博物的产物，因而受到统治者的垂青，也受到许多官僚士大夫的认同和肯定。翁方纲也有一些好诗，如游览写景、登临怀古、题画状物之作。由于诗人行踪极广，喜游览名山胜水，所至每有题咏，所以在他的诗集中也有一些写景山水诗，颇见佳构。例如《望罗浮》：

> 只有蒙蒙意，人家与钓矶。
> 寺门钟乍起，樵客径犹非。
> 四百层全落，三千丈翠飞。
> 与谁参画理，半面尽斜晖。

这首诗写罗浮山，诗人选取了远望的空间角度，又是在黄昏的特定时间，写来颇具特色。首联写对罗浮山的远望，此时的罗浮山笼罩在一片迷茫的暮霭之中！虚无缥缈；只有高处几户人家与钓鱼台，还隐约可见，但也披上了一层朦胧的外衣。颔联继续描写罗浮黄昏景物的静寂迷茫，先通过山上远处寺院余音袅袅的晚钟衬托出罗浮山的幽静，后写山上樵夫砍柴的小路还分辨不清，因为那里雾气缭绕。颈联则转而写远望罗浮山之泉水飞瀑，意境壮阔，气势飞动，前一句写罗浮飞泉之多，后一句写飞泉之高，"翠飞"形容瀑布倾泻，如翠玉飞溅，又可见瀑布的色彩美。如果说前两联显示罗浮阴柔之优美，那么此联则写罗浮的阳刚之壮美，从而也显出了罗浮多层次之美。尾联总写罗浮的西半面被夕阳映照，这样罗浮山就如同一幅画卷被涂抹上一层金色斜晖，更加壮丽非凡。全诗以白描手法描写罗浮，形象亦较为鲜明，特别是颈联更出色，并无"误把抄书当作诗"（袁枚《仿元遗山论诗绝句》评翁诗）之弊。

又如《高昭德中丞招同裘漫士司农钱轩司空集云龙登放鹤亭四首》（其二）：

> 客路旬经雨，林峦翠倚空。
> 不知秋暑气，直与岱淮通。
> 旧梦千涡沫，思寻百步洪。
> 大河西落日，穿漏一山红。

289

此诗写景真切,由景入情,极富想象,闲适、怅惘之情弥漫其间,空灵蕴藉,无雕琢痕迹。

又如描写大运河诸闸之总汇地的《韩庄闸二首》:

其一
秋浸空明月一湾,数椽茆店枕江关。
微山湖水如磨镜,照出江南江北山。

其二
门外居然万里流,人家一带似维舟。
山光湖气相吞吐,并作浓云拥渡头。

这两首七绝写于乾隆二十九年(1764),分别描写于韩庄闸处所见湖光山色与运河风貌,但一写夜月之景,一写白昼之景,境界不同,风格迥异,因此给人的审美感受亦各有其妙。

第一首绝句重在描写秋月中的微山湖,构思出静谧空灵的意境,显示一种阴柔之美。首句言简意丰,最堪玩味。"秋"点出季节,"月"写出时间,"空明"暗示月光如水,澄澈透明,清幽洁净,这是韩庄闸处特有的秋夜。而韩庄闸那"数椽茆店"即几间茅草房正在这样夜月中"枕"在"江关"——运河的水闸之处,它仿佛已进入了安谧的水月澄明的梦境。诗人的视点,从空中如水的月光转向水闸后,又自然地放眼闸西。后两句写出了月色下的微山湖水之宁静与明亮的审美感受,它如同刚用水磨光的青铜镜一样,以小喻大,别致而贴切。诗人写月色、水闸湖水、山影,都旨在渲染水乡那空灵、清幽、恬静的美。读这样的诗足令人胸无尘滓,万虑俱销,亦"浸"在"空明"的境界中。

第二首虽然仍是写韩庄闸处所见之微山湖与运河,但气势豪宕,意境开阔,富有一种阳刚之美。诗人先写闸的东面即"门外",一落笔就充溢雄豪之气,以夸饰的手法,写出闸外运河奔流万里的气势,"万里流"不仅使诗的境界显得十分深远,更增添了动态;第二句中"人家"则是静态描写,它如同系着的小船,随时可以顺流远航,此比喻不仅新颖,而且显示出水乡的特色。这意象动静相辅相成,把闸外的运河风光描绘得生动有致。接下来诗人又转写闸内即西面的微山湖风光,"山光湖气相吞吐"一句笔力劲健,境界雄浑,使人胸襟为之开阔,亦增添了豪放之情。尾句写湖之渡口,开拓出新界。"渡头"本通向"万里流",此"浓云"正欲通过"渡头"飞向新天地,微山湖水亦即波连四海浪了。诗之余味不尽,可见作者之匠心与功力。但这类诗数量太少,难以代表其诗风。

总之,翁方纲以学问为诗,用韵语作考据,受其影响者甚多,如凌廷堪、

第十章 广收博取，推陈出新：清代的诗歌

谢启昆、张廷济、梁章钜、吴重意、阮元及其子翁树培等，其派规模与影响虽比神韵、格调稍逊，但也影响很大，以致后来几与性灵派平分秋色，形成"南袁北翁"的态势，到道、咸年间的程恩泽、郑珍、何绍基和清末沈曾植等，所产生的学人之诗和宋诗运动，都由肌理说推动而来。

第六节 "不墨守盛唐"的同光体

同光体诗派是清光绪年间，以陈三立、陈衍、沈曾植、郑孝胥为代表的一个诗歌流派。"同光体"实际是清代"宋诗派"的余绪，他们作诗师法以黄庭坚为代表的宋诗，喜用僻典冷字、险韵拗句，风格枯涩瘦硬，在清末的诗坛上留下了重要的一笔。

一、同光体

"同光"指清代"同治""光绪"两个年号。清道光、咸丰时期，"神韵说""格调说"等诗学理论与当时内忧外患的社会环境已经不相适应，这时，以程恩泽、何绍基等人为代表的诗人掀起了宋诗运动，与之前的宋诗派一脉相承。到了陈三立等人时，江西诗派的诗风得到了推崇，于是同光体诗派便诞生了。关于"同光体"名称的由来，陈衍在《沈乙庵诗序》中说："丙戌(1886)在都门，苏戡(郑孝胥)告余，有嘉兴沈子培(沈曾植)者能为同光体。同光体者，余与苏戡戏目同光以来诗人不专宗盛唐者。"同光体诗人主要学宋人的诗风，从宋诗中寻找灵感，有显而易见的摹拟痕迹，具有浓厚的拟古气息。同光体诗人的诗，早期还有些主张变法图强、反对外国侵略的较好内容，而更多的则是写个人身世、山水咏物。他们不仅学习宋诗，还将韩愈、孟郊等一些唐代诗人的创作也纳入了学习的范围之中，打破了崇唐宗宋之间的界限，从而提出了新的理论主张，自成一派。在诗歌创作上，刻意求新，在词句上制造僻词拗句以显示自己的新奇，好以学问入诗，喜用僻典。清亡以后，同光体诗人大都表现复辟思想。

"同光体"内又分为三个支派。其一称"闽派"，以陈衍、郑孝胥、陈宝琛、林旭等为代表；其二为"江西派"，以陈三立为首领；其二称"浙派"，以沈曾植为代表。三派都以宋诗为师范，宗王安石、苏东坡、黄庭坚、杨万里、陈师道等为师。后来，陈三立被诗坛大家推崇为"同光体"诗派首领、近代宋诗派的主要代表。

二、陈三立的诗歌创作

陈三立(1852—1937),字伯严,号散原,江西义宁(今修水)人。其父为清末著名维新派要员湖南巡抚陈宝箴,其子衡恪为著名画家,寅恪为著名史学家。光绪进士,官吏部主事。早年曾协助其父湖南巡抚陈宝箴创办新政,谭嗣同、梁启超、黄遵宪等维新志士皆入门下,湖南风气一时为之一变,成为维新运动的中心之一。陈三立与谭嗣同、丁惠康、吴保初合称"维新四公子",名动一时。1898年,慈禧太后发动戊戌政变。陈三立父子被革职,罢归江西南昌,在西山筑室而居。1900年,其父在家中被赐死,陈三立从此专以诗歌自娱,开始了诗人生涯。卢沟桥事变后,绝食五日而死。其诗初学韩愈,后尚黄庭坚,生涩拗奇,自成"生涩奥衍"一派,为同光体主要作家,被誉为中国最后一位古典诗人。生前曾刊行《散原精舍诗》及其《续集》《别集》,后有《散原精舍文集》17卷出版。

"国家之痛"是陈三立诗歌的常见主题,对列强入侵的愤怒、对昏聩清廷的无奈失望、对父亲的深沉思念、对战乱中流离失所的人民的同情,从陈三立的笔端流出。例如《十月十四夜饮秦淮酒楼,闻陈梅生侍御、袁叔舆户部述出都遇乱事感赋》:

> 狼嗥豕突哭千门,溅血车茵处处村。
> 敢幸生还携客共,不辞烂漫听歌喧。
> 九州人物灯前泪,一舸风波劫外魂。
> 霜月阑干照头白,天涯为念旧恩存。

在这首诗中,诗人对外国侵略者的残暴进行了揭露,对广大人民所遭受的痛苦给予了深切的同情。

1901年,清政府与列强签订了丧权辱国的"辛丑条约"。这年底,满腔激愤的陈三立乘舟由南昌至九江,夜不能寐,写下了他的名作《晓抵九江作》:

> 藏舟夜半负之去,摇兀江湖便可怜。
> 合眼风涛移枕上,抚膺家国逼灯前。
> 鼾声邻榻添雷吼,曙色孤蓬漏日妍。
> 咫尺琵琶亭畔客,起看啼雁万峰巅。

本诗起句即用典,郁愤之情跃然纸上。目睹国事如此不堪,诗人无奈以不知之"昧者"自嘲——为之呕心沥血的维新事业夜半之中竟"为人所

第十章 广收博取，推陈出新：清代的诗歌

窃"，不知所踪，自己孑然一身，一叶孤舟，飘零在隆冬的江面，凄凉之感自不待言。其中"藏舟"一典出于《庄子·大宗师》"夫藏舟于壑，藏于山泽，谓之固矣，然而夜半有力者负之而去，昧者不知也"，以之比喻中国这只大"舟"在列强践踏侵凌下所面临的危险，以及国人毫不知晓的麻木状态，如此用典，设想新奇，贴切生动。颔联极为生动传神表达了这种感觉，其深沉的爱国情怀，给人以深刻的印象。颈联写自己心绪激愤，难以平复，邻榻传来的鼾声竟如震天雷鸣，在诗人耳畔回绕，使他情怀激荡。破晓时洞穿孤篷的那一缕曙光竟是如此弥足珍贵，诗人不敢惊扰半分，真害怕轻轻一碰它就不见了。尾联则写昨夜的琵琶还在清晨凛冽的江波上声声荡漾，只是又多了一个不归的旅人。远眺群峰，大雁正关山飞渡，奋力飞向它们温暖的家。可于诗人而言，何处是归程？诗中最引人注目的，是一种个人被外部环境所包围和压迫而无从逃遁的感觉，诗人整夜无眠，即使强迫自己闭上眼睛，也难免念及家国旧事，勾起对列强入侵的激烈愤怒、对昏聩清廷的无奈失望、对父亲的深沉思念、对战乱中流离失所的人民的深切同情。

又如《十一月十四夜发南昌月江舟行》：

> 露气如微虫，波势如卧牛。
> 明月如茧素，裹我江上舟。

诗人将传统诗歌中的柔美意象"明月"比喻为将其围裹的"茧素"，传达出诗人压抑沉闷却无从逃避的感觉，比喻奇绝，描写简洁自然，无丝毫刻炼之痕。

陈三立年少时作诗学习韩愈，后又转而着力学习黄庭坚，颇有江西诗风。陈衍《近代诗钞述评》中说陈三立："不肯作一习见语，于当代能诗巨公，尝云：某也纱帽气，某也馆阁气。盖其恶俗恶熟者至矣。少时学昌黎，学山谷，后则直逼薛浪语，并与其乡高伯足极相似。"陈衍指出了陈三立诗学韩愈、黄庭坚的特点，实际上陈三立学诗的重心在黄庭坚，其诗歌中的黄诗风味主要表现在以下几方面。

首先，陈三立的诗歌和黄庭坚的诗歌一样，往往摒弃那种富贵华赡的意象，而偏爱苍老、古朴、清瘦，或具有硬度质感的事物或人物，老硬苍深，骨气奇高，如《送别王湘绮丈还里》云："孔席不暖意何如，老子犹龙自卷舒。狎玩三千六百钓，归去七十二峰居。霜须黑发颜敷腴，神明上烛年斗墟。致爽楼头望杨叶，知公笑口对春锄。"

其次，陈三立的诗歌想象奇特，造语新警。他在造句著词上也有和黄庭坚同样的祈向，力戒熟、弱、俗，力求生、新、硬。其用语宛转流畅、温润丰厚，更具有唐诗之神味。如《月夜步松树林》："楼头初吐月，携人浴苍涛。

293

杳蔼寻蛇径,玲珑漏鹊毛。"

再次,陈三立的诗歌喜用散文句法,有宋诗"以文为诗"的倾向,并和黄庭坚一样喜用虚词,使诗歌产生一种拗折奇崛、浑灏古朴的文章气势。

最后,陈三立的诗歌常常"以才学为诗",善于用典,深曲奥折。如《余来散原山中》"有四壁立无立锥,仕宦当如磬栲薄",其中"四壁立"出于黄庭坚《寄黄几复》:"持家但有四立壁,治病不蕲三折肱",连用三仄声,一字一顿,并用"无立锥"进一步强调了黄庭坚诗意,极显其穷且益坚的操守。

总之,陈三立诗歌出入苏、黄,济之以深厚的古文功底,不可多得的纵横才气,独具的个性气质,其诗奇奥苍深,造语生新奥折,风格坚苍浑融。

三、陈衍的诗歌创作

陈衍(1856—1937),字叔伊,号石遗,侯官(今福州)人,光绪八年(1882)举人。早年入台湾巡抚刘铭传幕府,光绪三十三年入京,任学部审定科主事,兼京师大学堂经学教习。1915年10月,在京师大学堂任教,翌年4月回福州。任福建通志局副总纂,实际主持编务,编纂新《福建通志》达六百卷,一千万字。他是同光体诗派的理论家,所作《石遗室诗话》(32卷)及《续集》(6卷)影响颇大,有一定的文献价值。还编辑有《近代诗钞》《辽诗纪事》《金诗纪事》《元诗纪事》等资料文献。

陈衍的诗歌创作起初宗法梅尧臣、王安石,后来学习白居易、杨万里,曲折用笔,骨力清健,爽朗平淡,以新词、俗语入诗,成就突出,受到了后人的赞誉。他虽然是同光体派中的一员,却并不是唯同光体是尊,也不仅仅唯宋是尊,他认为"古之诗人一人各具一笔意",所谓"大家诗文,要有自己面目"(《石遗室诗话》)。受这种创作理论的影响,他的诗歌别具风貌。

陈衍早年的诗作,受其长兄陈书影响较大,诗风豪健富丽,有苏诗之风。陈衍还有一类写景诗在风格上更接近于浙派,虽然格局不大,但清新工丽,如《放舟里湖循锦带桥归》:

> 衰柳枯荷尽,萧寥此帆风。
> 桥门圆岸底,塔影折波中。
> 水鸟分途去,山钟薄暮雄。
> 归僧赴暝色,满载亦匆匆。

早年之作,因为涉世不深,交游未广,以写景为主,大多透着一股清新、乐观的气息。

中年之后,陈衍的诗境渐老,风格也更趋于多样化。因为提倡学梅尧

第十章 广收博取,推陈出新:清代的诗歌

臣,追求去俗,诗风转为清新中见奥衍,如在京都时所作的《答叔雅见过视病之作》(卷四):

> 畸人丁野鹤,能访老迦陵。
> 春去愁如海,诗来意似冰。
> 斜街婪尾药,古屋半身藤。
> 君看绳床客,枯眠即是僧。

诗作意致超逸,无人间烟火气。即使是写景之作,也兼具清切与雄浑两种风格。其清切之作,继承了早年的风格,如《自利涉桥步至青溪望钟阜》(卷二)。其雄浑之作,则明显受到了杜甫的影响,如《晚登雨花台》(卷二):"廿年废垒周遭在,百战谋攻一掷骁。添与兵家说形势,孝陵未合驻招摇。"已超出单纯的写景,而融入某种历史的深思。这种貌似矛盾的风格出现在同一个人身上,其实和陈衍当时矛盾的心态是有着密切联系的。陈衍虽然看上去没有多少用世之志,但对于当时的现实并非漠不关心,他在现实面前大多有一种失落感,同时又觉得心有不甘。这种失落感,来自政治、经济、文化等多个方面。所以当他对现实采取逃避的态度时,往往在诗歌中追求一种"山林气",而倾向于学梅、陈;当他对现实感到激愤时,便倾向于学杜,有意识地去接续"诗史"的传统。徘徊于山林与廊庙之间,构成了他在风格上的二重奏,这也是同光体诗人的一大特色。

陈衍晚年因学白居易、杨万里,同时可能受到了白话诗的影响,诗风转向平白甚至率易,最典型的如《宗孟留饭索诗纪之并约作妪解语》(《续集》卷一)一诗。

总的来说,陈衍集中最有特色的还是写景言情之诗。他的单纯写景之作,往往恣意刻画,追求一种"写得出""不可移置他处"的效果,这正是宋诗区别于唐诗之处。他的情景交融之作,受其诗论中"不俗"说的影响,更多表达了一种传统文人的幽情别趣。在内容上以游览诗居多,如《水帘洞歌》:

> 水帘之水一百丈,宽窄一丈而强焉。
> 纽如偃阳布忽悬,迸如晋阳决汾川。
> 白如玉气出于阗,又如海水立屹然。
> 我来雨后万道汇奔泉,观之忘返谓之连。
> 洞彻上下与中边,大风卷云吹之偏。
> 忽而白龙蜿蜒下九天,忽而一群堕鹤迟蹁跹,
> 忽而长虹俯饮于九渊,忽而白猿连背之相牵。
> 颇觉尽态而极妍,不知天台之右桥。

雁宕之龙湫,黄山之天都,
匡庐之开先,奇观数者谁居前。
行将胜览求其全,一一尽著之于篇。

这首诗描绘武夷山水帘洞的壮观景象,运用一系列奇特比喻来描绘雄奇变幻的瀑布,句式错落变化,用语雄健,颇有一种雄浑流转的气势,标志着诗人诗歌艺术的成熟。

又如《泛湖杂诗》(其一):

山似论文不欲平,水如文笔喜洄潆。
六桥不及西泠曲,自向苏家笔势横。

这首诗首句点明山如文章一样不喜平易,水如文笔一样应多曲折回旋之势。苏堤六桥虽然赶不上西泠的曲折有致,但亦自具特点。即如苏轼诗文一样,具有笔势纵横的感人力量。此诗以论文的形式论山水,别开生面,富有哲理,新颖独特,颇有情趣。

又如《红梅和苏戡四首》(其一):

莫怪东君懒主张,此花骨相总清狂。
何曾不入今人眼,到底终非时世妆。
积李崇桃纷长养,青枝绿叶费端相。
江城玉笛横吹处,岭上白云空断肠。

这些诗,既是陈衍"清而有味,寒而有神,瘦而有筋力"的诗学追求的体现,也包含着同光体诗人身处乱世、力求超拔的人格寄托。

尽管相比其山水游览诗,陈衍的时事诗数量不多,但在反映时代与个人思想方面,却具有代表性。首先,综观陈衍诗歌,直接涉及的历史事件有1884年的中法战争,1894年的甲午战争,1900年的庚子事件,1916年以后的军阀混战。前后串联,勾勒出清王朝的衰亡史。对于这些历史事件,陈衍不同程度地表达了自己的关注和感受,特别是他的杂感诗,多为时为事而作,在对时事的抒写中表达出诗人的现实干预和社会关怀,如《杂感十七首》(其十六):

到底韩侂胄,不如房次律。
房犹能车战,韩但坐筹笔。

这首诗是借古讽今。韩侂胄和房次律都是以外戚身份任宰相,亦曾出兵御敌。不同的是房次律虽败,却主战,韩侂胄虽主战,却最终求和。所以,在诗人看来,韩侂胄不如房次律。房次律虽然败绩,但他能以车战方

第十章 广收博取,推陈出新:清代的诗歌

式,不断进取。而韩侂胄却最终认输,持求和态度。诗人以韩侂胄喻清政府,表达了他对清朝腐败政府最强烈的不满,从而表现出了强烈的社会责任感和民族主义的一腔热血。

陈衍经历了清季民初最混乱的历史时期,固有的儒家经世思想,使他对内忧外患、深创巨痛不能无动于衷,不能不有所反映。《杂感十七首》怀着深沉的兴亡之感、亡国之痛,以议论的方式直接表达主观态度,反思中日甲午战争的失败原因,关键在清廷的对外软弱求和,对内无用兵之道。不失为抓住了要害,体现了一个士人对于政治的真知灼见。

总的来说,陈衍的诗歌风格是多样化的,在写作技法上颇注重锤炼字句,宋诗的诸多典型特征,在他诗中都有所体现。但他的思想,终其一生,都没有越出其幕主张之洞的樊篱,基本介乎洋务派与维新派之间。而仅仅注重诗歌的艺术性而忽视其思想性,可谓其诗歌的致命缺点。

第七节 九州生气恃风雷:清末爱国诗派

清末,西方国家的入侵,引起中华民族的极大愤慨与震惊,中国社会的性质发生了重大变化,由独立的封建国家逐渐沦为半殖民地半封建国家,产生了新的阶级、社会思潮和社会矛盾,在新的社会生活和社会思潮的激荡下,近代诗坛发生了重大变化,诗歌创作开始冲决传统诗歌的樊篱,出现了新的浪潮。许多诗人忧虑国事,痛斥侵略,抨击投降,讴歌抗战,表现了中华民族反对侵略、热爱祖国的崇高感情,形成空前未有的反帝爱国诗潮,突破了乾嘉诗坛"天教伪体领风花"(《龚自珍全集》第九辑《歌筵有乞书扇者》)的格局。本时期成就显著,鲜明地反映了时代的新变化,并对后来产生了深远影响的是异军突起的一些经世派诗人,他们以符合时代前进步伐的新思潮和高度的爱国激情,在诗词文各方面都唱出了新声,改变了文坛旧貌,翻开了近代文学的新篇章。龚自珍、黄遵宪、魏源、林则徐、张维屏等是其代表,龚自珍尤为其中的佼佼者。他们的诗歌反映了鸦片战争前后黑暗的社会现实,表现了爱国志士和广大人民卫国抗敌的斗争,抒写了自己忧国忧民的情怀,富有爱国主义的精神。

一、龚自珍的诗歌创作

龚自珍(1792—1841),浙江仁和(今杭州)人。他是著名学者段玉裁的外孙,自幼受到良好教育。但科场坎坷,直到三十八岁才勉强中了进士。

曾先后任宗人府及礼部主事等职,终其一生不出地位卑微的小京官,亲身经历、耳闻目睹了当时清王朝江河日下、弊窦丛生的现实。在其师今文经学家刘逢禄经世致用思想的启示下,他写下了《明良朋》《乙丙之际箸议》《农宗》《平均篇》《西域置行省议》《东南罢番舶议》等一系列文章,猛烈抨击君主专制制度,批判摧残人才的科举制度,揭露清王朝末世的种种弊端,提出了要求改革的强烈愿望,在当时朝野引起了震动。但他这种带有近代启蒙思想家色彩的言论,使他不容于封建朝廷。道光十九年(1839),因忤其长官辞官南归,两年后,暴卒于丹阳。平生著述有后人汇编的《龚自珍全集》。

龚自珍的个性,自尊自信,傲岸不羁,颇似李白,而又多一层"横霸"之气。他平视一切,常常几乎是站在与现实统治对等的立场上指手画脚。这自然不为当时社会所容,被视为狂怪。面对衰世,龚自珍具有深沉的忧患意识。他以当代的史官自居,激浊扬清,始终把文学作为批评现实的武器。龚自珍的诗歌基本不出旧体范围,也可以明显看出受到前代一些作家的影响,但他吸收前人的滋养而如蜂酿蜜,形成了自己独特的创作路数。他的诗主要是围绕社会政治着意抒慨,基本倾向是重意而多陈述的笔墨。但他着意抒慨,既富有概括力,含意深远,又多出以象征隐喻,富有形象性。如《秋心》(其一):

> 秋心如海复如潮,但有秋魂不可招。
> 漠漠郁金香在臂,亭亭古玉佩当腰。
> 气寒西北何人剑?声满东南几处箫。
> 斗大明星烂无数,长天一月坠林梢。

这首诗以"秋心"指愁绪,以"秋魂"指逝者,以"郁金香""古玉"写亡友的品德,以"气寒"喻西北的严重形势,以"何人剑"感慨报国乏人,以"箫"声寥落言哀时之士的匮乏,以"斗大明星"无数言庸才充斥,以"月"坠林梢言才友沦亡,思想深刻,形象鲜明,感情浓挚,意象含蓄,耐人玩味。诗中的形象事物大半是用为象征隐喻,而非意在描写其本身。这种艺术表现上的特点广泛地体现在作者常用的"剑""箫""落花""春""秋"等意象上。

龚自珍诗中喜言剑气箫声,他诗中的"剑"象征报国立业的壮怀,"箫"象征忧国伤时的情思,而剑之"气"、箫之"声",则体现为龚自珍诗歌凌厉剽悍的气势和瑰伟壮丽的辞采。剑气箫声,构成龚自珍的诗魂。

龚自珍诗歌的剑气箫声,首先表现为以深邃的见识,瞻望时势,洞烛世态,撕下"盛世"的面纱,把清王朝统治的腐朽没落形势,清晰地揭示给世人,特别具有警世、醒世和惊世的力量。龚自珍的抒情诗常常通过一两句

第十章 广收博取，推陈出新：清代的诗歌

自然景色的白描来烘托、点染这种衰世的气氛。如《杂诗，己卯自春徂夏，在京师作，得十四首》（其十二）：

> 楼阁参差未上灯，菰芦深处有人行。
> 凭君且莫登高望，忽忽中原暮霭生。

"忽忽中原暮霭生"，即《尊隐》中所谓的"日之将夕"，以高度概括的形象表现出清王朝没落的形势与气氛，可与唐代李商隐的"夕阳无限好，只是近黄昏"媲美，不过现在连那将落的夕阳也没有了，只是"暮霭"沉沉即将进入暗夜了。造成这种情势的根源，在于清王朝统治的腐朽与专横。高压专制把人们变成浑浑噩噩的庸才，全无生气。这就是当时的政治与士风现状，国家就是在这样的状态中一步步日薄西山。"四海变秋气，一室难为春"（同上《自春徂秋，偶有所触……得十五首》其二）、"夕阳忽下中原去"（同上《梦中作》）、"萧萧黄叶空村畔"（《龚自珍全集》第十辑《己亥杂诗》其八十四）等诗句中的秋色和夕阳也无不正显示着封建衰世的到来。

又如其诗作自画像《漫感》：

> 绝域从军计惆然，东南幽恨满词笺。
> 一箫一剑平生意，负尽狂名十五年。

诗中的"一箫一剑"，就象征着作者的个性特征：箫表明了他的怨恨，也表明了他对周围环境不协调、不合作的态度；剑表明了他的狂，他的白眼看世、不受制于封建礼教的反抗精神。

龚自珍的剑气箫声，沉淀着深厚的艺术传统，是庄子、屈原的艺术精神的发扬光大，展示出旷古未见的剽悍奇丽之美。龚自珍的诗歌多用象征隐喻，想象奇特，文辞瑰玮，而且其中贯穿着一种诗人独有的凌厉剽悍之气，因此精光外射，飞动郁勃，富有力度，如《张诗舲前辈游西山归索赠》（其三）："畿辅千山互长雄，太行一臂怒趋东"等，无不灵气飞腾，壮丽奇彩。

龚自珍的剑气箫声，也幻化为奇特丰富的想象、新颖多彩的比喻、层出不穷的典故、清奇多姿的语言，从而构成瑰丽绚烂的艺术形象。如《西郊落花歌》中借八种不同的生动形象，采用明喻—借喻—明喻的修辞手法，描写了落花的奇丽壮观。

龚自珍的剑气箫声，还表现为拔俗特立，追求理想，以放怀无忌的言辞，抒发豪杰志士忧国伤时而不见容于世的压抑、孤寂、憧憬和壮怀。如作于道光三年（1823）的《夜坐》（其一）：

> 春夜伤心坐画屏，不如放眼入青冥。
> 一山突起丘陵妒，万籁无言帝坐灵。

> 塞上似腾奇女气,江东久陨少微星。
> 平生不蓄湘累问,唤出姮娥诗与听。

在难以忍受的压抑情境中,诗人想放眼青空一舒心绪。然而入眼的景象,是庸才妒抑奇才,是万马齐喑而只有朝廷一种声音,是边域将有事而中原人才寥落的倾危形势。屈原曾作《天问》,置身"一山突起""万籁无言"的窘迫处境,感慨"奇女气""少微星"的希世罕见,诗人知道他所面对的现实是"天问有灵难置对,阴符无效勿虚陈"(《秋心》其二),提出问题是没有意义的,只能满怀悲愤,品尝孤独。这里抒发的感情迥异于一般士子的不遇之叹。

道光十九年(1839)己亥,作者辞官南归,尔后北上迎接眷属,他将往返途中见闻及随想,写成三百一十五首七绝,总题《己亥杂诗》。《己亥杂诗》是一组规模空前、思想内容极为丰富的大型七绝组诗,其独创性表现在将叙事、议论和抒情相结合,不受格律拘束,挥洒自如地历叙旅途见闻、生平经历和思想感情,具有史诗的价值。其中,最为著名的是第二百二十首:

> 九州生气恃风雷,万马齐喑究可哀。
> 我劝天公重抖擞,不拘一格降人才。

作者深知前途与希望在于风雷飙发,人才蔚起,以强力的变革使社会重获生机,从而喊出了时代的最强音:"不拘一格降人才。"这里所谓的"人才",就是《乙丙之际箸议第九》中所说的"才士""才民",《京师乐籍说》中所称的"豪杰",《尊隐》中所讴歌的"山中之民"。他们是不受统治者愚弄而能够打破万马齐喑的局面、掀起风雷、改造现实的力量。这首气势磅礴、激情澎湃、渴望变革的积极浪漫主义诗作,呼唤风雷的出现,召唤革新人材的诞生。它是一道光焰夺目的闪电,划破清王朝上空的阴霾;是于无声处响起的惊雷,震撼着沉睡的中国。

《己亥杂诗》的第五首诗亦展现了诗人的爱国之心:

> 浩荡离愁白日斜,吟鞭东指即天涯。
> 落红不是无情物,化作春泥更护花。

"浩荡离愁白日斜"一诗,则抒写辞官南归时的离愁和积极的人生态度,末二句脍炙人口,即使身世已如落花,仍要用自己的全部生命去培植新的花朵,表现了对个体生命的超越,也体现对人生价值更深更高一层的肯定。

龚自珍还有许多诗作抒发了自己高洁的胸怀,鞭挞了卑污的世俗,表现了追求个性解放的精神,批判了钳制思想、兴文字狱、摧残人才的政策,

第十章 广收博取，推陈出新：清代的诗歌

甚至还表达了对强迫妇女缠足的不满，等等。总的来说，龚自珍的诗饱含着丰富的社会历史内容，很少单一地描写自然景物，打破了清中叶以来诗坛消极避世、摹山范水的沉寂局面，首开我国近代文学植根于社会现实的良好风气。龚自珍的诗想象诡奇，感情奔放，气魄豪迈，文辞瑰丽，善用类比，众体兼备，富于浪漫主义色彩，在清末诗坛上标新立异，独树一帜，时有"龚诗"之称。特别是将渴望变革、追求理想的强烈精神寓于磅礴纵横的节奏格律之中，声情并茂，震撼人心。

总之，龚自珍是在近代历史开端之际得风气之先的杰出的思想家与文学家。他重情、重童心，强调"人""我"与"心之力"的作用（《壬癸之际胎观第一》《第四》），反对外在的压制与束缚，倡言"好削成，大命以倾"（《削成箴》），具有鲜明的个性解放倾向，其诗作中，浓郁的诗情近唐，以表意与陈述为主近宋，近唐而不流于兴象空浮，近宋而不流于枯瘠乏象。可以说，他融会了唐音、宋调的优点而避其流弊，以宋诗的面子包裹唐诗的里子，有独特的创造，自成一路，为古典诗歌艺术作了很好的总结。

二、黄遵宪的诗歌创作

黄遵宪（1848—1905）字公度，广东嘉应州（今梅州）人。光绪二年举人，先后任驻日、英使馆参赞，驻新加坡、旧金山总领事，官至湖南按察使。曾参加康、梁的"强学会"，积极从事维新变法运动。失败后，去职隐居乡里，以诗人终其年。著有《人境庐诗草》《日本杂事诗》等。

黄遵宪早年即经历动乱，关心现实，主张通今达变以"救时弊"（《感怀》其一）。从光绪三年（1877）到二十年（1894），他以外交官身份先后到过日本、英国、美国、新加坡等地。经过亲自接触资产阶级文明和考察日本明治维新成功的经验，他明确树立起"中国必变从西法"（《己亥杂诗》第四十七首自注）的思想，并在新的文化思想激荡下，开始诗歌创作的新探索。黄遵宪受西方影响较深，是近代努力向西方寻求真理、企求改革腐败内政，挽救国家危亡的爱国诗人。他的诗"诗之外有事，诗之中有人"（《人境庐诗草自序》），广泛反映了诗人经历的时代，具有深厚的历史内容。反帝卫国是他诗歌的一个重要主题。他广泛描写了重大政治事件，突出反映了中国近代社会的主要矛盾，特别是帝国主义列强与中华民族的矛盾，深刻揭露并遣责了帝国主义的侵略罪行和清廷的腐败无能，表现了强烈的爱国主义精神，有"史诗"之称。从抵抗英法联军到庚子事变，他的诗都有鲜明反映。特别是关于中日战争，他写下的《悲平壤》《哀旅顺》《哭威海》《台湾行》《度辽将军歌》等系列诗作，记叙了帝国主义一次又一次地对中国的蚕食和侵

掠,反帝卫国思想尤为突出。例如《度辽将军歌》叙写愚昧无能、狂妄自大的湖南巡抚吴大澄在中日战争中惨败的情景,典型地揭露了清王朝及其官僚将帅们的昏庸腐朽。他以细致的笔墨叙事、状物、写景,铺排场面,形象鲜明地刻画出吴大澄这个人物,既内容丰富,又形象生动。吴本是湖南巡抚,喜好金石,中日战争爆发,恰好购得一枚汉印,印文为"度辽将军",自以为是封侯之兆,遂请缨出师。开篇写其出征的盛气:"闻鸡夜半投袂起,檄告东人我来矣。此行领取万户侯,岂谓区区不余畀!"豪气冲天。篇中写其朝会诸将的场面,吴大言不惭之态,不可一世之概,活灵活现。然而"两军相接战甫交,纷纷鸟散空营逃。弃冠脱剑无人惜,只幸腰间印未失"。前之气势如虎,后之怯懦如鼠,在强烈的反差中有力地勾画出其丑陋形象。

诗人在这类主题的作品里颂扬抗战,抨击投降,充满爱国主义激情和深挚的忧国焦思。其中不少篇章,规模宏伟,形象生动,表现出诗歌大家的气魄和功力。如《冯将军歌》中写道:"将军一叱人马惊,从而往者五千人。五千人马排墙进,绵绵延延相击应。轰雷巨炮欲发声,既戟交胸刀在颈。敌军披靡鼓声死,万头窜窜纷如蚁。十荡十决无当前,一日横驰三百里。"将中法战争中爱国将领冯子材鸷猛无前的英雄形象和冯军排山倒海的气势,活现在纸上。

总之,黄遵宪注意吸取古人以文为诗的经验,在篇章结构上,注意波澜曲折,长而不板;叙写上多用比兴与描写,减少抽象直陈;议论尽量精要,并安置于描写之后,使之有水到渠成、画龙点睛之妙。另外,作者广泛采摘语言资料,诗歌词汇丰赡,富于表现力,典雅之中多生气与变化。但他用典雅词语过多,不免带来艰奥晦涩的缺陷。

三、魏源的诗歌创作

魏源(1794—1857),名远达,字默深,又字墨生、汉士,号良图,湖南邵阳隆回人,清代启蒙思想家、政治家、文学家,近代中国"睁眼看世界"的先行者之一。道光二年举人,二十五年始成进士,官高邮知州,晚年弃官归隐,潜心佛学,法名承贯。魏源认为论学应以"经世致用"为宗旨,提出"变古愈尽,便民愈甚"的变法主张,倡导学习西方先进科学技术,总结出"师夷之长技以制夷"的新思想。主要著作为《海国图志》。

魏源思想开放,对内主张发挥商人作用,对外既坚决反对西方的侵略,又主张学习其长处,提出"师夷长技以制夷"(《海国图志》卷二)的方针,表现了近代优秀分子思想通达、不甘落后的品质与气魄。

魏源参加过实际政事改革,其政治诗着力揭露批判当代政事弊端和阻

第十章 广收博取，推陈出新：清代的诗歌

挠弊政改革的保守人物，从不同侧面反映了鸦片战争前后的社会积弊，呼唤变革图强。代表作有"效白香山体"的新乐府诗《江南吟》十首、《都中吟》十三首，以及《古乐府·行路难》《君不见》十六章、《北上杂诗》七首。在鸦片战争爆发后的两三年内，他集中地写下了《寰海》《寰海后》《秋兴》《秋兴后》四组诗，全为七律，一诗一事，热情地讴歌以三元里为代表的沿海人民痛击侵略者的英勇斗争，赞扬以林则徐为首的爱国将士禁烟御敌的历史功绩，揭露投降派卖国纵敌的无耻行径，堪称"诗史"。例如《寰海》（其九）揭露靖逆将军奕山的投降行径：

> 城上旌旗城下盟，怒潮已作落潮声。
> 阴疑阳战玄黄血，电挟雷攻水火并。
> 鼓角岂真天上降，琛珠合向海王倾。
> 全凭宝气销兵气，此夕蛟宫万丈明。

1840年5月，英军包围广州，奕山在广州战败，以巨额赎城费向英军乞降。这首诗主要就反映了这件事。首联针对奕山订约事而言。敌人兵临城下，被迫订立屈辱的和约，一向被人视为深耻。城上树立着旌旗，城下订立盟约，有战斗力而屈辱求和，就更加可耻。颔联回顾如火如荼的抗英斗争，意在谴责怕强欺弱的侵略者和奕山等人示弱招辱的投降行径。颈联意谓英军就在眼前，并非远道而来，突然降临，出乎意外。奕山等有备而败降，无能之极。尾联写奕山输宝销兵，使海龙王（英国侵略者）宫中宝气万丈，一派光明。这样写，使全诗的讽刺意味更加浓重。这些诗格律严谨，音节铿锵。

魏源癖爱山水，喜游名山大川，写了大量山水诗。写于道光二十二年（1842）的《钱塘观潮行》最著名，诗中借潮水涨落隐喻清王朝的盛衰，表达了对于清王朝的失望之情：

> 世间瑰绝岂有此，江逆飞，海立起。
> 天风刮海见海底，涌作银涛劈天驶。
> 病者睹之气皆生，勇者睹之神皆死。
> 如何十万貔貅夹江峙，但有死气无生气？
> 腐儒生不治照前，掌故撑胸二百年；
> 王师往渡钱塘日，撇烈万骑不用船；
> 呼风径渡倏东岸，明兵十万垒无坚。
> 得无开国乘朝气，亦如进潮及锋锐；
> 排山倒海驱天地，那用天吴鼓其势。
> 潮如行军有进止，进时强弩射不靡，退时怒鼍鼓不起；
> 潮如阳乌有朝暮，朝气羲鞭拦不住，暮气鲁戈挥不复；

潮如百物有壮老,少壮春雷草怒芽,老后秋风弩穿镐。
越潮方怒吴潮逡,海王莫强天朝昏。
子胥枚乘裂肝胆,何如范蠡叱咤生风云;
功成拂袖五湖去,怕见越江潮落痕。
荡桂楫,鼓兰桡,越女唱,吴儿讴。
倒驱江海回暮涛,海风萧屑江天高。
传语万古观潮客,莫观老潮观壮潮!

该诗并不仅仅是一首钱塘观潮的写景诗,而是一首写景抒情兼而有之的诗。诗人将眼前之景——钱塘大潮瑰奇壮观的景象,与想象之景——大清王朝由盛而衰的历史,有机地组合到一起,以钱塘大潮的涨落比喻清王朝的盛衰,将毫不关联的两件事组合得天衣无缝,竟使人难以辨别何者写潮何者写史,写史之笔如写潮,写潮之笔如写史。魏源目睹清帝国从它的盛世急剧地衰败下来,在西方列强的毒烟、坚船、利炮的进攻中奄奄一息,强烈的爱国主义精神和强烈的批判现实主义精神使他内心交织着痛苦与失望。这首七言歌行体的诗所表现出的正是诗人这种矛盾复杂的情绪。

总之,魏源的诗深受宋诗影响,奔放苍劲、雄奇壮美,有时用典过多,诗意深奥,未免缺乏诗的韵味与意象。

参考文献

[1]楚兰,荆荃.长江流域的古典诗词[M].武汉:长江出版社,2015.

[2]《宋元诗观止》编委会.宋元诗观止:上[M].上海:学林出版社,2015.

[3]姜正成.重温传统:一本书读懂中国文化[M].北京:中国财富出版社,2016.

[4][日]池泽滋子.吴越钱氏文人群体研究[M].上海:上海人民出版社,2006.

[5]陈海燕.蔡邕研究[M].北京:清华大学出版社,2013.

[6]邓荫柯.中华诗词名篇解读[M].北京:商务印书馆,2014.

[7]房开江.宋诗[M].上海:上海古籍出版社,2011.

[8]乐云.唐宋诗鉴赏全典[M].武汉:崇文书局,2011.

[9]李敬一.中国文学史:先秦两汉文学史[M].武汉:武汉大学出版社,2009.

[10]李世英.唐宋诗歌导读[M].北京:中国社会出版社,2005.

[11]吕晴飞,李观鼎,刘方成.汉魏六朝诗歌鉴赏辞典[M].北京:中国和平出版社,1999.

[12]罗洁.诗的国度[M].北京:现代出版社,2015.

[13]马世一.古诗行旅:宋辽金卷[M].北京:语文出版社,2014.

[14]缪钺,等.宋诗鉴赏辞典[M].上海:上海辞书出版社,2015.

[15]荣新.咏荷诗词精选[M].北京:金盾出版社,2008.

[16]童辰,汪华,李智萍.《诗经》与《荷马史诗》比较研究[M].南昌:江西人民出版社,2014.

[17]汪国林.宋初白体诗研究[M].上海:上海古籍出版社,2017.

[18]汪龙麟.中国古代文学名著[M].北京:蓝天出版社,2008.

[19]汪涌豪,骆玉明.中国诗学:第2卷[M].第2版.上海:东方出版中心,2008.

[20]王建生.通往中兴之路:思想文化视域中的宋南渡诗坛[M].上海:上海古籍出版社,2011.

[21]王启鹏.苏轼文艺美论[M].广州:中山大学出版社,2007.

[22]王影聪.苏东坡艺术人生[M].成都:四川文艺出版社,2001.

[23]王振军,俞阅.中国古代文学精品导读[M].北京:中国广播电视出版社,2017.

[24]王枝忠.中国古诗词导读[M].福州:海峡文艺出版社,1999.

[25]魏建,王勇.中国文学:第3册[M].济南:齐鲁书社,2002.

[26]魏丕植.解读诗词大家:宋代卷[M].北京:作家出版社,2013.

[27]徐寒.历代古诗鉴赏:中[M].全新校勘珍藏版.北京:中国书店,2011.

[28]雅瑟,舟东.最美丽的古典诗词大全集[M].广州:新世纪出版社,2012.

[29]杨敬敬.最美古诗词全鉴[M].北京:中国纺织出版社,2017.

[30]杨晓霭.宋代声诗研究[M].北京:中华书局,2008.

[31]曾祥旭.西汉后期的文学和儒学[M].郑州:河南大学出版社,2016.

[32]曾枣庄.中国古代文体学·中国古代文体分类学[M].上海:上海人民出版社、上海书店出版社,2012.

[33]詹亮滨.秦时明月汉时关:古诗词中的边塞豪情[M].北京:北京工业大学出版社,2015.

[34]张觅.谦谦君子,温润如玉:古诗词中的绝世才子[M].北京:北京工业大学出版社,2015.

[35]周兴陆.中国分体文学学史:诗学卷(上)[M].太原:山西教育出版社,2013.

[36]田同旭,马艳.沁水历代文存[M].太原:山西人民出版社,2005.

[37]朱安群.明诗三百首详注[M].南昌:百花洲文艺出版社,1997.

[38]刘廷乾.江苏明代作家研究[M].南京:东南大学出版社,2010.

[39]吴志达.明清文学史:明代卷[M].武汉:武汉大学出版社,1991.

[40]尹恭弘.明代诗文发展史[M].北京:社会科学文献出版社,2012.

[41]徐朔方,孙克秋.明代文学史[M].第2版.杭州:浙江大学出版社,2009.

[42]何伟.中国古代吏部名人[M].郑州:中州古籍出版社,2016.

[43]朱惠国.元明清诗文[M].上海:上海人民出版社,2017.

[44]司马周.茶陵派与明中期文坛研究[M].长沙:湖南人民出版社,2010.

[45]梦远.国学常识全知道[M].北京:中国华侨出版社,2014.

[46]曹子西.北京历史人物传[M].北京:北京燕山出版社,2014.

[47]戚世隽,董上德.明清文学史[M].广州:中山大学出版社,1999.

[48]段晓华.赣文化通典:诗词卷[M].南昌:江西人民出版社,2013.

[49]何永康,陈书录.首届明代文学国际研讨会论文集[M].南京:南京师范大学出版社,2004.

[50]吉安市地方志编纂委员会办公室.吉安人物[M].北京:方志出版

社,2004.

[51]李跃义.三朝漫话:1435—1464年的大明王朝[M].北京:中国社会出版社,2004.

[52]魏娟丽,中国古代文学作品选:下[M].郑州:河南人民出版社,2012.

[53]吴畏.中国古代诗歌文化探究[M].贵阳:贵州大学出版社,2009.

[54]陈广宏,郑利华,归青.中国诗学:第2卷[M].上海:东方出版中心,2008.

[55]丁富生,王育红.中国古代文学新编[M].南京:南京大学出版社,2016.

[56]《明诗观止》编委会.明诗观止[M].上海:学林出版社,2015.

[57]魏崇新.中国文学史话:明代文学[M].长春:吉林文史出版社,2008.

[58]任巧珍.三袁诗文选译[M].南京:凤凰出版社,2011.

[59]谢苏,冯芳,熊鹤群.楚音楚韵:荆楚文学与艺术[M].天津:天津大学出版社,2015.

[60]李建中.中国文学批评史[M].第2版.武汉:武汉大学出版社,2015.

[61]斗南.历史文化常识全知道[M].北京:中国华侨出版社,2015.

[62]霍松林.中国诗论史[M].合肥:黄山书社,2007.

[63]曹余章.历代文学名篇辞典[M].上海:上海教育出版社,1990.

[64]张国风.中国古代文学史:(三)[M].北京:中国人民大学出版社,2003.

[65]吴志达.明代文学与文化[M].武汉:武汉大学出版社,2010.

[66]孙广才,吴林飞.中国古代诗歌选读[M].南京:东南大学出版社,2014.

[67]余恕诚.唐诗风貌[M].修订本.北京:中华书局,2010.

[68]冯成金.唐诗宋词研究[M].北京:中国人民大学出版社,2005.

[69]许总.唐宋诗体派论[M].南昌:江西人民出版社,2008.

[70]韩兆琦.唐诗精讲[M].北京:中国青年出版社,2017.

[71]墨香斋.唐诗鉴赏大全[M].北京:中国纺织出版社,2015.

[72]张颢瀚.古诗词赋观止:上[M].南京:南京大学出版社,2015.

[73]罗立刚.唐宋文学导读[M].桂林:广西师范大学出版社,2007.

[74]袁行霈.中国诗歌艺术研究[M].北京:北京大学出版社,2009.

[75]徐潜.唐宋散文与诗词[M].长春:吉林文史出版社,2014.

[76]牛鸿恩.永嘉四灵与江湖诗派选集[M].北京:首都师范大学出版社:1993.

[77]霍松林.宋诗举要[M].芜湖:安徽师范大学出版社,2015.

[78]本书编委会.宋元诗观止:下[M].上海:学林出版社,2015.

[79]范立舟.南宋全史(七):思想、文化、科技和社会生活卷[M].上海:上海古籍出版社,2015.

[80]乐云,黄鸣.唐宋诗鉴赏辞典[M].武汉:崇文书局,2015.

[81]杨大中.唐宋绝句五百首[M].沈阳:东北大学出版社,2016.

[82]傅璇琮,等.中国诗学大辞典[M].杭州:浙江教育出版社,1999.

[83]王筱云,等.中国古典文学名著分类集成:诗歌卷[M].天津:百花文艺出版社,1994.

[84]聂立申.金代名士党怀英研究[M].长春:吉林大学出版社,2012.

[85]赵义山,李修生.中国分体文学史:诗歌卷[M].第3版.上海:上海古籍出版社,2014.

[86]韩洪举.中国古代文学史略:上册[M].太原:北岳文艺出版社,2016.

[87]袁行霈.中国文学史:第2卷[M].第2版.北京:高等教育出版社,2005.

[88]傅刚.汉魏六朝文学与文献论稿[M].北京:商务印书馆,2016.

[89]郭丹,陈节.精编中国古代文学史[M].杭州:浙江大学出版社,2012.

[90]傅刚.魏晋南北朝诗歌史论[M].长春:吉林教育出版社,1995.

[91]高胜利.潘岳研究[M].北京:中国文史出版社,2015.

[92]丁福林.东晋南朝谢氏文学集团研究[M].西安:世界图书西安出版公司,2014.

[93]郭漫.文坛泰斗——用文字触动灵魂[M].北京:星球地图出版社,2014.

[94]毕宝魁.韩孟诗派研究[M].沈阳:辽宁大学出版社,2000.

[95]丛书编委会.唐诗一万首精选[M].长春:吉林出版集团有限责任公司,2012.

[96]杜晓勤,沈文凡.中国文学史:魏晋南北朝隋唐五代卷[M].长春:长春出版社,2013.

[97]傅璇琮,罗联添.唐代文学研究论著集成:第六卷[M].西安:三秦出版社,2004.

[98]高奇.走进中国文学殿堂[M].济南:山东大学出版社,2014.

[99]古墨清.你最应该知道的古典诗词[M].北京:红旗出版社,2012.

[100]郭预衡.中国古代文学史:(二)[M].上海:上海古籍出版社,1998.

[101]韩兆琦,李道英.简明中国文学史:上册[M].北京:中央广播电视大学出版社,2006.

[102]黄昭寅.唐宋诗词述要[M].北京:中央编译出版社,2013.

[103]皎然.中国人要知道的中国事儿:文赋卷[M].北京:华夏出版社,2013.

[104]姜书阁.中国文学史纲要:上卷[M].杭州:浙江大学出版社,2015.

[105]蒋寅.大历诗人研究[M].北京:北京大学出版社,2007.

[106]李春.中国文化文学[M].北京:五洲传播出版社,2014.

[107]刘锋焘.中国古代文学:(二)[M].西安:西北大学出版社,2013.

[108]刘刚.杜牧·李商隐[M].沈阳:春风文艺出版社,1999.

[109]马积高,黄钧.中国古代文学史[M].北京:人民文学出版社,2009.

[110]闵泽平.李贺全集[M].武汉:崇文书局,2015.

[111]乔力.中国文化经典要义全书:中[M].北京:光明日报出版社,1996.

[112]人文素养丛书编写组.一本书读通中外文学[M].北京:石油工业出版社,2013.

[113]史言喜,梁文娟.中国历代文学简史:下册[M].郑州:河南科学技术出版社,2014.

[114]孙连仲,梁永裕.唐诗集粹[M].北京:作家出版社,2006.

[115]汪旭.唐诗全解[M].沈阳:万卷出版公司,2015.

[116]王烈夫.中国古代文学名篇注解析译:第2册[M].武汉:武汉出版社,2016.

[117]王明居.王明居文集:第3卷[M].北京:文化艺术出版社,2012.

[118]王延海.中国古代文学自学指南[M].沈阳:辽宁大学出版社,1991.

[119]王友胜.唐宋诗史论[M].上海:上海古籍出版社,2006.

[120]王运熙.汉魏六朝唐代文学论丛[M].上海:上海古籍出版社,2014.

[121]魏裕铭.中国古代幽默文学史论:先秦至宋[M].南京:南京大学出版社,2010.

[122]吴怀东.时代学术坊·诗国花开·唐诗美感的流变[M].合肥:安徽文艺出版社,2017.

[123]孙繁强.多维视野中的百部经典:中国古代文学卷[M].杭州:浙江古籍出版社,2004.

[124]吴振华.韩愈诗歌艺术研究[M].合肥:安徽师范大学出版社,2012.

[125]熊礼汇.隋唐五代文学史[M].武汉:武汉大学出版社,2009.

[126]姚曼波,王锡九.中国古代文学实用教程:上册[M].南京:南京师范大学出版社,2006.

[127]袁湘生.白居易诗词新释[M].北京:经济日报出版社,2014.

[128]曾美桂.陆龟蒙研究[M].成都:电子科技大学出版社,2014.

[129]翟德耀.评论与鉴赏[M].济南:山东人民出版社,2014.

[130]赵林涛.卢纶研究[M].保定:河北大学出版社,2010.

[131]赵艳红.中国文学简史[M].北京:中国文史出版社,2014.

[132]周成华.慧海拾珠——图说中国文学史[M].郑州:中州古籍出版社,2011.

[133]周建忠.中国古代文学史:上册[M].南京:南京大学出版社,2005.

[134]周柳燕.中国文学简史[M].北京:对外经济贸易大学出版社,2013.

[135]葛晓音.唐诗宋词十五讲[M].2版.北京:北京大学出版社,2013.

[136]冷成金.唐诗宋词研究[M].北京:中国人民大学出版社,2005.

[137]谢必震.闽台文学论[M].北京:海洋出版社,2012.

[138]陈永正.岭南诗歌研究[M].广州:中山大学出版社,2008.

[139]姚曼波,王锡九.中国古代文学实用教程:下[M].南京:南京师范大学出版社,2006.

[140]杨子才.清三百家词笺释[M].北京:中国文史出版社,2016.

[141]本书编委会.清诗观止[M].上海:学林出版社,2015.

[142]龚笃清.八股文汇编:上[M].长沙:岳麓书社,2014.

[143]黄绍筠.中华古典诗歌吟味[M].杭州:西泠印社,2001.

[144]王恩保.中华古诗选[M].北京:中国纺织出版社,2017.

[145]张宪军,赵毅.简明中外文论辞典[M].成都:巴蜀书社,2015.

[146]赵伯陶.义理与考据[M].北京:北京时代华文书局,2016.

[147]韩霄,金军华.中国古代文论[M].长春:吉林大学出版社,2014.

[148]时志明.盛世华音:清代顺康雍乾诗人山水诗论:上[M].南京:凤凰出版社,2017.

[149]胡迎建.鄱阳湖历代诗词集注评:下[M].南昌:江西人民出版社,2015.

[150]肖淑琛.偶遇最美古诗词[M].长春:东北师范大学出版社,2015.

[151]翁长松.清代版本叙录[M].上海:上海远东出版社,2015.

[152]刘世南.清诗三百首详注[M].南昌:百花洲文艺出版社,1997.

[153]萧涤非,刘乃昌.中国文学名篇鉴赏·诗卷[M].济南:山东大学出版社,2007.

[154]张贤明.中国好诗歌:最美的古诗词[M].北京:现代出版社,2015.

[155]王充闾.诗性智慧[M].沈阳:万卷出版公司,2016.

[156]张其俊.诗趣百味[M].北京:中国社会出版社,2003.

[157]张秉成,萧哲庵.清诗鉴赏辞典[M].重庆:重庆出版社,1992.

[158]楚默.楚默全集[M].上海:上海书店出版社,2014.

[159]山东大学文史哲研究所.中国历代著名文学家评传[M].济南:山

东教育出版社,1997.

[160]熊依洪.中国历代文学大观:明清文学大观[M].北京:北京燕山出版社,2008.

[161]甘筱青.大学语文读本[M].3版.上海:复旦大学出版社,2014.

[162]邱美琼.黄庭坚诗歌传播与接受研究[M].南昌:江西人民出版社,2009.

[163]张煜.同光体诗人研究[M].上海:中西书局,2015.

[164]吴明贤.近现代诗词[M].成都:天地出版社,1997.

[165]周薇.陈衍诗歌选评注[M].北京:生活·读书·新知三联书店,2013.

[166]徐应佩.历代哲理诗鉴赏辞典[M].武汉:湖北教育出版社,1994.

[167]黄岳洲,茅宗祥.中国古典文学名篇鉴赏辞典:明清文学卷[M].上海:汉语大词典出版社,2002.

[168]张馨心.高适研究论稿[M].北京:民族出版社,2014.

[169]周娜.唐诗宋词三百首[M].北京:中国华侨出版社,2016.

[170]韩兆琦.唐诗精讲[M].北京:中国青年出版社,2017.

[171]斗南.人一生要读的古典诗词[M].经典珍藏版.北京:北京联合出版公司,2015.

[172]王泽龙.中国现代诗歌与古代诗歌意象艺术略论[J].文学评论,2005(3).